Gabi

Die für ihre Nacherzählungen alter Mythen weltweit bekannt gewordene Marion Zimmer Bradley erzählt hier vom Kampf um Troia. Dieser hochdramatische Roman über den Untergang Troias läßt das klassische Altertum lebendig werden. Die seit Homer in immer neuen Varianten erzählte Geschichte erhält in dieser Fassung ihren besonderen Reiz dadurch, daß Marion Zimmer Bradley die Handlung aus der Sicht der Seherin Kassandra erzählt – aus weiblicher Sicht. Ein wichtiger Motivstrang beschäftigt sich mit der Ablösung des Matriarchats durch das Patriarchat. Längst vergangen Geglaubtes bringt Marion Zimmer Bradley wieder ans Licht und verschafft ihm aktuelle Bedeutung.
»Wiederum spannend bis zur letzten Zeile«, schrieb *Cosmopolitan*.

Marion Zimmer Bradley wurde 1930 in Albany im US-Bundesstaat New York geboren und starb im September 1999 in Berkeley, Kalifornien. International bekannt wurde sie mit ihren Science-fiction- und Fantasy-Romanen. Zu ihren bekanntesten Werken zählen die vier Avalon-Romane um den König-Artus-Mythos: ›Die Wälder von Albion‹, ›Die Herrin von Avalon‹, ›Die Priesterin von Avalon‹, ›Die Nebel von Avalon‹ sowie ›Die Feuer von Troia‹.

Lieferbare Titel im Fischer Taschenbuch Verlag: ›Die Nebel von Avalon‹ (Bd. 8222), ›Die Wälder von Albion‹ (Bd. 12748), ›Die Herrin von Avalon‹ (Bd. 14222), ›Die Priesterin von Avalon‹ (Bd. 15304), ›Die Feuer von Troia‹ (Bd. 10287), ›Luchsmond‹ (Bd. 11444); ferner die von Marion Zimmer Bradley herausgegebenen ›Magischen Geschichten‹: ›Drachenschwester‹ (Bd. 13313), ›Feenschwester‹ (Bd. 13317), ›Feuerschwester‹ (Bd. 13315), ›Lichtschwester‹ (Bd. 13314), ›Schlangenschwester‹ (Bd. 14535), ›Silberschwester‹ (Bd. 14534), ›Sonnenschwester‹ (Bd. 14533), ›Sternenschwester‹ (Bd. 13316), ›Sturmschwester‹ (Bd. 13318), ›Traumschwester‹ (Bd. 2744) und ›Wolfsschwester‹ (Bd. 2718).

Unsere Adresse im Internet: www.fischer-tb.de

Marion Zimmer Bradley

Die Feuer von Troia

Roman

Aus dem Amerikanischen von
Manfred Ohl
und Hans Sartorius

Fischer Taschenbuch Verlag

Limitierte Sonderausgabe
Veröffentlicht im Fischer Taschenbuch Verlag,
einem Unternehmen der S. Fischer Verlag GmbH,
Frankfurt am Main, Oktober 2003

Deutschsprachige Erstpublikation 1988 im
Wolfgang Krüger Verlag, Frankfurt am Main

Die amerikanische Originalausgabe erschien 1987
unter dem Titel ›Firebrand‹
im Verlag Simon and Schuster, New York

Druck und Bindung: Clausen & Bosse, Leck
Printed in Germany
ISBN 3-596-50630-X

Für Mary Renault

»Oh Troia, du große Stadt! Troia brennt!«
ROSSETTI

»Vor der Geburt des Paris träumte die Königin Hekabe,
sie habe eine Fackel geboren,
durch die Troia bis auf die Grundmauern niederbrennen würde.«

Ein Namensverzeichnis findet sich auf Seite 646 ff.

Prolog

Es hatte den ganzen Tag geregnet; mal goß es in Strömen, mal nieselte es, aber der Regen hörte nie richtig auf. Die Frauen trugen ihr Spinnzeug hinein an das Feuer, und die Kinder drängten sich unter den überhängenden Dächern im Hof. Zwischen den Schauern wagten sie sich hinaus und planschten in den Pfützen auf den Tonplatten und schleppten den Schmutz in die Halle. Am Abend glaubte die alte Frau an der Feuerstelle, sie werde verrückt von all dem Gezeter und Geplansche, den Angriffen der kleinen Heere, den Schlägen der Holzschwerter auf Holzschilde, dem Splittern von Spielzeug und dem prompt darauf folgenden Geschrei, dem lautstarken Wechsel der Anführer, dem Gebrüll der »Getöteten« und »Verwundeten«, die aus dem Spiel ausscheiden mußten.

Durch den Rauchfang kam immer noch zuviel Regen, um auf dem offenen Feuer richtig kochen zu können; aber auch über diesen Wintertag senkte sich schließlich die Dunkelheit, und man entzündete das Feuer in den Kohlepfannen. Als das bratende Fleisch und das Brot einen guten Geruch verbreiteten, kamen die Kinder nacheinander herbei, kauerten sich wie hungrige Hündchen um die Feuerstelle, schnupperten laut und vernehmlich, und die Streitereien gingen etwas leiser weiter. Kurz vor dem Abendessen erschien ein Gast am Tor: ein Sänger, ein Wanderer mit der Leier über der Schulter, die ihm überall ein freundliches Willkommen und Unterkunft sicherte. Der Sänger bekam zu essen, ein Bad und trokkene Kleider. Dann kam er und setzte sich dicht an das Feuer, auf den Platz, der gern gesehenen Gästen vorbehalten war. Er stimmte sein Instrument, hielt das Ohr dicht an die Schildpattwirbel und prüfte den Klang mit den Fingern. Dann schlug er einen lauten Akkord an, ohne um Erlaubnis zu fragen – selbst damals tat ein Sänger, wonach ihm der Sinn stand – und begann:

Ich singe von Schlachten und den großen Männern, die sie schlugen;
Von den Männern, die zehn Jahre vor den von Riesen erbauten Mauern Troias ausharrten;
Und von den Göttern, die diese Mauern schließlich zum Einsturz brachten, von
Apollon, dem Sonnengott, und dem mächtigen Poseidon, der die Erde erbeben läßt.
Ich singe die Geschichte vom Zorn des großen Achilleus,
Dem Sohn einer Göttin, der so stark war, daß keine Waffe ihn zu töten vermochte;
Ich singe auch die Geschichte seines maßlosen Stolzes und von dem Zweikampf,
bei dem er und der große Hektor drei Tage auf der Ebene vor den hohen Mauern Troias kämpften;
Ich singe von dem stolzen Hektor und dem tapferen Achilleus, von Zentauren und Amazonen, von Göttern und Helden,
Von Odysseus und Aeneas, von all denen, die auf der Ebene vor Troia kämpften und fielen . . .

»Nein!« rief die alte Frau heftig, ließ die Spindel fallen und stand entschlossen auf. »Ich dulde es nicht. Ich will diesen Unsinn in meiner Halle nicht hören!«
Der Spielmann ließ die Hand mit einem schrillen Mißklang auf die Saiten fallen. Er wirkte überrascht, fragte aber höflich:
»Warum, Herrin?«
»Ich sage dir, ich will nicht, daß diese dummen Lügen an meinem Feuer gesungen werden«, erwiderte sie erregt.
Die Kinder machten ihrer Enttäuschung hörbar Luft; die Frau brachte sie mit einer gebieterischen Geste zum Schweigen. »Sänger, deine Mahlzeit und einen Platz am Feuer gewähre ich dir gern. Aber ich dulde nicht, daß du den Kindern verlogenen Unsinn vorsingst, denn so, wie du es erzählst, war es nicht.«
»Wirklich?« fragte er, immer noch höflich. »Woher weißt du das,

hohe Frau? Ich singe die Geschichte, wie ich sie von meinem Meister gelernt habe, und wie sie von Kreta bis Kolchis überall gesungen wird.«

»Sie mag von hier bis zum Ende der Welt so gesungen werden«, sagte die alte Frau ungerührt, »aber so war es nicht.«

»Woher weißt du das so genau?« fragte er.

»Ich war dort und habe alles mit eigenen Augen gesehen«, erwiderte die alte Frau.

Die Kinder tuschelten miteinander und riefen dann: »Das hast du uns nie erzählt, Großmutter. Hast du Achilleus, Hektor, Priamos und all die anderen Helden gekannt?«

»Helden!« schnaubte sie verächtlich. »Ja, ich habe sie gekannt. Hektor war mein Bruder.«

Der Spielmann beugte sich vor und musterte sie.

»Jetzt erkenne ich dich«, sagte er schließlich.

Sie nickte und senkte den weißen Kopf.

»Herrin, dann solltest *du* vielleicht die Geschichte erzählen. »Ich diene dem Gott der Wahrheit und möchte den Menschen keine Lügen vorsingen.«

Die alte Frau schwieg lange. Schließlich sagte sie: »Nein, ich kann es nicht alles noch einmal durchleben.« Die Kinder jammerten enttäuscht. »Kannst du uns nicht eine andere Geschichte singen?«

»Viele«, erwiderte der Spielmann, »aber ich möchte keine Geschichte erzählen, die du als Lüge verspottest. Willst du mir nicht die Wahrheit sagen, damit ich sie an anderen Orten berichten kann?«

Sie schüttelte energisch den Kopf.

»Die Wahrheit ist keine so gute Geschichte.«

»Kannst du mir nicht wenigstens sagen, wo meine Geschichte von der Wahrheit abweicht? Dann könnte ich sie ändern.«

Sie seufzte. »Es hat eine Zeit gegeben, da hätte ich es versucht«, erwiderte sie. »Aber kein Mensch will die Wahrheit glauben. Deine Geschichte berichtet von Helden und Königen, nicht aber von Königinnen! Du singst von Göttern, aber nicht von Göttinnen!«

»Nein, so ist es nicht«, widersprach der Sänger, »ein Großteil der Geschichte handelt von der schönen Helena, die von Paris geraubt wurde, und von Leda, Helenas Mutter, und ihrer Schwester

Klytaimnestra. Ich erzähle wahrheitsgetreu, wie Leda vom großen Zeus verführt wurde, der ihr in Gestalt ihres Gemahls, des Königs von Sparta, erschien ...«

»Ich wußte, du würdest mich nicht verstehen«, sagte die alte Frau, »denn erstens gab es in diesem Land keine Könige, sondern Königinnen. Sie waren die Töchter der Göttinnen und sie wählten sich nach Belieben Gefährten. Dann kamen die Anhänger der Himmelsgötter, das Pferdevolk, das Eisen benutzte, in unser Land. Und als die Königinnen sie zu ihren Gefährten machten, nannten sie sich Könige und beanspruchten das Recht zu herrschen. So gerieten die Götter und die Göttinnen in Streit, und es kam eine Zeit, als sie ihre Uneinigkeit nach Troia trugen ...« Sie brach unvermittelt ab.

»Genug«, sagte sie. »Die Welt hat sich verändert. Ich sehe schon, daß du mich für eine alte Frau hältst, die nicht mehr ganz richtig im Kopf ist. Das war schon immer mein Schicksal: Ich muß die Wahrheit sagen, und niemand glaubt sie mir. So ist es gewesen, und so wird es immer sein. Singe, was du willst, aber verspotte nicht die Wahrheit an meinem eigenen Herd. Es gibt genug Geschichten. Erzähle uns von Medea, der Herrin von Kolchis, und vom goldenen Vlies, das Jason aus ihrem Tempel gestohlen hat – wenn es wirklich so gewesen ist. Ich wage zu behaupten, daß auch dieser Geschichte eine andere Wahrheit zugrunde liegt. Aber ich kenne sie nicht, und es ist für mich nicht wichtig, was für eine Wahrheit es sein mag. Ich bin seit vielen, vielen Jahren nicht mehr in Kolchis gewesen.« Sie griff nach ihrer Spindel und begann, wieder ruhig zu spinnen.

Der Sänger neigte den Kopf.

»So sei es, Herrin Kassandra«, sagte er. »Wir alle glaubten, du hättest in Troia den Tod gefunden oder bald danach in Mykenai.«

»Dann sollte dir das beweisen, daß die Geschichte zumindest in einigen Dingen nicht der Wahrheit entspricht«, sagte die alte Frau – allerdings leise.

Es ist immer noch mein Schicksal. Ich muß die Wahrheit sagen, und alle halten mich nur für verrückt. Bis heute hat der Sonnengott mir nicht vergeben ...

Erstes Buch:
Apollons Ruf

1 In dieser Jahreszeit blieb es lange hell; aber im Westen war das letzte Glühen des Sonnenuntergangs verblaßt, und vom Meer trieb Nebel herein.

Leda, die Königin von Sparta, erhob sich von ihrem Bett, wo Tyndareos, ihr Gefährte, immer noch lag. Wie immer, wenn sie sich geliebt hatten, war er in tiefen Schlaf gefallen; er bemerkte nicht, wie sie das Bett verließ, sich ein leichtes Gewand überwarf und in den Hof vor den Frauengemächern hinaustrat.

Frauengemächer, dachte die Königin ärgerlich, *dabei ist es mein eigener Palast. Man könnte glauben, ich und nicht er sei hier der Eindringling, er und nicht ich habe das Landrecht in Sparta. Die Erdmutter kennt nicht einmal seinen Namen.*

Sie hatte sich damals keineswegs gesträubt, als er kam und um ihre Hand anhielt, obwohl er einer der Eindringlinge aus dem Norden war, die den Donner, die Eiche und die Himmelsgötter anbeteten; er war ein rauher, behaarter Mann, der an Speer und Rüstung das verhaßte schwarze Eisen trug. Und doch gab es seinesgleichen jetzt überall; sie forderten die Hochzeit nach ihren eigenen Gesetzen, als hätten ihre Götter die Göttin, der das Land, die Ernte und die Menschen gehörten, von ihrem himmlischen Thron gestoßen. Von einer Frau, die einen dieser Träger des Eisens heiratete, verlangten die Eindringlinge, daß sie ihre Götter anbetete und sich nur diesem einen Mann hingab.

Eines Tages wird die Göttin die Männer dafür bestrafen, dachte Leda, *daß sie die Frauen daran hindern, den Kräften des Lebens ihren Tribut zu zollen.* Diese Männer behaupteten, die Göttinnen seien den Göttern untertan. Für Leda war das eine schreckliche Gotteslästerung und eine verrückte Verkehrung der natürlichen Ordnung. Die

Männer besaßen keine göttliche Macht; sie wurden weder schwanger, noch brachten sie Kinder zur Welt, und doch glaubten sie, ein natürliches Recht auf die Leibesfrucht ihrer Frauen zu haben, als gebe ihnen die Vereinigung mit einer Frau ein Besitzrecht, und als gehörten die Kinder nicht ganz selbstverständlich der Frau, deren Körper ihnen Schutz und Nahrung geboten hatte.
Doch Tyndareos war ihr Gemahl, und Leda liebte ihn. Und weil sie ihn liebte, war sie sogar bereit, seinem Wahnsinn und seiner Eifersucht nachzugeben und den Zorn der Erdmutter auf sich zu ziehen, indem sie nur mit ihm das Lager teilte.
Trotzdem wünschte Leda, sie könnte ihm begreiflich machen, wie falsch es war, daß sie in die Frauengemächer eingeschlossen wurde – als Priesterin mußte sie draußen auf den Feldern sein, um sich davon zu überzeugen, daß der Göttin der notwendige Tribut gezollt wurde; er mußte begreifen, daß sie das Geschenk der Fruchtbarkeit allen Männern schuldete, nicht nur ihrem Gefährten; die Göttin konnte ihre Gaben nicht nur einem Mann gewähren, selbst wenn er sich *König* nannte.
Von tief unten drang ein fernes Donnergrollen herauf, als sei es aus dem Meer aufgestiegen, oder als habe sich die große Schlange, die hin und wieder die Erde erbeben ließ, in ihren Tiefen geregt.
Ein Windstoß erfaßte das leichte Gewand, das Leda über den Schultern trug, und ihr Haar flatterte wie ein fliehender Vogel. Ein schwacher Blitz ließ den Hof plötzlich aufleuchten, und im hell erleuchteten Türrahmen sah sie die Umrisse ihres Mannes, der herausgekommen war und sie suchte. Leda zuckte innerlich zusammen; würde er ihr Vorwürfe machen, weil sie die Frauengemächer verlassen hatte – obwohl es doch Nacht war?
Aber er sagte nichts. Er kam nur näher, und etwas an seinem Schritt, an seiner bewußten Art, sich zu bewegen, verriet Leda, trotz der wohlbekannten Gestalt und der Züge, die sie deutlich im Mondlicht sah, daß es nicht ihr Gemahl war. Sie wußte nicht, wie das möglich sein konnte, aber um seine Schultern schien ein zukkender Lichtschein zu spielen, und wenn seine Füße das Pflaster berührten, grollte kaum hörbar ein ferner Donner. Er schien gewachsen zu sein und hielt den Kopf aufrecht, den strahlende Blitze umzuckten. Leda erbebte; selbst die kleinsten Härchen an ihrem

Körper richteten sich auf. Sie wußte, daß einer der fremden Götter die Gestalt ihres Gemahls angenommen hatte und sich seines Körpers bediente, wie etwa Tyndareos, wenn er eines seiner Pferde bestieg und ritt. Die zuckenden Blitze verrieten Leda, es war Zeus, der Olympier, der Herr über Donner und Blitz.
Leda kannte das Gefühl, die Nähe der Unsterblichen. Wenn sie die Ernte segnete, oder wenn sie in den Feldern lag und die göttliche Kraft des Wachstums für das Getreide auf die Erde herunterholte, ergriff die Göttin von ihr Besitz und erfüllte sie. Leda erinnerte sich, daß sie in solchen Augenblicken neben ihrem vertrauten Ich zu stehen schien: Die Göttin vollzog die Riten; SIE beherrschte alles und jeden mit der Macht, die in IHR wohnte.
Leda wußte, Tyndareos mußte jetzt von innen beobachten, wie Zeus, der Herr seines Körpers, sich seiner Gemahlin näherte. Sie wußte, denn Tyndareos hatte es ihr einmal gesagt, daß er den Herrn über Donner und Blitz von all seinen Göttern am meisten verehrte.
Sie wich zurück. Vielleicht würde ER sie nicht bemerken, und sie würde ungesehen bleiben, bis der Gott sich wieder von ihrem Gemahl löste. Der Kopf – jetzt der Kopf des Gottes – bewegte sich, und die zuckenden Blitze folgten den wehenden Haaren. Leda wußte, ER hatte sie gesehen, aber es war nicht die Stimme von Tyndareos, die jetzt zu ihr sprach, sondern eine tiefere, weichere Stimme, ein volltönender Baß, in dem der ferne Donner grollte.
»Leda«, sagte Zeus, der Donnergott, »komm her zu mir.«
ER streckte die Hand aus, um die ihre zu ergreifen, und sie überwand die plötzliche Furcht – wenn dieser Gott die Blitze warf, würde seine Berührung sie dann nicht wie ein Donnerkeil treffen? – und legte folgsam ihre Hand in seine. SEINE Haut fühlte sich kalt an, und ihre Hand zitterte ein wenig bei der Berührung. Als sie aufblickte, entdeckte sie auf SEINEM Gesicht den Anflug eines Lächelns, das überhaupt nicht dem strengen und unnachgiebigen Tyndareos glich; der Gott schien zu lachen – nicht über sie, sondern mit ihr. ER legte seinen Arm um sie und hüllte sie in seinen Mantel, so daß sie die Wärme seines Körpers spürte. ER sprach nicht mehr, sondern zog sie in das Zimmer, das sie gerade erst verlassen hatte.

Dann drückte ER sie unter dem Mantel eng an sich, und sie spürte, wie SEINE Männlichkeit sich an ihrem Körper aufrichtete.
Gelten die Gesetze gegen die Vereinigung mit einem anderen Mann auch für einen Gott, der in Gestalt meines Gemahls zu mir kommt? fragte sie sich bestürzt. Irgendwo in diesem Körper mußte der wahre Tyndareos sie sehen. War er eifersüchtig, oder freute er sich, daß seine Gemahlin die Gunst seines Gottes gefunden hatte? Leda konnte keine Antwort auf ihre Fragen finden, und an der Kraft, mit der ER sie hielt, wußte sie, es wäre unmöglich, sich IHM zu widersetzen.
Zuerst hatte sie SEINEN fremden Körper als kalt empfunden; inzwischen erschien er ihr angenehm warm, wie vom Fieber erhitzt.
ER hob sie hoch und legte sie auf das Bett, nach einer einzigen schnellen Berührung war sie bereits offen, erregt und bereit. Dann war ER über ihr und in ihr; Blitze umspielten seine Gestalt und sein Gesicht, fanden ihr Echo im stoßenden Rhythmus seiner Berührung. Einen Augenblick lang schien es kein Mann zu sein, auch kein Mensch; sie schien sich allein auf einem hohen, windgepeitschten Gipfel zu befinden, umhüllt von rauschenden Flügeln oder einem lodernden Feuerring, oder in der Umschlingung eines Tieres, das sie mit Verwirrung und Ekstase schändete – schlagende Flügel, ein Donnerschlag, als sein heißer fordernder Mund von ihrem Mund Besitz ergriff.
Dann war es plötzlich vorüber, als sei alles vor sehr langer Zeit geschehen, als sei es eine verblassende Erinnerung, ein Traum, und sie lag auf dem Bett. Sie kam sich sehr klein, verlassen und allein vor, und sie fröstelte, als der Gott über ihr stand und, wie es schien, bis in den Himmel ragte. ER beugte sich zu ihr hinunter und küßte sie mit großer Zärtlichkeit. Sie schloß die Augen, und als sie erwachte, schlief Tyndareos tief und fest an ihrer Seite, und sie wußte nicht genau, ob sie das Bett überhaupt verlassen hatte. Es war Tyndareos; als sie die Hand ausstreckte, um sich zu vergewissern, war sein Körper warm – oder kühl –, und um die Haare neben ihr auf dem Kissen zuckten nicht die kleinsten Blitze.
Hatte sie alles nur geträumt? Bei diesem Gedanken hörte sie in der Ferne draußen ein leises Donnergrollen. Wohin ER auch gegangen war, der Gott hatte sie nicht völlig verlassen. Und Leda wußte, wie

lange sie auch noch die Gemahlin von Tyndareos sein mochte, sie würde nie mehr in das Gesicht ihres Gemahls blicken, ohne nach einem Zeichen des Gottes zu suchen, der in seiner Gestalt zu ihr gekommen war.

2 Wenn Königin Hekabe hinaus vor die Mauern Troias ging, blickte sie jedesmal voll Stolz auf die Stadt, die wie eine Festung war. Terrasse um Terrasse erhob sich Troia hoch über die fruchtbare Ebene des grünen Skamander, vor dessen Mündung das Meer lag. Sie staunte immer wieder über das Werk der Götter, die ihr die Herrschaft über Troia geschenkt hatten – ihr, der Königin, und Priamos, ihrem Gemahl, Krieger und Gefährten.
Hekabe war die Mutter von Prinz Hektor, seinem Erben. Eines Tages würde ihren Söhnen und Töchtern die Stadt gehören und das Land dahinter, soweit das Auge reichte.
Selbst wenn das Kind, das sie bald gebären sollte, eine Tochter war, hatte Priamos keinen Grund, sich über sie zu beklagen. Hektor war inzwischen sieben und damit alt genug, die Waffenkunst zu lernen. Man hatte bei dem Schmied, der für den königlichen Haushalt arbeitete, bereits seine erste Rüstung in Auftrag gegeben. Ihre Tochter Polyxena war vier Jahre alt. Mit ihren langen, rötlichen Haaren, die wie Hekabes Haare waren, würde sie einmal hübsch sein. Sie würde eines Tages so viel wert sein wie ein Sohn, denn eine Tochter konnte mit einem der rivalisierenden Könige verheiratet werden und für Priamos ein Bündnis dauerhaft festigen. Der Haushalt eines Königs sollte mit Söhnen und Töchtern gesegnet sein. Die Palastfrauen hatten ihm viele Söhne und auch ein paar Töchter geboren. Aber als seine Königin hatte Hekabe die Aufsicht über die königlichen Kinder, und es war ihre Pflicht – nein, ihr Vorrecht – zu bestimmen, wie ein Kind erzogen werden sollte, gleichgültig, ob sie es geboren hatte oder eine andere Frau.
Königin Hekabe war eine hübsche Frau. Sie war groß, hatte breite Schultern und trug das kastanienbraune Haar glatt aus der Stirn gekämmt; die langen Locken fielen nach vorne über die Schulter. Sie ging aufrecht und majestätisch wie die Göttin Hera und war stolz auf das Kind (die Geburt stand dicht bevor), in ihrem vorge-

wölbten Leib. Sie trug ein tief ausgeschnittenes Mieder und den gestuften Rock mit leuchtend bunten Streifen – die übliche Kleidung der adligen Frauen von Troia. An ihrem Hals glänzte ein Goldkragen von der Breite ihres Handtellers.

Als sie durch eine ruhige Gasse am Marktplatz schritt, eilte eine Frau aus dem Volk herbei – sie war klein, dunkel und in grobes, erdfarbenes Leinen gekleidet –, berührte ihren Leib und murmelte, als sei sie über die eigene Kühnheit erschrocken: »Segne mich, o Königin!«

»Nicht ich bin es«, erwiderte Hekabe, »die dich segnet, sondern die Göttin.« Sie hob die Hände und spürte den Schatten der Göttin wie ein leichtes Prickeln am Scheitelpunkt und sah im Gesicht der Frau den unausbleiblichen Ausdruck von Ehrfurcht und Staunen angesichts der plötzlichen Veränderung.

»Mögest du unserer Stadt viele Söhne und Töchter gebären. Ich bitte dich, segne auch mich, Tochter«, sagte Hekabe ernst.

Die Frau blickte zu ihrer Königin auf – oder sah sie nur die Göttin? – und murmelte: »Herrin, möge der Ruhm des Prinzen, den du trägst, sogar den Ruhm von Prinz Hektor übertreffen.«

»So sei es«, murmelte die Königin und wunderte sich, weshalb sie ein leichter ahnungsvoller Schauer durchrieselte, als habe sich der Segen auf dem Weg von den Lippen der Frau zu ihren Ohren irgendwie in einen Fluch verwandelt.

Es mußte sich auf ihrem Gesicht gezeigt haben, denn ihre Kammerfrau trat zu ihr und flüsterte ihr ins Ohr: »Herrin, du bist blaß. Setzen die Wehen ein?«

Die Königin war so verwirrt, daß sie tatsächlich kurz überlegte, ob dieses eigenartige Frösteln, das ihr den kalten Schweiß auf die Stirn trieb, das erste Anzeichen der Geburt war. Oder hatte der Schatten der Göttin das bewirkt? Sie konnte sich nicht daran erinnern, bei Hektors Geburt etwas Ähnliches empfunden zu haben. Aber damals war sie noch sehr jung und sich der Vorgänge in ihrem Körper kaum bewußt gewesen. »Ich weiß nicht«, sagte sie, »es ist möglich.«

»Dann mußt du in den Palast zurückkehren, und man muß den König unterrichten«, sagte die Kammerfrau. Hekabe zögerte. Sie wollte nicht so schnell in die Gemächer zurück. Aber wenn die

Wehen wirklich eingesetzt hatten, war es ihre Pflicht – nicht nur gegenüber dem Kind und ihrem Gemahl, sondern gegenüber dem König und dem ganzen Volk von Troia, den Prinzen oder die Prinzessin, die sie trug, zu schützen.

»Nun gut, gehen wir in den Palast zurück«, sagte sie und machte kehrt. Wenn sie sich in der Stadt zeigte, folgte ihr stets eine Schar Frauen und Kinder, die sie um ihren Segen baten – und das gehörte zu den Dingen, die Hekabe unangenehm waren. Seit sie sichtbar schwanger war, baten die Frauen sie um einen Fruchtbarkeitssegen, als könne sie ihnen wie die Göttin Kinder schenken.

Sie schritt mit ihrer Kammerfrau unter den beiden Löwinnen hindurch, die das Tor zum Palast von Priamos bewachten, und über den riesigen Hof dahinter, wo seine Soldaten sich zum Exerzieren versammelten. Ein Posten am Tor hob grüßend den Speer.

Hekabe sah den Soldaten zu, die in Gruppen aufgeteilt mit stumpfen Waffen kämpften. Sie verstand von Waffen soviel wie jeder dieser Männer, denn sie war die in der Ebene geborene und aufgewachsene Tochter eines Nomadenstamms, dessen Frauen Pferde ritten und wie die Männer der Städte den Umgang mit Speer und Schwert lernten. Ihre Hand sehnte sich nach einem Schwert. Aber das war in Troia nicht Brauch. Anfangs hatte Priamos ihr zwar erlaubt, Waffen zu führen und mit seinen Soldaten zu üben, aber als sie mit Hektor schwanger ging, hatte er es verboten. Sie erklärte vergeblich, daß die Frauen ihres Stammes bis wenige Tage vor der Geburt ihrer Kinder ritten und kämpften. Er hörte nicht auf sie.

Die königlichen Hebammen erklärten ihr, wenn sie eine scharfe Waffe auch nur berühre, füge das dem Kind Schaden zu und möglicherweise auch den Männern, denen die Waffen gehörten. Die Berührung einer Frau, ganz besonders die Berührung einer Frau in ihrem Zustand, mache die Waffe in der Schlacht nutzlos. Hekabe kam das wie der tiefgründigste Unsinn vor, den sie je gehört hatte. Es schien vielmehr, als jage die Vorstellung, eine Frau könne stark genug sein, sich selbst zu schützen, den Männern Angst ein.

»Aber du mußt dich nicht selbst schützen, meine liebste Gemahlin«, hatte Priamos gesagt, »was wäre ich für ein Mann, wenn ich meine Frau und mein Kind nicht beschützen könnte?« Damit war die Angelegenheit erledigt. Und seit diesem Tag hatte Hekabe nie

mehr auch nur den Griff einer Waffe berührt. Während sie sich jetzt das Gewicht eines Schwerts in der Hand vorstellte, verzog sie schmerzlich das Gesicht, denn sie wußte, daß die Frauenarbeiten im Haus sie schwach und die mangelnde Übung sie weich gemacht hatten. Priamos war nicht so schlimm wie die argivischen Könige, die ihre Frauen in den Häusern einsperrten. Aber er sah es im Grunde nicht gern, wenn sie sich weit vom Palast entfernte. Priamos war unter Frauen aufgewachsen, die das Haus nie verließen. »Diese Frau ist von der Sonne verbrannt, weil sie sich ständig irgendwo herumtreibt«, war Ausdruck seiner größten Mißbilligung.
Die Königin trat durch die kleine Tür in den kühlen Schatten des Palastes. Während sie über die Marmorböden der Hallen ging, hörte sie in der Stille das sanfte Rascheln ihres Rocks auf den Steinen und die leisen Schritte der Kammerfrau, die ihr folgte.
In ihren sonnigen Gemächern waren alle Vorhänge zurückgezogen, wie sie es gerne hatte, und ihre Frauen lüfteten die Leinentücher. Als sie eintrat, unterbrachen sie die Arbeit, um sie zu begrüßen. Die Kammerfrau verkündete: »Die Königin hat Wehen. Ruft die königliche Hebamme.«
»Nein, wartet«, hörte man Hekabes leise, aber entschlossene Stimme durch die aufgeregten Rufe der Frauen hindurch. »Es hat keine Eile. Es ist keineswegs sicher. Ich fühlte mich seltsam und wußte nicht, was mir fehlte. Aber es ist keineswegs sicher, daß es *das* ist.«
»Trotzdem, Herrin, auch wenn du nicht sicher bist, solltest du sie kommen lassen«, beschwor sie die Kammerfrau erregt, und die Königin willigte schließlich ein. Es gab keinen Grund zur Eile. Wenn die Wehen eingesetzt hatten, würde es bald keinen Zweifel mehr daran geben. Wenn nicht, würde es nicht schaden, mit der Hebamme zu sprechen. Das eigenartige Gefühl war verschwunden, als hätte sie es nie gehabt. Es kam auch nicht wieder zurück.
Die Sonne sank. Hekabe half ihren Frauen den ganzen Tag, das sonnengebleichte Leinen zusammenzufalten und wegzulegen. Bei Sonnenuntergang schickte Priamos die Nachricht, daß er den Abend bei seinen Männern verbringen werde; Hekabe sollte das Mahl mit ihren Frauen einnehmen und zu Bett gehen, ohne auf ihn zu warten.
Vor fünf Jahren, dachte sie, *hätte mich das bestürzt. Ich hätte nicht ein-*

schlafen können, wenn er mich nicht in seinen starken liebevollen Armen gehalten hätte. Inzwischen, und besonders in diesem Stadium der Schwangerschaft, freute sie sich bei dem Gedanken daran, das Bett für sich allein zu haben, selbst wenn sie daran dachte, daß er das Bett einer anderen Frau am Hof teilte – vielleicht der Mutter eines der anderen königlichen Kinder –, beunruhigte sie das nicht. Sie wußte, ein König brauchte viele Söhne, und ihr eigener Sohn Hektor stand hoch in der Gunst seines Vaters.
Zumindest würden die Wehen in dieser Nacht nicht einsetzen. Deshalb rief sie nach ihren Frauen und ließ sich von ihnen in dem gewohnten Zeremoniell zu Bett bringen. Aus einem unerfindlichen Grund stand ihr vor dem Einschlafen als letztes das Bild der Frau vor Augen, die an diesem Tag auf der Straße um ihren Segen gebeten hatte.

Kurz vor Mitternacht weckte den Wachposten vor den Gemächern der Königin, der vor sich hindöste, ein entsetzlicher Schrei, der durch den ganzen Palast zu hallen schien. Sofort hellwach trat er durch die Tür und rief, bis eine der Frauen der Königin auftauchte.
»Was ist geschehen? Haben die Wehen der Königin eingesetzt? Brennt es?« fragte er.
»Ein schlechtes Omen«, jammerte die Frau, »ein schrecklicher Traum ...« In diesem Augenblick erschien die Königin in der Tür.
»Feuer!« schrie sie, und der Wachposten blickte bestürzt auf die üblicherweise würdevolle Königin. Ihre langen rötlichen Haare waren gelöst und fielen ihr wirr bis zur Hüfte. Das Gewand war ihr über die Schulter geglitten, und da sie keinen Gürtel trug, war sie bis zur Hüfte halb nackt. Er hatte noch nie bemerkt, daß die Königin eine schöne Frau war.
»Herrin, was kann ich für dich tun?« fragte er, »wo brennt es?«
Dann sah er etwas Erstaunliches: Vom einem Augenblick zum nächsten veränderte sich die Königin. Gerade eben war sie noch eine verzweifelte Fremde gewesen, und jetzt stand wieder die Königin vor ihm, die er kannte. Ihre Stimme zitterte vor Furcht, obwohl es ihr gelang, ruhig zu antworten: »Es muß ein Traum gewesen sein. Der Traum von einem Feuer ... mehr nicht.«
»Erzähl uns deinen Traum, Herrin«, bat die Kammerfrau und trat

neben die Königin, während sie aufgeschreckt und vorsichtig dem Mann leise sagte: »Geh, du solltest nicht hier sein.«
»Ich habe die Pflicht, mich davon zu überzeugen, daß bei den Frauen des Königs alles in Ordnung ist«, erwiderte der Mann entschieden, ohne den Blick von dem nun wieder ruhigen Gesicht der Königin zu wenden.
»Laß ihn! Er tut nur seine Pflicht«, sagte Hekabe zu ihrer Kammerfrau. Aber ihre Stimme klang immer noch unsicher. Zu dem Wachposten sagte sie: »Ich versichere dir, es war nur ein schlimmer Traum. Die Frauen haben alle Räume durchsucht. Es brennt nirgends.«
»Wir müssen eine Priesterin vom Tempel kommen lassen«, sagte eine Frau neben Hekabe, »wir müssen wissen, welche Gefahr ein so schlimmer Traum ankündigt!«
Man hörte feste, laute Schritte. Die Tür wurde aufgestoßen. Im Türrahmen stand der König von Troia. Er war ein großer starker Mann über Dreißig mit festen Muskeln und selbst ohne Rüstung breitschultrig. Er hatte dunkle lockige Haare und einen dunklen, gestutzten, gekräuselten Bart. Er wollte im Namen aller Göttinnen und Götter wissen, was dieser Aufruhr in seinem Palast zu bedeuten habe.
»Mein Gebieter ...« Die Dienerinnen wichen zurück, als Priamos den Raum betrat.
»Geht es dir gut, meine Gebieterin?« fragte er, und Hekabe schlug die Augen nieder.
»Mein Gemahl und Gebieter, ich bedaure diese Aufregung. Ich hatte einen sehr schlimmen Traum.«
Priamos machte eine herrische Geste und befahl der Kammerfrau: »Geh und überzeuge dich, daß in den Gemächern der königlichen Kinder alles ruhig ist.« Die Frau eilte davon. Priamos war ein freundlicher Mann, aber man tat gut daran, ihm bei den relativ seltenen Gelegenheiten, wenn er verärgert war, nicht zu widersprechen. »Und du«, befahl er dem Wachposten, »du hast gehört, was die Königin gesagt hat. Geh sofort zum Tempel der Großen Mutter. Sage ihnen, daß die Königin einen Traum gehabt hat, der Böses verheißt. Wir brauchen auf der Stelle eine Priesterin, die ihn deuten kann!«

Der Mann rannte hinaus und die Stufen hinunter. Hekabe streckte die Hand nach Priamos aus.
»War es also wirklich nur ein Traum?« fragte er.
»Nur ein Traum«, sagte sie. Aber selbst die Erinnerung daran ließ sie erzittern.
»Erzähl mir den Traum, meine Liebe«, sagte er, führte sie zum Bett zurück, setzte sich auf den Rand und beugte sich vor, um ihre Finger – die kaum kleiner waren als seine – in seinen schwieligen Händen zu halten.
»Ich schäme mich so, alle wegen eines Alptraums aufzuwecken«, sagte sie.
»Nein, du hattest völlig recht«, sagte er, »wer weiß. Den Traum hat dir möglicherweise ein Gott geschickt, der dein Feind ist – oder meiner. Vielleicht hat ihn auch ein freundlicher Gott als Warnung vor einem Unglück geschickt. Erzähl ihn mir, Liebes.«
»Ich habe geträumt – ich habe geträumt...«, Hekabe schluckte mehrmals und versuchte, das Gefühl erstickender Angst zu vertreiben. »Ich habe geträumt, das Kind wäre geboren... ein Sohn. Und als ich dalag und zusah, wie er gewickelt wurde, befand sich plötzlich ein Gott im Raum...«
»Welcher Gott?« unterbrach Priamos sie heftig, »in welcher Gestalt?«
»Wie soll ich das wissen?« erwiderte Hekabe ganz vernünftig, »ich weiß wenig von den Olympiern. Aber ich bin sicher, ich habe keinen von ihnen beleidigt oder nicht die nötige Ehrfurcht erwiesen.«
»Sag mir, welche Gestalt oder Aussehen er hatte«, fragte Priamos.
»Er war ein bartloser Jüngling und höchstens sechs oder sieben Jahre älter als unser Hektor«, erwiderte Hekabe.
»Dann muß es Hermes gewesen sein, der Götterbote«, sagte Priamos.
»Warum sollte ein Gott der Argiver zu mir kommen?« rief Hekabe unwillig.
Priamos sagte: »Es steht uns nicht zu, die Wege der Götter zu tadeln. Wie soll ich das wissen? Erzähl weiter.«
Als Hekabe sprach, klang ihre Stimme immer noch unsicher. »Hermes oder welcher Gott es auch immer gewesen sein mag, beugte sich über die Wiege und nahm das Kind hoch...« Hekabe war

bleich, Schweißperlen standen ihr auf der Stirn, aber sie versuchte, ihrer Stimme Festigkeit zu geben, »aber es war kein Neugeborenes, sondern ein größeres Kind – ein nacktes, brennendes Kind – ich meine, es stand in Flammen und brannte wie eine Fackel. Das Kind bewegte sich, und Feuer breitete sich im Palast aus. Es brannte überall, und die Flammen griffen auf die Stadt über . . .« Schluchzend sank sie zusammen. »O, was kann das nur bedeuten?«

»Das wissen nur die Götter«, sagte Priamos und drückte ihr die Hand. Hekabe stammelte. »Im Traum rannte das Kind vor dem Gott her . . . ein brennendes Kind, das durch den Palast rannte. Hinter ihm fing ein Raum nach dem anderen Feuer. Dann rannte es hinunter und durch die Stadt. Ich stand auf dem Balkon, und hinter ihm begannen überall die Flammen zu züngeln, während es brennend immer weiter lief, bis ganz Troia brannte. Schließlich stand Troia von der Zitadelle bis zum Meer in Flammen. Und selbst das Meer flammte unter seinen Schritten auf . . .«

»Bei Poseidon«, murmelte Priamos leise, »welch ein schlechtes Omen . . . für Troia und für uns alle!«

Schweigend streichelte er ihre Hand, bis ein leises Geräusch vor der Tür die Priesterin ankündigte.

Sie trat ein und sagte ruhig und fröhlich: »Frieden sei mit allen in diesem Haus. Freut euch, o Herr und Herrin von Troia. Ich bin Sarmato. Ich bringe euch den Segen der Heiligen Mutter. Welchen Dienst kann ich der Königin erweisen?« Sie war eine große, kräftige Frau, vermutlich immer noch im gebärfähigen Alter, obwohl sich in ihren dunklen Haaren bereits graue Strähnen zeigten. Lächelnd sagte sie zu Hekabe: »Ich sehe, die Große Göttin hat dich bereits gesegnet, Königin. Bist du krank oder hast du Wehen?«

»Keines von beiden«, sagte Hekabe, »hat man es dir nicht gesagt, Priesterin? Ein Gott hat mir einen schlimmen Traum geschickt.«

»Erzähl ihn mir«, sagte Sarmato, »und sei ohne Furcht. Die Götter meinen es gut mit uns, dessen bin ich sicher. Deshalb rede und fürchte dich nicht.«

Hekabe erzählte den Traum noch einmal. Jetzt, nachdem sie völlig wach war, kam er ihr allmählich weniger schrecklich und eher verrückt vor. Trotzdem zitterte sie in Erinnerung an das Entsetzen, das sie im Traum empfunden hatte.

Die Priesterin runzelte leicht die Stirn. Als Hekabe mit ihrer Erzählung zu Ende war, fragte sie: »Bist du sicher, daß es nicht noch etwas gab?«
»Nichts, woran ich mich erinnern könnte, Herrin.«
Die Priesterin runzelte wieder die Stirn und holte aus einem Lederbeutel an ihrem Gürtel ein paar Kieselsteine hervor. Sie kniete sich auf den Fußboden und warf sie wie Würfel; dann betrachtete sie aufmerksam und murmelnd, wie sie gefallen waren, warf sie noch einmal und noch ein drittes Mal, sammelte sie schließlich wieder ein und legte sie in den Lederbeutel zurück.
Dann blickte sie zu Hekabe auf.
»So spricht der Bote der Götter des Olymp zu dir: Du trägst einen Sohn, auf dem ein böses Schicksal lastet. Er wird Troia zerstören.«
Hekabe hielt bestürzt den Atem an. Sie spürte, wie sich die starken, warmen und begütigenden Finger von Priamos um ihre schlossen.
»Läßt sich etwas tun, um dieses Schicksal abzuwenden?« fragte Priamos.
Die Priesterin erwiderte achselzuckend: »Bei dem Versuch, das Schicksal abzuwenden, ziehen die Menschen es oft auf sich. Die Götter haben dir eine Warnung geschickt. Aber sie haben nicht beschlossen, dir zu sagen, was du tun mußt, um das Unheil abzuwenden. Vielleicht ist es am sichersten, nichts zu tun.«
Priamos sagte finster: »Dann muß das Kind sofort nach der Geburt ausgesetzt werden.«
Hekabe rief entsetzt: »Nein! Nein! Es war nur ein Traum, ein Traum ...«
»Eine Warnung von Hermes«, sagte Priamos streng. »Setze den Jungen aus, sobald er geboren ist. Hast du mich verstanden?!« Er fügte die unabänderliche Formel hinzu, die den Worten die Kraft von Gesetzen gaben, die in Stein gehauen wurden: »Ich habe gesprochen. So soll es geschehen!«
Hekabe sank weinend in die Kissen, und Priamos sagte liebevoll: »Nicht um ganz Troia hätte ich dir diesen Kummer bereitet, meine Liebste. Aber mit den Göttern ist nicht zu spaßen.«
»Götter!« rief Hekabe außer sich. »Was für ein Gott ist das, der trügerische Alpträume schickt, um ein unschuldiges kleines Kind,

ein Neugeborenes, in der Wiege zu vernichten? Bei meinem Volk«, fügte sie vorwurfsvoll hinzu, »gehört das Kind seiner Mutter, und niemand außer ihr, die es beinahe ein Jahr getragen und geboren hat, kann sein Schicksal bestimmen. Wenn sie sich weigert, es zu stillen und großzuziehen, ist das ihre Entscheidung. Welches Recht hat jemand, der ein *Mann* ist?« Sie sagte nicht *nur* ein Mann. Aber ihr Ton verriet, daß sie das dachte.
»Das Recht eines *Vaters*«, erwiderte Priamos streng, »ich bin Herr in diesem Haus. Und es soll geschehen, was ich gesagt habe. Hast du mich verstanden, Frau!«
»Nenn mich nicht *Frau* in diesem Ton«, rief Hekabe, »ich bin eine freie Bürgerin und eine Königin und keine deiner Sklavinnen und Konkubinen!« Trotzdem wußte sie, Priamos würde seinen Willen durchsetzen. Als sie beschlossen hatte, einen der Männer zu heiraten, die in Städten wohnen und sich Rechte über ihre Frauen anmaßen, wußte sie, sie hatte sich mit seinen Gesetzen einverstanden erklärt. Priamos erhob sich und gab der Priesterin ein Goldstück. Sie verneigte sich und ging.
Drei Tage später setzten Hekabes Wehen ein, und sie gebar Zwillinge: zuerst einen Sohn und dann eine Tochter. Die beiden glichen sich wie eine Rosenknospe der anderen am selben Zweig. Sie waren beide gesund, wohlgeformt und schrien energisch, obwohl sie so winzig waren, daß Hekabe mit der Hand den Kopf des Jungen umfassen konnte. Das Mädchen war sogar noch winziger.
»Sieh ihn dir an, mein Gebieter«, sagte sie heftig zu Priamos, als er kam. »Er ist nicht größer als ein Kätzchen! Und du fürchtest, *ihn* habe ein Gott geschickt, um Unheil über unsere Stadt zu bringen?«
»Es ist etwas Wahres an dem, was du sagst«, räumte Priamos ein, »königliches Blut ist schließlich königliches Blut und geheiligt. Er ist der Sohn eines Königs von Troia ...« Er überlegte. »Bestimmt würde es reichen, ihn fern der Stadt aufziehen zu lassen. Ich habe einen alten, vertrauenswürdigen Diener, einen Hirten an den Hängen des Ida. Bei ihm soll das Kind aufwachsen. Bist du damit einverstanden, meine Gemahlin?«
Hekabe wußte, wenn sie es nicht war, würde man das Kind auf einem Berg aussetzen. Es war so klein und zart, daß es schnell sterben würde. »So sei es im Namen der Göttin«, sagte sie fügsam

und übergab den Jungen Priamos, der ihn ungeschickt hielt, wie jemand, der nicht gewöhnt ist, mit kleinen Kindern umzugehen. Er blickte dem Neugeborenen in die Augen und sagte: »Sei gegrüßt, mein kleiner Sohn.« Hekabe seufzte erleichtert. Nachdem ein Vater sein Kind formell anerkannt hatte, konnte er es nicht töten oder aussetzen lassen.
Man hatte Hektor und Polyxena erlaubt, ihre Mutter zu besuchen. Hektor fragte jetzt: »Wirst du meinem Bruder einen königlichen Namen geben, Vater?«
Priamos dachte stirnrunzelnd nach. Dann sagte er: »Alexandros. Also soll das Mädchen Alexandra heißen.«
Er ging und nahm Hektor mit sich. Hekabe blieb mit dem neugeborenen, dunkelhaarigen Mädchen im Arm zurück und sagte sich, der Gedanke müsse sie trösten, daß ihr Sohn lebte, selbst wenn sie ihn nicht aufziehen konnte, und daß ihr immer noch die Tochter blieb. *Alexandra?* dachte sie. *Ich werde sie Kassandra nennen.*
Polyxena war mit den Frauen zurückgeblieben und kam nun an Hekabes Bett. Hekabe fragte: »Gefällt dir deine kleine Schwester, mein Liebling?«
»Nein, sie ist rot und häßlich. Sie ist noch nicht einmal so hübsch wie meine Puppe«, sagte Polyxena.
»Alle kleinen Kinder sind so, wenn sie geboren werden«, sagte Hekabe, »du warst genauso rot und häßlich. Und sie wird bald genauso hübsch sein wie du.«
Das Kind fragte finster: »Warum willst du noch eine Tochter, Mutter, obwohl du mich hast?«
»Weil eine Tochter etwas Gutes ist, Liebling, aber mit zwei Töchtern ist man zweifach gesegnet.«
»Aber Vater findet nicht, daß zwei Söhne besser sind als ein Sohn«, widersprach Polyxena, und Hekabe erinnerte sich an die prophetischen Worte der Frau auf der Straße. In ihrem Stamm hielt man Zwillinge für ein schlechtes Omen, und sie wurden ausnahmslos getötet. Wäre sie bei ihrem Stamm geblieben, hätte sie mitansehen müssen, wie beide Kinder geopfert wurden.
Hekabe empfand immer noch eine Spur der abergläubischen Furcht. Was konnte für ein Unrecht geschehen sein, um ihr Zwillinge zu schicken, als sei sie ein Tier, das seine Jungen warf? Ja, die

Frauen ihres Stammes glaubten, daß Zwillinge getötet werden mußten. Aber sie hatte gehört, daß der Grund dafür nur war, daß eine Frau praktisch unmöglich zwei Kinder gleichzeitig stillen konnte. Zumindest mußten ihre Zwillinge nicht der Armut eines Stammes geopfert werden. Es gab genug Ammen in Troia; sie hätte beide Kinder behalten können. Aber Priamos hatte es anders bestimmt. Sie hatte ein Kind verloren – aber dank des Segens der Göttin nur eins, nicht beide.

Eine der Frauen murmelte so leise, daß Hekabe es beinahe nicht hörte: »Priamos ist verrückt! Er gibt einen Sohn weg und zieht eine Tochter groß!«

Bei meinem Volk, dachte Hekabe, *gilt eine Tochter nicht weniger als ein Sohn. Wenn dieses Mädchen in meinem Stamm geboren worden wäre, könnte ich sie als Kriegerin erziehen! Aber wenn sie in meinem Stamm geboren worden wäre, würde sie nicht mehr leben. Hier wird sie nur geschätzt, weil sie einen Brautpreis bringt, wenn sie wie ich an irgendeinen König verheiratet wird.*

Aber was würde aus ihrem Sohn werden? Würde er sein ganzes Leben unbekannt und unbeachtet als einfacher Hirte verbringen? Vielleicht war das besser als der Tod. Und der Gott, der ihr den Traum geschickt, und der deshalb für sein Schicksal verantwortlich war, würde ihn vielleicht beschützen.

3

Das gleißende Licht, das sich auf dem Meer und auf dem weißen Stein brach, schmerzte in den Augen. Kassandra kniff geblendet die Augen zusammen und zupfte vorsichtig an Hekabes Ärmel.

»Warum gehen wir heute in den Tempel«, fragte sie.

In Wirklichkeit hatte sie nichts dagegen. Es kam nur selten vor, daß sie die Frauengemächer und noch seltener, daß sie den Palast verlassen durfte. Sie freute sich über den Ausflug, und ihr war es im Grunde gleichgültig, wohin sie gehen würden.

Hekabe erwiderte freundlich: »Wir wollen beten, daß das Kind, das ich im Winter bekommen werde, ein Sohn ist.«

»Warum, Mutter? Du hast schon einen Sohn. Ich finde, du solltest noch eine Tochter haben. Du hast nur zwei Mädchen. Ich hätte lieber eine Schwester.«

»Das glaube ich«, sagte die Königin und lächelte. »Aber dein Vater möchte noch einen Sohn. Männer wollen immer Söhne, die heranwachsen, in ihren Heeren kämpfen und die Stadt verteidigen.«

»Ist Krieg?«

»Nein, im Augenblick nicht. Aber wenn eine Stadt so reich ist wie Troia, gibt es immer wieder Kriege.«

»Wenn ich noch eine Schwester bekomme, könnte sie vielleicht eine Kriegerin werden, wie du es gewesen bist. Sie könnte lernen, mit Waffen zu kämpfen, und die Stadt so gut wie ein Sohn verteidigen.« Kassandra überlegte. »Ich glaube, Polyxena könnte nicht kämpfen, sie ist zu weich und zu ängstlich. Ich wäre gerne eine Kriegerin, wie du es gewesen bist.«

»Das glaube ich gern, Kassandra. Aber in Troia ist das nicht Brauch.«

»Warum nicht?«

»Was meinst du mit warum nicht? Ein Brauch ist ein Brauch. Es gibt keinen Grund dafür.«

Kassandra blickte ihre Mutter zweifelnd an. Aber sie hatte bereits gelernt, keine Fragen mehr zu stellen, wenn sie diesen Ton bei ihr hörte. Sie hielt ihre Mutter insgeheim für die königlichste und schönste Frau der Welt. In ihrem weit ausgeschnittenen Mieder und dem gestuften Rock wirkte sie groß und stark, aber Kassandra glaubte mittlerweile nicht mehr, daß sie so allwissend war wie die Göttin. In den vergangenen sechs Jahren hatte sie beinahe jeden Tag gehört, wie das von ihrer Mutter behauptet wurde, und Jahr für Jahr weniger geglaubt. Aber wenn Hekabe in diesem Ton sprach, wußte Kassandra, sie würde keine bessere Erklärung bekommen.

»Erzähle mir, Mutter, von der Zeit, als du eine Kriegerin warst.«

»Ich gehöre zu den Nomaden, zum Stamm der Amazonen«, begann Hekabe. Sie war beinahe immer bereit, über ihr früheres Leben zu erzählen – seit ihrer letzten Schwangerschaft sogar noch bereitwilliger, wie Kassandra dachte. »Unsere Väter und Brüder gehörten zum Pferdevolk, und sie waren sehr tapfer.«

»Sind sie Krieger?«

»Nein, Kind. Bei den Reiterstämmen sind die Frauen die Krieger. Die Männer sind Zauberer und Heiler; sie wissen alles über Bäume und Kräuter.«
»Kann ich bei ihnen leben, wenn ich größer bin?«
»Bei den Zentauren? Natürlich nicht; Frauen können nicht in einem Männerstamm aufwachsen.«
»Nein, ich meine bei deinem Stamm, den Amazonen.«
»Ich glaube, dein Vater würde das nicht gerne sehen«, sagte Hekabe und dachte, diese kleine, ernste Tochter hätte sehr gut später einmal Anführerin der Amazonen ihres Stammes werden können. »Aber vielleicht läßt es sich eines Tages einrichten. Bei meinem Stamm hat der Vater nur etwas zu sagen, wenn es um seine Söhne geht; die Mutter bestimmt das Schicksal einer Tochter. Du müßtest lernen zu reiten und zu kämpfen.«
Hekabe griff nach der kleinen weichen Hand des Kindes und dachte, es sei wohl kaum die Hand einer Kriegerin.
»Was für ein Tempel ist das – dort?« fragte Kassandra und deutete zur höchsten Terrasse über ihnen, auf der ein strahlend weißes Gebäude in der Sonne leuchtete. Kassandra lehnte an der Mauer, die sich als Schutz neben der gewundenen Treppe entlangzog, und konnte unten die Dächer des Palastes und die kleinen Gestalten der Frauen sehen, die Wäsche zum Trocknen ausbreiteten; sie sah die kleinen Bäume in Kübeln, die leuchtenden Farben ihrer Kleider und die Matten, auf denen sie in der Sonne ruhten. Ganz weit unten entdeckte sie die Stadtmauer über der Ebene.
»Es ist der Tempel von Pallas Athene. Für das Volk deines Vaters ist sie die größte Göttin.«
»Ist sie auch die Große Göttin, die du Erdmutter nennst?«
»Alle Göttinnen sind eine Göttin, so wie alle Götter ein Gott sind. Aber sie zeigen sich den Menschen in den unterschiedlichen Städten und den jeweiligen Zeiten in verschiedenen Gestalten. Hier in Troia ist Pallas Athene die jungfräuliche Göttin, denn in ihrem Tempel hüten ihre Jungfrauen das größte Heiligtum unserer Stadt. Man nennt es das Palladium.« Hekabe brach ab, aber Kassandra witterte eine Geschichte und blieb mucksmäuschenstill. Hekabe sprach bedächtig weiter.
»Man sagt, als die Göttin Athene jung war, hatte sie eine sterbliche

Freundin, die libysche Jungfrau Pallas. Als Pallas starb, trauerte Athene so sehr um ihre Freundin, daß sie ihren Namen dem eigenen hinzufügte, und seit dieser Zeit kennt man sie als Pallas Athene. Sie schuf ein Bild ihrer Freundin und stellte es auf dem Olymp in den Tempel des Zeus. Damals war Erechtheos König von Kreta – er war einer der Vorväter deines Vaters, ehe sein Volk in diesen Teil der Welt kam. Erechtheos besaß eine große Herde von tausend schönen Rindern. Boreas, der Sohn des Nordwindes, liebte diese Rinder und kam als großer weißer Stier zu ihnen; und diese heiligen Stiere wurden die Stiergötter von Kreta.«

»Ich habe nicht gewußt, daß die Könige von Kreta unsere Vorväter waren«, sagte Kassandra.

»Es gibt vieles, was du nicht weißt«, sagte Hekabe tadelnd, und Kassanda hielt den Atem an. War ihre Mutter so verärgert, daß sie die Geschichte nicht zu Ende erzählen würde? Aber Hekabes Unmut schwand schnell, und sie sprach weiter.

»Ilos, der Sohn des Erechthos, kam an diese Küste und nahm an den heiligen Spielen teil. Er wurde Sieger der Spiele und erhielt als Preis fünfzig Jünglinge und fünfzig Jungfrauen. Aber er machte sie nicht zu Sklaven, sondern sagte: ›Ich werde sie freilassen und mit ihnen eine Stadt gründen.‹ Nach dem Willen der Götter bestieg er ein Schiff; er opferte dem Nordwind, damit er ihn an den richtigen Platz für seine Stadt führen würde, die er Ilion nennen wollte – das ist ein anderer Name für Troia.«

»Und hat der Nordwind ihn *hierher* gebracht?« fragte Kassandra.

»Nein, auf dem Meer brachte ihn ein Wirbelwind vom Kurs ab. Und als er in der Nähe der Mündung unseres heiligen Skamander ans Ufer getrieben wurde, schickten die Götter eine dieser Kühe, eine schöne Färse. Es war eine Tochter des Nordwindes. Und eine Stimme sprach zu Ilos: ›Folge der Kuh! Folge der Kuh! Wo sie sich niederläßt, baue deine Stadt.‹ Sie sahen, daß die Kuh dorthin lief, wo der Skamander eine Biegung machte und sich niederlegte; und dort baute Ilos Troia. Eines Nachts hörte er wieder eine Stimme vom Himmel, die sagte: ›Hüte das Bildnis, das ich dir gebe, denn solange Pallas in deiner Stadt weilt, wird sie nie fallen.‹ Er erwachte und sah das Bildnis der Pallas mit dem Spinnrocken in der einen und dem Speer in der anderen Hand, und es glich dem Bildnis der

Athene. Als er mit dem Bau der Stadt begann, errichtete er als erstes diesen Tempel an der höchsten Stelle – dort oben – und weihte ihn Athene. Damals war sie eine ziemlich neue Erscheinung der Göttin, eine der Großen des Olymp, und wurde selbst von denen verehrt, die die Himmelsgötter und den Donnerer anbeten. Ilos machte sie zur Schutzherrin der Stadt. Pallas Athene brachte uns die Kunst des Webens bei und schenkte uns die Weinrebe und die Olive, also Wein und Öl.«
»Aber heute gehen wir nicht zu ihrem Tempel, Mutter?«
»Nein, Liebes. Die jungfräuliche Göttin ist zwar auch die Schutzherrin der Geburt, und ich sollte ihr ebenfalls opfern. Aber heute gehen wir zum Sonnengott Apollon. Er ist auch der Herr der Orakel; er hat die große Python erschlagen, die Göttin der Unterwelt, und wurde so auch Herr der Unterwelt.«
»Sag mal, wenn die Python eine Göttin war, wie konnte er sie dann erschlagen?«
»Ach, ich glaube, als Sonnengott ist er stärker als jede Göttin«, erwiderte ihre Mutter, während sie begannen, den Hügel in der Mitte der Stadt hinaufzusteigen. Die Stufen führten steil nach oben, und Kassandras Beine wurden beim Klettern müde. Einmal blickte sie zurück. Sie befanden sich inzwischen so hoch, so nahe dem Tempel, daß sie über die Stadtmauer hinweg die großen Flüsse sehen konnten, die die Ebene durchzogen, sich vereinigten und als großes silbernes Band zum Meer flossen.
Einen Augenblick schien es ihr, als sei die Oberfläche des Meeres überschattet; Schiffe schienen die glitzernden Wellen zu verdunkeln. Sie rieb sich die Augen und fragte: »Sind das Vaters Schiffe?«
Hekabe drehte sich um und fragte: »Was für Schiffe? Ich sehe keine Schiffe. Ist das ein Spiel?«
»Nein, ich sehe sie. Sieh doch, eines hat ein graues Segel . . . Nein, es war die Sonne in meinen Augen. Jetzt sehe ich sie nicht mehr.«
Kassandras Augen brannten, und die Schiffe waren verschwunden. War dort wirklich etwas anderes als das gleißende Wasser gewesen?
Die Luft schien so klar zu sein; überall tanzten kleine Funken und zauberten einen dünnen Schleier, der jeden Augenblick zerreißen oder sich heben konnte und den Blick in eine andere Welt freigeben

würde, die hinter dieser Welt lag. Kassandra konnte sich nicht daran erinnern, schon einmal etwas Ähnliches gesehen zu haben. Ohne es zu wissen, spürte sie, daß es die Schiffe, die sie gesehen hatte, in jener anderen Welt gab. Vielleicht würde sie diese Schiffe eines Tages wirklich sehen. Kassandra war so jung, daß sie daran nichts Befremdliches fand. Ihre Mutter war weitergegangen, und Kassandra glaubte aus irgendeinem Grund, es würde die Königin beunruhigen, wenn sie noch einmal von den Schiffen sprach, die sie gesehen hatte, jetzt aber nicht mehr sehen konnte. Sie eilte hinter ihrer Mutter her, und ihr taten die Beine vom Treppensteigen weh.

Der Tempel des Apollon Helios, des Sonnengottes, stand ein gutes Stück unterhalb des Gipfels des Hügels, an den die große Stadt Troia gebaut war. Über ihm erhob sich nur noch der große hohe Tempel der jungfräulichen Athene. Aber er war der schönste Tempel der Stadt. Er war aus glänzend weißem Marmor erbaut und hatte auf allen Seiten hohe Säulen. Man hatte Kassandra mehr als einmal gesagt, daß dieser Tempel auf einem steinernen Fundament stand, das Titanen gelegt hatten, schon ehe die ältesten Menschen der Stadt geboren worden waren. Das Licht war so grell, daß Kassandra die Augen mit den Händen schützte. *Wenn dieser Tempel das Haus des Sonnengottes ist, dann muß natürlich hier so starkes, immerwährendes Licht scheinen,* dachte Kassandra.

Im Vorhof boten Händler alle möglichen Dinge an – Opfertiere, kleine Tonstatuetten des Gottes, Speisen und Getränke. Hekabe kaufte Kassandra die Scheibe einer süßen Melone. Sie glitt ihr köstlich durch die vom langen Anstieg trockene und staubige Kehle. Im Säulengang des nächsten Hofes war es kühl und schattig; einige der Priester und Würdenträger des Tempels erkannten die Königin und forderten sie ehrerbietig auf einzutreten.

»Seid willkommen, Herrin«, sagte einer, »und auch die kleine Prinzessin. Möchtet ihr hier Platz nehmen und euch ausruhen, bis die Priesterin dich sprechen kann?«

Man führte die Königin und die Prinzessin zu einer Marmorbank im Schatten. Kassandra saß ruhig neben ihrer Mutter und war froh, aus der Hitze zu sein. Sie aß die Melone auf und wischte sich die Hände am Unterkleid ab. Sie sah sich nach einem Platz für die

Schale um, denn es erschien ihr nicht richtig, die Schale unter den Augen der Priester und Priesterinnen einfach auf den Boden zu werfen. Sie rutschte von der Bank und entdeckte einen Korb, in dem bereits Obstschalen lagen, und warf ihre Schale hinein.
Dann ging sie langsam durch den Saal und fragte sich, was sie sehen würde. Welche Unterschiede bestanden wohl zwischen dem Haus eines Gottes und dem Haus eines Königs? Dies hier war natürlich nur der Vorraum; hier warteten die Leute auf eine Audienz. Im Palast gab es einen ähnlichen Saal; dorthin kamen die Bittsteller und warteten, wenn sie den König um eine Gunst bitten oder ihm ein Geschenk überbringen wollten. Kassandra überlegte, ob ER ein Schlafzimmer hatte, oder wo ER schlief und badete. Kassandra spähte in den großen dahinterliegenden Raum, in dem der Gott, wie sie vermutete, die Menschen empfing.
Und ER befand sich tatsächlich dort. Die Farben waren so lebensecht, daß Kassandra im ersten Augenblick nicht merkte, daß sie eine Statue sah. Es erschien ihr nur vernünftig, daß ein Gott etwas größer war, starr aufrecht stand und etwas abwesend, aber freundlich lächelte. Kassandra schlich sich hinein und lief bis zu den Füßen des Gottes. Sie glaubte, IHN wirklich sprechen zu hören; aber sie wußte, sie hörte nur eine Stimme in ihrem Kopf.
»*Kassandra*«, sagte ER, und sie fand es ganz natürlich, daß ein Gott ihren Namen kannte, ohne daß man ihm den Namen genannt hatte. »*Willst du meine Priesterin sein?*«
Sie flüsterte, ohne zu wissen, ob sie laut sprach, und auch ohne darauf zu achten: »Möchtest du mich haben, Großer Apollon?«
»*Ja, ich habe dich gerufen*«, sagte er. Er hatte eine herrliche, goldene Stimme, genau, wie sie sich die Stimme eines Gottes vorstellte. Man hatte ihr auch gesagt, daß der Sonnengott außerdem der Gott der Musik und des Gesangs war.
»Aber ich bin nur ein kleines Mädchen, und noch nicht alt genug, das Haus meines Vaters zu verlassen«, flüsterte sie.
»*Trotzdem sollst du daran denken, wenn der Tag kommt, daß du* MIR *gehörst*«, sagte die Stimme, und einen Augenblick lang wurden die goldenen Staubteilchen im schrägen Sonnenlicht zu einem einzigen großen Lichtstrahl, mit dem der Gott hinunterzugreifen und sie mit einer brennenden Geste zu berühren schien ... dann war

das Strahlen verschwunden, und Kassandra sah nur eine kalte reglose Statue vor sich, die überhaupt nicht dem Apollon glich, der zu ihr gesprochen hatte. Die Priesterin führte Hekabe jetzt vor die Statue, aber Kassandra zog an der Hand ihrer Mutter.

»Es ist gut«, flüsterte sie eifrig, »der Gott hat mir gesagt, ER wird dir gewähren, was du dir wünschst.«

Kassandra wußte nicht, wann sie das gehört hatte; sie *wußte* einfach, ihre Mutter würde einen Sohn bekommen, und wenn sie nun etwas wußte, was sie vorher nicht gewußt hatte, mußte es ihr der Gott gesagt haben. Und obwohl sie es nicht gehört hatte, wußte sie, daß sie die Wahrheit sagte.

Hekabe sah sie zweifelnd an, ließ ihre Hand los und folgte der Priesterin in den inneren Raum. Kassandra sah sich um.

Neben dem Altar stand ein kleines Weidenkörbchen. Kassandra warf einen Blick hinein und bemerkte eine leichte Bewegung. Zuerst glaubte sie, es seien Kätzchen und wunderte sich, denn Katzen wurden den Göttern nicht geopfert. Sie sah genauer hin und entdeckte zwei kleine zusammengerollte Schlangen im Körbchen. Schlangen gehörten dem Apollon der Unterwelt, das wußte sie. Ohne nachzudenken, griff sie in den Korb, nahm in jede Hand eine Schlange und hob sie an ihr Gesicht. Die Schlangen fühlten sich weich, warm und trocken an, und ihre Finger spürten kaum die Schuppen. Kassandra mußte die Schlangen einfach küssen. Sie fühlte sich seltsam hochgestimmt, und ihr war leicht übel; sie zitterte am ganzen Leib.

Kassandra wußte nicht, wie lange sie mit den Schlangen dort kauerte, und sie hätte nicht sagen können, was die Schlangen ihr erzählten. Sie wußte nur, daß sie ihnen die ganze Zeit aufmerksam zuhörte.

Plötzlich hörte sie einen ängstlichen, vorwurfsvollen Aufschrei: Sie erkannte die Stimme ihrer Mutter. Kassandra hob lächelnd den Kopf.

»Es ist gut«, sagte sie und blickte in das besorgte Gesicht der Priesterin hinter Hekabe. »Der Gott hat mir gesagt, ich darf es.«

»Leg sie schnell wieder zurück«, sagte die Priesterin, »du kannst nicht mit ihnen umgehen. Sie hätten dich sehr wohl auch beißen können.«

Kassandra streichelte jede Schlange noch einmal und legte sie dann vorsichtig in das Weidenkörbchen zurück. Sie glaubte zu spüren, daß die Schlangen sich nur ungern von ihr trennten; deshalb beugte sie sich hinunter und versprach ihnen, bald wiederzukommen und mit ihnen zu spielen.
»Du schlimmes, ungehorsames Mädchen«, rief Hekabe, als Kassandra sich erhob, und packte sie hart am Arm. Kassandra machte sich erschrocken los. Ihre Mutter war noch nie so zornig mit ihr gewesen, und sie verstand nicht, weshalb sie sich wegen einer solchen Sache so aufregte.
»Weißt du nicht, daß Schlangen giftig und gefährlich sind?«
»Aber sie gehören dem Gott«, verteidigte sich Kassandra. »Er würde nie zulassen, daß sie mich beißen.«
»Du hast großes Glück gehabt«, sagte die Priesterin.
»Aber du nimmst sie doch auch in die Hand und fürchtest dich nicht«, erwiderte Kassandra.
»Ich bin eine Priesterin und habe gelernt, mit ihnen umzugehen.«
»Apollon hat gesagt, ich soll seine Priesterin werden. Und ER hat mir gesagt, ich darf sie anfassen«, erwiderte Kassandra. Die Priesterin betrachtete sie nachdenklich und stirnrunzelnd.
»Ist das wahr, mein Kind?«
»Natürlich ist es nicht wahr«, erklärte Hekabe scharf. »Sie erfindet eine Geschichte! Sie erfindet immer alles mögliche.«
Das war so ungerecht und falsch, daß Kassandra zu weinen begann. Ihre Mutter packte sie wieder am Arm und zog sie nach draußen. Sie schob Kassandra vor sich her und so heftig die Stufen hinunter, daß sie stolperte und beinahe gefallen wäre. Der Tag schien all seinen goldenen Glanz verloren zu haben. Der Gott war verschwunden; Kassandra spürte SEINE Gegenwart nicht mehr, und deshalb hätte sie noch mehr weinen können als wegen des schmerzenden Griffs ihrer Mutter am Arm.
»Warum hast du so etwas gesagt«, schimpfte Hekabe wieder. »Bist du immer noch ein so kleines Kind, daß ich dich keine halbe Stunde allein lassen kann, ohne daß du etwas anstellst? Du spielst mit den Tempelschlangen – weißt du denn nicht, wie gefährlich Schlangen sind?«
»Der Gott hast gesagt, ER wird nicht zulassen, daß sie mir etwas

tun«, erwiderte Kassandra trotzig. Ihre Mutter preßte daraufhin ihren Arm noch einmal so fest, daß sie einen blauen Fleck bekam.
»So etwas darfst du nicht sagen.«
»Aber es ist die Wahrheit.«
»Unsinn. Wenn du so etwas noch einmal sagst«, erwiderte die Mutter verärgert, »werde ich dich schlagen!« Kassandra schwieg. Was geschehen war, war geschehen. Sie wollte nicht geschlagen werden. Aber sie kannte die Wahrheit und konnte sie nicht leugnen. Warum konnte die Mutter ihr nicht vertrauen? Sie log nie. Kassandra schmerzte es sehr, daß ihre Mutter und die Priesterin glaubten, sie hätte sich eine Geschichte ausgedacht, und als sie schweigend und ohne weiteren Protest die vielen Stufen hinunterstieg, während die Königin sie fest an der Hand hielt, dachte sie an Apollon und an seine sanfte Stimme. Ohne, daß es ihr bewußt wurde, wartete tief in ihrem Innern bereits etwas auf seinen Ruf.

4 Beim nächsten Vollmond gebar Hekabe einen Sohn; er sollte ihr letztes Kind sein. Sie nannten ihn Troilos. Kassandra stand am Bett ihrer Mutter im Geburtszimmer und blickte auf das Gesicht ihres Brüderchens. Sie war nicht überrascht. Aber als sie die Mutter daran erinnerte, daß sie seit dem Tempelbesuch wußte, daß das Kind ein Sohn sein würde, antwortete Hekabe sehr unfreundlich.
»Ja, das stimmt«, sagte sie und runzelte die Stirn. »Aber glaubst du wirklich, ein Gott habe mit dir gesprochen? Du willst dich nur wichtig machen, Kassandra. Ich will nichts davon wissen. So klein bist du nun auch wieder nicht mehr. Und es ist einfach kindisch, so etwas zu behaupten.«
Kassandra dachte wütend: Aber das Wichtige ist, ich habe es *gewußt*. Der Gott hat zu mir gesprochen. Sprach er also doch zu kleinen Kindern? Und warum ist Mutter darüber so zornig? Sie wußte, daß die Göttin zu ihrer Mutter sprach; sie hatte gesehen, wie die Göttin beim Segen über Hekabe kam, und wenn sie zur Erntezeit die Göttin beschwor.
»Hör zu, Kassandra«, sagte die Königin sehr ernst. »Es ist das größte Verbrechen, etwas anderes als die Wahrheit über einen Gott

zu sagen. Apollon ist der Gott der Wahrheit. Wenn du SEINEN Namen mißbrauchst, wird ER dich bestrafen, und SEIN Zorn ist schrecklich.«

»Aber ich sage die Wahrheit. Der Gott *hat* zu mir gesprochen«, erklärte Kassandra entschieden. Ihre Mutter seufzte. Nun ja, auch das gab es ...

»Ich glaube, dann muß man dich IHM überlassen. Aber ich warne dich, sprich mit niemandem darüber.«

In der ganzen Stadt herrschte Freude, da es nun noch einen Prinzen im Palast gab, noch einen Sohn des Priamos von seiner Königin. Kassandra blieb sich von nun an viel selbst überlassen. Sie verstand nicht, weshalb ein Prinz soviel wichtiger sein sollte als eine Prinzessin. Es nutzte nichts, ihre Mutter nach dem Grund zu fragen. Sie hätte ihre Schwester fragen können, aber für Polyxena schien nichts anderes wichtig zu sein als das Geschwätz mit den Kammerfrauen über hübsche Kleider, Schmuck und Hochzeiten. Kassandra fand das langweilig, auch wenn die Frauen ihr versicherten, sie würde sich mehr für die wichtigen Dinge im Leben einer Frau interessieren, wenn sie erst älter war. Kassandra wunderte sich, weshalb diese Dinge so wichtig sein sollten. Auch sie betrachtete gerne hübsche Kleider und Schmuck, hatte jedoch nicht den Wunsch, selbst so etwas zu tragen. Sie konnte die schönen Sachen an Polyxena und ihrer Mutter bewundern. Die Kammerfrauen ihrer Mutter fanden das Verhalten des Mädchens ebenso merkwürdig wie Kassandra sie. Einmal hatte sie sich hartnäckig geweigert, ein Zimmer zu betreten, und gerufen: »Die Dekke wird herunterfallen.« Drei Tage später bebte die Erde leicht, und die Decke stürzte ein.

Die Zeit verging, eine Jahreszeit folgte der anderen. Troilos begann, zuerst zu krabbeln, dann zu gehen und zu sprechen. Schneller, als Kassandra für möglich gehalten hätte, war er beinahe so groß wie sie selbst. Polyxena überragte inzwischen Hekabe und wurde in die Mysterien der Frauen eingeweiht.

Kassandra sehnte sich inbrünstig nach der Zeit, wenn man auch sie als Frau anerkennen würde, obwohl sie nicht erkennen konnte, daß die Einweihung Polyxena klüger gemacht hätte. Würde der Gott wieder zu ihr sprechen, wenn man sie in die Mysterien eingeweiht hatte? In all den Jahren hatte sie seine Stimme nicht wieder gehört. Vielleicht hatte ihre Mutter doch recht, und sie hatte sich alles nur eingebildet. Kassandra sehnte sich danach, die Stimme wieder zu hören, und sei es auch nur, um sicher sein zu können, daß alles keine Einbildung gewesen war. Aber in ihr Sehnen mischte sich Zögern; eine Frau sein, schien zu bedeuten, sich unwiderruflich zu verändern und all das zu verlieren, was sie zu Kassandra machte. Polyxena war nun an das Leben in den Frauengemächern gefesselt, und sie schien damit zufrieden zu sein. Der Verlust der Freiheit schien ihr nichts auszumachen, und sie schmiedete mit Kassandra auch keine Pläne mehr, wie sie hinunter in die Stadt laufen könnten. Bald war Troilos alt genug, um in den Räumen der Männer zu schlafen. Kassandra war inzwischen zwölf. Sie wuchs und erkannte an Veränderungen ihres Körpers, daß man auch sie bald zu den Frauen im Palast zählen würde, und man ihr dann auch nicht länger erlauben würde, nach Belieben herumzulaufen.

Sie ließ sich gehorsam von der alten Amme ihrer Mutter das Spinnen und Weben beibringen. Hesione, die unverheiratete Schwester ihres Vaters, half ihr dabei, den Faden zu spinnen und für ihre Tonpuppe, die ihr immer noch lieb und teuer war, ein Kleidchen zu weben. Kassandra haßte die mühselige Arbeit, bei der ihr die Finger schmerzten, aber als sie fertig war, erfüllte sie Stolz auf ihr Werk. Kassandra teilte mit Polyxena und Hesione ein Zimmer in den Frauengemächern. Ihre Schwester war sechzehn und alt genug, um zu heiraten. Hesione, eine lebhafte junge Frau in den Zwanzigern, hatte die gleichen dunklen, lockigen Haare wie Priamos und strahlend grüne Augen. Nach den scheinbar sinnlosen Verhaltensregeln, die ihre Mutter und Hesione ihr aufzwangen, mußte Kassandra im Palast bleiben und alle interessanten Dinge übersehen, die sich draußen in der Stadt ereigneten. Aber an manchen Tagen gelang es ihr, den wachsamen Frauen zu entfliehen, und dann lief sie allein zu einem ihrer geheimen Plätze.

Eines Morgens schlich sie aus dem Palast, lief durch die Straßen und schlug den Weg ein, der hinauf zu Apollons Tempel führte.

Sie wollte nicht bis zum Tempel und hatte auch nicht das Gefühl, daß der Gott sie gerufen hatte. Sie sagte sich, sie werde es wissen, wenn es soweit sei. Auf halbem Weg drehte sie sich um, blickte zum Hafen hinunter und sah die Schiffe. Es waren die gleichen Schiffe, die sie an dem Tag gesehen hatte, als der Gott zu ihr sprach. Aber nun wußte Kassandra, die Schiffe kamen aus dem Süden, aus dem Inselreich der Achaier und aus Kreta. Sie wollten Handel mit den hyperboräischen Ländern treiben. Erregt dachte Kassandra daran, daß diese Schiffe in das Land des Nordwindes wollten, dessen Atem die großen Stiergötter Kretas erschaffen hatte. Sie wäre am liebsten mit den Schiffen in den Norden gefahren, aber sie wußte, das würde nie geschehen. Frauen durften nicht auf den großen Handelsschiffen reisen, die auf dem Weg durch die Meerenge Tribut an König Priamos und an Troia entrichten mußten. Während sie auf die Schiffe hinunterblickte, erfaßte sie plötzlich ein Schauder, der keinem körperlichen Gefühl glich, das sie bisher kannte. Ihr ganzer Körper erbebte . . .

Sie lag in einer Ecke auf einem Schiff, das sich mit der Bewegung der Wellen hob und senkte. Ihr war übel, sie fühlte sich krank und erschöpft und zitterte vor Entsetzen und Schmerzen. Doch als sie zum Himmel über dem großen, in der Sonne schimmernden Segel hinaufblickte, sah sie den blauen Himmel, an dem Apollons Sonne strahlte. Ein Mann blickte leidenschaftlich, haßerfüllt und triumphierend auf sie hinunter. In einem Augenblick des Entsetzens prägte sich ihr dieses Bild für immer ein. Kassandra hatte noch nie echte Angst oder echte Scham erlebt, sondern nur vorübergehende Verlegenheit nach einem Tadel ihrer Mutter oder ihres Vaters. Jetzt kannte sie den Gipfel von beidem. Ein Teil ihres Bewußtseins sagte ihr, daß sie diesen Mann noch nie im Leben gesehen hatte, doch sie wußte, sie würde sein Gesicht mit der großen Hakennase nie vergessen, die wie der Schnabel eines Raubvogels wirkte, den Augen, die wie die Augen eines Falken glänzten, das grausame wilde Lächeln und das harte, vorspringende Kinn; ein schwarzbärtiges Gesicht, das sie mit Angst und Schrecken erfüllte.

Von einem Atemzug zum nächsten war alles vorbei. Kassandra stand auf den Stufen, und die Schiffe lagen tief unter ihr im Hafen. Trotzdem *wußte* sie, noch vor einem Augenblick hatte sie als Gefangene auf einem der Schiffe gelegen –, das harte Deck unter dem Körper hob und senkte sich, der salzige Wind strich über sie hinweg, sie hörte das Klatschen des Segels und das Knarren der hölzernen Schiffsplanken. Wieder spürte sie das Entsetzen und das eigenartige Hochgefühl, das sie nicht verstehen konnte.

In diesem Augenblick konnte sie nicht wissen, was geschehen war, oder warum es geschehen war. Kassandra drehte sich um und blickte zum Gipfel hinauf, wo der Tempel der Pallas Athene weiß über dem Hafen und der Stadt aufragte. Sie betete zu der jungfräulichen Göttin, daß alles, was sie gesehen und empfunden hatte, nichts anderes als ein Alptraum gewesen sei. Würde es eines Tages wirklich geschehen . . .? Würde sie als geschändete Gefangene auf dem Schiff liegen, als Beute dieses wilden Mannes mit dem Falkengesicht? Er glich keinem Troianer, den Kassandra kannte . . . Sie schüttelte das starre Entsetzen – ihres Alptraums? Ihrer Vision? – ab und blickte in das Landesinnere, wo sich der hohe heilige Berg Ida erhob. Irgendwo an seinen Hängen . . . nein, das hatte sie geträumt. Sie war nie auf den Hängen des Ida gewesen. Ganz oben lag ewiger Schnee und weiter unten, wie man ihr erzählt hatte, weideten auf den grünen Wiesen die vielen großen Herden ihres Vaters unter der Obhut von Hirten. Sie rieb sich heftig die Augen. *Wenn ich doch nur einen Blick auf das werfen könnte, was meine Augen nicht mehr sehen . . .*

Selbst Jahre später, als alles, was mit Prophezeiungen und Hellsehen zu tun hatte, für Kassandra zur zweiten Natur geworden war, wußte sie nie genau, wann das plötzliche Wissen sie überkam, das ihr sagte, was sie als nächstes tun mußte. Sie behauptete nie und glaubte auch nicht, die Stimme des Gottes zu hören. *Das* hätte sie gewußt und *diese* Stimme hätte sie sofort erkannt. Das Wissen war einfach *da* als Teil ihres Wesens. Kassandra drehte sich um und kehrte schnell zum Palast zurück. Sie lief durch eine Straße, die sie kannte, und blickte beinahe traurig auf den Brunnen. Nein, sein Wasser war dafür nicht ruhig genug . . .

Im Vorhof sah sie eine der Frauen ihrer Mutter und versteckte sich hinter einer Säule, denn sie befürchtete, die Frau sei vielleicht geschickt worden, sie zu suchen. Inzwischen gab es immer Ärger, wenn sie die Frauengemächer verließ.

Wie dumm! Es nützt Hesione nichts, daß sie im Palast bleibt, dachte Kassandra ohne zu wissen, was sie damit meinte. Der Gedanke an Hesione machte ihr plötzlich Angst. Sie wußte nicht warum, aber sie hatte die Vorstellung, daß sie Hesione warnen sollte. *Warnen? Wovor? Warum? Nein, es würde nichts nützen. Was geschehen muß, wird geschehen.* Irgend etwas drängte sie, zu Hesione oder zu ihrer Mutter, zu Polyxena oder zu ihrer Amme zu eilen, zu irgend jemandem, der ihr über den namenlosen Schrecken hinweghelfen würde – ein Schrecken, bei dem ihr die Knie zitterten, und bei dem es ihr im Magen flau wurde. Aber worin ihre Mission auch bestehen mochte, sie war ihr wichtiger als jede eingebildete oder vorausgesehene Gefahr für einen anderen. Kassandra kauerte immer noch hinter der Säule; die Frau war nicht mehr zu sehen. *Ich hatte Angst, sie könnte mich entdecken.*

Angst? Nein! Bis jetzt wußte ich nicht, was das bedeutet! Nach dem Entsetzen, in das sie die Vision von dem Schiff sie versetzt hatte, wußte Kassandra, daß ihr alles andere keine Angst mehr einjagen konnte. Trotzdem wollte sie nicht, daß sie jemand in diesem Zustand sah. Vielleicht würde man sie daran hindern zu tun, was getan werden *mußte.* Sie eilte in die Frauengemächer und fand eine Tonschale, die sie mit frischem Wasser aus der Zisterne füllte. Dann kniete sie sich vor die Schale.

Sie starrte in das Wasser und sah zunächst nur ihr Gesicht, das sie wie ein Spiegelbild ansah. Dann zogen Schatten über die Wasseroberfläche, und Kassandra wußte, jetzt sah sie das Gesicht eines Jungen vor sich, das ihrem Gesicht völlig glich: das gleiche dichte, glatte dunkle Haar; die gleichen tiefliegenden Augen unter langen dichten Wimpern. Er blickte durch sie hindurch auf etwas, das sie nicht sehen konnte . . .

Die Sorge um das Wohlergehen der Schafe; er kennt jedes beim Namen, überlegt sich jeden Schritt. Er hat das innere Wissen, wo sie sind, und was für jedes einzelne getan werden muß, als leite ihn eine geheimnisvolle Weisheit.

Kassandra wünschte sich leidenschaftlich, man würde ihr ebenso verantwortungsvolle und wichtige Arbeiten anvertrauen. Sie kniete einige Zeit vor der Schale und fragte sich, weshalb sie ihn gesehen hatte, und was es bedeuten könne. Sie merkte nicht, daß ihre Muskeln sich verkrampft hatten, und daß sie fror, auch nicht, daß ihr die Knie von der langen, unbeweglichen Haltung schmerzten. Sie blickte durch seine Augen, teilte seinen Ärger, wenn eines der Tiere stolperte, teilte seine Freude über die Sonne. Ihre Gedanken streiften die flüchtigen Sorgen und Ängste – vor Wölfen oder größeren und gefährlicheren Tieren . . . Sie *war* der fremde Junge, dessen Gesicht ihr als Spiegelbild entgegenblickte. Ein plötzlicher Schrei riß sie aus dieser hingebungsvollen Vereinigung.

»He! Hilfe! Oh, Feuer, Mord. Vergewaltigung! Hilfe!« Im ersten Augenblick glaubte Kassandra, der Junge habe gerufen. Aber nein, es war eine andere Art Schrei. Sie hatte ihn mit den Ohren gehört, und er riß sie aus ihrer Trance.

Wieder eine Vision, aber diesmal ohne Schmerz und Angst. Kommen diese Visionen von einem Gott? Kassandra wurde sich mit einem schmerzlichen Ruck bewußt, wo sie war: im Hof der Frauengemächer.

Plötzlich roch sie Rauch, und die Schale, in die sie immer noch starrte, verdunkelte sich, kippte zur Seite, und das Wasser floß auf den Boden. Es nahm die Stille der Vision mit sich, und Kassandra stellte fest, daß sie sich wieder bewegen konnte.

Fremde Schritte hallten auf dem Boden; sie hörte ihre Mutter schreien und rannte zum Gang. Er war leer; sie hörte nur das Geschrei der Frauen. Dann sah sie zwei Männer in Rüstung, die Helme mit hohen Helmbüschen trugen. Die Männer waren groß – größer als ihr Vater oder der junge Hektor; es waren kräftige, behaarte, wild aussehende Männer, unter deren Helmen blonde Haare hervorhingen. Der eine trug eine schreiende Frau über der Schulter. Entsetzt erkannte Kassandra die Frau: es war ihre Tante Hesione.

Kassandra wußte nicht, was geschah, oder warum; sie war immer noch halb in ihrer Vision gefangen. Die Krieger stürmten an ihr vorbei, so dicht und so schnell, daß der eine sie beinahe umgestoßen hätte. Sie wollte hinter ihnen herlaufen, weil sie die unbestimmte Vorstellung hatte, sie könnte Hesione irgendwie helfen. Aber die beiden Männer waren bereits im Freien und stürmten die Stufen vor dem Palast hinunter. Als könnte Kassandra ihnen mit ihrer inneren Sicht folgen, sah sie die schreiende Hesione, die durch die Stadt getragen wurde. Die Menschen stoben vor den Eindringlingen auseinander, als könne der Blick dieser Männer sie wie das Haupt der Medusa in Stein verwandeln – als dürften sie die Achaier nicht nur nicht ansehen, sondern als dürften sie auch von ihnen nicht gesehen werden.

Von der Unterstadt drang wildes Geschrei herauf, und es schien so, als würden alle Frauen im Palast im Chor miteinstimmen.

Die Schreie hielten eine Weile an und wurden dann zu einer herzzerreißenden Klage. Kassandra machte sich auf die Suche nach ihrer Mutter. Plötzlich erfaßten sie Angst und Schuldgefühle, weil sie nicht früher daran gedacht hatte, daß man vielleicht auch Hekabe entführt hatte. In der Ferne hörte sie schwach das Klirren von Waffen, das Kriegsgeschrei der Männer ihres Vaters, die mit den Eindringlingen kämpften, die zurück zu ihren Schiffen flohen. Aber Kassandra wußte irgendwie, daß der Kampf vergebens war.
Wird das, was ich gesehen und empfunden habe, Hesione widerfahren? Wird der schreckliche Mann mit dem Falkengesicht sie als Gefangene entführen? Habe ich gesehen, noch schlimmer, habe ich empfunden, was sie erleiden wird?
Sie wußte nicht, ob sie hoffen sollte, daß sie das nie erleiden würde, oder ob sie sich schämen mußte, weil sie dieses Schicksal ihrer geliebten jungen Tante gewünscht hatte.
Sie kam in das Gemach ihrer Mutter. Hekabe saß leichenblaß da und hielt den kleinen Troilos auf dem Schoß.
»Da bist du ja, du ungezogenes Mädchen«, sagte eine der Ammen. »Wir fürchteten schon, die achaischen Räuber hätten dich auch mitgenommen.«
Kassandra lief zu ihrer Mutter und sank neben ihr auf die Knie. »Ich habe gesehen, wie sie Tante Hesione mitgenommen haben«, flüsterte sie. »Was wird mit ihr geschehen?«
»Sie werden Hesione mit in ihr Land nehmen und dort festhalten, bis dein Vater sie freikauft«, sagte Hekabe und wischte sich die Tränen ab.
Vor der Tür hörte man laute Schritte, die Kassandra immer mit ihrem Vater in Verbindung brachte, und Priamos kam herein. Er war zum Kampf gerüstet, aber einige Schnallen der Rüstung waren nur halb befestigt, als habe er sie zu schnell angelegt.
Hekabe hob den Kopf und sah hinter Priamos den bewaffneten Hektor – ein schlanker, neunzehnjähriger Krieger.
»Meine Liebe, geht es dir und den Kindern gut?« fragte der König. »Heute hat dein ältester Sohn als echter Krieger an meiner Seite gekämpft.«
»Und Hesione?« fragte Hekabe.
»Sie ist weg. Es waren zu viele für uns, und sie hatten bereits die

Schiffe erreicht, ehe wir sie einholten«, erklärte Priamos. »Du weißt sehr gut, daß es ihnen nicht um die Frau geht. Sie ist nur meine Schwester, und deshalb glauben sie, mich zu Zugeständnissen und zum Erlaß der Hafengebühren zu bewegen – das ist alles.« Angewidert stellte er den Speer an die Wand.

Hekabe rief Hektor zu sich und machte großes Aufhebens um ihn, bis er sich freimachte und gereizt sagte: »Genug, Mutter, ich bin kein kleines Kind mehr, das noch an deinen Röcken hängt.«

»Soll ich Wein kommen lassen, mein Gebieter?« fragte Hekabe, setzte das Kind ab und erhob sich pflichtschuldig. Aber Priamos schüttelte den Kopf.

»Nur keine Umstände«, sagte er, »ich hätte dich nicht gestört, aber ich dachte, du würdest gerne erfahren, daß dein Sohn seine erste Schlacht ehrenhaft und ohne Wunden überstanden hat.«

Er verließ den Raum, und Hekabe sagte leise: »Eine Schlacht! Er kann es nicht erwarten, zu seiner neuesten Frau zu kommen, das ist alles. Sie gibt ihm Wein ohne Wasser, und danach geht es ihm schlecht! Und Hesione – an ihr liegt ihm nichts! Solange die Achaier seinen Schiffsverkehr nicht stören, könnten sie uns alle rauben, und er hätte nichts dagegen!«

Kassandra wußte, es war besser, ihrer Mutter in einem solchen Augenblick keine weiteren Fragen zu stellen. Aber als sie sich am Abend alle im großen Eßsaal des Palastes versammelten (Priamos folgte noch der alten Sitte, nach der Männer und Frauen gemeinsam aßen, nicht der neuen Mode, nach der die Frauen ihre Mahlzeiten allein in den Frauengemächern einnahmen – »damit die Frauen sich nicht fremden Männern zeigen müssen« –, wie die achaischen Sklaven sagten), wartete sie, bis Priamos guter Laune war, mit ihrer Mutter den besten Wein teilte und Polyxena zu sich rief, die er immer bevorzugte und aufforderte, sich neben ihn zu setzen. Dann näherte sich Kassandra unauffällig. Er winkte sie zu sich und fragte gutmütig: »Was möchtest du, Augenstern?«

»Ich will dich nur etwas fragen, Vater ... etwas, das ich heute gesehen habe.«

»Wenn es um Tante Hesione geht ...«, begann er.

»Nein, Herr, aber glaubst du, die Achaier werden Lösegeld für sie fordern?«

»Wahrscheinlich nicht«, erwiderte Priamos. »Vermutlich wird sie einer heiraten und versuchen, deshalb Rechte in Troia zu beanspruchen.«
»Die Arme«, flüsterte Kassandra.
»So schlecht ist es für sie gar nicht. Sie wird bei den Achaiern einen guten Mann bekommen, und vielleicht wird das dieses Jahr den Krieg wegen der Handelsrechte verhindern«, sagte Priamos. »Früher kamen viele Ehen auf diese Weise zustande.«
»Wie schrecklich«, sagte Polyxena ängstlich. »Ich möchte nicht so weit von zu Hause entfernt heiraten. Ich möchte lieber eine richtige Hochzeit und nicht einfach davongeschleppt werden!«
»Nun ja, ich bin sicher, dafür können wir früher oder später schon sorgen«, erklärte Priamos freundlich. »Da ist zum Beispiel der junge Achilleus, ein Verwandter deiner Mutter, wie man sagt, deutet alles darauf hin, daß er ein großer Krieger wird . . .«
Hekabe schüttelte den Kopf. Sie sagte: »Achilleus ist seiner Base Deidameia, der Tochter des Lykomedes, versprochen, und mir wäre es lieber, meine Tochter hätte nichts mit dieser Sippe zu tun.«
»Trotzdem, wenn er Ruhm und Ehre gewinnen sollte . . . Ich habe gehört, der Junge ist bereits ein großer Jäger von Löwen und Keilern«, widersprach Priamos. »Ich hätte ihn gerne zum Schwiegersohn.« Er seufzte. »Wir haben noch genug Zeit, um über Ehemänner und Hochzeiten der Mädchen nachzudenken. Was hast du heute gesehen, kleine Kassandra?«
Schon, als ihr die Worte über die Lippen kamen, glaubte Kassandra, sie hätte wahrscheinlich besser geschwiegen; über das, was sie in der Schale gesehen hatte, sollte man nicht sprechen. Aber ihre Verwirrung und ihr Wissensdurst waren so groß gewesen, daß sie sich nicht zurückhalten konnte, und die Worte sprudelten aus ihr heraus: »Vater, sag mir doch, wer ist der Junge, den ich heute gesehen habe? Er hat genau das gleiche Gesicht wie ich.«
Priamos funkelte sie wütend an, und sie begann, vor Schreck zu zittern. Er starrte über ihren Kopf hinweg und fragte Hekabe mit drohender Stimme: »Wo bist du mit ihr gewesen?«
Hekabe sah ihn verständnislos an und sagte: »Ich bin nirgends mit ihr gewesen. Ich habe nicht die leiseste Ahnung, wovon sie spricht.«

»Komm her, Kassandra«, sagte Priamos, runzelte unheilvoll die Stirn und schob Polyxena von seinem Knie. »Erzähle mir mehr. Wo hast du den Jungen gesehen? War er in der Stadt?«
»Nein, Vater, ich habe ihn nur in der Schale im Wasser gesehen. Er hütet die Schafe auf dem Berg Ida und sieht genauso aus wie ich.«
Kassandra erschrak über die plötzliche Veränderung im Gesicht ihres Vaters. Er brüllte: »Und was tust du mit der Wasserschale, du kleines Aas?«
Wutentbrannt wandte er sich an Hekabe, und Kassandra glaubte im ersten Moment, er werde die Königin schlagen.
»Das ist dein Werk – ich überlasse die Erziehung der Mädchen dir, und eine meiner Töchter beschäftigt sich mit Wahrsagerei, Zauberei, Orakeln und ähnlichem ...«
»Aber wer *ist* es?« fragte Kassandra. Der Wunsch nach einer Antwort war stärker als die Angst. »Und warum sieht er mir so ähnlich?«
Ihr Vater brüllte und schlug ihr mit solcher Gewalt ins Gesicht, daß sie das Gleichgewicht verlor, die Stufen seines Throns hinunterfiel und sich dabei den Kopf anschlug.
Ihre Mutter schrie empört auf, eilte herbei und hob Kassandra hoch. »Was hast du mit meiner Tochter gemacht, du Grobian?«
Priamos starrte seine Frau glühend vor Zorn an und stand auf. Er hob die Hand und wollte sie schlagen. Kassandra schrie schluchzend: »Nein! Du darfst Mutter nicht schlagen! Sie hat nichts getan ...« Undeutlich sah sie Polyxena, die sie mit großen Augen anstarrte, sich aber nicht getraute, etwas zu sagen. Eher verächtlich als wütend dachte Kassandra: *Sie steht daneben und würde zulassen, daß der König unsere Mutter schlägt?* und rief: »Es ist nicht Mutters Schuld. Sie hat nichts davon gewußt. Der Gott hat gesagt, ich darf es tun. ER hat gesagt, wenn ich groß bin, soll ich SEINE Priesterin werden. Und ER hat mir gezeigt, wie ich in der Wasserschale etwas sehe ...«
»Schweig!« befahl Priamos und starrte über sie hinweg Hekabe böse an. Kassandra wußte nicht, weshalb er so zornig war.
»Ich dulde keine Zauberei in meinem Palast, Herrin! Hast du verstanden?« sagte Priamos. »Schick sie weg, laß sie woanders erziehen, ehe sie die anderen Mädchen, die richtigen Mädchen mit

diesem Unsinn ansteckt ...« Er sah sich um, und sein finsteres Gesicht hellte sich auf, als sein Blick auf die schluchzende Polyxena fiel. Dann starrte er wütend auf Kassandra, die immer noch am Boden kauerte und sich den blutenden Kopf hielt. Jetzt wußte sie, daß den Jungen, dessen Gesicht sie gesehen hatte, *wirklich* ein Geheimnis umgab.

Er wollte auch nicht über Hesione sprechen. Sie ist ihm gleichgültig. Er ist zufrieden damit, daß sie einen dieser Räuber heiraten wird, die sie weggeschleppt haben.

Dieser Gedanke in Verbindung mit der Angst und der Schande der Vision – wenn es eine Vision gewesen war –, erfüllte sie mit plötzlicher Furcht.

Vater will es mir nicht sagen. Gut, dann werde ich eben Apollon, den Gott fragen.

ER weiß sogar noch mehr als Vater. Und ER hat mir gesagt, ich soll ihm gehören. Und wenn ein Mann mich wie Hesione wegschleppen wollte, würde ER es nicht zulassen. Vater ist damit einverstanden, daß man sie verheiratet. Hätte dieser Mann mich entführt, würde er eine solche Ehe wahrscheinlich auch zulassen.

Ihre Vision von dem Mann mit dem Falkengesicht würde Kassandra nie vergessen. Aber sie wollte nicht daran denken, schloß die Augen und versuchte, sich wieder die goldene Stimme des Sonnengottes in Erinnerung zu rufen und seine Worte:

Du gehörst MIR.

5

Kassandra hatte immer noch gelbe und grüne Flecken, als der Mond inzwischen morgens als blasse schmale Sichel am Himmel hing. Sie stand neben ihrer Mutter, die ein paar Gewänder, Kassandras neue Sandalen und einen neuen, gut gefütterten Umhang in einen Lederbeutel packte.

»Es ist doch noch nicht Winter«, protestierte Kassandra.

»In der Ebene ist es kälter«, sagte Hekabe, »glaub mir, du wirst ihn beim Reiten brauchen, mein Liebling.«

Kassandra lehnte sich an ihre Mutter und sagte beinahe unter Tränen: »Ich will nicht weg von dir.«

»Du wirst mir auch fehlen. Aber ich glaube, du wirst glücklich sein«, sagte Hekabe, »ich würde gern mitkommen.«
»Warum kommst du nicht mit, Mutter?«
»Dein Vater braucht mich.«
»Nein«, widersprach Kassandra, »er hat seine anderen Frauen. Er wird auch ohne dich zurechtkommen.«
»Ganz bestimmt«, sagte Hekabe und verzog dabei leicht das Gesicht, »aber ich möchte ihn nicht den anderen Frauen überlassen. Sie achten wenig auf seine Gesundheit und auf seine Ehre wie ich. Außerdem ist da noch dein kleiner Bruder, und er braucht mich.«
Warum braucht er dich? dachte Kassandra, denn am Beginn des neuen Jahres hatte man Troilos zu den Männern geschickt. Aber wenn ihre Mutter nicht gehen wollte, konnte sie nichts dagegen tun. Kassandra hoffte, sie würde keine Kinder bekommen, wenn Kinder bedeuteten, daß man nie mehr tun das konnte, was man eigentlich wollte.
Hekabe hob den Kopf, denn sie hatte im Hof Geräusche gehört. »Ich glaube, sie kommen«, sagte sie und nahm Kassandra bei der Hand. Zusammen eilten sie die große Treppe nach unten.
Viele Leute aus dem Haushalt hatten sich versammelt und starrten die Frauen an, die auf einem Rappen, einem Schimmel und einem Braunen geradewegs in den Hof geritten waren. Die Anführerin, eine große Frau mit einem hellen, sommersprossigen Gesicht sprang vom Pferd, lief zu Hekabe und umarmte sie.
»Schwester! Wie schön dich zu sehen«, rief sie. Hekabe drückte sie fest an sich, und Kassandra staunte, daß ihre sonst so gelassene Mutter gleichzeitig weinte und lachte. Die große Fremde ließ sie los und sagte: »Das Leben im Haus hat dich dick und weich gemacht. Deine Haut ist blaß und weiß. Du könntest dein eigener Geist sein!«
»Ist es so schlimm?« fragte Hekabe.
Die Frau sah sie mißbilligend an und fragte: »Und das sind deine Töchter? Sind es auch Hausmäuse?«
»Das mußt du selbst entscheiden«, erwiderte Hekabe und winkte den Mädchen näherzutreten. »Das ist Polyxena. Sie ist schon sechzehn.«
»Sie wirkt zu zart für ein Leben im Freien, wie wir es führen,

Hekabe. Ich glaube, du hast sie zu lange im Haus gehalten. Aber wir werden tun, was wir können, und sie dir gesund und stark zurückbringen.« Polyxena verkroch sich hinter ihrer Mutter, und die große Amazone lachte.

»Nein?«

»Nein. Du sollst Kassandra, die Kleine, haben«, sagte Hekabe.

»Die Kleine? Wie alt ist sie?«

»Zwölf«, erwiderte Hekabe, »Kassandra, mein Kind, komm und begrüße deine Tante Penthesilea, unsere Stammeskönigin.«

Kassandra betrachtete die ältere Frau aufmerksam. Sie war einige Fingerbreit größer als Hekabe, die eine große Frau war. Sie trug eine spitze Ledermütze, unter der Kassandra aufgesteckte helle rötliche Zöpfe sah, und eine kurzen, eng anliegenden Waffenrock. Ihre langen, sehnigen Beine steckten in einer ledernen Hose, die bis über die Knie ging. Sie hatte ein mageres, faltiges Gesicht. Ihre Haut war nicht nur von der Sonne verbrannt, sondern überzogen von tausend hellbraunen Sommersprossen. Kassandra dachte: *Sie wirkt mehr wie ein Krieger als eine Frau.* Aber sie sah Hekabe ähnlich genug, daß Kassandra keinen Zweifel daran hatte, daß sie ihre Tante war. Penthesilea lächelte Kassandra freundlich an.

»Kommst du gern mit uns? Hast du keine Angst? Ich glaube, deine Schwester fürchtet sich vor unseren Pferden«, fügte sie hinzu.

»Polyxena fürchtet sich vor allem«, sagte Kassandra, »sie will ein richtiges braves Mädchen sein, wie mein Vater immer sagt.«

»Du nicht?«

»Nicht, wenn es bedeutet, daß man die ganze Zeit im Haus bleiben muß«, sagte Kassandra und sah, daß Penthesilea lächelte. »Wie heißt dein Pferd? Beißt es?«

»*Sie* heißt Sturmwind, und sie hat mich noch nie gebissen«, sagte Penthesilea, »du darfst dich mit ihr anfreunden, wenn du kannst.«

Kassandra trat mutig vor und streckte die Hand aus. Man hatte sie gelehrt, das bei fremden Hunden zu tun, damit die Hunde sie beschnuppern konnten. Das Pferd senkte den großen Kopf und schnaubte. Kassandra streichelte die seidigen Nüstern und blickte in die großen, liebevollen Augen. Sie erwiderte den Blick der feuchten Augen und hatte das Gefühl, daß sie unter den Fremden bereits eine Freundin gefunden hatte.

Penthesilea fragte: »Bist du also bereit, mit uns zu kommen?«
»Oh, *ja*!« rief Kassandra begeistert. Penthesileas mageres, strenges Gesicht wirkte freundlicher, wenn sie lächelte.
»Glaubst du, du kannst reiten lernen?«
Freundlich hin, freundlich her, das Pferd wirkte *sehr* groß und sehr hoch. Aber Kassandra sagte tapfer: »Wenn du es gelernt hast und wenn meine Mutter es gelernt hat, gibt es vermutlich keinen Grund, weshalb ich es nicht lernen sollte.«
»Willst du nicht mit hinauf kommen in die Frauengemächer und eine Erfrischung zu dir nehmen, ehe du wieder weg mußt?« fragte Hekabe.
»Aber ja, wenn du jemanden hast, der sich um unsere Pferde kümmert«, erwiderte Penthesilea. Hekabe rief einen der Diener und befahl ihm, die Pferde von Penthesilea und ihren beiden Begleiterinnen in die Ställe zu führen. Die beiden anderen Frauen trugen die gleiche Kleidung, und Penthesilea stellte sie als Charis und Melissa vor. Charis war dünn und hellhäutig und hatte beinahe ebensoviel Sommersprossen wie ihre Königin, aber goldgelbe Haare; Melissa hatte braune gelockte Haare, war rundlich und hatte rosa Wangen. Kassandra hielt die beiden für fünfzehn und sechzehn. Als sie zu den Frauengemächern hinaufstiegen, fragte sich Kassandra zum ersten Mal, weshalb ihr die Dunkelheit da drinnen nie aufgefallen war ...
Hekabe hatte der Kammerfrau befohlen, Wein und Süßigkeiten zu bringen. Während die Gäste aßen und tranken, rief Penthesilea Kassandra zu sich und sagte: »Wenn du mit uns reiten willst, mußt du ordentlich angezogen sein, Liebes. Wir haben eine Hose für dich mitgebracht. Charis wird dir helfen, sie anzuziehen. Außerdem brauchst du einen warmen Mantel zum Reiten. Wenn die Sonne untergeht, wird es sehr schnell kalt.«
»Mutter hat mir einen warmen Mantel gemacht«, sagte Kassandra und ging mit Charis in ihr Zimmer, um ihre Sachen zu holen. Die lederne Hose war ihr etwas zu groß, und Kassandra fragte sich, wer sie wohl vorher getragen hatte, denn der Hosenboden glänzte. Aber nachdem sie sich mit dem festen Leder an den Beinen abgefunden hatte, fand sie die Hose erstaunlich bequem. Sie dachte, sie könne damit schnell wie der Wind rennen, ohne über die Röcke zu

stolpern. Sie schob gerade den Ledergürtel durch die Laschen, als sie die vertrauten lauten Schritte und seine dröhnende Stimme hörte.

»Nun, Schwägerin, bist du gekommen, um mein Heer für Hesiones Befreiung nach Mykenai zu führen? Und was für prächtige Pferde ihr reitet! Ich habe sie im Stall gesehen. Sie sind wie Poseidons unsterbliche Pferde. Woher hast du sie?«

»Idomeneos, der König von Kreta, hat sie uns verkauft«, antwortete Penthesilea, »das mit Hesione wußten wir nicht. Was ist geschehen?«

»Agamemnons Männer aus Mykenai haben sie entführt. Zumindest glauben wir das. Jedenfalls waren es Achaier . . . Räuber. Das Gerücht sagt, daß Agamemnon ein bösartiger und grausamer König ist. Sogar seine eigenen Männer lieben ihn nicht, sondern fürchten ihn.«

»Er ist ein großer Kämpfer«, sagte Penthesilea, »ich hoffe, ihm eines Tages in der Schlacht gegenüberzustehen. Wenn du dein Heer nicht selbst nach Mykenai führen willst, um Hesione zurückzuholen, mußt du nur warten, bis ich meine Frauen zusammengerufen habe. Du wirst uns Schiffe geben müssen. Aber ich könnte dir Hesione bis zum nächsten neuen Mond zurückgebracht haben.«

»Wenn es tunlich wäre, jetzt gegen die Achaier zu ziehen, bräuchte ich keine Frau, um mein Heer zu führen«, erklärte Priamos finster, »ich möchte lieber abwarten und sehen, welche Forderungen er an mich stellt.«

»Und was ist mit Hesione, die Agamemnon in die Hände gefallen ist?« fragte Penthesilea, »Läßt du sie im Stich? Du weißt, was bei den Achaiern mit ihr geschehen wird!«

»Ich hätte so oder so einen Gemahl für sie finden müssen«, sagte Priamos, »das erspart mir zumindest die Mitgift. Denn wenn Agamemnon sie geraubt hat, kann er nicht so unverschämt sein, für eine Kriegsbeute eine Mitgift zu fordern.«

Penthesilea sah ihn empört an, und auch Kassandra war entsetzt. Priamos war reich. Weshalb sollte er seiner Schwester keine Mitgift geben wollen?

»Priamos, Agamemnon hat bereits eine Gemahlin«, sagte Penthesilea, »es ist Klytaimnestra, die Tochter von Leda und König Tyndareos. Sie hat Agamemnon eine Tochter geboren, die inzwischen sieben oder acht Jahre alt sein muß. Ich kann nicht glauben, daß Frauen in Achaia so knapp sind, daß die Achaier sich darauf verlegen müssen, sie zu stehlen . . . Ebensowenig kann ich glauben, daß Agamemnon so dringend eine Konkubine braucht, daß er eine entführt, obwohl er die Tochter jedes Führers in seinem Reich haben könnte.«

»Also hat er die Tochter von Leda geheiratet.« Priamos runzelte die Stirn und fragte: »Ist das die, von der man sagt, sie sei so schön, daß Aphrodite neidisch würde, und ihr Vater mußte sich zwischen vierzig Bewerbern um ihre Hand entscheiden?«

»Nein«, antwortete Penthesilea, »Leda hatte Zwillinge, und das ist immer ein Unglück. Die eine ist Klytaimnestra und die andere, die große Schönheit, ist Helena. Agamemnon gelang es, Leda und Tyndareos zu beschwatzen – Gott weiß wie –, Helena mit seinem Bruder Menelaos zu verheiraten. Er hat Klytaimnestra geheiratet.«

»Ich beneide Menelaos nicht«, sagte Priamos, »ein Mann mit einer schönen Frau ist gestraft.« Er lächelte zerstreut und sagte zu Hekabe: »Allen Göttern sei Dank. Du hast mir nie diese Art Schwierigkeiten eingebracht, meine Liebe. Und auch deine Töchter sind nicht gefährlich schön.«

Hekabe sah ihren Mann kalt an. Penthesilea sagte: »Das ist vielleicht Ansichtssache. Aber wenn die Gerüchte nicht lügen, denkt Agamemnon nach allem, was ich weiß, weniger an die Schönheit einer Frau als an Macht. Er hofft, durch Ledas Tochter ganz Mykenai und auch Sparta beanspruchen zu können und sich König zu nennen. Danach wird er vermutlich im Norden mehr Macht gewinnen wollen – und das bedeutet, du mußt dir bald um deine Stadt, um Troia Gedanken machen.«

»Ich glaube, sie werden mich zwingen, mit ihnen zu verhandeln«, sagte Priamos, »ich soll sie als Könige anerkennen. Und das werde ich an dem Tag tun, wenn der Kerberos die Pforten öffnet und die Toten aus dem Hades entläßt.«

»Ich bezweifle, daß sie Gold suchen werden«, sagte Penthesilea, »es gibt genug Gold in Mykenai. Obwohl Gerüchte behaupten, daß Agamemnon ein habgieriger Mensch ist. Wenn du mich fragst, ich vermute, Agamemnon fordert, daß du seinen Handelsschiffen

die Durchfahrt durch diese Meerenge erlaubst«, sie deutete hinunter auf das Wasser, »ohne den üblichen Zoll zu erheben.«
»Niemals«, sagte Priamos, »ein Gott hat mein Volk hierher an das Ufer des Skamander gebracht. Und jeder, der in das Land des Nordwindes weiterfahren will, muß den Göttern von Troia Tribut entrichten.« Er sah Penthesilea mißmutig an und fragte: »Warum machst du dir darüber Gedanken? Was hat eine Frau mit der Regierung von Ländern zu tun und dem Entrichten von Tribut?«
»Auch ich lebe in einem Land, in das sich die achaischen Räuber vorwagen«, erwiderte die Amazonenkönigin, »und sollten sie eine meiner Frauen stehlen, müßten sie dafür bezahlen – nicht nur mit Gold oder einer Mitgift, sondern mit Blut. Da du nicht verhindern konntest, daß sie deine eigene Schwester entführten, wiederhole ich: Meine Kriegerinnen stehen dir zu Diensten, wenn du sie gegen diese Piraten führen willst.«
Priamos lachte, entblößte dabei jedoch seine Zähne, und Kassandra wußte, daß er wütend war, obwohl er es Penthesilea nicht zeigen würde. »An dem Tag, an dem ich mich für die Verteidigung der Stadt auf Frauen verlasse – seien es Verwandte oder nicht –, wird Troia in großer Not sein, Schwägerin. Möge dieser Tag fern sein.«
Er drehte sich um und sah Kassandra, die gerade in der Lederhose und dem schweren Mantel hereinkam. »Was soll das, meine Tochter? Du zeigst deine Beine wie ein Junge. Hast du beschlossen, Amazone zu werden, Augenstern?«
Es klang überraschend gutmütig. Hekabe sagte rasch: »Du hast mich gebeten, sie fern der Stadt erziehen zu lassen, mein Gemahl. Und ich dachte, der Stamm meiner Schwester eignet sich dazu ebensogut wie jeder andere.«
»Ich habe in dir immer die beste Gemahlin gehabt. Das hat mit deiner Herkunft nichts zu tun, aber deine Schwester wird bestimmt gut für sie sorgen«, sagte Priamos und beugte sich zu Kassandra hinunter. Sie zuckte zusammen, weil sie halb unbewußt wieder mit einer Ohrfeige rechnete. Aber er küßte sie nur sanft auf die Stirn.
»Sei ein braves Mädchen und vergiß nie, daß du eine troianische Prinzessin bist.«
Hekabe nahm Kassandra in die Arme und drückte sie fest an sich.

»Du wirst mir fehlen, Tochter. Sei ein braves Mädchen und komm gesund zu mir zurück, mein Liebling.«
Kassandra klammerte sich an ihre Mutter. Hekabes Strenge war vergessen. Sie wußte nur, daß sie mit Fremden gehen würde. Hekabe ließ sie los. Sie sagte: »Ich gebe dir meine eigenen Waffen, Tochter.« Sie übergab ihr ein wie ein Blatt geformtes Schwert in einer grünen Scheide und einen kurzen Speer mit einer Metallspitze. Die Waffen waren beinahe zu schwer, um sie in der Hand zu halten. Aber Kassandra nahm all ihre Kraft und ihren Stolz zusammen, und es gelang ihr mühsam, sich beide Gürtel um die Hüfte zu legen.
»Sie gehörten mir, als ich mit den Amazonen ritt«, sagte Hekabe, »führe sie mit Kraft und Mut, und trage sie in Ehren, meine Tochter.«
Kassandra blinzelte, um die Tränen zurückzuhalten, die ihr in die Augen traten. Priamos runzelte die Stirn, aber Kassandra war an die Mißbilligung des Vaters gewöhnt. Trotzig ergriff sie die Hand, die Penthesilea ihr entgegenstreckte. Die Schwester ihrer Mutter konnte ihrer Mutter eigentlich doch nicht zu unähnlich sein.
Als die Amazonen im unteren Hof ihre Pferde bestiegen, erlebte Kassandra enttäuscht, daß sie hinter Penthesilea auf Sturmwinds Rücken gehoben wurde. »Ich dachte, ich sollte allein auf einem Pferd reiten«, sagte sie, und ihre Lippen zitterten.
»Das wirst du, wenn du das Reiten lernst. Aber wir haben keine Zeit, es dir jetzt beizubringen. Wir wollen weit entfernt von der Stadt sein, wenn es Nacht wird. Wir schlafen nicht gern innerhalb von Mauern, und wir wollen unser Lager nicht in einem Land aufschlagen, das von Männern beherrscht wird.«
Das klang für Kassandra vernünftig. Sie legte ihre Arme um die schlanke Taille der Frau, hielt sich fest, und sie ritten los.
In den ersten Minuten brauchte Kassandra ihre ganze Kraft und Aufmerksamkeit, um sich festzuhalten, denn durch den ruckhaften Gang des Pferdes auf dem Pflaster hüpfte sie auf und ab. Allmählich bekam sie ein Gefühl dafür, wie sie ihren Körper wiegen lassen mußte und sich so der Bewegung anpassen konnte. Sie blickte sich um und sah die Stadt aus einer völlig neuen Perspektive. Ihr blieb Zeit für einen kurzen Blick zurück zum Palast hoch

über der Stadt. Dann lagen die Stadtmauern hinter ihnen, und sie ritten hinunter zum grünen Wasser des Skamander.
»Wie werden wir über den Fluß kommen, Herrin?« fragte sie und streckte den Kopf vor bis dicht an Penthesileas Ohr. »Können die Pferde schwimmen?«
Ihre Tante drehte etwas den Kopf zur Seite. »Sicher können sie das. Aber heute müssen sie nicht schwimmen. Eine Stunde flußaufwärts gibt es eine Furt.« Sie drückte die Fersen leicht in die Flanken des Pferdes, und es galoppierte so schnell davon, daß Kassandra alle Kraft aufbieten mußte, um sich festzuhalten. Die anderen Frauen jagten neben ihnen her, und Kassandra empfand eine Art Hochgefühl, das ihren ganzen Körper erfaßte. Hinter Penthesilea war sie etwas vom Wind geschützt. Aber ihre langen Haaren flatterten so heftig, daß sie sich kurz fragte, wie es ihr je wieder gelingen sollte, sie zu kämmen und ordentlich zu frisieren. Es war ihr gleichgültig. In der Erregung des Ritts vergaß sie solche Sorgen sofort wieder.
Sie waren schon einige Zeit unterwegs, als Penthesilea das Pferd anhielt und pfiff. Es klang wie der schrille Schrei eines unbekannten Vogels.
Aus einem kleinen Dickicht vor ihnen tauchten drei Amazonen auf Pferden auf.
»Sei gegrüßt«, rief eine von ihnen, »ich sehe, du kehrst sicher aus dem Haus des Priamos zurück. Du warst so lange weg, daß wir anfingen, uns Gedanken zu machen. Wie geht es deiner Schwester?«
»Gut, aber sie wird dick, alt und verbraucht vom Kinderkriegen im Haus des Königs«, erwiderte Penthesilea.
»Ist das unser Ziehkind, Hekabes Tochter?« fragte die zweite.
»Das ist sie«, sagte Penthesilea und drehte den Kopf nach Kassandra. »Und wenn sie wirklich die Tochter ihrer Mutter ist, wird sie bei uns mehr als willkommen sein.«
Kassandra lächelte die drei fremden Frauen schüchtern an, von denen eine die Arme ausbreitete, sich herüberbeugte und sie umarmte.
»Ich war als Mädchen die beste Freundin deiner Mutter«, sagte sie.
Sie ritten weiter auf den schimmernden Skamander zu. Es däm-

merte, als die Pferde die Furt erreichten. Kassandra sah das kurze Aufblitzen der letzten Sonnenstrahlen auf den kleinen Wellen und die spitzen Steine im flachen Flußbett, über die das Wasser schnell dahinschoß. Sie hielt den Atem an, als das Pferd über das steile Ufer ins Wasser hinunterstieg und wurde ermahnt, sich festzuhalten. »Wenn du herunterfällst, wird es schwer sein, dich wieder herauszuziehen, ehe dich das Wasser gegen die Steine schlägt.«
Kassandra hatte keine große Lust, auf die harten Steine zu fallen, und klammerte sich an ihre Tante. Bald hatte das Pferd das andere Ufer erreicht und stieg die Böschung hinauf. In der kurzen Zeit, in der es noch hell war, galoppierten sie. Dann hielten sie an, bildeten mit den Pferden einen Kreis und saßen ab.
Kassandra war beeindruckt, wie eine der Frauen wortlos ein Feuer entzündete, eine andere aus den Satteltaschen ein Zelt hervorholte, es entfaltete und aufstellte. Bald kochte getrocknetes Fleisch in einem Kessel und roch sehr appetitlich.
Kassandra war so steif, daß sie wie eine alte Frau schwankte, als sie zum Feuer gehen wollte. Charis begann zu lachen, aber Penthesilea warf ihr einen tadelnden Blick zu.
»Mach dich nicht lustig über die Kleine. Sie hat nicht ein einziges Mal gejammert. Und für jemand, der nicht an ein Pferd gewöhnt ist, war es ein langer Ritt. Dir ist es auch nicht besser ergangen, als du zu uns gekommen bist. Gib ihr etwas zu essen.«
Charis schöpfte Suppe aus dem Kessel und reichte sie Kassandra in einer Holzschale.
»Danke«, sagte sie und tauchte den Hornlöffel, den man ihr gegeben hatte, in den Eintopf. »Kann ich bitte ein Stück Brot haben?«
»Wir haben kein Brot«, erwiderte Penthesilea. »Wir bauen kein Getreide an, denn wir ziehen mit unseren Herden herum und leben in Zelten.« Eine der Frauen goß etwas Weißes und Schäumendes in Kassandras Becher, und sie kostete es.
»Es ist Stutenmilch«, erklärte die Frau, die sich als Elaria und Hekabes Freundin vorgestellt hatte. Kassandra trank neugierig und wußte nicht recht, ob sie den Geschmack oder die Vorstellung, Stutenmilch zu trinken, mochte. Aber die anderen Frauen tranken ebenfalls, und so fand Kassandra, es könne ihr nicht schaden.
Elaria beobachtete amüsiert den vorsichtigen Ausdruck unter-

drückten Widerwillens auf Kassandras Gesicht. Sie sagte: »Trink es, und du wirst so stark und frei werden wie unsere Stuten, und deine Haare werden so seidig wie ihre Mähnen.« Sie strich über Kassandras lange dunkle Haare. »In der Zeit, die du bei uns verbringst, sollst du meine Ziehtochter sein. Du wirst in unserem Lager in meinem Zelt schlafen. Ich habe zwei Töchter, die deine Freundinnen sein werden.«
Kassandra warf einen wehmütigen Blick auf Penthesilea. Aber sie vermutete, eine Königin hätte zuviel zu tun, um sich auch noch um ein kleines Mädchen zu kümmern, selbst wenn es die Tochter ihrer Schwester war, und Elaria wirkte nett und freundlich.
Nach der Mahlzeit saßen die Frauen um das Lagerfeuer. Penthesilea teilte zwei als Wachen ein.
Kassandra flüsterte: »Warum brauchen wir Wachposten? Es ist doch kein Krieg, oder?«
»Nicht in dem Sinn, wie man das Wort in Troia benutzt«, erwiderte Elaria ebenfalls flüsternd. »Aber wir befinden uns noch in einem Land, das von Männern beherrscht wird, und in solchen Gebieten ist für Frauen immer Krieg. Viele, ja die meisten Männer würden uns als ihre rechtmäßige Beute betrachten und unsere Pferde ebenfalls.«
Eine Frau hatte angefangen zu singen. Die anderen stimmten ein. Kassandra hörte zu, denn sie kannte weder die Melodie, noch verstand sie die Worte, aber nach einiger Zeit summte sie mit den anderen den Refrain. Sie war müde und legte sich auf den Rücken, um auszuruhen. Sie blickte hinauf zu den großen weißen Sternen hoch über ihr; dann wußte sie nur noch, daß sie durch die Dunkelheit getragen wurde. Erschrocken wachte sie auf. »Wo bin ich?«
»Du bist am Lagerfeuer eingeschlafen. Ich bringe dich in mein Zelt«, hörte sie Elarias leise Stimme. Kassandra drehte sich auf die Seite und schlief wieder ein. Als sie aufwachte, fiel Tageslicht in das Zelt. Jemand hatte ihr die Lederhose ausgezogen; ihre Beine waren aufgeschürft und wund. Als sie sich aufrichtete, kam Elaria herein. Sie rieb die wunden Stellen mit Salbe ein und gab Kassandra eine Leinenhose, die sie unter dem Leder tragen sollte; das war sehr viel angenehmer. Dann nahm Elaria einen beinernen Kamm und begann, Kassandras zerzauste, lange und seidige Haare aus-

zukämmen. Danach flocht sie ihr einen Zopf und steckte ihn unter eine spitze Ledermütze, wie die anderen Frauen sie trugen. Kassandra stiegen die Tränen in die Augen, als der Kamm schmerzhaft durch die verfilzten Haare fuhr, aber sie weinte nicht, und Elaria tätschelte ihr anerkennend den Kopf.
»Von nun an reitest du hinter mir«, sagte sie. »Vielleicht erreichen wir heute unsere Weidegründe. Dann können wir eine Stute für dich finden und dir das Reiten beibringen. Es wird bestimmt nicht lange dauern, bis du mühelos den ganzen Tag im Sattel sitzen wirst.«
Das Frühstück bestand aus einem Stück zähem getrockneten Fleisch, auf dem Kassandra herumkaute, während sie sich hinter Elaria am Sattel festhielt. Während sie ritten, veränderte sich das Land allmählich. Das fruchtbare Grün am Fluß wich einer kargen, windigen Ebene, die immer höher und höher anstieg, und allmählich blieben die Felder unter ihnen zurück. Am Rand der Ebene erhoben sich runde, kahle braune Hügel, an deren Hängen große Felsbrocken zutage traten, und dahinter ragten nackte Felswände empor. An der Seite eines Hügels entdeckte Kassandra Punkte, die sich bewegten. Sie waren größer als Schafe. Elaria drehte sich nach ihr um und wies in diese Richtung.
»Dort weiden unsere Pferde«, sagte sie. »Bei Einbruch der Dunkelheit werden wir in unserem Land sein.«
Penthesilea ritt neben ihnen. Sehr leise sagte sie: »Es sind nicht unsere Herden. Seht genau hin, und ihr werdet feststellen, daß Kentauren zwischen ihnen reiten.«
Kassandra entdeckte jetzt zwischen den Pferden die behaarten Körper und bärtigen Köpfe von Männern. Wie alle Stadtkinder war auch sie mit Geschichten von den Kentauren großgeworden – wilde, gesetzlose Wesen mit dem Kopf und dem Oberkörper eines Menschen und dem Unterkörper eines Pferdes. Nun verstand sie, wie es zu diesen Geschichten gekommen war. Die Kentauren waren sehr klein und tief gebräunt vom Leben in der Natur. Die langen, ungepflegen Haare, die ihnen über den Rücken fielen, erweckten den Eindruck von Pferdemähnen, und ihre braunen Körper schienen mit den Leibern der Pferde zu verschmelzen. Ihre krummen Beine lagen um die Hälse der Pferde: der Oberkörper

eines Menschen, der Leib eines Pferdes. Wie vielen kleinen Mädchen hatte man Kassandra gesagt, daß die Kentauren Frauen aus den Städten und Dörfern raubten, und ihre Amme hatte sie immer wieder gewarnt: »Wenn du nicht brav bist, werden dich die Kentauren holen.«

Ängstlich murmelte sie: »Werden sie uns etwas tun, Tante?«

»Nein, nein, natürlich nicht. Mein Sohn lebt bei ihnen«, sagte Penthesilea. »Und wenn es Charons Stamm ist, sind es unsere Freunde und Verbündete.«

»Ich dachte, bei den Amazonen gibt es nur Frauen«, sagte Kassandra überrascht. »Du hast einen Sohn, Tante?«

»Ja, aber er lebt wie alle unsere Söhne bei seinem Vater«, erwiderte Penthesilea. »Dummes Mädchen, glaubst du immer noch, die Kentauren sind Ungeheuer? Sieh hin, es sind Menschen, und sie reiten wie wir auf Pferden.«

Als die Reiter sich jedoch näherten, bekam Kassandra es mit der Angst zu tun: die Männer waren so gut wie nackt und wirkten wild und barbarisch. Sie drückte sich an Elarias Rücken.

»Sei gegrüßt, Herrin der Pferdefrauen«, rief der Reiter an der Spitze. »Wie ist es dir in der Stadt des Priamos ergangen?«

»Gut. Wie du siehst, kommen wir unversehrt zurück«, rief Penthesilea. »Wie geht es deinen Männern?«

»Wir haben heute morgen in einem Baum Bienen entdeckt und ein Fäßchen mit Honig gefüllt«, erwiderte der Mann, ritt näher und umarmte Penthesilea. »Du sollt einen Teil haben, wenn du willst.«

Sie löste sich aus der Umarmung und sagte: »Dein Honig ist immer zu teuer. Was möchtest du diesmal dafür von uns haben?«

Er richtete sich auf und ritt gutmütig lächelnd neben ihr her. »Du könntest mir einen Gefallen tun«, sagte er. »Einer meiner Männer hat sich vor ein paar Monden in ein Mädchen aus einem Dorf vernarrt und es mitgenommen, ohne sich die Mühe zu machen, den Vater um Erlaubnis zu bitten. Aber sie taugt zu nichts anderem als fürs Bett. Sie kann nicht einmal eine Stute melken oder Käse machen. Sie jammert und heult die ganze Zeit. Und jetzt hat er das Weibstück satt und . . .«

»Verlange nicht, daß ich sie dir abnehme«, unterbrach ihn Penthesilea. »Sie wäre auch in unseren Zelten nicht von Nutzen.«

»Ich möchte«, sagte der Mann, »daß du sie zu ihrem Vater zurückbringst.« Penthesilea schnaubte empört.
»Und wir sollen uns dem Zorn und den Schwertern ihres Stammes stellen? Kommt nicht in Frage!«
»Leider ist sie schwanger«, sagte der Kentaur. »Kann sie nicht bei euch bleiben, bis das Kind geboren ist? Wie es aussieht, wäre sie unter Frauen wahrscheinlich glücklicher.«
»Wenn sie mit uns kommen will, ohne Schwierigkeiten zu machen, kann sie bei uns bleiben, bis das Kind geboren ist. Und wenn sie eine Tochter bekommt, behalten wir sie beide. Wenn es ein Sohn ist, möchtest du ihn haben?«
»Aber sicher«, erwiderte der Mann, »und was die Frau angeht, so kannst du sie behalten, in ihr Dorf zurückschicken oder meinetwegen auch ertränken, wenn das Kind erst da ist.«
»Ich bin einfach zu gutmütig«, sagte Penthesilea. »Warum sollte ich dir aus dem Schwierigkeiten heraushelfen, die du dir selbst eingebrockt hast?«
»Für ein halbes Fäßchen Honig vielleicht?«
»Für ein halbes Fäßchen Honig«, sagte Elaria, »kümmere ich mich persönlich um die Frau, bringe ihr Kind zur Welt und in ihr Dorf zurück.«
»Wir teilen uns den Honig«, sagte Penthesilea, »aber wenn einer deiner Männer das nächste Mal mit einer Frau zusammensein will, schickst du ihn zu unseren Zelten, und eine von uns wird ihn bestimmt ohne solche Schwierigkeiten zufriedenstellen. Jedesmal wenn einer deiner Männer außerhalb der Zeit eine Frau sucht und in die Dörfer geht, müssen alle Stämme darunter leiden. Dann gibt es neue Geschichten darüber, wie gesetzlos wir alle leben, Männer und Frauen.«
»Tadle mich nicht, Herrin«, sagte der Mann und schlug schnell die Hände vor das Gesicht. »Wir sind alle nur Menschen. Und wer versteckt sich dort hinter deiner Begleiterin?« Er blickte um Elaria herum und zwinkerte Kassandra zu. Mit seinem bärtigen Gesicht und dem verfilzten Haar wirkte er so komisch, daß sie lachen mußte. »Hast du in der Stadt des Priamos ein Kind gestohlen?«
»Nein«, erwiderte Penthesilea. »Es ist die Tochter meiner Schwester. Sie soll ein paar Jahreszeiten bei uns bleiben.«

»Ein hübsches kleines Mädchen«, sagte der Kentaur. »Meine jungen Männer werden bald alle um sie kämpfen.«
Kassandra errötete und verbarg sich wieder hinter Elaria. Zu Hause im Palast gab sogar ihre Mutter offen zu, daß Polyxena die »Hübsche« und Kassandra die »Gescheite« war. Kassandra störte das nicht; aber trotzdem freute sie sich darüber, daß jemand *sie* hübsch fand. »Also gut«, sagte Penthesilea, »zeig uns den Honig und die Frau, die wir dir abnehmen sollen.«
»Werdet ihr mit uns essen? Wir braten für den Abend ein Zicklein«, sagte der Kentaur, und Penthesilea blickte fragend auf ihre Frauen. »Wir hatten gehofft, heute nacht in unseren eigenen Zelten zu schlafen«, erklärte sie. »Aber das Zicklein riecht verlockend und gut gebraten. Es wäre eine Schande, darauf zu verzichten.« Elaria fügte hinzu: »Warum machen wir hier nicht ein oder zwei Stunden Rast? Morgen ist auch noch ein Tag, wenn wir heute nicht zurückkommen.«
Penthesilea sagte achselzuckend: »Meine Frauen haben für mich gesprochen. Wir nehmen deine Gastfreundschaft mit Freuden an – vielleicht auch aus Lust auf ein gutes Essen.«
Der Kentaur bedeutete ihnen mit einer Geste, ihm zu folgen, und ritt in Richtung des großen Lagerfeuers. Penthesilea nickte ihren Frauen aufmunternd zu. Vor dem Feuer kniete eine junge Frau und drehte den Spieß mit dem Zicklein. Das Fett tropfte in die Flammen, und es roch wunderbar. Die knusprige Haut bruzzelte und bräunte appetitlich. Die Frauen glitten von ihren Pferden, und die Männer folgten ihrem Beispiel.
Penthesilea ging sofort zu der Frau hinüber, die den Spieß drehte. Kassandra sah mit Entsetzen, daß man ihr beide Fußgelenke durchstochen, einen Strick durch die Löcher gezogen und beide Füße zusammengebunden hatte. So gefesselt, konnte die Frau keine großen Schritte machen. Die Amazonenkönigin blickte nicht unfreundlich auf sie hinunter und fragte: »Bist du die Gefangene?«
»Das bin ich. Sie haben mich im letzten Sommer aus dem Haus meines Vaters geraubt.«
»Möchtest du zurück?«
»Als er mir die Beine durchstochen hat, schwor er, mich immer zu lieben und immer für mich zu sorgen. Will er mich jetzt verstoßen?

Wird mein Vater mich zurückhaben wollen? Ich bin verkrüppelt, und in meinem Leib wächst das Kind eines Kentauren.«
»Er sagt, daß du hier nicht glücklich bist. Wenn du mit uns kommen möchtest, kannst du in unserem Dorf sein, bis das Kind geboren ist«, erklärte Penthesilea. »Dann kannst du in das Haus deines Vaters zurückkehren oder gehen, wohin du willst.«
Die Frau verzog kläglich das Gesicht und weinte. »In diesem Zustand?« fragte sie und deutete auf die verstümmelten Fußgelenke.
Penthesilea drehte sich nach dem Führer der Kentauren um und sagte: »Unverletzt hätte ich sie ohne weiteres genommen. Aber in diesem Zustand können wir sie nicht in das Dorf ihres Vaters bringen. Reichte es deinem jungen Mann nicht, sie zu rauben und ihr die Jungfräulichkeit zu nehmen?«
Der Kentaur breitete die Arme in einer hilflosen Geste aus. »Er hat geschworen, sie auf immer und ewig zu wollen, sie zu behalten und für sie zu sorgen. Er fürchtete aber, es könne ihr gelingen, ihm zu entfliehen.«
»Nach all den vielen Jahren solltest du wissen, wie lange diese Art Liebe dauert«, schimpfte die Amazonenkönigin. »Sie überdauert selten die Entjungferung. Eine ewige Liebe hält manchmal ein halbes Jahr vor, aber sie überlebt niemals eine Schwangerschaft. Was können wir also mit ihr anfangen? Du weißt so gut wie ich, man kann sie in diesem Zustand nicht ihrem Vater zurückgeben. Diesmal hast du dich in eine Lage gebracht, aus der wir dich nicht befreien können.«
»Im Augenblick würde mein Mann dafür bezahlen, daß er sie los wird«, sagte der Kentaur.
»Das muß er. Also, was gibt er dafür, sie loszuwerden?«
»Eine gute, trächtige Stute als Entschädigung für ihren Vater oder als Mitgift, wenn sie heiraten will.«
»Vielleicht gelingt es uns damit, sie unterzubringen, wenn sie wieder laufen kann«, sagte Penthesilea. »Aber ich kann dir versprechen, es ist das letzte Mal, daß wir dir aus solchen Schwierigkeiten mit Frauen heraushelfen. Halte deine Männer von den Dörfern fern, damit wir nicht alle in schlechten Ruf geraten. Und ich hoffe, es ist eine gute Stute, sonst lohnt sich die ganze Mühe nicht.«
Penthesilea schnupperte anerkennend in die Luft. »Es wäre ein

Jammer, wenn das Fleisch verbrennt oder zu lange brät, während ich dich ausschimpfe. Essen wir etwas davon.«
Einer der Kentauren schnitt mit einem großen Messer das Fleisch und die knusprige Haut in Stücke. Die Frauen setzten sich zum Essen ins Gras. Das Fleisch wurde verteilt, sie tranken Wein aus Lederschläuchen, und hinterher gab es Honigwaben. Kassandra aß gierig; das Reiten hatte sie ermüdet, sie freute sich über die Ruhepause am Lagerfeuer und trank auch durstig den Wein. Nach einiger Zeit wurde sie ganz benommen; sie legte sich auf den Rükken und schloß schläfrig die Augen. Zu Hause durfte sie nur mit viel Wasser verdünnten Wein trinken, und ihr wurde leicht übel. Trotzdem kam es ihr vor, als hätte es ihr im Palast nie so gut geschmeckt wie hier im Freien.
Ein junger Mann – er war neben dem Kentaurenführer geritten – kam zu Kassandra, um ihren Becher zu füllen. Sie schüttelte den Kopf. »Nein, nichts mehr. Danke.«
»Der Gott des Weines wird dir zürnen, wenn du seine Gaben verschmähst«, sagte der Junge. »Trink, Augenstern.«
So hatte der Vater sie in seinen seltenen liebevollen Augenblicken genannt. Kassandra trank noch ein paar Schlucke. Aber dann schüttelte sie den Kopf: »Ich bin schon so benommen, daß ich mich nicht mehr auf dem Pferd halten kann.«
»Dann ruh dich aus«, sagte der Junge, schlang die Arme um sie und zog sie an seine Schulter.
Penthesilea ließ sie nicht aus den Augen und sagte scharf: »Laß sie in Ruhe. Sie ist nicht dir bestimmt. Sie ist die Tochter des Priamos und eine Prinzessin von Troia.«
Der Kentaurenführer lachte und sagte: »Er steht nicht weit unter ihr, Herrin. Er ist der Sohn eines Königs.«
»Ich kenne deine königlichen Ziehsöhne«, sagte Penthesilea. »Ich erinnere mich auch daran, wie Theseus unsere Königin Antipoe nahm und sie hinter den Mauern einer Stadt leben und sterben mußte. Wie auch immer, das Mädchen steht unter meiner Obhut, und wer es anfaßt, hat es zuerst mit mir zu tun.«
Der Junge lachte und ließ Kassandra los. »Vielleicht wird dein Vater mehr von mir halten als deine Tante, wenn du erst erwachsen bist. In ihrem Stamm sind Männer und Ehen nicht beliebt.«

»Bei mir auch nicht«, sagte Kassandra und rückte von ihm ab.
»Vielleicht bist du anderer Meinung, wenn du älter wirst«, sagte der Junge, beugte sich vor und küßte sie auf die Lippen. Kassandra wich zurück und wischte sich heftig die Lippen. Die Kentauren lachten. Sie bemerkte, daß die verkrüppelte Frau aus dem Dorf sie mit gerunzelter Stirn beobachtete.
Die Amazonenkönigin rief ihre Frauen zu den Pferden und half einer, den versprochenen Honig auf den Rücken ihrer Stute zu heben. Dann durchschnitt sie den Strick, der die Füße der jungen Frau aus dem Dorf fesselte und half ihr auf ein Pferd, wobei sie freundlich auf sie einredete. Die Frau weinte nicht mehr; sie ging bereitwillig mit ihnen. Der Kentaur umarmte Penthesilea, ehe sie aufsaß.
»Können wir euch nicht überreden, die Nacht in unseren Zelten zu verbringen?«
»Ein andermal vielleicht«, versprach Penthesilea und umarmte ihn herzlich. »Leb wohl.«
Kassandra dachte verwirrt: Sind diese Männer und Jungen die schrecklichen Kentauren der Geschichten? Sie wirkten so freundlich. Aber sie fragte sich, in welcher Beziehung sie zu dem Amazonen standen. Die Männer behandelten die Amazonen nicht wie die Soldaten ihres Vaters die Frauen des königlichen Haushalts. Der hübsche Junge, der sie geküßt hatte, trat neben das Pferd und lächelte zu ihr empor.
»Sehe ich dich vielleicht beim Auftrieb?« fragte er. Kassandra wurde rot und blickte beiseite. Sie wußte nicht, was sie ihm antworten sollte. Es war der erste Junge, mit dem sie gesprochen hatte, wenn man von ihren Brüdern absah. Penthesilea wies die Frauen an, ihr zu folgen, und Kassandra stellte fest, daß sie weiter ins Landesinnere ritten und daß vor ihnen die Hänge des Ida aufragten. Sie dachte an den jungen Mann mit ihrem Gesicht, den sie in der Wasserschale gesehen hatte, und der die Schafe dort hütete.
Er ist vielleicht ein Hirte, aber ich werde reiten lernen, dachte sie. Immer noch benommen vom Wein beugte sie sich vor, hielt sich an Elaria fest, und beim wiegenden Gang des Pferdes schlief sie ein.
Die Welt war größer, als Kassandra sich vorgestellt hatte; obwohl sie vom ersten Tageslicht bis zum Einbruch der Dunkelheit geritten

waren, schienen sie sich immer noch in der Ebene zu befinden. Hinter ihnen sah Kassandra immer noch die Hügel von Troia; sie schienen sich nicht weit von der Stadt entfernt zu haben. In der klaren Luft glaubte sie manchmal, nur den Arm ausstrecken zu müssen, um die glänzende Spitze, den Tempel der Athene berühren zu können.

6 Nach ein paar Wochen kam es Kassandra vor, als hätte sie schon immer bei den Amazonen gelebt. Vom frühen Morgen bis zum späten Abend setzte sie keinen Fuß auf die Erde; schon vor dem Frühstück saß sie im Sattel der dunklen Fuchsstute, die sie reiten durfte. Kassandra nannte sie Südwind. Mit anderen Mädchen ihres Alters hielt sie Wache vor Eindringlingen; abends trieben sie die Pferde zusammen und beobachteten die Sterne.

Kassandra liebte Elaria, die sich um sie kümmerte wie um die eigenen Töchter, die elf und siebzehn Jahre alt waren. Sie betete Penthesilea an, obwohl die Amazonenkönigin selten mit ihr sprach und sich nur täglich nach ihrer Gesundheit und ihrem Wohlergehen erkundigte. Kassandra wurde stark, ihre Haut war inzwischen gebräunt und sehr gesund. In der endlos brennenden Sonne der Ebene sah sie das Antlitz des Sonnengottes Apollon, und sie glaubte, schon immer unter seinen Augen gelebt zu haben.

Sie war schon mehr als einen Mond bei den Amazonen, als der Stamm sich eines Tages zum kärglichen Mittagsmahl aus scharfem Stutenmilchkäse niederließ. In der Ferne sah man den Berg Ida, und Kassandra erzählte Penthesilea alles über ihre merkwürdige Vision.

»Sein Gesicht glich völlig meinem Gesicht, das ich im Wasser sehe«, sagte sie. »Aber als ich von ihm sprach, hat mein Vater mich so heftig geschlagen, daß ich stürzte, und er war auch zornig auf meine Mutter.«

Penthesilea schwieg lange, und Kassandra glaubte bereits, das Schweigen ihrer Eltern werde sich wiederholen. Dann sagte ihre Tante langsam: »Ich verstehe sehr gut, daß deine Mutter und ganz besonders dein Vater nicht darüber sprechen wollte. Aber ich sehe keinen Grund, daß du nicht erfahren solltest, was halb Troia weiß. Er ist dein Zwillingsbruder, Kassandra. Bei deiner Geburt schickte die Erdmutter, die auch die Schlangenmutter ist, deiner Mutter ein böses Omen: Zwillinge. Man hätte euch beide töten müssen«, fügte sie streng hinzu. Als Kassandra mit bebenden Lippen zusammenzuckte, strich sie ihr über die Haare. »Ich bin froh, daß man es nicht getan hat«, sagte sie. »Zweifellos erhebt ein Gott Anspruch auf dich.

Vielleicht glaubte dein Vater, er könnte seinem Schicksal entfliehen, indem er das andere Kind aussetzte. Aber da er sich zum Vaterprinzip bekennt – was in Wahrheit bedeutet, er glaubt an die männliche Macht und an die Fähigkeit, Söhne zu zeugen –, hat er nicht gewagt, einen Sohn völlig zurückzuweisen. Deshalb wird das Kind irgendwo fern vom Palast aufgezogen. Dein Vater wollte nichts von ihm wissen, weil der Geburt ein schlimmes Zeichen vorausging. Deshalb wurde er zornig, als du von ihm gesprochen hast.«

Kassandra fühlte sich unglaublich erleichtert. Ihr ganzes Leben lang hatte sie das Gefühl gehabt, allein zu sein, obwohl eigentlich ein anderer Mensch an ihrer Seite sein sollte, der ihr sehr glich, aber trotzdem anders war.

»Und ist es nicht böse, ihn in der Wasserschale sehen zu wollen?«

»Du brauchst die Wasserschale nicht«, erwiderte Penthesilea. »Wenn die Göttin dir die prophetische Gabe gegeben hat, mußt du nur in dein Herz blicken und wirst ihn dort finden. Es überrascht mich nicht, daß du damit gesegnet bist. Deine Mutter besaß diese Gabe als Mädchen und verlor sie erst, als sie einen Mann aus der Stadt heiratete.«

»Ich hatte geglaubt, daß die – prophetische Gabe – ein Geschenk des Sonnengottes ist«, sagte Kassandra. »Ich habe es zum ersten Mal in SEINEM Tempel erlebt.«

»Vielleicht«, sagte Penthesilea. »Aber vergiß nicht, mein Kind. Ehe der Sonnengott Apollon über dieses Land herrschte, war unsere Pferdemutter – die Große Stute, die Erdmutter, deren Kinder wir alle sind, schon hier.«

Penthesilea drehte sich um und legte beide Hände ehrerbietig auf die Erde. Kassandra ahmte die Geste nach, die sie nur halb verstand. Sie glaubte zu spüren, wie eine dunkle Kraft der Erde entströmte und durch sie hindurchfloß. Dieselbe segensreiche Kraft hatte sie empfunden, als sie Apollons Schlangen in den Händen hielt. Sie fragte sich, ob sie dem Gott untreu war, der sie gerufen hatte.

»Im Tempel hat man mir erzählt, daß der Sonnengott Apollon die Python, die Große Göttin der Unterwelt, getötet hat. Ist das die Schlangenmutter, von der du sprichst?«

»Die Große Göttin kann nicht getötet werden, denn sie ist unsterblich. Vielleicht beschließt sie, sich eine gewisse Zeit zurückzuziehen, aber SIE ist und wird immer sein«, sagte die Amazonenkönigin. Kassandra, die die Kraft der Erde unter ihren Händen spürte, hielt das für die absolute Wahrheit.

»Ist die Schlangenmutter also die Mutter des Sonnengottes?« fragte sie.

Penthesilea holte ehrfürchtig Luft und sagte: »SIE ist die Mutter der Götter und der Menschen. SIE ist die Mutter aller Dinge. Also ist auch Apollon IHR Kind, so wie du und ich IHRE Kinder sind.«

›Aber . . . wenn der Sonnengott Apollon versucht hat, SIE zu töten, wollte er damit SEINE Mutter töten?‹ Kassandra stockte bei diesem bösen Gedanken der Atem. Konnte ein Gott etwas so Böses tun? Und wenn eine Tat bei Menschen böse war, war sie dann auch bei einem Gott böse? Konnte man eine unsterbliche Göttin wirklich nicht töten? Diese Dinge waren für sie Geheimnisse, und sie beschloß voll Inbrunst, sie eines Tages zu enträtseln. Der Sonnengott Apollon hatte sie gerufen. ER hatte ihr SEINE Schlangen gegeben. Eines Tages würde ER ihr auch die Geheimnisse der Schlangenmutter enthüllen.

Die Frauen hatten gegessen und legten sich ins grüne Gras. Kassandra war nicht nach Schlafen zumute; sie war es nicht gewohnt, mittags im Freien zu ruhen. Sie beobachtete die Wolken, die über den Himmel zogen, und betrachtete die Hänge des Ida, der hoch über die Ebene aufragte.

Ihr Zwillingsbruder. Es ärgerte sie, daß jeder es wußte, daß man aber sie, die die Sache am meisten betraf, in Unwissenheit gelassen hatte.

Sie versuchte, sich ganz bewußt an den Zustand zu erinnern, in dem sie zum ersten Mal ihren Bruder in der Wasserschale gesehen hatte. Sie kniete bewegungslos im Gras, starrte zum Himmel hinauf, ohne etwas zu denken, und suchte das Gesicht, das sie nur einmal gesehen hatte, und auch dann nur als Vision. Flüchtig richteten sich ihre fragenden Gedanken auf ihr eigenes Gesicht, als werde es im Wasser und dem goldenen Glanz reflektiert, den sie immer noch für das Antlitz und den Atem des Sonnengottes Apollon hielt.

Plötzlich veränderten sich die Züge, und sie sah das Gesicht eines Jungen. Es war ihr eigenes Gesicht und doch irgendwie *nicht* ihr Gesicht; in ihm lag etwas Mutwilliges, das ihr fremd war, und Kassandra wußte, sie hatte ihren Bruder gefunden. Sie überlegte, wie er wohl hieß, und ob er sie sehen konnte.

Irgendwie erhielt sie durch die geheimnisvolle Bindung, die zwischen ihnen bestand, die Antwort: Er konnte es, wenn er wollte, aber er hatte keinen Grund, nach ihr zu suchen, und auch kein besonderes Interesse daran. ›Warum nicht‹, fragte Kassandra, ohne zu ahnen, daß sie auf den großen Charakterfehler ihres Zwillingsbruders gestoßen war: Völlige Gleichgültigkeit gegenüber allem, was nichts mit ihm zu tun hatte, oder in irgendeiner Weise zu seinem Wohlbefinden und seiner Befriedigung beitrug.

Das verwirrte Kassandra so sehr, daß die Vision verschwand, aber sie sammelte sich sofort wieder und rief sie zurück. Der berauschende Thymianduft der Berghänge hatte all ihre Sinne erfaßt. Das helle Licht und die Glut des Sonnengottes setzten die starken Öle der Pflanzen frei und sammelten ihren Duft in der Luft. Kassandra blickte mit den Augen des Jungen und sah die rauhe Bürste in seiner Hand, mit der er die glatten Flanken eines großen Stiers striegelte und Wellenmuster in das glänzende weiße Fell bürstete. Der Stier war größer als er selbst. Der Junge war wie Kassandra schlank und zierlich und eher drahtig als muskulös. Er hatte sonnengebräunte Arme wie alle Hirten und harte, schwielige Finger von der schweren Arbeit. Sie stand mit ihm neben dem Tier, bewegte mit ihm den Arm und bürstete dem Stier Wellen in die Flanken, und als das Fell glatt und locker war, legte sie die Bürste beiseite. Dann tauchte sie einen Pinsel in einen Farbtopf und bestrich die Hörner mit der goldenen Farbe. Die großen dunklen Augen des Stiers betrachteten sie mit Liebe, Vertrauen und einer Spur Verwunderung, und das Tier trat unruhig von einem Bein auf das andere. Kassandra fragte sich, ob der Stier instinktiv wußte, was ihr Bruder nicht ahnte – daß nicht nur sein Hirte vor ihm stand.

Er hieß Paris (Kassandra wußte es plötzlich, obwohl sie sich nicht fragte, woher). Paris war mit dem Striegeln und dem Vergolden der Hörner fertig und legte dem Stier eine Girlande aus grünen Blättern und Bändern um den Nacken. Dann trat er einen Schritt zurück und bewunderte stolz sein Werk. Es war wirklich ein schöner Stier; einen schöneren hatte sie noch nie gesehen. Sie teilte seine Gedanken und entschied ebenso wie er, daß dieses prächtige Tier, auf dessen Aussehen und Zustand er im vergangenen Jahr alle Mühe verwendet hatte, wirklich das schönste Tier beim Wettbewerb sein würde. Paris legte vorsichtig ein Seil um den Nacken des Stiers, griff nach einem Stab und dem Lederbeutel, in dem sich ein Laib Brot, ein paar Streifen getrocknetes Fleisch und eine Handvoll Oliven befanden. Er befestigte den Beutel an seinem Gürtel, bückte sich und zog die Sandalen an. Mit dem Stab versetzte er dem großen, geschmückten Stier einen leichten Schlag auf die Flanken und wanderte den Hang hinunter.

Überrascht stellte Kassandra fest, daß sie sich wieder in ihrem Körper befand. Sie kniete in der Ebene, und neben ihr lagen die Amazonen schlafend im Gras. Die Sonne hatte den höchsten Stand bereits überschritten, und Kassandra wußte, die Frauen würden bald aufwachen und weiterreiten.

Sie hatte gehört, daß auf den Inselkönigreichen weit im Süden der Stier als heilig galt. In den Tempeln hatte sie Statuetten der heiligen Stiere gesehen, und jemand hatte ihr die Geschichte der Königin Pasiphae von Kreta erzählt, in die Zeus sich verliebt hatte. Er war als großer weißer Stier zu ihr gekommen, und man erzählte, die Königin habe daraufhin ein Ungeheuer mit einem Stierkopf und dem Körper eines Mannes geboren. Man nannte ihn den Minotauros; er hatte alle Inselkönige in Angst und Schrecken versetzt, bis der Held Theseus ihn erschlug.

Als kleines Mädchen hatte Kassandra die Geschichte geglaubt; jetzt fragte sie sich, ob sie überhaupt etwas Wahres enthielt. Sie hatte gesehen, was hinter den Märchen über die Kentauren lag, und glaubte, hinter all diesen Geschichten verberge sich irgendeine Wahrheit.

Es gab entstellte Menschen, die in Verhalten und Aussehen Tieren glichen, und sie dachte, vielleicht sei der Minotauros auch ein solcher Mensch gewesen, der an seinem Körper oder seinem Geist das Zeichen der angenommenen Tiergestalt seines Vaters trug.

Sie wollte unbedingt wissen, was aus Paris und seinem schönen weißen Stier geworden war. Junge Frauen, besonders die aus dem Königshaus durften die Rinderausstellungen nicht besuchen, die überall im Land stattfanden. Aber sie hatte davon gehört und war sehr neugierig.

Die Frauen erwachten, und kurze Zeit später vertrieben die Bewegung und die Stimmen in ihrer Umgebung die Ruhe, die Kassandra brauchte, um Paris folgen zu können. Sie sprang mit leichtem Bedauern auf und fing ihre Stute ein.

In den nächsten Tagen sah sie ihren Bruder ein- oder zweimal ganz kurz, der den geschmückten Stier den Berg hinunterführte; er überquerte einen Fluß (dabei beschädigte er seine neuen Sandalen), und er traf auf andere Wanderer, die wie er geschmückte Tiere trieben. Aber keines war so schön und so stark wie sein Stier.

Der Mond wurde rund und stand von Sonnenuntergang bis zum Sonnenaufgang am Himmel. Tagsüber blendete die grelle Sonne, und der weiße Staub glitzerte. Kassandra saß schläfrig auf dem Pferderücken, während sich die Stuten langsam grasend in dem enggehaltenen Kreis fortbewegten. Sie beobachtete, wie sich Staubwirbel in die Luft erhoben und über das Gras tanzten, ehe der Wind sie auseinandertrieb. Sie dachte an den ruhelosen Gott Hermes, den Gott der Winde, der Listen und der Täuschung.

Tagträumend bemerkte sie, wie einer der kleinen Wirbelwinde erzitterte, bebte und sich in einen Mann verwandelte. Und so folgte sie dem ruhelos tanzenden Wind über die Ebene nach Westen bis zum Fuß des Ida. Im blendenden Sonnenlicht verschwamm ein goldener Strahl vor ihren Augen, veränderte sich und wurde zu einem großen, strahlenden Mann mit dem Antlitz des Sonnengottes; und vor den beiden Göttern lief ein Stier.

Kassandra hatte die Geschichte von Apollons Stieren gehört –

große, glänzende Tiere, schöner als jedes irdische Tier. Und das war zweifellos einer: der breite Stiernacken und die glänzenden Hörner brauchten weder Gold noch Bänder, um im Licht zu strahlen. Ein Spielmann am Hof ihres Vaters hatte einmal eine der ältesten Balladen gesungen. Sie erzählte die Geschichte von dem jungen Hermes, der Apollons heilige Herde entführte und Apollons Zorn besänftigte, indem er aus der Schale einer Schildkröte eine Leier für ihn fertigte. Die strahlenden Augen des heiligen Stiers und das schimmernde glänzende Fell verdrängten die Erinnerung an den Stier des Paris, der ihn mit solcher Hingabe geschmückt hatte. Das war nicht gerecht: Wie konnte sich ein sterblicher Stier mit dem heiligen Tier eines Gottes messen?

Kassandra beugte sich mit geschlossenen Augen vor. Sie hatte gelernt, auf dem Pferderücken zu schlafen und ihren Körper den Bewegungen des Tieres anzupassen, als habe er keine Knochen. Jetzt schlug sie zum Schutz gegen das Sonnenlicht die Augen nieder, fiel in einen leichten Schlummer, und ihr Geist suchte den Bruder. Vielleicht war es Apollons Stier, der sie zu dem Tier führte, das Paris zur Ausstellung trieb.

Kassandra blickte durch die Augen ihres Bruders auf die vielen, dort versammelten Tiere und suchte ihre Vorzüge und ihre Schwächen. Diese Kuh hatte zu schmale Flanken, jene häßliche braune und rosa Flecken am Euter; dieser Stier hatte gedrehte Hörner und eignete sich nicht zum Wächter seiner Herde, jener hatte einen Höcker im Nacken. Paris dachte voll Stolz, daß kein Tier weit und breit es mit dem Stier aus seiner Herde aufnehmen konnte, den er mit solcher Higabe geschmückt und hierher gebracht hatte. Er würde den Preis dem Stier seines Ziehvaters zusprechen können. Zum zweiten Mal hatte man ihn zum Richter über die Tiere gewählt, und das machte ihn stolz auf sein Können und auf das Vertrauen der Nachbarn und anderen Hirten in sein Urteil.

Er ging zwischen den Tieren hin und her, bedeutete jemandem freundlich, eine Kuh näherzuführen, damit er sie besser sah, oder ein anderes Tier, das für einen Preis nicht in Frage kam, wegzuführen.

Er hatte bereits die beste Färse und das beste Kalb bestimmt und dann unter beifälligem Gemurmel die schönste Kuh. Es war wirklich ein prächtiges Tier mit einem blaßweißen Fell und zartgrauen Flecken, die beinahe blau wirkten. Sie hatte sanfte, mütterliche Augen, und ihr Euter war so glatt und gleichmäßig rosa wie die Brüste einer Jungfrau. Die Hörner waren klein und standen weit auseinander, und ihr Atem roch nach dem Thymian im Gras.

Jetzt mußte er sein Urteil über die Tiere sprechen. Paris ging zufrieden zu Schneeweiß hinüber, dem Stier seines Ziehvaters. Nachdem er einen ganzen Tag Rinder begutachtet hatte, wußte er, er hatte kein einziges Tier gesehen, das Schneeweiß gleichkam, und Paris fühlte sich berechtigt, dem Stier den Preis zuzusprechen. Er wollte bereits sein Urteil verkünden, als er die beiden Fremden mit ihrem Stier entdeckte.

Der Jüngere sprach ihn an – Paris vermutete, daß es der Jüngere war –, und Paris wußte sofort, er stand dem Übernatürlichen gegenüber. Es war seine erste Begegnung dieser Art, aber der strahlende Blick aus den Augen unter dem Hut, und etwas in der Stimme des Mannes, die von sehr weit und doch sehr nahe zu kommen schien, verriet ihm: das war kein gewöhnlicher Mensch. Kassandra erkannte an dem überirdischen Glanz, der die goldenen Lokken umspielte, IHREN Gott ohnehin. Und vielleicht, ohne daß es Paris bewußt wurde, erfaßte ihn etwas von dem Geist seiner unbekannten Schwester.

Er sagte laut: »Ihr Fremden, bringt den Stier näher, damit ich ihn betrachten kann. Ein so prächtiges Tier habe ich noch nie gesehen.« *Aber vielleicht hat der Stier einen Makel, den man nicht auf den ersten Blick erkennt,* dachte Paris und begutachtete ihn von allen Seiten. Nein, die Beine waren wie Marmorsäulen, selbst in der Art, wie er den Schwanz bewegte, lag etwas Edles. Er hatte glatte, dicke Hörner, und in den wilden Augen lag auch etwas Sanftes. Der Stier ließ sich sogar gelangweilt gefallen, daß Paris ihm vorsichtig das Maul öffnete und die fehlerlosen Zähne betrachtete.

Mit welchem Recht bringt ein Gott seinen vollkommenen Stier hierher, damit Sterbliche ein Urteil über ihn fällen? fragte sich Paris. Nun gut, es war Schicksal, und es wäre anmaßend, sich gegen das Schicksal zu stellen.

Er winkte den Mann wieder zu sich, der das Seil um den Hals des Stieres hielt und sagte mit einem bedauernden Blick auf Schnee-

weiß: »Ich sage es nicht gerne, aber ich habe in meinem ganzen Leben noch nie einen so prächtigen Stier gesehen. Fremder, der Preis gehört euch.«
Das strahlende Lächeln des Unsterblichen verschwamm in der Sonne, und als Kassandra erwachte, hörte sie eine Stimme – nein, mehr ein Echo ihrer Gedanken: *Dieser Mann ist ein ehrlicher Richter, vielleicht kann er den Streit schlichten, den Paris ausgelöst hat.* Dann saß sie allein im Sattel, und Paris war verschwunden; diesmal konnte sie ihn nicht auf ihren Wunsch hin zurückrufen. Sie sah ihn lange Zeit nicht mehr.

7 Sie hatten das Land der Amazonen kaum erreicht, als das Wetter sich änderte. An dem einen Tag stand die blendende Sonne noch vom frühen Morgen bis zum späten Abend am Himmel, und über Nacht war alles anders. Es schien nur verregnete Tage und feuchte, nasse Nächte zu geben. Das Reiten machte nicht länger Vergnügen. Es wurde zu erschöpfender Anstrengung und Qual. Für Kassandra bedeutete jeder Tag einen ständigen Kampf gegen Kälte und Nässe.
Die Amazonen ließen die Feuer an den geschützten Lagerplätzen nicht ausgehen. Viele lebten in Höhlen, andere in Zelten mit dikken Lederwänden und -dächern, die in dicht belaubten Wäldchen standen. Kleine Kinder und Schwangere gingen überhaupt nicht mehr ins Freie, sondern drängten sich dicht um die rauchenden Feuer.
Manchmal lockte die Wärme. Aber Mädchen ihres Alters galten bei den Amazonen als Kriegerinnen. Deshalb hüllte sie sich in einen schweren Mantel aus dicker, geölter Wolle und ertrug die Nässe so gut sie konnte.
Kassandra wuchs, während die Regenzeit sich langsam dahinschleppte. Als sie eines Tages zu einer der seltenen warmen Mahlzeiten am Lagerfeuer vom Pferd sprang, wurde ihr deutlich bewußt, daß sich ihr Körper rundete: unter den groben, weiten Kleidern wölbten sich kleine Brüste.
Von Zeit zu Zeit sah sie vor ihren inneren Augen beim Reiten ohne

ihr Zutun den ihr so ähnlichen Jungen. Er war inzwischen größer; seine gewebte Tunika bedeckte kaum die Oberschenkel, und sie zitterte vor Mitgefühl, wenn er frierend versuchte, sich in den zu kurzen Mantel zu hüllen. Er lag inmitten seiner Herde am Berghang. Einmal sah sie ihn bei einem Fest. Er gehörte zu einer Gruppe von Jungen, die mit Girlanden bekränzt waren und tanzten. Ein anderes Mal saß sie mit ihm an einem lodernden Feuer. Er erhielt einen neuen, warmen Mantel, und seine langen Haare wurden abgeschnitten, weil sie dem Sonnengott geopfert werden sollten. Stand auch er unter Apollons Schutz?
Im Frühjahr befand er sich einmal schweigend in einer Schar Jungen und beobachtete eine Gruppe kleiner Mädchen – die meisten waren allerdings ebenso groß wie er oder sogar größer. Sie trugen Bärenfelle und tanzten der jungfräulichen Göttin zu Ehren einen rituellen Tanz.
Kassandra dachte nur noch selten an ihr Leben im Palast. Es war zu einer unbestimmten Erinnerung an eine Zeit geworden, in der sie ans Haus gefesselt gewesen war, das sie nur verstohlen verlassen durfte. Eigenartige Empfindungen überfielen sie. Der grob gewebte Stoff ihrer Wolltunika rieb ihr die Brustwarzen wund, und sie bat eine der Frauen um ein Untergewand aus weicher Baumwolle. Es half, genügte aber nicht. Die Brüste waren die meiste Zeit wund gescheuert.
Die Tage wurden kürzer, und ein blasser Wintermond stand am Himmel. Die Herden kreisten bei ihrer Suche nach Futter ziellos über das Land. Dann gaben die Stuten fast alle keine Milch mehr; die hungrigen Tiere zogen ruhelos von einer abgeweideten Stelle zur nächsten.
Das Fehlen der Stutenmilch – ein Grundnahrungsmittel der Amazonen – bedeutete, daß es noch weniger zu essen gab. Die wenige Milch bekamen die Schwangeren und die ganz kleinen Kinder. Tag um Tag kannte Kassandra nichts anderes als beißenden Hunger. Die ihr zugeteilte Portion bewahrte sie bis zum Schlafengehen, damit sie nicht aufwachte und von den Herden im Palast des Priamos träumte und vom warmen, duftenden Geruch der backenden Brote. Während sie auf den Weiden die Pferde hütete, suchte sie unermüdlich nach getrockeneten Früchten oder verdorrten Beeren an

abgestorbenen Ranken; wie die anderen Mädchen aß sie alles, was sie finden konnte, und nahm auch in Kauf, daß ihr von der Hälfte dieser eßbaren Dinge übel wurde.

»Hier können wir nicht bleiben«, sagten die Frauen. »Worauf wartet die Königin?«

»Auf ein Wort der Göttin«, sagten einige. Die älteren Frauen des Stammes gingen zu Penthesilea und forderten, daß sie zu den Winterweiden zogen.

»Ja«, sagte die Königin, »wir hätten bereits vor einem Mond reiten sollen. Aber im Land herrscht Krieg. Wenn wir mit dem ganzen Stamm und allen Kindern und alten Frauen unterwegs sind, werden wir gefangengenommen und versklavt. Wollt ihr das?«

»Nein, nein«, riefen die Frauen. »Wir wollen unter deiner Führung als freie Menschen leben, und wenn es sein muß, als freie Menschen sterben.«

Trotzdem versprach Penthesilea, beim nächsten Vollmond den Rat der Göttin zu suchen, um Ihren Willen zu erfahren.

Kassandra sah nach einem heftigen Regen einmal ihr Gesicht im Wasser und erkannte sich kaum: Sie war groß und hager, die unbarmherzige Sonne hatte ihr Gesicht und Hände braun gebrannt. Bei dem hageren, kantigen Gesicht dachte man eher, eine Frau vor sich zu haben – vielleicht auch einen jungen Mann, aber kaum ein junges Mädchen. Sie entdeckte auch Sommersprossen in ihrem Gesicht und fragte sich, ob ihre Familie sie erkennen würde, wenn sie plötzlich und unerwartet vor ihnen stand. Oder würden sie fragen: »Wer ist diese Frau von den wilden Stämmen? Schafft sie weg!« Würde man sie vielleicht sogar für ihren verbannten Zwillingsbruder halten?

Trotz der Härten wollte sie nicht nach Troia zurückkehren. Sie vermißte manchmal ihre Mutter, nicht aber das Leben in den Mauern der Stadt.

Eines Abends kehrten die Mädchen bei Sonnenuntergang in das Lager zurück, um sich trockene Kleider anzuziehen und ihren Anteil der Nahrung in Empfang zu nehmen, die man fand – meist bittere gekochte Wurzeln oder ein paar harte wilde Bohnen. Man sagte ihnen, sie sollten nicht wieder losreiten, sondern bleiben und sich mit den Frauen in dem großen Gemeinschaftszelt versam-

meln. Man hatte alle Feuer bis auf eines gelöscht, und es war dunkel und kalt.
Es gab nicht einen einzigen Bissen zu essen, und Elaria erklärte ihrem Schützling, die Königin habe angeordnet, daß alle fasten müßten, ehe man sich an die Göttin wenden dürfe.
»Das ist nichts Neues«, erwiderte Kassandra. »Meiner Meinung nach haben wir im letzten Monat genug gefastet, um jede Göttin gnädig zu stimmen. Was kann SIE mehr von uns verlangen?«
»Psst«, sagte Elaria. »Die Göttin hat bis jetzt immer für uns gesorgt. Wir leben noch. Es hat viele Jahre gegeben, in denen das Land geplündert und von umherstreifenden Gesetzlosen bedroht wurde. Dann verließen wir unsere Weidegründe erst, wenn die Hälfte der kleinen Kinder gestorben waren. In diesem Jahr hat uns die Göttin noch keinen einzigen Säugling und kein einziges Fohlen genommen.«
»Das ist auch besser für SIE«, sagte Kassandra. »Ich kann mir nicht vorstellen, welchen Nutzen tote Amazonen für die Göttin haben. Es sei denn, SIE möchte, daß wir IHR in der anderen Welt dienen.«
Kassandra quälte der Hunger. Sie zog das feuchte Lederzeug aus und schlüpfte in ein trockenes Gewand aus grobgewebter Wolle. Mit einem Holzkamm fuhr sie sich durch die Haare, flocht sie zu einem Zopf und steckte ihn im Nacken zu einem Knoten zusammen. Dann gingen sie hinüber in das große Zelt. In ihrem halbverhungerten und erschöpften Zustand empfand sie die trockene Kleidung und das warme Feuer als sinnlichen Genuß. Sie blieb eine Zeitlang stehen und nahm die Wärme in sich auf, bis eine der Frauen sie beiseite schob. Der Rauch füllte allmählich das niedrige Zelt; Kassandra hustete und würgte und glaubte, sie hätte sich übergeben müssen, wenn ihr Magen nicht schon leer gewesen wäre.
Hinter sich spürte sie den Druck der anderen im Zelt, das stumme Geraschel der Frauen, Mädchen und kleinen Kinder: Alle Frauen des Stammes schienen sich im Dunkeln hinter ihr versammelt zu haben. Sie hockten um das Feuer, und irgendwo erklang das leise Klopfen von Händen auf Häuten, die über einen Ring gespannt waren, das Rasseln der Kerne in getrockneten Kürbissen, die wie trockene Blätter raschelten, wenn man sie schüttelte, oder wie Regen, der auf ein Zeltdach trommelte. Das Feuer schwelte nur und

verbreitete wenig Licht, so daß Kassandra nur den leichten Hauch der schwachen Hitze spürte.
In der dunklen Stille am Feuer erhoben sich drei der ältesten Frauen des Stammes und warfen den Inhalt eines kleinen Körbchens in die Glut. Trockene Blätter flammten auf, verglühten, und dichte, weiße duftende Rauchwolken stiegen auf. Im Zelt verbreitete sich ein merkwürdig trockener süßlicher Geruch. Als Kassandra ihn einatmete, wurde ihr schwindlig, und seltsame Farben tanzten vor ihren Augen. Sie spürte den quälenden Hunger nicht mehr.
In die Dunkelheit sagte Penthesilea: »Meine Schwestern. Ich kenne euren Hunger. Teile ich ihn nicht? Jedem, der nicht bereit ist, bei uns zu bleiben, steht es frei, zu den Männern in die Dörfer zu gehen. Sie werden das Essen mit euch teilen, wenn ihr euch zu ihnen legt. Aber bringt die so geborenen Töchter nicht zu unserem Stamm. Ihr müßt sie zurücklassen, damit sie Sklavinnen werden, denn ihr habt euch als Sklavinnen erwiesen. Wer von euch gehen möchte, der soll es jetzt tun, denn er darf nicht bleiben, wenn wir die jungfräuliche Jägerin um Rat bitten, die die Freiheit der Frauen hochhält.«
Stille; keine Frau in dem rauchigen Zelt bewegte sich.
»Dann, meine Schwestern, wollen wir in unserer Not SIE anrufen, die für uns sorgt.«
Wieder herrschte Schweigen im Zelt; man hörte nur das leise Trommeln. Dann zerriß ein langer gespenstischer Schrei die Stille.
»Ouw-ooooo-ooooo-ooooou!«
Im ersten Augenblick glaubte Kassandra, ein Tier schleiche um das Zelt. Dann sah sie die offenen Münder und zurückgeworfenen Köpfe der Frauen. Das Geheul ertönte noch einmal und noch einmal; die Gesichter der Frauen wirkten nicht mehr ganz menschlich. Die klagenden Schreie hielten an, hoben und senkten sich, während die Frauen sich wiegten und sie immer wieder anstimmten, während andere ein kurzes »Jip-jip-jip-jip-jip . . . jip-jip-jip« hervorstießen, bis die Stimmen das ganze Zelt erfüllten und auf Kassandra einhämmerten. Sie mußte sich dagegenstemmen, um nicht in den Strudel hineingezogen zu werden. Sie hatte erlebt, wie die Göttin über ihre Mutter gekommen war, aber das war nie in einem solchen wahnsinnigen Tumult geschehen.

Zum ersten Mal seit vielen Monden sah Kassandra plötzlich Hekabes Gesicht vor sich und schien ihre sanfte Stimme zu hören:
Es ist nicht Brauch . . .
Warum nicht?
Für einen Brauch gibt es keinen Grund. Es gibt ihn, das ist alles . . .
Kassandra hatte es damals nicht geglaubt, und sie glaubte es auch jetzt nicht. Es mußte einen Grund dafür geben, daß diese merkwürdigen Schreie die richtige Art sein sollten, die jungfräuliche Jägerin zu beschwören.
Sollen wir wie die wilden Tiere werden, die Sie jagt?
Penthesilea erhob sich, streckte die Arme aus, und von einem Atemzug zum nächsten sah Kassandra, wie das Gesicht der Königin verschwamm, das Strahlen der Göttin durch ihre Haut drang und ihre Stimme sich bis zur Unkenntlichkeit veränderte. Sie rief: »Nicht nach Süden, wo die Stämme der Männer durch das Land ziehen. Reitet nach Osten, über die zwei Flüsse hinweg. Bleibt dort, bis die Frühlingssterne fallen!«
Sie sank in sich zusammen. Zwei der ältesten Frauen fingen sie auf und hielten Penthesilea, die so heftig von Husten geschüttelt wurde, daß es sie schließlich kraftlos würgte. Als sie sich wieder aufrichtete, hatte sie wieder das Gesicht.
Mit belegter Stimme fragte sie flüsternd: »Hat SIE uns eine Antwort gegeben?«
Ein paar Frauen wiederholten die Worte, die Penthesilea im Bann der Göttin gesprochen hatte:
»Nicht nach Süden, wo die Stämme der Männer durch das Land streifen! Reitet nach Osten, über die zwei Flüsse hinweg. Bleibt dort, bis die Frühlingssterne fallen!«
»Dann brechen wir im Morgengrauen auf, Schwestern«, sagte Penthesilea immer noch sehr schwach. »Wir dürfen keine Zeit verlieren. Ich kenne keine Flüsse im Osten. Aber wenn wir Vater Skamander den Rücken wenden und dem Ostwind folgen, werden wir sie bestimmt erreichen.«
»Was hat die Göttin gemeint, als SIE sagte, ›bis die Frühlingssterne fallen‹?« wollte eine der Frauen wissen.
Penthesilea hob die schmalen Schultern. »Ich weiß es nicht, Schwester. Die Göttin hat gesprochen, aber SIE hat ihre Worte nicht

erklärt. Wenn wir uns IHREM Willen beugen, wird SIE uns die Antwort geben.«
Vier Frauen brachten Körbe mit gekochten Wurzeln herein und reichten Wein in Lederschläuchen herum. Penthesilea sagte: »Laßt uns in IHREM Namen zusammen essen, Schwestern, und gesättigt von IHREN Gaben im Morgengrauen aufbrechen.«
Kassandra begriff, daß man für dieses Mahl mitten im Winter schon seit langem Nahrung aufbewahrt haben mußte. Sie biß in die geschmacklosen gekochten Wurzeln, wie das hungrige Tier, als das sie sich vorkam, und trank von dem Wein.
Als die Körbe geleert und die letzten Tropfen Wein aus den Schläuchen geflossen waren, trugen sie die wenige Habe des Stammes zusammen. Sie schlugen die Zelte ab und verschnürten sie; ein paar bronzene Kochkessel, ein paar Mäntel, die frühere Anführerinnen getragen hatten. Kassandra sah immer noch hinter Penthesileas Gesicht das Antlitz der Göttin und hörte die eigenartige Veränderung in der Stimme ihrer Tante. Sie fragte sich, ob die Göttin eines Tages auch durch ihre Stimme und ihren Geist sprechen werde.
Der Stamm der Frauen formierte die Pferde zu einem Zug: Penthesilea und die Kriegerinnen ritten an der Spitze, die Älteren, die Schwangeren und die kleinen Mädchen ritten in der Mitte, umgeben von den stärksten jungen Frauen.
Kassandra hatte einen Speer und konnte mit ihm umgehen. Deshalb ritt sie bei den jungen Kriegerinnen. Penthesilea bemerkte es stirnrunzelnd, sagte aber nichts. Kassandra hielt das Schweigen für Zustimmung. Sie wußte nicht, ob sie auf ihren ersten Kampf hoffte, oder insgeheim darum betete, daß sie das Ziel ohne Zwischenfälle erreichen würden. Beim ersten Licht gab Penthesilea das Signal zum Aufbruch. Ein einziger Stern stand noch am dunklen Himmel. Kassandra fröstelte in dem Wollgewand, das sie bei dem Ritual getragen hatte, und hoffte, es würde nicht wieder regnen. Sie hatte das lederne Reitzeug in ihrem Zelt zurückgelassen, und es war irgendwo in den Ledertaschen oder Körben verstaut worden. Ihre beste Freundin, ein vierzehnjähriges Mädchen, das von ihrer Mutter Stern genannt wurde, ritt neben ihr. Stern machte kein Geheimnis daraus, daß sie auf einen Kampf hoffte.

»Als ich noch klein war, führten wir einmal Krieg gegen einen der Kentaurenstämme – nicht gegen Chairons Männer, sie sind unsere Freunde, sondern gegen einen Stamm aus dem Landesinneren. Sie überfielen uns, während wir unser altes Lager abbrachen und versuchten, die besten Hengste zu stehlen«, erzählte sie Kassandra. »Ich konnte die Männer kaum sehen. Ich ritt damals noch bei meiner Mutter. Aber ich hörte sie schreien, als Penthesilea sie niedermachte.«
»Haben wir gewonnen?«
»Natürlich haben wir gewonnen. Wenn wir verloren hätten, hätten die Kentauren uns in ihr Lager geschleppt und die Beine gebrochen, damit wir nicht fliehen könnten«, sagte Stern, und Kassandra dachte an die verkrüppelte Frau in Chairons Lager. »Aber wir haben Frieden mit ihnen geschlossen. Wir haben ihnen ein Jahr lang einen Hengst geliehen, um ihre Herden zu verbessern. Und wir willigten ein, sie und nicht Chairons Männer in diesem Jahr in ihrem Dorf zu besuchen. Penthesilea hat gesagt, wir sind mit Chairons Stamm inzwischen zu nahe verwandt, und es sei besser, ein paar Jahre nicht zu ihm zu gehen, denn es sei nicht klug, zu viele Generationen hintereinander bei den eigenen Brüdern und Vätern zu liegen. Penthesilea sagte, sonst würden die Säuglinge schwach und könnten sogar sterben.«
Kassandra verstand das nicht und sagte es auch. Stern lachte: »Dich würde man ohnehin nicht gehen lassen. Denn um in die Dörfer der Männer zu gehen, mußt du eine Frau sein und kein kleines Mädchen mehr.«
»Ich bin eine Frau«, erwiderte Kassandra. »Ich kann schon seit zehn Monden Kinder bekommen.«
»Trotzdem mußt du dich erst als Kriegerin bewähren. Ich bin seit über einem Jahr erwachsen und darf trotzdem nicht zu den Männern in die Dörfer. Aber ich habe es nicht eilig. Schließlich möchte ich nicht neun Monde schwanger sein und dann nur einen nutzlosen Sohn zur Welt bringen, den man dem Stamm seines Vaters überlassen muß«, sagte Stern.
»Weshalb gehen die Frauen in die Dörfer der Männer«, wollte Kassandra wissen, und Stern sagte es ihr.
»Ich glaube, das bildest du dir ein«, sagte Kassandra. »Mein Vater

und meine Mutter würden so etwas niemals tun.« Sie konnte das bei einer Stute und einem Hengst verstehen, aber die Vorstellung, daß ihre königlichen Eltern sich auf diese Weise paarten, erschien ihr abstoßend. Trotzdem dachte sie unfreiwillig daran, daß wenn ihr Vater eine der vielen Frauen im Palast in sein Schlafgemach kommen ließ, und dann früher oder später (meist früher als später) ein Kind im Palast zur Welt kam. Wenn es ein Sohn war, ging Priamos zum Goldschmied, und die neue Lieblingsfrau und ihr Kind bekamen Ringe, Ketten und goldene Becher von ihm geschenkt.

Also erzählte ihr Stern vielleicht doch die Wahrheit, so seltsam es auch klang. Kassandra hatte gesehen, wie Kinder geboren wurden; aber ihre Mutter hatte gesagt, es gehöre sich für eine Prinzessin nicht, auf das Geschwätz der Palastfrauen zu achten; nun fielen ihr auch wieder gewisse derbe Witze ein, die sie damals nicht verstanden hatte, und sie stellte fest, daß ihre Wangen glühten. Ihre Mutter hatte erzählt, die Erdmutter lege den Frauen die Säuglinge in den Leib, und Kassandra hatte sich gefragt, warum die Göttin ihr keinen Säugling schenkte, denn sie liebte kleine Kinder.

»Deshalb sperren die Stadtbewohner ihre Frauen in besonderen Frauengemächern ein«, sagte Stern. »Sie behaupten, die Stadtfrauen seien so lüstern, daß man sie nicht sich selbst überlassen kann.«

»Das stimmt nicht«, widersprach Kassandra und wunderte sich, warum sie so wütend war.

»Es stimmt doch! Warum müßten ihre Männer sie sonst in den Häusern einsperren. Unsere Frauen sind nicht so«, sagte Stern. »Aber die Stadtfrauen sind wie Ziegen. Sie paaren sich mit jedem Mann, der ihnen über den Weg läuft.« Stern grinste Kassandra höhnisch an und sagte: »Du kommst doch aus einer Stadt, nicht wahr. Hat man *dich* nicht eingesperrt, um dich von den Männern fernzuhalten?«

Kassandra preßte die Knie gegen den Pferdeleib; sie beugte sich vor und warf sich mit einem Wutgeheul auf Stern. Stern kratzte sie, und Kassandra packte Sterns locker geflochtenen Zopf und versuchte, sie vom Pferd zu zerren. Während sie miteinander kämpften, sich schlugen und schrien, wieherten ihre Pferde und stiegen. Der Ellbogen des Mädchens traf Kassandras Nase, und Kassandras Nägel wurden blutig, als sie Sterns Wange aufriß.

Penthesilea und Elaria erschienen und trieben lachend ihre Pferde zwischen die Mädchen. Penthesilea zog Kassandra aus dem Sattel und hielt sie unter den Armen fest, während Kassandra wütend in der Luft herumfuchtelte.
»Schäm dich, Kassandra. Wenn wir untereinander kämpfen, wie können wir dann hoffen, mit den anderen Stämmen in Frieden zu leben! Behandelt man so die eigenen Schwestern? Weshalb habt ihr euch gestritten?«
Kassandra ließ den Kopf hängen und gab keine Antwort. Stern grinste immer noch widerlich.
»Ich habe ihr gesagt, daß die Stadtfrauen in den Häusern eingeschlossen werden, weil sie sich wie die Ziegen paaren«, sagte sie höhnisch. »Und wenn es nicht wahr wäre, warum hätte sie dann angefangen, mit mir zu kämpfen?«
Kassandra erwiderte zornig: »Meine Mutter ist nicht so. Befiehl ihr, das zurückzunehmen.«
Penthesilea beugte sich zu ihr und fragte leise: »Ändert sich deine Mutter dadurch, daß Stern lügt oder die Wahrheit spricht?«
»Nein, natürlich nicht. Aber wenn sie das behauptet...«
»Wenn sie das behauptet, fürchtest du, jemand könnte es hören und glauben?« fragte Penthesilea und zog eine zartgeschwungene Braue hoch. »Warum willst du ihr soviel Macht über dich einräumen, Kassandra?«
Kassandra ließ schweigend den Kopf hängen, und Penthesilea sah Stern mit gerunzelter Stirn an. »Behandelst du so eine Verwandte, einen Gast unseres Stammes, kleine Schwester?«
Sie beugte sich vom Pferd nach unten und berührte Sterns zerkratzte und blutende Wange mit dem Finger. »Ich werde dich nicht bestrafen, denn du bist bereits bestraft. Kassandra hat sich gut verteidigt. Sei das nächste Mal höflicher zu einem Gast unseres Stammes. Das Wohlwollen der Gemahlin des Priamos ist uns wichtig.«
Sie drehte Stern den Rücken zu und drückte Kassandra fest an sich. Kassandra hörte das Lachen in ihrer Stimme: »Bist du alt genug, um allein zu reiten, ohne in Schwierigkeiten zu geraten, oder muß ich dich wie einen Säugling tragen.«
»Ich kann allein reiten«, erwiderte Kassandra mürrisch, obwohl sie Penthesilea dankbar war, weil sie sie verteidigt hatte.

»Dann werde ich dich wieder auf dein Pferd setzen«, erklärte die Amazonenkönigin, und Kassandra spürte froh wieder Südwinds breiten Rücken unter sich. Stern fing ihren Blick auf, verzog leicht das Gesicht, und Kassandra wußte, es war alles wieder gut. Penthesilea setzte sich an die Spitze des Zugs, und sie ritten weiter.
Ein kalter Nieselregen setzte ein, und allmählich wurde alles naß. Kassandra zog sich das gestreifte Wollkleid über den Kopf, aber ihre Haare blieben feucht und klebten. Sie ritten den ganzen Tag und noch lange nach Einbruch der Dunkelheit. Kassandra fragte sich, wann sie wohl die neuen Weiden erreichen würden. Die Amazonen wußten nicht, wohin sie zogen, sondern ritten durch die feuchte Dunkelheit, und ein Pferd trottete geduldig hinter dem anderen her.
Kassandra ritt in einem dunklen Traum. Merkwürdige Empfindungen überfielen ihren Körper, die sie nicht kannte. Dann loderte ein Feuer auf, und sie wußte, daß sie es nicht mit ihren Augen sah. Irgendwo saß Paris vor diesem Feuer, und er blickte über die Flammen hinweg auf eine schlanke junge Frau, deren lange blonde Haare locker im Nacken gebunden waren. Sie trug das lange, hochgesteckte weite Kleid der Frauen vom Festland, und an der Art, in der Paris den Blick nicht von ihr wenden konnte, spürte sie das gierige Verlangen in seinem Körper, das sie so sehr verwirrte, daß sie die Augen vom Feuer abwandte; sie ritt wieder und spürte die Feuchtigkeit ihres Mantels, von dessen Kragen das Wasser ihren Rücken hinunterlief. Ihr Körper befand sich immer noch im Bann des Verlangens, obwohl sie nicht verstand, was sie empfand. Zum ersten Mal wurde sie sich ihres Körpers voll bewußt . . ., aber es war nicht ihr Körper. Die Erinnerung an die großen Augen der jungen Frau, an die zarte Rundung ihrer Wangen und die jungen Brüste, die sich unter dem Gewand abzeichneten, weckten in ihr heftige körperliche Empfindungen, die sie beunruhigten. Blitzartig brachte sie diese Gefühle mit den beunruhigenden Dingen in Verbindung, die Stern ihr erzählt hatte. Furcht erfaßte sie und Scham, obwohl sie zu unschuldig war, um es als Scham zu erkennen.
Gegen Morgen hörte es auf zu regnen, und die dunklen Wolkenfetzen wurden vom Himmel gefegt. Der Mond erschien, und Kassan-

dra erkannte, daß sie hoch oben auf einem Berg durch eine enge Felsschlucht ritten. Unter sich sah sie eine weite Ebene, auf der kleine, verkrümmte Bäume wuchsen, und sie sah ordentlich gepflügte Felder, die von Steinmauern eingefaßt waren. Sie zogen langsam einen steilen Abhang hinunter. Schließlich blieben die Pferde an der Spitze stehen. Die Zelte wurden abgeladen; die Frauen stellten den in feuchtes Tuch gepackten Feuertopf in die Mitte des Lagers. Schon zeigten sich die ersten roten Sonnenstrahlen über dem Rand der Schlucht, die sie durchquert hatten. Die Frauen schickten die jungen Mädchen trockenes Holz sammeln. Nach dem tagelangen Regen fanden sie nur wenig, aber Kassandra entdeckte im dichten Gewirr verkrümmter Olivenbäume ein paar Zweige. Dorthin war das Wasser nicht gedrungen, und sie lief damit zurück zum Feuer.

Die aufgehende Sonne tauchte die Amazonen in flammendes Rot, als sie im Kreis zusammensaßen, und sie wußten, das verhieß noch mehr Regen. Also freuten sie sich über die feuchte Wärme und trockneten Haare und Kleider. Dann wurde unter der Aufsicht älterer Frauen begonnen, ein Zelt aufzuschlagen, und man trug eine Frau hinein, bei der die Wehen eingesetzt hatten. Die Kriegerinnen beauftragten die Mädchen, die Herden weiden zu lassen, und Kassandra ging mit ihnen.

Sie war sehr müde, und ihre Augen brannten. Aber ihr war nicht nach Schlafen zumute. Ein Teil ihrer Gedanken kehrten in das Zelt zurück, wo die Frauen sich versammelt hatten, um bei der Geburt zu helfen. Ein anderer Teil war noch weiter weg bei Paris. Sie wußte, er befand sich mit seinen Herden an den Berghängen, und ihn beschäftigte immer noch die junge Frau, die er nicht vergessen konnte. Kassandra wußte, daß die Frau Oenone hieß; sie kannte den süßen sinnlichen Klang dieses Namens, und sie war sich qualvoll bewußt, wie sehr Paris sich an die Erinnerung an diese Frau klammerte und darüber alles um ihn herum vergaß, obwohl seine Gedanken in erster Linie um seine Pflichten gegenüber der Herde hätten kreisen sollen. Und noch ehe Paris es ahnte, hörte Kassandra – oder fühlte oder roch –, wie die junge Frau durch das Wäldchen am Abhang zu ihm schlich.

Der bittere Wacholderduft umgab die beiden. Kassandra wußte

nicht, wer den anderen zuerst sah: Paris oder die Frau – oder wer zuerst losrannte und den anderen leidenschaftlich in die Arme schloß. Die hungrigen brennenden Küsse warfen Kassandra beinahe in ihren eigenen Körper und in ihre Umgebung zurück; aber nun war sie bereit, und sie klammerte sich an ihr Bewußtsein *seiner* Gefühle und Empfindungen. Dann wußte sie nur noch, daß Oenone ausgestreckt im weichen Gras lag, während Paris über ihr kniete und an ihrem Kleid zerrte.

Kassandra begriff plötzlich, daß dies ein Augenblick war, den man nicht einmal mit einer Zwillingsschwester teile, und sie zog sich zurück. Sie saß auf ihrem Pferd, und Regentropfen trafen ihr Gesicht. Sie sehnte sich nach der Sonne in ihrer Heimat; sie sehnte sich nach Apollons Sonne. Zum ersten Mal, seit sie bei den Amazonen lebte, überlegte sie, wann sie wohl zurückkehren würde ...

Ihr wurde übel; die Augen brannten, und ein Schwächegefühl überkam sie. Die Erinnerung an das, was sie miterlebt hatte, beantwortete einige der vielen Fragen, die sie beschäftigten. Aber sie wußte nicht, ob sie das eigenartige Erlebnis mit ihrem Bruder geteilt hatte oder mit Oenone; sie wußte nicht, ob sie der Liebende oder die Geliebte war. Kassandra war sich nicht ganz sicher, ob sie sich in ihrem Körper befand, oder ob sie immer noch mit ihrem Bruder und der jungen Frau im weichen Gras am Ida lag – die Körper verschlungen im Nachglühen ihres Verlangens. Ihr Bewußtsein wollte sich nicht mit den Grenzen ihres Körpers abfinden, sondern flog weit über sie hinaus, so daß sich ein Teil ihres Wesens im Kreis der Pferde und der anderen Mädchen befand und ein anderer Teil im Zelt, wo die Gebärende im Ring der Frauen kniete, die sie beobachteten, ihr Anweisungen gaben und ermutigende Worte zuriefen. Die Schmerzen schienen Kassandras unerfahrenen Körper zu zerreißen; Verwirrung erfaßte sie; das Blut wich aus ihren Wangen, und sie hörte ihren keuchenden Atem.

Kassandra drehte sich ruckartig herum und zerrte so heftig an den Zügeln, daß ihre Stute beinahe gestolpert wäre. Sie stieß dem Pferd die Fersen in die Flanken und jagte über die Ebene, als könne sie durch eine rein körperliche Anstrengung ihr Bewußtsein zurückholen. Vom Lager aus sah Penthesilea sie davonreiten; sie sprang sofort auf ihr Pferd und galoppierte hinter Kassandra her.

Kassandra umklammerte den Hals ihrer Stute, preßte sich auf ihren Rücken und versuchte verzweifelt, alles außerhalb ihres Körpers auszuschalten. Sie spürte, daß sie verfolgt wurde, und stieß dem Pferd die Fersen fester in die Flanken. Aber Sturmwind war schneller, und Penthesilea war bei weitem die bessere Reiterin. Allmählich verringerte sich der Abstand zwischen den beiden, und die Amazonenkönigin holte Kassandra schließlich ein. Voll Schrecken sah sie das gerötete Gesicht und die angstvoll geweiteten Augen des Mädchens.
Penthesilea streckte die Arme aus, zog Kassandra auf den Rücken ihrer Stute und hielt sie vor sich im Sattel fest. Kassandras Stirn glühte, als habe sie Fieber. Sie wehrte sich, beinahe im Delirium, aber Penthesilea hielt sie fest in den Armen.
»Ruhig, ruhig. Was fehlt dir, Augenstern? Deine Stirn glüht, als habe die Sonne sie verbrannt, und dabei ist es kein heißer Tag!« Penthesileas Stimme klang freundlich. Aber Kassandra glaubte, die ältere Frau wolle sie verspotten und versuchte mit aller Macht, sich zu befreien.
»Mir fehlt nichts – ich wollte nicht ...«
»Ruhig, es ist ja gut, mein Kind. Niemand wird dir etwas tun. Niemand ist böse auf dich«, redete Penthesilea liebevoll auf sie ein. Und bald wehrte Kassandra sich nicht länger und lag unbeweglich in den Armen ihrer Tante.
»Erzähl mir, was geschehen ist.«
Kassandra sprudelte hervor: »Ich war – bei ihm. Mein Bruder. Und ein Mädchen. Ich konnte mich nicht verschließen ... vor nichts ... überall im Lager ...«
»Die Göttin sei dir gnädig«, flüsterte Penthesilea. In Kassandras Alter hatte auch sie die Gabe (oder den Fluch) der Hellsicht besessen. An Erfahrungen teilzuhaben, auf die Körper oder Geist nicht vorbereitet waren, konnte jeden Menschen tatsächlich an den Rand des Wahnsinns führen, und es gelang nicht immer, sicher zurückzukommen. Kassandra lag halb besinnungslos in ihren Armen, und Penthesilea wußte nicht, was sie tun sollte.
Zunächst einmal mußte sie das Mädchen ins Lager zurückbringen; soweit von den anderen Frauen und den Pferden entfernt, konnte man in dieser Wildnis sehr wohl auf fremde, gesetzlose Männer

treffen. Eine solche Begegnung konnte Kassandra in ihrem derzeitigen Zustand wirklich um den Verstand bringen. Penthesilea drehte sich um und griff nach den Zügeln von Kassandras Stute, damit sie ihr folgte. Sie drückte das Mädchen an ihre Brust, und als sie das Lager erreichten, hob sie Kassandra vom Pferd und trug sie in das Zelt, wo die junge Mutter inzwischen neben ihrem schlafenden Kind ruhte. Penthesilea legte Kassandra auf eine Decke und setzte sich neben sie. Sie legte ihr die feste Hand auf die Stirn und über die Augen und konzentrierte sich darauf, alles auszuschalten, was Kassandras Geist bedrängte. Kassandra hörte auf zu schluchzen und beruhigte sich allmählich. Wie ein kleines Kind drückte sie ihr Gesicht an Penthesileas Hand und schmiegte sich an sie.
Nach einer langen Zeit fragte die Amazonenkönigin: »Geht es dir jetzt besser?«
»Ja, aber ... wird es wiederkommen?«
»Vermutlich. Es ist ein Geschenk der Göttin, und du mußt lernen, damit zu leben. Ich kann dir dabei wenig helfen, mein Kind. Vielleicht hat die Schlangenmutter dich gerufen, damit die Götter durch dich sprechen. Unter uns gibt es Priesterinnen und Seherinnen. Vielleicht kommt der Tag, an dem du in die Tiefe steigst und IHR gegenübertrittst ...«
»Das verstehe ich nicht«, sagte Kassandra. Dann erinnerte sie sich an Apollons Worte, mit denen er sie aufgefordert hatte, SEINE Priesterin zu werden. Sie erzählte es Penthesilea, und die Amazonenkönigin wirkte erleichtert.
»Stimmt das? Ich weiß nichts über deinen Sonnengott; es kommt mir seltsam vor, daß eine Frau zu einem Gott gehen sollte und nicht zur Erdmutter oder unserer Schlangenmutter. SIE wohnt in der Tiefe und herrscht über alle Bereiche im Leben der Frauen – über die Dunkelheit der Geburt und des Todes. Vielleicht hat auch SIE dich gerufen, und du hast IHRE Stimme nicht gehört. Ich weiß, daß es bei einer geborenen Priesterin manchmal so ist. Wenn die Priesterin IHREN Ruf nicht vernimmt, berührt die Göttin sie durch die Dunkelheit böser Träume, damit sie dadurch vielleicht lernt, auf IHRE Stimme zu hören.«
Kassandra war sich nicht sicher. Sie wußte so wenig von Penthesileas Schlangenmutter; doch sie erinnerte sich an die schönen

Schlangen in Apollons Tempel und daran, wie sehr sie sich gesehnt hatte, sie zu streicheln. Vielleicht hatte auch diese Schlangenmutter sie gerufen, nicht nur der strahlende Sonnengott...

Kassandra hatte gehofft, ihre Tante, die soviel über die Göttin wußte, würde ihr sagen, was sie tun mußte, um sich von der ungewollten Hellsichtigkeit zu befreien. Nun begann sie zu begreifen, daß sie lernen mußte, sie zu kontrollieren; sie mußte einen Weg finden, die Tore zu schließen, ehe die Visionen sie überwältigten.

»Ich werde es versuchen«, sagte sie. »Weiß jemand über solche Dinge Bescheid?«

»Vielleicht jemand bei den Dienern der Götter. Du bist eine Prinzessin zweier königlicher Häuser, dem der Amazonen und dem deines Vaters. Ich weiß nichts über diese Götter, aber die Zeit wird kommen, wenn du als eine von uns in die Tiefe steigen mußt, um vor die Schlangenmutter zu treten. Und da SIE dich bereits gerufen hat, sollte das eher früher als später geschehen. Vielleicht schon im nächsten Mond. Ich werde mit den Stammesältesten sprechen.«

Vielleicht, dachte Kassandra. *hat mich der Gott deshalb so früh gerufen, damit ich* SEINE *Dienerin werde.* Aber sie hatte die Tore selbst geöffnet; sie konnte sich nicht über die Gabe beklagen, die sie sich gewünscht hatte.

Der Stamm ritt Tag um Tag durch schneidenden Wind und eisigen Regen. Es wurde immer kälter. Die Frauen hüllten sich nachts in alle ihre wollenen Gewänder und Decken. Kassandra drückte sich an ihr Pferd und suchte Schutz in der Wärme des großen glatten Leibs. Schließlich verzogen sich die Wolken, der Himmel wurde klar, und es hörte auf zu regnen. Der Stamm zog immer weiter nach Osten. Die Frauen fragten, wann sie ihr Ziel erreichen und Weiden für ihre Pferde finden würden. Aber Penthesilea seufzte nur und sagte: »Zuerst müssen wir zwei Flüsse überqueren, wie es die Göttin geboten hat.«

Der Mond nahm ab und wieder zu, als sie schließlich die ersten Menschen auf dieser Reise zu Gesicht bekamen: eine kleine Gruppe Männer, die Tierhäute trugen, an denen noch das Fell hing. Deshalb vermuteten die Frauen, daß die Männer die Kunst des Gerbens nicht beherrschten.

Hier gibt es Weideland, dachte Kassandra. *Das ist vielleicht der Ort, wo unsere Herden Futter finden und wir bleiben können. Aber natürlich nicht, solange die Männer hier sind . . .*
Die Männer starrten die Frauen flegelhaft und mit offenem Mund an. Penthesilea ritt zu ihnen hinüber.
»Wem gehören diese Herden?« fragte sie und wies auf die Schafe und Ziegen in der grünen Landschaft.
»Uns. Was sind das für Ziegen, die ihr reitet?« fragte einer der Männer. »Wir haben noch nie so große und gesunde Ziegen gesehen.« Penthesilea wollte ihm sagen, es seien keine Ziegen, sondern Pferde, entschied aber, die Unwissenheit der Männer könne für den Stamm von Nutzen sein. »Es sind Poseidons Ziegen, und Poseidon ist der Gott des Meeres«, erwiderte sie. Der Mann fragte: »Was ist das Meer?«
»Wasser von hier bis zum Horizont«, erklärte sie, und er holte tief Luft. »O je! Wir bekommen nie anderes Wasser zu sehen als das in schlammigen Löchern, die im Sommer austrocknen. Kein Wunder, daß diese Ziegen so groß und fett sind!« Er lächelte verschlagen und fragte in seiner breiten Aussprache, ob die Damen ihre Herden vielleicht neben seiner weiden lassen wollten.
»Vielleicht eine oder zwei Nächte«, erwiderte Penthesilea.
»Wo sind eure Männer?« fragte er.
»Wir haben keine Männer, wir sind frei«, erklärte die Amazonenkönigin. »Aber wir nehmen eure Gastfreundschaft für diese Nacht gerne an, denn wir sind lange geritten. Unsere Tiere sind müde und werden sich über euer gutes Gras freuen.«
»Sie können gerne davon haben«, erwiderte einer der Männer. Er wirkte etwas sauberer als die anderen, und seine Felle waren nicht ganz so zerschlissen.
Beim Absitzen flüsterte Penthesilea Kassandra zu, sie müßten vorsichtig sein, dürften nicht schlafen und müßten die Pferde die ganze Nacht hindurch bewachen. »Ich traue den Männern nicht über den Weg«, flüsterte sie. »Ich glaube, sobald wir schlafen, oder wenn sie annehmen, daß wir schlafen, werden sie versuchen, unsere Pferde zu stehlen und uns vielleicht sogar überfallen.«
Die Männer versuchten, sich zwischen die Frauen zu drängen und sie verstohlen zu berühren. Kassandra dachte, arglose Stadtfrauen

hätten überhaupt nicht begriffen, was die Männer taten. Sie stand mit den anderen jungen Mädchen auf, um die Decken auszubreiten und legte den Pferden die Fußfesseln an, damit sie in der Nacht nicht weit laufen konnten, nahm ihren Ledergürtel ab und wickelte sich zwischen Elaria und Stern in ihre Decke.

»Ich möchte wissen, wie weit wir noch reiten«, murmelte Stern und zog die Decke um ihre dünnen Schultern fester. »Wenn wir nicht bald etwas zu essen finden, werden die Kinder sterben.«

»So schlimm ist es noch nicht«, widersprach Elaria. »Wir haben nicht einmal angefangen, die Pferde zur Ader zu lassen. Von ihrem Blut können wir mindesten einen Monat leben, ehe sie schwach werden. In einem besonders schlechten Jahr haben wir einmal zwei Monate vom Blut der Stuten gelebt. Meine erste Tochter ist gestorben, und als wir alle beinahe am Verhungern waren, sind wir zu den Männern ins Dorf gegangen, aber ungefähr ein halbes Jahr wurde keine von uns schwanger.«

»Mein Hunger ist groß genug, um Stutenblut zu trinken ... oder was auch immer«, stöhnte Stern. Aber Elaria sagte: »Das ist erst möglich, wenn Penthesilea den Befehl dazu gibt. Und sie weiß, was sie tut.«

»Da bin ich nicht so sicher«, murmelte Stern. »Sie läßt uns mitten unter diesen Männern schlafen ...«

»Nein«, sagte Elaria, »sie hat uns befohlen, *nicht* zu schlafen.«

Der Mond ging auf und stieg langsam höher und höher über die Bäume. Unter den gesenkten Lidern sah Kassandra plötzlich dunkle Gestalten, die über die Lichtung schlichen.

Sie wartete auf Penthesileas Zeichen, als ein Schatten über ihr die Sterne verdunkelte, und sie das Gewicht eines Mannes spürte, der sich auf sie warf. Hände zerrten an ihrer Hose und betasteten ihre Brüste. Ihre Hand umklammerte den Bronzedolch; sie kämpfte, um sich zu befreien, aber der Mann preßte sie auf die Erde. Sie trat und biß in die Hand, die ihr den Mund verschloß. Der Angreifer jaulte wie ein Hund. *Das ist er auch,* dachte sie wütend und stieß heftig den Dolchgriff nach oben und traf den Mann am Mund. Er brüllte. Kassandra spürte das spritzende Blut und hörte die Flüche von den aufgeplatzten Lippen. Sie drehte den Dolch um und stieß zu. Er schrie auf und fiel auf sie. In diesem Augenblick hörte sie

Penthesileas Ruf, und überall im Hain sprangen die Frauen auf. Jemand warf eine Fackel in die sterbende Glut, das Feuer flackerte, und die tanzenden Flammen spiegelten sich in gezückten Bronzedolchen in den Händen der Männer.
»So ehrt ihr die Gastfreundschaft?«
»Ich habe einen erledigt, Tante«, rief Kassandra. Sie schob den stöhnenden Mann beiseite und befreite sich. Penthesilea kam zu ihr und blickte auf den Mann hinunter.
»Töte ihn«, sagte sie, »laß ihn nicht langsam und qualvoll sterben.«
Aber ich will ihn nicht töten, dachte Kassandra, *er kann mir nicht mehr schaden, und er hat mir nicht wirklich etwas getan*. Aber sie kannte das Gesetz der Amazonen: Jeder Mann muß sterben, der versucht, eine Amazone zu vergewaltigen. Kassandra durfte dieses Gesetz nicht brechen. Unter Penthesileas kaltem Blick beugte sie sich zögernd über den verwundeten Mann und schnitt ihm entschlossen mit dem Dolch die Kehle durch. Er gurgelte und war tot.
Kassandra wurde es übel; sie richtete sich auf und spürte Penthesileas kräftige Hand auf der Schulter. »Gut gemacht. Jetzt bist du wirklich eine unserer Kriegerinnen«, murmelte sie und trat zu den Männern, die sich ängstlich um das Feuer drängten.
»Die Götter gebieten, daß der Gast heilig ist«, rief Penthesilea zornig. »Aber einer eurer Männer wollte eine meiner Jungfrauen vergewaltigen. Womit könnt ihr diesen Bruch der Gastfreundschaft entschuldigen?«
»Wer hat je von Frauen gehört, die allein durch die Gegend reiten?« sagte der Anführer. »Die Götter schützen nur ehrbare Frauen, und das seid ihr nicht. Ihr gehört keinem Mann.«
»Welcher Gott hat dir das gesagt?« fragte Penthesilea.
»Wir brauchen keinen Gott, der uns sagt, was nur vernünftig ist. Und da ihr keine Ehemänner habt, wollten wir euch nehmen und euch geben, was ihr am meisten braucht: Männer, die für euch sorgen.«
»Das brauchen wir nicht, und das suchen wir nicht«, erklärte die Amazonenkönigin und machte eine Geste zu den Frauen, die mit ihren Waffen die Männer umringten.
»Auf sie!«
Kassandra stürmte wie die anderen mit gezücktem Dolch vor-

wärts. Der Mann, den sie angriff, wehrte sich nicht sehr. Sie stieß ihn nieder, kniete sich über ihn und hielt ihm den Dolche an die Kehle.
»Tötet uns nicht!« rief der Anführer der Männer. »Wir werden euch nichts tun.«
»*Jetzt* wollt ihr uns nichts tun«, erklärte Penthesilea zornig. »Aber als wir schliefen, und ihr dachtet, wir seien hilflos, hättet ihr uns getötet oder vergewaltigt!«
Penthesilea richtete die Spitze ihres Dolches auf seine Kehle. Der Mann wand sich. »Schwörst du bei deinen Göttern, nie wieder eine Frau unserer Stämme zu belästigen – oder eine andere Frau, wenn wir dich am Leben lassen?«
»Nein, das werden wir nicht tun«, sagte der Anführer. »Die Götter haben euch zu uns geschickt. Wir haben euch genommen, und ich glaube, wir haben getan, was richtig ist.«
Penthesilea schnitt ihm achselzuckend die Kehle durch. Die anderen Männer schrien, sie seien bereit zu schwören, und Penthesilea bedeutete den Frauen, sie loszulassen. Einer nach dem anderen kniete nieder und leistete den Schwur.
»Aber ich traue ihrem Eid nicht«, sagte Penthesilea, »wenn sie unsere Waffen nicht mehr sehen.« Sie gab Anweisung, daß die Habe des Stammes zusammengetragen und die Pferde gesattelt wurden, damit sie im Morgengrauen aufbrechen konnten.
Nach der schlaflosen Nacht brannten Kassandra die Augen, und ihr Kopf schmerzte. Sie glaubte immer noch, die groben Hände des Mannes auf sich zu spüren. Als sie sich bewegen wollte, konnte sie es nicht; ihr Körper war starr und gelähmt. Sie hörte, wie jemand ihren Namen rief, aber es klang sehr fern.
Penthesilea trat zu ihr, und die Berührung ihrer Hand brachte Kassandra wieder in die Wirklichkeit zurück.
»Kannst du reiten?« fragte Penthesilea.
Kassandra nickte stumm und zog sich mühsam in den Sattel. Elaria kam an ihre Seite geritten und umarmte sie. »Du warst tapfer. Du hast einen Mann getötet. Jetzt bist du eine Kriegerin und kannst für uns kämpfen. Du bist kein Kind mehr.«
Penthesilea gab das Zeichen zum Aufbruch. Kassandra trieb zitternd ihre Stute an und zog sich die Decke um die Schultern.

Oh, dachte sie, *sie riecht nach Tod.*
Beim Reiten traf der kalte Regen ihre Gesichter, und Kassandra beneidete die Frauen, die in zugedeckten Tontöpfen Glut trugen. Sie zogen nach Osten, immer weiter nach Osten. Der Wind pfiff, und es wurde kälter und kälter. Nach langer Zeit wurde der Himmel blaßgrau, aber der Tag brach immer noch nicht an. Um sich herum hörte Kassandra die verdrießlichen Frauen, und auch sie litt unter Hunger und Kälte.
Endlich ließ Penthesilea anhalten, und die Frauen schlugen zum ersten Mal wieder die Zelte auf. Kassandra klammerte sich an ihr Pferd; sie brauchte die Wärme des Tieres. Die beißende Kälte schien jeden Muskel, jeden Knochen ihres Körpers durchdrungen zu haben. Es dauerte nicht lange, bis die Feuer in der Mitte des Lagers brannten, und sie hockte sich wie alle anderen dicht an die wärmenden Flammen.
Penthesilea wies auf das Land, durch das sie geritten waren, und die Frauen sahen staunend grüne Felder mit halbreifem Getreide. Kassandra traute ihren Augen kaum: Getreide in dieser Jahreszeit?
»Es ist Wintergetreide«, erklärte Penthesilea. »Die Menschen hier säen das Getreide, ehe der erste Schnee fällt, und es liegt den Winter über in der Erde unter dem Schnee. Es reift vor der Gerstenernte. In diesem kalten Klima gibt es zwei Getreidesorten, und ich suche Roggen.«
Die Amazonenkönigin winkte ihre Nichte zu sich.
»In welchem Land sind wir, Tante?« fragte Kassandra.
»Es ist das Land der Thraker«, erwiderte Penthesilea, »und im Norden liegt die alte Stadt Kolchis.«
Kassandra erinnerte sich an eine der Geschichten ihrer Mutter. »Hat Jason dort mit Hilfe der Zauberin Medea das goldene Vlies gefunden?«
»Richtig. Aber heutzutage gibt es dort wenig Gold, wenn auch viele Zauberkünste.«
»Leben Menschen hier in dieser Gegend?« fragte Kassandra. Es erschien ihr unmöglich, daß jemand freiwillig in dieser Einsamkeit leben sollte.
»Gerste und Roggen säen sich nicht selbst auf Feldern aus«, erinnerte sie Penthesilea. »Wo Getreide wächst, gibt es auch Men-

schen. Männer oder Frauen, die es säen. Hier gibt es Menschen und auch – Pferde.« Sie deutete in die Ferne.
Am Horizont entdeckte Kassandra kaum sichtbare kleine Punkte, die sich bewegten und nicht viel größer als Schafe zu sein schienen. Aber an der Art, wie sie sich bewegten, erkannte sie, daß es Pferde sein mußten. Sie kamen näher, und Kassandra sah, daß sie sich deutlich von den Pferden unterschieden, die sie und die anderen Amazonen ritten: es waren kleine fahle Tiere mit schweren Leibern und dichtem zottigem Fell, das beinahe wie Pelz wirkte.
»Die wilden Pferde des Nordens. Sie sind nie geritten oder gezähmt worden«, erklärte Penthesilea. »Kein Gott hat gewollt, daß sie Männern oder Frauen dienen. Wenn sie einem Gott oder einer Göttin gehören, sind sie Eigentum der Jägerin Artemis.«
Wie von einem Geist gelenkt, machte die ganze Herde plötzlich kehrt und stob davon. Die Leitstute blieb mit hocherhobenem Kopf stehen und starrte mit geblähten Nüstern und glänzenden Augen zu den Frauen hinüber.
»Sie wittert unseren Hengst«, sagte Penthesilea. »Wir müssen ihn bewachen. Wenn er eine Stutenherde wittert, wird er möglicherweise versuchen, sie zu unserer zu treiben, und diese Pferde nützen uns nichts. Wir könnten sie nicht füttern, und die Weide würde nicht reichen.«
»Was tun wir hier?« fragte Kassandra.
»Die Göttin ist klug und weise«, erwiderte ihre Tante. »Hier im Land der Thraker können wir Eisen eintauschen und unsere Waffen ergänzen. In Kolchis, vielleicht sogar schon vorher, können wir Getreide kaufen, denn wir besitzen Dinge zum Tauschen: Ledersachen, Sättel, Zügel und anderes. Heute nachmittag gehen wir in das Dorf, um zu sehen, ob wir etwas zu essen kaufen können.«
Kassandra blickte zum grauen Himmel auf und fragte sich, wie jemand sagen konnte, ob es Vormittag oder Nachmittag war. Vermutlich wußte Penthesilea es einfach irgendwie.
Etwas später rief Penthesilea Kassandra und eines der anderen Mädchen, es hieß Evandre, und zu dritt ritten sie zu dem Dorf, das mitten in den Getreidefeldern lag. Als die Amazonen das Dorf erreichten – es bestand nur aus ein paar kleinen runden Steinhäusern, in der Mitte gab es einen größeren Bau ohne Dach, wo die

Frauen saßen und töpferten –, kamen die Bewohner heraus, um sie zu begrüßen.
Viele Frauen trugen Spindeln und Wolle oder Ziegenhaar. Bekleidet waren sie mit langen, weiten Röcken aus grün oder blau gefärbtem gewebten Ziegenhaar; ihre Haare waren dunkel und zerzaust. Einige hielten Kinder auf den Armen, oder Kinder hingen an ihren Röcken.
Mit leichtem Schaudern sah Kassandra, daß viele Kinder merkwürdig mißgestaltet waren. Ein kleines Mädchen hatte eine bis zur Nase gespaltene Oberlippe, wodurch ihr Nasenloch wie eine offene Wunde aussah; ein anderes hatte nur einen Daumen und einen verkrümmten Finger an der winzigen Hand, die wie eine Klaue wirkte. Kassandra hatte solche Kinder noch nie gesehen. Wenn in Troia ein mißgestaltetes Kind geboren wurde, brachte man es sofort zum Berg Ida, setzte es dort aus, und es fiel Wölfen oder anderen Raubtieren zum Opfer. Die Frauen und Kinder hielten sich stumm in einiger Entfernung, betrachteten die Amazonen auf ihren Pferden, aber sie waren neugierig.
»Wohin wollt ihr?«
»In den Norden, nach dem Willen unserer Göttin, und zur Zeit nach Kolchis«, sagte Penthesilea. »Wir würden hier gerne Getreide eintauschen.«
»Was habt ihr zum Tausch anzubieten?«
»Ledersachen«, erwiderte Penthesilea. Die Frauen schüttelten die Köpfe.
»Wir machen selbst Ledersachen aus den Häuten unserer Pferde und Ziegen«, sagte eine Frau, die ihre Sprecherin zu sein schien. »Aber überlaßt uns ein Dutzend eurer kleinen Mädchen, und wir geben euch soviel Getreide, wie ihr tragen könnt.«
Penthesilea wurde blaß vor Zorn.
»Keine Frau unseres Stammes wird in die Sklaverei verkauft.«
»Wir wollen sie nicht als Sklavinnen«, erklärte die Frau, »wir werden sie als unsere Töchter annehmen. Hier hat eine Krankheit gewütet; viele Frauen sind im Kindbett gestorben, und andere können keine gesunden Kinder zur Welt bringen. Du siehst also, Frauen sind für uns sehr wertvoll.«
Penthesilea wurde noch blasser. Sie sagte leise zu Evandre: »Sag es

den anderen weiter. Keine Frau darf in diesem Dorf auch nur absitzen, ganz gleich aus welchem Grund, und wie sehr sie es auch möchte. Wir reiten weiter.«
»Was ist, Tante?« fragte Kassandra.
»Wir rühren ihr Getreide nicht an«, antwortete Penthesilea. Dann sagte sie zu der Frau: »Die Sache mit eurer Krankheit tut mir leid. Aber wir können nichts tun, um euch zu helfen. Wenn ihr sie allerdings los sein wollt, schneidet sofort das Getreide auf den Feldern und verbrennt es. Laßt es nicht einmal liegen, um den Boden zu düngen. Beschafft euch neue Saat irgendwo aus dem Süden. Untersucht die Körner und überzeugt euch davon, daß sie nicht schlecht sind. Denn das hat die Leiber eurer Frauen vergiftet.«
Sie verließen das Dorf. Penthesilea ritt durch die Roggenfelder, beugte sich hinunter und riß ein paar grüne Halme ab. Sie hielt sie hoch und wies auf die Stelle, wo sich Ähren bilden würden.
»Sieh her«, sagte sie zu Kassandra und deutete auf die rötlich bläulichen Fasern an der Spitze der Stengel, »riech daran. Als Priesterin mußt du in der Lage sein, das zu erkennen, wenn du es siehst. Du darfst das auf keinen Fall in den Mund nehmen. Und iß es auch nicht, selbst wenn du am Verhungern bist.«
Kassandra roch an den Halmen, von denen ein eigenartig schimmliger, schleimiger, beinahe fischiger Geruch ausging.
»Dieser Roggen wird jeden vergiften, der die frischen Körner ißt, und sogar das Brot, das man daraus backen könnte. Die schlimmste Form der Vergiftung tötet die Kinder im Leib und kann eine Frau auf Jahre hinaus unfruchtbar machen. Das Dorf ist vielleicht bereits dem Untergang geweiht. Schade, die Frauen wirkten hübsch und fleißig. Sie spinnen und weben bemerkenswert gut. Außerdem fertigen sie schöne Töpfe und Becher.«
»Werden sie alle sterben, Tante?«
»Möglicherweise. Viele werden das vergiftete Getreide essen und nicht daran sterben. Aber im Dorf werden keine gesunden Kinder mehr geboren. Und wenn sie verzweifelt genug sind, um ein Jahr Hunger zu ertragen, ist es vielleicht schon zu spät.«
»Aber lassen die Götter das zu?« fragte Kassandra. »Welche Göttin ist so zornig, daß SIE das Getreide des Dorfes verdirbt?«
»Das weiß ich nicht. Vielleicht ist es überhaupt nicht das Werk

einer Göttin«, erwiderte ihre Tante, »ich weiß nur, daß es dieses vergiftete Getreide Jahr für Jahr gibt – besonders wenn es zu viel geregnet hat.«

Kassandra hatte es immer für selbstverständlich gehalten, daß das Getreide auf den Feldern durch das Wirken der Erdmutter wuchs und daß SIE es behütete. Daran zu zweifeln war Ketzerei, und sie schob den erschreckenden Gedanken so schnell wie möglich beiseite. Sie spürte den Hunger – sie hatte schon so lange nichts Ordentliches mehr gegessen, daß sie manchmal tagelang den Hunger überging.

Der Stamm ritt weiter, und die Frauen entdeckten nach einiger Zeit kleine Tiere, die blitzschnell in Erdlöchern verschwanden oder daraus hervorkamen. Eines der Mädchen legte einen Jagdpfeil auf die Sehne mit einer Spitze aus feuergehärteten Holz anstelle der Metallspitze, schoß, und das getroffene Tier fiel zuckend zu Boden. Die Amazone sprang vom Pferd und tötete das Tier mit einem Schlag auf den Kopf. Eine ganze Schar Pfeile folgten dem ersten, aber nur ein oder zwei trafen ihr Ziel. Bei dem Gedanken an Hasen am Spieß lief Kassandra das Wasser im Mund zusammen.

Penthesilea gab ein Zeichen zum Anhalten.

»Wir werden hier lagern. Und ich verspreche euch, wir reiten nicht weiter, bis wir irgendwie satt geworden sind«, sagte sie, »die Kriegerinnen nehmen ihre Bogen und jagen. Ihr anderen stellt Zielscheiben auf und übt euch im Bogenschießen. In den Tagen, seit wir unterwegs sind, haben wir es versäumt, uns im Jagen und Kämpfen zu üben. Zu viele Pfeile flogen weit neben das Ziel. Zu Zeiten meiner Mutter hätten so viele Pfeile genug Hasen getroffen, um uns alle satt zu machen.«

Sie fügte hinzu: »Ich weiß, wie hungrig ihr alle seid – mir liegt am Fasten ebensowenig wie euch allen, und ich habe ebenso lange wie ihr keine richtige Mahlzeit mehr gegessen. Doch ich bitte euch, meine Schwestern, wenn ihr in diesem Dorf Getreide, etwas, das daraus gemacht ist, oder überhaupt etwas zu essen gefunden – oder gestohlen – habt, laßt es mich sehen, ehe ihr davon eßt. Auf diesem Getreide liegt ein Fluch, und alle, die Brot essen, das daraus gebacken ist, können Fehlgeburten haben oder ein Kind bekommen, das nur ein Auge oder nur einen Finger hat.«

Eine Frau zog trotzig einen harten, schimmlig wirkenden Laib Brot unter dem Gewand hervor. Sie sagte: »Ich werde das Brot einer Frau geben, die keine Kinder mehr bekommt, und es unbeschadet essen kann. Ich habe es nicht gestohlen«, fügte sie hinzu, »sondern gegen eine alte Spange getauscht.«
Eine der ältesten Frauen des Stammes sagte: »Ich will es anstelle meines Anteils an dem Hasen nehmen, den mein Pfeil getroffen hat. Es ist zu lange her, daß ich Brot gegessen habe, und ich werde mit Sicherheit keine Kinder mehr bekommen, die dadurch Schaden nehmen könnten.«
Beim Anblick des Brotes wurde Kassandra so hungrig, daß sie dachte, sie würde lieber eine Fehlgeburt oder ein mißgestaltetes Kind riskieren, das sie irgendwann in der Zukunft vielleicht bekommen würde; aber sie wollte ihrer Tante gegenüber nicht ungehorsam sein. Andere Amazonen brachten eßbare Dinge zum Vorschein, die sie im Dorf eingetauscht – oder gestohlen – hatten. Penthesilea nahm ihnen beinahe alles ab und warf es ins Feuer.
Kassandra übte Bogenschießen, während die erfahrenen Kriegerinnen auf der Suche nach Wild davonritten. Die alten Frauen schwärmten aus, um in der flachen Landschaft nach etwas Eßbarem zu suchen. Für Beeren oder Früchte war der Winter bereits zu weit fortgeschritten. Aber es mochte eßbare Wurzeln oder Pilze geben.
Der kurze Wintertag ging in die Dämmerung über, als die Jägerinnen zurückkehrten. Bald kochten die zerlegten Hasen mit flachen Wildbohnen und Wurzeln in einem Kessel. Fleisch von einem größeren Tier – es war gehäutet worden, aber Kassandra vermutete, daß es sich um eines der zottigen Wildpferde handelte, war jedoch hungrig genug, um sich nicht daran zu stören –, briet über einem großen Feuer. Zumindest an diesem Abend konnten sie sich satt essen. Und Penthesilea hatte versprochen, daß es in Kolchis genug zu essen geben würde.

8 »Da liegt es«, sagte Penthesilea mit ausgestrecktem Arm, »Kolchis.« Kassandra kannte die befestigten zyklopischen Mauern Troias, die hoch über den Flüssen der fruchtbaren Ebene aufragten, und deshalb beeindruckten sie die Mauern aus getrockneten, gebrannten Ziegelsteinen im ersten Augenblick nicht, die stumpf im dunstigen Sonnenlicht vor ihr lagen. *Die Stadt*, dachte sie, *ist von allen Seiten angreifbar*. In dem Jahr bei den Amazonen hatte sie etwas von Kriegführung gelernt – nicht durch Unterweisung, sondern aus den Geschichten der Amazonen von Belagerungen und Kriegen.

»Kolchis ist wie die Städte der Ägypter und Hethiter«, sagte Penthesilea, »sie bauen keine beeindruckenden Befestigungsanlagen. Sie brauchen es nicht. Hinter ihren Eisentoren wirst du ihre Tempel und die Statuen ihrer Götter sehen. Sie sind größer als die Tempel und Statuen in Troia, so wie die Mauern Troias größer sind als die Mauern von Kolchis. Die Geschichte erzählt, daß diese Stadt von den alten Seefahrern gegründet wurde, die von weit her aus dem Süden kamen. In der Stadt wirst du sehen, daß ihre Bewohner ganz anders sind als die Völker der Gegend hier. Sie sind merkwürdig und haben viele eigenartige Sitten und Bräuche.« Sie lachte. »Aber vermutlich würden sie das auch von uns sagen.«

Kassandra hatte von all dem nur *Eisentore* richtig verstanden. Sie hatte dieses Metall nur sehr selten gesehen. Ihr Vater hatte ihr einmal einen schwarzen Ring gezeigt und gesagt, er sei aus Eisen.

»Es ist zu teuer und zu schwer zu bearbeiten, um Waffen daraus zu machen«, sagte er zu ihr, »wenn die Menschen die Kunst des Schmiedens besser beherrschen, wird Eisen vielleicht beim Pflügen nützlich sein, denn es ist sehr viel härter als Bronze.« Als Kassandra sich jetzt daran erinnerte, dachte sie, daß eine Stadt und ein Volk, die genug von Eisen verstanden, um es zu Toren zu schmieden, wirklich sehr viel Wissen besitzen mußten.

»Liegt es an den Eisentoren, daß die Stadt noch nie eingenommen wurde?« fragte sie. Penthesilea sah sie überrascht an und sagte: »Ich weiß es nicht. Es ist ein starkes Volk, aber es führt selten Krieg. Ich nehme an, es liegt daran, daß sie so weit von den großen Handelsgebieten entfernt sind. Trotzdem kommen die Leute wegen des Eisens aus allen Ecken der Welt hierher.«

»Werden wir in die Stadt reiten oder das Lager vor den Mauern aufschlagen?«
»Wir werden heute nacht in der Stadt schlafen. Die Königin ist praktisch eine von uns«, sagte Penthesilea, »sie ist eine Tochter der Schwester meiner Mutter.«
Dann, dachte Kassandra, *ist sie auch mit meiner Mutter verwandt und mit mir.*
»Und der König?«
»Es gibt keinen König«, erwiderte Penthesilea, »hier herrscht Imandra, und sie hat noch nicht geruht, sich einen Gemahl zu nehmen.«
Hinter der Stadt erhoben sich steile, rostrote Felswände, vor denen die Stadttore winzig wirkten. Der Weg, der zur Stadt führte, war mit riesigen Steinquadern gepflastert. Die Häuser mit den Steintreppen und den steinernen Bögen waren aus Holz und Lattenwerk errichtet, das verputzt und in leuchtenden Farben gestrichen war. Nicht alle Straßen der Stadt waren gepflastert; manche waren ausgetreten und schlammig. Merkwürdige gehörnte und zottige Lasttiere, die mit großen Körben und Krügen beladen waren, trotteten darauf entlang. Ihre Besitzer trieben sie mit Schlägen zur Seite, als die Amazonen in beinahe militärischer Formation durch die Straßen ritten. Kassandra spürte, wie sich alle Augen auf sie richteten, umklammerte den Speer fester, um die Müdigkeit zu vertreiben, setzte sich aufrecht und versuchte, wie eine Kriegerin zu wirken.
Kolchis unterschied sich sehr von Troia. Überall auf den Straßen sah man Frauen, die Körbe und Krüge auf dem Kopf trugen. Ihre Gewänder waren lang, dick und hinderlich. Aber trotz der plumpen Röcke und der bemalten Augen wirkten die Frauen stark und tatkräftig. Kassandra sah auch eine Schmiede, in der auch eine Frau mit rußigem, dunklem Gesicht und den starken Muskeln einer Kriegerin arbeitete. Wegen der Hitze des Feuers war sie bis zur Hüfte nackt und hämmerte ein Schwert. Eine junge Frau, eigentlich noch ein Mädchen, bediente die Blasebälge. In der Zeit bei den Amazonen hatte Kassandra erlebt, daß Frauen die unterschiedlichsten Arbeiten verrichteten, aber dies übertraf alles.
Auch die Wachposten auf den Stadtmauern waren Frauen und hät-

ten sehr gut zu den Amazonen gehören können, denn sie waren bewaffnet, trugen Brustplatten aus Bronze und lange Speere. Während die Amazonen durch die Straßen ritten, stießen die Wachen einen langen, trillernden Schlachtruf aus. Und es dauerte nicht lange, bis ein halbes Dutzend mit Speeren, die sie als Zeichen des Friedens aufgerichtet trugen, vor ihnen auftauchten. Die Anführerin ritt näher und umarmte Penthesilea im Sattel.
»Wir grüßen dich voll Freude, Penthesilea, Königin der Stuten«, sagte sie, »die Herrin von Kolchis entbietet dir ihren Willkommensgruß und ist erfreut über deine Rückkehr. Sie wünscht, daß deine Frauen auf dem Feld innerhalb der Südmauer das Lager aufschlagen und lädt dich ein, zusammen mit einer oder zwei Freundinnen im Palast ihr Gast zu sein.«
Die Amazonenkönigin gab die Nachricht weiter.
»Außerdem«, sagte die Frau aus Kolchis, »schickt die Königin deinen Amazonen zwei Schafe als Geschenk und einen Korb Brote, die heute in den königlichen Öfen gebacken wurden. Deine Frauen sollen es sich schmecken lassen, während du bei ihr im Palast bist.«
Beim Gedanken an ein Festessen, das sie lange nicht mehr gehabt hatten, jubelten die Amazonen laut.
Penthesilea blieb bei den Amazonen, bis das Lager aufgeschlagen, die Zelte aufgestellt und die Schafe geschlachtet worden waren. Kassandra stand dabei, als ein gutes Stück Keule als Opfer der jungfräulichen Jägerin dargebracht und verbrannt wurde. Die Schafe kamen ihr ganz normal vor wie die Schafe in Troia. Penthesilea beobachtete sie und fragte: »Was ist? Hast du erwartet, die Schafe von Kolchis hätten goldene Vliese? Sie wachsen nicht mit einem goldenen Fell heran. Noch nicht einmal die Herden des Sonnengotts Apollons werden so geboren. Aber die Leute in Kolchis legen die Felle ins Wasser, damit sich das Gold darin fängt, das die Flüsse immer noch mit sich tragen. Es gibt vielleicht zwar weniger Gold als zu Jasons Zeiten, aber trotzdem wirst du die goldenen Vliese sehen, ehe du Kolchis wieder verläßt. Wir wollen uns für das Mahl bei der Königin umkleiden.«
Die Amazonenkönigin ging in ihr Zelt, legte die Reitkleider ab und zog ihren besten Rock und Stiefel aus weißem Hirschleder an und eine Tunika, die – wie es hier Sitte war – nur eine Brust bedeckte.

Sie hatte auch Kassandra gesagt, sie möge ihre besten Sachen anziehen. Kassandra zog ihr troianisches Kleid – es war inzwischen zu kurz und bedeckte die Waden nur noch zur Hälfte – und die Sandalen an.
Penthesilea nahm aus ihrem Gepäck ein Stückchen Augenschwärze und verrieb sie um die Augenränder. Dann drehte sie sich nach Kassandra um und fragte: »Ist das dein einziges Kleid, Kind?«
»Ja, leider.«
»Das geht nicht«, sagte Penthesilea, »du bist mehr gewachsen, als ich dachte.« Sie suchte in ihrer Satteltasche und holte ein nicht ganz neues, blaß-safrangelbes Kleid heraus. »Das wird dir zu groß sein. Aber mach das beste daraus.«
Kassandra zog das Kleid über den Kopf und befestigte es mit ihren alten Bronzenadeln. Der Rock über den Knien kam ihr so lästig und ungeschickt vor, daß es ihr schwerfiel, sich daran zu erinnern, daß sie einmal solche Kleider jeden Tag getragen hatte.
Zusammen gingen sie durch gepflasterte Straßen zum Palast der Königin von Kolchis. Kassandra war schon so lange nicht mehr in den Mauern einer Stadt gewesen, daß sie das Gefühl hatte, die Häuser wie die Barbaren mit offenem Mund anzustarren.
Der Palast ähnelte dem Palast in Troia. Er war aus dem grauen Marmor der Gegend gebaut, stand erhöht im Mittelpunkt der Stadt, und ihn überragte nicht einmal ein Tempel. Kassandra war nach der Sitte ihres Landes erzogen, die verlangte, daß keine menschliche Behausung so hoch sein dürfe wie die Tempel der Götter, und war leicht bestürzt.
Von den Stufen des Palastes aus konnten sie das Meer sehen. *Genau wie in Troia,* dachte Kassandra. Allerdings leuchtete dieses Meer nicht so intensiv blau, wie sie es von zu Hause erinnerte, sondern war dunkelgrau und ölig. Männer beluden und entluden friedlich Schiffe, die im Hafen ankerten. Die Schiffe gehörten nicht Piraten oder Räubern, sondern Händlern. So viele Schiffe vor Troia wären ein Zeichen von Unglück oder Krieg gewesen.
Und doch sah sie wieder Schiffe vor Troia liegen. So viele Schiffe, daß sie das Blau des Meeres verdunkelten . . .
Mit einem Ruck rief Kassandra sich wieder in die Gegenwart zurück. Hier gab es keine Gefahr.

Penthesilea berührte sie am Arm. »Was ist? Was hast du gesehen?«
»Schiffe«, murmelte Kassandra, »Schiffe, die Troia bedrohen...«
»Das wundert mich nicht, wenn Priamos so weitermacht, wie er angefangen hat«, sagte ihre Tante trocken, »dein Vater hat versucht, eine Macht an sich zu reißen, obwohl er nicht stark genug ist, sie zu halten. Und eines Tages wird diese Macht auf die Probe gestellt werden. Aber wir dürfen Königin Imandra nicht auf uns warten lassen.«
Kassandra war es nie in den Sinn gekommen, das Vorgehen ihres Vaters in Frage zu stellen. Aber sie erkannte die Wahrheit dessen, was Penthesilea gesagt hatte. Priamos verlangte Tribut von allen Schiffen, die die Meerenge passierten, um dieses Land zu erreichen. Bis jetzt hatten die Achaier ihm den Zoll bezahlt, weil das weniger aufwendig war als eine Flotte aufzustellen, um der Forderung des Königs von Troia zu trotzen. Kassandra betrachtete sich die Eisentore, und sie wußte plötzlich, daß das Eisen früher oder später eine völlig neue Lebensweise mit sich bringen würde...
Sie schüttelte unwillig den Kopf und sagte sich, es mangle ihr an Wirklichkeitssinn. Ihr Vater war stark. Er hatte viele Krieger und viele Verbündete. Er konnte Troia ewig halten. *Vielleicht wird auch Troia eines Tages Stadttore aus Eisen haben wie Kolchis.*
Während sie durch breite Gänge schritten, hoben die Frauen der Wache – sie trugen Brustharnische aus Bronze und mit Metall eingelegte Lederhelme – zum Gruß die Faust. Sie erreichten einen hohen Raum mit einer Öffnung in der Decke, die mit durchscheinendem grünen Stein geschlossen war. In der Mitte des Raumes stand ein hoher Thron aus Marmor, auf dem eine Frau saß. Sie sah mit ihrem gehämmerten silbernen Brustharnisch wie eine Kriegerin aus. Aber darüber trug sie einen kostbaren Brokatumhang aus dem fernen Süden und darunter ein leichtes Kleid aus dem feinen ägyptischen Gewebe, das als »gesponnene Luft« bekannt war. Unter das Kinn hatte man ihr einen vergoldeten, geflochtenen Bart gebunden; ein Zeichen, wie Kassandra glaubte, daß Imandra nicht als Frau, sondern als König über die Stadt herrschte. Sie trug einen Gürtel mit eingelegten Steinen, an dem ein schönes Schwert hing. Die bestickten und gefärbten Lederstiefel reichten bis zu den Waden. Direkt unter dem Brustharnisch war um ihre Taille eine eigen-

artige Art Gürtel geschlungen, der sich mit ihrem Atem zu heben und zu senken schien. Beim Näherkommen stellte Kassandra fest, daß es eine große lebende Schlange war.

Als sie vor den Thron traten, erhob sich die Königin und sagte: »Ich grüße dich mit großer Freude, Base. Sind deine Kriegerinnen angemessen willkommen geheißen und mit Speise und Trank versorgt worden? Kann ich noch etwas tun, um dich, Penthesilea, Königin der Kriegerinnen, willkommen zu heißen?«

Penthesilea erwiderte lächelnd: »Ja, wir sind sehr gut empfangen worden, Herrin. Sag mir nun, was du von uns wünschst. Ich kenne dich schon, seit wir kleine Mädchen waren, und ich weiß sehr wohl, wenn du nicht nur mich, sondern alle meine Kriegerinnen empfängst und bewirtest, geschieht das nicht nur aus Höflichkeit. Die verwandtschaftliche Bindung fordert, daß ich und meine Frauen zu deinen Diensten stehen, Imandra. Sag mir offen, was du von uns erwartest.«

»Wie gut du mich verstehst, Penthesilea. In der Tat, ich brauche befreundete Kriegerinnen«, erwiderte Imandra mit ihrer tiefen, angenehmen Stimme. Aber zuerst wollen wir zusammen speisen. Sag mir, Base, wer ist das Mädchen? Es ist etwas zu jung, um eine deiner Töchter zu sein.«

»Es ist die Tochter unserer Verwandten Hekabe von Troia.«

»Oh?« Imandras fein nachgezogenen Augenbrauen wölbten sich zu einem eleganten Bogen.

Sie nickte einer Kammerfrau zu und schnalzte mit den Fingern. Auf dieses Zeichen hin trugen eine Reihe Sklaven juwelenbesetzte Platten mit allen möglichen Gerichten herbei: gebratenes Fleisch und Geflügel in verschiedenen köstlichen Soßen, in Honig eingelegte Früchte und vielerlei Süßigkeiten von so unterschiedlichem Geschmack, daß Kassandra nicht erriet, woraus sie gemacht waren.

Sie hatte so lange gehungert, daß ihr von dem vielen Essen leicht übel wurde; sie aß sehr wenig von dem gebratenen Geflügel, etwas von dem harten Brot und versuchte dann auf Drängen der Königin einen würzigen Honigkuchen mit Zimt. Ihr fiel auf, daß Penthesilea ebenfalls wenig aß. Als die Platten wieder weggetragen worden waren und man ihnen Rosenwasser über die Hände goß, sagte die

Königin von Kolchis: »Base, ich dachte, Hekabe hätte ihre Zeit als Kriegerin längst vergessen. Und doch reitet ihre Tochter mit deinem Stamm? Ich habe keinen Streit mit Priamos von Troia. Sie ist mir willkommen. Ist sie die Tochter, die Achilleus heiraten soll?«
»Nein, davon habe ich nichts gehört«, sagte Penthesilea. »Ich glaube, wenn Priamos versucht, für sie einen Gemahl zu finden, wird er feststellen, daß die Götter sie für sich beanspruchen.«
»Dann soll vielleicht eine ihrer Schwestern Achilleus heiraten«, sagte Imandra leichthin. »Wenn wir in Kolchis einen König brauchen, werde ich vielleicht meine Tochter mit einem von Priamos' Söhnen verheiraten. Ich habe eine Tochter im heiratsfähigen Alter. Ist dein ältester Bruder schon versprochen?«
Kassandra erwiderte schüchtern: »Davon weiß ich nichts, Herrin. Aber mein Vater weiht mich nicht in seine Pläne ein. Er kann durchaus eine solche Absprache schon vor vielen Jahren getroffen haben, ohne daß ich es erfahren hätte.«
»Eine ehrliche Antwort«, sagte Imandra. »Wenn du nach Troia zurückkehrst, sollen meine Boten dich begleiten, um meine Andromache dem Sohn deines Vaters anzubieten – wenn nicht dem ältesten, dann einem anderen. Ich glaube, er hat fünfzig, und einige davon sind Söhne deiner königlichen Mutter. So ist es doch?«
»Ich glaube, fünfzig sind es nicht«, erwiderte Kassandra. »Aber er hat viele Söhne.«
»So sei es«, sagte Imandra und reichte Kassandra die Hand. Die Schlange um ihre Hüfte regte sich; sie kroch auf Imandas Arm, und als Kassandra die Hand ausstreckte, schob die Schlange den breiten Kopf vor und ringelte sich wie ein geschmeidiges Armband um Kassandras Handgelenk.
»Sie mag dich«, sagte Imandra. »Hat man dich gelehrt, mit Schlangen umzugehen?«
Kassandra dachte an die Schlangen im Tempel des Sonnengottes und sagte: »Sie sind mir nicht fremd.«
»Sei vorsichtig! Wenn sie dich beißen sollte, wirst du sehr krank«, sagte Imandra. Kassandra hatte keine Angst; ein Hochgefühl erfaßte sie, als die Schlange sich um ihren Arm ringelte, und sie empfand die weichen trockenen Schuppen, die über ihre Haut glitten, als ausgesprochen angenehm.

»Nun wollen wir über eine ernste Sache sprechen«, sagte Imandra. »Hast du die Schiffe im Hafen gesehen, Penthesilea?
»Wie könnte man sie übersehen? Es sind so viele.«
»Sie sind mit Zinn und Eisen aus dem Norden beladen, aus dem Land der Hyperboreer«, sagte Imandra, »und natürlich wollen die anderen Könige diese Erze. Sie behaupten, ich verkaufe ihnen nicht genügend Zinn für ihre Bronze, und sie sagen, ich fürchte die Waffen, die sie daraus schmieden. In Wahrheit habe ich aber kaum genug für mich, und sie können mir nichts anbieten, was ich brauche. Deshalb sind sie dazu übergegangen, meine Zinnkarawanen zu überfallen und sich das Zinn ohne Bezahlung zu nehmen. Wir haben in der Stadt zu wenige ausgebildete Kriegerinnen. Welchen Preis verlangst du dafür, daß deine Kriegerinnen meine Metalltransporte schützen?«
Penthesilea hob die Augenbrauen. »Ich glaube, es wäre einfacher – und billiger –, ihnen soviel zu verkaufen, wie sie wollen.«
»Damit sie gegen mich rüsten? Es ist besser, wenn meine Schmiedinnen die Waffen herstellen, und sie sollen mir die Waffen, die sie haben wollen, mit Gold bezahlen. Ich habe Zinn, Blei und auch etwas Eisen in den Süden zu den Königen der Hethiter geschickt – denen, die noch übriggeblieben sind. Auch diese Karawanen sind überfallen und ausgeraubt worden. Penthesilea, auch ihr, du und deine Frauen, könnt dabei Gold bekommen, wenn ihr wollt.«
»Ich kann deine Karawanen schützen«, sagte Penthesilea. »Aber der Preis wird nicht gering sein. Meine Frauen sind hierher gezogen, weil die Göttin es so wollte, und sie drängen sich nicht nach Krieg. Wir wollen nichts anderes, als im Frühling zu unseren Weiden zurückkehren.«
Kassandra folgte der Unterhaltung nicht mehr; sie war völlig mit der Schlange beschäftigt, die sich um ihren Arm ringelte und dann vorne in ihr Kleid glitt und sich warm zwischen ihren Brüsten zusammenrollte. Sie sah einer der Sklavinnen zu, die mit drei goldenen Bällen jonglierte und staunte, wie der Frau das Kunststück gelang. Als sie ihre Aufmerksamkeit wieder den beiden Königinnen zuwandte, umarmte Penthesilea gerade Imandra, und die Königin von Kolchis sagte: »Ich rechne mit deinen Kriegerinnen. Die Karawane ist in wenigen Tagen abmarschbereit, denn die Schiffe

müssen bald wieder zu den geheimen Bergwerken im Norden auslaufen. Meine Wachen bringen dich zu dem Platz zurück, wo deine Frauen lagern. Die Göttin schenke euch eine gute Nacht. Auch dir, meine kleine Verwandte.« Dann streckte sie die Hand aus. »Meine Schlange hat mich verlassen. Sag ihr, sie soll zu mir zurückkommen, Kassandra.«
Mit leichtem Bedauern griff Kassandra in den Ausschnitt und hob die Schlange heraus, die sich über die Hand hängen ließ und locker um das Handgelenk ringelte. Sie löste die Schlange unbeholfen mit der anderen Hand.
»Du mußt zurückkommen und wieder mit ihr spielen. Wenn ich jemanden auffordere, sie für mich zu halten, beißt sie normalerweise. Aber sie hat sich mit dir angefreundet, als seist du eine Priesterin. Wirst du mich besuchen?«
»Sehr gern«, murmelte Kassandra, und Imandra nahm die Schlange an sich, die schnell an ihrem Arm hochglitt und im Kleid der Königin verschwand.
»Dann, Tochter der Hekabe, werde ich dich bald wiedersehen. Leb wohl.«
Als die beiden Frauen den Palast verließen, folgten zwei Schritte hinter ihnen die Wächterinnen. Kassandra kam sich eher wie eine Gefangene vor, weniger als ein Ehrengast, der beschützt wurde. Während sie jedoch durch die belebten Straßen gingen, hörte sie in den Gassen den Lärm von Schlägereien, und einmal sogar einen unterdrückten Schrei. Sie dachte, es sei hier in dieser fremden Stadt vielleicht doch nicht ganz so ungefährlich für zwei Fremde, die keine Bewohnerinnen von Kolchis waren.

9

Zehn Tage später verließ Penthesilea Kolchis mit einer Gruppe ausgewählter bewaffneter Amazonen, darunter auch Kassandra. Sie begleiteten die Karawane mit dem Zinn, das von den Schiffen im Hafen entladen worden war, auf dem Weg nach Süden in das ferne Land der Hethiterkönige.
Kassandra dachte an die Worte der Göttin: »Bleibt dort, bis die Frühlingssterne fallen.« Mißachtete Penthesilea den Befehl der

Göttin? Aber es stand ihr nicht zu, solche Fragen zu stellen. Über ihrer Schulter hing ein skythischer Bogen aus zwei Hörnern mit einer Sehne aus geflochtenem Roßhaar. An der Seite trug sie den kurzen Speer mit der Metallspitze der Amazonenkriegerin. Neben ihr ritt Stern, und Kassandra dachte daran, daß auch ihre Freundin noch nicht in der Schlacht gekämpft hatte.

Aber es schien ein sehr friedlicher Morgen zu sein. Blasse Sonnenstrahlen ließen die helle klare Luft schimmern, ein paar Wolken zogen schnell über den Himmel. Die Pferdehufe klangen gedämpft im Gegensatz zu dem lauten Gerumpel der schwerfälligen Wagen, die je von zwei Maultiergespannen gezogen wurden und mit verschnürten Bündeln und unförmigen Barren des stumpfglänzenden Metalls hochbeladen und mit schwarzen festen Planen abgedeckt waren.

Am Abend zuvor hatte sie mit anderen Kriegerinnen beobachtet, wie die Wagen abfahrbereit gemacht worden waren, und als sie an die tiefschwarzen Eisenbarren, an die stumpfgrauen Zinnklumpen dachte, wunderte sie sich, daß dieses häßliche Zeug so wertvoll sein sollte. In den Tiefen der Erde gab es doch sicher genug Erze, daß alle Menschen davon haben konnten. Weshalb sollten Männer – und Frauen – Krieg darum führen? Wenn es nicht genug Metall für die gab, die mehr haben wollten, wäre es doch ein leichtes, mehr abzubauen.... Doch Königin Imandra schien sehr stolz darauf zu sein, daß es nicht genug Metall für alle gab.

An diesem Tag geschah wenig; die Amazonen ritten gezwungenermaßen im langsamen Tempo der schwerfälligen Wagen hintereinander über die weite Ebene. Kassandra ritt neben einer der Schmiedinnen von Kolchis und unterhielt sich mit ihr über das ungewöhnliche Handwerk. Zu ihrer Überraschung erfuhr sie, daß die Frau verheiratet war und drei erwachsene Söhne hatte.

»Und ich habe keine Tochter, der ich mein Handwerk weitergeben könnte.«

Kassandra fragte: »Warum kannst du deine Söhne nicht zu Schmieden machen?«

Die kleine muskulöse Frau sah sie stirnrunzelnd an.

»Ich dachte, die Frauen der Amazonenstämme würden das verstehen«, erwiderte sie. »Ihr zieht eure Söhne nicht einmal groß, weil ihr wißt, wie nutzlos sie sind. Siehst du, Mädchen, das Metall wird der Erdmutter aus dem Leib gerissen. Stell dir IHREN Zorn vor, wenn ein Mann es wagen sollte, Hand an IHRE Gaben zu legen. Es ist die Aufgabe der Frauen, es in Formen zu bringen, die für die Menschen von Nutzen sind. Ein Mann darf kein Schmied werden, denn das würde die Erdmutter nie vergeben.«

Kassandra dachte: *Wenn die Göttin nicht will, daß diese Frau ihre Söhne das Handwerk lehrt, warum schenkt* SIE *ihr dann keine Töchter?* Aber inzwischen hatte sie gelernt, nicht jeden Gedanken auszusprechen, der ihr durch den Kopf ging. Sie murmelte: »Vielleicht wirst du noch eine Tochter bekommen.« Aber die Schmiedin erwiderte mißmutig: »Was? Ich soll noch einmal das Wagnis einer Geburt auf mich nehmen, obwohl ich schon beinahe vierzig Winter lebe?«

Kassandra schwieg. Sie trieb ihr Pferd an und ritt wieder neben Stern. Ihre ältere Freundin säuberte sich mit einem kleinen Knochenmesser die Fingernägel.

»Glaubst du wirklich, wir werden kämpfen müssen?«

»Die Herrin glaubt es, und sie versteht mehr davon als ich.«

Kassandra hatte wieder nur eine ungnädige Antwort bekommen und überließ sich ihren Gedanken. Sie zog sich den dicken Mantel enger um die Schultern und dachte über den Kampf nach. Seit sie bei den Amazonen lebte, hatte sie jeden Tag Bogenschießen üben müssen, und sie konnte bereits mit dem Speer, ja sogar mit dem Schwert kämpfen. Ihr ältester Bruder Hektor war zum Krieger erzogen worden, seit er ein Schwert in der Hand halten konnte. Als Siebenjähriger hatte er seine erste Rüstung bekommen. Auch ihre Mutter war eine Kriegerin gewesen; aber in Troia wäre niemand auf den Gedanken gekommen, Kassandra oder ihre Schwester Polyxena sollten lernen, mit Waffen umzugehen oder etwas vom Krieg zu verstehen. Wie alle Kinder von Priamos war sie mit Geschichten von Helden und Heldentaten aufgewachsen, aber manchmal dachte sie, Krieg sei etwas Scheußliches, und es sei besser, wenn sie nichts damit zu tun hatte. Wenn der Krieg für Frauen etwas zu Schlechtes war, warum sollte er dann für Männer etwas Gutes sein? Und wenn der Krieg für Männer etwas Großartiges und Ehrenvolles war, warum sollte es dann für Frauen falsch sein, an der Ehre und dem Ruhm teilhaben zu wollen?

Kassandra fand auf diese verwirrenden Fragen nur eine Antwort, die ihr Hekabes Feststellung lieferte: *Es ist nicht Brauch.*
Aber warum nicht? hatte sie gefragt, und ihre Mutter hatte darauf nur erwidert: *Für einen Brauch gibt es keinen Grund. Es gibt ihn einfach.*
Kassandra glaubte das jetzt ebensowenig wie damals.
Sie richtete den Blick nach innen und stellte fest, daß sie nach ihrem Zwillingsbruder suchte. Troia und die sonnigen Hänge des Ida schienen sehr fern zu sein. Sie dachte an den Tag, als Oenone zu ihm gekommen war, und an die seltsamen leidenschaftlichen Gefühle, die die Vereinigung der beiden in ihr geweckt hatte. Sie fragte sich, wo er jetzt war und was er wohl tat.
Aber es gelang ihr nur, einen flüchtigen bedeutungslosen Blick auf die Schafe und Ziegen zu werfen, die an den Hängen weideten; sonst sah sie nichts. Sie dachte: *Normalerweise reisen die Männer, und die Frauen bleiben zu Hause; aber ich bin in weiter Ferne, und mein Bruder ist an den Hängen des heiligen Bergs. Nun ja, warum soll es nicht auch einmal so sein?*
Würde sie vielleicht als eine Heldin kämpfen, und Hektor oder Paris würden keine Helden werden?
Aber nichts geschah; die Wagen rollten langsam weiter, und die Amazonen ritten hinter und neben ihnen her.
Als der frühe Sonnenuntergang des Winters aus den Schatten lange schroffe und tanzende Formen machte, bildeten die Amazonen einen engen Kreis um die Wagen und schlugen das Lager auf. Penthesilea sprach aus, was alle dachten:
»Wenn die Karawane so gut bewacht ist, werden sie vielleicht nicht angreifen. Vielleicht wird es für uns nur eine lange beschwerliche Reise, auf der nichts geschieht.«
»Wäre das nicht das beste, das geschehen kann? Sie greifen uns nicht an, und die Karawane erreicht friedlich ihr Ziel«, sagte eine der Frauen, »wäre dann die Sache nicht ohne Krieg geregelt...?«
»Überhaupt nichts wäre geregelt. Wir wüßten, daß sie der Karawane immer noch auflauern. Sobald der Schutz abgezogen wäre, würden sie wieder über den Transport herfallen. Dann müßten wir den ganzen Winter auf dem Posten sein«, sagte eine andere, »ich möchte, daß diese Räuber endgültig erledigt sind.«

»Imandra möchte ein für allemal klarstellen, daß die Transporte von Kolchis nicht ungestraft überfallen werden können«, sagte eine der Frauen heftig, »und das soll eine Lehre sein, die sie nicht vergessen.«
Sie kochten einen Eintopf über dem Feuer aus getrocknetem Fleisch und schliefen in einem Kreis um die Wagen; Kassandra bemerkte, daß viele der Frauen die Männer der Wagen aufforderten, zu ihnen unter die Decke zu kommen. Sie fühlte sich einsam, aber sie dachte nicht daran, das gleiche zu tun. Sie hörte, wie sich im Lager allmählich Stille ausbreitete, und schließlich gab es kein anderes Geräusch mehr als den immer wehenden Wind der Ebene; alle schliefen.
Derselbe Tag schien sich immer und immer zu wiederholen; sie krochen dahin wie eine Raupe über ein Blatt; die schweren Wagen bestimmten die Geschwindigkeit, und als Kassandra am Ende über die endlose Ebene zurückblickte, kam es ihr vor, als seien sie nicht mehr als einen Tagesritt auf schnellen Pferden von Kolchis mit seinen Eisentoren und dem Hafen voller Schiffe entfernt.
Sie wußte nicht mehr, wie viele dieser mühseligen, sich langsam dahinschleppenden Tage vergangen waren, denn es gab nichts, an dem man die Zeit hätte messen können und auch kein größeres Abenteuer, als daß ein umschnürtes Bündel mit Erzklumpen von einem Wagen fiel. Die ganze Wagenreihe kam zum Stillstand, bis das Bündel wieder mühsam hinaufgehoben worden war.
Am elften oder zwölften Tag beobachtete Kassandra, wie eines der verschnürten Bündel ganz langsam unter der Plane nach hinten rutschte. Sie wußte, sie sollte eigentlich an die Spitze reiten und das dem Karawanenführer melden oder zumindest dem Wagenlenker, damit man das Bündel festzurren würde. Aber wenn es herunterfallen sollte, wäre das zumindest eine Unterbrechung der Eintönigkeit. Sie zählte die Schritte ihres Pferdes, um zu sehen, wann die Last das Übergewicht bekommen und vom Wagen fallen würde.
»Krieg«, sagte sie mißmutig zu Stern, »die Karawane bewachen, ist kaum ein Abenteuer. Werden wir den ganzen langen Weg bis ins Land der Hethiter reiten? Und wird es dort interessanter sein als das hier?«

»Wer weiß?« erwiderte Stern achselzuckend, »ich habe das Gefühl, wir sind betrogen worden, denn man hat uns eine Schlacht und gute Bezahlung versprochen. Bis jetzt hat es nichts als diesen eintönigen Ritt gegeben.« Sie hob die Schultern noch einmal und ließ sie fallen.»Das Land der Hethiter zu sehen, ist zumindest etwas. Ich habe gehört, daß es dort nie regnet. Ihre Häuser sind alle aus getrocknetem Ziegelstein. Wenn es dort *wirklich* einmal ordentlich regnen sollte, würden die Häuser, die Tempel, Paläste und alles davongeschwemmt, und ihr ganzes Reich wäre dahin. Aber hier auf dem Weg dorthin gibt es so wenig, woran man denken könnte, daß ich beinahe versucht bin, diesen hübschen Wagenlenker unter meine Decke einzuladen.«

»Das wirst du doch nicht tun!«

»Nein? Warum nicht? Was habe ich zu verlieren? Allerdings ist es einer Kriegerin verboten«, sagte Stern, »und wenn ich ein Kind hätte, müßte ich das Balg die nächsten vier Jahre säugen und Wickeltücher waschen, anstatt zu kämpfen und mir meinen Platz unter den Kriegerinnen zu verdienen.«

Kassandra war doch entsetzt, weil Stern so unbekümmert über solche Dinge sprach.

»Hast du nicht bemerkt, wie er mich ansieht?« Stern wollte das heikle Thema immer noch nicht wechseln. »Er ist hübsch und er hat sehr breite Schultern. Oder willst du eine dieser Jungfrauen bleiben, die geloben, so keusch wie die jungfräuliche Jägerin zu bleiben?«

Kassandra hatte noch nie ernsthaft darüber nachgedacht. Sie hatte angenommen, daß sie zumindest auf Jahre hinaus bei den Amazonenkriegerinnen bleiben werde, für die Keuschheit etwas Selbstverständliches war.

»Aber stell dir vor, Kassandra, dein ganzes Leben lang, allein bleiben! Eine Göttin, die jeden Mann haben kann, den SIE will, wird sicher nichts dabei finden«, sagte Stern, »aber wie man erzählt, wirft selbst die Jungfräuliche hin und wieder einen Blick vom Himmel herunter und wählt sich einen jungen Mann, mit dem SIE das Lager teilt.«

»Das glaube ich nicht«, widersprach Kassandra, »ich glaube, die Männer erzählen diese Geschichten, weil sie sich nur ungern vor-

stellen, daß irgendeine Frau ihnen widerstehen könnte. Sie wollen nicht glauben, daß selbst eine Göttin sich dafür entscheidet, keusch zu bleiben.«
»Nun ja, ich glaube, sie haben recht«, sagte Stern, »jede Frau wünscht sich, bei einem Mann zu liegen – nur bei uns ist eine Frau nicht dazu verpflichtet, bei einem Mann zu bleiben, ihm das Haus zu führen und ihm seine Wünsche zu erfüllen. Aber ohne Männer hätten wir auch keine Kinder. Ich bin sehr darauf aus, mir meinen ersten zu wählen. Und trotz deines ganzen Geredes bin ich sicher, daß du dich nicht von uns unterscheidest.«
Kassandra erinnerte sich an den barbarischen Hirten, der sie beinahe geschändet hätte, und ihr wurde übel. Hier bei den Amazonen würde zumindest niemand darauf bestehen, daß sie sich einem Mann hingab, wenn sie es nicht wollte. Sie konnte sich nicht vorstellen, warum eine Frau so etwas wollen sollte.
»Für dich ist es etwas anderes, Kassandra«, sagte Stern, »du bist eine troianische Prinzessin, und dein Vater wird dich mit jedem Mann verheiraten, den du willst – mit einem König, einem Prinzen oder einem Helden. Für mich gibt es nichts dergleichen.«
»Aber wenn du einen Mann willst«, fragte Kassandra, »weshalb reitest du dann mit den Amazonen?«
»Ich hatte keine andere Wahl«, erwiderte Stern, »ich bin nicht Amazone, weil ich mir das gewünscht hätte, sondern weil meine Mutter und davor ihre Mutter sich für dieses Leben entschieden haben.«
Kassandra sagte: »Ich kann mir kein besseres Leben vorstellen.«
»Dann hast du wenig Phantasie«, sagte Stern, »denn beinahe jedes Leben, das ich mir vorstellen kann, wäre besser als das. Ich bin lieber Kriegerin als eine Frau im Dorf mit gebrochenen Fußknöcheln. Aber ich würde lieber in einer Stadt wie Kolchis leben und mir einen Mann suchen, als Kriegerin zu sein.«
Das klang nicht nach einem Leben, das Kassandra sich wünschte, und sie wußte nicht, was sie darauf erwidern sollte. Deshalb beobachtete sie wieder, wie das Bündel auf dem Wagen sich langsam verschob, und sie war beinahe im Sattel eingeschlafen, als ein schriller Schrei sie aufschreckte. Der Wagenlenker stürzte der Länge nach zu Boden. In seinem Hals steckte ein Pfeil.

Penthesilea rief ihre Frauen zusammen. Kassandra nahm ihren Bogen schnell von der Schulter, legte einen Pfeil auf die Sehne und zielte auf den nächsten der zerlumpten Männer, von denen es plötzlich auf der Ebene wimmelte, als seien sie wie Drachenzähne aus dem Sand geschossen. Der Pfeil traf sein Ziel. Der Mann, der neben dem Lenker auf den Wagen gesprungen war, fiel mit einem Aufschrei zurück. Gleichzeitig stürzte das schwere Bündel mit dem Metall auf den steinigen Weg und zerschmetterte einen der Angreifer, der auf den Wagen klettern wollte. Mann und Metall rollten den Abhang hinunter. Eine Kriegerin sprang vom Pferd, rannte zu dem Mann und stieß ihm den kurzen Speer in den Leib. Einer der Männer, die neben den Pferden herrannten, packte Kassandras Sattelgurt und zog an ihrem Bein. Sie trat nach ihm, aber er zerrte sie vom Pferd. Blitzschnell griff sie nach ihrem Dolch.
Sie stieß nach oben, und der Mann fiel auf sie. Aus seinem Mund quoll Blut. Sie stieß noch einmal zu, und er blieb leblos auf ihr liegen. Sie versuchte mit ganzer Kraft, sich von der Last zu befreien. Eine Speerspitze richtete sich auf ihren Hals. Sie hob die Dolchklinge hoch, um die Spitze abzuwehren, und spürte im nächsten Augenblick einen stechenden Schmerz an der Wange.
Eine Männerhand packte sie am Ellbogen. Sie rammte dem Mann den Ellbogen in den Mund und spürte Blut und einen Zahn auf ihrem Gesicht. Über die Schulter hinweg sah sie, daß viele Männer sich an dem Metall zu schaffen machten und die Bündel auf den Boden warfen. Irgendwo hörte sie Stern aufschreien und das Surren vieler Pfeile. Um sie herum ertönte der schrille Schlachtruf der Amazonen. Kassandra stieß mit dem Speer zu, und der Angreifer sank tot zu Boden. Sie riß den Speer aus seinem Leib und sah Blut und Eingeweide daran hängen. Hastig griff sie wieder zum Bogen und schoß auf die Angreifer. Aber bei jedem Pfeil fürchtete sie, er könne eine ihrer Gefährtinnen treffen.
Dann war alles vorbei. Penthesilea rannte zu einem Wagen und gab ihren Frauen ein Zeichen, sich um sie zu scharen. Kassandra eilte zu ihrer Stute, die erstaunlicherweise trotz des Pfeilhagels unverletzt geblieben war. Der Wagenlenker lag etwas weiter zurück tot auf dem Boden. Stern entdeckte sie halb zerquetscht unter ihrem gestürzten Pferd. Ein halbes Dutzend feindliche Pfeile hatten

das Tier getötet. Entsetzt rannte Kassandra hinüber und versuchte, das Pferd von ihrer Freundin zu zerren. Stern bewegte sich nicht mehr. Ihr Waffenrock war zerrissen, der Hinterkopf war nur noch eine rote Masse, und die Augen starrten blicklos geradeaus.
Sie hat sich eine Schlacht gewünscht, dachte Kassandra, *sie hat eine bekommen.*
Sie beugte sich über ihre Freundin und schloß ihr sanft die Augen. Erst dann bemerkte sie, daß auch sie verwundet war. Die Wange klaffte. Blut tropfte von dem herunterhängenden Hautlappen.
Penthesilea kam zu ihr und beugte sich über Sterns Leiche.
»Sie ist jung gestorben», sagte die Amazonenkönigin sanft, »aber sie hat tapfer gekämpft.«
Das nützt Stern jetzt wenig, dachte Kassadra. Die Amazonenkönigin sah sie an und sagte: »Aber du bist verwundet, mein Kind. Ich will deine Wunde versorgen.«
Kassandra erwiderte matt: »Es ist nichts. Es tut nicht weh.«
»Es wird schmerzen«, sagte ihre Tante und brachte sie zu einem der Wagen, wo Elaria ihr die aufgerissene Wange mit Wein wusch und die Wunde dann mit wohlriechendem Öl beträufelte.
»Jetzt bist du wirklich eine Kriegerin«, sagte Elaria, und Kassandra erinnerte sich daran, daß man ihr das auch in jener Nacht gesagt hatte, als sie den Mann tötete, der versucht hatte, sie zu vergewaltigen. Aber vermutlich machte ein richtiger Kampf sie erst zu einer wahren Kriegerin.
Penthesilea betrachtete die gesäuberte Wunde und runzelte die Stirn. »Verbinde sie sorgfältig, Elaria, sonst bleibt eine schreckliche Narbe zurück – und das darf auf keinen Fall geschehen.«
»Was macht es schon?« fragte Kassandra müde, »die meisten Amazonenkriegerinnen haben Narben.« Erst jetzt fiel ihr auf, daß auch Penthesileas Gesicht blutig war. Das Blut tropfte aus einer Wunde am Kinn. Kassandra betastete vorsichtig ihre Wange. »Man wird kaum etwas sehen, wenn die Wunde verheilt ist. Weshalb die Umstände?«
»Du vergißt, daß du keine Amazone bist, Kassandra.«
»Meine Mutter war selbst einmal eine Kriegerin«, widersprach Kassandra, »gegen eine ehrenvolle im Kampf erworbene Narbe wird sie nichts einzuwenden haben.«

»Sie ist keine Kriegerin mehr«, sagte Penthesilea grimmig, »sie hat vor langer Zeit entschieden, was sie sein würde: Sie wollte bei deinem Vater leben, sein Haus führen und seine Kinder zur Welt bringen. Wenn dein Vater zornig wird – und glaube mir, er wird zornig sein, wenn wir dich zurückschicken und deine Schönheit hat einen Makel –, ist das für deine Mutter sehr schwierig, und ihr Wohlwollen bedeutet uns viel. Wenn wir im Frühjahr in den Süden ziehen, wirst du nach Troia zurückkehren.«
»Nein!« protestierte Kassandra, »erst jetzt werde ich allmählich für den Stamm von Nutzen und bin keine Last mehr. Warum soll ich wieder eine Hausmaus werden«, sie sprach das Wort verächtlich aus, »wenn ich gerade bewiesen habe, daß ich mich zur Kriegerin eigne?«
»Denk nach, Kassandra, und du wirst wissen, weshalb du gehen mußt«, erwiderte Penthesilea, »du bist eine Kriegerin, und es wäre recht und gut, wenn du dein ganzes Leben lang bei uns verbringen würdest. Ich würde dich in unserem Stamm als echte Kriegerin und als meine Tochter willkommen heißen, solange ich lebe. Aber das kann nicht sein. Früher oder später mußt du zu deinem Leben in Troia zurückkehren. Und da es so sein muß, sollte es um deinetwillen bald sein. Du bist alt genug, um verheiratet zu werden. Dein Vater hat vielleicht sogar bereits einen Gemahl für dich gewählt. Ich möchte dich nicht so verändert zurückschicken, daß du dich dein ganzes Leben lang unglücklich fühlen würdest, wenn du hinter den Mauern einer Stadt bleiben mußt.« Kassandra wußte, Penthesilea hatte recht. Aber ihr kam es vor, als sollte sie dafür bestraft werden, daß sie eine Amazone geworden war.
»Sei nicht so niedergeschlagen, Augenstern. Ich schicke dich ja nicht morgen zurück«, sagte ihre Tante, zog sie an die Brust und strich ihr über die Haare. »Du wirst mindestens einen, vielleicht sogar zwei Monde bei uns bleiben und mit uns nach Kolchis zurückkehren. Und ich habe auch das Versprechen nicht vergessen, das ich dir gegeben habe. Die Göttin hat dich zu IHREM Dienst berufen und beansprucht dich als geborene Priesterin. Wir könnten dich so oder so nicht als Kriegerin haben. Ehe du uns verläßt, wirst du zu IHR gebracht werden.«
Kassandra fühlte sich immer noch betrogen. Sie hatte sich so lange

und tapfer darum bemüht, als Amazonenkriegerin anerkannt zu werden. Und gerade durch die große Mühe und die Tapferkeit in der Schlacht war ihr der Weg zu diesem Ziel versperrt.
Der Kampfplatz wurde geräumt. Man trug die Leichen der Amazonen – außer Stern waren zwei andere Frauen von Pfeilen getötet und von einem stürzenden Pferd zerquetscht worden – zu einem Platz, wo sie verbrannt werden sollten.
Penthesilea drückte Kassandra sanft zurück, als sie aufstehen wollte.
»Ruh dich aus. Du bist verwundet.«
»Ausruhen? Was tun die anderen Kriegerinnen, ob sie nun verwundet sind oder nicht? Darf ich die Rolle einer Kriegerin nicht wenigstens so lange übernehmen, wie ich noch bei euch bin?«
Penthesilea seufzte: »Wie du willst. Es ist dein Recht zu sehen, wie die, die du erschlagen hast, zum Herrn der Unterwelt geschickt werden.« Sie berührte zärtlich Kassandras verwundete Wange.
Göttin, Mutter der Stuten, Herrin, die unser Geschick bestimmt, dachte sie, *warum hast* DU *nicht sie, die wahre Tochter meines Herzens, in meinen Leib geschickt, anstatt in den meiner Schwester, die beschlossen hat, sie in die Herrschaft eines Mannes zu geben? Sie wird dort kein Glück finden. Ich sehe nur, daß sie Dunkelheit erwartet . . . Dunkelheit und der Schatten des Schicksals eines anderen.*
Ihr Herz schlug für Kassandra, wie es nie für eine ihrer eigenen Töchter geschlagen hatte. Doch sie erkannte, daß Hekabes Tochter ihr eigenes Schicksal auf sich nehmen mußte, das sie ihr nicht abnehmen konnte. Die dunkle Göttin hatte ihre Hand auf Kassandra gelegt.
Keine Frau kann ihrer Bestimmung entgehen, dachte sie, *und es ist schlecht gehandelt, wenn man versucht, der Erdmutter das* IHR *bestimmte Opfer vorzuenthalten. Doch aus Liebe zu Kassandra würde ich sie zum Dienst der Erdmutter hinunter in die Tiefe schicken und sie nicht dazu verurteilen, der Dunklen hier im Land der Sterblichen zu dienen.*

10 Kassandra sah ohne sichtbare Gefühlsregung zu, wie ihre toten Gefährtinnen den Flammen übergeben wurden; als sie an diesem Abend das Lager aufschlugen, legte sie auf Penthesileas und Elarias Drängen ihre Decken zwischen die der beiden. Allmählich drang ihr ins Bewußtsein, daß wieder einmal eine Entscheidung getroffen worden war, ohne sie vorher zu fragen. Nachdem die schlimmste Gefahr vorüber war, schienen die anderen sich plötzlich daran erinnert zu haben, daß sie eine *troianische Prinzessin* war, und sie wurde sorgsam beschützt. Dabei war sie nicht mehr oder weniger eine Prinzessin als vor zwei oder drei Tagen.
Stern fehlte ihr, obwohl sie vermutlich keine wirklichen Freundinnen gewesen waren. Und doch spürte Kassandra leises Entsetzen beim Gedanken daran, daß sie auf dieser Reise ihre Decken jede Nacht neben dem Mädchen ausgebreitet hatte, dessen Körper zu Asche verbrannt war, nachdem Pfeile sie durchbohrt hatten.
Mit etwas weniger Glück und einem etwas geschickteren Gegner hätte der Speer, der ihr die Wange aufgerissen hatte, ihr die Kehle durchbohrt, und ihr Körper wäre an diesem Abend auf dem Scheiterhaufen verbrannt. Sie fühlte sich irgendwie schuldig und war mit der Welt der Kriegerinnen noch zu wenig vertraut, um zu wissen, daß jede der Frauen, die um sie herum lagen, das gleiche empfand. Alle fühlten sich schuldig und waren bekümmert, daß sie noch lebten und ihre Freundinnen gestorben waren.
Penthesilea hatte davon gesprochen, daß die Hand der Göttin auf ihr lag, als sei das etwas ganz Normales. Kassandra fragte sich, ob sie verschont worden war, weil die Göttin etwas mit ihr vorhatte.
Die Wunde juckte wie rasend. Als sie die Hand hob und versuchen wollte, das Jucken durch Kratzen oder Reiben zu lindern, hielt ein stechender Schmerz sie davon ab, die Wange auch nur zu berühren. Sie verschob den Mantel, den sie sich unter dem Kopf gelegt hatte, und versuchte, eine bequemere Lage zum Schlafen zu finden. Welche Göttin hatte ihre Hand auf sie gelegt? Penthesilea hatte einmal beiläufig zu ihr gesagt, daß alle Göttinnen eine waren, obwohl jedes Dorf und jeder Stamm einen eigenen Namen für SIE hatte. Es waren viele Namen: die Mondgöttin, deren Gezeiten und täglich sich verändernde Rhythmen sich jedem weiblichen Tier aufzwangen; die Mutter der Stuten, die Penthesilea anrief; die

jungfräuliche Jägerin, unter deren Schutz jede Jungfrau stand und alle Bogenschützen und Kriegerinnen; die dunkle Mutter des Erdinnern, die Schlangenmutter der Unterwelt...

Aber ich, so dachte Kassandra verwirrt, als ihre Gedanken beim Einschlafen verschwammen, *bin von Apollons Pfeilen getroffen*...

Wie so oft vor dem Einschlafen wanderte ihr Geist und suchte nach der vertrauten Berührung der Gedanken ihres Zwillingsbruders. Sie spürte einen leichten Windhauch; er kam von zu Hause. Die thymianduftende Luft des Ida wehte durch ihre Sinne; die Dunkelheit der Hirtenhütte, in der sie nie körperlich gewesen war, umgab sie; sie fragte sich, was er von der Schlacht gehalten hätte. Wäre sie ihm als etwas Alltägliches erschienen? Nein, denn jetzt besaß sie, eine Frau, mehr Erfahrung im Kampf als er. An seiner Seite sah – oder spürte – sie den dunklen Schatten einer schlafenden Gestalt, in der sie Oenone erkannte, um die ihre – *seine* – Vorstellungen so lange gekreist hatten. In den letzten Monaten hatte Kassandra sich so sehr an die merkwürdige Spaltung ihres Bewußtseins gewöhnt, die sie in den Zwillingsbruder versetzte, daß sie nicht mehr sicher war, welche Gefühle und Empfindungen die eigenen und welche die von Paris waren. Schlief sie und träumte? Schlief er?

Das Mondlicht fiel auf die sanft leuchtende Gestalt einer Frau, die in der dunklen Tür der Hütte stand, und Kassandra wußte, sie sah die Göttin: eine Königin – majestätisch und strahlend. Die Strahlende bewegte sich. Das Licht entströmte dem silbernen Bogen. Die Pfeile des Mondlichts erfüllten den kleinen Raum.

Das Mondlicht schien wahrhaftig durch ihren Körper – oder seinen? – hindurchzudringen, schien durch ihre Adern zu rinnen, sie zu umgeben wie ein Netz und sie hin zu der Gestalt in der Tür zu ziehen. Es kam ihr vor, als stehe sie jetzt vor der Göttin. Hinter ihrer linken Schulter erklang eine Stimme...

»Paris, du hast dich als ein gerechter und ehrlicher Richter erwiesen.« Kassandra sah flüchtig den Stier, dem Paris auf der Ausstellung den Preis zugesprochen hatte. »Urteile du deshalb, welche der Göttinnen die Schönste ist.«

»Wahrlich« – als Paris antwortete, hatte sie das Gefühl, seine Stimme dringe aus ihrem Mund – »in all ihren Erscheinungen ist die Göttin die Schönste...«

Jungenhaftes Lachen drang über ihre Schulter. »Und kannst du SIE in allen Göttinnen verehren, ohne eine der anderen vorzuziehen? Selbst der Himmelsvater scheut vor einer so schwierigen Entscheidung zurück!« Man legte Paris etwas Glattes, Kühles und sehr Schweres in die Hände, und sein Gesicht leuchtete in einem goldenen Widerschein. »Nimm diesen Apfel und reiche ihn der schönsten Göttin.«

Die Gestalt in der Tür bewegte sich kaum merklich; der Vollmond krönte sie mit einem Strahlenglanz, und ihre Gewände schimmerten wie glänzender Marmor. Hera, die Königin des Himmelsvaters, stand dort gebieterisch und majestätisch, mit der Erde verwurzelt, die sie jedoch beherrschte. »Diene mir, Paris, und du sollst groß werden. Du wirst über alle bekannten Länder herrschen, und der Reichtum der Erde soll dir gehören.«

Kassandra fühlte, wie Paris den Kopf neigte. »Wahrlich, Herrin, du Mächtigste aller Königinnen, du bist schön.« Aber der Apfel lag noch immer schwer in seiner Hand.

Kassandra hob vorsichtig den Kopf; sie fürchtete den Zorn der Göttin. Aber das Mondlicht schien jetzt durch einen goldenen Dunst zu fallen und sich im Helm und dem Schild der Göttin widerzuspiegeln. Auch diese Gestalt verströmte das goldene Licht, und auch die Eule auf der rechten Schulter strahlte in IHREM Glanz.

»Du wirst sehr viel Weisheit erlangen, Paris«, sagte Athene. »Du weißt bereits, daß du nicht über die Welt herrschen kannst, wenn du dich nicht selbst beherrschst. Ich werde dir das Wissen um das Wesen schenken. Darauf ruht alles andere Wissen. Du sollst Weisheit besitzen und in allen Schlachten den Sieg erringen.«

»Ich danke dir, Herrin. Aber ich bin ein Hirte und kein Krieger. Und hier in Troia gibt es keinen Krieg. Wer sollte es wagen, König Priamos herauszufordern?«

Kassandra glaubte, Verachtung auf dem Gesicht der Göttin zu entdecken, aber die Gestalt bewegte sich und kam so nahe, daß Kassandra glaubte, die Hand ausstrecken und SIE berühren zu können. Schild und Helm waren verschwunden, auch die hellen Gewänder, und ein Strahlen ging von dem vollkommenen Körper aus. Paris hob die Hände, die immer noch den Apfel hielten, um die Augen zu bedecken. »Strahlende Göttin«, murmelte er.

»Es gibt andere Schlachten, die ein Hirte leicht gewinnen kann .... Und welchen Sieg kann es ohne Liebe und eine Frau geben, mit der man ihn teilt? Du bist schön, Paris, und eine Freude für alle Sinne.« Ihr Atem streifte seine Wange, und ihm schwindelte, als beginne der ganze Berg, sich um ihn zu drehen. Die Luft war warm und angenehm. Paris erstrahlte hell im goldenen Glanz der Göttin, die leise und verführerisch weitersprach und ihn zu sich zog. »Du bist ein Mann, den jede Frau voll Stolz heiraten würde – sogar Helena von Sparta, die schönste Frau der Welt.«

»Sicher kann sich keine Sterbliche mit DIR messen, Herrin.« Paris blickte in Aphrodites Augen, und Kassandra hatte den merkwürdigen Eindruck, daß sie und er gemeinsam ertranken, von einer Lichtflut erfaßt wurden, die den Augen der Göttin der Liebe entströmte.

»Aber Helena ist nicht ganz eine Sterbliche. Sie ist eine Tochter von Zeus, und ihre Mutter war schön genug, um IHN zu verlocken. Sie ist beinahe so schön wie ich, und außerdem gehört ihr Sparta. Alle Männer begehren sie. Alle Könige der Argiver haben um ihre Hand angehalten. Sie hat Menelaos gewählt, aber ich versichere dir, wenn sie auch nur einen Blick auf dich wirft, wird sie ihre Entscheidung vergessen. Denn du bist schön, und Schönheit zieht alles an.«

Kassandra dachte an Oenone, die schlafend an Paris' Seite lag. *Was will er mit einer schönen Frau? Er hat bereits eine* – aber Paris war sich ihrer Anwesenheit offenbar nicht bewußt. Der Apfel in seiner Hand schien federleicht zu sein, als er ihn Aphrodite reichte, und der goldene Glanz leuchtete auf, als wolle er ihn verzehren ...

Das Sonnenlicht traf ihre Augen. Es fiel durch die offene Zeltklappe, die Elaria gerade zurückgeschlagen hatte. »Wie geht es dir heute morgen, Augenstern?«

Kassandra streckte sich vorsichtig und kniff die Augen vor dem Licht zusammen – es waren nur Sonnenstrahlen, nicht die leuchtenden Mondpfeile der Göttin. War es eine Vision oder nur ein Traum gewesen? Ihr Traum oder der ihres Bruders? Drei Göttinnen – aber keine war die jungfräuliche Jägerin gewesen. Warum nicht? *Vielleicht interessiert sich Paris nicht für Jungfrauen,* dachte sie frech. Aber von der Erdmutter war auch nichts zu sehen gewesen. Oder

war die Erdmutter dieselbe Göttin wie Hera? Nein, denn die Erdmutter ist eine unabhängige Göttin und auch nicht die Gemahlin eines Gottes. Diese Göttinnen waren die Gemahlin und die Töchter des Himmelsvaters. Sind es also dieselben Göttinnen wie die Göttinnen von Troia?
Nein, das konnte nicht sein. Warum sollte eine Göttin sich bereit finden, sich dem Urteil eines Mannes – oder sogar eines Gottes zu unterwerfen?
Keine dieser Göttinnen ist die Göttin, wie ich SIE *kenne – die Jungfrau, Erdmutter, Schlangenmutter – nicht einmal Penthesileas Mutter der Stuten. Vielleicht können in einem Land, über das Himmelsgötter herrschen, nur Göttinnen gesehen werden, die als Dienerinnen des Gottes gelten?*
Der Gedanke verwirrte sie noch mehr.
Es kann nicht mein Traum gewesen sein, denn wenn ich von Göttinnen geträumt hätte, dann wären es die Göttinnen gewesen, die ich verehre und anbete. Von diesen Göttinnen habe ich gehört. Mutter hat mir von Athene und ihren Geschenken, der Olive und der Rebe, erzählt. Aber es sind nicht meine Göttinnen, und auch nicht die der Amazonen. »Kassandra? Schläfst du noch?« fragte Elaria. »Wir reiten nach Kolchis zurück, und Penthesilea hat nach dir gefragt.«
»Ich komme«, sagte Kassandra und zog die Reithose an. Als sie sich bewegte, schien der Traum – oder die Vision – von ihr abzufallen, und zurück blieb nur die seltsame Erinnerung an die fremden Göttinnen.
Es ist nicht meine Vision, sondern die meines Bruders.
»Sag meiner Tante, daß ich gleich komme«, rief Kassandra. »Ich will mir nur noch die Haare bürsten.«
»Ich werde dir helfen«, sagte Elaria und kniete neben ihr nieder. »Hast du Kopfschmerzen? Der Verband ist verrutscht. Aha, von einer Narbe ist nichts zu sehen. Die Wunde heilt sauber. Die Göttin meint es gut mit dir.«
Kassandra fragte sich: *Welche Göttin?* Aber sie sprach ihre Frage nicht aus. Bald saß sie im Sattel, und als sie zu dem langen Ritt nach Kolchis aufbrachen, sah Kassandra in dem strahlenden Sonnenlicht die Gesichter und Gestalten aller Göttinnen der Welt.
Aber was wollen die Göttinnen der Achaier von meinem Bruder oder von mir? Oder von Troia?

11 Penthesilea, Kassandra und die anderen, die nach Kolchis zurückkehrten, trennten sich von der Karawane, die weiter in das ferne Land der Hethiter zog. Sie mußten ihre Geschwindigkeit nun nicht mehr den langsamen, schwerbeladenen Wagen anpassen und kamen schnell vorwärts. Kassandras Wange schmerzte, und das Reiten vergrößerte die Schmerzen noch. Sie fragte sich, welches Geschick die anderen Kriegerinnen auf ihrem langen Weg noch erwartete und wünschte beinahe, sie hätte mit ihnen in das unbekannte Land reiten können, und sei es auch nur, um mit den Amazonen zu kämpfen und zu sterben. *Aber,* so dachte sie, *ich sollte mich nicht beklagen. Ich bin bereits weiter von meiner Heimat entfernt als jede troianische Frau, weiter sogar als einer meiner Brüder oder selbst Priamos gewesen ist.*

Penthesilea schien sich wegen eines Angriffs keine Gedanken zu machen. Vielleicht lohnte es sich nicht, Amazonen zu überfallen, wenn sie kein Metall bewachten. Und wer würde die nächste Karawane schützen, da so viele Amazonen die eine begleiteten? Aber sie wußte, darum mußte sie sich keine Gedanken machen.

Sie freute sich darauf, Kolchis besser kennenzulernen; der Orakelspruch der Göttin hatte Penthesilea befohlen, dort einige Zeit zu bleiben. Auf Kassandra wartete danach nur noch die Rückkehr nach Troia. Sie verstand jetzt, was ihre Tante gemeint hatte, als sie sagte, sie solle zurückkehren, ehe sie völlig ungeeignet für das normale Leben einer troianischen Frau sein würde.

Dazu ist es bereits zu spät, dachte Kassandra. *Ich werde verrückt, wenn ich den Rest meines Lebens in einem Haus eingesperrt sein soll.*

Dann dachte sie an die Vision von den Göttinnen und an ihren Bruder. Ihre Gabe würde ihr immer ermöglichen, ihre Umgebung zu verlassen, und so hatte sie es besser als viele andere Frauen.

Aber war das ein Ersatz für wirkliche Veränderungen? Oder war es nur ein Hohn, daß ihr Geist den Mauern entfliehen konnte, die sie gefangenhielten, und ihr Körper nicht?

Kassandra hätte gerne mit ihrer Mutter darüber gesprochen, die sowohl das eine Leben wie das andere kannte und für ihre Fragen Verständnis haben mochte. Würde ihre Mutter bereit sein, offen darüber zu sprechen, nachdem sie ihre unwiderrufliche Entscheidung getroffen hatte? Was hatte ihre Mutter für all das gewonnen,

das sie aufgegeben hatte? Würde sie dieselbe Entscheidung noch einmal treffen?
Kassandra wußte, Hekabe würde ihr die Gelegenheit zu einem offenen Gespräch über solche Fragen niemals geben. Ihrer Mutter war es wichtig, daß man sie für mächtig hielt, und deshalb würde sie weder Kassandra noch jemandem sonst eingestehen, daß sie eine Entscheidung getroffen hatte, die nicht absolut richtig war.
Mit wem sonst konnte sie darüber sprechen? Gab es einen Menschen, dem sie ihre Verwirrung und ihren Kummer gestehen konnte? Kassandra fiel niemand ein. Penthesilea würde sich einem Gespräch vermutlich nicht stellen. Kassandra zweifelte nicht daran, daß ihre Tante sie liebte; aber in ihren Augen war sie ein Kind, keine Erwachsene, mit der sie offen redete.
Obwohl sie so schnell ritten, wie sie den Pferden zumuten konnten, schien der Weg nach Kolchis kein Ende zu nehmen. Zwar sahen sie am Ende des ersten Tages in der Ferne bereits die hohen Stadtmauern mit den eisernen Toren. Trotzdem lag noch eine weite Strecke vor ihnen. Sie saßen tagelang vom Morgengrauen bis zum Abend im Sattel und machten nur mittags Rast, um den üblichen Käse zu essen oder Stutenmilch zu trinken. Zumindest war das besser als der Hunger auf den Weiden im Süden. Als die Sonne am dritten oder vierten Tag unterging, erreichten die erschöpften Reiterinnen die großen Tore und Wachtürme. Die Amazonen brachen in Freudenrufe aus, in die Kassandra einstimmen wollte. Aber als sie den Mund öffnete, schmerzte die verbundene Wunde. Es wurde kalt, und es würde bald anfangen zu regnen.
Noch im Schatten der Mauern kam eine Botin aus dem Palast und sprach mit Penthesilea. Ihre Tante winkte Kassandra zu sich.
»Du und ich, wir sind in den Palast eingeladen, Kassandra. Die anderen reiten in unsere Lager.«
Kassandra fragte sich, was die Königin von ihnen wollte. Sie ritten im Schritt durch die gepflasterten Straßen und übergaben die Pferde am Palasttor den Stallknechten. Dann führten die Frauen sie zu Königin Imandra.
Die Königin erwartete sie im selben Raum wie bei dem ersten Besuch. Ein junges Mädchen, dessen dunkle Locken ihr über die Schulter fielen, saß bequem neben ihr auf einem Teppich.

»Ihr habt eure Sache gut gemacht«, sagte Imandra und winkte sie näher; sie ergriff Penthesileas Hand und streifte ihr ein Armband aus goldenen, mit grünen Steinen besetzten Blättern über. Kassandra hatte noch nie so etwas Schönes gesehen.
»Ich werde euch nicht lange aufhalten«, sagte die Königin. »Nach dem langen Ritt wollt ihr sicher ein Bad nehmen und essen. Trotzdem möchte ich etwas mit euch besprechen.«
»Mit Vergnügen, Base«, erwiderte Penthesilea.
»Andromache«, sagte Königin Imandra zu dem Mädchen auf dem Teppich neben ihr. »Das ist deine Base Kassandra, Hekabes Tochter. Hekabe von Troia. Sie ist eine Schwester von Hektor, deinem zukünftigen Gemahl.«
Das Mädchen mit den dunklen Haaren setzte sich auf, schob ihre langen Locken über die eine Schulter und fragte eifrig: »Du bist Hektors Schwester? Erzähl mir von ihm. Was für ein Mann ist er?«
»Ein rücksichtsloser Draufgänger«, sagte Kassandra ehrlich. »Du mußt sehr energisch mit ihm sein, oder er wird auf dir wie auf einem Teppich herumtrampeln. Und dann bist du in seinen Augen nichts anderes als ein ängstliches kleines Ding, das ständig nachgibt, wie meine Mutter meinem Vater.«
»Aber das ist bei einem Mann und einer Frau richtig«, sagte Andromache. »Wie soll sich ein Mann deiner Meinung nach verhalten?«
»Es ist hoffnungslos, mit ihr darüber sprechen zu wollen, Kassandra«, sagte Königin Imandra. »Sie hätte die Tochter einer eurer Stadtfrauen sein sollen. Ich wollte eine Kriegerin aus ihr machen, wie ihr Name verrät.«
»Kassandra versteht das nicht«, sagte Penthesilea. »Sie spricht nur ihre eigene Sprache.«
»Ein schrecklicher Name«, sagte Andromache. Er bedeutet: *Sie kämpft wie ein Mann*. Und wer möchte das schon?«
»Ich möchte es«, sagte Penthesilea, »und ich tue es auch.«
»Ich will nicht unhöflich sein, Tante«, sagte Andromache. »Aber ich habe für das Kämpfen überhaupt nichts übrig. Meine Mutter kann mir nicht verzeihen, daß ich nicht wie sie als Kriegerin geboren wurde, um ihr mit den Waffen alle Ehre zu machen.«
»Das ungeratene Mädchen rührt keine Waffe an. Sie ist faul und kindisch. Sie möchte nur im Haus sein und hübsche Kleider tra-

gen. Und sie hat schon jetzt nur noch Männer im Kopf. In ihrem Alter wußte ich kaum, daß es abgesehen von meinem Waffenmeister Männer auf der Welt gab, und ich wollte nur, daß er stolz auf mich sein konnte. Ich habe den Fehler gemacht, sie ausschließlich von Frauen und im Palast erziehen zu lassen. »Ich hätte sie dir übergeben sollen, Penthesilea, sobald sie alt genug war, um auf einem Pferd zu sitzen. Was für eine Königin wäre das auf dem Thron von Kolchis? Sie taugt zu nichts anderem, als sie zu verheiraten – und was kommt dabei Gutes heraus?«
»O Mutter«, rief Andromache ärgerlich. »Du mußt dich damit abfinden, daß ich nicht so bin wie du. Wenn man dich reden hört, könnte man glauben, es gäbe nichts anderes im Leben als Krieg, Waffen und die Herrschaft über deine Stadt. Daneben vielleicht noch der Handel und die Schiffe jenseits der Grenzen deiner Welt.«
Imandra lächelte und sagte: »Etwas Besseres habe ich bis jetzt nicht entdeckt. Du?«
»Und was ist mit der Liebe?« fragte Andromache. »Ich habe gehört, wie Frauen untereinander reden –, ich meine richtige Frauen, nicht Frauen, die vorgeben, Kriegerinnen zu sein . . .«
Imandra brachte sie zum Schweigen, indem sie sich vorbeugte und ihr eine Ohrfeige gab.
»Wie kannst du es wagen zu sagen, *vorgeben, Kriegerinnen zu sein?* Ich bin eine Kriegerin und deshalb nicht weniger Frau.«
Andromache lächelte böse, rieb sich aber mit der Hand die gerötete Wange. »Die Männer sagen, Frauen, die zu den Waffen greifen, geben nur deshalb vor, Kriegerinnen zu sein, weil sie nicht spinnen, weben und sticken oder Kinder bekommen können –«
»Ich habe dich nicht unter einem Olivenbaum aufgelesen«, fiel ihr Imandra ins Wort.
»Und wo ist mein Vater, der das bestätigen kann?« fragte die Kleine frech.
Imandra lächelte: »Was sagt unser Gast dazu? Kassandra, du kennst beide Arten zu leben . . .«
»Beim Gürtel der Jungfrau«, erwiderte Kassandra, »ich möchte lieber eine Kriegerin als eine Ehefrau sein.«
»Ich finde das dumm«, rief Andromache. »Meine Mutter ist davon jedenfalls nicht glücklich geworden.«

»Und doch möchte ich mit keiner Frau an den Gestaden des Meeres tauschen, sei sie verheiratet oder unverheiratet«, sagte Imandra. »Und ich weiß nicht, was du unter *glücklich* verstehst. Wer hat dir so dumme, rührselige Vorstellungen in den Kopf gesetzt?«
Zum ersten Mal ergriff Penthesilea das Wort. Sie sagte: »Laß sie, Imandra. Du hast beschlossen, daß sie heiraten soll, und deshalb ist es nur gut, wenn sie damit zufrieden ist. Ein Mädchen weiß in diesem Alter nicht, was oder warum es etwas möchte. Bei unseren Mädchen ist es nicht anders als bei euren.«
Kassandra blickte auf das Mädchen mit der weichen Haut und den rosigen Wangen hinunter. »Ich glaube, du bist völlig richtig, wie du bist. Es fällt mir schwer, dich mir anders vorzustellen.«
Andromache hob die Hand und deutete auf Kassandras verbundene Wange. »Was hast du gemacht, Base?«
»Es ist nicht der Rede wert«, erwiderte Kassandra, »nur ein Kratzer.« Und tatsächlich hielt sie es angesichts von Andromaches sanften Augen für nichts anderes als eine Kleinigkeit, von der man nicht sprechen sollte.
Imandra beugte sich vor, und dabei entdeckte Kassandra den breiten, kantigen Kopf, der aus dem Mieder auftauchte. Sie streckte die Hand aus. »Darf ich?« sagte sie bittend; die Schlange glitt vor und ringelte sich um ihr Armgelenk. Imandra half nach, bis die Schlange bei Kassandra war.
Andromache betrachtete sie stirnrunzelnd. »Iih! Wie kannst du so etwas anfassen? Ich habe schreckliche Angst vor Schlangen.«
Kassandra hob die Schlange zärtlich an die Wange. »Das ist dumm von dir«, sagte sie. »Die Schlange beißt mich nicht. Und selbst wenn sie es täte, würde es mir nicht viel ausmachen.«
»Es hat nichts mit Angst vor dem Gebissenwerden zu tun«, sagte Andromache. »Es ist nicht richtig, nicht *normal*, keine Angst vor Schlangen zu haben. Sogar ein Affe, der sein ganzes Leben lang im Käfig gehalten wird und nie eine lebende Schlange gesehen hat, wird kreischen und zittern, wenn man nur ein Stück Seil in den Käfig wirft, weil er glaubt, es sei eine Schlange. Und ich glaube, Menschen sind von Natur aus so beschaffen, daß auch sie sich vor Schlangen fürchten.«
»Nun ja, dann bin ich vielleicht nicht normal«, erwiderte Kassan-

dra ärgerlich. Sie senkte den Kopf und sprach leise und liebevoll zu der Schlange.
Imandra sagte freundlich: »Das ist nichts für jedermann, Kassandra. Nur für jemanden, der mit der Bindung zu den Göttern geboren wurde wie du.«
»Das verstehe ich nicht«, erklärte Kassandra mißmutig. Sie wollte jetzt allem widersprechen, was man ihr sagte. Sie streichelte die Schlange und murmelte: »Ich habe vor kurzem geträumt – vielleicht war es auch eine Art Vision – und die Göttinnen gesehen. Aber die Schlangenmutter war nicht unter ihnen.«
»Du hast geträumt? Erzähle mir deinen Traum«, sagte Imandra. Aber Kassandra zögerte. Sie glaubte, der Zauber würde nachlassen, wenn sie darüber sprach. Er war ihr als ein heiliges Geheimnis geschenkt worden und für niemanden sonst bestimmt. Sie warf Penthesilea einen flehenden Blick zu, denn sie wollte auch die Königin nicht verletzen, die so gut zu ihnen gewesen war.
»Ich rate dir, den Traum zu erzählen, Kassandra«, sagte die Amazonenkönigin. »Imandra ist eine Priesterin der Erdmutter, und vielleicht kann sie dir sagen, was dieser Traum für dein Schicksal bedeutet.«
Durch diese Worte ermutigt, berichtete Kassandra in allen Einzelheiten von der Vision und schloß mit ihrer Verwirrung darüber, daß unter den Göttinnen weder die Jungfrau noch die Schlangenmutter noch die Erdmutter erschienen war. Imandra hörte aufmerksam zu und unterbrach sie auch dann nicht, als Kassandra von der Erinnerung überwältigt nur noch flüsterte.
Als sie schließlich schwieg, fragte Imandra ruhig: »War das deine erste Begegnung mit einem der Unsterblichen?«
»Nein, Herrin. Ich habe gesehen, wie die Muttergöttin von Troia durch meine Mutter sprach, obwohl ich damals noch sehr klein gewesen sein muß. Und einmal –«, Kassandra schluckte, senkte den Kopf und versuchte, ihre Stimme unter Kontrolle zu bringen, da sie wußte, sie würde sonst grundlos anfangen, heftig zu weinen, »einmal ... hat Apollon der Sonnengott ... in SEINEM Tempel ... klar und deutlich zu mir gesprochen.«
Sie spürte Imandras Hand sanft auf ihrem Haar.
»Es ist so, wie ich es mir dachte, als ich dich zum ersten Mal gese-

hen habe. Du bist zur Priesterin berufen. Weißt du, was das bedeutet?«

Kassandra schüttelte den Kopf und versuchte, es sich vorzustellen.

»Muß ich im Tempel leben und mich um die Orakel und die Rituale kümmern?«

»Nein, so einfach ist es nicht, mein Kind«, erklärte Imandra. »Es bedeutet, daß du von diesem Tag an zwischen den Menschen und den Unsterblichen stehen mußt. Du mußt den Menschen die Wege der Götter erklären und umgekehrt . . . Ein solches Leben würde ich meiner Tochter nicht wünschen.«

»Aber warum bin ich dazu bestimmt worden?«

»Nur DIE , die dich berufen haben, kennen die Antwort darauf, Kleines«, sagte Imandra sehr sanft. »Einige von uns sind so deutlich dazu bestimmt, daß es keinen Zweifel daran gibt. SIE geben uns keine Erklärung für IHR Tun. Aber wenn wir versuchen, uns IHREM Willen zu entziehen, haben SIE Möglichkeiten, uns in IHREN Dienst zu zwingen. Vergiß das nie . . .. Niemand bemüht sich darum, auserwählt zu sein. Die Götter wählen uns, und wir können nur versuchen, IHNEN zu dienen.«

Und doch, dachte Kassandra, *ich hätte mich vermutlich um diesen Dienst bemüht. Zumindest diene ich* IHNEN *nicht gegen meinen Willen.*

Die Schlange hatte sich in ihrem Arm zusammengeringelt und schien zu schlafen. Imandra beugte sich vor, nahm die schlafende Schlange und ließ sie in ihren Ausschnitt gleiten.

»Beim nächsten vollen Mond sollst du vor SIE treten«, sagte die Königin. Kassandra spürte, daß in diesen Worten eine Prophezeiung lag.

12

»Ich weiß so wenig darüber, was es bedeutet, eine Priesterin zu sein«, sagte Kassandra. »Was muß ich tun?«

»Wenn die Göttin dich gerufen hat, wird SIE es dir klarmachen«, erwiderte Penthesilea. »Wenn die Göttin dich nicht gerufen hat, ist es nicht wichtig, was du tust oder nicht tust, denn es läuft dann alles auf dasselbe hinaus.«

Sie strich Kassandra über den Kopf und sagte: »Du mußt dir eine Schlange besorgen und einen Topf, in dem du sie hältst.«
»Ich würde sie lieber unter meinem Kleid tragen, wie die Königin es tut.«
»Das ist schön und gut«, sagte Penthesilea. »Aber jedes Tier braucht einen Platz als Zuflucht, der ihm gehört.«
Kassandra konnte das gut verstehen. Also ging sie mit ihrer Tante auf den Markt und suchte nach einem Topf für ihre Schlange. Sie nahm sich vor, am nächsten Tag aufs Land zu gehen und eine Schlange zu finden. Es erschien ihr nicht richtig, eine Schlange für Geld auf dem Markt zu kaufen, obwohl sie vermutlich mit den Leuten reden könnte, die Schlangen für den Tempel aufzogen. Vielleicht würde ihr Imandra auch verraten, was sie dabei beachten mußte.
Auf dem Markt suchte sie bei den Topfhändlern und entdeckte schließlich ein blaugrünes Gefäß mit Meereswesen; auf der einen Seite stand eine Priesterin, die einer unbekannten Göttin eine Schlange darbot. Kassandra fand, das sei genau der richtige Topf für ihre Schlange, und sie kaufte ihn auf der Stelle mit dem Geld, das Penthesilea ihr gegeben hatte. Es gab viele Töpfe mit demselben Motiv, und sie fragte sich, ob sie alle für denselben Zweck benutzt wurden.
Als an diesem Abend die Sonne unterging, stand sie mit Andromache auf dem Dach des Palastes und blickte auf die dunkle Stadt hinunter, in der nacheinander die Lichter angezündet wurden.
»Du kannst nicht in der ledernen Hose einer Amazone vor die Göttin treten«, sagte Andromache. »Ich werde dir ein Gewand leihen.«
»Hältst du die Göttin für so dumm? Ich bin, was ich bin. Glaubst du, ich kann SIE täuschen, indem ich etwas anderes anziehe?«
»Du hast natürlich recht«, sagte Andromache beschwichtigend. »Für die Göttin ist es bestimmt nicht wichtig. Aber die anderen Gläubigen könnten es sehen und wären möglicherweise entsetzt.«
»Das ist etwas anderes«, stimmte Kassandra zu. »Ich verstehe, was du meinst. Ich werde ein Gewand tragen, wenn du so nett bist, mir eines zu leihen.«
»Aber natürlich, Schwester«, sagte Andromache. Sie wurde unsi-

cher und fügte beinahe trotzig hinzu: »Du wirst meine Schwester, wenn ich deinen Bruder heirate, und wenn ich nach Troia komme, habe ich in der fremden Stadt eine Freundin.«
»Aber natürlich.« Kassandra legte der Jüngeren den Arm um die Schulter, und sie standen dicht nebeneinander in der Dunkelheit. »Troia ist nicht fremder als *deine* Stadt.«
»Aber für mich ist es eine fremde Stadt«, widersprach Andromache. »Ich kenne nur Kolchis, und hier herrscht eine Königin. Deine Mutter Hekabe herrscht doch nicht über Troia, oder?«
Bei dem Gedanken, daß Hekabe über ihren strengen Vater herrschen sollte, mußte Kassandra leise lachen.
»Nein, das tut sie nicht. Und deine Mutter? Hat sie keinen Gemahl?«
»Was sollte sie mit einem Gemahl? Seit mein Vater tot ist, hat sie sich zwei- oder dreimal für einige Zeit einen Gefährten genommen und ihn wieder weggeschickt, wenn sie ihn satt hatte. Eine Königin kann das tun, wenn sie einen Mann haben möchte – zumindest in unserer Stadt.«
»Und trotzdem bist du bereit, meinen Bruder zu heiraten und dich ihm unterzuordnen wie unsere Frauen ihren Männern?«
»Ich glaube, mir wird es gefallen«, erwiderte Andromache. Dann rief sie: »Oh, sieh doch!«
Ein strahlendes Licht schoß über den Himmel und war sofort wieder verschwunden. Gleich darauf folgte ein anderes und dann noch eines; es strahlte so hell, daß die Erde zu schwanken schien, als der Himmel plötzlich so nahe rückte. Stern um Stern schien den Halt zu verlieren und herunterzustürzen. Staunend beobachteten die beiden Mädchen dieses seltene Schauspiel. Kassandra murmelte: » ... *und dort bleibt, bis die Frühlingssterne fallen* ...«
Aus der Dunkelheit löste sich ein Schatten, teilte sich, und Königin Imandra und Penthesilea erschienen auf dem Dach.
»Ich hatte mir gedacht, daß ihr vielleicht hier seid, Mädchen. Es ist so, wie SIE uns gesagt hat«, erklärte Penthesilea und blickte zum strahlenden Himmel hinauf, wo ein Stern nach dem anderen sich vom Firmament zu lösen und als glänzendes Licht herabzufallen schien. »Ein Schauer fallender Sterne.«
»Aber wie können die Sterne fallen? Werden sie alle vom Himmel

fallen? Und was wird geschehen, wenn sie alle heruntergefallen sind?«
Penthesilea erwiderte lachend: »Keine Angst, mein Kind. Ich habe die Sternenschauer seit vielen Jahren gesehen. Es bleiben immer genug am Himmel zurück.«
»Außerdem«, fügte Imandra hinzu, »sehe ich nicht, wieso es uns hier auf der Erde beeinträchtigt, wenn sie alle herunterfallen würden. Natürlich würde es mir leid tun, auf ihr Licht verzichten zu müssen.«
»Einmal«, sagte Penthesilea, »ich war damals noch jung und lebte bei meiner Mutter und ihrem Stamm, ritten wir über die Ebene weit im Norden von hier. Es war bei den Eisenbergen. Plötzlich stürzte in unserer Nähe mit lautem Zischen und Knattern und einem gleißenden Lichtschein ein Stern herunter. Wir suchten die ganze Nacht nach ihm. Die Luft roch verbrannt, und schließlich fanden wir einen großen schwarzen Stein, der immer noch rot glühte. Deshalb glauben viele, Sterne seien geschmolzenes Feuer, das beim Abkühlen zu Stein erstarrt. Meine Mutter hat mir dieses Schwert hinterlassen, und ich habe gesehen, wie es aus dem Himmelsmetall geschmiedet wurde.«
»Himmelseisen ist besser als Eisen, das der Erde entrissen wird«, stimmte Imandra zu. »Vielleicht deshalb, weil es nicht von der Mutter verflucht wurde, denn es ist nicht aus der Erde gerissen worden, sondern ein Geschenk der Götter.«
»Ich wünschte, ich würde einen gefallenen Stern finden«, murmelte Andromache. »Die Sterne sind so schön.«
Kassandras Arm lag noch um ihre Schulter. Andromaches Stimme klang so traurig, daß Kassandra murmelte: »Ich wünschte, ich würde einen finden, um ihn dir zu geben als ein Geschenk, das deiner würdig ist, kleine Schwester.«
Penthesilea sagte: »Also können wir jetzt in unser Land und zu unseren Weiden zurückkehren. Aber wir wissen noch nicht, weshalb uns die Göttin hierher geschickt hat.«
»Aus welchem Grund auch immer«, sagte Imandra, »es war mein Glück. Vielleicht wußte die Göttin, daß ich euch hier brauche. Wenn ihr in den Süden zurückkehrt, sollt ihr meine Geschenke mitnehmen. Und wenn einige deiner Frauen sich entschließen zu

bleiben und die Frauen meiner Wache unterrichten, sollen sie gut bezahlt werden.« Imandra blickte nach oben, wo immer noch Sterne über den dunklen Himmel schossen. Sie murmelte: »Vielleicht schickt die Göttin dies als ein Zeichen für deinen Weg, der dich zu ihr führt, Kassandra. Als ich SIE vor langer Zeit gesucht habe, um IHR meinen Dienst anzubieten, gab es kein solches Zeichen«, fügte sie beinahe neidisch hinzu.

»Wohin muß ich gehen?« fragte Kassandra. »Und muß ich allein gehen?«

Imandra berührte in der Dunkelheit sanft ihre Hand. Sie sagte: »Es ist ein geistiger Weg, mein Kind. Du mußt keinen einzigen Schritt tun. Und obwohl du viele Begleiterinnen haben wirst, legt jede den Weg allein zurück, denn vor den Göttern ist die Seele immer allein.«

Das Licht der fallenden Sterne blendete Kassandra, und in der eigenartigen Stimmung des Abends schienen Imandras Worte eine sehr viel tiefere Bedeutung zu haben, als Worte das vermitteln konnten.

»Erzähle mir mehr über das Metall vom Himmel«, bat Andromache. »Sollten wir nicht danach suchen, wenn es um uns herum vom Himmel fällt? Dann müssen wir nicht danach graben und auch keine Schiffe in den Norden schicken.«

Imandra sagte: »Meine Hofastrologen haben diesen Sternenregen vorausgesagt, und sie beobachten ihn auf freiem Feld vor der Stadt. Sie haben schnelle Pferde, und wenn ein Stern in der Nähe herabstürzt, werden sie ihn suchen. Es wäre gottlos, ein Geschenk der Götter unbeachtet zu lassen oder zu erlauben, daß es Menschen in die Hände fällt, die es nicht mit der nötigen Ehrfurcht behandeln.«

Es kam Kassandra vor, als müßten inzwischen Hunderte von Sternen vom Himmel gefallen sein. Aber wenn sie zum dunklen Himmel hinaufblickte, schienen dort noch so viele Sterne zu stehen wie zuvor. *Vielleicht wachsen neue Sterne für die heruntergefallenen*, dachte sie. Das Schauspiel verlor allmählich den Reiz des Außergewöhnlichen, und seufzend wandte sie die Augen vom Himmel.

»Du solltest schlafen gehen«, sagte Penthesilea, »denn morgen früh wird man dich mit den anderen wegbringen, die die Göttin in

IHREM Land suchen. Und iß dich vor dem Schlafengehen satt. Du mußt morgen den ganzen Tag fasten.«

»Sie wird heute nacht in meinem Zimmer schlafen«, sagte Andromache, »denn ich habe versprochen, ihr für morgen ein Gewand zu leihen, Mutter.«

»Wie nett von dir«, sagte Imandra. »Also geht schlafen, Mädchen. Bleibt nicht zu lange wach und kichert nicht zuviel.«

»Ich verspreche es«, sagte Andromache und zog Kassandra mit sich zu der dunklen Treppe, die in den Palast hinunterführte. Sie ging mit Kassandra in ihre Gemächer, wo sie eine der Kammerfrauen rief, die sie beide baden und ihnen dann Brot, Früchte und Wein bringen sollte. Nach dem Bad und dem Essen beugte sich Andromache aus dem Fenster.

»Sieh doch, Kassandra. Die Sterne fallen immer noch.«

»Das wird sicher die ganze Nacht nicht aufhören«, sagte Kassandra. »Das ist nicht weiter schlimm, wenn nicht gerade einer durch das Fenster hereinfällt.«

»Vermutlich hast du recht«, sagte Andromache. »Aber wenn einer hier hereinfällt, kannst du ihn haben und dir daraus ein Schwert schmieden lassen, wie Penthesilea es hat. Ich habe für Waffen nichts übrig.«

»Offenbar brauche ich auch keine Waffen, denn wie es aussieht, bin ich keine Kriegerin, sondern eine Priesterin«, sagte Kassandra und seufzte.

»Möchtest du lieber dein ganzes Leben lang eine Kriegerin sein, Kassandra?«

Kassandra biß die Zähne zusammen und sagte: »Ich glaube, es kommt nicht darauf an, was ich will. Mein Schicksal ist entschieden, und niemand kann gegen sein Schicksal kämpfen, ganz gleich, welche Waffen er hat, um es zu meistern.«

Als die beiden Mädchen nebeneinander in Andromaches Bett lagen und gegen Morgen selbst das Licht der fallenden Sterne langsam verlosch, spürte Kassandra in ihrem unruhigen Schlaf, daß jemand in der Tür stand. Sie richtete sich halb auf, um eine Frage zu stellen, aber der Schlaf hielt sie gefangen, und sie wußte, sie hatte nichts gesagt. Undeutlich erkannte sie, daß Penthesilea leise in den Raum schlich und sie beide lange betrachtete. Dann berührte sie flüchtig Kassandras Haar, wie um sie zu segnen. Und obwohl Kassandra nicht sah, wie sie das Gemach verließ, war Penthesilea verschwunden, und nur noch das fahle Mondlicht fiel durch das Fenster herein.

13 Es wurde gerade hell, als eine Frau unangemeldet das Gemach betrat und die Vorhänge zurückschlug. Andromache zog gegen das Licht die Decken über den Kopf, aber Kassandra setzte sich im Bett auf und betrachtete die Frau. Sie war aus Kolchis – dunkel und kräftig mit dem Selbstbewußtsein von Penthesileas Kriegerinnen. Sie trug ein langes schmuckloses Gewand aus gebleichtem weißen Leinen. Um ihr Handgelenk ringelte sich eine kleine grüne Schlange, und Kassandra wußte, es war eine Priesterin.

»Wer bist du?« fragte Kassandra.

»Ich heiße Evadne. Ich bin eine Priesterin und soll dich vorbereiten. Sollst du oder deine Freundin heute vor die Göttin treten? Oder sollt ihr es vielleicht beide?«

Andromache zog die Decke von einem Auge und erwiderte: »Ich bin im letzten Jahr eingeweiht worden. Es geht nur um meine Base.« Sie schloß die Augen und schien wieder einzuschlafen. Evadne lächelte Kassandra verschmitzt zu, wurde aber gleich wieder ernst.

»Sag mir«, begann Evadne, »alle Frauen müssen den Unsterblichen dienen – und auch alle Männer. Willst du IHNEN dienen, wenn sie es verlangen, oder willst du dein Leben dem Dienst an IHNEN weihen?«

»Ich bin bereit, mein Leben diesem Dienst zu weihen, aber ich weiß nicht, was die Götter von mir verlangen.«

Evadne reichte ihr das Gewand, das Andromache über eine Bank gelegt hatte. »Gehen wir in den Vorraum, damit wir die Prinzessin nicht stören«, sagte sie. Als sie das Schlafgemach verlassen hatten, fragte Evadne: »Sag mir, weshalb möchtest du eine Priesterin werden?«

Kassandra erzählte ihr von ihrem Erlebnis im Tempel des Sonnengottes und sprach zum ersten Mal ohne Zögern darüber. Die Frau kannte die Unsterblichen, und wenn ein lebender Mensch sie verstehen würde, dann Evadne. Die Priesterin hörte ihr schweigend zu und lächelte leicht.

»Der Sonnengott ist ein eifersüchtiger Herr«, sagte sie schließlich, »und ich sehe, daß ER dich gerufen hat. Nun ja, jede Frau gehört der Mutter, und ich kann dir das Recht nicht verweigern, auch IHR gegenüberzutreten.«

Kassandra sagte: »Meine Mutter hat mir erzählt, daß die Schlangenmutter und der Sonnengott von alters her Feinde sind. Sag mir, Herrin« – die ehrfürchtige Anrede kam ihr ganz selbstverständlich über die Lippen – »ist es wahr, daß der Sonnengott Apollon mit der Schlangenmutter gekämpft und sie erschlagen hat? Bin ich dem Sonnengott untreu, wenn ich der Mutter diene?«

»SIE, die Allmutter, wurde nie geboren, und deshalb kann sie nie getötet werden«, erwiderte Evadne mit einer ehrfürchtigen Geste. »Und der Sonnengott . . . die Unsterblichen verstehen sich, und SIE sehen diese Dinge nicht so, wie wir es vielleicht tun. Man sagt, die Erdmutter hatte zuerst IHREN Altar an der Stelle, an der Apollon SEINEN Tempel errichtete; und man sagt, während der Tempel erbaut wurde, kam eine Schlange aus dem Nabel der Erde, und der Sonnengott – oder vielleicht SEIN Priester, es macht keinen Unterschied – tötete das Tier mit seinen Pfeilen. Und deshalb verbreiten Unwissende, ER habe Streit mit der Schlangenmutter gehabt. Aber der Sonnengott ist wie alle anderen Wesen IHR Kind.«

»Dann darf ich also dem Ruf der Mutter folgen, obwohl der Sonnengott mich gerufen hat?«

»Alle Wesen auf der Erde müssen IHR dienen«, erwiderte die Priesterin mit einer ehrfürchtigen Geste. »Mehr darf ich einer Uneingeweihten nicht sagen. Ich glaube, du solltest dich jetzt waschen und dich darauf vorbereiten, mit den anderen zusammenzutreffen, die sich mit dir auf den Weg machen. Wenn du willst, kann ich dir später ein paar Geschichten von der Göttin erzählen, in deren Gestalt SIE hier verehrt wird.«

Kassandra beeilte sich, der Priesterin zu gehorchen. Sie ordnete das Gewand, das sie schnell übergeworfen hatte. Es war ihr zu lang und reichte bis zu den Knöcheln. Sie zog es am Gürtel hoch, damit sie ungehindert gehen konnte. Dann kämmte sie sich die dunklen Haare und ließ sie offen auf die Schultern fallen, denn man hatte ihr gesagt, das sei Sitte bei Jungfrauen in dieser Stadt, obwohl sie es lästig fand, wenn die Haare nicht ordentlich geflochten waren, sondern lose herabhingen und vom Wind erfaßt wurden.

Von der Straße drang der Festlärm herauf. Frauen mit grünen Zweigen und Blumensträußen verließen die Häuser. Evadne führte Kassandra in den Thronsaal, wo eine Gruppe etwa gleichaltriger Mädchen wartete. Der Thron war leer und mit einem goldgewirkten Tuch verhüllt, auf dem zusammengerollt Imandras große Schlange lag.

»Sieh doch«, flüsterte ein Mädchen. »Man sagt, die Königin ist auch eine Priesterin und kann sich in eine Schlange verwandeln.«

»Unsinn«, erwiderte Kassandra. »Die Königin ist wahrscheinlich nicht hier und hat die Schlange als Symbol ihrer Macht auf dem Thron zurückgelassen.«

Kassandra entdeckte Penthesilea unter den wartenden Frauen und ging unauffällig zu ihr. Die Amazonenkönigin ergriff ihre Hand und drückte sie fest. Kassandra fürchtete sich zwar nicht direkt, freute sich aber über die beruhigende Geste. Auch Imandra stand unter den wartenden Frauen, aber Kassandra erkannte sie zuerst nicht, denn die Königin trug das schlichte Gewand einer Priesterin. Kassandra fand das vernünftig – auch in Troia war die Königin die sterbliche Vertreterin der großen Göttin.

Es überraschte sie, daß sie Andromache nirgends entdeckte. Wenn ihre Base im letzten Jahr eingeweiht worden war, warum befand sie sich nicht bei den anderen Priesterinnen? Aber Andromache schien sich nicht sehr mit religiösen Dingen zu beschäftigen. Zögerte Imandra auch deshalb, ihre Tochter als Nachfolgerin auf dem Thron zu bestimmen? Bis zu diesem Augenblick hatte sie Imandras Gedanken dazu nicht gekannt, aber allmählich gewöhnte sie sich daran, Unausgesprochenes zu hören und Unsichtbares zu sehen.

Mit einer Geste brachte Imandra die schnatternden Mädchen zum Schweigen, und die Frauen, die bereits eingeweihte Priesterinnen waren, versammelten sich um sie. Kassandra bemerkte, daß sie die älteste der Anwärterinnen war. Vermutlich verlangte die Sitte in dieser Stadt, daß Frauen etwas jünger eingeweiht wurden. Sie fragte sich, ob all diese Mädchen ihr Leben der Göttin weihten, oder ihr nur »dienten, wenn es von ihnen gefordert wurde«. Evadne hatte ihr gegenüber diesen Unterschied angedeutet. Jedenfalls war dies eine erste Einweihung, und man sah darin scheinbar selbstverständlich den ersten Schritt für den Dienst an den Unsterblichen.

Die älteren Frauen bildeten einen Kreis um die uneingeweihten Mädchen, in deren Mitte Imandra stand. Irgendwo hinter ihnen hörte Kassandra den Schlag einer Trommel: ein weicher, unaufhörlicher Ton wie ein Herzschlag.

»In dieser Zeit des Jahres«, begann Imandra, »feiern wir die Rückkehr der Erdtochter aus der Tiefe, wo SIE während des kalten Winters gefangengehalten wurde. Wir sehen SIE kommen, wenn das Grün des Frühlings sich über das kahle Land breitet und Wiesen und Wälder mit den leuchtenden Blättern und Blumen überzieht.«

Stille; nur das endlose Tönen der Trommeln, die Frauen in ihrem Rücken schlugen.

»Wir sitzen hier im Dunkel und warten auf die Rückkehr des Lichtes. Jede von uns wird auf der Suche nach der Erdtochter in das Reich der Dunkelheit hinabsteigen. Jede von uns wird gereinigt werden und die Wege der Wahrheit erfahren.«

Die Worte erklangen in einem eintönigen Singsang und erzählten die Geschichte der Erdtochter. Man hatte SIE in das Reich der Tiefe gelockt; die Schlangen hatten SIE getröstet und geschworen, keine von ihnen würde IHR jemals ein Leid antun. Kassandra kannte nur Teile der Geschichte; entweder war sie den Uneingeweihten nicht bekannt, oder man hielt es nicht für richtig, daß Außenstehende sie erfuhren. Aufmerksam und gefesselt hörte sie zu. Ihr Kopf begann zu schmerzen, denn die Trommeln schlugen unaufhörlich weiter und weiter.

Sie schien in einem Traum gefangen zu sein, der viele Tage anhielt. Sie wußte, sie war wach, aber nie ganz bei Bewußtsein. Irgendwann später bemerkte sie, ohne die leiseste Vorstellung zu haben, wie oder wann es geschehen war, daß sie sich nicht mehr im Thronsaal befanden, sondern in einer großen dunklen Höhle. Wasser tropfte von den feuchten Wänden, die hoch in den hallenden

Raum aufragten, der die Stimmen hohl klingen ließ, und in dem sich selbst der Klang der Trommeln zu verlieren schien.
Von irgendwoher drangen schwach die Töne einer Hirtenflöte und riefen sie in einer Stimme, die sie beinahe erkannte. Dann spürte sie – es war so dunkel, daß sie beinahe nichts sah –, wie eine flache Tonschale mit erhabenen Verzierungen von Hand zu Hand ging. Jedes der Mädchen setzte die Schale an die Lippen, trank und reichte sie weiter. Später konnte Kassandra sich nicht mehr daran erinnern, was man gesagt hatte, als man sie zum Trinken aufforderte. Bis ihre Lippen die Flüssigkeit berührten, hatte sie geglaubt, es sei Wein.
Sie schmeckte etwas seltsam Schleimiges, Bitteres, das sie an den Geruch des verdorbenen Roggens erinnerte, den Penthesilea ihr aufgetragen hatte, nie zu vergessen. Als sie schluckte, glaubte sie, ihr Magen würde sich wehren, aber wild entschlossen überwand sie die Übelkeit und richtete ihre Aufmerksamkeit wieder auf die Trommeln. Die Geschichte war zu Ende; aber nicht um alles in der Welt hätte sie sich an das Ende oder an das Schicksal der Erdtochter erinnern können.
Nach einiger Zeit wurde ihre Verwirrung so groß, daß sie glaubte, nicht länger im Kreis der Frauen und in der Höhle zu sein. Sie wußte nicht, wo sie sich befand, aber sie machte sich deshalb keine Sorgen. Ihr kam der Gedanke, das Getränk könne eine Art Droge gewesen sein, aber auch darüber machte sie sich keine Sorgen. Sie berührte den feuchten kalten Boden und stellte überrascht fest, daß er sich wie Steinplatten anfühlte. Hatte sie sich überhaupt von der Stelle gerührt? Merkwürdige Farben tanzten vor ihren Augen, und ganz kurz glaubte sie, durch einen großen dunklen Gang zu laufen.
Steige wie die Erdtochter hinab in die Dunkelheit. Eine ferne Stimme schien sie zu führen, obwohl sie nicht wußte, ob es wirklich eine Stimme war. *Du mußt nacheinander alle Dinge dieser Welt hinter dir lassen, die dir lieb und teuer sind, denn nun hast du nichts mehr damit zu tun.*
Kassandra stellte fest, daß sie ihre Waffen trug; sie hätte schwören können, daß sie die Waffen im Palast zurückgelassen hatte. Durch das Trommeln hindurch hörte sie wieder die führende Stimme:

Dies ist das erste Tor der Unterwelt. Hier mußt du alles zurücklassen, was dich an die Erde und an das Reich des Lichts bindet.
Kassandra zerrte an dem unvertrauten Gürtel des Gewandes, das sie trug, und löste das juwelenbesetzte Lederband, in dem Schwert und Speer steckten. Sie erinnerte sich daran, daß Hekabe sie ermahnt hatte, die Waffen stets in Ehren zu tragen. Aber das lag weit weit zurück und hatte nichts mit der dunklen Höhle zu tun. War auch Penthesilea an dieses schwarze Tor gekommen und hatte ihre Waffen hier zurückgelassen? Kassandra hörte durch das Trommeln hindurch, wie Schwert und Speer mit einem metallischen Klirren auf dem Boden aufschlugen.
Weshalb bewegten sich ihre Hände so langsam – oder hatten sie sich überhaupt bewegt? War alles nur eine Illusion der Trommeln, oder kauerte sie immer noch bewegungslos im dunklen Kreis, obwohl sie in Andromaches langem ungegürteten Gewand, das sie irgendwie überhaupt nicht behinderte, entschlossen durch den dunklen Gang schritt.
Irgendwo entdeckte sie Feuerschein. Flammen unter ihr? Oder blickte sie in das schmale Auge einer Schlange?
Es betrachtete sie, ohne zu blinken, und eine Stimme verkündete:
Dies ist das zweite Tor der Unterwelt. Hier mußt du deine Ängste aufgeben oder alles, was dich davon abhält, dieses Reich als eine derer zu betreten, deren Füße den Pfad kennen und in MEINE *Fußstapfen treten.*
Das Auge der Schlange war nun dicht vor ihr; es bewegte sich, liebkoste sie, und in einem Aufblitzen der Erinnerung – waren vielleicht Jahrhunderte vergangen, war es in einem anderen Leben gewesen? – dachte sie daran, wie sie die Schlangen im Tempel des Sonnengottes gestreichelt und an sich gedrückt hatte; sie schien sie jetzt wieder an sich zu drücken, und das Schlangenauge kam näher und näher. Die Welt wurde immer enger, bis außer der Schlange, die sich um sie wand, nichts mehr mit ihr in der Dunkelheit war. Schmerz durchzuckte sie und sie war sicher, daß sie starb; sie überließ sich dem Tod beinahe mit Erleichterung.
Aber sie war nicht tot; sie ging noch immer allein durch die feurige Dunkelheit; aber sie hörte durch das Dröhnen der Trommeln hindurch eine Stimme, die schließlich in ihrem Kopf dröhnte.
Nun bist du in MEINEM *Reich, und dies ist das dritte und letzte Tor*

der Unterwelt. Hier hast du nichts mehr als dein Leben. Wirst du auch das opfern, um MIR *zu dienen?*

Außer sich dachte Kassandra: *Ich kann mir nicht vorstellen, was* IHR *mein Leben nützen kann. Aber ich bin so weit gegangen und werde jetzt nicht umkehren.*

Sie glaubte, laut gesprochen zu haben, aber ein Teil ihres Bewußtseins beharrte darauf, daß sie keinen Ton von sich gegeben hatte, daß Sprache eine Illusion war wie alles andere, was sie auf diesem Weg erlebt hatte – wenn es wirklich ein Weg und nicht nur ein merkwürdiger Traum war.

Ich werde jetzt nicht umkehren, selbst wenn es mich das Leben kostet. Ich habe alles gegeben. So nimm auch mein Leben, dunkle Herrin.

Sie lag empfindungslos in der Dunkelheit. Feuer schoß durch sie hindurch, und das Rauschen von Flügeln umgab sie.

Göttin, wenn ich für DICH *sterben soll, so gewähre mir wenigstens einen Blick auf* DEIN *Gesicht!*

Die Dunkelheit lichtete sich etwas; vor ihren Augen sah sie eine wirbelnde Blässe, aus der allmählich zwei dunkle Augen und ein weißes Gesicht auftauchten. Sie hatte dieses Gesicht schon einmal in einem Fluß gesehen ... es war ihr Gesicht. Ganz nahe flüsterte eine Stimme durch das Trommeln und die klagenden Flötentöne hindurch:

Weiß du es noch nicht? Du bist ICH, *und* ICH *bin du.*

Dann erfaßten sie die rauschenden Flügel und löschten alles andere aus. Flügel und dunkle Sturmwinde schleuderten sie hinauf, hinauf zum Licht, obwohl sie sich verzweifelt wehrte.

Aber es gibt noch soviel, was ich wissen möchte ...

Der Sturm zerriß sie; ein Blitz enthüllte grausame Augen und hakkende, zerrende Schnäbel – etwas Fremdes schien durch sie hindurchzufließen, erfüllte sie wie tiefes dunkles Wasser und löschte alle Gedanken, jedes Bewußtsein aus. Sie blickte aus großer Höhe auf jemanden hinab, der sie war und gleichzeitig auch nicht war, und sie wußte, sie sah das Antlitz der Göttin. Dann verlor sie den letzten schwachen Halt; sie verlor das Bewußtsein und fiel, sich immer noch wehrend, in bodenloses, schweigendes, blendendes Licht. Jemand berührte sanft ihr Gesicht.

»Öffne die Augen, mein Kind.«

Kassandra fühlte sich krank und schwach, aber sie öffnete die Augen. Stille und kühle, feuchte Luft umgaben sie. Sie war wieder in der Höhle... Hatte sie die Höhle überhaupt verlassen? Ihr Kopf lag in Penthesileas Schoß wie auf einem Kissen; ein Lichtschein ließ ihr Gesicht verschwimmen, so daß Kassandra schützend die Hände vor die Augen hob. »Du – *du* bist ja die Göttin...«, stieß sie hervor und verstummte aus Ehrfurcht vor der Amazonenkönigin. Kassandras Augen schmerzten, und sie schloß sie wieder.
»Natürlich«, flüsterte die Ältere, »du auch, mein Kind. Vergiß das nie.«
»Aber was ist geschehen? Wo bin ich? Ich war...«
Penthesilea legte Kassandra schnell warnend die Hand auf den Mund. »Still. Es ist verboten, über das Mysterium zu sprechen«, sagte sie, »aber du bist weit gekommen. Die meisten gehen nicht weiter als bis zum ersten Tor. Komm«, murmelte Penthesilea.
Kassandra erhob sich mühsam, und ihre Tante stützte sie.
Die Trommeln schwiegen. Nur das Feuer brannte, und sie hörte jetzt leise klagende Töne und sah die Flötenspielerin: eine magere Frau, die auf der anderen Seite des Feuers kauerte. Ihre Augen waren leer, und sie schwankte leicht wie in Ekstase. Wenigstens waren das Feuer und die Flöte Wirklichkeit gewesen. In einem Kreis um das Feuer lag etwa die Hälfte der Mädchen immer noch in Trance. Eine ältere Priesterin wachte über jedes. Der Kreis hatte leere Stellen. Penthesilea ermahnte sie, vorsichtig und ohne jemand zu berühren, zum Ausgang der Höhle zu gehen. Draußen regnete es. Aber am dämmrigen Licht erkannte Kassandra, daß der Tag beinahe vorüber war. Die Regentropfen fühlten sich eiskalt und sauber auf ihrem Gesicht an. Ihr war übel, und sie hatte schrecklichen Durst. Sie versuchte, mit den Händen Regen aufzufangen, um ihn zu trinken. Aber Penthesilea führte sie durch eine Tür, an die sie sich unbestimmt erinnerte. Sie kamen in Imandras Thronsaal, in dem Lampen brannten. Hier hatte der magische Weg begonnen. Kassandra ging immer noch vorsichtig, als sei sie ein zerbrechliches Gefäß, das bis zum Rand mit einem fremden Wein gefüllt war, der bei einer unvorsichtigen Bewegung auslaufen würde. Von irgendwoher kam Königin Imandra, umarmte sie und drückte sie fest an sich.

»Willkommen zurück, kleine Schwester, aus dem Reich, wo die Dunkle dich geführt hat. Dein Weg war lang, aber ich freue mich über die sichere Rückkehr«, sagte die Königin, »nun bist du eins mit uns allen, die IHR gehören.«
Penthesilea sagte: »Sie hat alle drei Tore durchschritten.«
»Ich weiß«, erwiderte Imandra, »aber diese Einweihung hätte schon lange stattfinden sollen. Sie ist eine geborene Priesterin, und es war schon spät dafür.«
Sie trat zurück und faßte Kassandra bei den Schultern, wie ihre Mutter es vielleicht getan hätte. »Du bist blaß, Kind. Wie fühlst du dich?«
»Bitte«, sagte Kassandra, »ich bin so durstig.« Aber als Penthesilea ihr Wein eingoß, wurde ihr von dem Geruch übel, und sie bat um Wasser. Es war klar und kalt und löschte ihren Durst. Aber wie alles, was sie in der nächsten Zeit aß und trank, schmeckte es stark schleimig und nach Fisch.
Imandra sagte: »Vergiß nicht, dir zu merken, was du heute nacht träumst. Es wird eine besondere Botschaft der Erdtochter sein.«
Dann fragte sie Penthesilea: »Wirst du nun bald in den Süden zurückkehren, nachdem sich IHR Wort erfüllt hat?«
»Sobald Kassandra reiten kann, und Andromache bereit ist, mit ihr nach Troia zurückzukehren«, erwiderte die Amazonenkönigin.
»So sei es«, sagte Imandra, »ich habe Andromaches Mitgift zusammengestellt und ein großes Gefolge, das sie begleiten wird. Für unsere junge Verwandte, die Priesterin, habe ich ein Geschenk.«
Das Geschenk war eine Schlange. Sie war klein und grün und glich Imandras Schlange. Aber sie war nicht länger als ihr Unterarm und ungefähr so dick wie ihr Daumen. Kassandra dankte ihr, brachte aber kaum ein Wort über die Lippen.
Imandra sagte freundlich: »Das angemessene Geschenk einer Priesterin für eine Priesterin, mein Kind. Sie ist aus dem Ei einer meiner Schlangen geschlüpft. Und was sonst soll ich mit ihr tun? Soll ich sie Andromache schenken, die vor ihr davonlaufen würde? Ich glaube, sie wird sich freuen, in diesem schönen Topf mit dir in den Süden zu reisen und mit dir im Tempel von Troia zu dienen.«
In dieser Nacht lag Kassandra lange wach. Der Gedanke, was sie träumen würde, beunruhigte sie. Aber als sie einschlief, sah sie

nur die Hänge des Ida im Regen und die drei fremden Göttinnen. Es schien ihr, als bemühten sie sich nicht um die Gunst von Paris, sondern um ihre und um Troias Gunst.

14 Sie reisten in Wagen, die ebenso schwerfällig und langsam waren wie die Karren mit dem Zinn. Sie waren beladen mit Andromaches Brautgeschenken, ihrer Aussteuer, mit Geschenken der Königin aus den Schatzkammern von Kolchis für ihre troianische Verwandtschaft: Waffen aus Eisen und Bronze, Tuchballen, Tongefäße, Gold, Silber und sogar Edelsteine.
Kassandra konnte sich nicht vorstellen, weshalb Königin Imandra soviel daran lag, Kolchis durch ihre Tochter mit Troia zu verbinden. Noch viel weniger konnte sie sich vorstellen, weshalb Andromache sich so bereitwillig – nein, sich mit Begeisterung fügte. Aber wenn Kassandra schon nach Troia zurückkehren mußte, freute sie sich, jemanden aus der weiten Welt bei sich zu haben, die sie hier entdeckt hatte.
Inzwischen liebte sie Andromache. Und da sie sich von Penthesilea und den Frauen des Stammes trennen mußte, würde sie in Troia zumindest eine echte Freundin und Verwandte bei sich haben.
Die Reise schien kein Ende zu nehmen. Die Wagen krochen Tag um Tag im Schneckentempo über das weite Land. Ein Mond nach dem anderen nahm ab und füllte sich, ohne daß sie den fernen Bergen näherzukommen schienen. Kassandra sehnte sich danach, auf ein Pferd zu steigen, mit den Amazonen zu reiten, die ihnen Geleitschutz gaben, und es den Wagen zu überlassen, ihnen, so gut sie konnten, zu folgen. Aber Andromache konnte oder wollte nicht reiten und wurde allein im Wagen ungeduldig. Sie wünschte Kassandras Gesellschaft, und so nahm Kassandra widerstrebend das Eingesperrtsein auf sich und fuhr mit ihr. Sie spielten endlos Hund und Schakal auf einem geschnitzten Onyxbrett. Kassandra hörte sich Andromaches belangloses Gerede an, das ausschließlich um Kleider, Schmuck und Frisuren kreiste und darum, was sie tun würde, wenn sie verheiratet war – dieses Thema verlor für Andro-

mache nie seinen Reiz (sie hatte sich sogar schon für die Namen der ersten drei oder vier Kinder entschieden). Kassandra glaubte allmählich, verrückt zu werden.

Auf dem Ritt nach Kolchis (es kam ihr vor, als sei sie damals unendlich viel jünger gewesen) war Kassandra nicht bewußt geworden, welche großen Entfernungen sie zurückgelegt hatten; erst als es wieder Sommer wurde und in der Ferne die Berge um Troia auftauchten, erkannte sie, wie lange die Reise gedauert hatte. In Troia sagte man allgemein, Kolchis liege auf halbem Weg um die Welt. Kassandra war jetzt alt genug, um die vielen Monde der Fahrt richtig einschätzen zu können. Natürlich reisten sie mit den Wagen langsamer als auf den Pferden. Sie sehnte sich nicht nach dem Ende der Reise, denn sie wußte, daß sich nach ihrer Ankunft in Troia die Mauern der Frauengemächer wieder um sie schließen würden. Aber sie machte sich Gedanken darüber, was in der Stadt vorging. Eines Nachts, als Andromache schon schlief, suchte ihr Geist wenn schon nicht Troia, dann wenigstens ihren Zwillingsbruder, den sie so lange nicht mehr gesehen hatte. Nach einiger Zeit tauchten Bilder in ihr auf – zuerst klein und fern, aber allmählich wurden sie größer und füllten schließlich ihr ganzes Bewußtsein . . .

Weit im Süden an den Hängen des Ida hütete der junge dunkelhaarige Paris die Stiere und Rinder seines Ziehvaters. Eines Tages im Spätherbst erschien eine Gruppe gut gekleideter junger Männer auf dem Berg. Paris, dem das Wohl der Herde anvertraut war, näherte sich ihnen vorsichtig. »Seid gegrüßt, Fremde. Wer seid ihr, und wie kann ich euch dienen?«

»Wir sind die Diener und die Söhne des König Priamos von Troia«, erwiderte einer von ihnen. »Wir wollen einen Stier, den schönsten der Herde. Er soll bei den Spielen geopfert werden. Zeige uns den besten.«

Das herrische Auftreten der Fremden widerstrebte Paris. Aber sein Ziehvater Agelaos hatte ihm gelehrt, daß die Wünsche des Königs Gesetz waren. Er wollte nicht, daß man glaubte, es fehle ihm an Höflichkeit.

»Mein Vater ist der Diener des Priamos«, sagte er, »und der König kann über alles verfügen, was wir haben. Mein Vater ist heute nicht zu Hause. Wenn es euch gefällt zu warten, bis er zurück ist, kann er euch zeigen, was wir haben. Vielleicht wollt ihr euch in meinem Haus ausruhen. Die Mittagssonne ist heiß. Meine Frau wird euch Wein oder kühle Buttermilch bringen. Oder wenn ihr es vorzieht, Met aus dem Honig unserer Bienen. Wenn mein Vater zurückkommt, wird er euch die Herden zeigen, und ihr könnt euch nehmen, was ihr wollt.«

»Ich danke dir. Ein Becher Met ist sehr willkommen«, erwiderte einer der Besucher aus der Stadt. Als Paris vor ihnen zu dem kleinen Haus ging, in dem er mit Oenone lebte, hörte er einen der Fremden leise sagen: »Ein hübscher Bursche. Ich hatte nicht erwartet, so weit von der Stadt entfernt solches Benehmen anzutreffen.«

Die hübsche und muntere Oenone trug ihre Alltagstunika und hatte ein Tuch um den Kopf gebunden, wie immer, wenn sie morgens im Haus saubermachte. Als sie den Met in Holzbechern brachte, hörte Paris einen anderen leise sagen: »Wenn es auf dem Berg von so hübschen Nymphen wie dieser wimmelt, weshalb sollte dann überhaupt ein Mann in der Stadt bleiben? Ich bedaure es jedenfalls nicht, daß wir in diesem Jahr selbst hier hinauf gewandert sind, um die Opfertiere für die Spiele zu holen.«

Oenone sah Paris verstohlen an, als frage sie sich, wer diese Männer waren und was sie wollten. »Diese Männer kommen in Geschäften zu meinem Vater«, sagte er, »Agelaos wird bald zurückkommen, und sie können dann die Angelegenheit mit ihm erledigen.« Hätten sie Ziegen oder Schafe haben wollen, hätte er sich in der Lage gefühlt, ihren Wunsch zu erfüllen – auch wenn es sich um besondere Opfertiere gehandelt hätte. Aber die Rinder und Stiere waren der besondere Stolz und die ganze Freude seines Vaters, und die Spiele waren ein Höhepunkt für Troia – soviel wußte Paris, obwohl er noch nie bei den Wettkämpfen zugesehen hatte. Er trank von dem Met, den Oenone aufgetragen hatte, wartete und fragte schließlich: »Seid ihr alle Söhne von König Priamos?«

»Das sind wir«, erwiderte der Größte, »ich bin Hektor, der älteste Sohn seiner Königin Hekabe. Das ist mein Halbbruder Deiphobos.«

Hektor war ungewöhnlich groß – beinahe einen Kopf größer als Paris, der nicht gerade klein war. Er besaß die breiten Schultern des geborenen Ringkämpfers, hatte ausgeprägte hübsche Gesichtszüge mit weit auseinanderstehenden, braunen Augen über hohen Backenknochen, einen entschlossenen Mund und ein energisches Kinn. An der Hüfte trug er ein Eisenschwert, das Paris sich sofort wünschte, obwohl er bis vor kurzem geglaubt hatte, es könne keine bessere Waffe geben als den Bronzedolch, den Agelaos ihm als ein besonderes Geschenk gegeben hatte, weil er in einem späten Wintersturm hinausgegangen und ein Dutzend schwacher Lämmer zurückgebracht hatte, die sonst alle umgekommen wären.

»Erzähl mir von den Spielen«, bat er schließlich. Ihm entging nicht, wie Hektor Oenone ansah, und das gefiel ihm nicht. Aber er bemerkte auch, daß Oenone den Fremden nicht beachtete. *Sie gehört mir,* dachte er, *sie ist eine gute und bescheidene Frau. Sie starrt keine fremden Männer an.*

»Sie finden jedes Jahr statt, wie du sicher weißt«, sagte Hektor, »die jungen Männer der Stadt messen sich bei den Wettkämpfen. Du siehst stark und athletisch aus. Hast du nie an solchen Wettkämpfen teilgenommen? Ich bin sicher, du könntest viele Preise gewinnen.«

»Du irrst dich«, sagte Paris, »ich bin kein Edelmann wie du und habe keine Zeit für Wettkämpfe. Ich bin ein einfacher Hirte und ein Diener deines Vaters. Wettkämpfe und dergleichen sind nichts für mich.«

»Bescheiden gesprochen«, sagte Hektor, »aber die Wettkämpfe stehen allen Männern offen, die nicht als Sklaven geboren wurden. Du wärst willkommen.«

Paris überlegte. »Du hast von Preisen gesprochen ...«

»Der Hauptpreis ist ein bronzener Dreifuß mit einem Kessel«, sagte Hektor, »wenn sich jemand besonders hervortut, bekommt er von meinem Vater manchmal ein Schwert.«

»Ich hätte den Preis gerne für meine Mutter«, sagte Paris, »wenn mein Vater es erlaubt, werde ich vielleicht kommen.«

»Du bist ein erwachsener Mann. Du mußt fünfzehn oder noch älter sein«, sagte Hektor, »bestimmt bist du alt genug, um zu kommen und zu gehen, ohne um Erlaubnis fragen zu müssen.«

Als Paris das hörte, glaubte er, es müsse tatsächlich so sein. Aber er war noch nie ohne die Erlaubnis von Agelaos irgendwohin gegan-

gen und hätte das auch nie für möglich gehalten. Er bemerkte, daß Hektor ihn unverwandt ansah, und zog fragend die Augenbrauen hoch.
Hektor räusperte sich unruhig. »Ich überlege, wo ich dich schon einmal gesehen habe«, sagte er, »deine Augen . . ., sie scheinen mich an jemanden zu erinnern, den ich gut kenne. Aber ich weiß nicht an wen.«
»Ich gehe manchmal auf den Markt, um für meinen Vater oder meine Mutter Besorgungen zu erledigen«, sagte Paris. Aber Hektor schüttelte den Kopf. Paris kam es vor, als liege ein eigenartiger Schatten über dem Fremden. Er empfand, ohne zu wissen warum, eine Abneigung gegen diesen großen, jungen Mann. Dabei war Hektor nicht in geringsten beleidigend, sondern hatte ihn mit großer Höflichkeit behandelt. Deshalb verstand Paris seine Ablehnung nicht.
Unruhig stand er auf, ging zur Haustür, blickte hinaus und sagte: »Mein Ziehvater ist zurückgekommen.« Kurz darauf trat Agelaos in den Raum. Er war ein kleiner, zierlicher Mann, der sich trotz seines Alters noch schnell bewegte.
»Prinz Hektor«, sagte er mit einer Verneigung, »es ist mir eine Ehre. Wie geht es meinem Herren, deinem Vater?«
Hektor erklärte den Zweck ihres Besuchs, und Agelaos sagte: »Dabei kann dir mein Junge helfen, Prinz. Er kennt die Rinder besser als ich und beurteilt die Rinder auf Ausstellungen. Paris, führe die Herren hinaus auf die Rinderweide und zeige ihnen das beste, was wir haben.«
Paris wählte den besten Stier der Herde aus. Hektor trat neben ihn und betrachtete das Tier.
»Ich bin Krieger und verstehe wenig von Rindern«, sagte er, »weshalb hast du dich für diesen entschieden?«
Paris wies ihn auf die starken Schultern und die breiten Flanken hin. »Sein Fell ist glatt ohne jede Narbe und ohne Makel. Er ist eines Gottes würdig«, sagte er und dachte bei sich: *Er ist zu gut als Opfer. Er sollte für die Zucht bewahrt werden. Irgendein alter Stier wäre gut genug, um ihm den Kopf abzuschlagen und auf einem Altar ausbluten zu lassen.*
Und dieser herrische Prinz kommt daher und nimmt mit einer Handbewe-

gung den besten der Herde. Ich und mein Vater haben lange und schwer gearbeitet, um ihn aufzuziehen. Aber er hat recht: Die Rinder gehören alle Priamos, und wir sind seine Diener.

»Du weißt mehr von diesen Dingen als ich«, sagte Hektor, »also glaube ich dir, wenn du sagst, daß dieser Stier das beste Opfer für den Donnergott ist. Jetzt brauchte ich eine Färse für die Göttin, SEINE Gemahlin.«

Augenblicklich sah Paris die schöne stattliche Göttin vor sich, die ihm Reichtum und Macht angeboten hatte. Er fragte sich, ob SIE es ihm nachtrug, daß er nicht IHR den Apfel zugesprochen hatte. Wenn er das schönste Tier der ganzen Herde für die Göttin wählte, würde SIE ihm vielleicht vergeben.

»Diese Färse«, sagte er, »ist die Schönste von allen. Sieh dir das glatte braune Fell an und das weiße Gesicht. Sieh, wie schön die Augen sind. Sie wirken beinahe wie Menschenaugen.«

Hektor tätschelte die weiche Schulter des kleinen Tieres und verlangte einen Strick, um es anzubinden.

»Den brauchst du nicht, mein Prinz«, sagte Paris, »wenn du den Leitstier nimmst, wird sie dir folgen wie ein kleiner Hund.«

»Also sind Kühe den Frauen gar nicht unähnlich«, sagte Hektor mit einem derben Lachen. »Ich danke dir und ich wünschte, du würdest dir noch einmal überlegen, ob du nicht doch zu den Spielen kommst. Ich bin sicher, du würdest die meisten Preise davontragen. Du siehst wie der geborene Athlet aus.«

»Es ist freundlich von dir, mir das zu sagen«, erwiderte Paris und sah Hektor und seinen Begleitern nach, die den Berg in Richtung Stadt hinunterstiegen.

Als er an diesem Abend mit seinem Ziehvater hinausging, um die Ziegen zum Melken zu holen, erwähnte er Hektors Einladung. Er war auf die Reaktion des alten Mannes nicht im geringsten vorbereitet.

»Nein! Ich verbiete es! Daran darfst du nicht einmal denken, mein Sohn. Ganz sicher würde etwas Schreckliches geschehen!«

»Aber warum, Vater? Der Prinz hat mir versichert, es mache nichts, daß ich kein Edelmann bin. Was könnte Schlimmes daran sein? Und ich hätte gerne den Dreifuß mit dem Kessel für Mutter. Sie war so gut zu mir und hat so etwas nicht.«

»Deine Mutter möchte keine Kessel, und wir wollen unseren guten Sohn sicher zu Hause haben, wo ihm nichts geschehen kann.«
»Was soll mir denn geschehen, Vater?«
»Das darf ich dir nicht sagen«, erwiderte der alte Mann ernst. »Es sollte dir doch genügen, daß ich es verbiete. Bis jetzt warst du immer ein guter und gehorsamer Sohn.«
»Vater, ich bin kein Kind mehr«, sagte Paris. »Wenn du mir etwas verbietest, bin ich alt genug, um den Grund dafür zu erfahren.«
Agelaos preßte entschlossen die Lippen zusammen.
»Ich dulde keinen Ungehorsam, und ich muß dir keine Gründe nennen. Du tust, was ich dir sage.«
Paris hatte immer gewußt, daß Agelaos nicht sein richtiger Vater war. Seit dem Traum von den Göttinnen hegte er den Verdacht, daß er von höherer Herkunft war, als er sich vorzustellen wagte. Er vermutete, das Verbot zu den Spielen zu gehen, habe damit zu tun. Aber als er seinen Ziehvater danach fragte, sah Agelaos ihn noch finsterer an.
»Darüber kann ich dir nichts sagen«, sagte er und ging entschlossen davon, um die Ziegen zu melken. Paris folgte ihm schweigend, aber innerlich kochte er.
Bin ich nicht mehr als ein Knecht, den man hierhin und dorthin schicken kann? Selbst ein Knecht hat Anrecht auf einen Feiertag, und Vater hat mir bisher noch nie einen freien Tag verweigert. Ich gehe zu den Wettkämpfen. Zumindest Mutter wird mir vergeben, wenn ich ihr einen Kessel und einen Dreifuß mit zurückbringe. Aber wenn ich den Preis gewinne, und sie will ihn nicht, werde ich ihn Oenone geben.
An diesem Abend sagte er nichts mehr von seinen Plänen. Aber am nächsten Morgen zog er sein bestes Gewand an (es war einfach genug, obwohl Oenone es aus feinster Wolle gewebt und mit Beerensaft rot gefärbt hatte) und verabschiedete sich von ihr. Sie sah ihn an und verzog den Mund schmerzlich.
»Du gehst also doch? Obwohl dein Vater es dir verboten hat?«
»Er hat kein Recht, es mir zu verwehren«, erwiderte Paris trotzig. »Er ist nicht einmal mein Vater. Also handle ich nicht gottlos, wenn ich ihm nicht gehorche.«
»Trotzdem, er war dir ein guter und freundlicher Vater«, sagte sie mit zitternden Lippen. »Es ist nicht recht von dir, Paris. Warum

willst du überhaupt zu ihren Wettkämpfen gehen? Was bedeutet dir König Priamos?«
»Es ist mein Schicksal«, erwiderte er erregt. »Ich glaube nicht länger daran, daß die Götter wollen, daß ich den ganzen Tag hier herumsitze und Ziegen an einem Berghang hüte. Komm, Frau, gib mir einen Kuß und wünsche mir Glück.«
Oenone stellte sich auf die Zehenspitzen und küßte ihn gehorsam. Dann sagte sie: »Ich warne dich, bei diesem Vorhaben wartet kein Glück auf dich.«
Er sagte höhnisch: »Oh, spricht jetzt die Priesterin? Ich habe für solche Prophezeiungen nichts übrig.«
»Trotzdem muß ich sie aussprechen«, sagte Oenone und warf sich weinend in seine Arme.
»Paris, ich bitte dich, bleibe aus Liebe zu mir hier.« Sie legte scheu die Hand auf ihren gewölbten Leib und flehte ängstlich: »Um *seinetwillen*, wenn schon nicht meinetwillen.«
»Gerade seinetwegen muß ich gehen und Glück und Ruhm erringen«, erklärte Paris. »Sein Vater soll mehr sein als ein Hirte des Priamos.«
»Was ist Schlechtes daran, der Sohn eines Hirten zu sein?« fragte Oenone. »Ich bin stolz darauf, die Frau eines Hirten zu sein.«
Paris sah sie finster an und sagte: »Frau, wenn du mir deinen Segen nicht gibst, muß ich ohne ihn gehen. Wünschst du mir etwas Schlechtes?«
»Niemals«, erwiderte sie ernst. »Aber ich habe das schreckliche Gefühl, wenn du gehst, wirst du nie wieder zu mir zurückkommen.«
»So etwas Dummes habe ich noch nie gehört«, sagte er und küßte sie noch einmal. Sie klammerte sich an ihn, bis er sich schließlich freimachte und den Weg hinunterging. Er wußte, sie sah ihm nach, bis er ihren Blicken entschwunden war . . . Kassandra wurde sich allmählich wieder bewußt, wo sie war: in dem dunklen Wagen, nicht in der hellen Herbstsonne auf dem Ida. Es war doch kaum erst Sommer; vielleicht würden sie im Herbst in Troia sein. An ihrer Seite schlief Andromache ruhig. Frierend und mit schmerzenden Gliedern kroch Kassandra ebenfalls unter die Decke und war dankbar für die Wärme.

Er ist in Troia. Vielleicht ist er in Troia, wenn ich dort ankomme. Endlich werde ich ihn sehen.
Der Gedanke versetzte sie in solche Aufregung, daß sie es beinahe nicht ertragen konnte. In dieser Nacht schlief Kassandra nicht.

15

Andromache, nicht Kassandra entdeckte zuerste die mächtigen hohen Mauern von Troia in der Ferne. Überwältigt rief sie: »Troia ist wirklich größer als Kolchis.«
»Ich habe es dir ja gesagt«, erwiderte Kassandra.
»Ja, aber ich habe es nicht geglaubt. Ich konnte nicht glauben, daß eine Stadt *tatsächlich* größer als Kolchis sein kann. Was ist das für ein glänzendes Gebäude ganz oben über der Stadt. Ist es der Palast?«
»Nein, es ist der Tempel der Jungfrau. In Troia sind die höchsten Punkte den Unsterblichen vorbehalten. Und SIE ist unsere Schutzgöttin, SIE hat uns die Olive und die Weinrebe geschenkt.«
»König Priamos kann kein großer König sein«, erklärte Andromache. »In Kolchis darf kein Gebäude, selbst der Tempel einer Göttin nicht, den königlichen Palast überragen.«
»Aber ich weiß, deine Mutter ist eine fromme Frau, die die Göttin achtet«, sagte Kassandra. Sie erinnerte sich, daß es ihr bei ihrer Ankunft in Kolchis gotteslästerlich vorgekommen war, daß das Haus einer Sterblichen so hoch stand. Ihre Augen suchten den Tempel des Sonnengottes mit seinen goldenen Dächern; dann zeigte sie Andromache den Palast.
»Er ist nicht so hoch, aber er kann sich mit dem Palast in Kolchis messen«, sagte sie Andromache. Nachdem sie sich in Sichtweite der Stadt befanden, überprüfte Kassandra vorsichtig ihre Gefühle – so vorsichtig, wie man mit einem schmerzenden Zahn kaut. Nach der Zeit der Freiheit wußte sie nicht, welche Gefühle die Rückkehr nach Troia in ihr weckte. Sie sehnte sich beinahe schmerzlich danach, ihre Mutter und ihre Schwester Polyxena wiederzusehen, und ohne daß sie sich darum bemühte, suchte ihr Geist das nicht faßbare und verwirrende Bindeglied zu ihrem Zwillingsbruder, der manchmal wirklicher war als sie selbst.

Ich will nicht wieder eingesperrt sein. Dann verbesserte sie sich: *Ich werde nicht zulassen, daß sie mich wieder einsperren. Niemand kann mich einsperren, wenn ich nicht bereit bin, mich einsperren zu lassen.*
Sie sah sich nach ihrer Eskorte um und wünschte beinahe, sie könnte mit den Frauen in das Land der Amazonen zurückkehren. Penthesilea war nicht bei ihnen; sie hatte gesagt, nach der langen Abwesenheit müsse sie die Angelegenheiten des Stammes wieder ordnen. Kassandra wußte, wenn sie bei den Amazonen lebte, würde man sie jetzt mit den anderen Frauen im gebärfähigen Alter in die Dörfer der Männer schicken, um für den Stamm ein Kind zur Welt zu bringen. Sie glaubte, auch dazu bereit zu sein, wenn das der Preis für das Leben in Penthesileas Stamm wäre.
»Was ist los?« fragte Andromache. »Ist heute ein Festtag?«
Durch die Tore kam eine Prozession – lange Reihen von Männern und Frauen in Festtagskleidern zogen mit blumen- und bändergeschmückten Tieren vor die Stadt. Kassandra wußte nicht, ob eine Ausstellung oder ein Opfer bevorstand. Dann entdeckte sie Hektor und einige andere ihrer Brüder im kurzen Lendentuch, das sie bei Wettkämpfen trugen, und sie wußte, es mußte der Tag der Spiele sein. Frauen nahmen daran nicht teil, obwohl ihre Mutter einmal erzählt hatte, daß Frauen früher auch beim Laufen, Speerwerfen und Bogenschießen angetreten waren. Kassandra war eine gute Bogenschützin und wünschte, ihre Brüste wären noch so klein, damit sie sich als Junge ausgeben könnte, um beim Bogenschießen dabeizusein. Aber die Zeiten für solche Verkleidungen waren vorbei. Ergeben dachte sie: *Nun ja, eines Tages wird mein Können im Umgang mit Waffen für meine Stadt vielleicht noch von Nutzen sein – wenn nicht bei den Spielen, dann im Krieg.* Dann entdeckte sie am Ende des Zuges einen Streitwagen mit der kleiner gewordenen, aber immer noch eindrucksvollen Gestalt ihres Vaters Priamos. Sie wollte vom Wagen springen und ihn umarmen, aber der Anblick seiner grauen Haare entsetzte sie. Dieser alte Mann war praktisch ein Fremder! Auf einem kleineren Streitwagen hinter ihm stand ihre Mutter. Sie trug die Insignien der Göttin. Hekabe schien sich überhaupt nicht verändert zu haben. Kassandra stieg vom Wagen und trat vor, verneigte sich als Zeichen ihrer Achtung tief vor ihrem Vater. Dann lief sie schnell zu ihrer Mutter und warf sich in ihre Arme.

»Du kommst zu einer guten Stunde, mein Liebling«, sagte Hekabe. »Aber was für eine stattliche Frau bist du geworden! In dieser großen Amazone hätte ich meine kleine Tochter kaum wiedererkannt.« Sie zog Kassandra zu sich auf den Streitwagen. »Wer ist deine Begleiterin, mein Kind?«
Kassandra blickte zu Andromache, die immer noch vorne auf dem Wagen saß. Sie wirkte sehr allein und fehl am Platz. Kassandra hatte nicht vorgehabt, ihre Freundin so unformell in Troia zu begrüßen.
»Es ist Andromache, die Tochter von Imandra, der Königin von Kolchis«, erwiderte Kassandra langsam. »Unsere Verwandte Imandra schickt sie als Gemahlin für einen meiner Brüder. Als Mitgift bringt sie Wagenladungen von Schätzen aus Kolchis«, fügte sie hinzu. Die Worte kamen ihr roh vor, als sei das Ganze nur eine Sache von Handel und Zweckdienlichkeit, als habe Imandra ihre Tochter nur hierhergeschickt, um Priamos zu bestechen. Andromache verdiente etwas Besseres.
»Jetzt sehe ich die Ähnlichkeit mit Imandra«, sagte Hekabe. »Über die Heirat muß dein Vater entscheiden, aber ob sie nun heiratet oder nicht, als Verwandte ist sie hier willkommen.«
»Mutter«, sagte Kassandra ernst – nach dieser langen Reise konnte man Andromache nicht zurückweisen – »sie ist das einzige Kind der Königin von Kolchis. Mein Vater hat viele Söhne, und wenn er keinen meiner Brüder für ein solches Bündnis als Andromaches Gemahl wählt, ist er nicht so klug wie sein Ruf.« Sie eilte zu Andromache, half ihr vom Wagen und führte sie zu Priamos und Hekabe. Hekabe küßte sie, und Andromache lächelte reizend, als sie sich vor dem Königspaar verneigte. Priamos tätschelte ihr die Wange und führte sie zu ihren Sitzen auf der Tribüne, nannte sie Tochter, und das schien ein guter Anfang zu sein. Er setzte sie zwischen sich und Hekabe. Kassandra staunte darüber, daß Andromache so fügsam war. Sie fragte: »Wo ist meine Schwester Polyxena?«
»Sie ist im Palast geblieben, wie es sich für ein anständiges, sittsames Mädchen schickt«, wies Hekabe sie flüsternd zurecht. »Natürlich will sie keine nackten Männer sehen, die mit Waffen kämpfen.«
Kassandra dachte: *Wenn ich je daran gezweifelt habe, jetzt weiß ich, daß*

ich wieder zu Hause bin. Soll ich den Rest meines Lebens als anständiges, sittsames Mädchen verbringen? Der Gedanke bedrückte sie.
Sie beobachtete den ersten Wettkampf, einen Wettlauf, eher gelangweilt und versuchte, die Söhne ihres Vaters auszumachen, die sie kannte. Hektor entdeckte sie sofort und auch Troilos – er mußte inzwischen mindestens zehn sein, überlegte sie. Nach dem Start setzte sich Hektor schnell an die Spitze und blieb dort in der ersten Runde. Aber dann holte ein schlanker, dunkelhaariger junger Mann langsam auf. Er überholte Hektor beinahe mühelos, rannte an ihm vorbei und berührte das Ziel einen Bruchteil vor Hektors ausgestreckter Hand.
»Gut gelaufen!« riefen die anderen Wettläufer und drängten sich um ihn.
»Meine Liebe«, sagte Priamos und beugte sich über Andromache hinweg zu Hekabe. »Ich kenne diesen jungen Mann nicht, aber wenn er schneller ist als Hektor, ist er ein würdiger Wettkämpfer. Finde heraus, wer er ist.«
»Aber ja«, sagte Hekabe und winkte einem Diener. »Geh hinunter und stelle für den König fest, wer der junge Mann ist, der den Wettlauf gewonnen hat.«
Kassandra legte die Hand schützend über die Augen, um nach dem Sieger Ausschau zu halten. Aber er war in der Menge verschwunden. Die Wettkämpfer spannten inzwischen Sehnen auf die Bogen. Kassandra war eine erfahrene Bogenschützin und sah aufmerksam zu. Plötzlich blendete sie die Sonne, und sie war völlig verwirrt. Sie stand auf dem Platz und legte einen Pfeil auf die Sehne – *meine Eltern werden böse sein* ... Dann blickte sie auf den starken nackten Arm, der soviel kräftigere Muskeln hatte als ihr Arm, und sie wußte, was geschehen war: Ihre Gedanken vermischten sich wieder mit den Gedanken ihres Zwillingsbruders. Sie verstand, weshalb der junge Sieger beim Wettlauf ihr beinahe schmerzlich vertraut vorgekommen war: Er war ihr Zwillingsbruder Paris! Und wie sie vorausgesehen hatte, war er bei ihrer Rückkehr nach Troia tatsächlich anwesend.
Mit der eigenartigen doppelten Sicht schien sie gleichzeitig auf dem Platz und auf der Tribüne zu sein. Sie blickte zu Priamos hinauf, als sehe sie ihn zum ersten Mal, erkannte in ihm sofort den

Vater und gleichzeitig einen fremden, furchteinflößenden alten Mann mit dem unvertrauten majestätischen Aussehen eines Königs. Sie sah auch alte Männer, deren Namen sie beide nicht kannten – Paris schloß ganz richtig, daß es sich um die königlichen Ratgeber handeln mußte. Eine alte Frau mit einem freundlichen Gesicht hielt er für die Königin: eine Schar Knaben in teuren, bunten Gewändern hielt er – richtig – für die jüngeren Söhne des Priamos, die noch nicht alt genug waren, um an den Wettkämpfen teilzunehmen. Zwei hübsche Mädchen fielen ihm hauptsächlich deshalb auf, weil sie so anders aussahen als Oenone. Er wunderte sich über ihre Anwesenheit – vielleicht war den Frauen aus dem Palast erlaubt, den Wettkämpfen zuzusehen. Nun ja, er würde dafür sorgen, daß sie etwas zu sehen bekamen. Man bedeutete ihm vorzutreten und auf das Ziel zu schießen.

Sein erster Pfeil ging weit daran vorbei, denn er war nervös; der zweite flog hoch über das Ziel. »Der Fremde soll noch einmal schießen«, sagte Hektor. »Du kennst unsere Ziele nicht. Aber wenn du so hoch und so weit schießen kannst, bist du sicher auch in der Lage zu treffen.« Er erklärte ihm das Ziel und die Regeln.

Hektors Höflichkeit verblüffte Paris, und er bereitete sich darauf vor, noch einmal zu schießen. Diesmal traf sein Pfeil mitten ins Ziel. Die anderen schossen nacheinander, aber selbst Hektor konnte Paris nicht übertreffen. Jetzt lächelte er nicht mehr, sondern wirkte verärgert und mürrisch. Kassandra wußte, er bedauerte seine spontane Großzügigkeit.

Es gab noch andere Wettkämpfe, und Kassandra zog sich energisch in ihr Bewußtsein und in ihren Körper zurück. Sie sah mit Freude und Vergnügen, daß ihr Zwillingsbruder jedesmal den Sieg davontrug. Beim Ringen überwand er Deiphobos beinahe mühelos; Deiphobos stand auf und griff ihn noch einmal an, aber Paris warf ihn wieder zu Boden, wo er besinnungslos bis zum Ende der Spiele liegenblieb. Er warf den Speer weiter als Hektor und hörte mit echter Freude und einem stolzen Lächeln, wie die Zuschauer riefen: »Er ist so stark wie Herakles.«

Ein Diener trat vor den König und die Königin. Kassandra hörte, wie ihr Vater seine Nachricht wiederholte. »Er sagt, der junge Mann heißt Paris. Er ist der Ziehsohn von Agelaos, dem Hirten.«

Hekabe wurde leichenblaß. »Ich hätte es wissen müssen. Er sieht dir so ähnlich. Aber wer hätte das geglaubt? Es ist so lange her, so lange ...«

Die Wettkämpfe waren vorüber, und Priamos bedeutete Paris, dem Sieger, vorzutreten. Dann erhob er sich.

»Agelaos«, rief er laut, »du alter Gauner, wo bist du? Du hast mir meinen Sohn zurückgebracht ...«

Der alte Knecht kam zögernd herbei. Er wirkte blaß und schien sich nicht wohl in seiner Haut zu fühlen. Er verneigte sich vor dem König und murmelte: »Ich habe ihm befohlen, heute nicht in die Stadt zu kommen, Herr. Er ist ohne meine Erlaubnis hier, und ich verstehe gut, daß du zornig auf mich, auf uns beide bist.«

»Nein, keineswegs«, sagte Priamos gnädig, und Kassandra sah, wie die verkrampften Finger ihrer Mutter den schmerzhaften Griff über dem Herzen lösten. »Er macht dir und auch mir Ehre. Es war mein eigener Fehler, daß ich auf den abergläubischen Unsinn gehört habe. Ich kann dir nur danken, alter Freund.« Er zog einen goldenen Ring vom Finger und steckte ihn an den schwieligen Finger von Agelaos.

»Du hast mehr Dank als das verdient, mein alter Freund. Aber im Augenblick habe ich nicht mehr. Ehe du zu deinen Herden zurückkehrst, werde ich dir ein besseres Geschenk machen.«

Kassandra sah mit Staunen, wie ihr Vater, der sie so heftig geschlagen hatte, daß sie zu Boden gestürzt war, weil sie sich nach diesem Bruder erkundigt hatte, Paris umarmte und ihm alle Preise der Spiele zuerkannte. Hekabe weinte, trat vor und schloß den verlorenen Sohn in die Arme.

»Ich hätte nie geglaubt, diesen Tag zu erleben«, murmelte sie. »Ich gelobe, der Göttin eine Färse ohne jeden Makel zu opfern.«

Hektor sah stirnrunzelnd zu, wie sein Vater Paris mit Geschenken überhäufte: der versprochene Dreifuß (Paris erklärte, er wolle ihn seiner Ziehmutter geben), ein Purpurmantel mit Stickereien, den die Palastfrauen gewebt hatten, ein schöner Bronzehelm, ein Eisenschwert.

»Natürlich kommst du mit uns in den Palast und wirst mit deiner Mutter und mir speisen«, bestimmte er schließlich strahlend. Als Priamos sich erhob und seinen Mantel über den Arm legte, trat

einer der alten Männer zu ihm und flüsterte erregt auf ihn ein. Kassandra erkannte an dem Gewand, das der alte Mann trug, daß er einer der Priester und Wahrsager war.
Priamos sah den Mann finster an und entließ ihn schließlich mit einer energischen Geste.
»Komm mir nicht mit Omen, du alter Schwarzseher. Das ist abergläubischer Unsinn, und ich hätte nie darauf hören sollen!«
Kassandra spürte das Erschrecken – zum Teil war es Angst –, die Paris bei diesen Worten erfaßten. Natürlich, er wußte von dem Omen, das ihn aus dem Palast verbannt und ihm sein Erbe vorenthalten hatte. Oder – hörte er es zum ersten Mal?
Hektor sagte seinem Vater ins Ohr – aber so laut, daß Paris es hörte – »Vater, wenn die Götter bestimmt haben, daß er für Troia eine Gefahr ist . . .«
Priamos unterbrach ihn: »Die Götter? Nein, eine Priesterin, eine Frau, die die Eingeweide von Hühnern und Träume deutet; nur ein Dummkopf konnte sich von dem Geschwätz einer solchen Frau einen so prächtigen Sohn nehmen lassen. Ein König gibt nichts auf die Omen einer schwangeren Frau oder auf ihre Launen . . .«
Kassandra fühlte sich hin und her gerissen zwischen dem Mitgefühl für ihren Zwillingsbruder, dessen Angst und Unsicherheit sie empfand wie die eigene, und dem Mitgefühl für ihre Mutter, die sich fürchtete. Sie wollte vortreten und den Zorn ihres Vaters auf sich lenken. Aber noch ehe sie sprechen konnte, fiel Priamos' Blick auf Andromache.
»Und jetzt werde ich meinen alten Fehler wiedergutmachen und meinen verlorenen Sohn nach Hause zurückholen. Was meinst du, Hekabe? Sollen wir die Königstochter aus Kolchis mit unserem wunderbaren neuen Sohn verheiraten?«
»Das kannst du nicht tun, Vater«, sagte Hektor, obwohl Kassandra spürte, daß Paris Andromache mit gierigen Blicken verschlang. »Paris hat bereits eine Frau. Ich habe sie mit eigenen Augen im Haus des Agelaos gesehen.«
»Ist das wahr, mein Sohn?« fragte Priamos. Paris wirkte mißmutig. Aber er verstand die unausgesprochene Drohung und sagte höflich: »Es ist wahr. Meine Frau ist eine Priesterin des Flußgottes Skamander.«

»Dann mußt du sie kommen lassen, mein Sohn, und sie deiner Mutter vorstellen«, sagte Priamos und wandte sich an Hektor. »Und dir, Hektor, mein ältester Sohn und Erbe, dir gebe ich die Hand der Tochter von Königin Imandra. Noch heute abend werden wir die Hochzeit feiern.«

»Nicht so schnell, nicht so schnell«, sagte Hekabe. »Die Kleine braucht wie jedes andere Mädchen Zeit, ihre Hochzeitskleider zu richten. Und die Frauen im Palast müssen in Ruhe das wichtigste Fest im Leben einer Frau vorbereiten können.«

»Unsinn«, sagte Priamos. »Wenn die Braut bereit und die Mitgift geklärt ist, kann man bei einer Hochzeit alles tragen. Frauen machen sich immer wegen so belangloser Dinge Sorgen.«

Vielleicht ist das alles belanglos und töricht, dachte Kassandra, *aber es ist sehr gefühllos von Priamos, es zu mißachten. Was soll die Königin von Kolchis denken, wenn die Hochzeit ihrer Tochter einfach an ein Fest angehängt wird?*

Sie beugte sich zu Andromache und flüsterte: »Laß dich von ihnen nicht so zur Eile drängen. Du bist eine Prinzessin von Kolchis und nicht ein alter Mantel, den man Hektor als Trostpreis gibt, weil er nicht gewonnen hat.«

Andromache lächelte und flüsterte: »Ich glaube, ich nehme Hektor, ehe sein Vater es sich anders überlegt oder beschließt, mich einem anderen als Preis zuzusprechen.« Sie hob den Kopf und murmelte leise und so schüchtern, wie Kassandra es an ihr überhaupt nicht kannte; außerdem klangen ihre Worte so verlogen, daß Kassandra nicht begriff, weshalb Priamos sie nicht auslachte: »Priamos, mein Herr ... Vater meines Gemahls ... die Herrin von Kolchis, meine Mutter die Königin, hat mir alle Arten von Kleidung und Leinzeug mitgegeben. Wenn es dir gefällt, können wir die Hochzeit halten, wann du es für richtig hältst.«

Priamos strahlte und tätschelte ihr die Wange.

»Ein braves Mädchen«, sagte er. Andromache errötete und schlug scheu die Augen nieder, als Hektor herüberkam und sie genau ansah – mit diesem Blick hatte er auch die Färse begutachtet, dachte Kassandra, die Paris für das Opfer ausgewählt hatte.

»Ich bin sehr zufrieden damit, die Tochter der Königin Imandra zur Gemahlin zu nehmen.«

Der lange Tag neigte sich dem Ende zu. Man half Priamos und Hekabe für die Rückkehr in den Palast auf ihre Streitwagen. Kassandra ging neben Paris; es bekümmerte sie sehr, daß er noch kein einziges Mal das Wort an sie gerichtet oder das Band anerkannt hatte, das für sie so wichtig war. Wie konnte er das einfach übergehen? Sie überlegte, ob auch er unter dem besonderen Schutz des Sonnengottes stand und deshalb dem Vater gegenübertreten konnte, der ihn bei der Geburt hatte aussetzen wollen, ihn nun aber anerkannte und ihm seinen rechtmäßigen Platz in der Familie einräumte.

Hektor ging neben Andromache. Er drehte sich um, legte ihr den Arm um die Schulter und umarmte sie rauh, aber herzlich.

»Willkommen, Schwester Kassandra. Wie braun und sonnenverbrannt du aussiehst. Nach der langen Zeit bei den Amazonen ist das wohl nicht weiter verwunderlich. Warum hast du nicht zum Bogen gegriffen und mit den anderen um die Wette geschossen?«

»Das hätte sie tun können«, sagte Andromache, »und besser geschossen als du. Das kannst du mir glauben.«

»Ganz bestimmt«, sagte Hektor, »ich war heute nicht in Hochform, und« – er räusperte sich und senkte nach einem kurzen Blick über die Schulter auf Paris seine Stimme – »ich würde mich lieber von einem Mädchen schlagen lassen als von diesem Emporkömmling.« Er wandte sich an Deiphobos, der sich immer noch den Kopf hielt, als habe er Schmerzen. »Sag mir, Bruder«, fragte er, »was sollen wir mit ihm machen? Ich habe mir mit der alten Geschichte, daß mein Vater ihn aussetzen ließ, weil er eine Bedrohung für Troia darstellt, bereits den Mund verbrannt. Soll ich darüber hinweggehen, weil mein Vater geruht hat, mich mit einer schönen Frau zu besänftigen?«

Deiphobos erwiderte: »Wie es aussieht, ist Vater bereits völlig in ihn vernarrt. Er sollte von König Pelias lernen, der plötzlich seinem verlorenen Sohn Jason gegenüberstand. Wenn ich mich richtig erinnere, schickte er Jason zum Ende der Welt, um das Goldene Vlies zu suchen ...«

»Aber in Kolchis gibt es kein Gold mehr«, sagte Andromache.

»Nun ja, wir müssen einen Weg finden, ihn loszuwerden«, erklärte Hektor. »Vielleicht können wir Vater überreden, Paris zu Agamemnon zu schicken, um ihn zu bezaubern und zu überreden, Hesione zurückzugeben.«

»Ein guter Gedanke«, sagte Deiphobos. »Und wenn das nicht gelingt, können wir ihn zu den Sirenen schicken, um ihnen ihre Schätze abzuschwatzen. Oder er soll die Kentauren beschlagen und ihnen Geschirr anlegen, damit sie unsere Streitwagen ziehen ...«

»Oder irgend etwas anderes, das ihn viele tausend Tagesreisen von Troia wegführt«, stimmte Hektor zu. »Und das ist das Beste für Vater, denn die Götter haben bestimmt, daß er Troia kein Glück bringt.«

»Uns ganz bestimmt auch nicht«, sagte Deiphobos. Kassandra hatte genug gehört. Sie blieb zurück und ging wieder neben Paris.

»Du«, sagte er und sah sie dreist an. »du – ich dachte, du seist ein Traum.« Und als sich ihre Blicke zum ersten Mal trafen, spürte sie, wie sich das Band wieder festigte, das zwischen ihnen bestand. War auch er sich bewußt, wie sehr ihre Seelen miteinander verbunden waren?

»Ich dachte, du seist ein Traum«, wiederholte er, »vielleicht auch ein Alptraum.«

Seine Grobheit traf sie wie ein Schlag; sie hatte gehofft, er würde sie freudig umarmen. Sie sagte: »Bruder, weißt du, daß sie ungute Pläne gegen dich schmieden? Unsere Brüder heißen dich in Troia nicht willkommen.« Sie suchte wieder die Verbindung mit ihm, aber er zog sich zornig zurück.

Er erwiderte: »Das weiß ich. Glaubst du, ich bin ein Dummkopf? Und von jetzt an behalte deine Gedanken bei dir, Schwester – und dränge dich nicht in meine.«

Die Härte, mit der er sich vor ihr verschloß, schmerzte sie, und sie zog sich von ihm zurück. Seit sie etwas von ihm wußte und dem Band, das zwischen ihnen bestand, hatte sie geglaubt, er werde sie voll Freude begrüßen, wenn sie sich endlich begegneten, und von da an wäre sie für ihn etwas Besonderes, etwas Wertvolles. Statt dessen wies er sie zurück und betrachtete sie als Eindringling. Begriff er denn nicht, daß sie als einzige bereit war, ihn in Liebe und Anerkennung hier willkommen zu heißen, und zwar noch mehr als Priamos?

Nun gut, sie würde nicht weinen und um seine Liebe betteln.
»Wie du willst«, fauchte sie ihn an. »Ich habe mir nie gewünscht, auf diese Weise an dich gebunden zu sein. Glaubst du vielleicht, unser Vater hätte den falschen Zwilling augesetzt?« Sie wandte sich heftig von ihm ab und lief zu Andromache. Die Freude über die Rückkehr war ihr verdorben.

16

Kassandra hatte den Eindruck, es sei mehr eine Feier aus Anlaß von Paris' Rückkehr in die Familie als eine Hochzeit für Hektor und Andromache, obwohl Priamos, nachdem er entschieden hatte, daß die Hochzeit stattfinden solle, nichts ungetan ließ, um ein richtiges Fest daraus zu machen. Er ließ aus den Kellern den besten Wein bringen, und Hekabe ging in die Küche, um das abendliche Mal mit besonderen Leckereien enden zu lassen: Früchte, Honigwaben, alle erdenklichen Süßigkeiten. Musikanten, Jongleure und Akrobaten wurden zur Unterhaltung herbeigeholt.
Eine Priesterin aus dem Tempel der Pallas Athene überwachte die Opfer, die ein unverzichtbarer Bestandteil einer königlichen Hochzeit waren. Kassandra stand dicht neben Andromache, die, als es wirklich soweit war, blaß und ängstlich wirkte – oder vielleicht, dachte Kassandra mit einer Ironie, die sie selbst überraschte – ist das Andromaches Vorstellung davon, wie eine sittsame, anständige Frau sich am Tag ihrer Hochzeit verhalten sollte.
Als sie zusammen im Hof standen und ernst zusahen, wie die Opfertiere herbeigeführt wurden, beugte sich Andromache zu Kassandra und flüsterte: »Ich könnte mir denken, die Götter hatten bereits genug Opfer an diesem Tag. Glaubst du nicht auch, daß es SIE langweilt, ständig mitansehen zu müssen, wie die Menschen Tiere für SIE töten? *Ich* fände an einem Schlachthaus nichts Unterhaltsames.« Kassandra mußte ein Lachen unterdrücken, denn das hätte Anstoß erregt. Aber Andromache hatte recht: Bei den Spielen hatte es schon viele Opfer gegeben. Das junge Paar stand nebeneinander; ihre Hände schlossen sich gemeinsam um das Opfermesser, und Hektor beugte sich zu Andromache hinunter und flü-

sterte ihr etwas zu. Sie schüttelte den Kopf, aber er ließ nicht lokker, und schließlich führte ihre Hand ohne Zögern das Messer, das der weißen Färse die Kehle durchschnitt. Kassandra hatte seit dem frühen Morgen nichts gegessen, und sie empfand den Duft des bratenden Fleischs wie Ambrosia.
Kurz darauf gingen sie in den Palast, und Hekabe schickte Kammerfrauen zu Andromache und Kassandra, die sie für das Fest ankleideten. Sie befanden sich in einem Raum, den Kassandra mit Polyxena geteilt hatte, als sie noch klein waren; aber inzwischen war er kein einfaches Kinderzimmer mehr. Man hatte die Wände nach kretischem Vorbild mit Meereswesen bemalt, mit seltsam gewundenen Tintenfischen und Kraken mit langen Tentakeln, die sie um Büschel von Seetang schlangen, und mit Meerjungfrauen und Sirenen. Auf den geschnitzten Holztischen standen Schminkgefäße und Duftflaschen aus blauem Glas in Form von Fischen und Nymphen. An den Fenstern hingen Vorhänge aus grüngefärbter ägyptischer Baumwolle. Es entstand der Eindruck, daß die schrägen Sonnenstrahlen, die auf sie fielen, Wellen trafen, und im Raum verbreitete sich ein eigenartiges Licht wie unter Wasser.
Man hatte die Geschenke aus Kolchis entladen und in den Palast gebracht. Andromache suchte in den vielen Kisten nach einem geeigneten Hochzeitsgeschenk für ihren Gemahl. Die Königin ließ Kassandra ein Gewand aus einem feinen, beinahe durchsichtigen ägyptischen Gewebe bringen. Andromache fand in ihren Truhen ein langes Seidengewand aus so dünner Seide, daß man das Gewand durch einen Ring hätte ziehen können. Es war mit dem kostbaren Rot aus Tyros gefärbt.
Die Königin schickte außerdem ihre eigenen Kammerfrauen, die heißes Wasser in Zuber füllten und die beiden Mädchen badeten und mit duftenden Ölen einrieben. Ihre Haare wurden mit heißen Zangen gelockt; danach mußten sie Platz nehmen und wurden geschminkt. Die rote Lippensalbe roch nach frischen Äpfeln und Honig. Mit Kohle aus Ägypten zog man ihnen die Brauen nach und die Augenränder. Auf die Lider wurde eine blaue Paste gelegt, die aus staubfein zerstoßener Kreide zu sein schien, aber wie das feinste Olivenöl roch. Andromache ließ alles über sich ergehen, als sei sie ihr Leben lang nichts anderes gewöhnt. Aber Kassandra

machte spöttische Bemerkungen, aus denen ihr Unbehagen sprach, während die Frauen sich um sie bemühten.
»Wenn ich Hörner hätte, würdet ihr sie mir sicher vergolden«, sagte sie. »Bin ich ein Gast oder eines der Opfertiere.«
»Die Königin hat es so angeordnet, Herrin«, erklärte eine der Kammerfrauen. Kassandra vermutete, daß Hekabe es befohlen hatte, damit die Prinzessin aus Kolchis den Eindruck bekam, daß es in Troia nicht weniger Luxus gab als in ihrer fernen Heimat.
Die Kammerfrau fügte hinzu: »Sie hat befohlen, daß du nicht weniger schön sein sollst als sie, und das ist richtig so, denn das alte Lied sagt, jede Frau ist in ihrem Hochzeitswagen eine Königin. Und die Herrin Polyxena habe ich für jedes Fest so zurechtgemacht, seit sie erwachsen ist.«
Die Frau runzelte die Stirn, als sie Kassandras Hände mit Öl einrieb, das nach Lilien und Rosen duftete. »Du hast Schwielen an den Händen, Herrin Kassandra«, sagte sie vorwurfsvoll. »Sie werden nie so zart sein wie die Hände der Prinzessin, die wie Rosenblätter sind – und so sollten die Hände einer Herrin auch sein.«
»Es tut mir leid, dagegen kann ich nichts tun«, sagte Kassandra und drehte die geschmähten Hände um. In diesem Augenblick begriff sie zum ersten Mal, wie sehr ihr das Leben im Freien fehlen würde, so wie ihr bereits jetzt Südwind fehlte. Penthesilea hatte ihr zum Abschied die schöne Stute geschenkt. Aber Kassandra hatte sie als letzte Tat auf ihrer Reise mit den Amazonen zurückgeschickt. Sie wußte, man würde ihr hier niemals erlauben zu reiten, und sie wollte verhindern, daß man das edle Pferd in den Stallungen einsperrte oder noch schlimmer, einem ihrer Brüder gab, um einen Streitwagen zu ziehen.
Die Sonne ging unter, und die Kammerfrauen zündeten die Fakkeln an. Sie befestigten an der Schulter von Kassandras Gewand eine goldene Spange und legten ihr einen neuen Mantel aus gestreifter Wolle um. Andromache schlüpfte in vergoldete Sandalen.
»Hier ist auch ein Paar für dich. Sie sehen genauso aus«, sagte sie, bückte sich und zog sie Kassandra an.
»Du bist so schön wie die Braut«, sagte die Kammerfrau. Aber Kassandra fand, daß Andromache mit ihren glänzenden dunklen Locken schöner war als jede andere Frau in Troia.

Die beiden Mädchen eilten hinaus und zur Treppe. Aber Kassandra konnte in den kostbaren Sandalen nicht laufen, und so mußten sie beide vorsichtig eine Stufe der langen Treppe um die andere hinuntersteigen.
Die große Festhalle erstrahlte im Licht vieler Fackeln und Lampen. Priamos saß bereits auf seinem hohen Thron und wirkte ungnädig, weil sie so spät kamen. Aber als der Herold verkündete: »Die Herrin Kassandra und Prinzessin Andromache von Kolchis«, streckte er den beiden liebenswürdig die Hände entgegen und forderte sie auf, zu ihm zu kommen. Er wies Andromache den Ehrenplatz neben ihm zu und teilte mit ihr den goldenen Teller und den goldenen Becher.
Hekabe bedeutete Kassandra, sich neben sie zu setzen, und flüsterte ihr zu: »Jetzt siehst du wirklich aus wie eine Prinzessin von Troia und nicht wie eine Wilde von den Stämmen, mein Schatz. Wie hübsch du bist.«
Kassandra glaubte, sie müsse wie eine bemalte Puppe aussehen, wie diese kleinen Figürchen, die aus Ägypten kamen und die man den Königinnen und Königen mit ins Grab gab. Zumindest Polyxena sah wie eine solche Puppe aus. Aber da ihre Mutter zufrieden war, widersprach Kassandra ihr nicht.
Als alle Platz genommen hatten, brachte Priamos den ersten Trinkspruch aus. Er hob den Becher.
»Auf meinen prächtigen neuen Sohn Paris, und das gütige Geschick, das ihn mir und seiner Mutter als Trost im Alter zurückgegeben hat.«
»Aber Vater«, mahnte Hektor leise, »hast du die Prophezeiung bei seiner Geburt vergessen? Er wird Troia ins Unglück stürzen. Ich war damals noch ein Kind, aber ich erinnere mich noch gut daran.«
Priamos wirkte ärgerlich; Hekabe schien den Tränen nahe. Paris zeigte keine Überraschung; also mußte Agelaos ihm die Geschichte inzwischen erzählt haben. Aber es war sehr unhöflich von Hektor, bei einem Fest darüber zu sprechen.
Hektor trug sein bestes Gewand, eine kostbare Tunika mit Goldstickereien; Kassandra erkannte sofort, daß sie das Werk der Königin waren. Auch Paris trug wie Kassandra ein neues Gewand und einen neuen Mantel. Er sah großartig darin aus. Priamos betrachte-

te sie beide voll Genugtuung und sagte: »Nein, mein Sohn. Ich habe das Omen nicht vergessen, das nicht mir, sondern meiner Königin geschickt wurde. Aber die Götter selbst haben ihn mir zurückgegeben, und kein Mensch kann mit dem Schicksal oder dem Willen der Unsterblichen rechten.«

»Aber bist du sicher«, sagte Hektor hartnäckig, »daß es die Götter waren und nicht vielleicht ein böses Geschick, das unser königliches Haus vernichten will?« Das dunkle Gesicht von Paris wirkte wie eine Gewitterwolke, aber Kassandra konnte die Gedanken ihres Zwillingsbruders nicht lesen.

Mit einem warnenden Unterton, bei dem Kassandra zusammenzuckte, sagte Priamos: »Gib Frieden, mein Sohn! Nur in dieser Sache werde ich nicht auf dich hören. Ich würde lieber erleben, daß ganz Troia untergeht, als daß meinem prächtigen, wiedergefundenen Sohn ein Leid geschieht.«

Kassandra erschauerte. Priamos verachtete Prophezeiungen und hatte gerade selbst eine ausgesprochen.

Er lächelte Paris wohlwollend zu, der auf Hekabes anderer Seite saß, die seine Hand fest umklammerte. Auf dem Gesicht der Königin lag ein Lächeln, und Kassandra durchzuckte ein stechender Schmerz; das Auftauchen von Paris bedeutete, daß sie von ihrer Mutter nicht mehr erwarten konnte als die Begrüßung, die sie ihr hatte bereits zuteil werden lassen. Sie wurde traurig, und das Herz tat ihr weh. Aber sie sagte sich, daß Penthesilea zu ihrer wahren Mutter geworden war, und bei den Amazonen war eine Tochter nützlich und willkommen, während man hier in Troia bei einer Tochter immer nur daran dachte, daß sie kein Sohn war.

Priamos forderte Andromache jedesmal zum Trinken auf, wenn der Becher kreiste und vergaß völlig, daß ein junges Mädchen wie sie normalerweise nicht soviel trinken durfte oder sollte. Kassandra sah, daß ihre Freundin bereits leicht betrunken und benommen war. *Vielleicht ist es ganz gut so,* dachte sie, *denn wenn das Fest zu Ende ist, schickt man sie unvorbereitet in das Bett meines Bruders Hektor. Auch er ist ziemlich betrunken.*

Plötzlich war sie froh, daß Andromache nicht Paris heiratete, wie ihr Vater es gewollt hatte. Bei dem Band, das zwischen ihnen bestand, hätte sie vermutlich nicht vermeiden können, den Vollzug der Ehe mitzuerleben. Bei diesem Gedanken wurde ihr abwechselnd heiß und kalt. Ihre Gedanken überschlugen sich. Wo war Oenone? Warum hatte Paris sie nicht aufgefordert, als seine Gemahlin an der Hochzeit teilzunehmen?

Vielleicht ließ Hektor nicht locker, weil er zuviel getrunken hatte. »Mein Vater, du hast beschlossen, unseren Bruder zu ehren. Möchtest du nicht in Betracht ziehen, daß man ihm erlauben sollte, die Ehre zu verdienen, die du ihm schenkst? Ich bitte dich, schicke ihn wenigstens mit einer Aufgabe zu den Achaiern, damit die böse Prophezeiung, wenn sie immer noch gilt, sie trifft.«

»Ein guter Gedanke«, murmelte Priamos, der selbst zuviel getrunken hatte. »Aber du möchtest uns doch nicht schon wieder verlassen, Paris, nicht wahr?«

Paris erwiderte höflich, er stehe seinem Vater jederzeit und immer zur Verfügung.

»Er hat uns alle verzaubert«, erklärte Hektor nicht ohne Bosheit. »Warum soll er seinen unwiderstehlichen Zauber nicht an Agamemnon versuchen und ihn überreden, die Herrin Hesione gegen ein Lösegeld freizugeben?«

»Agamemnon?« Paris hob aufmerksam den Kopf. »Ist er nicht der Bruder des Menelaos, der Helena von Sparta geheiratet hat? Und hat er nicht selbst die Schwester der spartanischen Königin zur Gemahlin genommen?«

»So ist es«, bestätigte Hektor. »Als die Achaier mit ihren Streitwagen und Pferden und mit ihrem Donnergott aus dem Norden kamen, nahm Leda, die Herrin von Sparta, einen ihrer Könige zum Gemahl. Und als sie ihm Zwillingstöchter gebar, erzählte man sich, der Donnergott sei der Vater der einen.

Und Helena heiratete Menelaos«, fuhr Hektor fort, »obwohl sie so schön sein soll wie eine Göttin und jeden König von Thessalien bis Kreta zum Gemahl hätte haben können. Wie ich gehört habe, gab es wegen Helenas Wahl viel Streit, und beinahe wäre deshalb ein Krieg ausgebrochen. Du bist nicht häßlich, meine Andromache«, sagte er, kam näher und betrachtete aufmerksam ihr Gesicht. »Aber ich glaube, du bist nicht so schön, daß ich dich einsperren müßte, weil alle Männer mich beneiden und dich umwerben.« Er hob ihr Kinn hoch und blickte auf sie hinunter.

»Mein Gemahl ist sehr freundlich zu seiner bescheidenen Frau«, sagte Andromache mit einem leichten Lächeln, in dem nur Kassandra den Sarkasmus erkannte.

Paris ließ Hektor nicht aus den Augen, was Kassandra nicht entging. Was dachte er? Konnte er eifersüchtig auf Hektor sein, der weder so gut aussah, noch so klug war wie er? Mit einer so schönen Frau wie Oenone konnte er Hektor um Andromache kaum beneiden, nur weil sie eine Prinzessin von Kolchis war. Oder war er eifersüchtig auf Hektor, weil Hektor der Erstgeborene und bekanntermaßen der Lieblingssohn seines Vaters war? Oder war er zornig, weil es Hektor schließlich doch gelungen war, ihn zu beleidigen?

Sie trank langsam von dem Wein in ihrem Becher und überlegte, wie Andromache wirklich über diese Heirat dachte. Sie konnte sich nicht vorstellen, daß sie überglücklich war, mit diesem groben Hektor verheiratet zu werden, aber vermutlich gefiel Andromache der Gedanke nicht schlecht, schließlich einmal Königin von Troia zu werden. Verstohlen blickte sie sich im Saal um – ihre Mutter hatte sie immer ermahnt, es sei nicht anständig, Männer anzustarren – und überlegte, ob es hier einen Mann gab, den sie bereitwillig heiraten würde. Ganz sicher keiner ihrer Brüder, selbst wenn sie nicht ihre Schwester gewesen wäre. Hektor war grob und streitsüchtig; Deiphobos verschlagen und hinterhältig, und selbst Paris, so hübsch er war, hatte bereits seine Oenone im Stich gelassen. Troilos war noch ein Kind, aber vielleicht würde er einmal sanft und freundlich sein. Sie dachte daran, daß selbst bei den Amazonen die jungen Mädchen ständig über junge Männer gesprochen hatten, und auch dort hatte es sie belastet, *anders* zu sein. Weshalb lag ihr nichts an dem, was den anderen so wichtig war?

Es muß an der Ehe etwas Lohnendes sein. Warum sollten alle Frauen sonst so sehr danach streben? Sie dachte an Imandras Worte: *Du bist eine geborene Priesterin.* Zumindest war das ein einsehbarer Grund für ihr Anderssein.

Ihre Lider wurden schwer; sie blinzelte, richtete sich auf und wünschte, das alles wäre vorbei. Sie war schon vor Tagesanbruch wach und auf der Reise gewesen, und hinter ihr lag ein langer Tag. Priamos hatte Paris an seine Seite gerufen, und sie sprachen von

Schiffen und von dem Weg über das Meer zu den Inseln der Achaier, und wie man mit Agamemnon am besten verhandelte. Andromache schlief beinahe. *Es ist das langweiligste Fest, das ich je erlebt habe,* dachte Kassandra. *Aber schließlich habe ich noch nicht viele Feste mitgemacht.*

Endlich brachte Priamos einen Trinkspruch auf das jungvermählte Paar aus und rief nach Fackeln, um Hektor und die Braut in das Brautgemach zu geleiten.

Hekabe als die Ranghöchste der Frauen führte den Zug mit einer brennenden Fackel an. Das Licht flackerte und tanzte und beleuchtete die bunten Malereien an den Wänden, als die Frauen mit Kassandra rechts und Polyxena links Andromache die Treppe hinaufführten. Ihnen folgten alle Frauen des Palastes, die Nebenfrauen des Priamos und seine Töchter und alle Dienerinnen bis hinunter zu den Küchenmägden. Die Fackeln qualmten, und Kassandras Augen brannten. Die Flammen schienen plötzlich hoch aufzulodern. Hinter den Wänden wütete ein schreckliches Feuer, das sogar das Brautgemach erreicht hatte. Sie führten Andromache einem schrecklichen Schicksal entgegen . . .

Kassandra schlug die Hände vor das Gesicht, als wolle sie den Anblick nicht sehen und hörte sich flüstern: »Nein, nein, das Feuer. Führt sie nicht hinein.«

»Schweig!« Hekabe umklammerte ihre Handgelenke, bis Kassandra sich vor Schmerzen krümmte. »Was ist mit dir? Bist du verrückt?«

»Hörst du den Donner nicht?« fragte Kassandra erstickt. »Nein, nein, dort wartet nur der Tod . . . und das Blut . . . es brennt, der Blitz, das Ende . . .«

»Sei still!« befahl Hekabe. »Welch ein Omen an einem Brautlager! Wie kannst du es wagen, dich so aufzuführen?«

»Aber hört ihr es nicht? Mutter, siehst du nicht . . .« Kassandra hatte das Gefühl, die Dunkelheit verschlinge sie; sie sah nichts mehr als Dunkelheit, in der Flammen züngelten. Sie preßte ihre Hände auf die Augen, um diesen Anblick zu vertreiben. Waren nur die rauchenden Fackeln daran schuld?

»Schäm dich!« redete ihre Mutter zornig auf sie ein und zog sie vorwärts. »Ich dachte, die Prinzessin von Kolchis sei deine Freun-

din. Willst du ihr die Hochzeitsnacht mit diesem Unsinn verderben? Du warst schon immer eifersüchtig, wenn andere als du im Mittelpunkt der Aufmerksamkeit standen. Aber ich dachte, du wärst aus diesem Alter heraus.«
Man führte Andromache in das Brautgemach. Auch hier waren die Wände mit so lebensechten Meereswesen bemalt, daß sie leibhaftig dort zu schwimmen schienen. Beim Festmahl hatte Hekabe ihr erzählt, Handwerker aus Kreta hätten ein Jahr im Palast gearbeitet und die Wände nach kretischem Vorbild gestaltet, und all die geschnitzten Dinge seien ein Tribut der Königin von Knossos.
Auf dem Tisch neben dem Bett stand eine kleine Statue der Erdmutter mit nackten Brüsten über einem enggeschnürten Mieder und einem volantbesetzten Rock. In jeder Hand hielt sie eine Schlange. Als die Frauen Andromache das Hochzeitsgewand auszogen und ihr ein ägyptisches Hemd überstreiften, flüsterte sie Kassandra zu: »Siehst du, die Schlangenmutter. Sie kommt von zu Hause, um mich heute nacht zu segnen . . .«
Die dunklen Fluten in Kassandra drohten wieder, aufzusteigen und sie zu überwältigen. Die Angst schlug über ihr zusammen; mit größter Anstrengung gelang es ihr, nicht laut das Entsetzen und die schrecklichen Ahnungen hinauszuschreien, die drohten, sie zu ersticken.
Feuer, Tod, Blut, das Ende für Troia . . . für uns alle.
Das strenge, zornige Gesicht ihrer Mutter ließ sie schweigen. Sie umarmte Andromache betäubt vor Angst, griff nach der schönen kleinen Statue, streckte sie ihr entgegen und murmelte: »Möge SIE dir Fruchtbarkeit schenken, kleine Schwester.« Im Hemd, mit ausgebürsteten Haaren, die ihr über die Schultern fielen, den geschminkten großen und schwarzgeränderten Augen wirkte Andromache beinahe wie ein Kind. Kassandra, noch immer im Bann der dunklen Fluten ihrer Vision, kam sich inmitten all dieser Mädchen, die Hochzeit spielten, ohne die leiseste Ahnung zu haben, was vor ihnen lag, uralt und verbraucht vor.
Jetzt hörte man den Gesang der Männer, die Hektor die Treppe hinauf zu seiner Braut geleiteten. Andromache klammerte sich an Kassandra und flüsterte: »Du bist als einzige keine Fremde für mich. Ich bitte dich, wünsche mir Glück.«

Kassandras Kehle war so trocken, daß sie kaum ein Wort über die Lippen brachte.
Wenn es nur so leicht wäre, Glück zu gewähren, als Glück zu wünschen.
Sie murmelte mühsam: »Ich wünsche dir Glück, Schwester.«
Aber es wird kein Glück geben – nur Unheil und das größte Leid auf der Welt ...
Durch die fröhlichen Hochzeitslieder hindurch konnte sie beinahe die qualvollen Klageschreie hören, und als Hektor, von seinen Freunden geleitet, das Gemach betrat, färbte das Fackellicht ihre Gesichter rot, und Blut schien darüber zu strömen ... Oder waren es nur die Knochen ihrer Gesichter, die wie Totenschädel leuchteten?
Die Priesterin stand am Bett und reichte Andromache und Hektor den Hochzeitsbecher. Kassandra dachte: *Eigentlich wäre das meine Aufgabe.* Aber ihr Gesicht war vor Angst erstarrt, und sie wußte, sie hätte es nie über sich gebracht, ihrer Freundin den Becher in die Hand zu drücken.
»Sieh nicht so traurig aus, kleine Schwester«, sagte Hektor und strich ihr leicht über das Haar. »Bald bist du an der Reihe. Beim Mahl hat unser Vater davon gesprochen, daß er als nächstes einen Mann für dich finden will. Weißt du, daß Achilleus, der Sohn des Königs Peleus, um deine Hand angehalten hat? Vater sagt, es sei prophezeit, daß er der größte Held aller Zeiten sein wird, und vielleicht wird eine Hochzeit mit einem Achaier die dummen Kriege endlich beenden – obwohl ich lieber gegen Achilleus kämpfen und den Ruhm ernten möchte.«
Kassandra umklammerte erregt Hektors Schultern.
»Bedenke wohl, worum du bittest«, flüsterte sie, »denn ein Gott könnte dir deinen Wunsch erfüllen. Bitte darum, Achilleus nie auf dem Schlachtfeld zu begegnen.«
Hektor sah sie angewidert an und nahm entschlossen ihre Hände von seinen Schultern.
»Als Prophetin bist du ein Unglücksrabe, Schwester, und ich möchte dein Krächzen in meiner Hochzeitsnacht nicht hören. Geh in dein Bett und laß uns hier in Ruhe.«
Kassandra spürte, wie die dunkle Flut wich; sie blieb leer, krank und erschöpft zurück und wußte absolut nicht, was sie gesagt hat-

te. Sie murmelte: »Vergib mir, ich wünsche dir nichts Böses. Du weißt doch, ich wünsche dir und unserer Base aus Kolchis nur Gutes . . .«
Hektors Lippen berührten flüchtig ihre Stirn.
»Es war ein langer Tag, und du bist weit gereist«, sagte er. »Und nur die Götter wissen, welche Verrücktheiten man dir in Kolchis beigebracht hast. Kein Wunder, daß du vor Erschöpfung außer dir bist. Gute Nacht, kleine Schwester, und – *soviel* zu deinen Omen!« Er griff nach der Fackel neben dem Bett und löschte sie schnell. »Mögen sie sich alle ebenso in nichts auflösen!«
Sie drehte sich schwankend um, als die Frauen den letzten Hochzeitsgesang anstimmten. Sie wußte, sie hätte mitsingen sollen, aber nicht um alles in der Welt hätte sie auch nur einen Ton hervorbringen können. Unsicher entfernte sie sich von dem Bett, verließ das Brautgemach und eilte in ihr eigenes Zimmer. Sie sank auf ihr Bett und machte sich nicht einmal die Mühe, das Gewand abzulegen oder sich die Schminke vom Gesicht zu wischen. Sie schlief ein, als die dunkle Flut wieder über sie hereinbrach und das letzte Echo der fröhlichen Lieder verschluckte.

17

Viele Tage hallte der Hafen vom Dröhnen der Hämmer und der Breitbeile wider, während das Schiff auf dem Stapelschlitten wuchs, wo der Kiel gelegt worden war. Beinahe jeden Abend kamen die Sänger in die große Halle, um die Ballade von Jason und den Bau der *Argo* zu singen.
Viele Wochen wurden Vorräte für die Reise geladen, und Segelmacher nähten mit ihren großen Nadeln das gewaltige Segel, das auf dem weißen Sand am Ufer ausgebreitet lag. Im Hof brannten Tag und Nacht die Feuer, um Fleisch zu trocknen oder zu räuchern, das in Fässern verstaut wurde; Körbe mit Früchten wurden herbeigebracht, große Krüge voll Öl und Wein und mehr, immer mehr Waffen. Den Frauen kam es vor, als hätten alle Schmiede des Reichs monatelang bronzene Pfeilspitzen gehämmert, Schwerter aus Bronze oder Eisen und Rüstungen geschmiedet.
Dutzende der besten Krieger begleiteten Paris – nicht um einen

Krieg zu führen, sondern für den Fall, daß sie auf der Fahrt durch die Ägäis Piraten begegnen würden – sei es dem berüchtigten Räuber Odysseus (manchmal erschien er im Palast des Priamos, um seine Beute zu verkaufen, manchmal aber auch nur, um den Zoll zu entrichten, den Priamos von allen Schiffen erhob, die durch die Meerenge nach Norden fuhren) oder einem anderen Freibeuter. Dieses Schiff, das mit Geschenken für Agamemnon und die anderen achaischen Könige beladen war, durfte nicht geplündert werden; der Auftrag bestand darin – zumindest sagte Priamos das –, ein ehrenhaftes Lösegeld für die Herrin Hesione auszuhandeln.
Kassandra sah, wie das Schiff unter den Händen der Schiffsbauer wuchs, und wünschte inbrünstig, sie würde mit Paris und den anderen davonsegeln.
An zwei oder drei Tagen, als die Krieger im Palasthof mit den Waffen übten, lieh sie sich von Paris eine kurze Tunika; der Helm machte sie unkenntlich, und sie übte mit den Männern den Kampf mit Schwert und Schild. Die meisten hielten sie für Paris. Da er selten an den Übungen teilnahm, erkannte man sie nicht sofort. Obwohl sie wußte, das alles war für sie nur ein Spiel, genoß sie es ungemein. Die Gewandtheit ihrer langen Glieder und die Muskelkraft verhinderten, daß man ihre Tarnung durchschaute.
Aber eines Tages trat einer von Hektors Freunden gegen sie an und warf sie zu Boden. Dabei rutschte die kurze Tunika bis über die Hüfte. Hektor kam herbei, riß ihr den Helm vom Kopf, nahm ihr dann, obwohl sie sich wehrte, wütend das Schwert aus der Hand und verprügelte sie mit der flachen Klinge.
»Geh hinein, Kassandra, und kümmere dich um Spinnen und Weben«, schrie er sie an, »es gibt genug Frauenarbeiten für dich. Wenn ich dich noch einmal hier draußen in dieser Verkleidung erwische, schlage ich dich mit eigenen Händen blutig.«
»Laß sie in Ruhe, du Grobian!« rief Andromache, die an der Seite zugesehen hatte. Sie nähte ein rotes Polster für Hektors Streitwagen und heftete gerade das letzte Stück Goldkordel daran. Hektor drehte sich wütend nach ihr um.
»Wußtest du, daß sie hier ist, Andromache?«
»Und wenn ich es gewußt hätte?« erwiderte Andromache herausfordernd, »meine Mutter kämpft als Kriegerin!«

»Es schickt sich nicht, daß meine Schwester oder meine Frau hier draußen unter den Augen der Männer sich die Zeit vertreiben«, erwiderte Hektor ärgerlich, »geh hinein zu deiner Arbeit. Ich will nicht noch einmal erleben, daß du mit diesem ungeratenen Ding unter einer Decke steckst!«
»Du glaubst wohl, du kannst mich auch blutig schlagen!« rief Andromache schnippisch, »aber du weißt, was du von mir zu erwarten hast, wenn du es versuchst!« Kassandra sah staunend, daß ihrem Bruder eine verlegene Röte ins Gesicht stieg.
Der frische Wind blies Andromache die dunklen Haare ins Gesicht. Sie trug eine weite Tunika fast in derselben Farbe wie ihr Hochzeitskleid und sah sehr hübsch aus. Schließlich sagte Hektor so gepreßt, daß Kassandra wußte, er unterdrückte, was er eigentlich sagen wollte, weil es ihm für die Ohren dritter nicht passend erschien – und sei es auch die der eigenen Schwester. »Sei es, wie es sei, Frau. Trotzdem ist es für dich schicklicher, in die Frauengemächer zu gehen und dich an den Webstuhl zu setzen. Es gibt genug Frauenarbeit, und es wäre mir lieber, du würdest dich darum kümmern, als hier herauszukommen und Kassandras Gewohnheiten zu lernen. Nun ja, wenn du es so willst, werde ich deine Freundin diesmal nicht schlagen. Und du, Kassandra, geh und kümmere dich um deine Angelegenheiten, oder ich werde es Vater sagen. Vielleicht findet er einen Weg, dich dazu zu bringen, daß du auf ihn hörst.« Kassandra wußte, daß ihm ihre Empörung nicht entging, denn er fügte etwas freundlicher hinzu: »Komm, kleine Schwester, glaubst du, ich wäre hier draußen und würde mich mit Schild und Speer bis zur Erschöpfung abmühen, wenn ich bequem im kühlen Haus bleiben könnte? Ein Kampf mag dir ganz schön erscheinen, wenn es nur darum geht, mit Speeren und Pfeilen zu spielen, und wenn nur deine Freunde und Brüder gegen dich antreten. Aber sieh her!« Er schob den bunt bestickten Ärmel seiner Wolltunika weit nach oben und zeigte ihr eine lange rote Wunde, die in der Mitte immer noch näßte. »Es schmerzt mich immer noch, wenn ich den Arm bewege. Der Krieg ist nicht so aufregend, wenn man wirklich kämpft und verwundet wird.«
Kassandra betrachtete die Wunde, die den glatten, muskulösen Körper ihres Bruders verunzierte, und ihr krampfte sich seltsam

der Magen zusammen; sie zuckte zurück und erinnerte sich daran, wie sie dem Mann die Kehle durchschnitten hatte, der sie vergewaltigen wollte. Sie wollte es Hektor beinahe erzählen – er war ein Krieger und würde es sicher verstehen. Aber sie sah ihm in die Augen, und wußte, sie würde es nicht tun. Sie dachte, er würde sich nie darüber hinwegsetzen können, daß sie eine Frau war.

»Sei froh, kleine Schwester, daß nur ich dich so entblößt gesehen habe«, sagte er nicht unfreundlich, »denn wenn man auf dem Schlachtfeld entdecken würde, daß du eine Frau bist ... Ich habe gesehen, wie Kriegerinnen geschändet wurden, ohne daß ein einziger Mann etwas dagegen gehabt hätte. Wenn eine Frau den Schutz ablehnt, der Ehefrauen und Schwestern rechtens zusteht, ist sie schutzlos.« Er zog den Helm wieder über das Gesicht, ging mit großen Schritten davon; die Frauen sahen ihm schweigend nach. Kassandra ärgerte sich maßlos und wußte, sie sollte sich schämen, und Andromache unterdrückte ein Kichern. Schließlich prustete sie los.

»Oh, wie zornig er war! Kassandra, wenn er auf *mich* so wütend gewesen wäre, hätte ich mich gefürchtet!« Sie zog das weiße Schultertuch enger um sich, denn der Wind war kühl. »Komm, gehen wir. Weißt du, er hat recht. Wenn ein anderer Mann dich gesehen hätte ...«, sie verzog den Mund und sagte mit einem übertriebenem Schaudern, »wäre sicher etwas Schreckliches geschehen.«

Kassandra sah keine andere Möglichkeit, als ihr zu folgen, und Andromache hakte sich bei ihrer Schwägerin ein.

Zum ersten Mal seit längerer Zeit wurde sich Kassandra wieder der prophetischen Dunkelheit bewußt, die sie erfüllte.

Beim Üben mit der Waffe hatte sie beinahe vergessen, was sie am Abend der Hochzeit aufschreien ließ. Jetzt sah sie durch dieses dunkle Wasser hindurch Andromache und um sie herum etwas anderes, über dem ein kaltes, erschreckendes Feuer von Leid und Entsetzen lag. Aber vor dem Schmerz kam soviel Freude, daß sie Andromache die Hand auf den Arm legte und leise drängend fragte: »Bist du schwanger?«

Andromache lächelte – nein, dachte Kassandra, sie strahlte. »Glaubst du? Ich war mir noch nicht sicher. Ich dachte, ich werde vielleicht die Königin fragen, wie ich es herausfinden könnte. Dei-

ne Mutter war so gut zu mir, Kassandra. Meine Mutter hat mich nie verstanden oder anerkannt, weil ich weich und feige bin und keine Kriegerin werden wollte. Aber Hekabe liebt mich so wie ich bin, und ich glaube, sie wird sich freuen, wenn es wirklich so ist.«
»Zumindest das weiß ich sicher«, sagte Kassandra. Weil sie Andromaches Frage zuvorkommen wollte: »Woher weißt du es?« suchte sie nach Worten, damit sie nicht versuchen mußte, das dunkle Wasser und den schrecklichen Feuerschein zu erklären. »Einen Augenblick lang kam es mir vor«, sagte sie, »daß ich dich mit Hektors Sohn in den Armen sehen konnte.«
Andromache sah sie freudestrahlend an, und Kassandra war erleichtert darüber, daß sie mit ihrer ungewollten Gabe wenigstens einmal Freude und nicht Furcht hervorgerufen hatte.
In den folgenden Tagen nahm sie an den Waffenübungen nicht mehr teil, ging aber oft hinaus, um zu sehen, wie die Schiffsbauer vorankamen. Niemand machte ihr deshalb einen Vorwurf. Das Schiff wuchs Tag für Tag in dem großen Stapelschlitten auf dem Sand, und noch beinahe ehe Andromaches Schwangerschaft für ein ungeübtes Auge sichtbar wurde, war es fertig zum Stapellauf. Ein weißer Stier wurde geopfert, während es mühelos die Rampe hinunter ins Wasser glitt.
In diesem Augenblick fragte Hektor, der zwischen Andromache und Kassandra stand: »Du, die ungefragt ständig Dinge prophezeist, was siehst du für dieses Schiff?«
Kassandra erwiderte leise: »Ich sehe nichts. Vielleicht ist das das beste aller Zeichen.« Sie konnte sehen, daß das Schiff wie das Gesicht eines Gottes umgeben von einem goldenen Glanz zurückkehrte, sonst nichts. »Aber ich glaube, es ist gut, daß du nicht fährst, Hektor.«
»So sei es«, sagte Hektor. Paris kam, um sich zu verabschieden. Er drückte Hektor freundschaftlich die Hand und umarmte Kassandra mit einem Lächeln. Er küßte seine Mutter und sprang an Bord. Die königliche Familie sah zu, wie das Schiff aus dem Hafen glitt und das große Segel sich im Wind blähte. Paris stand schlank und aufrecht am Heck und hielt das Steuerruder. Sein Gesicht leuchtete in der Abendsonne. Kassandra nahm die Hand ihrer Mutter vom Arm, ging durch die jubelnde Menge davon und geradewegs zu

einer großen, schlanken Frau, die den Blick unverwandt auf das Segel gerichtet hielt, bis es nur noch die Größe eines Spielzeugs hatte.

»Oenone«, sagte sie, denn sie kannte Oenone seit dem Augenblick, als sie mit Paris die junge Frau wie in den eigenen Armen gehalten hatte. »Was tust du hier? Warum bist du nicht gekommen, um ihn wie seine anderen Angehörigen zu verabschieden?«

»Als ich mich in ihn verliebt habe, wußte ich nicht, daß er ein Prinz war«, antwortete Oenone. Ihre Stimme war leicht und melodisch und ebenso schön und anmutig wie ihre Gestalt. »Wie könnte ein einfaches Mädchen wie ich mich neben den König und die Königin stellen, während sie sich von ihrem Sohn verabschieden?«

Kassandra legte den Arm um Oenone und sagte freundlich: »Du mußt in den Palast kommen und dort leben. Du bist seine Gemahlin und die Mutter seines Kindes. Deshalb werden sie dich lieben, wie sie Paris lieben.« *Und wenn nicht*, dachte sie, *können sie einfach um der Ehre der Familie willen so tun, als liebten sie dich. Wenn man bedenkt, daß er gegangen ist, ohne ihr Lebwohl zu sagen!*

Über Oenones Gesicht strömten Tränen. Sie umklammerte Kassandras Arm. »Man sagt, du bist eine Prophetin und kannst die Zukunft sehen«, stieß sie schluchzend hervor, »sage mir: Wird er zurückkommen? Sage mir: Wird er zu mir zurückkommen?«

»Oh, er wird zurückkommen«, sagte Kassandra. *Er wird zurückkommen . . . aber nicht zu dir.* Die Heftigkeit ihrer Gefühle verwirrte sie. Sie sagte: »Ich werde mit meiner Mutter über dich sprechen« und ging mit Andromache zu Hekabe. Andromache sagte leicht vorwurfsvoll: »Aber Kassandra, wie kannst du nur? Ein Bauernmädchen . . . Und du willst sie in den Palast bringen?«

»Sie ist kein Bauernmädchen. Sie ist von ebenso guter Herkunft wie wir beide«, erwiderte Kassandra, »du mußt dir nur ihre Hände ansehen, um das zu erkennen. Ihr Vater ist ein Priester des Flußgottes Skamander.«

Sie gebrauchte dieses Argument auch Hekabe gegenüber, die sofort zustimmte: »Natürlich, wenn sie ein Kind von Paris bekommt, müssen wir gut für sie sorgen, damit ihr nichts fehlt.« Sie zögerte und fragte sich: »Aber sollen wir sie deshalb gleich im Palast aufnehmen? Und wieso bist du dir eigentlich so sicher, Kleines?«

Doch als sie Oenone sah, bezauberte sie die Schönheit der jungen Frau sofort. Sie wies ihr einige Gemächer hoch oben im Palast zu, die hell und luftig waren, und von denen aus man das Meer sah. Sie standen leer und rochen nach Mäusen. Aber Hekabe sagte: »Niemand hat die Räume benutzt, seit Priamos' Mutter hier gelebt hat. Wir werden die Handwerker kommen und sie für dich herrichten lassen, Liebes, wenn du ein oder zwei Nächte so mit ihnen vorliebnimmst.«
Oenone erwiderte mit großen, beinahe ungläubigen Augen: »Du bist so freundlich zu mir, Herrin. Sie sind viel zu gut für mich . . .«
»Sei nicht dumm«, sagte Hekabe energisch, »für die Frau meines Sohnes – und bald auch für seinen Sohn – ist nichts zu gut, glaub mir das. Also wir werden die Handwerker aus Kreta nehmen. Es gibt welche hier, die einige Häuser in der Stadt mit Wandbildern schmücken, und andere, die Vasen und Ölkrüge bemalen. Ich werde sie morgen kommen lassen.«
Sie hielt Wort, und in ein, zwei Tagen kamen die Kreter, um die Räume zu verputzen und die Wände mit festlichen Szenen zu bemalen: große weiße Stiere und die springenden Stiertänzer von Kreta in lebensechten Farben. Oenone war entzückt von den hübschen Räumen und freute sich kindlich, als Hekabe Frauen zu ihrer Bedienung schickte. »Du darfst dich nicht überanstrengen, sonst nimmt mein Enkelsohn Schaden«, erklärte Hekabe unverblümt, als Oenone nach Worten suchte, um sich bei ihr zu bedanken.
Auch Andromache behandelte Oenone freundlich – aber sie bedachte sie nicht mit besonderer Aufmerksamkeit. Anfangs verbrachte Kassandra viel Zeit mit den beiden Frauen. Ihre Gefühle verwirrten sie. Andromache gehörte jetzt zu Hektor und Oenone zu Paris. Sie hatte keine engen Freundinnen, und obwohl Priamos beinahe jeden Tag von der Notwendigkeit sprach, einen Mann für sie zu finden, war sie nicht sicher, daß sie das wollte, oder was sie sagen würde, wenn Priamos sie fragte – was er vermutlich nicht tun würde.
Sie verstand nicht, weshalb Oenones Anwesenheit sie so beschäftigte; sie vermutete, es lag daran, daß sie die Gefühle von Paris geteilt hatte (aber wenn Paris soviel für Oenone empfand, wieso hatte er sie dann so bereitwillig verlassen?), als er sie zu seiner Frau

machte. Kassandra spürte das starke Verlangen, Oenone zu liebkosen und zu trösten, zog sich aber gleichzeitig von ihr zurück, denn selbst die unbekümmerten zwischen jungen Mädchen üblichen Umarmungen machten sie verlegen.
Verwirrt und verängstigt begann sie, Oenone zu meiden. Das bedeutete, daß sie auch Andromache mied, denn die beiden jungen Ehefrauen verbrachten jetzt viele Stunden zusammen, sprachen über die Kinder, die sie erwarteten, und webten Kinderkleidchen. Dieser Art Zeitvertreib konnte Kassandra überhaupt nichts abgewinnen. Ihre Schwester Polyxena – nie eine Freundin – war noch nicht verheiratet, obwohl Priamos für sie um die bestmögliche Verbindung feilschte, dachte beinahe nur daran und sprach kaum von etwas anderem.
Kassandra glaubte, wenn Paris zurückkehre, werde sie möglicherweise nicht mehr so stark in Oenones Bann stehen. Aber sie hatte keine Ahnung, wann das sein würde. Wenn sie auf dem hohen Dach des Palastes allein unter den Sternen stand, suchte sie in Gedanken ihren Zwillingsbruder, fand aber nie mehr als frische Meereswinde und einen berauschenden Blick in die tiefe Dunkelheit des Wassers, das so klar war, daß sie die Kieselsteine auf dem Meeresgrund sah.
Eines Tages wartete sie ab, bis Priamos guter Laune war. Dann ging sie zu ihm und fragte ihn ganz in Polyxenas kindlich verspielter Art leise: »Bitte sag mir, Vater, wie weit fährt Paris, und wie lange wird die Rückfahrt dauern?«
Priamos lächelte nachsichtig und antwortete: »Paß auf, Kleine. Hier sind wir am Ufer der Meerenge. Wenn man zehn Tage nach Süden segelt, erreicht man eine Gruppe von Inseln, die von den Achaiern beherrscht werden. Wenn er vermeidet, hier auf einem Riff zu stranden«, er zeichnete mit dem Finger eine Küstenlinie, »kann er entweder weiter südlich nach Kreta segeln oder nach Nordwesten zum Festland der Athener und Mykenaier. Wenn die Winde gut sind und er nicht in einem Sturm Schiffbruch erleidet, könnte er noch vor Ende des Sommers zurückkehren. Aber er wird mit einem oder mehreren achaischen Königen, wie sie sich nennen, handeln und vielleicht eine Weile als ihr Gast bleiben. Sie sind neu im Land. Einige von ihnen sind erst zu Lebzeiten ihrer Väter

gekommen. Ihre Städte sind jung, unsere Stadt ist alt. Du weißt doch, Tochter, es gab schon ein anderes Troia, ehe meine Vorväter unsere Stadt erbaut haben.«

»Ach ja . . .« Sie ließ ihre Stimme so weich und bewundernd klingen wie Polyxenas. Er lächelte und erzählte ihr von der alten kretischen Stadt, die früher einmal nicht mehr als eine eintägige Fahrt mit dem Schiff im Süden an der Küste gelegen hatte. »In dieser Stadt«, sagte er, »gab es große Lagerhäuser mit Wein und Öl, und man glaubt, daß die Stadt möglicherweise deshalb niederbrannte, als Poseidon, der große Erderschütterer, das Meer sich aufbäumen und die Erde erbeben ließ. Einen Tag und eine Nacht lang lag eine große Finsternis über der ganzen Welt bis weit in den Süden, bis nach Ägypten. Die schöne Insel Kallistos stürzte ins Meer. Dabei versank der Tempel der Schlangenmutter. Nur die Tempel von Zeus, dem Donnerer, und Apollon, dem Sonnengott, blieben verschont. Deshalb wird in den zivilisierten Ländern die Schlangenmutter jetzt weniger verehrt.«

»Aber woher wissen wir, daß die Götter das Land erschüttert haben?« fragte Kassandra, »haben SIE Boten geschickt, um es uns zu sagen?«

»Wir wissen es nicht«, erwiderte Priamos, »aber wer könnte es sonst gewesen sein? Wenn es nicht die Götter waren, dann würde es bedeuten, es gibt auf der Erde nur Chaos. Poseidon ist einer der größten Götter hier in Troia, und wir bitten ihn, daß die Erde unter unseren Füßen fest bleibt.«

»Möge es lange so sein«, murmelte Kassandra inbrünstig, und da sie feststellte, daß die Aufmerksamkeit ihres Vaters sich inzwischen wieder auf den Weinbecher richtete, bat sie leise und höflich darum, gehen zu dürfen. Ihr Vater nickte zustimmend. Sie ging in den Hof hinaus und hatte vieles, um darüber nachzudenken. Wenn sich das große Erdbeben tatsächlich ereignet hatte (sie hatte in ihrer Kindheit davon gehört – es lag mehrere Jahre vor der Geburt ihres Vaters Priamos), war es vielleicht ein ausreichender Grund dafür, daß die Verehrung der Erdmutter in schlechten Ruf geraten war – außer vielleicht bei den Amazonen.

Im Hof herrschte geschäftiges Treiben. Es war ein strahlend schöner Tag. Die Handwerker gingen ihrer Arbeit nach. Die Männer, die hoch oben im Palast die Gemächer ausmalten, die Oenone für Paris zugeteilt worden waren, zerrieben Farberden zu Staub und mischten sie mit Öl; Tallymänner mit ihren Kerbhölzern zählten Weinkrüge, die als der Zehnte in einem der Schiffe angekommen waren, die im Hafen ankerten. Krieger übten mit den Waffen. Weit draußen vor der Stadt sah Kassandra eine Staubwolke, die möglicherweise von Hektor stammte, der vielleicht das neue Gespann seines Streitwagens erprobte. Sie ging ungesehen wie ein Geist zwischen den Männern hindurch.

Als wäre ich eine Zauberin und hätte mich unsichtbar gemacht, dachte sie und überlegte, ob sie das vielleicht wirklich tun könnte, und ob es etwas ändern würde, wenn es so war.

Ohne besonderen Grund fiel ihr Blick auf einen jungen Mann, der pflichtbewußt mit seinem Kerbholz zählte und Wachs auf die Schnüre goß, mit denen die großen Öl- oder Weinkrüge verschlossen waren – er drückte das Siegel hinein, das zeigte, daß sie für den Haushalt des Königs bestimmt waren. Er schien unter ihren Blikken leicht unruhig zu werden und schlug die Augen nieder. Kassandra errötete. Man hatte ihr gesagt, es schicke sich nicht für ein Mädchen, junge Männer anzustarren. Kassandra sah zur Seite. Aber er zog ihren Blick wieder auf sich. Der junge Mann schien zu strahlen. Seine Augen veränderten sich eigenartig und wurden beinahe leer. Dann richteten sie sich auf Kassandra, und er hob den Kopf. Er schien größer zu werden, sie zu überragen. Ja, er sah sie, Kassandra, unverwandt an. Blitzartig erkannte sie, welcher Gott von ihm Besitz ergriffen hatte, denn sie blickte wieder in das Gesicht des Sonnengottes Apollon.

Seine Stimme grollte wie Donner, so daß sie sich in einem Winkel ihres Bewußtseins fragte, wie die anderen Männer so ruhig bei ihrer Arbeit bleiben konnten.

Kassandra, Tochter des Priamos, hast du MICH *vergessen?*

Sie flüsterte kaum hörbar: »Niemals, mein Gott.«

Hast du vergessen, daß ICH *meine Hand auf dich gelegt und Besitz von dir ergriffen habe?*

Wieder flüsterte sie: »Niemals.«

Dein Platz ist in MEINEM *Tempel. Komm,* ICH *befehle es dir.*

»Ich werde kommen«, sagte sie halblaut, ohne den Blick von der strahlenden Gestalt zu wenden. Dann kam der Aufseher durch den Hof; das Licht um den jungen Mann blendete sie plötzlich, und er verschwamm in der Sonne ...

Die Vision war verschwunden, und Kassandra fragte sich, ob sie tatsächlich in den Tempel des Sonnengotts befohlen worden war. Sollte sie ihren Umhang, ihre Schlange nehmen und auf der Stelle hinauf zum Platz der Götter steigen? Sie zögerte. Wenn sie das alles nur geträumt hatte, wenn es nicht wirklich geschehen war, was würde sie den Priestern und Priesterinnen im Tempel sagen? Ganz bestimmt standen Strafen auf eine solche Gotteslästerung ...

Nein. Sie war die Tochter des Priamos, eine Prinzessin von Troia, und sie war Priesterin der großen Mutter geworden. Sie mochte sich irren, aber ganz sicher war es keine Gotteslästerung oder etwas, das sie unbeachtet lassen konnte. Sie kehrte in den Palast zurück und flüsterte dabei: »Wenn ich gerufen worden bin, Apollon, schicke mir ein Zeichen.«

Auf der großen Treppe begegnete sie Hekabe, die ein Werktagskleid trug. Die gerunzelte Stirn ließ sie älter erscheinen.

»Du bist müßig, Tochter«, sagte Hekabe tadelnd, »wenn du dich nicht selbst beschäftigen kannst, werde ich eine Aufgabe für dich finden. Von jetzt ab wirst du die Frauengemächer morgens nicht mehr verlassen, bis du deinen Teil beim Spinnen und Weben getan hast. Du solltest dich schämen, deine Arbeit deinen Schwestern zu überlassen. Hast du bei den Frauen meines Stammes nur Faulheit gelernt?«

»Ich bin nicht müßig«, widersprach Kassandra empört. War dies das Zeichen, um das sie gebeten hatte? »Der Gott hat mich gerufen, und ich werde in SEINEM Tempel gebraucht.«

Hekabe kniff die Augen zusammen und sah sie strafend an.

»Kassandra, die Götter wählen ihre Priesterinnen aus dem einfachen Volk. SIE rufen keine troianische Prinzessin.«

»Glaubst du, ich sei weniger würdig als irgendeine andere?« fragte Kassandra. »Seit ich ein Kind war, weiß ich, daß Apollon, der Sonnengott, mich für SICH haben will. Jetzt hat ER mich gerufen!«

»Ach Kassandra«, seufzte Hekabe, »was redest du für einen Unsinn?« Aber Kassandra hörte nicht mehr zu. Sie drehte sich um, lief die Treppe hinunter, durch das große Palasttor hinaus und eilte den Hügel hinauf zum Tempel des Sonnengottes.

18 Kassandra rannte die Stufen der Straße hinauf, die sich vom tiefsten bis zum höchsten Punkt der Stadt zog. Sie bemerkte kaum, daß die Frauen, die in den dicht gedrängten Häusern entlang der steilen Straße lebten, scharenweise in den buntgefärbten Kleidern herausliefen und ihr verwundert nachstarrten. Ihr klopfendes Herz zwang sie schließlich, langsamer zu gehen und schließlich stehenzubleiben.

Sie krümmte sich. Ihr war übel. Man hatte ihr mit aller Härte beigebracht, vor Fremden immer ihre Würde zu wahren. Sie preßte den weiten Ärmel auf den Mund und versuchte, die Übelkeit und den stechenden Schmerz in der Brust zu ertragen. Sie hielt nach einer Stufe Ausschau, auf die sie sich setzen und wo sie ausruhen konnte. Sie wollte nicht völlig aufgelöst wie eine Flüchtende am Tor des Sonnengottes erscheinen.

Eine freundliche Stimme sagte: »Prinzessin . . .« Kassandra blickte auf und sah eine alte Frau, die sich mit einem Tonbecher in der Hand über sie beugte. »Du bist zu schnell in der Hitze hier heraufgestiegen. Darf ich dir etwas Wasser anbieten? Ich kann dir auch gekühlten Wein bringen, wenn es dir gefällt hereinzukommen.«

Der Gedanke, in das kühle schattige Haus zu treten, war verlockend. Aber Kassandra hätte sich geschämt, eine Schwäche zu zeigen oder einzugestehen.

Wie kann die Sonne mir schaden? Apollon, der Sonnengott, liebt mich . . .

Sie sagte das nicht laut. Sie bedankte sich leise und setzte den Becher an die Lippen. Das Wasser schmeckte leicht nach Ton und war nicht allzu kalt. Aber es tat ihren trockenen Lippen und der ausgedörrten Kehle gut.

»Willst du dich in meinem Haus ausruhen, Prinzessin?«

»Nein danke.« Sie sah die alte Frau nicht an. »Es ist schon wieder gut. Ich bleibe hier sitzen und ruhe mich kurz aus.« Das Licht schmerzte ihr in den Augen. Sie legte schützend die Hand darüber und blickte hinunter auf das glitzernde Wasser im Hafen. Die Sonne blendete sie, und alles verschwamm vor den Augen. Dann sah sie es deutlich und hätte beinahe aufgeschrien: Die Segel vieler Schiffe verdunkelten das klare Blau des Meeres.

So viele! Woher sind sie gekommen?

Es waren nicht die Schiffe ihres Vaters. Jedesmal, wenn sie versuchte, eines eingehender zu betrachten, war sie sich nicht sicher, daß es überhaupt vorhanden war. Nach einigen Augenblicken lag in dem flimmernden Hafen mit dem gleißenden blauen Wasser nur noch ein altes kretisches Schiff, das seit drei Tagen Farben und Holz entlud. *Also war es nur eine Vision ... eine Sinnestäuschung.*

Sie zwang sich, die schmerzenden Augen vom trügerischen Wasser zu wenden, stand langsam auf und stieg weiter nach oben. Sie kniff die Augen vor der Sonne zusammen, die wie ein Feuer leuchtete, das sich über die ganze Stadt bis zu den Mauern ausbreitete. Während sie langsam immer weiter nach oben stieg, wuchs in ihr das Gefühl, daß es albern war, so davonzulaufen. Man floh nicht zu einem Gott wie eine verirrte Ziege, die aus der Herde ausbricht. Sie hätte kommen sollen, o ja. Aber sie hätte wie eine troianische Prinzessin kommen sollen – in der angemessenen Begleitung und mit Geschenken, wie sie sich für das Haus des Gottes ziemten. Trotzdem, es wäre falsch, jetzt umzukehren. *Oder war die trügerische Vision der Schiffe als Warnung gedacht ...?* Nein, selbst dann konnte sie ihr Versprechen, das sie dem Gott gegeben hatte, nicht zurücknehmen.

Sie ging weiter und näherte sich dem Tempel des Sonnengottes.

Ein Sommerblitz zog ihren Blick nach oben zu dem schimmernden Tempel der Pallas Athene, und plötzlich überfielen sie Zweifel. Sie war zur Priesterin der Göttin gemacht, in die Unterwelt geschickt worden, um SIE zu suchen, und die Göttin hatte sie angenommen. Hatte nicht die Erdmutter sie seit frühester Kindheit gerufen und durch die Stimme der Weissagungen zu ihr gesprochen? Wurde sie der göttlichen Mutter, der Jungfrau und Beschützerin der Jungfrauen untreu und ließ SIE zugunsten des schönen Sonnengottes im Stich?

Panische Angst erfaßte Kassandra. Sie glaubte, sich wieder übergeben zu müssen. Sie schluckte krampfhaft. Ihr Körper war von einer Frucht erfüllt, die sie beinahe schmeckte. Sie hörte schwere Schritte, die sie verfolgten, und plötzlich wurde der Himmel über ihr dunkel. Sie hatte nur einen Gedanken, als die dunkle Flut über ihr zusammenschlug: *Ich muß den Tempel der Jungfrau erreichen. Nur dort bin ich sicher ... Kein Mann wird wagen, Hand an die zu legen, die* SIE *beschützt ...*

Kassandra blinzelte ungläubig. Es gab keine Gefahr, keine Flammen, keine Verfolger. Der Hafen glänzte leer und blau. Auf der Straße befanden sich nur ein paar Frauen, die beobachteten, wie sie ruhig auf das große Tor des Tempels zuschritt.
Läßt der Gott den Wahnsinn über mich kommen? Sie blieb stehen, um Luft zu holen.
Ein plötzlicher Windstoß schien sie wie eine riesige Hand über die Schwelle in den Tempel zu schieben. Kassandra strich geistesabwesend die Haare zurück und blickte sich um. Sie war beinahe enttäuscht, daß niemand aufmerksam zu werden schien.
Was habe ich erwartet? Habe ich geglaubt, daß der Gott persönlich kommen und mich begrüßen würde?
Eine alte Frau im Gewand einer einfachen Priesterin – eine weiße Tunika und ein mit Safran sonnengold gefärbter Schleier – hob den Kopf und sah Kassandra an. Dann stand sie auf und kam näher.
»Willkommen, Tochter des Priamos«, sagte sie, »bist du gekommen, weil du einen Orakelspruch oder ein Zeichen suchst? Oder willst du etwas opfern?«
»Nichts von all dem«, erwiderte Kassandra befangen. Sie wußte nicht, wie sie ausdrücken sollte, was sie sagen wollte. »Ich bin gekommen –, weil der Gott mir befohlen hat zu kommen. Ich soll SEINE Priesterin werden . . .« Sie brach ab und kam sich albern vor.
Aber die alte Frau lächelte freundlich und sagte: »Ja natürlich, ich erinnere mich, daß du als kleines Mädchen zu uns gekommen bist und dich hier zu Hause zu fühlen schienst. Ich dachte mir, daß der Sonnengott dich vielleicht eines Tages rufen würde. Komm herein und erzähle mir alles. Als erstes, sag mir, wie alt du bist. Du scheinst schon seit geraumer Zeit eine Frau zu sein.«
»Meine Mutter sagt, daß ich bald nach der Sommersonnenwende sechzehn werde«, erwiderte Kassandra beim Hineingehen. Sie erkannte den Vorraum wieder, wo sie vor vielen Jahren eine süße Melonenscheibe gegessen hatte, während ihre Mutter auf den Orakelspruch wartete. Sie konnte kaum glauben, daß er sich in den vielen Jahren so wenig verändert hatte. Sie dachte an die Schlangen, die sie damals gesehen und gestreichelt hatte. Sie gehörten einer kurzlebigen Art an und waren vermutlich schon lange tot. Der Gedanke machte sie traurig.

Die Priesterin forderte sie mit einer Geste auf, sich zu setzen. »Erzähle mir von dir«, sagte sie, »erzähle mir alles, was dich glauben läßt, daß du in unseren Tempel gerufen worden bist.«

Als Kassandra zu Ende gesprochen hatte, sagte die Priesterin: »Nun, Kassandra, wenn du eine von uns sein möchtest, mußt du ein Jahr lang hier im Tempel leben und lernen, die Orakel und Zeichen zu deuten, um für den Gott zu sprechen.«

Ein Glücksgefühl stieg wie eine Woge in ihr auf, und sie sagte: »Ich werde glücklich sein, im Haus des Gottes zu leben.«

»Dann mußt du eine der Tempeldienerinnen schicken, um deine Habe zu bringen. Du brauchst nur ein paar wenige Gewänder und einen warmen Mantel, denn du mußt die übliche Kleidung der Priesterinnen tragen. Wir sind hier alle Schwestern, und solange du im Heiligtum lebst, darfst du keine Edelsteine und keinen Schmuck tragen.«

»An Edelsteinen liegt mir nichts«, sagte Kassandra, »und ich habe nur ein paar. Aber weshalb ist es nicht erlaubt?«

Die alte Frau lächelte. »Es gehört zu den Regeln des Tempels, und ich weiß nicht, weshalb es so ist. Vielleicht deshalb, weil viele, die hierherkommen, um unseren Rat zu suchen, arm sind. Wenn wir uns mit Schmuck behängen würden, könnten sie das Gefühl haben, wir würden uns an ihren Opfern bereichern.

Ich heiße Charis«, sagte sie, »das ist einer der Namen der Erdgöttin. Ich lebe im Haus des Sonnengottes, seit ich neun Winter alt war, und jetzt bin ich sieben-und-vierzig. Wir leben lange, es sei denn, wir werden ausgewählt, dem Gott ein Kind zu gebären, und wir sterben im Kindbett. Aber das kommt nicht oft vor, und viele unserer Brüder und Schwestern sind Heilpriester. Hast du die Erlaubnis deiner Mutter oder deines Vaters, hier im Haus des Gottes zu wohnen?«

Kassandra sagte: »Ich glaube, meine Mutter wird zustimmen. Und mein Vater ... nun ja, er hat so viele Söhne und Töchter, daß ich glaube, es wird ihm gleichgültig sein, ob ich im Haus des Gottes oder in seinem lebe. Ich war nie sein Liebling.«

»Aber sag mir«, fragte Kassandra die alte Priesterin, »darf ich meine Schlange hier im Tempel bei mir haben? Sie ist ein Geschenk von Imandra, der Königin und Priesterin von Kolchis, und niemand in

Troia außer mir liebt sie. Ich fürchte, man wird sie vernachlässigen, wenn ich nicht da bin, um für sie zu sorgen.«
»Sie ist willkommen«, antwortete Charis, »du darfst sie bringen lassen.« Die alte Priesterin rief eine Dienerin, und Kassandra gab ihr genaue Anweisung, was sie aus dem Palast gebracht haben wollte. »Und geh zu Königin Hekabe, meiner Mutter«, fuhr sie fort, »und sage ihr, ich bitte um ihren Segen.«
Die Dienerin verneigte sich und ging. »Wenn du möchtest«, sagte Charis, »werde ich dir jetzt die Räume zeigen, in denen die Jungfrauen des Sonnengottes schlafen.«

Damit begann die Zeit, an die sich Kassandra später als die glücklichste und friedlichste ihres Lebens erinnerte. Sie lernte, die Orakel zu befragen, die Zeichen zu lesen und die ausgewählten Opfergaben im Heiligtum darzubringen. Sie sorgte für die heiligen Schlangen und lernte, ihre Bewegungen und ihr Verhalten zu deuten. Wie vorausgesehen, machte ihre Mutter keine Schwierigkeiten. Sie schickte mit der Dienerin Kassandras Sachen und eine Botschaft: »Sage meiner Tochter Kassandra, daß ich sie segne und gutheiße, was sie getan hat.«
Sehr bald hatte Kassandra viele Freunde und Freundinnen im Heiligtum. Schon nach wenigen Monaten kamen viele Bittsteller und Fragende zu ihr. Sie sahen es lieber, wenn Kassandra ihre Opfergaben entgegennahm und ihnen Ratschläge gab. Einmal fragte sie einen älteren Priester: »Ich verstehe es nicht. Weshalb kommen sie zum Gott, um IHM diese albernen Fragen zu stellen, für die sie nicht den Rat eines Gottes brauchen, sondern nur den Verstand, mit dem sie geboren wurden?«
»Weil so viele von ihnen als Dummköpfe oder Schlimmeres geboren sind«, erwiderte der Priester unverblümt, »sie glauben, die Götter haben nichts Besseres zu tun, als sich mit den Angelegenheiten der Menschen zu befassen. Ich glaube, die Götter haben zu viele eigene Sorgen im Land der Unsterblichen, um sich auch noch um die Angelegenheiten einfacher Menschen zu kümmern. Vielleicht tun sie es bei Königen und den Großen, aber –«, er senkte den Blick und sagte beinahe flüsternd, »selbst dafür habe ich wenig Beweise gesehen, Tochter des Priamos.«

Kassandra war entsetzt über diese Gotteslästerung. Aber sie dachte: *Wenn der Priester nicht an den Gott glaubt, schadet er eher sich und weniger anderen.* Solange Kassandra im Heiligtum lebte, hatte sie stets ein starkes und oft überwältigendes Gefühl von der Anwesenheit des Gottes, so wie damals, als ER sie zum ersten Mal gerufen hatte.

Das heißt nicht, daß ihre Zeit im Tempel völlig sorgenfrei war. Einige der Jungfrauen waren offen eifersüchigt auf Kassandra, weil sie bei den älteren Priestern und Priesterinnen sehr beliebt war. Und wenn sie mit ihr oder über sie sprachen, waren sie unfreundlich oder gehässig. Aber Kassandra war bei gleichaltrigen Mädchen nie sonderlich beliebt gewesen – nicht einmal bei ihren Schwestern und Halbschwestern (ausgenommen bei den Amazonen) – und hatte sich damit schon als Kind abgefunden.

Meistens hatte sie das Gefühl, von liebevoller Aufmerksamkeit umgeben zu sein. Wie konnte es auch anders sein, wenn sie im Haus ihres Gottes lebte? Viele Frauen im Heiligtum sprachen vom Sonnengott wie andere von einem Ehemann oder Liebhaber. Eine der üblichen Bezeichnungen der Priesterinnen war sogar »die Gottesbräute«. Von einer Frau, von Phyllida, sagte man, sie sei sogar tatsächlich einmal die Braut des Gottes gewesen. Sie hatte einen Jungen geboren, der als Sohn Apollons galt.

Als Kassandra das zum ersten Mal hörte, ärgerte sie sich; dieser offensichtliche Unsinn empörte sie.

Ist Phyllida eine Närrin, die sich von einem ganz gewöhnlichen Verführer hat täuschen lassen? Oder hat sie eine Geschichte erfunden, um ein verbotenes Abenteuer zu bemänteln? fragte sich Kassandra, denn es war den Jungfrauen des Gottes verboten, etwas mit Männern zu haben; man wachte sorgsam über sie. Es war ihnen nicht erlaubt, Besucher zu empfangen, Geschenke anzunehmen oder auch nur mit den eigenen Brüdern oder Vätern zusammenzutreffen – es sei denn in Anwesenheit einer der Erzieherinnen, die die Jungfrauen des Sonnengottes behüteten und versorgten. *Wenn ich wünschte, die Braut eines Sterblichen zu sein,* dachte sie, *würde mein Vater mit Freuden einen Mann für mich suchen.*

Manchmal lag Kassandra halb wach und hörte die unverkennbare Stimme des Gottes, in der ER sie gerufen hatte – ein strahlender

Unsterblicher, der manchmal mehr als nur ein Mann war. Öfter träumte sie, sie vergehe in den Armen ihres Gottes; eine übermenschliche Ekstase erfaßte und überflutete alle ihre Sinne; den Gesprächen der anderen Mädchen (aus Scheu beteiligte sie sich allerdings kaum an solchem Klatsch) entnahm sie, daß sie nicht als einzige mit solchen Träumen beschenkt wurde.

Als eine der Jungfrauen einmal ihren letzten Traum mit allen sinnlichen Einzelheiten erzählte, die nach Kassandras Meinung nur schwärmerischer Phantasie entspringen konnten, sagte sie: »Wenn du sooft davon träumst, bei einem Mann zu liegen, Esiria, warum schickst du dann nicht nach deinem Vater und bittest ihn, dich zu verheiraten? Kannst du nicht etwas anderes finden, womit deine Gedanken sich beschäftigen und etwas Sinnvolleres, um darüber zu reden?«

»Du bist ja nur eifersüchtig, weil ER nicht einmal versucht, im Traum bei dir zu liegen«, erwiderte Esiria bissig, »und wenn ER es täte, würdest du IHN zurückweisen?«

Ein eigenartiger Schauer überlief Kassandra.

»Wenn ER versuchen sollte, bei mir zu liegen«, erwiderte sie, »würde ich ganz sicher sein wollen, daß es wirklich der Gott ist und nicht irgendein lüsterner Mann, der darauf aus ist, eine dumme, gutgläubige Frau oder ein gefühlsbetontes Mädchen zu täuschen, die einen Lüstling für den Stellvertreter eines Gottes hält. Ich weiß, es gibt Männer hier im Tempel, denen zuzutrauen ist, daß sie ein dummes Mädchen so ausnützen. Oder glaubst du, Priester sind Eunuchen, weil sie ein Keuschheitsgelübde abgelegt haben?«

Esiria sagte nichts mehr, und Kassandra ließ die Sache auf sich beruhen. Aber als die Frauen am nächsten Tag Wasser am Brunnen holten, ging sie zu Phyllida und bat sie, ihr Kind sehen zu dürfen. Wie alle Mütter war die junge Frau (sie war nicht einmal so alt wie Kassandra) nur allzu gern bereit, ihren Jungen vorzuführen.

Er war wirklich hübsch, hatte große blaue Augen unter langen Wimpern und einen goldenen Lockenschopf, der es leicht machte zu glauben, daß er tatsächlich ein Kind des Sonnengottes war. Kassandra bewunderte und küßte ihn. Dann fragte sie Phyllida in einem angebracht ehrfürchtigen Ton: »Woher wußtest du, daß der Gott zu dir gekommen war?«

»Zuerst wußte ich es nicht«, sagte Phyllida, »ich dachte, es sei ein Mann in der Maske des Gottes, und ich öffnete den Mund, um nach einer der Erzieherinnen zu rufen. Aber dann – hast du jemals die Stimme des Gottes gehört, Tochter des Priamos?«
Kassandra mußte schlucken, als sie sich an diese Stimme erinnerte. Sie begann: »Ich habe gehört ...«, konnte aber nicht weiter sprechen.
»Wenn du es erlebst, wirst du es wissen«, sagte Phyllida und schwieg.
Kassandra sah wieder den kleinen Jungen an und sagte: »Er ist schön. Darf ich ihn einmal halten?«
»Natürlich.« Das Kind war eingeschlafen. Sein kleiner Mund, der wie eine halb geöffnete Rose war, hing immer noch an der Brust seiner Mutter. Phyllida legte den Kleinen Kassandra in die Arme. Er bewegte sich und weinte leise. Aber sie wiegte ihn, wie sie es bei ihrer Mutter gesehen hatte, und er wurde wieder still. Sein feuchtes, weiches Gewicht in ihren Armen unterschied sich von allem, was sie kannte. Selbst bei den Amazonen hatte sie nie ein so kleines Kind gehalten. Sie beugte sich über ihn und berührte die weiche Haut mit ihren Lippen. Sie fühlte sich wie Rosenblätter an.
Eine grenzenlose Zufriedenheit überkam sie; aber sofort schien eine Wolke die Sonne zu verdecken, und ein kalter Wind wehte, obwohl sie immer noch im warmen, hellen Hof in der Sonne saß, die sie beinahe verbrannte, so daß sie einen Zipfel ihres Schleiers über das Kind zog, damit die Strahlen nicht seinen Augen schadeten oder die Haut verbrannten. Sie erkannte die Dunkelheit der Vision und wartete reglos auf das, was sie nicht vermeiden konnte.
Leid und Qual waren das Wesentliche. Irgendwie glitt sie durch die Zeit und wußte, daß seit diesem ruhigen Augenblick Jahre vergangen waren. Das Kind an ihrer Brust war ihr eigenes Kind. Das Köpfchen war dunkel und gelockt, und selbst als die eigenartige Woge des Glücks sie erfaßte, wurde sie von Verzweiflung überschattet – von der Erinnerung an den jetzigen Augenblick und von Zorn und Widerwillen. Die Vision war so stark, daß sie wie gelähmt dasaß. Dann wußte sie wieder, wo sie war. Wieder einmal war es ihr gelungen zu verhindern, daß sie in der dunklen Flut ertrank.

Sie sah, daß Phyllida sie mit ihren großen kindlichen Augen angstvoll betrachtete, als sie der Mutter das kleine Kind wieder in die Arme legte. Phyllida flüsterte: »Du wirkst so fern und fremd, Kassandra. Man sagt, du kannst in die Zukunft blicken. Was hast du für mein Kind gesehen?« Und da Kassandra schwieg, fragte sie flehend: »Du würdest mein Kind doch nicht verfluchen?«

»Nein! Nein! Natürlich nicht, Kleines«, sagte Kassandra.

»Wirst du es dann segnen, Tochter des Priamos?«

Kassandra wollte sie beruhigen und suchte in sich die ferne Berührung der Göttin, um sich für einen Segen auf diese Macht zu stützen, aber sie hörte sich sagen: »Leider gibt es keinen Segen für ein troianisches Kind, das in diesem unheilvollen Jahr geboren wird. Aber vielleicht wird Apollon, sein Vater, ihn segnen, da ich es nicht kann.« Sie erhob sich schnell und ging davon. Phyllida sah ihr in stummer Bestürzung nach.

19

Einige Tage später erschien ein Bote aus dem Palast mit Geschenken für den Tempel und einer Nachricht für Kassandra. »Dein Vater und deine Mutter bitten dich, zur Hochzeit deiner Halbschwester Kreusa nach Hause zu kommen.«

»Ich muß um Erlaubnis bitten«, sagte Kassandra, aber die Erlaubnis wurde bereitwillig erteilt – vielleicht zu bereitwillig. Kassandra wußte, daß sie bei keiner anderen jungen Priesterin so schnell zugestimmt hätten. Sie wünschte aufrichtig, wie alle behandelt zu werden. Sie konnte es den Priestern und Priesterinnen aber nicht verübeln, daß sie den König von Troia nicht erzürnen wollten. Man bestand nur darauf, daß Kassandra, da sie noch keine volle Priesterin war und sich noch im Probejahr befand, von einer älteren Priesterin begleitet und beaufsichtigt wurde, wenn sie die Nacht im Haus ihres Vaters verbringen würde.

Die Priesterin, die Kassandras Bitte angehört hatte, sagte: »Es liegt in deiner Hand, eine Gunst zu gewähren, Tochter des Priamos. Wen möchtest du als Begleiterin?«

Kassandra war diese Art höfischer Intrige nicht ganz fremd. Wen

immer sie auch wählte, es würde andere geben, die sich vielleicht übergangen fühlten. Um eine Wahl zu treffen, an der niemand etwas aussetzen konnte, entschied sie sich für die alte Charis, die sie im Haus des Gottes willkommen geheißen hatte. Auf Charis konnte keiner eifersüchtig sein.
Sie kleidete sich in das festlichste der wenigen einfachen Gewänder, die sie bei sich hatte, und ging, begleitet nur von einem Tempelsklaven, mit der älteren Frau unauffällig durch die Straßen.
Charis, die ihr ganzes Leben im Haus des Sonnengottes verbracht hatte, war trotzdem beeindruckt, als sie sich dem großen Palast des Priamos näherten und sagte wenig.
Auch Kassandra war schweigsam, denn sie hatte von der Höhe herabgeblickt und wieder die dunklen Schiffe im Hafen gesehen, ohne zu wissen, ob sie tatsächlich dort lagen oder erst kommen würden.
Hekabe kam in den Vorhof, um sie zu begrüßen. Kassandra beugte sich hinunter, um ihre Mutter zu umarmen – Hekabe war eine große Frau, aber Kassandra war inzwischen noch größer. Als Hekabe das Gesicht hob, um ihre große Tochter anzusehen, jammerte sie: »Du kannst doch nicht immer noch wachsen! Du bist ja größer als die meisten Krieger, Kassandra. Möglicherweise wird kein Mann sich um dich haben wollen –«
»Was macht das schon, Mutter? Da ich nicht heiraten, sondern im Haus des Gottes leben soll . . .«
»Das werde ich niemals dulden«, erwiderte Hekabe energisch, »ich will deine Kinder sehen, ehe ich sterbe.«
Das wirst du nie.
Kassandra wußte es plötzlich. Mit der Erinnerung an Phyllidas Kind auf ihrem Schoß kam das schmerzliche Wissen, daß Hekabe die Augen in dieser Welt für immer geschlossen haben würde, ehe sie ihr Enkelkind im Arm hielt.
Mir bleibt nur Bitterkeit und Verzweiflung.
»Sprechen wir nicht davon, Mutter. Wenn du eine Hochzeit willst, hast du ja Kreusa, um sie zu verheiraten, und Polyxena ist älter als ich und immer noch unverheiratet. Suche einen Mann für sie und mach dir meinetwegen keine Sorgen. Sag mir, wer ist Kreusas Zukünftiger?«

»Sie wird Aeneas, den Sohn von Anchises, heiraten«, antwortete Hekabe, »er ist so hübsch, daß man sagt, er sei wirklich ein Sohn der schaumgeborenen Aphrodite.«
»Sie ist eine Göttin, von der ich nichts weiß«, erklärte Kassandra, ehe sie sich an die Schöne in Paris' Traum erinnerte. Ach ja, Aphrodite war die Göttin der Liebe und der Schönheit.
»Wenn sein Vater behauptet, der Geliebte der Aphrodite zu sein, wäre die Göttin meiner Meinung nach zornig auf ihn«, sagte Kassandra, »ich muß dieses Wunder von einem Mann sehen.«
»Nun, Kreusa ist mit ihm zufrieden und dein Vater auch«, sagte Hekabe, »und ich wäre in meiner Jugend mit einem solchen Gemahl mehr als glücklich gewesen.« Etwas ängstlich bat sie Kassandra: »Bitte versuche bei dieser Hochzeit nicht wieder ein Unheil zu prophezeien, Liebes. Es schafft so viel Unruhe unter den Leuten.«
Glaubt sie, ich prophezeie Dinge, weil mir das gefällt? dachte Kassandra, in der der Zorn aufstieg. Aber ihre Mutter wirkte so besorgt, daß der Zorn schnell verging. Sie küßte sie noch einmal und sagte: »Ich werde bestimmt versuchen, kein Unheil zu sehen. Wenn die Götter freundlich sind, werde ich vielleicht etwas Besseres voraussagen können.«
»Die Götter mögen es geben«, murmelte Hekabe fromm, »jetzt komm herein, Liebes. Ich habe dich sehr vermißt.«
Nach einem Monat im Haus des Sonnengottes wirkte alles im Palast kleiner und übertrieben prunkvoll, aber doch lieb und vertraut. Andromache trug für die Hochzeit ein flammend rotes Gewand. Sie eilte herbei, um Kassandra zu begrüßen. Inzwischen sah man überdeutlich, daß sie schwanger war. Sie watschelte, wie das bei Schwangeren oft der Fall ist, die den Oberkörper zurückbeugen, um das Gleichgewicht zu halten. Kassandra dachte an das schlanke junge Mädchen in Imandras Haus und wurde traurig. Aber Andromache umarmte sie fröhlich.
»Ich bin so glücklich, dich zu sehen! Ich wollte, du würdest heiraten und nach Hause kommen, damit wir zusammensein können! Stell dir vor, in einem Mond werde ich meinen Sohn in den Armen halten.«
»Wo ist Oenone? Sollte sie nicht bei uns sein? Eine schwangere Frau bei einer Hochzeit ist der Gast, der das meiste Glück bringt.«

»Sie ist nicht mehr schwanger«, sagte Andromache, »hast du es nicht gehört? Sie hat Paris vor vier Tagen einen Sohn geboren und liegt immer noch im Bett. Es war schrecklich für sie. Das arme Ding. Deine Mutter hat gesagt, sie war so eng, daß sie es hätte besser wissen müssen und kein Kind bekommen dürfen. Aber als ich sie fragte, wie Oenone es hätte verhindern sollen, hat sie es mir nicht verraten. Sie sagte, Hektor würde das nicht mögen. Oenone hat ihren Sohn Korythus genannt... Wenn Kreusa eine Schwangere auf ihrer Hochzeit haben möchte, muß sie sich mit mir begnügen.«
»Kreusa kann von Glück reden, dich unter ihren Gästen zu haben«, sagte Kassandra.
Andromache lächelte wie eine Katze am Sahneteller und sagte: »Ich hoffe, das findet sie auch.«
»Ich sollte gehen und Oenone besuchen«, sagte Kassandra.
Andromache griff nach Kassandras Hand und zog sie mit sich die Treppe hinauf. »Das tust du besser nicht«, sagte sie, »sie war in letzter Zeit sehr eigenartig. Als ich zu ihr ging, hat sie nicht mit mir gesprochen. Sie sagte, ich sei eine Feindin ihres Mannes, weil Hektor ihn weggeschickt hat.«
Sie gingen hinauf in die Gemächer, wo die Frauen die Braut ankleideten. Es war der schöne Raum mit den kretischen Stiertänzern an den Wänden, und Kassandra sagte: »Aber den Raum hat meine Mutter für Oenone machen lassen.«
»Sie wollte nicht hier bleiben«, sagte Andromache, »sie sagte, sie wolle nicht Tag für Tag hier liegen und auf das Meer hinausblicken, das Paris von ihr weggetragen hat. Deshalb bestand sie darauf, in ein Zimmer auf der Rückseite des Palastes zu ziehen, wo sie den Ida, ihre Heimat, sieht. Aber das ist jetzt alles nicht wichtig. Komm und hilf, die Braut zu schmücken.«
Von weit unten drang der Lärm der Männer in der Halle herauf, die tranken und Trinksprüche auf die Hochzeit ausbrachten.
Man legte Kreusa gerade einen bestickten Schleier über; sie schob ihn wieder zurück und kam herbei; sie begrüßte Andromache mit einer Verneigung, dann küßte sie Kassandra kühl und sagte: »Willkommen, Schwester.«
Sie war nicht Hekabes Tochter, ihre Mutter war die ranghöchste

Nebenfrau von Priamos. Genaugenommen wäre es nach höfischem Zeremoniell an Kassandra gewesen, Kreusa als erste Schwester zu nennen; aber im Augenblick lag ihr nichts daran, auf dem Protokoll zu bestehen. Sie erwiderte Kreusas Umarmung freundlich und sagte: »Mögen die Erdmutter und die Unsterblichen dich segnen, Schwester.«

»Siehst du Glück für mich, Kassandra? Du bist doch eine Seherin.«

»Das werde ich wissen, wenn ich den Bräutigam sehe«, erwiderte Kassandra ausweichend.

»Ich glaube, wenn du ihn gesehen hast, wirst du mich beneiden«, sagte Kreusa.

Kassandra lächelte. »Das hoffe ich, Schwester. Mutter hat mir erzählt, wie gut er aussieht.«

»Und er ist auch reich. In seinem Land ist er ein Prinz. Gewiß kann keine Frau glücklicher sein als ich.«

»Sag so etwas nicht, damit die Unsterblichen nicht eifersüchtig werden«, mahnte Charis. »Denk an das Schicksal der Frau, die behauptete, ihre gesponnenen Fäden seien so fein wie die von Pallas Athene. Athene verwandelte sie in eine Spinne, die immer und ewig ihre Netze spinnen muß, die von den Frauen zerstört werden.«

»Kommt, kommt«, rief Andromache, sie sollte die Braut in die große Halle hinuntergeleiten. »Wir wollen sie schnell fertig ankleiden, sonst sind die Männer alle betrunken, wenn sie kommt. Kassandra, du hast die geschicktesten Finger. Willst du ihr die Blumen ins Haar flechten?«

Kassandra flocht schnell einen Kranz und legte ihn auf Kreusas hübsche Locken.

»Sie ist fertig. Führen wir sie hinunter.«

Andromache nahm Kreusa bei der Hand, die Frauen umringten die Braut, und sie führten sie die große Treppe hinunter. Sie achteten darauf, daß Kreusa nicht stolperte und ihre Ehe mit einem Fehltritt begann – das schlimmste aller Zeichen.

Sie stimmten den ältesten Hochzeitsgesang an, der sich an die Erdmutter richtete. Kassandra sah sich inmitten von soviel Freude und Fröhlichkeit, als sei es ihre eigene Hochzeit. *Einmal wenigstens*, dachte sie, *kann ich so sorglos sein wie alle anderen jungen Mädchen.*

Ihr wurde flüchtig bewußt, daß andere nie auf einen solchen Gedanken gekommen wären. Worin bestand der Unterschied zwischen ihnen und ihr? Aber diesmal wußte sie eine Antwort auf diese schmerzliche Frage. *Ich bin eine Priesterin und muß nicht wie die anderen sein. Es genügt, wenn es mir irgendwie gelingt, nicht aufzufallen.*
Sie standen auf der Schwelle der Festhalle, als sie hörten, wie Priamos drinnen voll Überraschung einen Gast begrüßte.
»Odysseus, du alter Gauner«, rief er. »Das gefällt mir. Du weißt genau, wann du kommen mußt, um unseren besten Wein zu trinken: natürlich bei einer Hochzeit. Komm und trink mit, alter Freund!«
Kassandra hielt Kreusa zurück.
»Vater soll zuerst seinen Gast begrüßen.«
Kreusa sagte mißmutig: »Ich wollte diesen alten Seeräuber nicht auf meiner Hochzeit haben!«
Andromache flüsterte: »Ich habe mein ganzes Leben lang gehört, was für Geschichten er erzählen kann. Er ist weiter über das Meer gefahren als Jason und kann viel von seinen Reisen erzählen. Er hat meine Mutter in Kolchis besucht und ihr einen Perlmuttkamm geschenkt, den ihm eine Meerjungfrau gegeben hat, wie er sagte.«
»Vielleicht hat er für dich auch ein Hochzeitsgeschenk«, sagte Kassandra. »Wie auch immer, selbst die Götter müssen Gastfreundschaft gewähren. Jetzt können wir eintreten.«
Sie stimmte das Lied an die jungfräuliche Göttin an, das bei Hochzeiten immer gesungen wurde, und die anderen fielen ein. Priamos hob den Kopf und bedeutete ihnen, vorzutreten. Kassandra sah einen großen, schlanken und gutaussehenden jungen Mann. Er hatte hellbraune lockige Haare und ein paar hübsche Sommersprossen. Er trug eine prächtige rote Tunika, und deshalb hielt sie ihn für den Bräutigam. Vor dem Thron stand ein kleiner, untersetzter Mann im mittleren Alter mit gekräuselten Haaren, einem roten, von Wind und Wetter gezeichneten Gesicht und einer Hakennase. Die tiefliegenden Augen schienen in unendliche Fernen zu blikken. Noch ehe sie das Wiedererkennen in Andromaches Augen sah, wußte sie, es war der berühmte Seefahrer und Seeräuber Odysseus, ein alter Freund ihres Vaters.
Odysseus drehte sich um und rief: »Welch ein Strauß von Schön-

heiten. Das können nicht alles deine Töchter sein, Priamos, oder? Ich erinnere mich, daß du etwas mehr als deinen Teil an Frauen gehabt hast.«
Priamos bedeutete ihnen, den Gast zu begrüßen.
Kassandra fand sich plötzlich in den starken Armen eines Bären.
»Deine zweite Tochter, nicht wahr? Ist sie die Braut? Bei allen Dämonen, warum auch nicht?« Er roch nach salziger Luft und schwach nach Wein. Kassandra konnte ihm die Umarmung nicht verübeln; er war so freundlich und erfrischend wie ein Windstoß.
»So eine schöne Frau hättest du wohl gern, nicht wahr, Aeneas, mein Freund?«
Kassandra sah, daß Aeneas sie wohlgefällig betrachtete, und daß Kreusa den Tränen nahe war.
Sie befreite sich sanft aus Odysseus' Armen und sagte: »Nicht doch, Herr. Ich bin für keinen Mann bestimmt. Ich bin eine Jungfrau des Sonnengottes Apollon und damit zufrieden.«
»Beim Feuer der Hölle!« Seine Flüche waren so heftig wie alles an ihm. »Was für eine Verschwendung, schönes Kind! Ich würde dich heiraten. Allerdings habe ich schon eine Frau in Ithaka, und Hera, meine Schutzgöttin, ist eine Göttin der ehelichen Treue. Ich bekäme Schwierigkeiten mit IHR, wenn ich mich an andere Frauen heranmachen würde. Das heißt nicht, daß ich nicht meinen Teil gehabt hätte. Aber ich könnte nicht noch einmal heiraten – und außerdem möchtest du einen schönen jungen Mann, nicht ein altes Walroß wie mich.« Kassandra kicherte. Mit seinem riesigen Schnauzbart sah er wirklich wie ein Walroß aus.
»Und das ist Hektors Frau?« fragte er und wandte sich Andromache zu. »Hektor, du hast doch nichts dagegen, wenn ein alter Mann deine Frau küßt, nicht wahr? In meinem Teil der Welt ist das Brauch.« Er griff nach Andromaches Armen und tätschelte ihr den gewölbten Leib. »Ich komme nicht nahe genug an dich heran, Mädchen, für einen richtigen Kuß. Nun ja, vielleicht ein andermal.« Er drückte ihr einen schmatzenden Kuß auf die Wange.
»Ich habe ein paar Sachen mitgebracht – Beute von einem kretischen Schiff. Brautgeschenke für deine Tochter, Priamos, und Geschenke für den prächtigen Enkelsohn, den diese hübsche Frau in wenigen Tagen bekommen wird – nicht wahr? Und da die Kleine

hier nicht heiraten will, gebe ich die Geschenke für sie dem Tempel des Sonnengottes.«

»Ich danke dir in Apollons Namen«, sagte Kassandra höflich, und Odysseus zog sie an den Platz an seiner Seite.

»Komm, setz dich neben mich und trink aus meinem Becher. Du bist als einzige nicht gebunden, und so, wie ich dir unter den Augen deines Vates und deiner Mutter den Hof machen kann, schadet es dir nicht.«

»Meine Schwester Polyxena ist nicht verheiratet«, erwiderte Kassandra verschmitzt, und Odysseus sagte lachend: »Nicht mehr lange, wie ich deinen Vater kenne, Mädchen. Polyxena ist ganz hübsch, aber unter uns gesagt, mir ist eine Frau mit ein bißchen mehr Fleisch auf den Knochen lieber. Du bist gerade richtig.«

Kassandra nahm seinen Becher und mischte ihm den Wein, und als die Diener herumgingen, legte sie ihm vor. Sie fühlte sich zu dem alten Mann hingezogen.

Priamos sagte: »Nun berichte uns deine Neuigkeiten, Odysseus. Ich brauche auch deinen Rat, mein Freund. Achilleus, der Sohn des Peleus, hat um Polyxena angehalten und ein Angebot gemacht. Würdest du an meiner Stelle annehmen? Er ist von edler Herkunft, und wie ich höre auch sehr tapfer . . .«

»Tapfer ist er gewiß«, sagte Odysseus. »Aber sein einziges Vergnügen ist Töten. Wenn ich eine Tochter hätte, würde ich ihr lieber die Kehle durchschneiden, als sie diesem Verrückten zur Frau zu geben.«

»Er ist so stark wie Herakles . . .«, begann Hektor.

»Und hat viele seiner Fehler«, unterbrach ihn Odysseus. »Wie Herakles ist er kein Mann für Frauen. Hin und wieder gefällt ihm eine, und in einem Anfall von Verrücktheit bringt er sie möglicherweise um. Ich bin mit Herakles einmal auf einem Schiff gefahren – ein einziges Mal. Das reichte. Ich konnte sein ständiges Trübsalblasen wegen irgendwelcher Freunde und seine plötzlichen Wutanfälle bald nicht mehr ertragen. Und für meinen Geschmack ist Achilleus ihm viel zu ähnlich. Es gibt genug prächtige junge Männer in Troia – oder sogar gute, ehrenhafte Achaier, wenn du das für sie möchtest. Sie ist doch ein nettes junges Mädchen. Such ihr einen anderen Mann. Das ist der beste Rat, den ich dir geben kann.« Dann rief er nach einem Diener und verlangte, daß man seine Truhen in die Halle trug. Und aus jeder brachte er seltsame und schöne Dinge zum Vorschein, die er großzügig Priamos, seinen Söhnen und Töchtern überreichte. Hekabe bekam einen kleinen Becher aus gehämmertem Gold; er war nicht größer als eine Faust.

»Aus dem Heiligtum der Stiere in Kreta«, sagte er. »Ich habe ihn selbst in den Überresten des Labyrinths gefunden. Nur die Götter wissen, wie er den früheren Plünderern entgangen ist.«

»Vielleicht hatten die Götter ihn dir bestimmt.«

»Vielleicht«, sagte Odysseus. »Siehst du die Stiere?«

Hekabe betrachtete bewundernd den Becher und gab ihn dann den Frauen, die ihn herumreichten. Auch Kassandra betrachtete ihn und staunte über die feinen Gravuren: ein Stier in Netzen, die so fein ziseliert waren wie Fäden; junge Männer auf einem Streitwagen und eine Kuh, die den Stier lockt.

»Das ist ein unbezahlbarer Schatz«, sagte sie. »Du solltest den Becher deiner Frau schenken.«

»Ich habe so viele kostbare Dinge«, erwiderte Odysseus gutmütig, »für meine Frau und meinen Sohn. Glaub nicht, ich verschenke *alle* meine besten Dinge.«

Andromache bekam einen goldenen Kamm und Kreusa einen Bronzespiegel mit einem Rand aus vergoldeten Perlen.

»Der Spiegel wäre Aphrodite würdig«, sagte er. »Ich habe ihn bekommen, als ich die Nacht in der Höhle einer Meerjungfrau verbrachte. Wir hatten uns die ganze Nacht geliebt, und als ich mich morgens von ihr trennte, schenkte sie ihn mir und sagte, sie werde nie wieder in diesen Spiegel blicken, wenn sie nicht so schön sei, daß ich bei ihr bleibe.« Zwinkernd fügte er hinzu: »Du bist jetzt eine Braut und kannst dich für deinen Gemahl schön machen.«

Kassandra schenkte er ein Halsband aus schlichten blauen Perlen, die wie Glastropfen aussahen, mit einem goldenen Verschluß.

»Es ist nur eine Kleinigkeit«, sagte er, »aber soviel ich weiß, dürfen Priesterinnen keinen kostbaren Schmuck tragen. Vielleicht ist die Kette einfach genug, daß du sie als Erinnerung an den alten Freund deines Vaters trägst.«

Gerührt drückte ihm Kassandra einen Kuß auf die Wange. Bei ihrem Vater hätte sie das kaum gewagt.

»Ich brauche keine Geschenke, um mich an dich zu erinnern, Odysseus. Aber ich werde sie tragen, wenn es mir erlaubt ist. Woher kommen die Perlen?«

»Aus Ägypten, dem Land, in dem die Pharaonen herrschen. Die Könige dort haben große Gräber gebaut, neben denen ganz Troia wie ein kleines Dorf wirkt«, erwiderte er. Kassandra hatte sich inzwischen schon so an seine unwahrscheinlichen Geschichten gewöhnt, daß sie erst viele Jahre später feststellen sollte, daß er die Wahrheit gesagt hatte.

Nachdem alle Geschenke verteilt waren, fragte er Priamos: »Wann wirst du mich vom Zoll befreien, damit ich kommen und gehen kann und nicht wie die anderen Achaier Tribut entrichten muß?«

»Du bist natürlich etwas anderes«, beschwichtigte ihn Priamos, »und es wäre sehr undankbar von mir, nach so vielen Geschenken noch mehr haben zu wollen, mein Freund. Aber ich kann nicht allen und jedem erlauben, durch meine Gewässer zu segeln. Von dir fordere ich als Zoll nur, daß du mir berichtest, was in der weiten Welt geschieht. Herrscht auf den Inseln dieser Achaier Frieden?«

»Dort wird vielleicht einmal Frieden herrschen, wenn die Sonne im Westen aufgeht«, erwiderte Odysseus. »Der Krieg ist für die Könige wie auch für Achilleus das größte Vergnügen. Ich führe nur Krieg, wenn mein Land und mein Volk bedroht sind. Für sie ist der Krieg ein ehrenvollerer Zeitvertreib als alle Wettkämpfe . . . Krieg ist für sie der große Wettkampf, bei dem sie alle mit Freuden ihr Leben lassen würden. Sie halten mich für unmännlich und feige, weil ich keine Freude am Kämpfen habe, obwohl ich besser kämpfe als die meisten von ihnen.«

»Schon seit Jahren versuchen sie, uns zum Krieg herauszufordern«, sagte Priamos. »Aber ich habe es mir zum Grundsatz gemacht, ihre Beleidigungen und Herausforderungen zu übersehen, selbst dann, als sie meine Schwester geraubt haben. Du lebst unter den Achaiern, alter Freund, wirst du auch dabeisein, wenn sie gegen uns ziehen?«

»Ich werde versuchen, mich nicht in einen solchen Krieg verwikkeln zu lassen«, erwiderte Odysseus. »Mich bindet nur ein einziger Eid. Als die Frau heiraten wollte, die jetzt Königin von Sparta ist, gab es viele Bewerber, und keiner wich dem anderen. Es sah

aus, als könne nur ein Krieg die Sache klären. Ich habe einen Kompromiß vorgeschlagen, auf den ich wirklich stolz bin.«
»Was hast du getan?« fragte Priamos.
Odysseus grinste breit und sagte: »Stell dir folgendes vor: Die vielleicht schönste Frau, die je den Gürtel der Aphrodite getragen hat, und all die vielen Männer, die um sie herumstehen und lautstark die Geschenke aufzählen, die sie ihrem Vater machen wollen, und die anbieten, um sie zu kämpfen, damit der Gewinner die Braut und die Mitgift, nämlich Sparta, bekommt.... Da habe ich vorgeschlagen, daß sie selbst wählen soll, und daß alle Bewerber einen heiligen Eid schwören, dem Mann beizustehen, den sie wählt.«
»Für wen hat sie sich entschieden?« fragte Hekabe.
»Für Agamemnons Bruder Menelaos – ein armer Kerl, aber vielleicht dachte sie, er sei so klug und stark wie sein Bruder«, sagte Odysseus. »Oder vielleicht hat sie es nur aus Liebe zu ihrer Schwester getan, die ein Jahr zuvor Agamemnon geheiratet hatte. Wenn Schwestern Brüder heiraten, dann schafft das meist Verwirrung in der Familie, könnte ich mir denken.«
»Wenn Aeneas einen Bruder hätte, würde ich ihn gerne heiraten«, flüsterte Polyxena in Kassandras Ohr, »wenn der Bruder nur halb so gut aussehen würde und auch nur halb so liebenswürdig wäre.«
»Ich auch«, flüsterte Kassandra zurück.
Hekabe mahnte leise und ungeduldig: »Es ist unhöflich zu flüstern, Mädchen. Sprecht zu allen oder seid still. Wenn man etwas nicht laut sagen kann, schweigt man besser.«
Kassandra fand die ständigen Verhaltensmaßregeln ihrer Mutter lästig und sagte laut: »Ich schäme mich nicht. Wir haben nur gesagt, daß wir beide gerne einen Bruder von Aeneas heiraten würden, wenn der Bruder ihm ähnlich sei.«
Ein kurzer glühender Blick von Aeneas belohnte sie. Er sagte lächelnd: »Leider, Tochter des Priamos, bin ich der einzige Sohn meines Vaters. Aber du weckst in mir den Wunsch, aus mir Zwillinge oder sogar Drillinge zu machen, denn ich würde gerne mit euch allen dreien den Hochzeitsbecher trinken. Wie wäre es, mein Herr?« fragte er Priamos, »ist es mir gestattet, ebenso viele Frauen zu haben wie du? Wenn du deine Töchter verheiraten möchtest, nehme ich mit Freuden alle drei, wenn Kreusa zustimmt.«

Polyxena schlug die Augen nieder und errötete; Kassandra kicherte. Kreusa wurde dunkelrot und sagte: »Ich möchte lieber die erste und einzige Frau sein. Aber das Gesetz erlaubt dir, so viele Frauen zu nehmen, wie du willst, mein Gemahl.«

»Genug«, mischte sich Priamos ein, »das ist kein Spaß. Schwiegersohn, die Töchter eines Königs werden keine Nebenfrauen oder Konkubinen.«

Aeneas lächelte freundlich und sagte: »Ich wollte deine Töchter nicht beleidigen, Herr«, und Priamos griff ebenso freundlich, wenn auch leicht betrunken nach seiner Hand und sagte: »Das weiß ich wohl. Am Ende eines Mahls, wenn der Wein einige Male öfter die Runde gemacht hat, als es klug ist, werden weit unschicklichere Scherze vergeben. Und jetzt ist es vielleicht an der Zeit, daß die Frauen deine Braut wegführen, ehe die Gespräche zu lose für die Ohren von Jungfrauen werden.«

Hekabe sammelte die Frauen um sich; sie nahmen mit ihren Fakkeln Kreusa in die Mitte, und Kassandra stimmte mit ihrer klaren Stimme das Hochzeitslied an. Kreusa gab ihrem Vater einen Kuß, und er legte ihre Hand in die von Aeneas. Dann führten die Frauen sie die Treppe hinauf. Kreusa ging neben Kassandra und fragte flüsternd: »Kannst du für meine Ehe Glück voraussagen, Schwester?«

Kassandra drückte ihre Hand und flüsterte zurück: »Dein Mann gefällt mir gut. Du hast gehört, ich würde ihn gerne selbst heiraten. Und all das Glück, das in einer in diesem Jahr geschlossenen Ehe möglich ist, wird deiner sicher zuteil werden. Für deinen Gemahl und den Sohn, den du ihm schenkst, sehe ich ein langes Leben und Ruhm.«

Andromache berührte Kassandra an der Schulter und flüsterte: »Warum hattest du keine solche Prophezeiung für mich, Kassandra? Wir sind Freundinnen, und ich liebe dich.«

Kassandra drehte den Kopf und sagte freundlich: »Ich kann nicht prophezeien, was ich will, Andromache, sondern muß das sagen, was die Götter mir auftragen. Wenn ich mir eine Prophezeiung wünschen könnte, würde ich dir ein langes und ehrenvolles Leben wünschen, viele Söhne und Töchter, die dich und Hektor in einem ehrenvollen Alter auf dem Thron von Troia umgeben.«

Nur die Götter wissen, wie sehr ich wünsche, ich hätte das prophezeien können.

Andromache lächelte und griff nach Kassandras Hand.

»Vielleicht zählt dein guter Wille mehr als deine Prophezeiung«, sagte sie. »Kannst du weit genug in die Zukunft sehen, um zu wissen, wie lange es dauert, bis Hektors Kind geboren wird – und ob es ein Sohn ist? Meine Mutter hätte lieber, daß mein erstes Kind eine Tochter wäre. Aber Hektor spricht nur von seinem Sohn, also wünsche ich mir auch einen Knaben. Werde ich die Geburt überleben und sein Gesicht sehen?«

Kassandra drückte die zarte Hand ihrer Freundin mit großer Erleichterung.

»O ja, es ist ein Junge«, sagte sie. »Du wirst einen prächtigen starken Sohn bekommen und du wirst ihn heranwachsen sehen . . .«

»Deine Worte machen mir Mut«, sagte Andromache, und Kassandra spürte einen Kloß im Hals. Sie dachte an das Feuer, das sie bei Andromaches Hochzeit gesehen hatte.

Vielleicht war es doch Wahnsinn, wie meine Mutter gesagt hat, und keine echte Prophezeiung. Ich möchte lieber verrückt sein, als an diesem stillen Ort und unter diesen friedlichen Sternen zu glauben, daß allen, die ich liebe, Feuer und Unheil droht.

»Kassandra, du träumst schon wieder. Komm und hilf uns, die Braut zu entkleiden«, sagte Andromache. »Wir können die Knoten nicht lösen, mit denen du die Blumen in Kreusas Haar gebunden hast.«

»Ich komme«, sagte Kassandra schnell und half den anderen, ihre Halbschwester für das Kommen ihres Gemahls vorzubereiten. Sie freute sich aus ganzem Herzen, daß sie kein Unheil vorausgesehen hatte.

20

Nach all dem Lärm und dem Trubel der Hochzeit schien der Tempel noch stiller und friedlicher, noch weiter entfernt von der Unruhe des Alltags zu sein. Zehn Tage nach Kreusas Hochzeit rief man Kassandra wieder zu einer Feier in den Palast: die Geburt eines Sohnes von Hektor und Andromache, das erste Enkelkind des Priamos.

»Aber es ist nicht das erste Enkelkind«, sagte Kassandra. »Oenone hat einen Sohn von Paris.«
»Das mag sein, wie es will«, erwiderte der Bote. »Aber Priamos hat beschlossen, Hektors Kind als seinen ersten Enkel anzuerkennen, und soviel ich weiß, hat der König das Recht zu bestimmen, wer nach Prinz Hektor der nächste in der Erbfolge sein soll.«
Das stimmte. Aber Kassandra fand, es sei hart für Oenone, erleben zu müssen, daß ihr Sohn wie sein Vater übergangen wurde.
Kassandra schätzte inzwischen die Ruhe und den Frieden des Tempels und wehrte alles nach Möglichkeit ab, was ihn störte. Aber sie erhielt die Erlaubnis, Andromache einen Besuch abzustatten. Sie fand sie in den prächtigen Räumen mit den Wandbildern der Meereswesen. Sie saß, von vielen Kissen gestützt, im Bett, und neben ihr in einem Weidenkörbchen lag das kleine Kind mit einem roten Gesichtchen. Andromache wirkte gesund und blühend; ihre Wangen hatten eine frische Farbe, und Kassandra war erleichtert. Viele Frauen starben im Kindbett oder danach; aber Andromache schien es gut zu gehen.
»Was soll der ganze Unsinn von *Hektors* Sohn?« fragte sie halb im Spaß. »Hast nicht du den größten Teil eines Jahres die Last gehabt, ihn zu tragen? Und hast nicht du die Schmerzen und Mühen der Geburt gehabt? Für mich ist er *Andromaches* Sohn!«
Andromache verzog das Gesicht und lachte: »Vielleicht geht es dir am besten, denn du gehörst dem Gott, und Männer dürfen dich nicht berühren. Nach all dem habe ich es nicht eilig, Hektor schnell wieder in meinem Bett zu sehen. Kinderkriegen ist ein weit überschätzter Zeitvertreib. Ich möchte ganz gerne ein paar Jahre warten, ehe ich es noch einmal versuche. Und dabei behauptet man, Frauen seien zu zart, um Waffen zu tragen, und hätten Angst vor Wunden. Ich frage mich, wie tapfer mein lieber Hektor sich in *dieser* Schlacht gehalten hätte!«
Sie kicherte: »Hörst du es nicht schon? Wir führen eine neue Sitte ein. Die Barden werden Balladen über die tapfere Hekabe, die Mutter von Hektor singen. Und warum auch nicht? Sie hat in dieser Schlacht zumindest ein dutzendmal gesiegt, und das bedeutet, sie besitzt mehr Mut, als ich je hoffen kann aufzubringen. Man erzählt uns von den Freuden der Ehe . . ., jedes Mädchen wird so erzogen,

daß es an nichts anderes denkt. Aber man überläßt es uns, die Freuden des Kinderkriegens selbst zu entdecken. Nun gut . . . .« Sie beugte sich vor, verzog das Gesicht, weil die Bewegung ihr Schmerzen bereitete und bedeutete einer der Dienerinnen, ihr das Kind in die Arme zu legen. Als sie ihren Sohn an sich drückte, strafte die strahlende Freude in ihrem Gesicht die Worte Lügen. »Ich glaube«, sagte sie, »meine Belohnung für diese Schlacht ist mehr wert als die Eroberung einer Stadt.«

»Das finde ich auch«, bestätigte Kassandra und berührte die winzige Faust. »Wie möchtest du ihn nennen?«

»Astyanax«, antwortete Andromache. »Hektor will es so. Denk doch nur, zu seinem Namensfest wird man ihn auf Hektors Schild legen und darauf hinuntertragen. Was für eine Wiege!«

Kassandra versuchte, sich das Kind auf Hektors großem Kriegsschild vorzustellen. Plötzlich durchfuhr sie ein Schauer; sie erstarrte, als sie den großen Schild und Astyanax sah – wie alt war er? Ganz sicher zu jung für einen Krieger! Der erschlagene Sohn lag darauf wie zum Begräbnis. Das Bild traf sie wie eine Welle eisigen Wassers. Andromache, die den Kleinen glücklich an der Brust hielt, bemerkte nichts.

Kassandra schloß die Augen in der Hoffnung, das schreckliche Bild zu vertreiben. »Wie geht es Kreusa?« fragte sie.

»Sie scheint glücklich zu sein. Sie sagt, sie kann es nicht erwarten, schwanger zu werden. Soll ich ihr erzählen, was alles auf sie wartet?«

»Sei nicht häßlich«, sagte Kassandra. »Laß sie ihr erstes Glück genießen. Für alles andere ist noch genug Zeit.«

»Du hast recht. Es gibt genug alte Hexen, die versuchen, jungen Bräuten alles zu verderben, und sie vor all dem warnen, was vor ihnen liegt. Wie auch immer, ich möchte meinen kleinen Schatz nicht missen«, erwiderte Andromache. Sie drückte die Lippen in den weichen Nacken des Kindes und schnupperte begeistert daran. Kassandra war gerührt und beinahe neidisch wie damals, als sie Phyllida mit ihrem Kind in den Armen gesehen hatte.

»Gibt es sonst noch Neuigkeiten?«

»Ja, man hat das Schiff von Paris gesichtet. Ein Bote vom Ausguck auf dem Berg war in der Stadt, um es dem König zu berichten«, sagte Andromache. »Paris ist zwar dein Zwillingsbruder, aber ich finde, er ist dir nicht sehr ähnlich.«

»Man sagt, daß wir uns sehr ähnlich sehen«, erwiderte Kassandra zögernd. »Ansonsten, glaube ich, ähneln wir uns wenig. Manche Leute halten ihn für den hübschesten Mann in Troia.«

Andromache streichelte ihre Hand: »Ich gehöre natürlich nicht zu denen. Für mich kann es kein Mann mit Hektor aufnehmen – weder im Aussehen noch sonst.«

Kassandra freute sich darüber. Sie fühlte sich für diese Ehe verantwortlich und war glücklich, daß Andromache mit ihrem Mann zufrieden war. Auch Hektor hatte bestimmt keinen Grund, unglücklich zu sein.

»Und alle halten dich für schön«, fuhr Andromache fort. »Aber ich glaube, zu einem Mann würde dein Gesicht nicht passen. Es ist zu zart. Ich kann mich nicht erinnern, daß ihr euch so ähnlich seid. Sieht Paris wirklich so mädchenhaft aus?«

»Ich glaube nicht, und er ist sehr männlich. Schließlich hat er alle Wettkämpfe bei den Spielen gewonnen«, sagte Kassandra. »Er ist ein guter Bogenschütze, Läufer und Ringer, und den Streitwagen fährt er geradezu tollkühn. Aber ich glaube«, fügte sie mit einem leicht boshaften Lächeln hinzu, »wenn wir uns im Zweikampf gegenüberstehen würden, wäre er kein besserer Krieger als ich.«

»Meine Mutter sagt«, erklärte Andromache, »du hast die Seele einer großen Kriegerin im Körper einer Feldmaus.«

Kassandra kicherte und beugte sich über den kleinen Astyanax. Sie hatte das Gefühl, ihm irgendwie Unrecht getan zu haben, als sie sich ihren Visionen überließ.

»Mögen alle Götter ihn segnen und dich auch«, sagte sie.

»Willst du nicht hierbleiben, um beim Namensfest auf sein Wohl zu trinken?«

»Nein, ich glaube nicht«, sagte Kassandra. »Vielleicht komme ich für einen oder zwei Tage, wenn Paris zurück ist. Ich will jetzt gehen, um meine Mutter zu begrüßen, und dann in den Tempel zurückkehren.«

Sie verabschiedete sich liebevoll von Andromache, denn sie wußte, Andromache stand ihr näher als Polyxena oder eine ihrer Halbschwestern. Dann stattete sie Hekabe einen kurzen Besuch ab und

bat sie um ihren Segen. Anschließend ging sie in die schlichten Räume auf der Rückseite des Palastes, wo Oenone mit ein paar Dienerinnen lebte – ruhige junge Mädchen, die Anhängerinnen des Flußgottes waren, wie Kassandra wußte.
Oenone lag in einer Hängematte und gab ihrem Sohn die Brust. Als Kassandra sie umarmte, wurde ihr bewußt, wie zart die junge Frau war: *Oenone*, dachte sie, *und nicht ich hat den Geist einer Kriegerin im Körper einer Feldmaus.* Oenone wirkte so zerbrechlich, daß Kassandra sie kaum zu berühren wagte.
»Geht es dir gut, meine Schwester?« fragte Kassandra und benutzte das Wort ganz bewußt. Sie mochte Oenone lieber als Kreusa oder sogar Polyxena. Aber in ihrer Nähe spürte sie wieder den beunruhigenden Drang, Oenone zu liebkosen, und da sie nicht wußte, ob er ihren eigenen Gefühlen oder denen von Paris entsprang, war sie in ihrer Nähe immer gehemmt und schüchtern.
»Ich hätte dich besucht, als ich bei Kreusas Hochzeit hier war, meine Liebe. Aber man sagte mir, es gehe dir nicht gut genug, um jemanden zu empfangen.«
Oenone lächelte und erwiderte: »Nun ja, nachdem Andromaches Sohn geboren und Hektors Platz gesichert ist, muß ich um *meinen* Sohn nicht mehr fürchten.«
Kassandra war entsetzt. »Es gibt doch keinen Grund, um ihn zu fürchten ...«
»Ich hoffe es«, sagte Oenone. »Aber es ist Hektor gelungen, Paris loszuwerden, und ich glaube nicht, daß er über Paris' Sohn glücklich ist oder einen Grund hat, ihn zu lieben.«
»Du beurteilst Hektor bestimmt falsch«, sagte Kassandra. »Er hat nie erkennen lassen, daß er eifersüchtig auf Paris ist – jedenfalls mir gegenüber nicht.«
Oenone lachte und sagte: »O Kassandra! Ich glaube, du weißt nicht, wie sehr sich jeder darum bemüht, daß du eine gute Meinung von ihm hast, und wie sehr alle versuchen, sich dir nur von der besten Seite zu zeigen. Wenn Hektor eifersüchtig ist, dann erfährst du es als letzte.«
Kassandra errötete. Um das Thema zu wechseln, hob sie den Kleinen hoch und wiegte ihn. »Er ist niedlich«, sagte sie. »Findest du, er sieht seinem Vater oder dir ähnlich?«

»Er ist noch zu klein, um das zu sagen«, erwiderte Oenone. »Ich hoffe, er wird so aufrichtig und ehrenhaft wie mein Vater.«
Kassandra spürte die Enttäuschung, die in den Worten lag, vielleicht stärker als Oenone selbst. Sie sagte: »Er kann ja auch wie *du* werden, und dann wird niemand daran zweifeln, daß er gut ist.«
»Nur die Zeit wird zeigen, ob Hektors Sohn wirklich besser geeignet ist als er, einmal über die Stadt zu herrschen. Aber ich freue mich wirklich, daß er diese Last nicht tragen muß und ihm dieses Schicksal erspart bleibt.«
Kassandra sagte schnell: »Oenone, beneide Hektors Sohn nicht um sein Schicksal.«
»Was hast du gesehen?« fragte Oenone ängstlich. »Nein, sag es mir nicht. Ich habe gehört, was du bei Andromaches Hochzeit prophezeit hast. So etwas wünsche ich meinem Sohn nicht... Paris' Sohn.«
»Ach ja, ich habe auch mit Andromache darüber gesprochen«, sagte Kassandra. »Bei den Amazonen trägt ein Sohn den Namen seiner Mutter. Hektor wäre der Sohn Hekabes....«
»Und mein Kind der Sohn von Oenone, nicht der Sohn des Paris vom Haus des Priamos«, sagte Oenone. »Das wäre nur richtig, aber in eurer Stadt tragen nur die Söhne von Huren die Namen der Mutter und nicht den des Vaters.«
Kassandra sagte freundlich: »Niemand würde dir das anhängen, Oenone, das kann ich bezeugen.« Doch ihre Worte waren bedeutungslos, denn es lag nicht in ihrer Macht, die Dinge zu ändern. Andromache hatte Hektor in aller Öffentlichkeit geheiratet. Oenone dagegen war, wie es schien, nur dadurch Paris' Frau, daß sie ihn mit dem Segen ihres Vaters genommen hatte.
»Wer war deine Mutter, Oenone?«
»Ich habe sie nicht gekannt«, erwiderte Oenone, »und Vater sagte mir, sie ist jung gestorben. Auch sie war eine Priesterin im Heiligtum des Flußgottes.«
Ja, Frauen, die die Kinder der Götter gebären, stehen noch mehr im Schatten als die Frauen, die Kinder von Männern zur Welt bringen. Sie küßte Oenone und versprach, ihrem Sohn ein Geschenk zu schicken.
Auf dem Rückweg zum Tempel des Sonnengottes mußte Kassandra über vieles nachdenken. Wenn es mehr Männer wie Aeneas

auf der Welt gab, dann gab es vielleicht auch einen Mann, den sie bereit wäre zu heiraten.

Eines Morgens saß sie in Phyllidas Zimmer und hielt das kleine blonde Kind auf den Armen, während die junge Mutter frisch gewaschene Windeln und Decken zusammenlegte. Sie hatte dem Kleinen die Windeln abgenommen, damit er ungehindert strampeln konnte und hielt die rundlichen Füßchen in den Händen. Sie bewunderte die weichen, vollkommen geformten winzigen Zehen und Nägel, beugte sich vor und küßte die Füßchen und liebkoste sie mit den Lippen. Sie blies ihm über den kleinen weichen Bauch, um ihn zum Lachen zu bringen, und lachte dabei selbst. In diesem Augenblick wünschte sie sich beinahe ein eigenes Kind, um mit ihm zu spielen; obwohl sie auf die notwendigen Vorbedingungen dazu gerne verzichten wollte.

Phyllida kam herüber, um ihren Sohn zu holen, aber Kassandra hielt ihn fest. »Er mag mich«, erklärte sie stolz. »Ich glaube, er weiß, wer ich bin – nicht wahr, mein kleiner Schatz?«

»Warum auch nicht?« sagte Phyllida. »Du bist immer bereit, ihn zu verwöhnen und im Arm zu halten, während ich viel zuviel zu tun habe, um ihm all die Aufmerksamkeit zu schenken, die er haben möchte.«

Als der Kleine die Stimme seiner Mutter hörte, begann er zu weinen und streckte die Händchen nach ihr aus.

»Er ist hungrig«, sagte Phyllida ergeben und löste ihre Tunika am Hals. »Und leider kannst du mir das nicht abnehmen.«

»Ich würde es gerne, wenn ich es könnte.« flüsterte Kassandra.

»Ich weiß«, sagte Phyllida, setzte sich und legte das Kind an die Brust.

Kassandra betrachtete die beiden und spürte die dunkle Flut einer Vision aufsteigen und wieder zurückweichen.

»Kassandra, sag mir doch, was du siehst«, bat Phyllida und starrte sie ängstlich an.

Kassandra blieb stumm.

Ich habe drei kleine Kinder in den Armen gehalten und ihre Zukunft nicht gesehen. Was bedeutet das? Kann ich es vielleicht nicht, weil ich sterbe und nicht mehr erlebe, wie sie erwachsen werden? Wenn es doch nur so einfach

wäre . . . . Wenn es nur das wäre, würde ich mich von den Stadtmauern stürzen, noch ehe die Sonne untergegangen ist.
Aber das war ihr nicht bestimmt. Auf sie wartete ein Schicksal, und sie mußte leben, um es zu ertragen.
Kassandra küßte Phyllida und den Kleinen und sagte ausweichend: »Wir müssen alle unser Schicksal ertragen. Du, ich und auch dein Sohn. Glaube mir, wenn man das Schicksal kennt, wird es nicht leichter.«
»Ich verstehe dich nicht«, sagte Phyllida.
»Ich verstehe mich selbst nicht«, sagte Kassandra und ging hinaus in den Tempelhof. Von dort sah man das Meer, und sie entdeckte ein Schiff . . . . Ja, Andromache hatte gesagt, Paris' Schiff sei gesichtet worden.
Es gehörte nicht zu ihren Pflichten, Paris bei seiner Rückkehr willkommen zu heißen. Aber etwas Stärkeres als Pflicht zog sie in die Stadt.
Als Kassandra die lange Straße hinunterging, sah sie, wie sich am Schiff ein Zug formierte und sich in Richtung Palast in Bewegung setzte.
Paris stand auf seinem Streitwagen – vermutlich hatte er ihn als erstes ausladen lassen, damit er im Gegensatz zu seinem unangekündigten Erscheinen bei den Spielen diesmal einen eindrucksvollen Einzug in die Stadt halten konnte. Neben ihm stand eine Frau, die ein langer Schleier verhüllte.
War es Paris wirklich gelungen, Hesione nach Troia zurückzubringen? Kassandra ging etwas schneller und erreichte das Palasttor, als Paris gerade vorfuhr. Priamos und Hekabe erwarteten ihn bereits. Hektor stand hinter seinem Vater und sah nicht sonderlich glücklich aus. Kassandra vermißte Andromache. Ihre Freundin würde sich dieses Schauspiel doch nicht entgehen lassen? Sie warf einen Blick nach oben und entdeckte Andromache am Fenster ihres Gemachs. Neben ihr stand Oenone. Sie hielten beide ihre Söhne auf den Armen. Selbst in dieser Entfernung glaubte Kassandra zu sehen, daß Oenone leichenblaß war.
Paris sprang vom Streitwagen und hob die verschleierte Frau herab. Dann verneigte er sich tief vor Priamos, der ihn aufhob und umarmte.

»Willkommen zu Hause, mein Sohn.« Er streckte der verschleierten Frau die Hand entgegen, die bewegungslos neben dem Streitwagen stand. »Du hast deine Aufgabe also erfolgreich durchgeführt, mein Sohn?«
»Der Erfolg übertrifft unsere kühnsten Erwartungen.«
Hektor versuchte, ein erfreutes Gesicht zu machen. »Dann hast du uns Hesione zurückgebracht, Bruder?«
»Nein, das nicht«, erwiderte Paris. »Mein König und mein Vater, ich bringe dir eine Beute, die weit größer ist als die, die ich bringen sollte.«
Er führte die Frau vor den König und zog ihren Schleier zurück. Kassandra verschlug es den Atem. Die Frau war unvorstellbar schön.
Sie war groß und hatte eine vollkommene Gestalt; ihre feinen Haare schimmerten wie pures Gold; ihre Züge wirkten wie aus Marmor gemeißelt, und die Augen waren so blau wie das tiefe stürmische Meer.
»Ich bringe dir Helena von Sparta, die eingewilligt hat, meine Gemahlin zu werden.«
Kassandra hob den Kopf zum Fenster. Oenone preßte ihre Hand auf den Mund. Plötzlich drehte sie sich um und war blitzschnell verschwunden. Andromache starrte ihr nach. Auch Paris hatte den Kopf gehoben, aber Kassandra wußte nicht, ob er Oenones Verschwinden gesehen hatte.
Er wandte sich sofort wieder Helena zu, die ihm etwas zuflüsterte. Dann sah er Priamos an.
»Wirst du meine Herrin in Troia willkommen heißen, Vater?«
Priamos öffnete den Mund, aber Hekabe sprach als erste.
»Wenn sie aus freiem Willen hier ist, sei sie willkommen«, erklärte die alte Königin. »Troia unterstützt den Raub und das Stehlen von Frauen nicht, sonst wären wir nicht besser als dieser Mann, der uns Hesione geraubt hat. Und da wir von Hesione sprechen, wo ist sie? Mein Sohn, du hattest den Auftrag, Hesione zu ihrer Familie zurückzubringen. Das scheint dir nicht gelungen zu sein. Herrin Helena, bist du freiwillig hierher gekommen?«
Helena von Sparta lächelte und berührte ihr glänzendes Haar. Es war lang und hing ihr lose über den Rücken, wie es in Troia nur bei

Jungfrauen üblich war. Es glich einem glänzenden Schleier und war kaum heller als das Goldband über der Stirn. Sie trug ein Gewand aus feinstem ägyptischen Leinen, und um die schmale Hüfte lag ein Gürtel aus gehämmerten Goldscheiben mit runden Lapislazulisteinen von der Farbe ihrer Augen.

Sie hatte einen vollen Körper mit schweren Brüsten und lange Beine, die sich unter den Falten des Gewandes abzeichneten. Sie sprach mit einer tiefen, weichen Stimme.

»Ich bitte dich, Herrin von Troia, heiße mich willkommen und nimm mich auf. Die Göttin hat mich deinem Sohn gegeben, und auch SIE könnte niemanden mehr lieben als ich deinen Sohn.«

»Aber du hast bereits einen Gemahl«, sagte Priamos zögernd. »Oder haben wir etwas Falsches gehört? Bist du nicht mit Menelaos von Sparta verheiratet?«

Paris erwiderte an ihrer Stelle: »Man hat sie ihm unrechtmäßig gegeben. Menelaos ist ein Thronräuber, der ihr Reich wollte. Sparta ist nach dem Mutterrecht Helenas Stadt. Ihre Mutter Leda erbte es von ihrer Mutter, und ihre Mutter von ihrer Großmutter. Ihr Vater ...«

»Ist nicht mein Vater«, unterbrach ihn Helena. »Mein Vater ist Zeus, der Donnerer, nicht dieser Thronräuber, der die Stadt meiner Mutter mit Waffengewalt an sich brachte und eine Königin heiratete, die ihn nicht wollte.«

Priamos war nicht überzeugt. »Ich weiß wenig über den Donnergott. ER wird hier in Troia nicht verehrt. Und wir sind keine Frauenräuber ...«

»Mein Herr«, unterbrach ihn Helena, trat zu ihm und ergriff seine Hand mit einer Geste, die Kassandra für sehr kühn hielt. »Ich bitte dich im Namen der Göttin, mir den Schutz und die Gastfreundschaft von Troia zu gewähren. Deinem Sohn zuliebe bin ich vor den Achaiern geflohen, die meine Heimat erobert haben. Willst du mich zurückschicken, damit ich verstoßen werde?«

Priamos sah ihr in die schönen Augen, und Kassandra erlebte zum ersten Mal die Wirkung, die Helena auf Männer hatte: Sein Gesicht wurde weich. Er schluckte und sah sie noch einmal an.

»Das klingt vernünftig«, sagte er; aber selbst zu diesem kurzen Satz mußte er zweimal Luft holen. »Noch niemand hat in Troia vergeb-

lich um Gastfreundschaft gebeten. Ganz sicher können wir sie nicht zu einem Mann zurückschicken, der sie mit Gewalt genommen hat....«
Kassandra konnte nicht länger schweigen. Sie rief: »Zumindest in dieser Hinsicht lügt sie. Erinnerst du dich nicht daran, wie Odysseus uns erzählt hat, daß sie sich selbst unter mehr als zwei Dutzend Bewerbern für Menelaos entschied? Die anderen mußten schwören, ihrem Gemahl gegen jeden beizustehen, der sich weigern würde, ihre Entscheidung anzuerkennen.«
»Vater, hüte dich vor dieser Frau. Sie wird Unheil und Untergang über unsere Stadt und unsere Welt bringen! Was will sie hier?« rief Kassandra.
Helena öffnete überrascht den bezaubernden Mund und stieß einen Schrei aus – wie ein verwundetes Tier, dachte Kassandra und nahm sich zusammen, um kein Mitleid mit der spartanischen Königin zu empfinden.
Paris sah Kassandra voll Zorn und Abscheu an.
»Ich wußte schon immer, daß du verrückt bist«, sagte er. »Meine Herrin, ich bitte dich, beachte sie nicht. Sie ist meine Zwillingsschwester. Die Götter haben sie mit Wahnsinn geschlagen, und die Irregeleiteten halten sie für eine Seherin. Sie spricht nur vom Tod und vom Untergang Troias, und nun hat sie entschieden, daß du der Grund dafür bist.«
Helenas große Augen richteten sich auf Kassandra.
»Wie schade, daß eine so schöne Frau wahnsinnig sein soll.«
»Ich bedaure sie«, sagte Paris, »aber wir müssen uns ihr Geschrei nicht anhören. Kassandra, kannst du kein anderes Lied singen? Wir haben das alles schon oft gehört und sind es leid.«
»Vater, sei vorsichtig. Ob ich verrückt bin oder nicht – was hat das mit dem zu tun, was Paris getan hat? Paris kann diese Frau nicht heiraten. Sie hat einen Gemahl, und es gibt zahllose Zeugen dafür, daß sie ihn aus freien Stücken geheiratet hat. Außerdem hat Paris bereits eine Frau. Oder hast du Oenone vergessen?«
»Wer ist Oenone?« fragte Helena.
»Um sie mußt du dir keine Gedanken machen, meine Geliebte«, sagte Paris und sah Helena in die Augen. »Sie ist eine Priesterin des Flußgottes Skamander, und ich habe sie einmal geliebt. Aber ich

habe sie für immer vergessen, als ich dein Gesicht zum ersten Mal sah.«
»Sie ist die Mutter deines erstgeborenen Sohnes, Paris«, erklärte Kassandra. »Wagst du, das zu leugnen?«
»Ich leugne es«, sagte Paris. »Die Priesterinnen des Skamander nehmen sich ihre Liebhaber, wie sie wollen. Woher soll ich wissen, wer der Vater des Kindes ist, das sie geboren hat? Weshalb, glaubst du, habe ich sie nicht geheiratet?«
»Halt«, sagte Hekabe, »wir haben Oenone aufgenommen, weil sie dein Kind im Leib trug...«
Oenone war als Frau eines Hirten und einen Sohn des Agelaos gut genug. Aber für den Sohn des Priamos ist ihre Herkunft nicht edel genug, dachte Kassandra. Laut sagte sie: »Wenn du Oenone im Stich läßt, bist du ein Dummkopf und ein Betrüger. Aber was er auch tun mag, Vater, ich bitte dich, hüte dich vor der Spartanerin. Denn das kann ich dir sagen: Sie wird Krieg über diese Stadt bringen... und nicht nur das...«
»Vater«, sagte Paris, »willst du auf diese Verrückte hören, anstatt auf deinen Sohn? Ich sage dir, wenn du dich weigerst, die Frau aufzunehmen, die mir die Götter gegeben haben, werde ich Troia verlassen und nie wieder zurückkehren.«
»Nein!« rief Hekabe verzweifelt, »sag das nicht, mein Sohn! Ich habe dich einmal verloren...«
Priamos wirkte beunruhigt: »Ich will keinen Streit mit dem Bruder des Menelaos. Was sagst du, Hektor?«
Hektor trat vor und blickte Helena in die Augen; erschrocken sah Kassandra, daß auch er ihrer Schönheit verfiel. Konnte kein Mann Helena ansehen und bei Verstand bleiben? »Nun ja, Vater«, sagte Hektor, »mir scheint, du hast bereits Streit mit Agamemnon. Vergißt du, daß er immer noch Hesione hat? Wir können immer sagen, wir behalten sie bis Hesiones Rückkehr als Geisel hier fest. Ist Troia vielleicht eine Wiese, von der die Achaier Frauen und Rinder stehlen? Ich heiße dich in Troia willkommen, Herrin Helena – Schwester«, sagte er, streckte die Hand aus und umschloß ihre zarten Finger mit seiner großen Hand. »Ich schwöre dir, ein Feind der Helena von Sparta ist auch ein Feind Hektors von Troia und seiner Sippe. Bist du damit zufrieden, mein Bruder?«

»Wenn du sie in Troia aufnimmst, bist du wahnsinnig, mein Vater!« rief Kassandra, »siehst du nicht das Feuer und den Tod in ihrem Gefolge? Soll ganz Troia in Flammen stehen, weil ein Mann keine Treue kennt und die Frau eines anderen Mannes begehrt?« Kassandra hatte sich vorgenommen, ruhig und vernünftig zu bleiben. Aber jetzt spürte sie, wie ihr die dunkle Flut bis zum Hals stieg. Sie schrie angsterfüllt auf:
»Nein! Nein, ich flehe dich an, Vater...«
Priamos wich zurück. »Ich habe versucht, Geduld mit dir zu haben, Tochter. Aber meine Geduld ist erschöpft. Geh zurück in das Haus des Sonnengottes. ER ist der Schutzgott der Wahnsinnigen. Bete zu IHM, damit er dir erfreulichere Visionen schickt. Von mir soll niemand sagen, daß Priamos von Troia einer Frau Gastfreundschaft verweigert hat, die als Bittstellerin zu ihm gekommen ist.«
»O ihr Götter!« rief Kassandra, »seid ihr denn alle blind? Seid ihr alle dieser Frau verfallen? Mutter, siehst du nicht, was sie mit meinem Vater und meinen Brüdern gemacht hat?«
Hektor zerrte Kassandra beiseite. »Steh nicht hier herum und jammere«, sagte er gutmütig. »Beruhige dich, Augenstern. Angenommen, es kommt wirklich zum Krieg mit den Achaiern, glaubst du, wir könnten sie nicht winselnd zu diesen Ziegenweiden zurückjagen, die sie ihre Heimat nennen? Ein Krieg würde für Troia kein Unglück bedeuten, nur für unsere Feinde.« In seiner Stimme lag Mitleid. Sie warf den Kopf zurück und stieß einen langen verzweifelten Klageschrei aus.
»Du Arme«, sagte Helena und kam zu ihr, »warum hast du beschlossen, mich zu hassen? Du bist die Schwester meines geliebten Paris. Ich bin bereit, dich als Schwester zu lieben.«
Kassandra wich vor Helenas ausgestreckten Händen zurück. Sie glaubte, sie würde zu Boden stürzen und sich übergeben müssen, wenn diese Frau sie berührte. Sie starrte Priamos verzweifelt an.
»Warum willst du nicht auf mich hören? Kannst du nicht sehen, was das bedeutet? Hier kämpft nicht nur ein Mensch, hier kämpfen die Götter, und kein Mensch kann leben, wenn unter den Unsterblichen Krieg herrscht«, klagte sie, »und doch behauptest du, ich sei wahnsinnig. Ich sage dir, dein Wahnsinn ist schlimmer als meiner!« Sie drehte sich heftig um und rannte in den Palast.

Das Herz schlug ihr bis zum Hals, als sei sie den ganzen Weg vom Tempel gerannt. Sie zitterte und fühlte sich krank. Sie schien durch Flammen zu rennen, die um sie herum loderten. Rauch und Brandgeruch erfüllten den Palast ....

Kassandra schrie entsetzt auf, als Hände sie berührten, und wollte zurückweichen. Aber die Hände hielten sie fest und zogen sie in eine liebevolle Umarmung. Die Dunkelheit wich. Es gab kein Feuer. Verwirrt blickte sie in Andromaches dunkle Augen.

»Kassandra, Liebes, was fehlt dir?«

Kassandra schüttelte den Alptraum ab. Aber da ihr noch nicht völlig bewußt war, was geschah, oder wo sie sich befand, konnte sie Andromache nur sprachlos anstarren.

»Du bist erschöpft, Schwester. Du warst zu lange in der Sonne«, sagte Andromache. Sie legte den Arm um Kassandra und führte sie in das kühle schattige Gemach.

»Wenn es doch nichts Schlimmeres wäre als das«, stöhnte Kassandra. Andromache drückte sie sanft auf eine Bank mit weichen Kissen und hielt ihr einen Becher mit kühlem Wasser an die Lippen.

»Denkst du, ich würde mich nicht selbst lieber für verrückt halten oder glauben, ich hätte einen Sonnenstich, wenn ich das Gefühl hätte, ich müßte nicht sehen, was ich gesehen habe?«

»Ich glaube dir«, sagte Andromache, »ich halte dich nicht für verrückt. Aber ich glaube nicht an deine Visionen.«

»Denkst du, ich würde so etwas erfinden? Für wie schlecht mußt du mich halten!« rief Kassandra empört. Andromache drückte sie liebevoll an sich.

»Nein, Schwester. Ich glaube, die Götter haben dich mit falschen Visionen gequält. Niemand könnte dich für boshaft genug halten, solche Dinge zu erfinden. Aber höre auf die Vernunft, Liebes. Unsere Stadt ist stark und gut befestigt. Es mangelt uns nicht an Kriegern und Waffen oder auch an Verbündeten. Wenn die Achaier solche Narren sein sollten, daß sie hinter dieser läufigen Hündin herjagen, anstatt sich zu sagen: ›Wie gut, daß wir dieses Weib los sind!‹, warum glaubst du, sollte Troia ihnen dann das geben, was sie scheinbar unbedingt haben wollen?«

Das klang für Kassandra vernünftig, viel zu vernünftig. Sie stöhnte und griff sich ans Herz.

»Ja, Hektor hat etwas Ähnliches gesagt«, murmelte sie, »aber . . .« Sie hörte sich wieder schreien: »Die Unsterblichen zürnen uns!« Sie kämpfte verzweifelt darum, aus der dunklen Flut aufzutauchen. »Wenigstens du weißt, daß sie nichts anderes als eine läufige Hündin ist«, sagte sie schließlich.
»O ja, ich habe sehr wohl gesehen, welche Blicke sie Hektor und sogar deinem Vater zugeworfen hat«, erwiderte Andromache, »und es mag sehr wohl sein, daß einer der Unsterblichen sie als Fluch in unsere Stadt geschickt hat. Aber wenn es der Wille der Unsterblichen ist, können wir nichts dagegen tun.«
In ihrer Verzweiflung wiegte sich Kassandra vor und zurück. Andromaches geduldige Hinnahme des Schicksals erfüllte sie mit Grauen.
»Glaubst du wirklich, die Götter würden sich herablassen, gegen eine Stadt der Menschen Krieg zu führen? Welchen Grund sollten SIE dazu haben? Wir sind nicht böse oder gottlos. Wir haben keinen Gott erzürnt. Vielleicht«, sagte Andromache nachdenklich, »brauchen die Götter aber auch keinen Grund für das, was sie tun.«
»Welche Hoffnung bleibt uns«, fragte Kassandra weinend, »wenn die Götter nicht gerecht sind?«
Wie in einem strahlend aufleuchtenden Licht sah sie das Gesicht der schönen Aphrodite, der Göttin, die Paris erfolgreich verführt hatte.
Ich werde dir die schönste Frau der Welt geben . . . .
Wie damals dachte sie auch jetzt wieder: *Aber er hat doch bereits eine Frau!*
Sie hob den Kopf und fragte Andromache:
»Wohin ist Oenone gegangen?«
»Ich weiß es nicht. Ich dachte, sie wollte vielleicht den Kleinen trockenlegen . . .«
»Nein, sie hat Paris mit Helena gesehen und ist weggelaufen«, sagte Kassandra, »ich werde zu ihr gehen.«
»Ich kann nicht verstehen, weshalb Paris sie einer Helena wegen verlassen sollte, auch wenn sie noch so schön ist«, sagte Andromache, »es sei denn, eine Göttin hat es so gewollt.«
»Einer so ungerechten Göttin würde ich niemals dienen«, sagte Kassandra bitter.

Andromache hielt sich die Ohren zu. »Sag das nicht«, beschwor sie Kassandra, »das ist eine Lästerung. Wir sind alle den Unsterblichen untertan . . .«
Kassandra hob den Becher und trank den Rest Wasser. Aber ihre Hände zitterten, und sie ließ ihn beinahe fallen.
»Ich werde mit Oenone sprechen«, sagte sie und stand auf.
»Ja«, stimmte Andromache zu, »geh zu ihr und sag ihr, daß wir sie lieben und niemals die Spartanerin an ihrer Stelle unter uns aufnehmen. Dann müßte Helena schon Aphrodite persönlich sein.«
Kassandra suchte überall im Palast, aber Oenone war nicht zu finden. Sie ließ sich im Haus des Priamos nie mehr sehen. Schließlich hörte Kassandra die Hofgesellschaft auf der Treppe. *Sie werden sich bereitmachen, die Hochzeit zu feiern,* dachte sie, *und da Oenone nicht hier ist, um zu protestieren, läßt sich das auch nicht verhindern.* Sie verließ den Palast und kehrte in den Tempel des Sonnengottes zurück. Sie wollte nicht hören, wie für Helena Hochzeitslieder gesungen wurden, die man Oenone verweigert hatte. Kassandra wäre bereit gewesen, ihre Familie im Namen eines Gottes zu tadeln, wenn ein Gott zu ihr gesprochen hätte. Aber nichts geschah, und sie wollte sich nicht noch einmal zum Gespött machen, indem sie den Tod und das Verderben verkündete, das sie sah.

Zweites Buch:
Aphrodites Geschenk

1 Kassandra sprach im Tempel des Sonnengottes und auch sonst mit niemandem über Helena und Paris. Aber sie hätte wissen sollen, daß sich eine solche Neuigkeit nicht verschweigen ließ. Es dauerte keine drei Tage, bis ganz Troia von Helenas Geschichte und Kassandras Prophezeiung redete.

Manche, die Helenas Schönheit mit eigenen Augen sahen, glaubten oder beteuerten zu glauben, Aphrodite, die achaische Göttin der Liebe und Schönheit, sei in die Stadt gekommen. Wenn man Kassandra nach ihrer Meinung dazu fragte, erwiderte sie nur, Helena sei in der Tat sehr schön – schön genug, um jedem sterblichen Mann den Kopf zu verdrehen – und in Sparta glaube man, ihr Vater sei einer der Unsterblichen.

Kassandra wußte nicht, ob man das in Sparta glaubte, und es war ihr auch gleichgültig; ihre Sorge galt Oenone. Sie hoffte, die junge Mutter sei mit ihrem Kind in den Tempel des Skamander zurückgekehrt, aber sie bezweifelte das. Der Gedanke quälte sie, Oenone habe beschlossen, sich und ihr Kind dem Flußgott zu opfern. Wenn Aphrodite die Göttin der Liebe war, weshalb hatte SIE dann die Liebe von Oenone und Paris nicht geschützt?

Kassandra verstand diese Göttin nicht, die Männer – und auch Frauen – zu Untreue verführte; nicht nur Paris hatte Helena gewählt und konnte ihr nicht widerstehen, auch Helena hatte sich für Paris entschieden, obwohl sie nach dem Mutterrecht Königin von Sparta war – und das, obwohl sie ihren Gemahl hatte wählen können, was bei den Achaiern nur wenigen Frauen möglich war.

Wenn ich eine Königin wäre, würde ich wie Imandra allein herrschen. Ich würde mir keinen Gefährten nehmen, der sich anmaßt, König zu sein, dachte Kassandra.

Die Göttinnen von Troia und Kolchis waren vernünftige Göttinnen, die das Vorrecht der Erdgöttin und der Mutterschaft anerkannten. Eine Laune, die man Liebe nannte, diente Aphrodite zum Vorwand, Unordnung zu stiften. Nein, dieser Göttin konnte sie nicht dienen!

In dieser Nacht träumte Kassandra, sie stehe in einem fremden Tempel vor Aphrodite. Die achaische Göttin sah Helena, der spartanischen Königin, sehr ähnlich.

Du hast also geschworen, MIR *nicht zu dienen, Kassandra von Troia? Aber du hast dein Leben dem Dienst an den Unsterblichen geweiht!*

Kassandra wußte unbestimmt, daß sie träumte; sie hob den Kopf und sah, daß die Göttin sogar noch schöner war als Helena, die Spartanerin. Und blitzartig glaubte sie, in Aphrodites Antlitz die halbvergessene Schönheit des Sonnengottes Apollon zu entdekken. Konnte sie wirklich dem Ruf dieser göttlichen Liebe widerstehen?

»Ich habe geschworen, der Mutter aller Dinge zu dienen«, sagte sie. »DU bist nicht SIE, und DU verehrst SIE nicht, denn ich glaube, DU leugnest SIE.«

Ein fernes Lachen war die Antwort. Es klang wie das Läuten von Glöckchen.

Tochter des Priamos, auch du wirst MIR *schließlich dienen.* ICH *besitze mehr Macht als du und mehr Macht als die anderen Göttinnen eurer Städte. Alle Frauen werden* MICH *eines Tages verehren, auch du!*

Kassandra rief: »Nein!« und fuhr aus dem Schlaf auf. Ihr Gemach war leer; nur der strahlende, runde Mond stand vor dem Fenster und wirkte wie ein Hohn im Vergleich zu der Schönheit, die sie im Traum gesehen hatte.

Die Achaier waren schon sehr eigenartig: Erst beschlossen sie, Hera, die Göttin der Ehe, zu verehren, die jede Frau für einen Seitensprung bestraft, und dann suchten sie sich Aphrodite, eine Göttin der leidenschaftlichen Liebe, die eine Frau dazu verführt, den Eid zu brechen, den sie geschworen hat. Die Achaier schienen die Treulosigkeit ihrer Frauen zu fürchten, gleichzeitig aber auch zu wünschen. Oder suchten sie nur einen Vorwand, ihre Frauen zu verlassen?

Vielleicht war es besser, daß ein Kind nur der Mutter gehörte.

Möglicherweise eigneten sich Männer nicht für die Ehe und auch nicht als Väter. Eine Frau, die ein Kind in ihrem Leib getragen hatte, mußte sich um sein Wohl kümmern; aber den Männern fiel es einfach zu leicht, Kinder zu zeugen. Ein Kind war für die Männer ein Unterpfand, das der Vater zu seinem größtmöglichen Vorteil *benutzte*. Vielleicht war Phyllidas Los doch das beste. Ein Gott konnte so viele Frauen haben, wie ER wollte, und er mußte die anderen nicht verstoßen, wenn ER eine neue wählte . . .
Aber die Pflichten im Tempel riefen! Sie hatte zwar geschworen, niemals Aphrodite zu dienen, aber sie hatte gelobt, eine Dienerin des Sonnengottes zu sein. Sie sollte nicht ihren Gedanken nachhängen, sondern schleunigst hinübergehen und mit den anderen Priesterinnen und Priestern die aufgehende Sonne zu grüßen.
Alle waren bereits versammelt – von den ehrwürdigen alten Heilpriestern und Priesterinnen bis zu den jüngsten Novizen. Kassandra nahm beinahe als Letzte ihren Platz ein, und Charis warf ihr einen geduldigen, aber gleichzeitig tadelnden Blick zu. Der Oberpriester ergriff das Wort: »Im Namen des Sonnengottes bitte ich euch, einen Neuankömmling unter uns willkommen zu heißen. Er hat im Heiligtum von Delos, der Insel des Sonnengottes, gedient. Ich bitte euch, nehmt unseren Bruder Khryse in euren Reihen auf.«
Der Name Khryse, der Goldene, paßt gut zu ihm! dachte Kassandra. Der Mann war ungewöhnlich groß – beinahe so groß wie Hektor, allerdings nicht so muskulös und kräftig. Feine Sommersprossen überzogen das gut geschnittene Gesicht; die Haare wirkten noch blonder, weil er von der Sonne gebräunt war. Er hatte ein strahlendes Lächeln und ebenmäßige weiße Zähne; die Augen leuchteten so blau wie das Meer.
Khryse sprach mit einer kräftigen, volltönenden Stimme, die Kassandra an die Stimme des Gottes erinnerte. *Er hat gut daran getan, einem Gott zu dienen*, dachte Kassandra, *sogar der Sonnengott könnte auf einen solchen Sterblichen eifersüchtig werden*.
Charis fragte nach der feierlichen Sonnenanbetung: »Wer hat heute die Aufgabe, die Opfergaben entgegenzunehmen und zu zählen?«
Diese Frage erinnerte Kassandra an ihre Pflichten, und sie erwiderte: »Ich.«

»Dann wirst du unseren neuen Bruder in den Hof führen und ihm zeigen, wie und wo die Opfergaben aufbewahrt werden.«
Kassandra schlug scheu die Augen nieder. Sie hatte das Gefühl, Khryse habe ihre kühnen Gedanken gelesen und kam auf sie zu.
»Ich danke für die Aufnahme hier«, sagte Khryse. »Aber vielleicht darf ich dich, Herrin, zuerst um einen Gefallen bitten . . .«
»Gewiß darfst du das«, erwiderte Kassandra etwas gereizt, als deutlich wurde, daß Charis keine Antwort geben würde. »Aber ich kann nichts versprechen, ehe ich nicht weiß, was du möchtest.«
Khryse hob den Kopf und sprach zu allen.
»Ich bitte darum, meiner Tochter, die keine Mutter mehr hat, hier im Tempel Obdach zu geben.« Er winkte ein Mädchen herbei, das sich bis jetzt hinter den Büschen am Rand des Hofes verborgen gehalten hatte.
Zuerst glaubte Kassandra, die Kleine sei noch ein kleines Kind. Sie trug eine zerschlissene und viel zu kleine Tunika, die ihr kaum über die Knie reichte. Sie hatte die erstaunlich blonden Haare ihres Vaters, die ihr verfilzt und zerzaust über den Rücken fielen.
»Ich war lange unterwegs, und für einen Mann ist es schwer, richtig für ein Mädchen zu sorgen«, sagte Khryse, dem Kassandras Blick nicht entging. »Darf sie hier im Tempel des Sonnengottes leben?«
»Gewiß«, erwiderte Charis. »Aber für eine von Apollons Jungfrauen ist sie noch zu jung. Wenn sie größer ist, kann sie sich selbst für diesen Weg entscheiden, wenn sie ihn einschlagen möchte. Bis dahin . . . Kassandra, nimmst du die Kleine mit und achtest du darauf, daß gut für sie gesorgt wird?«
»Dann bin ich der Herrin Kassandra zweifach zu Dank verpflichtet«, sagte Khryse, verbeugte sich und lächelte sie dabei strahlend an.
Kassandra versuchte, Khryse nicht noch einmal anzusehen, und streckte dem Mädchen die Hand entgegen.
»Komm mit, Kleines. Hast du Hunger?«
»Ja. Aber Vater hat gesagt, ich darf nichts verlangen.«
»Du wirst etwas zu essen bekommen. Im Haus des Gottes hungert niemand«, erwiderte Kassandra und führte das Mädchen in ihren Raum. Sie rief eine Dienerin und befahl, Brot, Wein und ein Körbchen Obst zu bringen.

»Zuerst brauchst du ein Bad und etwas Frisches zum Anziehen«, sagte Kassandra, denn die Sachen des Mädchens waren schmutzig und zerlumpt. Mit Hilfe einer der Aufseherinnen badete sie das Mädchen. Als Kassandra den kleinen Körper einseifte, stellte sie fest, daß die Kleine keineswegs so jung war, wie sie aussah. Das Mädchen hatte bereits Brüste und goldene Schamhaare. Nachdem der Schmutz der Straße abgewaschen war, wurde deutlich, daß sie die Schönheit ihres Vaters besaß, und als Kassandra sich nach ihrem Namen erkundigte, überraschte die Antwort sie nicht:
»Meine Mutter nannte mich nach der Geburt Helike. Aber Vater ruft mich immer Chryseis.«
Die Goldene! »Der Name paßt gut zu dir«, sagte Kassandra. »Er würde noch besser passen, wenn deine Haare nicht so verfilzt wären.«
»Ich nehme an, man muß sie abschneiden«, erwiderte Chryseis.
»O nein, das wäre schade«, rief Kassandra, »dafür sind sie zu schön.« Sie nahm einen Kamm und begann vorsichtig, die Haare auszukämmen; zwei oder drei der schlimmsten Zotteln mußte sie jedoch tatsächlich abschneiden. Dann bürstete sie die Haare, bis sie glatt waren und glänzten und Chryseis in schimmernden Locken über die Schultern fielen. Chryseis erhielt das weiße Gewand der Novizinnen und einen gewebten Seidengürtel, der Kassandra gehörte. Chryseis berührte ihn ehrfürchtig, als Kassandra ihn ihr umlegte.
»Ich habe noch nie so etwas Hübsches getragen!«
»Jetzt siehst du aus wie eine Jungfrau des Sonnengottes«, sagte Kassandra. »Apollon wird so zufriedener mit dir sein als mit einem schmutzigen Mädchen.«
Die Kleine sah halb verhungert aus; mit zitternden Fingern griff sie nach dem Brot und den Trauben, als habe sie seit Tagen nichts gegessen. Kassandra sah, daß sie versuchte, sich zu beherrschen und manierlich zu essen. Mit Tränen in den Augen bedankte sie sich bei Kassandra.
»Unterwegs bekam Vater in den Tempeln manchmal etwas zu essen«, erzählte sie. »Aber er wollte nicht, daß fremde Männer mich sahen.« Damit nicht der Eindruck entstand, sie wolle ihren Vater tadeln, fügte sie schnell hinzu: »Wenn er konnte, hob er immer etwas für mich auf.«

Kassandra war gegen ihren Willen gerührt.
»Wenn die Aufseherinnen es erlauben, darfst du in meinem Zimmer schlafen, und ich werde mich um dich kümmern.«
Chryseis lächelte scheu. »Und werde ich auch Pflichten im Tempel haben?«
»Natürlich. Niemand ist müßig im Haus des Gottes«, erwiderte Kassandra. »Aber bis wir wissen, wo deine Begabung liegt, bekommst du Aufgaben, die deinem Alter angemessen sind.« Zu der Aufseherin sagte sie: »Bring sie zu Phyllida. Sie kann ihr helfen, den Kleinen zu hüten.«
Es war immer noch früh, als Kassandra in den Hof zurückkam, wo Charis und Khryse auf sie warteten. Die alte Priesterin half ihm beim Zählen der Opfergaben, die während der Nacht im Tempel abgegeben worden waren – kleinere Dinge, die Einwohner aus Frömmigkeit in den Tempel brachten, ohne eine besondere Bitte damit zu verbinden. Die Priesterin schnitt Kerben in die Kerbhölzer: eine Kerbe für einen Krug Öl oder Wein, eine Kerbe für einen Teller Fladen, eine Kerbe für zwei Tauben in einem geflochtenen Weidenkäfig. Kassandra berichtete, was sie für das Kind getan und angeordnet hatte.
»Sehr vernünftig«, sagte Charis. »Wenn sie den Kleinen beaufsichtigt, ist auch sie versorgt, und Phyllida hat etwas mehr Zeit für ihre Aufgaben.«
»Ich bin dir unendlich dankbar«, sagte Khryse. »Für einen Mann ist es unmöglich, ein Mädchen richtig großzuziehen. Bei einem Jungen wäre es mir vielleicht gelungen. Als Chryseis noch klein war, hatte ich es einfacher. Aber inzwischen ist sie so gut wie erwachsen, und ich kann sie genaugenommen Tag und Nacht nicht mehr aus den Augen lassen. Aber wenn sie jetzt bei den Jungfrauen des Sonnengottes ist, muß ich mir keine Sorgen mehr um sie machen.«
»Wir werden bestimmt über ihre Jungfräulichkeit wachen«, erklärte Charis. »Aber ist das in ihrem Alter schon wichtig? Ich dachte, sie sei höchstens zehn oder elf.«
»Ich auch«, sagte Kassandra, »beim Baden habe ich allerdings gesehen, daß sie älter ist.«
Khryse überlegte: »Ihre Mutter starb vor zehn Jahren«, sagte er,

»und damals war Chryseis noch nicht drei. Seit vier Monden hat sie ihre Blutungen, und ich wußte nicht einmal, was ich dem Kind sagen sollte, als sie einsetzten. Deshalb hatte ich beschlossen, das Wanderleben aufzugeben und irgendwo zu bleiben, damit sie richtig erzogen wird. Unterwegs konnte ich ihr nicht immer genug zu essen geben, und die Kleine ist zu hübsch, um sie betteln gehen zu lassen.«
»Das arme mutterlose Kind«, sagte Kassandra. »Ich verspreche dir, ich werde mich um Chryseis kümmern, als sei sie meine eigene Tochter.«
»Du hast keine Kinder, Herrin?«
»Nein«, erwiderte Kassandra, »ich bin eine von Apollons Jungfrauen.«
Sie errötete unter seinem Blick, und um von sich abzulenken, wechselte sie schnell das Thema.
»Um diese Zeit kommen die ersten Gläubigen mit Opfergaben und suchen Rat im Tempel. Ich muß jetzt zu den Bittstellern hinübergehen«, und sie eilte davon.
Der erste Mann brachte einen Krug voll Wein. Er sagte: »Priesterin, ich möchte den Gott fragen, wie ich meine Schwester gut verheiraten kann. Mein Vater ist tot, und ich bin viele Jahre nicht in meinem Dorf gewesen, da ich im Heer meines Königs diene.«
Kassandra hatte ähnliche Fragen schon oft beantworten müssen. Sie ging in das Heiligtum und wiederholte pflichtschuldigst die Worte des Mannes. Kassandra hielt die Frage nicht für so wichtig, daß der Gott antworten würde. Trotzdem wartete sie einige Zeit, für den Fall, daß ER etwas zu sagen hatte. Dann kehrte sie zu dem wartenden Mann zurück und sagte: »Geh zu dem ältesten Freund deines Vaters und bitte ihn, dir aus Freundschaft zu deinem Vater einen Rat zu geben. Vergiß nicht, ihm ein großzügiges Geschenk zu machen.«
Der Mann strahlte.
»Ich danke dem Gott für SEINEN Rat«, sagte er. Kassandra nickte höflich und mußte sich zurückhalten, um nicht zu sagen: *Hättest du den Verstand benutzt, den der Gott dir gegeben hat, hättest du dir die Mühe sparen können, hierher zu kommen. Aber da jeder vernünftige Mensch dir die Frage hätte beantworten können, dürfen wir ruhig ein Geschenk dafür annehmen.*

Später fragte Khryse: »Woher weißt du die Antworten? Mir fällt es schwer zu glauben, daß ein Gott sich um so belanglose Dinge kümmert.« Kassandra erzählte ihm, daß die Priester richtige Antworten auf die üblichen Fragen vorbereitet hatten.
»Man darf aber nie vergessen, einige Zeit zu schweigen, für den Fall, daß der Gott eine Antwort geben möchte. Der Gott beantwortet manchmal auch die – aus unserer Sicht – törichtsten Fragen.«
Bald kam ein anderer Mann. Er brachte einen großen Korb mit riesigen Melonen. Der Mann fragte: »Was soll ich in diesem Jahr auf meinem Feld anbauen?«
»Hat es auf deinem Land Feuer, eine Überschwemmung oder eine größere Veränderung gegeben?«
»Nein, Herrin.«
Kassandra ging in das Heiligtum und setzte sich vor das Bildnis des Sonnengottes. Sie dachte daran, wie sie als Kind die Statue für lebendig gehalten hatte. Als der Gott nicht sprach, ging sie hinaus und sagte zu dem Mann: Pflanze das, was du vor drei Jahren gepflanzt hast.«
Diese Antwort konnte unmöglich schaden; wenn er auf seinen Feldern die Frucht wechselte, wie die Dorfältesten jetzt meist empfahlen, widersprach sie nicht deren Rat, und wenn der Mann das bisher nicht getan hatte, würde sich sein Ertrag eher verbessern. Der Mann bedankte sich freudestrahlend, und Kassandra dachte gereizt: *Diese Antwort kann man allen Bauern in jedem Jahr geben. Warum weiß das der Mann nicht und kommt zu Apollons Tempel, um sich diesen Rat zu holen?* Aber Priester und Priesterinnen würden sich über die Melonen freuen.
Der Vormittag verging langsam; nur bei einer Frage mußte Kassandra eine Weile nachdenken. Ein Mann brachte ein schönes Zicklein als Opfer und erzählte, seine Frau habe gerade einen gesunden Sohn geboren.
»Und du möchtest dem Sonnengott dafür danken?«
Der Mann trat wie ein schuldbewußtes Kind von einem Bein auf das andere.
»Nun ja,« murmelte er, »eigentlich möchte ich wissen, ob es mein Kind ist, oder ob meine Frau mir untreu war.«
Seit der Zeit bei den Amazonen wußte sie, daß das Mißtrauen eines

Mannes an der Treue seiner Frau im allgemeinen bedeutete, daß er sich der Achtung einer Frau für nicht würdig hielt.
Kassandra nahm das Opfer entgegen und ging in das Heiligtum. Fragen in dieser Richtung fürchtete sie, denn manchmal, aber es war nicht die Regel, hörte sie den Rat: *Wenn du nicht sicher bist, setz das Kind sofort aus.*
Diesmal antwortete der Gott nicht, und deshalb sagte sie dem Mann das Übliche: »Wenn du deiner Frau in anderen Dingen vertrauen kannst, besteht kein Grund, ihr jetzt zu mißtrauen.«
Der Mann war ungeheuer erleichtert. Kassandra seufzte und sagte: »Geh nach Hause und danke der Göttin für deinen Sohn. Vergiß nicht, dich bei deiner Frau dafür zu entschuldigen, daß du grundlos an ihrer Treue gezweifelt hast.«
»Das werde ich, Herrin«, versprach er. Kassandra sah, daß keine anderen Bittsteller mehr warteten, und sagte zu Khryse: »Um diese Zeit sollten wir das Heiligtum schließen und ruhen, bis die Sonne tiefer steht. Es ist üblich, daß wir etwas Brot und Obst essen, ehe wir zurückkommen, um die Fragen der Leute zu beantworten.«
Khryse bedankte sich bei ihr und fügte hinzu: »Die Herrin Charis hat mir erzählt, daß du die zweite Tochter des Königs Priamos und seiner Königin bist. Du bist von edler Herkunft und schön wie Aphrodite. Wie kommt es, daß du hier im Tempel dienst, wenn doch bestimmt jeder Prinz und Edelmann an dieser Küste bis hin nach Kreta bereits um deine Hand angehalten haben müßte?«
»Oh, so viele waren es nicht«, erwiderte sie und lachte unsicher. »Als mich der Sonnengott in SEINEN Dienst gerufen hat, war ich noch nicht so alt wie deine Tochter.«
Khryse sah sie zweifelnd an. »ER hat dich gerufen? Wie?«
»Du bist ein Priester«, sagte sie. »ER hat doch bestimmt zu dir schon einmal gesprochen.«
»Dieses Glück hatte ich nicht, Herrin«, sagte er. »Ich glaube, die Unsterblichen sprechen nur mit den Großen. Mein Vater war ein armer Mann, und er hat mich dem Gott versprochen, weil mein Bruder das Fieber überlebte, das in meiner Kindheit in Mykenai wütete. Er hielt es für ein gutes Geschäft. Mein Bruder war ein Krieger, und ich taugte zu nichts, wie er sagte.«

»Das war nicht recht«, erklärte Kassandra heftig, »ein Sohn ist kein Sklave!«
»Oh, mir war das ganz recht«, sagte Khryse. »Ich eignete mich nicht zum Krieger.«
Kassandra lachte leise. »Merkwürdig«, sagte sie, »du bist doch bestimmt stärker als ich, und ich war einige Zeit bei den Amazonen eine Kriegerin.«
»Ja, ich habe gehört, daß es Kriegerinnen gibt«, sagte Khryse. »Aber ich habe auch gehört, daß sie ihre Liebhaber und ihre Söhne töten.«
»O nein«, widersprach Kassandra. »Die Männer leben allerdings von den Frauen getrennt, und man übergibt die Söhne den Vätern, sobald sie entwöhnt sind.«
»Hattest du damals einen Liebhaber, schöne Amazone?«
»Nein«, erwiderte sie leise. »Ich habe dir bereits gesagt, ich bin eine Jungfrau des Sonnengottes.«
»Wie schade«, sagte Khryse, »daß eine so schöne Frau ungeliebt alt werden soll.«
»Du mußt mich nicht bedauern«, sagte Kassandra ärgerlich. »Ich brauche keinen Liebhaber.«
»Das finde ich ja so schade«, erwiderte Khryse. »Du bist eine Prinzessin. Du bist schön und freundlich. Das hast du meiner Tochter gegenüber bewiesen. Und doch lebst du allein, beantwortest die Fragen dieser dummen Bittsteller und dienst hier wie ein armes Mädchen von niedriger Herkunft.«
Plötzlich zog Khryse sie an sich und küßte sie. Erschrocken versuchte Kassandra, ihn wegzuschieben, aber er preßte sie so fest und leidenschaftlich an sich, daß sie sich nicht befreien konnte. Erstaunt spürte sie die Wärme seiner Lippen.
»Ich möchte dich nicht entehren«, flüsterte er. »Ich möchte dein Liebhaber sein – oder dein Gemahl, wenn du mich willst.«
Kassandra riß sich los und lief davon. Sie rannte die Treppe hinauf, als werde sie von bösen Geistern verfolgt. Das Herz schlug ihr bis zum Hals. In Phyllidas Zimmer saß Chryseis, wiegte das Kind und sang ihm mit dünner Stimme leise etwas vor. Phyllida schlief, erwachte jedoch und setzte sich auf, als Kassandra hereinstürmte.
Kassandra wollte ihr die ganze Geschichte erzählen, aber nach einem Blick auf Chryseis dachte sie: *Wenn ich mich über ihn beschwere,*

wird man ihn wegschicken. Und dann ist dieses Kind wieder den Zufällen der Straße ausgeliefert.
Deshalb sagte sie nur: »Ich habe Kopfschmerzen von der Sonne. Phyllida, würdest du heute nachmittag mit mir tauschen und die Opfergaben annehmen, wenn ich mich dafür um dein Kind kümmere? Ich werde jemanden schicken, der dich holt, wenn der Kleine gestillt werden muß.«
Phyllida erklärte sich sofort dazu bereit und sagte, sie sei es ohnehin leid, die ganze Zeit bei dem Kind zu bleiben, und der Kleine müsse bald entwöhnt werden.
Als Phyllida in den Tempelhof gegangen war, ließ Kassandra das Kind in der Sonne spielen und dachte über das Geschehene nach. Sie hatte sich töricht benommen, ganz sicher würde sie kein Priester des Apollon im Heiligtum des Gottes vergewaltigen.
Khryse wollte ihr bestimmt nichts Böses tun; sie hatte auch keinen solchen Widerwillen empfunden wie bei dem Mann, der sie schänden wollte, als sie bei den Amazonen war. *Was* hätte Khryse gesagt oder getan, wenn sie nicht davongelaufen wäre? Ihn hätte sie nicht umbringen wollen. Aber wäre er wirklich so weit gegangen, sie zu verführen?
Kassandra wollte es so genau nicht wissen. Sie mochte Khryse und empfand keinen echten Zorn, nur eine Art Hilflosigkeit. *Das ist nichts für mich.* Sie spürte in sich die aufsteigende dunkle Flut und wußte, daß auch die Göttin ihr dieses Schicksal nicht bestimmt hatte.

2 Es gelang Kassandra, sich in den nächsten Tagen der Aufgabe zu entziehen, die Opfergaben entgegenzunehmen; sie hörte, daß Khryse sich bei den anderen Priesterinnen und Priestern beliebt machte. Er besaß nicht nur das geheime Wissen, mit Bienen umzugehen und ihren Honig zu gewinnen (obwohl man Kassandra erzählt hatte, daß in Kreta Männer diese Arbeit nicht verrichten durften, die ausgewählten Priesterinnen vorbehalten war), sondern auch viele Fertigkeiten, die man in Kreta und auch in Ägypten kannte.
»Er ist in Ägypten gewesen«, berichtete ihr Charis, »und hat die Kunst gelernt, wie man dort Aufzeichnungen macht. Er hat ver-

sprochen, es jedem beizubringen, der es lernen möchte. Damit können wir unsere Bestände sehr viel einfacher festhalten, und wir werden auf einen Blick sehen, was sich in unseren Vorratshäusern befindet, ohne zählen zu müssen. Dann können wir auf die Kerbhölzer verzichten.«

Andere erzählten begeistert von seiner Freundlichkeit, von den vielen Geschichten über seine Wanderungen und über die große Fürsorglichkeit gegenüber seiner Tochter. Als Kassandra das alles hörte, glaubte sie schließlich, sie habe sich wie eine Närrin benommen. Eines Tages kehrte sie zu ihren üblichen Pflichten zurück. Als sie das Heiligtum betrat und feststellte, daß Khryse mit ihr arbeiten sollte, wagte sie vor Scham nicht, ihm in die Augen zu sehen.

»Ich freue mich, dich wiederzusehen, Herrin Kassandra. Bist du immer noch zornig auf mich?«

Etwas in seiner Stimme bestärkte sie in ihrer Entschlossenheit, ihn sich vom Leib zu halten, und verriet ihr, daß sie sich das Geschehene zumindest nicht eingebildet hatte. *Warum sollte ich mich schämen, ihm in die Augen zu blicken? Ich habe nichts Unrechtes getan. Wenn eine Sünde geschehen ist, dann war es seine, nicht meine.*

Sie erwiderte: »Ich trage dir nichts nach. Aber ich bitte dich, rühr mich nie wieder an.« Sie ärgerte sich über sich selbst, denn ihre Worte klangen, als bitte sie ihn um eine Gunst, anstatt auf dem Recht zu bestehen, eine unerwünschte Berührung abzulehnen.

»Ich kann dir nicht sagen, wie sehr ich bedaure, dich beleidigt zu haben«, erwiderte Khryse.

»Du mußt dich nicht entschuldigen. Wir wollen nicht mehr darüber sprechen.« Sie zog sich gereizt von ihm zurück.

»Nein«, widersprach er, »dabei kann ich es nicht belassen. Ich weiß, daß ich deiner nicht würdig bin. Ich bin nur ein armer Priester, und du bist die Tochter eines Königs.«

»Khryse, damit hat es nichts zu tun«, sagte sie. »Ich habe geschworen, keinem Mann zu gehören, sondern nur dem Gott.«

Er lachte kurz auf, und es klang sehr bitter.

»Er wird dich nie beanspruchen und auch nicht eifersüchtig sein«, sagte er.

»Nun, ich wäre nicht die erste . . .«

»O Kassandra«, er lachte, »ich glaube ja, daß du unschuldig bist.

Aber sicher bist du nicht unschuldig genug oder noch ein solches Kind, um an *diese* Märchen zu glauben!«

Sie unterbrach ihn. »Laß uns nicht von solchen Dingen sprechen! Mag es wahr oder unwahr sein, daß der Gott die beansprucht, die ihm gehören. Ich bin jedenfalls nicht für *dich* bestimmt!«

»Sag das nicht«, flehte er. »In meinem ganzen Leben habe ich noch keine Frau so begehrt, wie ich dich begehre. Ehe ich dir begegnet bin, hätte auch ich es nie für möglich gehalten, daß ich mich so sehr nach einer Frau sehne und verzehre.«

»Ich will es glauben, wenn du es sagst«, erwiderte sie. »Aber selbst wenn es wahr ist, sprich nie wieder davon.«

Er neigte den Kopf. »Wie du willst«, sagte er. »Nicht um alles in der Welt möchte ich dich kränken, Prinzessin. Ich stehe in deiner Schuld, denn du bist so gut zu meiner Tochter. Und doch spüre ich, daß Aphrodite, die Göttin der Liebe, mir befohlen hat, dich zu lieben.«

»Diese Göttin treibt Männer und Frauen nur in den Wahnsinn«, sagte Kassandra. »Auf IHREN Befehl werde ich niemals einen Mann lieben. Ich gehöre dem Sonnengott. Jetzt sprich nicht mehr davon, sonst werden wir uns wirklich streiten.«

»Wie du willst«, entgegnete Khryse. »Ich sage nur, wenn du die Macht der EINEN leugnest, der alle Frauen dienen müssen, wird SIE dich vielleicht strafen.«

Diese neue Göttin ist ein Geschöpf der Männer, dachte Kassandra. *Sie dient als Entschuldigung für ihre Lüsternheit. Ich glaube nicht an ihre Macht.* Dann erinnerte sie sich an ihren Traum, schüttelte aber energisch den Kopf. *Ich habe soviel darüber nachgedacht. Es ist, als träume man vom Donner, wenn man den Regen auf dem Dach hört.*

»Im Tempel sind Gläubige. Wir müssen ihre Fragen beantworten und ihre Gaben entgegennehmen. Wirst du mir deine neue Methode zeigen, die Opfer mit Schrift aufzuzeichnen? Ich habe die ägyptische Bilderschrift gesehen, aber sie ist sehr schwierig. Und vor Jahren hat mir ein alter Mann, der einmal dort gelebt hat, erzählt, daß die ägyptischen Schreiber ihr ganzes Leben lang lernen müssen, um sie zu beherrschen.«

»Das stimmt«, sagte Khryse. »Aber die ägyptischen Priester haben auch eine einfache Schrift, die nicht so schwierig ist, und die kretische Schrift ist noch einfacher, denn ein Zeichen ist kein Bild oder Gedanke, wie an den Königsgräbern, sondern ein *Laut*, den man in jeder Sprache schreiben kann.«

»O wie klug! Welcher Gott oder große Mann hat dieses System geschaffen?«

»Ich weiß es nicht«, erwiderte Khryse, »aber man sagt, der olympische Hermes, der Götterbote, der auf den Flügeln des Gedanken reist, ist der Schutzgott der Schrift.« Khryse zog seine Täfelchen und die Kerbhölzer hervor. »Ich zeige dir die einfachsten Zeichen und wie man sie schreibt. Dann kann man sie auf Tontafeln übertragen, und wenn sie getrocknet sind, haben wir eine Unterlage, die nie verschwindet und nicht vom Gedächtnis eines Menschen abhängig ist.«

Kassandra lernte schnell; etwas in ihr schien sich nach diesem neuen Wissen zu sehnen. Sie sog es in sich auf wie ausgedörrte Erde den Regen nach einer langen Dürre. Sie lernte die kretische Schrift so gut, daß sie beinahe schneller als er schreiben konnte, und dann bestand er darauf, daß sie nicht weiter lernte.

»Es ist nur zu deinem Besten«, erklärte er. »In Kreta lernt keine Frau diese Schrift, nicht einmal die Königin. Die Götter haben bestimmt, daß Frauen solche Dinge nicht lernen, denn es wird ihrem Verstand schaden, sie unfruchtbar machen. Die Welt wird veröden. Und wenn die heiligen Quellen versiegen, dürstet die Welt.«

»Wie albern«, widersprach Kassandra. »Mir hat es nicht geschadet.«

»Wie kannst du das beurteilen? Du hast bereits mich und jeden anderen Liebhaber abgewiesen. Ist das keine Beleidigung der Göttin und ein Zeichen dafür, daß du deine Fraulichkeit leugnest?«

»Du verweigerst mir die Schrift als Vergeltung für das, was ich dir verweigert habe?«

Khryse sah sie tief getroffen an.

»Du hast nicht nur mich abgewiesen, sondern auch die große Macht der Natur, die bestimmt, daß die Frau für den Mann geschaffen ist. Nur Frauen besitzen die heilige und kostbare Kraft, Kinder zu ....«

Es klang so albern, daß Kassandra ihn auslachte.

»Willst du mir erzählen, daß Männer Kinder bekommen konnten, ehe die Götter und Göttinnen ihnen Weisheit und Vernunft schenkten, und daß dem Mann diese Macht verweigert wurde, weil er andere Dinge schuf? Selbst die Amazonen wissen das besser. Sie tun alle möglichen Dinge, die hier den Frauen verboten sind, und doch bekommen auch sie Kinder.«

»Töchter«, sagte er verächtlich.

»Viele Amazonen haben prächtige Söhne geboren.«

»Man hat mir erzählt, daß die Amazonen ihre Söhne töten.«

»Nein, ich habe dir bereits gesagt, die Amazonen übergeben die Söhne ihren Vätern. Und sie beherrschen all das Können, das bei anderen Stämmen den Männern vorbehalten ist. Wenn in Kreta den Frauen nicht erlaubt ist zu lesen, was hat das dann mit mir zu tun? Wir sind nicht in Kreta.«

»Eine Frau sollte nicht so diskutieren können«, erwiderte Khryse. »Das Leben des Geistes zerstört das Leben des Körpers.«

»Du bist törichter, als ich geglaubt habe«, sagte Kassandra. »Wenn das stimmt, wäre es sogar noch wichtiger, keinem Mann das Schreiben beizubringen, denn sonst würde es ihn als Krieger untauglich machen. Sind in Kreta alle Priester Eunuchen?«

»Du denkst zuviel«, sagte Khryse traurig. »Das wird dich als Frau zerstören.«

Sie sah ihn spöttisch an.

»Und wenn ich mich dir hingebe, bleibt mir dieses schreckliche Schicksal dann erspart? Du bist wirklich gut zu mir, mein Freund. Und ich bin so undankbar, daß ich das große Opfer, das du meinetwegen auf dich nehmen willst, nicht zu würdigen weiß.«

»Du solltest dich über diese Mysterien nicht lustig machen«, sagte Khryse trocken. »Glaubst du nicht auch, daß der Gott das Verlangen nach dir in mein Herz gelegt hat? Spricht daraus nicht die Botschaft des Gottes, daß ich dich haben soll?«

Kassandra hob verächtlich die Augenbrauen. »Seit Anbeginn der Zeit hat jeder Verführer so geredet, und jede Mutter hat ihre Tochter beschworen, solch törichtem Unsinn keinen Glauben zu schenken. Möchtest du, daß ich deiner Tochter beibringe, daß es ihre Pflicht ist, sich einem Mann hinzugeben, weil er sie begehrt?«

»Meine Tochter hat nichts damit zu tun.«

»Deine Tochter hat sehr wohl etwas damit zu tun. Mein Verhalten

muß für sie ein Vorbild an Tugend sein. Möchtest du, daß sie sich dem ersten Mann hingibt, der sie mit seinem Verlangen bestürmt?«
»Ganz bestimmt nicht, aber . . .«
»Dann bist du nicht nur ein Narr und ein Lügner, sondern auch ein Heuchler«, sagte Kassandra. »Ich habe dich einmal gemocht, Khryse. Zerstöre meine guten Gefühle für dich nicht.«
Sie ließ ihn stehen und eilte aus dem Heiligtum. In all der Zeit, in der sie zusammen arbeiteten, hörte er nicht einen Tag damit auf, sie zu bestürmen. Sie wollte das nicht mehr ertragen. Sie würde zu Charis oder dem Oberpriester gehen und ihnen sagen, sie werde nicht länger mit Khryse arbeiten, denn er habe nur den einen Gedanken im Kopf, sie zu verführen, aber das werde ihm nicht gelingen.
Es wäre einfacher, wenn ich den Tempel verlassen würde. Aber soll mich ein Mann wie Khryse vertreiben?
Es wurde allmählich dunkel. Kassandra versuchte, ihren Ärger zu beschwichtigen, und ging den Weg hinunter zu dem Gebäude, in dem die Priesterinnen schliefen. Kurz bevor sie das Haus erreichte, erregte ein Geräusch im Gebüsch ihre Aufmerksamkeit. Sie drehte sich um und entdeckte im Dunkel zwei verschlungene Gestalten. Ohne zu überlegen, trat sie näher. Der Mann riß sich los und rannte davon. Kassandra kannte ihn nicht; er war ihr eigentlich auch gleichgültig. Ihr Interesse galt der anderen Gestalt. Kassandra lief schnell auf sie zu und packte die kleine Chryseis am Arm. Das Gewand des Mädchens war zerknittert und beinahe bis zur Hüfte hochgeschoben. Darunter war Chryseis nackt; ihre Lippen waren geschwollen, ihr Gesicht war gerötet, und sie wirkte irgendwie benommen. *Aber sie ist noch ein Kind!* dachte Kassandra entsetzt. Und doch stand eindeutig fest, was hier geschehen war – und auch, daß das Mädchen nur allzu bereit dazu gewesen war.
Chryseis schob mißmutig das Gewand nach unten und fuhr sich verlegen mit dem Arm über das Gesicht. Kassandra konnte sich nicht mehr zurückhalten. »Wie schamlos du bist! Wie kannst du es wagen, in diesem Zustand vor mir zu stehen! Du bist eine Jungfrau Apollons!«
Trotzig murmelte Chryseis: »Sieh mich nicht so an, du verbitterte, vertrocknete alte Jungfer. Wie kannst du es wagen, mir Vorwürfe zu machen, nur weil dich noch nie ein Mann begehrt hat?«

»Wie ich es wagen kann?« wiederholte Kassandra verblüfft und dachte: *Weil ich dieses Mädchen schützen wollte, habe ich das Vergehen ihres Vaters verschwiegen! Man muß sich nicht lange fragen, woher sie das hat.*
Ruhig sagte sie: »Du kannst von mir denken, was du willst, Chryseis. Aber es geht hier nicht um mein, sondern um dein Verhalten. So etwas ist den Jungfrauen hier verboten. Du hast im Tempel des Sonnengottes Schutz gesucht, also mußt du die Regeln befolgen, nach denen die anderen Jungfrauen hier leben.«
Vielleicht wäre es das Klügste, die unwürdige Tochter und den Vater auf der Stelle aus dem Tempel zu verjagen.
»Geh ins Haus, Chryseis«, sagte sie so freundlich wie möglich. »Zieh dich um und wasch dich, sonst werde nicht nur ich dir Vorwürfe machen.« Man hatte das Mädchen in ihre Obhut gegeben; sie mußte irgendwie erreichen, daß Chryseis dem Tempel des Sonnengottes keine Schande machte – und auch nicht ihrer Erziehung. Als Chryseis im Haus verschwand, dachte Kassandra: *Wie es scheint, bin ich jetzt Aphrodite ausgeliefert. Wird auch Chryseis behaupten, sie stehe unter dem Einfluß dieser Göttin, deren Aufgabe es ist, Frauen zu ungesetzmäßiger und unrechtmäßiger Liebe zu verleiten?*
Sie hob den Kopf und blickte zur Sonne am Himmel auf.
»Wir stehen in DEINER Macht, Apollon«, betete sie. »Ganz sicher ist DIR DEIN Tempel anvertraut und die Herzen und der Verstand aller, die geschworen haben, ihr Leben DIR zu weihen. Ich will keinem Unsterblichen die Ehrfurcht versagen, aber kannst DU in DEINEM Heiligtum und DEINEM Tempel nicht für Ordnung sorgen?«

3 Auf ihr Gebet bekam Kassandra nicht sofort eine Antwort. Aber sie hatte auch keine erwartet. Sie hielt sich dem Heiligtum unter dem Vorwand, sie sei krank, einige Tage fern. Es schien, als sei der Tempel des Sonnengottes, in dem sie früher einmal so glücklich gewesen war, ein feindlicher Ort geworden, denn Khryse war überall. Schließlich stieg Kassandra zur Spitze des Hügels hinauf und brachte der Jungfrau, der Schutzgöttin Troias, ein Opfer dar. Ihre Gedanken waren in Aufruhr, und sie fragte sich, ob sie

damit dem Sonnengott, dessen Priesterin sie war, untreu wurde. Aber auch die Erdmutter hatte sie gerufen und zu IHRER Priesterin gemacht.
Nach dem Opfer wurde sie ruhiger, obwohl die Göttin nicht zu ihr sprach. Sie kehrte in den Tempel des Sonnengottes zurück und erschien bei der abendlichen Zeremonie. Khryse stand unter den Priestern und lächelte sie an. Kassandra versuchte, seinem Blick nicht auszuweichen. Sie hatte nichts Unrechtes getan. Weshalb sollte sie sich schämen?
In dieser Nacht quälten sie wirre Träume. Über Troia schien ein schreckliches Gewitter zu toben. Sie stand am höchsten Punkt der Stadt, im Tempel der Jungfrau, und versuchte, die tödlichen Blitze auf sich zu lenken, damit sie nicht jene trafen, die ihr lieb und teuer waren. Zeus, der Donnergott der Achaier, kam mit großen Schritten über die von den Titanen erbauten Mauern und schüttelte drohend die Fäuste. Poseidon, der Erderschütterer und Herr über Troia, der Gefährte der Erdmutter, stellte sich zum Kampf und wollte Troia schützen. Kassandra sah auch andere Unsterbliche, die sie irgendwie erzürnt zu haben schien. *Aber ich habe nichts Unrechtes getan*, beteuerte sie immer wieder verwirrt. Wenn überhaupt, dann hatte Paris eine Sünde begangen. Sie flehte den Sonnengott an, SEINE Stadt zu retten. Aber ER runzelte die Stirn, verhüllte das strahlende Gesicht und sagte: *Auch die Achaier verehren mich*. Kassandra fuhr mit einem Angstschrei hoch. Als sie völlig wach war und über den Traum nachdachte, fand sie ihn unsinnig. Die weisen und klugen Götter würden sicherlich nicht eine große Stadt bestrafen, weil ein Mann und eine Frau eine törichte Sünde begangen hatten . . .
Nach einiger Zeit schlief Kassandra wieder ein und träumte. Sie glaubte, Phyllidas Sohn liege an ihrer Brust, und wieder empfand sie eine Mischung aus Zärtlichkeit, entsetzlichem Abscheu und Verzweiflung. Irgend etwas war falsch, schrecklich falsch. Sie kämpfte darum aufzuwachen. Sie spürte immer noch die Berührung an ihrer Brust . . ., eine dunkle Gestalt beugte sich über sie. Im Mondlicht glänzte die goldene Maske Apollons. Jetzt erkannte sie die Hand, die ihre Brust streichelte, und wollte schreien.
Die Hand legte sich schnell über ihren Mund. »Du gehörst mir, Kassandra«, hörte sie eine nur allzu vertraute Stimme.

»Willst du deinen Gott verleugnen?«
Kassandra biß in die Hand, die mit einem höchst ungöttlichen Aufschrei zurückgezogen wurde. Sie setzte sich auf und hüllte sich in die Decke. »Ich kenne die Stimme des Gottes, Khryse!« fauchte sie ihn wütend an. »Und es ist nicht *seine* Stimme! Du Gotteslästerer! Glaubst du, Apollon kann SEINE Jungfrauen nicht schützen?«
Den letzten Satz hatte sie mit beträchtlicher Lautstärke gesprochen. Jetzt hörte sie im Gang die Stimmen der anderen Priesterinnen, die die Ursache der Störung herausfinden wollten. Kassandra sprang vom Bett und rannte zur Tür. Aber Khryse trat ihr in den Weg und schob sie gegen die Wand. Es gelang ihm zwar, sie dort festzuhalten, aber sie wehrte sich lautstark, und der Raum füllte sich schnell mit Frauen – darunter Charis, Phyllida und Chryseis. Khryse drehte den Kopf: Die Maske des Gottes starrte die Frauen an.
»Laßt uns allein!« Seine Stimme klang tief und eindrucksvoll. Phyllida erschrak vor der Maske, erkannte dann aber die Stimme des Mannes, der sie trug. Sie sah ihn und Kassandra voll Entsetzen an. Chryseis kicherte. Die anderen Frauen waren verunsichert.
Kassandra versetzte Khryse einen heftigen Schlag in den Magen und riß sich aus seiner Umklammerung.
»Schändlicher Priester!« keuchte sie. »Du wagst es, das Abbild des Gottes zu benutzen, um deine Lüste zu befriedigen! Du entweihst das, was du nicht verstehst!« Sie zitterte vor Zorn und Entsetzen. »Bei der Mutter aller Geschöpfe, zu *dir* würde ich mich nicht legen, selbst wenn Apollon von dir Besitz ergriffen hätte!«
»Würdest du das nicht, Kassandra?« Khryses Körper erbebte, und dann erklang unerwartet – und unverkennbar – Apollons Stimme.
Du bist von MIR *erwählt! Wie kannst du glauben, daß* ICH *dich nicht vor einem verwerflichen und törichten Sterblichen schützen würde?*
Kassandra hörte Phyllidas Aufschrei, die den Gott erkannte, aber die dunkle Flut schlug über ihr zusammen, und sie spürte, wie sich die Göttin in ihr erhob. Dann hörte sie nur noch IHRE Stimme:
Sie gehört DIR, *Sonnengott? O nein, sie wurde* MIR *gegeben, noch ehe sie in dieser sterblichen Welt geboren wurde oder* DEINE *Hand gespürt hat!*
Dann wußte sie nichts mehr.

Sie lehnte an der Wand, und ihre Hand schien verbrannt zu sein. Fingernägel krallten sich in ihre Wangen und rissen immer wieder an ihrem Gewand.
»Mörderin!« schrie Chryseis ihr ins Ohr. »Du hast meinen Vater umgebracht! Du glaubst, du bist zu gut für ihn ... du glaubst, weil du eine Prinzessin bist, seist du besser als wir alle! Du benimmst dich, als seist du überhaupt kein Mensch. O ja, du bist kein Mensch, du bist ein Tier und noch dazu widerwärtig und feige ...«
Kassandra schlug die Augen auf. Khryse lag leichenblaß und leblos auf dem Fußboden. Phyllida beugte sich über ihn. »Es ist ihm nichts geschehen, Chryseis«, sagte sie begütigend. »Der Gott hat von ihm Besitz ergriffen, mehr nicht.«
Aber Chryseis achtete nicht auf sie. »Kassandra ist eine Hexe! Sie hat einen bösen Zauber über ihn geworfen!«
Charis zog das schreiende Mädchen von Kassandra weg und drückte sie zwei anderen Priesterinnen in die Arme. »Schafft das unvernünftige Ding hier weg!« Chryseis' Geschrei hallte durch den Gang und entschwand dann gnädig in der Ferne.
Kassandra spürte, wie sie zu Boden sank. Sie konnte nichts dagegen tun. Ihre Augen standen offen, aber alles schien weit entfernt und nicht ganz wirklich zu sein. Ein Teil ihres Wesens befand sich in ihrem Körper; der andere Teil schwebte im Raum und beobachtete, wie Charis und eine Aufseherin sie aufhoben und auf das Bett legten. Eine Novizin brachte einen Becher Wein; Charis flößte ihr etwas davon ein. Der Wein wärmte sie und zog sie weiter in ihren Körper zurück. Aber ihr war schrecklich elend, und sie fror unerträglich, als sei ihre ganze Lebenskraft entflohen. Sie sah, daß Charis ihre Hand hielt, spürte aber die Finger der Frau nicht. Plötzlich überfiel sie das Heimweh nach dem Lager der Amazonen und nach Penthesilea, die für sie mehr eine Mutter gewesen war, als Hekabe es jemals sein würde. Tränen trübten ihr den Blick und rannen ihr über das Gesicht.
»Es ist ja gut«, tröstete sie Charis und deckte sie zu. »Ruh dich aus und mach dir keine Sorgen. Morgen ist Zeit genug, um alles zu klären.«
Kassandra sah, wie Phyllida ehrfürchtig die Maske Apollons auf-

hob. Zwei Priester kamen leise herein, sprachen kurz mit der Aufseherin und trugen Khryse hinaus. Seine Augen standen offen, aber sein Blick war verschwommen und verständnislos.
Die Priester sprachen miteinander, als sie an Kassandras Bett vorüberkamen, und sie hörte die Worte: »... wirklich besessen ...«
Aber wer war besessen? Khryse oder sie?
Kassandra erwachte kurz vor Sonnenaufgang. Jeder Muskel und jeder Knochen in ihrem Körper schien mit einem Knüppel geschlagen worden zu sein. Sie blieb bewegungslos liegen und dachte über das Geschehene nach.
Eines stand fest: Khryse hatte – unrechtmäßig – die Maske des Gottes getragen und versucht, sie zu verführen. Was dann geschehen war, wußte sie nicht mehr genau; sie erinnerte sich, daß Chryseis an ihr gezerrt und geschrien hatte; dann erinnerte sie sich an die Stimme Apollons, die den Lärm und das Durcheinander im Raum übertönte, und an die unglückseligen Worte, die sie Khryse entgegengeschleudert hatte:
Ich würde nicht bei dir liegen, selbst wenn du der Gott persönlich wärst ...
Hatte sie das tatsächlich zu ihrem Gott gesagt? Khryse hatte nichts anderes verdient. Aber bei dem Gedanken, daß Apollon ihre Worte auf sich bezogen haben könnte, verkrampfte sich ihr ganzer Körper vor Qual und Kummer.
Immerhin, jetzt kannte sie die Quelle der dunklen Flut; dieses Wissen reichte über Angst und Bedauern hinaus: Die Göttin erhob Anspruch auf sie! Kassandra hatte sich in der ganzen Aufrichtigkeit der ersten Liebe dem Gott geschenkt, aber jetzt wußte sie mit Gewißheit: Sie war nicht frei gewesen, sich dem Sonnengott zu versprechen.
Die Tür ging auf; Charis kam herein und beugte sich liebevoll über sie.
»Steh auf, Kassandra. Wir sollen uns alle im Heiligtum versammeln, um darüber zu sprechen, was heute nacht hier geschehen ist.«
Charis brachte ihr Wein, Brot und Honig, doch Kassandra konnte nichts essen. Die Kehle war ihr wie zugeschnürt, und sie wußte, wenn sie sich zwang, würde ihr übel werden.
Charis half ihr beim Anziehen und bürstete ihr die Haare. Kassan-

dra flocht sie zu einem Zopf, den sie locker aufsteckte, und folgte der älteren Priesterin zum Heiligtum, wo sich die anderen bereits versammelt hatten.

Der Oberpriester gebot Schweigen und sagte: »Wir müssen die Wahrheit über diesen unglückseligen Vorfall herausfinden. Tochter des Priamos, berichte uns, was geschehen ist.«

»Ich schlief und träumte. Als ich erwachte, befand sich ein Mann in meinem Zimmer. Er trug die Maske des Gottes, aber ich erkannte Khryses Stimme. Er hat mich schon öfter aufgefordert, bei ihm zu liegen. Aber ich habe ihn abgewiesen.« Sie hob den Kopf und blickte Khryse in die Augen. »Frag den wollüstigen Gotteslästerer! Wird er wagen, das zu leugnen?«

Der Oberpriester fragte: »Khryse, was hast du zu sagen?«

Khryse wandte den Blick nicht von Kassandra. Er sagte: »Ich erinnere mich an nichts. Ich weiß nur, daß ich im Zimmer dieser Wildkatze erwachte und sie mir das Gesicht zerkratzte.«

»Du hast also nicht vorsätzlich die Maske des Gottes benutzt, um die Jungfrau zu täuschen?«

»Natürlich nicht!« erwiderte Khryse aufgebracht. »Ich rufe Apollon als Zeugen an. Aber ich bezweifle, daß er kommen wird, um mich zu beschuldigen oder zu verteidigen.«

»Er lügt!« rief Phyllida. »Ich kenne die Stimme des Gottes, und ich kann schwören, daß ich zuerst nur Khryses Stimme gehört habe! Kassandra hat sich bei mir schon öfter darüber beklagt, daß er von ihr forderte, was ihr nicht erlaubt ist, einem sterblichen Mann zu schenken. Aber später habe ich ihn mit der Stimme des Sonnengottes sprechen hören ...«

»Das haben wir alle gehört«, sagte Charis, »die Frage ist: Wer hat den Gott gelästert? Beide, keiner oder einer?«

»Ich sage, sie hat sich schuldig gemacht, denn sie hat sich Apollon widersetzt«, sagte Khryse, »sie hat den Gott gelästert. Und im Namen des Gottes, dem wir beide dienen ...«

»Es steht außer Zweifel, daß sie die Göttin in Apollons Tempel angerufen hat, und das ist verboten«, sagte Charis.

»Ich finde, wir sollten beide aus dem Tempel schicken«, wandte der Oberpriester ein, »denn sie haben Ärgernis erregt.«

»Ich verstehe nicht, weshalb ich bestraft werden soll«, verteidigte

sich Kassandra, »nur, weil ich mich gegen einen lüsternen Priester gewehrt habe, der eine Frau geschändet hätte, die sich dem Gott geweiht hat, dem er vorgab zu dienen. Und was die Göttin angeht . . ., ich habe SIE nicht um Schutz gebeten. SIE kommt und geht nach Belieben. Ich habe nichts mit IHREM Streit mit Apollon zu tun.«
»Ich rufe Apollon zum Zeugen an . . .«, begann Khryse heftig.
Kassandra unterbrach ihn entschlossen. »Und was willst du tun, du Gotteslästerer, wenn ER kommen sollte?«
Khryse erwiderte überheblich: »ER wird ganz bestimmt nicht kommen. Ich habe Kassandra aufgesucht. Das stimmt! Ich diene dem Gott ebenso, wie sie behauptet, es zu tun . . .«
»Hüte dich«, ermahnte ihn Charis, aber Khryse lachte nur.
»Darauf lasse ich es ankommen!«
Charis sagte: »Wir schulden Kassandra Schutz. Die Jungfrauen des Tempels gehören dem Gott und dürfen nicht von einem Mann mißbraucht werden, schon gar nicht mit einer solchen List – sei er nun Priester oder auch nicht.«
Im Saal hörte man zustimmendes Gemurmel. Kassandra war Charis dankbar, daß sie zu ihrer Verteidigung sprach.
»Ich möchte dir eine Frage stellen«, sagte der Oberpriester, »komm zu mir, Tochter des Priamos. Man hat gehört, daß du gesagt hast, du würdest dich Khryse nicht hingeben, auch wenn Apollon sich seiner bemächtigen würde. Hast du das im Ernst gesagt oder war das im Zorn gesprochen?«
»Der Gott ist nicht zu mir gekommen, und deshalb habe ich nur einen Mann abgewiesen, der mich im Namen von Apollon vergewaltigen wollte.«
Ein blendendes Licht erfüllte plötzlich den Raum. Kassandra hob den Kopf und sah das Strahlen dort, wo Khryse gestanden hatte. Die tiefe, vertraute Stimme hallte durch das Heiligtum.
Kassandra . . .
Es gab keine Zweifel: Das war die Stimme des Gottes. Kassandra spürte, wie ihr die Knie weich wurden, und sank zu Boden. Sie wagte nicht, den Kopf zu heben oder zu sprechen.
MEIN *Diener hat nicht geglaubt,* ICH *könnte mich seiner bedienen. Jetzt weiß er es besser. Es wird nicht lange dauern, und er wird* MEINE *Macht*

kennenlernen. Überlasse ihn MIR*! Er wird* MEINER *Gerechtigkeit nicht entgehen.*

Das blendende Licht richtete sich auf Kassandra. Sie zitterte und senkte den Kopf.

Du, Kassandra, höre MEINE *Worte!* ICH *habe dich geliebt. Du aber hast dich* MEINER *alten Feindin anvertraut, obwohl* ICH *dich zu* MIR *gerufen habe und du* MEIN *bist. Ich gebe dich nicht frei. Doch du hast dich gegen* MICH *vergangen. Ich entziehe dir* MEIN *göttliches Geschenk, die Sehergabe.*

In der Stimme des Gottes lag große Trauer. Die kniende Kassandra spürte, wie eine heftige Woge von Widerspruch und Groll in ihr aufstieg.

»Wenn DU es doch nur könntest, Sonnengott«, sagte sie laut. »*Ich* wünsche mir nichts sehnlicher, als von diesem Geschenk befreit zu werden, das ich nicht wollte!«

Sie schwankte wie unter heftigen Windstößen. Ihr Körper wurde zu einem Schlachtfeld. Die Augen brannten. Die dunkle, stürmische Flut der Göttin brandete gegen die sengende Hitze von Apollons Zorn.

Auch du wirst MEINE *Macht kennenlernen!*

Die Erscheinung verschwand schlagartig. Die kämpfenden Unsterblichen gaben Kassandra frei, und sie sank zu Boden. Unbestimmt nahm sie wahr, daß Charis sich hinunterbeugte, um sie aufzuheben. Sie schien unter der Decke zu schweben und sah Khryse fallen. Sein Körper wand sich in Zuckungen. Seine Fersen hämmerten auf den Boden, und seine Zähne klapperten. Blutiger Schaum trat ihm auf die Lippen, und ein schauriger, langgezogener Schrei entrang sich seiner Kehle.

Das geschieht ihm recht, dachte sie, *denn er glaubte, er könne mit Apollons Stimme sprechen, um eine* SEINER *Priesterinnen zu täuschen . . .*

Wie das Echo von Apollons Stimme hörte sie die Worte:

In den Tagen, die kommen, wird sogar er von Nutzen für MICH *sein . . .*

Sie erbebte vor Kälte und spürte, wie die dunkle Flut sich zurückzog. Ihr Bewußtsein kehrte zurück, als tauche sie aus großer Tiefe wieder an die Oberfläche. Sie konnte nicht sprechen. Die Priester hatten sich Khryses angenommen. Charis hielt Kassandras Kopf noch immer im Schoß.

Die alte Priesterin wiegte sie sanft und flüsterte: »Weine nicht. Auch wenn Apollons Zorn schrecklich ist, wird es gut für dich sein, daß der Fluch der Sehergabe von dir genommen ist.«
Könnte ich ihr doch sagen, daß ich nicht über den Verlust der Sehergabe weine und auch nicht Apollons Zorn fürchte. Ich weine, weil ich SEINE *Liebe verloren habe. Ich wollte nicht zum Kampfplatz der Unsterblichen werden.*

4 Die Priesterschaft erteilte Khryse zwar einen Verweis, aber dadurch änderte sich nichts, wie Kassandra gehofft hatte. Die glückliche Zeit schien für immer vorbei zu sein.
Nicht nur ihr Friede war dahin, auch Khryse wirkte blaß und ausgezehrt. Man brauchte ihn, denn es war außer Kassandra noch niemandem gelungen, die neue Methode mit den Schriftzeichen und seine anderen Kenntnisse so gut zu lernen, daß man auf ihn verzichten konnte. Kurz und gut, er hatte sich bereits im Tempel unentbehrlich gemacht. Die meisten Priester waren alt. Als Dreißigjähriger war Khryse der einzige Priester des Sonnengottes im Vollbesitz seiner Kraft.
Kassandra wurde das Leben im Tempel auch dadurch nicht leichter, daß sie sich jedesmal, wenn seine glänzenden goldenen Haare in der Sonne leuchteten, an den Augenblick erinnerte, als er mit der Stimme des Sonnengottes zu ihr gesprochen hatte.
Wie töricht bin ich gewesen . . ., dachte sie niedergeschlagen, *zweifellos hat Khryse Apollon beschworen. Oder habe ich es durch mein Gebet getan, und* ER *hat mich vor diesem Mann beschützt, den ich verabscheue? Aber wenn ich mich nicht gewehrt hätte, dann könnte ich jetzt das Kind des Gottes im Leib tragen, denn Apollon hat sich seiner Gestalt bedient . . .*
Aber wollte sie das? War das ihre Bestimmung? Hatte sie sich wirklich ihrem Schicksal widersetzt?
Wie auch immer: Was geschehen war, ließ sich nicht ändern. Sie konnte sich nur – wenn auch mit einer gewissen Bitterkeit – über die Strafe für Khryses Anmaßung freuen. *Die Unsterblichen lassen sich nicht verspotten!* Zumindest das wußte Khryse inzwischen.
Und ich weiß es auch. Der Sonnengott verspottet mich. Ich habe ihn ehrer-

bietig angerufen, weil ich in Khryses Verhalten eine Gotteslästerung sah. Und ich bin ebenso bestraft worden wie der Sünder.
Es war kein Trost, daß Apollon eingegriffen hatte. Jetzt erzählte man sich (natürlich hatte sich die Geschichte zuerst im Tempel und dann in der ganzen Stadt verbreitet), sie habe sich dem Gott widersetzt, und Apollon habe sie dafür verflucht. Nur jene, die in der Nacht dabeigewesen waren, kannten die Wahrheit – *und*, so dachte Kassandra beinahe verzweifelt, *selbst sie kennen nicht die ganze Wahrheit.*
Alle glaubten jetzt, Apollon habe ihr die Sehergabe genommen. Aber die Sehergabe war nicht SEIN Geschenk, und deshalb konnte ER sie ihr auch nicht nehmen. Der Sonnengott hatte nur dafür gesorgt, daß von nun an niemand mehr ihren Worten Glauben schenken würde.
Es brachte ihr auch keine Befriedigung zu sehen, daß man Khryse beinahe mit der gleichen furchtsamen Ehrerbietung behandelte wie sie selbst. Mindestens einmal am Tag, manchmal auch zwei- oder dreimal überkam ihn die Fallsucht. Er stürzte zu Boden und wand sich in Zuckungen. Kassandra hatte (allerdings selten) Männer und Frauen und sogar Kinder im erschreckenden Griff dieser Krankheit gesehen. Üblicherweise hielt man sie für Opfer oder Lieblinge des Gottes. Kassandra begann sich zu fragen, ob die Fallsucht nicht eine Krankheit wie alle anderen war. Aber weshalb hatte man an Khryse vorher keine Anzeichen bemerkt?
Die inneren Zweifel und Fragen ließen Kassandra keine Ruhe. Sie sehnte sich nach ihrem kindlichen Glauben. Immer noch war sie gezwungen, oft mit Khryse zusammenzusein. Nach einiger Zeit wurde außerdem deutlich, daß die Ereignisse jener unglückseligen Nacht in der Vorstellung der meisten Priester und Priesterinnen eine gewisse Verbindung zwischen Kassandra und Khryse geschaffen hatten. Man schien zu glauben, sie habe tatsächlich das Vergehen begangen, zu dem Khryse sie verführen wollte. Niemand sah in ihnen die Opfer von Apollons Zorn oder *Haß* (wie Kassandra glaubte).
Was kann der Sonnengott mir noch antun? Ich habe SEINE *Liebe verloren . . . Aber ist* SEINE *Liebe besser als* SEIN *Groll? Soll ich* IHM *dafür danken, daß* ER *nicht auch aus mir ein Opfer der Fallsucht gemacht hat?*

Chryseis hatte die Aufgabe, Nachrichten im Tempel zu überbringen, und rief Kassandra eines Tages in den Tempelhof. »Du hast Besuch, Kassandra. Ich glaube, es ist die Prinzessin von Kolchis.«
Kassandra ging hinaus, blickte sich suchend um und entdeckte Andromache, die wie eine einfache Frau gekleidet war und ihr Kind auf dem Rücken trug. Kassandra eilte zu ihr und umarmte sie.
»Was ist geschehen?«
»Ach Kassandra, es ist schlimmer, als du dir vorstellen kannst«, sagte Andromache. »Die Spartanerin hat alle in ihren Bann geschlagen – sogar meinen geliebten Mann. Ich habe ihm erzählt, was du über Helena gesagt hast, aber er behauptet, alle Frauen seien auf eine schöne Frau eifersüchtig. Übrigens, ich halte dich für hübscher als diese Helena«, fügte sie hinzu, »aber niemand ist meiner Meinung.«
Kassandra sagte ernst: »Es ist, als trage Helena den Gürtel der Aphrodite...«
»Und wie wir alle wissen, denken Männer dann nur noch mit den Lenden«, fügte Andromache mit einem spöttischen Lächeln hinzu. »Aber Frauen auch? Findest du sie auch so schön, Kassandra?«
»Ja«, erwiderte Kassandra ohne Zögern, »sie ist so schön wie Aphrodite.« Sie schwieg erschrocken. Sie fügte leise und beinahe entschuldigend hinzu: »Ich habe schon als Kind mit den Augen von Paris gesehen.« Wieder brach sie ab. Sie konnte nicht über diese seltsamen starken Gefühle sprechen, die sie in Gegenwart von Oenone und Helena überkamen – nicht einmal mit Andromache, die sie vielleicht verstanden hätte, weil sie unter Frauen aufgewachsen war. »Irgendwann«, sagte sie, »werde ich dir alles erzählen. Aber jetzt erzähl mir doch, was geschehen ist.«
»Du weißt also nicht, daß Menelaos hier war?«
»Nein. Wie sieht er aus?«
»Er sieht seinem Bruder Agamemnon nicht ähnlicher als ich Aphrodite«, erwiderte Andromache, »er ist ein stammelnder Schwächling. Er war hier und verlangte, daß wir ihm Helena ausliefern. Priamos erklärte lachend, wir würden Helena vielleicht – *vielleicht*, wohlgemerkt – zurückgeben, wenn er Hesione nach Troia bringe – und zwar mit einer Mitgift als Entschädigung für die

Jahre, die sie unverheiratet geblieben ist. Menelaos sagte, Hesione habe einen Gemahl, der sie ohne Mitgift genommen hat, weil ihn möglicherweise die Tatsache beeindruckt habe, daß sie die Schwester des Königs von Troia ist. Und *er* sei zumindest kein Dieb, der Ehemännern die Frauen raube.«

»Das muß Vater gefallen haben«, sagte Kassandra und verzog das Gesicht.

»Danach«, fuhr Andromache fort, »meinte Menelaos, Hesione werde nicht nach Troia zurückkehren, und schlug vor, Priamos möge einen Boten schicken, um Hesione selbst zu fragen, ob sie zurückkehren wolle – natürlich ohne ihr Kind, denn das Kind sei ein echter Spartaner und gehöre Hesiones Gemahl.«

»Und was hat Vater dazu gesagt?« fragte Kassandra.

»Er sagte zu Hekabe, Menelaos habe ihm einen Gefallen getan. Er ließ Helena holen und fragte sie in Gegenwart von Menelaos: ›Möchtest du zu deinem Gemahl zurückkehren, Herrin?‹«

»Und was hat sie geantwortet?«

»Sie sagte: ›Nein, mein Gebieter‹, und natürlich stand Menelaos daneben und sah sie an, als stoße sie ihm einen Dolch ins Herz. Priamos erklärte darauf: ›Du hast also deine Antwort, Menelaos.‹«

»Und was hat Menelaos dazu gesagt?« fragte Kassandra.

»Er machte das Ganze nur noch schlimmer, weil er sagte: ›König Priamos, hörst du auf das, was eine treulose Hure will? Ich sage dir, sie gehört mir, und ich werde sie mitnehmen!‹ Dann packte er sie am Handgelenk und versuchte, sie mit sich zu zerren.«

»Und hat er sie mitgenommen?« fragte Kassandra, denn sie glaubte, wenn Menelaos tatsächlich so entschlossen gehandelt hatte, sei Priamos möglicherweise davon beeindruckt gewesen.

»O nein!« erwiderte Andromache, »Hektor und Paris stürzten sich auf ihn, und Priamos rief: ›Menelaos, danke deinen Göttern, daß du mein Gast bist, sonst würde ich meinen Söhnen freie Hand lassen. Aber kein Gast soll unter meinem Dach beleidigt werden.‹ Menelaos stotterte – diesmal aus Wut: ›Hüte deine Zunge, alter Mann ..., sonst hast du bald kein Dach mehr, unter dem ich sie herauszerren muß.‹ Dann sagte er etwas Unflätiges zu Helena – ich werde es an diesem heiligen Ort nicht wiederholen«, fügte Andromache mit einer ehrfürchtigen Geste hinzu, »warf den Becher, aus dem er getrunken hatte, auf den Boden und erklärte, er nehme die Gastfreundschaft eines – eines Räubers nicht an, der seine Söhne ausschicke, um Frauen zu stehlen.«

Kassandras Augen wurden groß. Sie hatte noch nie erlebt, daß es jemand gewagt hätte, sich Priamos in aller Offenheit zu widersetzen.

Andromache erzählte weiter: »Dann fragte Priamos: ›Nein? Wie kommt ihr Achaier denn zu Frauen?‹ Menelaos fluchte, rief nach seinen Dienern, stürmte zur Halle hinaus und schrie: ›Wenn du nicht auf mich hören willst, wirst du vielleicht auf Agamemnon hören.‹ Aber Paris hatte das letzte Wort . . .«, Andromache begann zu kichern.

»Priamos rief: ›Ja, ja, als kleiner Junge habe ich manchmal gesagt, ich hole meinen großen Bruder, der wird dich verprügeln, wenn mich jemand geärgert hat.‹ Und Paris brüllte ihm nach: ›Wenn es darum geht, Menelaos . . ., ich habe auch einen großen Bruder. Möchtest du dich einmal mit Hektor unterhalten? Oder vielleicht dein Bruder Agamemnon?‹ Menelaos stürmte mit hochrotem Kopf davon und fluchte den ganzen Weg bis zu seinem Schiff.«

Kassandra erschrak. Sie hörte die letzten Sätze kaum noch. Sie hatte nur noch einen Gedanken: *Es ist soweit!* Sie sah bereits den Hafen voll von fremden Schiffen. In der Welt, die sie kannte, tobte Krieg! Sie rief angsterfüllt: »Betet zu den Göttern! Betet und opfert! Ich habe meinem Vater gesagt, daß er die Spartanerin nicht in die Stadt lassen soll!«

Andromache wirkte nicht sehr beunruhigt und sagte sehr sanft: »Mach dir keine Sorgen, Kassandra, Liebes.«

Also hält auch sie mich für verrückt.

»Wieso glaubst du, daß wir die Achaier nicht zu ihren Inseln zurücktreiben werden? Es war für sie eine leichte Sache, die einfachen Hirten und Bauern zu besiegen und sich zu Herren über die Inseln zu machen . . ., aber es ist etwas ganz anderes, gegen das mächtige Troia zu kämpfen. Ich finde, die Achaier sollten sich um ihre Angelegenheiten kümmern. Sollen sie sich in dem Glauben wiegen dürfen, daß sie ungestraft unsere Frauen rauben können, aber daß sie uns dafür bestrafen können, wenn wir ihre nehmen?«

»Andromache, bist du denn auch blind? Begreifst du nicht, daß

Helena nur ein Vorwand ist? Agamemnon sucht schon seit vielen Jahren nach einem Grund, um uns den Krieg zu erklären. Und jetzt sind wir ihm in die Falle gegangen. Nun werden die Männer mit dem Eisen versuchen, das Land südlich von hier zu erobern. Agamemnon wird mit der ganzen Streitmacht dieses kriegerischen Volkes hier anrücken, um ... oh, was nützt das schon?« Kassandra setzte sich auf eine Bank. »Du siehst das Unheil nicht, denn du bist wie Hektor. Auch du glaubst, Krieg bedeute Ruhm und Ehre – mehr nicht.«

Andromache setzte sich neben Kassandra und legte ihr den Arm um die Schulter. »Mach dir keine Sorgen. Ich hätte dich nicht ängstigen dürfen. Ich hätte es wissen müssen.«

Kassandra konnte beinahe hören, wie Andromache dachte: *Die Arme. Sie ist verrückt. Apollon hat sie also doch verflucht.*

Kassandra konnte nichts dagegen tun. Deshalb verzichtete sie auf weitere Warnungen und fragte Andromache: »Wie geht es Oenone?«

»Sie ist zum Berg zurückgekehrt und hat das Kind mitgenommen«, erwiderte Andromache. »Paris wollte den Kleinen behalten, denn schließlich ist er sein Erstgeborener. Aber Oenone sagte, er könne nicht beides haben. Wenn das Kind *sein* Sohn sei und er ihn anerkenne, dann sei sie auch seine rechtmäßige Frau und die Spartanerin nur eine Nebenfrau oder Konkubine.«

»Das geschieht ihm ganz recht«, sagte Kassandra. »Paris scheint weder Ehre noch Anstand zu besitzen. Vater hätte ihn bei seinen Rindern und Schafen auf dem Ida lassen sollen. Vielleicht hätten die Tiere sich nicht um seine Schamlosigkeit gekümmert!« Ihr Bruder hatte sie zutiefst enttäuscht; sie wünschte sich natürlich, daß Paris von den Troianern ebenso geachtet werden würde wie Hektor – ein Held der Stadt, der wegen seiner Aufrichtigkeit und Ehrlichkeit ebenso beliebt war wie wegen seines hübschen Gesichts.

»Ich muß in den Palast zurück. Aber sag mir, was wir tun sollen, wenn es zum Krieg kommt, Kassandra,« sagte Andromache.

»Kämpfen natürlich! Selbst du und ich werden vielleicht noch einmal froh sein, daß wir Waffen besitzen, wenn so viele Achaier die Stadt belagern, wie Agamemnon sich das vorstellt«, erwiderte Kassandra verzweifelt.

Andromache umarmte Kassandra und verabschiedete sich. Nachdem sie gegangen war, verließ Kassandra den Tempel durch das höchstgelegene Tor und stieg zum Tempel der Pallas Athene hinauf. Das Gewand klebte ihr in der Hitze am Leib, und sie versuchte vergeblich, Worte für ein Gebet zu finden; es fiel ihr nichts ein, aber sie ging trotzdem weiter.

Weit oben blickte Kassandra zum Hafen hinunter. Dort drängten sich zahllose feindliche Schiffe – das hatte sie schon oft gesehen, aber sie wußte nicht, ob die Schiffe tatsächlich dort lagen oder nicht. Aber das war nicht mehr wichtig. Auch wenn sie jetzt nicht dort lagen, so würden sie doch schon bald genug da sein.

Apollon, geliebter Sonnengott! Wenn DU *mir das Geschenk nicht nehmen und mich von der ungewollten Sehergabe befreien kannst, dann nimm wenigstens den Fluch von mir, der bewirkt, daß mir niemand Glauben schenkt!*

Sie erreichte den Tempel der Pallas Athene und betrat das Heiligtum. Die Wächterinnen kannten vermutlich die Tochter des Priamos oder die Priesterin des Sonnengottes und hinderten sie nicht daran. Kassandra trat vor das große Standbild der Göttin, die als junge Frau mit wallenden Locken und dem Blütenkranz einer Jungfrau dargestellt war.

Jungfrau, DU *hast Troia geliebt.* DU *hast uns die Weintraube und die Olive als* DEINE *kostbaren Geschenke gebracht.* DU *warst hier, ehe die überheblichen Anbeter des Zeus mit ihren neuen Himmelsgöttern und ihren Waffen aus Eisen kamen. Ich flehe* DICH *an, schütze jetzt* DEINE *Stadt.*

Sie blickte auf die zugezogenen Vorhänge des Allerheiligsten mit dem Palladium, der vom Himmel stammenden uralten schlichten Statue der Pallas, und dachte an die Göttin der Amazonen.

O DU, *die* DU *eine Jungfrau bist wie die göttliche Jägerin. Ich, eine Jungfrau, komme zu* DIR, *der vom Sonnengott Unrecht widerfahren ist. Soll ich* IHM *wie bisher dienen, obwohl* ER *mich verstoßen und verspottet hat?*

Kassandra hatte eigentlich keine Antwort erwartet, aber sie spürte in ihrem Innern die drängende dunkle Flut der Göttin.

Irgendwie getröstet kehrte sie in den Tempel des Sonnengottes zurück und machte sich wieder an ihre Pflicht, die Opfergaben der Gläubigen entgegenzunehmen.

Khryse war wie üblich zur Stelle, ritzte seine Symbole in Wachs-

täfelchen und vermerkte die Zahl der Krüge mit Öl und Getreide – Gerste und Hirse – den Wein, die Honigwaben, Hasen, Tauben und Zicklein. Sie vermied es immer noch, ihn anzusehen, obwohl sie sich sagte, nicht sie müsse sich schämen.
Eine jüngere Priesterin ließ aus Ungeschicklichkeit einen Krug fallen, und dadurch zerbrach ein anderer mit Honig; auf dem Boden breitete sich eine klebrige Masse aus Gerstenkörnern und Honig aus; die hilflosen Bemühungen der jungen Frau, sauberzumachen, machten das Geschmiere nur noch schlimmer. Kassandra riet ihr, einen Reisigbesen und einen Krug Wasser zu holen, und machte sich dann selbst daran, den Boden zu reinigen. Sie wies die junge Priesterin gerade an, einen Käfig mit Tauben beiseite zu stellen, als sie die vertraute und verhaßte Stimme hörte:
»Das solltest du nicht tun, Herrin Kassandra. Das ist die Arbeit einer Sklavin.«
»In den Augen der Unsterblichen sind wir alle Sklaven, du ebenso wie ich, Khryse«, erwiderte Kassandra, ohne den Blick vom Besen zu wenden.
»Ganz recht. Aber wann hätte die Herrin Kassandra einmal nicht recht – ganz egal, welchen Preis sie oder ein anderer dafür bezahlen muß?« sagte Khryse. »Kassandra, so kann es nicht weitergehen. Du wagst ja nicht einmal, mir in die Augen zu blicken.«
Kassandra hob den Kopf und sah ihn wütend an.
»Wie kannst du behaupten, ich wage es nicht!«
»Weshalb weichst du dann immer meinem Blick aus?«
Sie erwiderte höhnisch: »Bist du so schön, daß du glaubst, es müsse mir Vergnügen machen, dich anzusehen?«
»Aber Kassandra«, sagte er, »können wir nicht Frieden schließen?«
»Ich bin dir eigentlich nicht böse«, sagte sie, sah ihn aber auch jetzt nicht an. »Halte dich von mir fern, und ich werde deine Höflichkeit erwidern, wenn du das von mir willst.«
»Nein«, erwiderte Khryse, »du weißt, was ich von dir will, Kassandra.«
Kassandra seufzte. »Khryse, ich will von dir nur, daß du mich in Ruhe läßt. Ist das deutlich genug?«
»Nein«, sagte Khryse, griff nach ihren Händen und hielt sie fest. »Ich will dich, Kassandra. Dein Bild steht mir Tag und Nacht vor

Augen. Du hast mich verhext. Wenn du mich nicht lieben kannst, befreie mich wenigstens von deinem Bann.«
»Ich weiß nicht, was ich dazu sagen soll«, erwiderte Kassandra erschrocken. »Ich habe keinen Bann über dich geworfen. Weshalb sollte ich so etwas tun? Ich begehre dich nicht. Ich mag dich überhaupt nicht, und wenn es nach mir ginge, wärst du in Kreta oder in einer der Höllen oder noch weiter weg. Ich weiß nicht, wie ich es dir deutlicher machen soll, aber wenn ich mich noch klarer ausdrücken könnte, würde ich es tun. Verstehst du das?«
»Kassandra, kannst du mir nicht vergeben? Ich möchte dich nicht entehren. Wenn du willst, gehe ich als bescheidener Priester, der ich bin, zu deinem Vater und bitte ihn um deine Hand. Du mußt mir doch wohlgesonnen sein, denn du warst freundlich zu meinem mutterlosen Kind . . .«
»Genauso freundlich wäre ich zu einer mutterlosen kleinen Katze«, fiel ihm Kassandra ins Wort. »Zum letzten Mal, Khryse: Ich werde dich nicht heiraten, selbst wenn du der letzte Mann wärst, den die Götter geschaffen haben. Ich werde dich nicht heiraten, auch wenn die einzige andere Möglichkeit wäre, mein Leben lang Jungfrau zu bleiben oder einen blinden Bettler vom Marktplatz zu heiraten oder selbst einen – einen Achaier, würde ich das vorziehen.«
Khryse ließ sie los. Sein Gesicht war so weiß wie die Marmorwände des Heiligtums, und er stieß zwischen den Zähnen hervor: »Eines Tages wirst du das bereuen, Kassandra. Vielleicht bin ich nicht immer ein machtloser Priester.«
Er wirkte müde; sie fragte sich plötzlich, ob er möglicherweise schon so früh am Tag ungemischten Wein getrunken hatte. Aber der Wein, der auf den Tisch der Priester kam, war stets mit viel Wasser verdünnt, und Khryses Gesicht war auch nicht gerötet, wie es der Fall gewesen wäre, wenn er getrunken hätte. Auch sein Atem roch nicht nach Wein, aber an seinem Gewand schien ein merkwürdiger Geruch zu hängen. Kassandra konnte nicht sagen, wonach es roch – vermutlich hatten ihm die Heilpriester einen Trank gegen seine Anfälle gegeben.
Sie wollte gehen, aber er packte sie bei der Hand, zog sie zurück und schob sie an die Wand. Sein Körper drückte sich fest gegen

ihren. Mit der einen Hand umklammerte er mit aller Kraft Kassandras Hände, mit der anderen versuchte er, ihr das Gewand hochzuzerren, und sein Mund preßte sich auf ihre Lippen.
»Du machst mich verrückt«, keuchte er, »und man kann niemandem einen Vorwurf machen, wenn er eine Frau bestraft, die ihn zur Raserei getrieben hat.«
Kassandra wehrte sich heftig und wollte schreien, biß ihm aber schließlich nur in die Lippe. Er fuhr zurück, sie stieß ihn mit beiden Händen von sich, so daß er stolperte und fiel. Kassandra wankte, denn er hielt sie immer noch fest; aber sie riß sich zornbebend von ihm los. Er versuchte, sich aufzurichten, aber sie trat ihm gegen die Rippen, und er fiel wieder hin. Dann rannte sie aus dem Heiligtum und hörte erst auf zu rennen, als sie sicher in ihrem Zimmer war.

5

Kassandra erwachte aus einem Traum von einer Feuersbrunst, die den Hügel von Troia hinaufjagte und sich schnell dem Palast näherte. Überall war Rauch; in den Hallen des Tempels hörte sie aufgeregte Stimmen. Es war die dunkelste Zeit der Nacht, wenn der Mond untergegangen ist, und die Sterne erlöschen. Kassandra sah draußen brennende Fackeln. Sie griff nach einem Mantel, zog ihn über die kurze Tunika, in der sie schlief, und rannte in den Hof hinaus.
Weit unten im Hafen entdeckte sie die schwachen Lichter von Schiffen und Fackeln, die, vermutlich von Menschenhänden getragen, den Hügel heraufkamen.
Sie konnte nur noch denken: *Es ist soweit!* Gequält und verzweifelt schrie sie auf. Dann hörte sie, daß Alarm geschlagen wurde: Die große Holzrassel auf dem Wachturm hallte durch die Nacht. Das bedeutete, daß Frauen, Kinder und die Alten Schutz im Palast suchen und die Soldaten sich sofort sammeln mußten. Kassandra beobachtete, wie die Lichter sich durch die Stadt unter ihr bewegten; sie hörte das Klirren von Waffen und schließlich die lauten Stimmen von Hauptleuten, die den Soldaten ihre Plätze zuwiesen.
Jemand zupfte sie am Ärmel, und sie sah, daß Chryseis neben ihr stand.

»Was ist los, Kassandra?«
»Es sind die Achaier. Sie sind gekommen, wie wir vorausgesehen haben«, antwortete Kassandra und staunte über ihre Ruhe. »Wir müssen Schutz im Palast suchen. Schnell, Kleines.« Sie nahm Chryseis bei der Hand, führte sie hinein, zog ihr eilig eine dicke Tunika gegen die Nachtkühle an, warf ihr einen Mantel über und band ihr die Sandalen. Sobald Chryseis angezogen war, gingen sie in den Hof hinaus. Die Frauen scharten sich um Charis, die ihnen befahl, zum großen Turm hinunterzugehen.
Kassandra hielt Chryseis fest bei der Hand, als sie eilig die steile Straße hinunterlief. Es kam ihr falsch vor, den Fackeln und dem Geklirr der Waffen entgegenzugehen; die Achaier würden sicher niemals so hoch heraufkommen. Was sie suchten, befand sich im Palast, nicht hier oben im Tempel. Jetzt hörte sie die Schlachtrufe der Krieger, die ihr einen Schauer über den Rücken jagten, und Hektors Befehle, der seine Männer um sich sammelte.
Die anderen Frauen drängten sich um Kassandra, als die Gruppe das Palasttor erreichte. Die Wachen und Soldaten riefen ihnen zu, sie sollten sich beeilen hineinzukommen, und griffen dann nach den Speeren, die in einem großen Gestell am Eingang der Rüstkammer steckten.
Kassandra dachte daran, sich auch einen Speer zu nehmen und mit den Männern zu kämpfen. Aber das hätte Hektor wütend gemacht.
Vielleicht kommt die Zeit, wenn er meine Fähigkeiten nicht mehr verachtet.
Sie beschloß, bei den Frauen zu bleiben. Es war ein wirrer Haufen, die meisten waren nur spärlich bekleidet, als habe man sie aus dem Schlaf gerissen. Manche hatten sich nicht die Mühe gemacht, etwas anzuziehen, oder hatten sich wie ihre Kinder nur in eine Decke gehüllt. Die Kleinen weinten und jammerten auf den Armen ihrer Mütter und Ammen. Kassandra und die anderen Priesterinnen aus dem Tempel waren beinahe die einzigen, die ordentlich gekleidet waren oder die Fassung bewahrten. Die meisten Frauen hatten tränenverschmierte Gesichter, weinten, jammerten und schrien laut um Hilfe oder nach einer Erklärung für all das Bedrohliche.
Helena stand ruhig inmitten der aufgeregten Frauen. Jede Haar-

locke befand sich an ihrem Platz. Sie schien geradewegs von ihrer Badefrau zu kommen. An der Hand hielt sie einen fünf- oder sechsjährigen Jungen. Er war ordentlich gekleidet, und seine Haare waren gebürstet, das Gesicht war gewaschen; er weinte nicht, aber er umklammerte ihre Hand so fest, daß seine Fingerknöchel weiß hervortraten.

Helena sah sich gelassen um. Ihr Blick fiel auf Kassandra. Sie bahnte sich ruhig einen Weg durch die Menge der klagenden, jammernden Frauen und kam zu ihr.

»Ich erinnere mich an dich«, sagte sie, »du bist die Zwillingsschwester meines Gemahls. Es tut gut, jemanden zu sehen, der nicht vor Angst verrückt zu werden scheint. Warum weinst und schreist du nicht wie alle anderen?«

»Ich weiß nicht«, erwiderte Kassandra, »vielleicht fürchte ich mich nicht so schnell. Vielleicht weine ich erst, wenn ich verletzt worden bin.«

Helena lächelte. »Wie gut. Die meisten Frauen benehmen sich so töricht. Glaubst du, es besteht wirklich Gefahr?«

»Weshalb fragst du mich?« sagte Kassandra. »Sicher hat man auch dir gesagt, daß ich verrückt bin.«

»Du siehst nicht wie eine Verrückte aus«, erklärte Helena, »und ich ziehe es vor, mir selbst eine Meinung zu bilden.«

Kassandra runzelte leicht die Stirn und drehte sich um. Sie wollte die Spartanerin nicht gern haben, und sie wollte auch nichts Bewundernswertes an ihr finden. Es war schlimm genug, daß sie etwas von dem in ihr sah, was Paris anzog.

»Dann kannst du dir auch eine Meinung darüber bilden, ob Gefahr besteht oder nicht«, erwiderte Kassandra kurz angebunden. »Ich weiß nur, daß mich die Rassel des Wächters geweckt hat, und ich bin heruntergekommen, weil es meine Pflicht ist. Da ich achaische Schiffe im Hafen gesehen habe, nehme ich an, die Sache hat etwas mit dir zu tun. Es ist also durchaus möglich, daß wir etwas befürchten müssen, aber du mußt ganz sicher keine Angst haben.«

»Ach nein?« entgegnete Helena. »Agamemnon ist bestimmt nicht mein Freund. Er hat nur einen Gedanken – er möchte mich Menelaos übergeben, und er würde zweifellos dabeistehen und sich davon überzeugen, daß ich nicht ungeschoren davonkomme.«

Der ungewöhnlich saubere kleine Junge, der Helenas Hand umklammerte, zuckte zusammen. Helena entging das nicht, und sie blickte liebevoll auf ihn hinunter. Kassandra wußte nicht, weshalb sie das überraschte. Wieso hatte sie geglaubt, die Spartanerin könne nicht auch eine zärtliche, besorgte Mutter sein?
Sie fragte: »Wie alt ist dein Sohn?«
»Im Sommer wird er fünf«, antwortete Helena und winkte durch den Raum hinweg eine hagere, aristokratisch wirkende Frau zu sich, die den langen Rock und das tief ausgeschnittene Mieder einer Kreterin trug. »Aithra, würdest du Nikos zu dir nehmen und ihn irgendwo schlafen legen?« Sie gab dem kleinen Jungen einen Kuß, doch er wollte sie nicht loslassen. Helena ermahnte ihn freundlich: »Geh jetzt und schlaf. Sei ein lieber Junge.« Ohne Widerrede ließ er sich von der großen Frau wegbringen.
»Ist das Menelaos' Sohn?« fragte Kassandra.
»Vielleicht würdest du es so ausdrücken«, erwiderte Helena ungerührt. »Ich sage, er ist *mein* Sohn. Wie auch immer, ich habe ihn nicht bei seinem Vater gelassen. Es gefällt mir nicht, wie er seine Kinder behandelt. Es wird meiner Tochter Hermione nicht schaden, wenn sie nur sein kostbares, vergoldetes Spielzeug ist. Aber Menelaos hat nur den einen Gedanken, Nikos zu seinem Ebenbild oder, noch schlimmer, zum Ebenbild seines wunderbaren Bruders zu machen. Ich habe Nikos wegbringen lassen, weil jemand unklugerweise in seiner Gegenwart erklärte, wenn wir seinem Vater in die Hände fallen sollten, würde er uns beide umbringen. Auch Aithra hat Grund, sich zu fürchten.«
»Aithra scheint eher eine Königin als eine Hofdame zu sein«, sagte Kassandra.
»Sie ist eine Königin«, sagte Helena, »sie ist die Mutter von Theseus, und er hat sie zu mir geschickt. Ich glaube, sie haben sich gestritten. Aithra will bei mir bleiben, und sie behandelt meinen Sohn wie ihr eigenes Enkelkind – so würde sie den Sohn der Pferdekönigin nicht behandeln. Da der Kleine jetzt in Sicherheit ist, wüßte ich gerne, was los ist.«
Kassandra erwiderte: »Hier droht keine Gefahr – nicht jetzt –, und ich glaube, es wäre vernünftiger gewesen, die Frauen des Gottes nicht vom Tempel hier herunter zu schicken. Die Eindringlinge

werden bestimmt nicht weiter als bis zum Wachturm kommen.«
An Helenas Seite ging sie hinaus in den Hof. Von dort hatte man einen Blick über ganz Troia und bis hinunter zum Hafen.
Die Sonne ging gerade auf. Kassandra entdeckte weit unten Männer, die sich ihren Weg durch die Stadt hinaufkämpften.
»Siehst du«, sagte Helena, »die troianischen Soldaten unter Hektor haben den Weg zum Palast versperrt, und die Achaier brennen und plündern in der Unterstadt. Das ist eines von Agamemnons Schiffen, und ich bin sicher, daß Menelaos ihn begleitet.« Die Ungerührtheit, mit der Helena diese Feststellung traf, beeindruckte Kassandra. Hatte sie überhaupt keine Gefühle mehr für ihren früheren Gemahl?
Aus den Häusern am Wasser schlugen Flammen auf; die hölzernen Behausungen der Ärmeren brannten. Die höhergelegenen Häuser waren alle aus Stein; man konnte sie nicht so leicht in Brand setzen. Aber die achaischen Soldaten stürmten in die Häuser und schleppten heraus, was ihnen in die Hände fiel.
»Sie werden da unten keine großen Schätze finden«, sagte Kassandra, und Helena nickte.
Sie standen an der Brüstung und beobachteten die Männer. Kassandra erkannte einen der Achaier wieder: ein großer Mann, der seine Soldaten beinahe um einen Kopf überragte. Sein Helm mit dem Helmbusch leuchtete in der aufgehenden Sonne wie Gold. Dieser Mann war einmal in den Palast eingedrungen und hatte die sich verzweifelt wehrende Hesione davongeschleppt. Wie lange war das schon her? Sieben Jahre vielleicht? Trotzdem überlief sie ein Schauder, und sie spürte, wie sich ihr Magen zusammenkrampfte.
Helena sagte: »Das ist Agamemnon«, und Kassandra flüsterte: »Ja, ich weiß.«
»Sieh doch, Hektor und seine Männer wollen ihm den Rückweg abschneiden. Werden sie ihm das Schiff verbrennen, was glaubst du?«
»Sie werden es versuchen«, sagte Kassandra und sah, wie die Troianer versuchten, den Anführer der Achaier zu umzingeln, und er sich den Rückweg Schritt für Schritt erkämpfen mußte. Die Sonne stand inzwischen höher; ihre Strahlen wurden vom Wasser zu-

rückgeworfen und blendeten die beiden Frauen. Kassandra legte schützend die Hand über die Augen und wandte sich ab.
»Gehen wir hinein, es ist kalt. Agamemnon wird Hektor nicht zum Verhängnis werden«, sagte sie. Die anderen Frauen in der Halle hatten sich inzwischen etwas beruhigt. Die Kinder schliefen auf Decken, und ein halbes Dutzend Ammen drängte sich um Kreusa, die ihnen beteuerte, es gehe ihr gut, und sie werde sie nicht auch noch damit unterhalten, daß die Wehen einsetzten. Hekabe hatte sich ein Schultertuch über ein altes fadenscheiniges Hausgewand gelegt; sie hatte etwas Wolle und drehte die Spindel. Kassandra sah den ungleichmäßigen Faden und schloß daraus, daß Hekabe sich nur die Zeit vertrieb.
»Oh, da seid ihr ja, Mädchen. Ich habe mich schon gefragt, wohin ihr verschwunden seid. Was geht da draußen vor, Tochter? Du hast bessere Augen als ich. Übrigens, was hast du beim Hereinkommen über Hektor gesagt, Kassandra?«
»Ich habe gesagt, daß nicht Agamemnon ihm zum Verhängnis wird, Mutter.«
»Das will ich hoffen«, sagte Hekabe gereizt. »Dieser achaiische Grobian wäre gut beraten, unserem Hektor nicht über den Weg zu laufen!«
Ein paar Frauen standen am Fenster, und Kassandra hörte, wie sie laut jubelten.
»Sie haben das Schiff erreicht und setzen das Segel. Sie fahren davon! Die Achaier sind weg!«
»Sie können in den Häusern am Wasser keine große Beute gemacht haben. Vielleicht ein paar Säcke Oliven und ein paar Ziegen, mehr aber auch nicht. Du bist in Sicherheit, Helena«, sagte Hekabe.
»Oh, sie werden mit Sicherheit zurückkommen«, widersprach Helena, und Kassandra, die das ebenfalls hatte sagen wollen, fragte sich, woher Helena es wußte. Die Spartanerin war nicht dumm. Das verwirrte Kassandra. Sie wollte Helena um alles in der Welt nicht achten oder mögen – und doch konnte sie nicht anders, sie mußte sie gern haben.
Chryseis kam zu ihr und flüsterte: »Charis hat gesagt, wir können in den Tempel zurück. Bist du bereit?«
»Nein, Kleines. Ich bleibe noch eine Weile bei meiner Mutter, mei-

nen Schwestern und den Frauen meiner Brüder, wenn Charis es erlaubt«, erwiderte Kassandra. »Ich komme zurück, sobald ich kann.«
»Du darfst immer tun, was du willst.« Chryseis' Stimme klang gehässig. »Ich bin sicher, sie wären dir auch nicht böse, wenn du überhaupt nicht mehr in den Tempel kommen würdest.«
Hekabe hatte zugehört; aber sie war eine zu gutmütige Frau, um die Bosheit in der Stimme des Mädchens zu hören. Sie sagte: »Ja, das war sehr freundlich von ihnen, dich wieder einmal zu uns kommen zu lassen. Bitte sage Charis, wie dankbar ich ihr dafür bin. Da man alle diese Leute in den Palast geschickt hat, sollte ich mich vermutlich darum kümmern, daß sie etwas zum Frühstück bekommen. Vielleicht kannst du mir dabei helfen, Kassandra, wenn es deine Pflichten erlauben.«
»Natürlich, Mutter«, sagte Kassandra, und Helena erklärte: »Ich werde dir auch helfen.«
Kassandra sah erstaunt, daß ihre Mutter Helena liebevoll die Wange tätschelte. »Ich werde mit Charis sprechen«, sagte sie und ging schnell davon.
»Natürlich mußt du bleiben, wenn deine Mutter dich braucht«, sagte Charis, »denn Kreusa ist hochschwanger, und Andromache stillt noch. Mach dir keine Sorgen, Kassandra, bleibe, solange deine Mutter dich braucht.«
»Was ist das?« rief Andromache plötzlich zitternd und legte schützend ihr Schultertuch über ihr Kind, denn jemand schlug gegen die Tür. Auch andere Frauen schrien furchtsam auf.
»Seid nicht albern«, sagte Helena und sah sie mißbilligend an, »wir haben gesehen, wie die Achaier abgefahren sind.« Sie ging selbst zur Tür und öffnete sie. Sie strahlte und wurde dadurch noch schöner. Kassandra wußte, wer vor der Tür stand, noch ehe sie ihren Zwillingsbruder gesehen hatte.
»Paris!«
»Ich wollte mich vergewissern, daß mit dir und dem Jungen alles in Ordnung ist«, sagte Paris und blickte sich suchend nach dem Jungen um, »du hast den Kleinen doch nicht unten und ohne ihn hier Schutz gesucht?«
»Natürlich nicht. Er liegt da drüben in Aithras Armen und schläft«,

antwortete Helena, und Paris lächelte. Kassandra dachte: *Paris sollte Helena nur in ihrem Gemach so anlächeln und nicht unter den Augen so vieler Menschen.*
»Hast du dich gefürchtet, Liebling?«
»Nein, denn wir wußten, daß wir gut beschützt waren, Liebster«, erwiderte sie leise, und er griff nach ihrer Hand.
»Ich habe Hektor aufgefordert, mich hierher zu begleiten, damit wir uns überzeugen, daß unsere Frauen und Kinder in Sicherheit sind«, fügte Paris hinzu, »aber er war zu sehr damit beschäftigt, sich um seine Soldaten zu kümmern.«
Andromache sagte spitz: »Hektor würde die Pflichten gegenüber seinen Männern nie vernachlässigen, und ich würde das auch nicht wollen.«
Was hat Paris überhaupt hier bei den Frauen zu suchen? Kassandra wußte, daß Hektor sich richtig verhielt. Aber sie wußte auch, daß jede Frau in Troia Helena in diesem Augenblick um ihren Mann beneidete.
»War Menelaos bei dem Überfall dabei?« fragte sie ihn leise.
»Wenn er hier war, habe ich ihn nicht gesehen. Ich habe schon immer gesagt, er ist zu feige, um selbst zu kommen. Und jetzt sind wir auch Agamemnon los.«
»Glaub das nicht«, erwiderte Kassandra heftig, »er kommt zurück! Er wird sich kaum Zeit lassen, seine Männer zu sammeln, ehe er wieder hier ist. Und dann wirst du ihn nicht so schnell wieder los.«
Paris betrachtete sie mit gutmütiger Nachsicht.
»Prophezeist du immer noch das große Verhängnis? Du bist wie ein Spielmann, der nur ein Lied kennt, das er immer wieder singt und sich damit das Willkommen in jedem Haus verscherzt«, sagte er, »aber es tut mir leid, daß dir diese achaiischen Geier Angst eingejagt haben. Hoffen wir, daß damit das Schlimmste vorbei ist.«
Das hoffe ich auch. Er weiß nicht, wie sehr ich das hoffe.

6 Es war nur der erste Überfall. Kassandra kam es vor, als seien in diesem Winter jedesmal, wenn sie zum Hafen blickte, achaische Schiffe dort. Die Eindringlinge lieferten sich mit den Troianern erbitterte Gefechte in den Straßen. Inzwischen hatte man fast alle wertvollen Dinge in den befestigten Teil des Palastes gebracht oder noch weiter den Hügel hinauf in den Tempel des Sonnengottes. Für Troia hörte die Belagerung nicht mehr auf.

Einmal umgingen die Achaier die Stadt, plünderten am Ida, und noch ehe das troianische Heer ausrücken konnte, hatten sie viele Rinder und die meisten Schafe des Priamos geraubt. Kassandra befand sich zu dieser Zeit gerade im Tempel und zählte Ölkrüge. Dabei fiel ihr auf, daß die Zahl und Qualität der Opfergaben zurückgegangen waren. Plötzlich erfaßte sie so heftiger Zorn, Kummer und Verzweiflung, daß sie einen lauten Klageschrei ausstieß. Sie verstand nicht, was mit ihr los war. Aber dann erkannte sie dieses besondere starke Gefühl, das sie immer mit ihrem Zwillingsbruder in Verbindung brachte. Sie – vielmehr er – stand am Berg und vor ihr lag die Leiche des alten Hirten Agelaos, die bereits Schwärme summender Fliegen bedeckten.

»Es sieht so aus, als hätte er seinen alten gebrechlichen Körper zwischen die Herden meines Vaters und Agamemnons Räuber geworfen«, murmelte Paris. Kassandra hatte den alten Mann nur einmal kurz bei den Spielen gesehen, als Paris von Priamos wieder aufgenommen worden war. Aber sie spürte den ganzen Schmerz und Zorn ihres Bruders.

»Er hatte keinen anderen Sohn. Ich hätte hierbleiben sollen, um ihn im Alter zu schützen«, sagte Paris schließlich und bedeckte den Leichnam behutsam mit seinem kostbaren Mantel. Kassandra konnte sich in diesem Augenblick weit genug von ihrem Bruder lösen, um zu denken: *Wärst du doch bei ihm geblieben! Es wäre besser für dich gewesen, für Agelaos, für Oenone – und auch besser für Troia.*

Paris ließ die Leiche in die Stadt bringen, und Priamos würdigte den alten, rechtschaffenen Hirten mit einem Heldenbegräbnis (er war den Heldentod gestorben, als er versuchte, die Herden des Königs zu schützen), mit einem Fest und mit Spielen. Bei dem ersten Überfall waren ein paar Fremde auf dem Marktplatz erschlagen worden, und man hatte sie im Tempel des Hermes begraben, denn er war der Gott der Reisenden und Fremden. Aber niemand hatte ihre Leichen gefordert. Es hatte keine Trauernden gegeben und keine Zeremonien, abgesehen von denen, die notwendig waren, um die zornigen Geister der Toten zu beschwichtigen. Der alte Hirte war als erster Troianer in diesem Krieg gestorben, und zumindest Paris würde ihn nicht vergessen. Zum Zeichen der Trauer schnitt er sich die Haare ab, und als Kassandra ihn beim Namensfest von Kreusas erster Tochter sah, erkannte sie ihren Zwillingsbruder kaum wieder.

»War das nötig? Er war doch nur ein Hirte«, sagte sie, »wenn auch ein alter verdienter. Trotzdem ...«

»Er war mein Ziehvater«, entgegnete Paris, »in meiner Kindheit kannte ich keinen anderen Vater.« Er hatte rot verweinte Augen. Kassandra wußte nicht, daß ihm etwas so nahegehen konnte. »Die Götter mögen mich vergessen, wenn ich je vergesse, sein Andenken in Ehren zu halten.«

»Ich wollte nicht sagen, daß er deiner Trauer nicht würdig ist«, erklärte Kassandra und spürte in diesem Augenblick mehr als je zuvor, daß Paris wirklich ihr Bruder war. Sie hatte seine Gefühle immer geteilt und war der unerwünschte Eindringling gewesen; jetzt begann sie, ihn als Menschen kennenzulernen – mit Fehlern und auch Tugenden; sie konnte ihn auch ein wenig verstehen.

Sie standen noch zusammen, als wieder Alarm gegeben wurde. Frauen und Kinder eilten schutzsuchend in die Festung. Kassandra kümmerte sich um die Frauen mit Säuglingen und kleinen Kindern. Paris eilte mißmutig davon, um sich zu bewaffnen und zu Hektors Männern zu stoßen. Am Stadttor gab es eine Treppe, die in der großen Mauer nach oben führte. Dort sammelten sich die Anführer. Kassandra beobachtete die Soldaten und dachte: *Paris wäre vielleicht glücklicher, wenn wir die Plätze tauschen könnten.*

Sie war den ganzen Tag damit beschäftigt, die Frauen und Kinder zu unterhalten und für Ruhe zu sorgen; das Eingeschlossensein machte alle reizbar, und Kassandra fragte sich manchmal, ob die Männer es nicht einfacher hatten, denn sie waren dort draußen und hatten ein Ziel, auf das sie schießen konnten. Es wäre bestimmt ein Vergnügen, dachte sie, ein paar dieser schrecklich schreienden Bälger aus dem Fenster zu werfen – dann rief sie sich

zur Ordnung: Die Kinder hatten ihr nichts getan. Sie benahmen sich nur, wie Kinder es immer taten. *Wie weit ist es mit mir gekommen, daß mich diese kleinen Unschuldslämmer so reizen.* Doch sie gestand sich ein, daß sie gern ein paar von ihnen gepackt und geschüttelt hätte, daß ihnen Hören und Sehen verging.
Chryseis benahm sich sehr gut; sie hatte ein paar Kinder um sich versammelt und spielte ein Tanzspiel. Natürlich erwartete man so etwas von einem netten jungen Mädchen; sie tanzte so bezaubernd, daß die Frauen aus dem Palast sie lobten und bewunderten. Aber selbst Chryseis ließ die Kinder nach einer Weile allein und stieg auf die Palastmauer, wo Kassandra stand. Diesmal gaben sich die Eindringlinge nicht damit zufrieden, die Unterstadt zu plündern, sondern kämpften in den Straßen vor dem Palast und versuchten, die Getreide- und Schatzhäuser zu erreichen.
Man muß bald die Mauern der Unterstadt verstärken, um die Achaier fernzuhalten, dachte Kassandra. *Hätte ich doch nur meinen Bogen. Ich bin zwar aus der Übung, aber trotzdem könnte ich ein paar treffen, ehe sie den Palast erreichen ... Geduld, auch dieser Tag wird kommen.*
Kassandra dachte, jemand habe gesprochen. Chryseis berührte sie am Arm. »Wer sind die Anführer der Achaier? Kennst du einen?«
»Ich kenne einige von ihnen. Agamemnon, der große mit dem schwarzen Bart, ist ihr Befehlshaber.« Wie immer drehte sich ihr bei seinem Anblick der Magen um. Aber Chryseis betrachtete ihn mit unverhüllter Bewunderung.
»Wie stark er ist, und wie gut er aussieht. Schade, daß er nicht unser Verbündeter, sondern unser Feind ist.«
Kassandra versuchte, Abscheu und Verärgerung nicht zu zeigen. Sie murmelte: »Denkst du eigentlich auch mal an etwas anderes als an Männer?«
»Nicht sehr oft«, erwiderte Chryseis vergnügt, »woran sollte eine Frau sonst denken?«
»Aber du bist wie ich eine von Apollons Jungfrauen ...«
»Nicht für immer«, erwiderte Chryseis, »ich bin auch nicht mit den Amazonen geritten oder habe geschworen, die Männer zu hassen. Ich bin eine Frau. Ich habe die Götter nicht gebeten, mich so zu machen. Aber da es nun einmal mein Los ist und ich es nicht ändern kann, warum sollte ich mich nicht darüber freuen?«

»Eine Frau sein, bedeutet nicht, sich wie eine Hure zu benehmen«, sagte Kassandra ärgerlich.

»Ich glaube, daß du das nicht beurteilen kannst« sagte Chryseis, »du wärst doch lieber ein Mann, nicht wahr? Wenn das Gesetz es zuließe, würdest du vermutlich eine Frau heiraten.«

Kassandra wollte sie scharf zurechtweisen, hielt sich dann aber zurück ... Chryseis hatte vielleicht recht. Sie sagte beherrscht: »Wir haben alle den armen, alten Agelaos und seinen Scheiterhaufen vergessen. Er muß inzwischen verbrannt sein. Man sollte die Knochen für das Begräbnis in eine Urne legen. Ich werde gehen und es tun. Paris ist mein Bruder, und ich werde seinem Ziehvater aus Achtung diesen letzten Dienst erweisen.«

Die Überfälle wiederholten sich Tag für Tag bis in den Frühling hinein, und schließlich errichtete Priamos auf allen höheren Hügeln der Stadt Lager und Wachposten, von denen aus seine Soldaten das Auftauchen der Schiffe beobachten und Signalfeuer entzünden konnten. Wenn die Achaier dann landeten, fanden sie nichts außer nackten Mauern und gut verteidigten Hügeln. Außer der Mühe hatten sie nichts von dem Überfall.

Priamos nutzte eine längere Zeit schlechten und stürmischen Wetters und ließ die Außenmauern instand setzen und die großen Tore verstärken. Als die Achaier sich in den steilen Straßen ihren Weg nach oben kämpften, weil sie versuchten, in die Stadt einzudringen, gelang es ihnen nicht. Die Unterstadt war ein Labyrinth mit engen Gassen und steilen Stufen. Die Verteidiger konnten die Angreifer dort leicht zu Fall bringen.

»Sie stellen fest, daß die Stadt nicht ganz der reife Apfel ist, der ihnen in den Schoß fällt, wie sie geglaubt hatten«, freute sich Aeneas, als er von der Palastmauer in die Unterstadt blickte, wo es von Achaiern nur so wimmelte. Selbst Hektor gab sich einmal ausnahmsweise damit zufrieden, Troia von den Mauern schützen zu lassen. Wie es aussah, waren die meisten Frauen der Stadt auf die Mauern geeilt, um die Enttäuschung der Achaier zu sehen. Andromache hatte ihren kleinen Sohn dabei, der inzwischen laufen konnte, und Kreusa trug ihr Töchterchen unter dem Schultertuch. Da mittlerweile so regelmäßig Alarm gegeben wurde, verzichtete

Hekabe darauf, die unfreiwilligen Gäste nach einer Nacht, in der draußen gekämpft wurde, mit Frühstück zu versorgen. Aber wenn Hektor an seine Soldaten Öl und Getreide verteilen ließ, galt als unausgesprochene Regel, daß jede Frau, die mit ihrem Mann erschien, ebenfalls eine Ration beanspruchen konnte.
Kassandra sah zu, wie das Öl ausgeteilt wurde, und sagte zu Hektor: »Sie sollen die Flaschen zurückbringen.«
Hektor widersprach.
»Die Flaschen sind nicht viel wert. Weshalb sollen wir so kleinlich sein?«
»Das hat nichts mit Kleinlichkeit zu tun. Die Töpfer kämpfen mit den anderen Männern. Wenn das noch lange so weitergeht, werden sie bald nicht mehr die Zeit haben, um neue zu machen.«
»Ich verstehe, was du meinst.« Hektor gab die entsprechende Anweisung, und niemand beschwerte sich. Die Vorratshäuser waren immer noch voll von Getreide, und zur Zeit herrschte kein Mangel an Nahrung. Die Menschen in der Stadt mußten nicht hungern. Kassandra füllte mit den anderen Frauen aus dem Palast Tag für Tag die kleinen Ölflaschen und teilte die Weinrationen aus. Selbst am Ende des Winters gab es genug Getreide. Aber Hektors Blick wurde allmählich besorgt.
»Wie sollen wir die Frühjahrssaat ausbringen, wenn sie uns jeden Tag angreifen?« fragte er eines Abends beim Essen im Palast.
»Sie werden doch sicher nicht während der Aussaat kommen«, sagte Andromache. »In meiner Heimat ruhen alle Kriege während der Aussaat und der Ernte, um die Götter zu ehren.«
»Aber die Achaier fürchten die Erdmutter nicht, und vielleicht werden sie unsere Götter nicht ehren.«
»Aber sind nicht alle Unsterblichen eins?« fragte Kassandra.
»Du weißt das. Ich weiß es«, sagte Aeneas, »aber ob die Achaier es wissen, das ist eine ganz andere Sache. Nach dem, was ich gehört habe, würde es mich nicht sehr überraschen, wenn ihnen der Krieg wichtiger wäre als irgendwelche Götter.« Er lächelte sie an und sagte: »Mach dir keine Sorgen, Kassandra. Das ist Männersache.«
»Aber wenn sie kommen«, erwiderte Kassandra, »werden die Frauen mehr leiden als die Männer.«
Aeneas sah sie überrascht an. Dann sagte er: »Das ist wahr. Daran

habe ich bisher noch nie gedacht. Einem Krieger droht nichts Schlimmeres als ein ehrenhafter Tod. Aber die Frauen erwartet bei einer Niederlage ihrer Männer Vergewaltigung, Gefangenschaft, Sklaverei .... Es stimmt, Krieg ist nichts für Frauen, sondern etwas für Männer. Ich frage mich, wie eine Frau diesen Krieg führen würde.«
Kassandra sagte sehr bitter: »Einer Frau wäre es bestimmt gelungen, keinen Grund für diesen Krieg zu liefern. Wenn die Achaier dann das Gold und die Schätze Troias hätten haben wollen, wären sie in dem Bewußtsein hierhergekommen, daß sie nicht um der *Ehre* willen gegen uns kämpfen, sondern aus Habsucht, die den Göttern verhaßt ist.«
»Vergiß nicht, Kassandra, es gibt Männer, die diesen Krieg als ein großes Spiel betrachten – als einen Spielplatz, wo als Preise nur Lorbeerkränze und Ehre winken.«
Kassandra nickte. »Hektor eilt in jede Schlacht, als wolle er einen Bronzekessel und einen weißen Stier mit vergoldeten Hörnern gewinnen.«
»Nein, du hast unrecht, Kassandra«, sagte Aeneas. »Hektor ist nicht leichtfertig oder dumm. Wir müssen nur alle nach dem Gesetz des Gottes leben, den wir gewählt haben. Und Hektor gehört dem Kriegsgott. Aber er ist nicht mein Gott. Krieg ist vielleicht Teil meines Lebens. Aber er wird nie das Leben sein, das ich gewählt habe.« Er berührte leicht ihre Wange und sagte: »Du siehst müde aus, Schwester. Es kann hier nicht so viel zu tun geben, daß du bis zur Erschöpfung arbeitest. Die Königin hat viele Frauen, und jede von ihnen kann diese kleinen Aufgaben übernehmen. Ich glaube, die Götter haben dir etwas Wichtigeres zugedacht. Wir Männer brauchen vielleicht deine besondere Kraft, ehe dieser Krieg zu Ende ist – was für ein Ende die Götter uns auch bestimmt haben.«
Er verließ Kassandra und blieb bei seiner Frau stehen. Kassandra sah, wie er sich vorbeugte und das Gesicht des Kindes mit dem Finger berührte. Er sagte lachend etwas zu Kreusa und ging dann zu den Männern zurück.
Er ist ganz anders als Khryse, dachte Kassandra, die ihm nachsah, als er den Hügel hinunterging. *Ich habe schon bei seiner Hochzeit gesagt, wenn mein Vater mir einen solchen Mann ausgesucht hätte, wäre ich glücklich gewesen.*

In meinem ganzen Leben – und ich bin beinahe die einzige Frau meines Alters am Hof, die unverheiratet ist, habe ich noch keinen Mann gesehen, den ich bereitwillig heiraten würde . . . außer diesem, und er ist der Mann meiner Halbschwester und der Vater ihres Kindes.

Sie richtete sich müde auf und beugte sich dann wieder vor, um weiter kleine Ölflaschen zu füllen.

»Kassandra, das Öl läuft ständig daneben. Du darfst die Kelle nicht so voll machen«, sagte Kreusa vorwurfsvoll, die herübergekommen war und sich neben sie gesetzt hatte. »Worüber hat mein Mann mit dir so lange gesprochen?«

»Er hat gefragt, wie ich diesen Krieg führen würde, wenn ich ein Mann wäre.« Kassandra war über diese Frage so überrascht, daß sie die Wahrheit sagte. Kreusa lachte nur.

»Du mußt es mir nicht sagen, wenn du es nicht willst«, erklärte sie spöttisch, »ich gehöre nicht zu den Frauen, die eifersüchtig sind, wenn ihr Mann mit einer anderen Frau redet.«

»Es ist die Wahrheit, Kreusa. Das ist eines der Dinge, die er gesagt hat. Außerdem haben wir überlegt, was wir tun, falls die Achaier während der Aussaat keinen Waffenstillstand halten.«

»Ach, ich nehme an, es hängt damit zusammen, daß du eine Priesterin bist und solche Dinge weißt«, sagte Kreusa, »aber selbst Agamemnon könnte nicht so gottlos sein. Oder doch?« Und als Kassandra nicht sofort antwortete, fragte sie: »Du bist eine Seherin – du müßtest es wissen. Könnte er so gottlos sein?«

Kassandra wußte es nicht. Sie antwortete: »Ich hoffe nicht. Ich weiß nicht, was sie tun oder wie sie ihren Göttern dienen.«

7

Es half Kassandra nichts, daß sie eine Seherin war. Wenn sie später an das erste Kriegsjahr dachte, erinnerte sie sich nur an Brände, Überfälle, schreiende Männer, die von Feuerpfeilen getroffen beinahe bei lebendigem Leib verbrannten. Eine Frau war versehentlich in das Lager der Achaier geraten und von einem Dutzend Männer mißbraucht worden. Man fand sie schluchzend und völlig von Sinnen. Die Heilpriesterinnen im Tempel des Sonnengottes kämpften um ihr Leben. Aber am ersten Tag, an dem es ihr gut genug zu gehen schien, daß man sie eine Weile unbewacht lassen konnte, stürzte sie sich von der hohen Tempelmauer. Jemand von so niederer Herkunft, daß er die Aufgabe nicht ablehnen konnte, mußte hinuntergehen und ihren zerschmetterten Körper bergen.

Einige Tage vor der Frühjahrsaussaat weckte die Priester und Priesterinnen ein fröhlicher Fanfarenstoß aus dem Palast. Sie stellten voll Erleichterung fest, daß im Hafen keine Schiffe mehr lagen. Die Achaier waren abgezogen, und ein langer schwarzer, schmutziger und stinkender Uferstreifen verriet, wo ihre Zelte gestanden hatten.

In der Stadt herrschte Freude, die nicht davon beeinträchtigt wurde, daß Hektor alle verfügbaren Männer hinunter an den Strand schickte, um den Schmutz und den Abfall zu beseitigen. Auch sein Sohn, der kleine Astyanax, war dabei. Er rannte plappernd zwischen den Soldaten herum und wurde von allen verwöhnt. Er kam ständig mit irgendwelchem Abfall, den er für einen Schatz hielt: eine glänzende Bronzeschnalle von einem Pferdegeschirr, ein zerbrochener Holzkamm, ein Fetzen Pergament, auf das jemand einen einfachen Plan der Stadt gezeichnet hatte. Kassandra nahm dem protestierenden Kind das Pergament ab, betrachtete es lange und fragte sich, welcher Feind Troias das gezeichnet hatte.

»Gib es mir zurück!« schrie Astyanax und streckte die Hand danach aus. Kassandra sagte: »Nein, Kleiner, das muß dein Großvater sehen.«

»Was muß er sehen?« fragte Hektor, nahm Kassandra das Stück Pergament ab und gab es dem Kind zurück. Kassandra beugte sich hinunter und nahm es trotz des Protestgeheuls des wütenden Kindes wieder an sich.

»Was hast du, Kassandra? Gib es ihm. Sie sind weg. Es besteht kein Grund, sich mit dem Abfall zu beschäftigen, den sie zurückgelassen haben«, sagte Hektor. »Hör auf zu schreien, Astyanax, dann darfst du in Vaters Streitwagen fahren.«

»Sie werden nicht lange wegbleiben«, prophezeite Kassandra, »glaubst du, mit *dem* hier würden sie ihren Vorteil nicht nützen?«

»Du legst dem zu großen Wert bei«, sagte Hektor, »was willst du damit?«

Kassandra wies auf die ihr vertrauten Zeichen, die sie aber nicht alle entziffern konnte.
»Das war jemand aus Kreta. Und ich dachte, sie wären unsere Verbündeten. Ich muß es ihm zeigen ...« Dann fiel ihr etwas Besseres ein, und sie sagte: »Helena hat eine Kreterin in ihrem Gefolge. Ich werde das Aithra zeigen. Wenn jemand diese merkwürdige Schrift lesen kann, dann sie als Königin und Priesterin.«
»Nun ja, wenn du willst«, meinte Hektor achselzuckend. »Ich kenne keine Frau, die um unbedeutende Dinge so viel Aufhebens macht wie du.«
Aber auch Aithra blickte verständnislos auf das Pergament und sagte, sie habe in Kreta tatsächlich solche Zeichen gesehen, aber nicht gelernt, sie zu lesen.
»Ich kann nicht einmal vermuten, von wessen Hand das möglicherweise stammt«, sagte sie. »Khryse wird es vielleicht wissen.«
Kassandra schämte sich, dieser ehrwürdigen Frau zu erklären, weshalb sie den Priester nicht danach fragen wollte.
Aber schließlich zeigte sie den Plan Charis und erklärte ihr, worum es ging. Charis wußte, weshalb Kassandra Khryse fürchtete und ablehnte. Sie erklärte sich bereit, mit ihr zu Khryse zu gehen.
Der Priester studierte das Stück Pergament sorgfältig, runzelte die Stirn und bewegte die Lippen, während er mit dem Zeigefinger die Zeichen nachfuhr. Dann hob er den Kopf und erklärte: »Das ist ein Plan der Stadt. Aber hier in dieser Ecke stehen genaue Bezeichnungen: die Gemächer der Königin, die Getreidehäuser, die große Halle ... jeder Teil des Palastes ist genau eingezeichnet und vermerkt. Und hier, seht ihr, ist der Apollon-Tempel und da der Tempel der Pallas Athene.«
»Das dachte ich mir«, sagte Kassandra. »Kannst du mir sagen, wer das geschrieben hat?«
»Ich kann nicht sagen, wer es war, aber es war kein Freund Troias. Ich kann nur soviel sagen, daß es vermutlich kein Kreter war«, antwortete Khryse, »denn wir in Kreta schreiben die Buchstaben etwas anders.«
Das hatte ich vermutet, dachte Kassandra. Später brachte sie das Pergament ihrem Vater. Aber Priamos hielt es nicht für wichtig, obwohl er sofort erkannte, worum es sich handelte.

»Ich kenne kein Dutzend Männer außerhalb Troias, die einen solchen Plan gezeichnet haben könnten. Damit ausgerüstet, wäre es ein Kinderspiel, sich in Troia zurechtzufinden«, sagte er, »es kann nur jemand gewesen sein, der den Palast oder die Stadt sehr gut kennt. Ich kann mir nicht vorstellen, daß einer von uns es getan haben sollte. Nur ...« Priamos zögerte und schüttelte dann den Kopf. »Nein, er ist mein alter Freund und oft unser Gast gewesen. Ich kann nicht glauben, daß er uns verraten würde.«
»Wer, Vater?« fragte sie. Priamos schüttelte den Kopf und erwiderte: »Nein. Nur .... Nein.«
»Odysseus?« fragte sie.
»Kassandra, glaubst du wirklich, mein alter Freund könnte so hinterlistig sein?«
Das wollte sie von Odysseus nicht denken. Aber die Möglichkeit bestand. Sie sagte nur: »Im Krieg vergessen die Menschen auch noch andere Eide, Vater.«
»Vielleicht. Aber er hat mir versprochen, er werde sich nicht in diesen Krieg hineinziehen lassen«, entgegnete Priamos, »ich will ihn nicht beschuldigen, ohne ihn gehört zu haben. Deine Gedanken sind voller Gift, Kassandra.«
»Vater, nicht ich habe daran gedacht«, widersprach sie, »ich habe dich nur nach deinen Gedanken gefragt.«
»Trotzdem bin ich sicher, daß ich meinem alten Freund mit einer solchen Beschuldigung Unrecht tue«, sagte Priamos, »ich werde abwarten und ihn selbst fragen, ob das sein Werk ist.«
Für Kassandra bestand kein Zweifel. Sie hatte gehört, daß Odysseus listig und verschlagen war. Doch auch sie wollte ihm nicht unterstellen, daß er seine Freundschaft mit Priamos und Troia verraten würde.
Sie mußten nicht lange warten. Die Achaier waren noch nicht zehn Tage abgezogen, als Odysseus mit seinem Schiff im Hafen einlief. Kassandra war in den Palast gekommen, um Kreusa zu besuchen. Sie wollte ihr einen Heiltrank für das Kind mischen, das an einem Sommerfieber litt, und wurde anschließend in die große Halle gerufen. Aeneas kam ihr entgegen, um sie zu begrüßen. Wie üblich umarmte er sie und küßte sie auf die Wange.
»Geht es dem Kind gut, Schwester?«

»O ja, der Kleinen fehlt nicht viel. Es wäre besser, ich würde Kreusa einen Trank mischen, der sie von ihren Befürchtungen heilt. Jedesmal, wenn der Wind sich dreht, glaubt sie, die Kleine sei todkrank. Andromache hat wenigstens gelernt, daß Kinder Wehwehchen haben und daß es besser ist, ihnen nicht zu viele Mittel einzuflößen. Sie werden von alleine wieder gesund, und wenn nicht, ist immer noch Zeit genug, einen Heiler zu rufen.«

»Es erleichtert mich, das zu hören. Aber du mußt Nachsicht mit Kreusa haben. Sie ist jung, und es ist ihr erstes Kind. Komm und iß etwas«, forderte Aeneas Kassandra auf und führte sie zur Tafel. Odysseus erhob sich vom Ehrenplatz neben Priamos und kam zu ihr. Er umarmte sie so fest, daß sie zusammenzuckte, und gab ihr einen schmatzenden Kuß.

»Da ist sie ja, mein schönes, liebstes Kind«, sagte er, »was hast du denn während des Kriegs gemacht? Ich habe ein Geschenk für dich: eine Kette aus Bernsteinperlen, die wunderbar zu deinen leuchtenden Augen passen. Ich habe noch nie jemanden gesehen, der Augen wie Bernstein hat, der in der Tiefe einen leichten rötlichen Schimmer hat«, fügte er hinzu, zog die Kette aus seinem Gewand und legte sie ihr um den Hals. Kassandra seufzte, nahm sie ab, hielt sie behutsam in den Händen und betrachtete die glänzenden Perlen beinahe sehnsüchtig.

»Ich danke dir. Sie ist sehr schön, aber man würde mir nicht erlauben, sie zu tragen. Solltest du sie nicht dem Sonnengott zum Geschenk machen?«

Odysseus nahm die Kette widerwillig zurück.

»Sie paßt so gut zu dir. Ich habe mit dem Sonnengott zwar keinen Streit« – er machte eine ehrerbietige Geste –, »aber ER hat keinen Bedarf an Geschenken, die ich machen kann.« Er sah sich um, und sein Blick fiel auf Helena, die bescheiden neben Paris saß.

Helena sagte mit ihrer sanften Stimme: »Odysseus, lieber alter Freund, ich werde die Kette für Kassandra aufbewahren, und sie wird sie zurückbekommen, wann immer sie will.« Ihre Schwangerschaft war inzwischen sichtbar. Aber Kassandra stellte seufzend fest, daß sie das nur noch schöner zu machen schien. Andromache war während ihrer Schwangerschaft stark und gesund gewesen, aber sie hatte blaß und gedunsen ausgesehen, während

Kreusa die ganze Zeit krank gewesen war, nichts bei sich behalten konnte und so abmagerte, daß sie wie eine räudige Ratte aussah, die eine gestohlene Melone mit sich herumschleppt. Helena erinnerte sie an eine der geschnitzten schwangeren Göttinnen, die Kassandra in Kolchis gesehen hatte; so konnte sie sich auch Aphrodite vorstellen, wenn die Göttin der Liebe es zugelassen hätte, daß man SIE schwanger sah.

Odysseus reichte ihr die Kette, und Helena sagte sanft, beinahe liebevoll: »Wer weiß, Schwester, vielleicht stehst du nicht immer im Dienst des Sonnengottes. Ich gebe dir mein Wort: Die Kette ist dein, wann immer du sie haben möchtest.«

Gegen ihren Willen wurde Kassandra warm ums Herz. Sie sagte freundlicher als beabsichtigt: »Danke, Schwester.« Helena drückte ihr die Hand und lächelte sie an.

Priamos mischte sich gereizt ein: »Es ist schön und gut, als mein Gast hier zu stehen und den Mädchen Schmuck zu schenken, Odysseus. Aber sag mir: Habe ich dein Schiff nicht unter den Schiffen der Räuber vor den Mauern gesehen? Und warst du nicht bei ihnen? Ich dachte, du hättest mir versprochen, dich von diesen Achaiern nicht in einen Krieg gegen mich hineinziehen zu lassen.«

»Das ist wahr, alter Freund«, antwortete Odysseus, grinste und trank mit einem Zug seinen Becher aus. Polyxena füllte ihn wieder mit Wein. Odysseus sah sie lächelnd – beinahe lüstern – an und tätschelte ihr den runden Hintern. »Wenn ich doch noch unverheiratet wäre, du hübsches Ding. Wenn dein Vater dich mir hätte geben können –, auch wenn ich alt genug bin, um dein Großvater zu sein, und nicht dazu neige, mir eine Braut zu suchen, die noch in der Wiege liegt –, dann hätte Agamemnon mich nicht mit einer List dazu zwingen können, gegen einen alten Freund in den Krieg zu ziehen.«

Priamos sah ihn höflich zweifelnd an. »Ich muß sagen, mein Freund, ich verstehe dich nicht.«

»Nun ja«, erwiderte Odysseus, und Kassandra dachte daran, daß er mit Sicherheit eine gute Geschichte erzählen würde – sei es nun Wahrheit oder Lüge, »du erinnerst dich doch, daß ich bei Helenas Hochzeit mit Menelaos unter den Männern stand, die Helena vergeblich umworben hatten. Ich glaube, Helena hat mir vergeben, daß ich keiner ihrer Bewerber war, denn ich wollte Penelope, die Tochter des Ikarios, heiraten.«

Helena lächelte. »Mögen die Götter der Wahrheit dir ebenso vergeben wie ich, lieber Freund. Ich hatte aber gehofft, vielleicht einen Gemahl zu bekommen, der mir so treu wäre wie du deiner Penelope.«

Odysseus fuhr fort: »Alle Bewerber wollten miteinander kämpfen, und da fand ich die Lösung, die aus der Sackgasse herausführte: Helena sollte selbst entscheiden, und wir alle würden einen Eid schwören, ihren Gemahl gegen jeden zu verteidigen, der sie ihm streitig machen wollte. Und so saß ich in meiner eigenen Falle, als dieser Krieg ausbrach. Agamemnon schickte nach mir, um den Eid zu erfüllen, den ich Menelaos geschworen hatte.«

Priamos sah ihn finster an. Kassandra erriet, daß ihr Vater nicht wirklich wütend war. Auch er wollte das Ende der Geschichte hören. »Und was ist mit deinem Schwur, mein Gast und Freund zu sein?«

»Ich habe alles getan, um ihn zu halten, ich schwöre es dir«, beteuerte der alte Seefahrer. »Ich habe genug von der Welt gesehen. Ich wollte zu Hause bleiben und mein Land bestellen. Deshalb trug ich Penelope auf, Agamemnon die Botschaft zu schicken, ich sei krank und könne nicht kommen, ich hätte den Verstand verloren und sei ein armer, alter Irrer. Und als Agamemnon bei mir erschien, setzte ich den alten Hut meines Pflügers auf, spannte mein Pferd und einen Ochsen zusammen vor den Pflug und begann, ein Distelfeld zu pflügen. Und weißt du, was dieser« – er zögerte – »nun ja, es sind Damen anwesend, dieser *Agamemnon* getan hat?« Er sprach den Namen wie ein unanständiges Wort aus, sah sich in der Runde um und genoß sichtlich die Wirkung der Geschichte auf seine gefesselten Zuhörer. »Er nahm meinen kleinen Sohn Telemachos – er war ungefähr so alt wie dein Astyanax, Hektor – und setzte ihn direkt vor meinen Pflug. Was sollte ich machen – das Kind unterpflügen? Ich wich mit dem Gespann aus. Agamemnon hielt sich die Seiten vor Lachen und sagte: ›Nun komm schon, du alter Fuchs, du bist nicht verrückter als ich!‹ Er verlangte, daß ich meinen Eid halte und Menelaos beistehe. Also kam ich hierher. Aber glaube mir, ich habe sie für die Zeit der Aussaat nach Hause geschickt. Danach werden sie wiederkommen. Ich wollte euch alle warnen.«

Priamos lachte so laut wie alle anderen; dann wurde er ernst: »Ich verstehe, daß du nicht anders handeln konntest, als du es getan hast, Odysseus. Deshalb bist du immer noch mein Freund.«
»Das bin ich«, erklärte Odysseus und griff nach dem Fisch und dem Brot.
»Möge es immer so sein«, erwiderte Priamos, »denn ich bin auch dein Freund.«
Kassandra kniff die Augen zusammen und betrachtete Odysseus, als versuche sie, ihn als Seherin zu durchschauen. Wie sehr sie sich auch bemühte, sie sah nur einen harmlosen alten Mann, der zwischen alten Freunden und unerwünschten Nachbarn hin und her gerissen war, mit denen er aus Rücksicht auf die Sicherheit der eigenen Familie Frieden halten mußte. Ja, er würde Troias Freund sein – solange es ihm einen Vorteil brachte und er aus seiner Schlauheit oder sogar seinem Verrat nicht eine gute Geschichte oder einen Witz machen konnte. Dann hörte für Odysseus jede Freundschaft auf.
Sie aß schnell zu Ende, erhob sich und bat ihren Vater um Erlaubnis zu gehen. Zerstreut gab er sie ihr. Kassandra küßte ihre Mutter und Andromache, hob den kleinen Astyanax hoch und gab ihm auch einen Kuß, obwohl er sich wehrte und behauptete, er sei zu groß, um noch geküßt zu werden. Dann verließ sie die Halle.
Draußen bemerkte sie, daß ihr jemand folgte. Sie glaubte, es sei eine ihrer Schwestern mit einer Frage, die sie einer Priesterin stellen wollte und die zu persönlich war, um es vor den Männern zu tun. Deshalb blieb sie stehen und wartete. Starke Männerarme umfingen sie plötzlich, und sie ruhte kurz an Aeneas' Brust, ehe sie sich mit Bedauern von ihm löste.
»Aeneas, nicht, du bist der Mann meiner Schwester.«
»Kreusa hätte nichts dagegen«, flüsterte er. »Seit unser Kind geboren ist, weicht sie aus, wann immer ich zu ihr ins Bett komme. Ich schwöre dir, sie hat kein Verlangen nach mir. Sie würde sich freuen, wenn ich woanders Liebe fände.«
»Bei mir wirst du sie nicht finden«, erwiderte Kassandra traurig. »Auch ich habe Treue gelobt, mein Bruder. Ich habe dem Sonnengott Treue gelobt, und es müßte ein mutigerer Mann als du sein, der mit IHM um eine Frau ringt.«

Aeneas sagte: »Wenn du willst, Kassandra, werde ich mit IHM um dich kämpfen. Für dich würde ich es sogar wagen, SEINEN Zorn herauszufordern.«

»Still«, mahnte sie und legte ihm den Finger auf die Lippen. »Das hast du nicht gesagt, und ich habe es nicht gehört. Aber soviel will ich dir sagen, Liebster«, fuhr sie fort, und das Wort kam ihr beinahe selbstverständlich über die Lippen, »wenn wir beide ungebunden wären, würde ich dich mit Freuden als Ehemann oder Geliebten nehmen. Aber ich habe Apollons Zorn erlebt, und ich möchte ihn nicht auf einen Mann lenken – ganz bestimmt nicht auf dich, den ich so gerne geliebt hätte.«

»Um Himmels willen«, versicherte Aeneas, »ich würde nie gegen einen Gott kämpfen, wenn du es nicht von mir verlangst. Wenn du damit zufrieden bist, die Braut des Sonnengottes und keines Mannes zu sein . . .« Er trat einen Schritt zurück. »Es soll so geschehen, wie du willst. Aber ich schwöre bei Apollon« – er führte ihre schlanke Hand ehrfürchtig an die Lippen – »ich werde immer dein treuer Freund und Bruder sein, und wenn du je meine Hilfe brauchst, dann schwöre ich, ich werde dir gegen jeden Mann beistehen – oder gegen jeden Gott.«

Innerlich aufgewühlt sagte Kassandra: »Ich danke dir. Ich werde immer deine Freundin und deine Schwester sein, was auch geschehen mag.«

Er hielt sie sanft an den Schultern. »Kassandra, Liebe, du siehst nicht glücklich aus. Bist du in Apollons Tempel wirklich zufrieden?«

»Wenn es so wäre«, flüsterte sie, »wäre ich vor dir davongelaufen, ehe es soweit hätte kommen können.«

Sie löste sich von ihm und verließ ruhig den Palast. Aber ihr Herz schlug so laut, daß sie glaubte, Aeneas müsse es gehört haben. Auf dem langen Weg zum Tempel hinauf spürte sie, wie ihr ungeweinte Tränen in die Augen traten.

Ich möchte mein Gelübde nicht brechen. Ich habe Apollon Treue gelobt, und ER *hat mich verstoßen. Ich würde* IHN *nie mit einem Sterblichen betrügen, und doch hat mich dieser gotteslästerliche Priester im Tempel in Ungnade gebracht. Seinetwegen bin ich in ihren Augen entehrt, obwohl ich völlig unschuldig bin.*

Hätte die Göttin, der sie bei den Amazonen gedient hatte, gegen IHRE Priesterin die Partei eines Mannes ergriffen? Konnte ein Gott, wenn ein Mann und eine Frau miteinander kämpften, einfach nicht Partei für eine Frau ergreifen, gleichgültig, auf wessen Seite das Recht lag? Sie war Eigentum des Gottes, und das war dasselbe, als hätte sie einen Sterblichen geheiratet.

Aber Khryse und ich gehören beide Apollon, und deshalb sollten wir vor IHM *gleich sein.*

Sie erreichte das große Bronzetor, und der Wächter verneigte sich ehrerbietig vor ihr.

»Du bist noch spät unterwegs, Prinzessin.«

»Ich komme vom Palast meines Vaters und meiner Mutter«, erwiderte sie. »Ich wünsche dir eine gute Nacht.«

»Gute Nacht, Herrin«, sagte er, und sie ging zu den Gemächern im hinteren Teil des Tempelbezirks, wo die Frauen schliefen. Sie schlüpfte aus ihren Sandalen, streifte das Gewand ab und legte sich schlafen.

Ihre Augen brannten immer noch, und als sie sich entspannte, rannen ihr ungewollt Tränen über das Gesicht. Die Erinnerung an Aeneas' Umarmung kam zurück, und in Gedanken überließ sie sich kurz seiner Liebe. Wenn sie wollte, konnte sie Aeneas ihrer Halbschwester nehmen, und Kreusa wäre nicht einmal böse auf sie; sie würde sich freuen, von ihren ehelichen Pflichten entbunden zu sein ...

Wem würde es schaden, wenn sie Aeneas nachgab? Sollte sie ihr Gelübde wirklich vergessen, da es ihr nichts Gutes gebracht hatte? Oder war das alles eine Versuchung der fremden Göttin der gesetzlosen Liebe? Dann verblaßte das Gesicht von Aeneas beim Gedanken an das strahlende Gesicht des Sonnengottes, an die weiche, unvergeßliche Melodie, die in seiner Stimme lag, als er gesagt hatte: *Kassandra ...*

Beim Einschlafen dachte sie noch: *Wie kann eine Frau einen Sterblichen einem Gott vorziehen?* Vielleicht war es besser, vom Sonnengott vergessen oder nicht beachtet zu werden, als von einem Mann geliebt oder verehrt ...

8 In der Stadt breitete sich das Gerücht aus, die Achaier hätten aufgegeben und würden nicht zurückkommen. Kassandra wußte es besser, denn wenn sie vom Tempel des Sonnengottes hinunterblickte, sah sie manchmal immer noch flüchtig, wie die Stadt von den Flammen verschlungen wurde. Diese kurzen Visionen erinnerten sie auch daran, daß ihr die Sehergabe nicht genommen worden war.
Aber ihre Fähigkeit, in die Zukunft zu blicken, brachte weder ihr noch einem anderen irgendwelchen Nutzen. Wenn sie davon sprach, hörte niemand auf sie.
Oh, Apollon. Was immer mir genommen worden sein mag, es wird der Tag kommen, an dem sie sich daran erinnern, was ich gesagt habe, und dann werden sie wissen, daß ich nicht gelogen habe.
Manchmal dachte sie auch: *Die Sehergabe ist für mich nur ein Fluch, denn niemand glaubt, was ich sage. Warum muß ich unter dem Wissen leiden, ohne damit etwas anfangen zu können?* Aber wenn sie darum beten wollte, daß ihr diese Gabe genommen würde, dachte sie: *Nein! Wieviel schlimmer ist es, blind und unwissend dem entgegenzugehen, was das Schicksal uns bestimmt hat!*
Aber war das nicht das Los aller Menschen? Und wie gelang es ihnen, das zu ertragen?
Tag um Tag verging, ohne daß Kriegsschiffe oder die Schiffe der Räuber auftauchten. Andere Schiffe legten auf dem Weg nach Norden, nach Kolchis und in das Land des Nordwindes an. Sie entrichteten Troia Tribut, und es kamen auch Schiffe aus Kolchis, mit denen Königin Imandra ihrer Tochter und Kassandra Geschenke und Grüße überbringen ließ.
Eines Morgens fand Kassandra ihre Schlange tot im Topf, und sie sah darin das schlimmste aller Vorzeichen. In den letzten Wochen hatte sie nur wenig Zeit für die Schlange gehabt, und sie machte sich Vorwürfe, weil sie nicht gemerkt hatte, daß dem Tier etwas fehlte. Sie bat um die Erlaubnis, die Schlange auf dem Tempelgelände begraben zu dürfen. Als dies geschehen war, ließ Charis sie rufen und betraute sie mit der Aufgabe, alle Schlangen im Apollontempel zu versorgen.
»Aber warum?« fragte Kassandra. »Ich bin unwürdig. Ich habe meine Schlange so schlecht behandelt, daß sie krank geworden und gestorben ist.«

»Du fragst, warum wir diese Aufgabe dir übertragen? Weil du nicht glücklich bist, Kassandra. Glaubst du, wir seien blind? Ich habe dich sehr gern, wir alle haben dich gern«, und als Kassandra eine abwehrende Geste machte, fuhr sie fort. »Nein, das stimmt. Glaubst du, wir wissen nicht, was Khryse dir angetan hat? Glaub mir, wenn wir die Möglichkeit hätten, ihn vor die Tür zu setzen, wären viele dafür. Jetzt haben wir eine Möglichkeit, dir eine Aufgabe zu übertragen, bei der du ihm nicht täglich und stündlich begegnen mußt.«

Kassandra verstand es trotzdem nicht: Weshalb konnten sie Khryse nicht aus dem Tempel jagen? Er hatte versucht, eine Jungfrau des Gottes zu schänden. Sie konnte das Rätsel nicht lösen; Charis gab ihr auch keine Erklärung und sagte nichts mehr zu diesem Thema. Offensichtlich durfte sie nicht einmal darüber sprechen, weshalb Khryse diese Macht im Tempel hatte.

Es gab eine alte Priesterin, die sehr viel über Schlangen wußte. Sie war älter als Hekabe – mindestens so viel älter, als die Königin ihre Tochter an Jahren übertraf. Kassandra wollte unbedingt vermeiden, daß die anderen Schlangen im Tempel das Schicksal ihrer Schlange teilten, und verbrachte viele Stunden bei der alten Frau. Ihre weißen Haare waren fast alle ausgefallen, und die Augen lagen tief eingesunken in den Höhlen. Sie litt an einer Alterslähmung, und ihre Hände zitterten so sehr, daß sie nicht einmal den Löffel halten konnte. Dieses Leiden hatte es notwendig gemacht, die Sorge für die Schlangen einer anderen Priesterin zu übertragen.

Kassandra wich nicht mehr von der Seite der alten Frau, trug sie, flößte ihr Essen ein, und wenn die Priesterin in der Lage war zu sprechen, erfuhr Kassandra alles über große und kleine Schlangen, darunter auch über Arten, die man nicht mehr im Tempel hielt. Manchmal hatte Kassandra das Gefühl, sie würde am liebsten lange Reisen unternehmen, um diese seltenen Wesen für den Apollontempel aufzuspüren: Schlangen, die weit im Süden in der Wüste lebten, oder eine Art, die man Python nannte, und die dicker war als ein kleines Kind. Die Python konnte ein Lamm oder sogar ein Schaf verschlingen. Kassandra wußte nicht genau, ob sie an ein solches Tier glauben sollte, aber sie hörte die Geschichten der alten Frau gerne.

Wenn die Schlangen gefüttert waren, gab es wenig für sie zu tun außer der Pflege der alten Meliantha. Kassandra träumte dann vor sich hin, dachte an ihre Begegnung mit der Göttin als Schlangenmutter in der Unterwelt und fragte sich, wie wohl die Geschichte entstanden war, daß der Sonnengott die Python erschlagen hatte.
Späte Winterregen trieben vom Meer herein, und an den kahlen Zweigen sah man die kleinen Knospen, die sich bald zu Blättern entfalten würden. Eines Tages stand Kassandra auf dem Dach des Tempels und hörte in der Ferne durchdringende Vogelschreie.
»Die Kraniche fliegen wieder nach Norden«, rief jemand. *In welches ferne Land hinter dem Land des Nordwindes mögen sie wohl fliegen?* dachte Kassandra. Die anderen Priesterinnen dachten praktischer.
»Es wird bald Zeit für das Fest der Frühjahrsaussaat«, sagte Chryseis, und ihre Augen leuchteten sinnlich. »Ich habe es satt, bei den Frauen eingesperrt zu sein.« Kassandra erfaßte Angst; mit dem Frühjahr würden sicher die Achaier zurückkommen. Der letzte Wintermond füllte sich und nahm wieder ab; es kamen graue Tage mit Nieselregen; dann verschwanden die Wolken vom Himmel, und die schmale Mondsichel kündigte den Frühling an. Es war Zeit für das Fest.
Man rief Kassandra in den Palast zu ihrer Mutter. Hekabe und ihre Frauen trafen Vorbereitungen für das Ritual der Aussaat. Eine Priesterin der Erdmutter überwachte die Arbeit.
Kassandra hörte sich zu ihrer eigenen Überraschung sagen:
»Ihr bereitet ein Fest vor, an dem die Achaier sich freuen werden? Wenn ihr jetzt ein Fest feiert, fordert ihr sie damit doch nur auf, es zu stören!«
Die Priesterin, eine alte Frau, die Kassandra kaum kannte, fragte ärgerlich:
»Was hast du für einen anderen Vorschlag, Herrin Kassandra? Wir können nicht darauf verzichten, das Getreide zu säen . . . .«
»Ich weiß, daß die Saat in die Erde muß«, entgegnete Kassandra beinahe wütend. »Aber müssen wir mit einem Fest die Aufmerksamkeit darauf lenken?«
Die Priesterin fragte stirnrunzelnd: »Willst du die Geschenke der Göttin entgegennehmen, ohne IHR Ehre zu erweisen?«
Kassandra wußte nicht, was sie darauf erwidern sollte, und hätte

am liebsten geweint. *Wenn die Göttin so mächtig und wohltätig ist,* dachte sie, *wird* SIE *uns die Ernte schenken, ohne soviel zu fordern. Ist die Erdgöttin ein altes Marktweib, das mit uns feilscht – soviel Getreide für soviel Lieder und Tänze?* Da Kassandra das nicht sagen konnte, schwieg sie. Aber ihr entging nicht, daß die Priesterin sie mißbilligend betrachtete.

»Was hat das Fest mit dir zu tun? Du hast beschlossen, eine Jungfrau im Tempel des Sonnengottes zu bleiben, und gibst der Göttin nicht, was ihr zusteht.«

»Es war nicht ganz meine freie Wahl«, murmelte Kassandra kläglich. »Der Sonnengott hat mich gerufen, und die Erdmutter hat keinen Einspruch erhoben. Hätte SIE von mir verlangt, daß ich IHR diene, hätte ich gehorcht.«

Und warum hat SIE *nicht* IHREN *Bogen gespannt und mich vor dem Sonnengott gerettet? Bin ich nur ein Tier, das vor dem Hader der Götter flieht?*

Die Priesterin sah sie immer noch böse an und schien eine Antwort zu erwarten. Kassandra sagte: »Da IHRE Fülle auch mich ernährt, sehe ich keinen Grund für ein Fest, das die Aussaat nutzlos macht. Denn wenn die Achaier uns bei dem Fest überfallen, werden wir von dieser Saat wenig ernten.«

»Willst du behaupten, die Achaier ehren die Göttin nicht?«

»Ich fürchte nur ihre Gottlosigkeit«, erwiderte Kassandra. »Wenn du glaubst, daß sie die Göttin verehren, dann frag doch einen ihrer Leute oder schick einen Boten, um einen Waffenstillstand auszuhandeln, und laß sie geloben, daß sie die Rituale der Erdmutter nicht stören.«

Wegen meiner Befürchtungen werde ich gequält, als sei ich gottlos. Ich sollte lernen, den Mund zu halten.

Sie verneigte sich schweigend vor der Priesterin: Sie hatte ihre Warnung ausgesprochen und nicht die Pflicht, mehr zu sagen. Ihre Mutter hatte schweigend zugesehen, und Kassandra ging zu ihr hinüber.

»Kannst du meine Angst nicht verstehen, Mutter?«

»Ich baue auf die Güte der Göttin. Sie kann gewiß die Hand erheben, wenn SIE es will, und die Achaier bestrafen«, erwiderte Hekabe tadelnd. »Du hast zu große Angst, Kassandra.«

»Du hast in all diesen Jahren der Erdmutter gedient. Hat SIE einmal die Hand gehoben, um dich zu schützen?« fragte Kassandra.

Ihre Mutter sah sie höchst mißbilligend an und erwiderte: »Es steht einer Frau nicht zu, solche Fragen zu stellen. Du bist eine Priesterin und solltest es besser wissen. Die Götter zögern nicht, jene zu strafen, die gegen SIE sprechen oder an IHNEN zweifeln.«

Das hätte ich sagen sollen, dachte Kassandra. *Im Tempel des Sonnengottes habe ich erlebt, wie* ER *straft, und wie* ER *die Seinen schützt*. Sie seufzte und schwieg.

Ihre Mutter sagte freundlich: »Ich tadle dich nicht, Kassandra. Aber wenn du im Tempel nicht glücklich bist, solltest du zu uns zurückkehren. Ich glaube, für jemanden in deinem Alter ist es nicht unbedingt gut, so lange eine Jungfrau zu bleiben. Wenn du in das Haus des Priamos zurückkommst, wird dein Vater dir einen Gemahl suchen. Ich würde mich sehr freuen, wenn du heiratest und ein Kind in den Armen hältst. Dann gäbe es keine bösen Träume und Prophezeiungen mehr, die dich quälen.«

Trotz des liebevollen Tons ihrer Mutter überkam Kassandra so heftiger Zorn, daß sie beinahe daran erstickte. *Aha, das ist bei Frauen das Heilmittel für alles! Wenn eine Frau unglücklich ist oder einen Fehler begeht oder nicht das tut, was alle von ihr wollen, dann soll sie heiraten. Und wenn sie ein Kind bekommt, sind damit alle ihre Sorgen behoben*. Zu ihrer Mutter sagte sie: »Also auch du, Mutter? Hättest du mir diesen Rat gegeben, als du noch bei Penthesilea und ihren Frauen gelebt hast? Möchtest du mich verheiraten und mich schwanger sehen, nur damit ich nicht die Wahrheit sage und die Menschen damit erschrecke?«

Hekabe bekümmerte Kassandras Zorn. Sie tätschelte zärtlich Kassandras geballte Hände, streichelte die Finger und versuchte, ihr die Fäuste zu öffnen. »Sei nicht so ärgerlich, Kind. Ich weiß nicht, weshalb du immer so zornig bist. Ich möchte dich nur glücklich sehen, mein Liebes.«

»Ich bin so zornig, weil ich nur von Narren umgeben bin«, erwiderte Kassandra, »und dir fällt nichts Besseres ein, als mich auch zu einem machen zu wollen.«

Sie sprang auf und stürmte hinaus. Ihre Mutter war hoffnungslos! Und doch hatte es einmal eine Zeit gegeben, in der sie stark und unabhängig gewesen war. Kassandra besaß ihre Waffen, die es bewiesen. Weshalb hatte sie sich von dem eigentlichen Grund ihrer Warnung ablenken lassen – der Gefahr für die Frühjahrsaussaat.

Ihre Mutter hatte statt dessen wieder davon gesprochen, sie zu verheiraten – als werde eine Frau durch die Ehe klug. Andromache war ganz bestimmt nicht klüger geworden, weil sie Hektor geheiratet hatte, und Kreusa durch die Ehe mit Aeneas auch nicht.
Wenn ich glauben könnte, eine Ehe würde eine so große Veränderung in mir bewirken, wäre ich nicht nur bereit zu heiraten, sondern würde mich danach drängen.

9 Kurz vor Tagesanbruch erwachte Kassandra vom Läuten der Glöckchen und den munteren Geräuschen, die aus der Stadt heraufdrangen. Sie hob den Kopf, und eine Welle der Übelkeit erfaßte sie: Ihr stiller Raum schien von Geschrei und dem Klirren von Waffen erfüllt zu sein. *O nein*, dachte sie, sank auf das Kissen zurück und zog sich die Decke über den Kopf. Sie blieb eine Weile bewegungslos liegen. Sie hatte sich geschworen, wenn ein Unglück geschehen sollte, würde sie nicht in der Nähe sein. Sie hatte ihre Warnung klar und deutlich ausgesprochen, und das reichte.
Aber draußen bereiteten sich alle auf das Fest vor. Bald würde man kommen und sie rufen. Schließlich stand sie auf, zog sich an und ging hinaus, um die Tempelschlangen zu versorgen. Sie hatte beinahe erwartet, daß sich Schlangen an einem Tag, der unter einem so schlechten Vorzeichen stand, in ihren Töpfen und Löchern verborgen hätten; aber sie schienen sich wie immer zu verhalten. Aus der Küche holte sie etwas zu essen und fütterte die alte Meliantha mit in verdünntem Wein eingeweichten Brot. Als es nichts mehr zu tun gab, blickte sie über die Mauer und sah, wie die zahllosen Frauen aus dem Stadttor strömten und zu dem fruchtbaren Land zwischen den Flüssen zogen. Kassandra kleidete sich nicht in ihr Festtagsgewand und wand sich auch keine Girlande ins Haar. Aber sie flocht ihre dunklen Haare zu einem lockeren Zopf, damit sie ihr nicht über die Augen fielen. Dann verließ sie den Tempel. Vor der Stadt entdeckte sie eine vertraute Gestalt mit rötlichblonden Haaren. Kassandra beeilte sich, um die Frau einzuholen.
»Oenone, was machst du hier? Sät ihr am Ida kein Getreide, Schwester?«

Durch Kassandras freundliche Worte ermutigt, lächelte Oenone sie liebevoll an, sagte aber nichts. Kassandra verstand so deutlich, als habe die andere es ausgesprochen: *Ich hoffe, Paris zu sehen*. Kassandra konnte sie in dieser Hoffnung nicht bestärken; deshalb streckte sie die Hände nach dem rundlichen Kind aus, das auf den Schultern seiner Mutter saß.

»Wie groß er geworden ist! Ist er nicht zu schwer, um ihn den ganzen Weg auf den Schultern zu tragen?«

»Die Farbe seiner Augen hat sich geändert, und er ähnelt immer mehr seinem Vater«, sagte Oenone, ohne auf Kassandras Frage einzugehen. Und wirklich, der Kleine hatte bei seiner Geburt wie so viele Kinder graublaue Augen gehabt; inzwischen leuchteten sie hellbraun, wie die Augen von Paris und Kassandra.

Das wird ihm viel nützen, dachte Kassandra so wütend, daß sie Mühe hatte, sich zu beherrschen. Sie konnte Oenone wegen dieser aussichtslosen und lächerlichen Hoffnung nicht tadeln und befahl deshalb ärgerlich: »Geh nach Hause, Oenone, kümmere dich um die Aussaat am Ida. Bei diesem Fest wird wenig Gutes herauskommen. Die Götter zürnen Troia.«

»Trotzdem, wenn es notwendig ist, werde ich mit dir gehen und wie die anderen beten, um die Erdmutter zu besänftigen«, sagte Oenone, und Kassandra wußte, ihre Worte waren wieder einmal vergeblich.

Deshalb sagte sie: »Dann laß mich den Kleinen tragen«, und streckte die Arme nach ihm aus. Das Kind war wirklich schwer, aber da sie ihre Hilfe angeboten hatte, mußte sie zu ihrem Wort stehen.

Wie schade, daß Paris nicht kommt und seinen Sohn trägt, dachte sie.

Unter den Frauen aus dem Palast entdeckte Kassandra ihre Mutter und Andromache mit Hektors Sohn Astyanax, der inzwischen groß genug war, um an der Hand seiner Mutter zu gehen.

Kreusa trug ihr Kind wie üblich in einem Tuch auf ihrem Rücken; Polyxena führte die Gruppe der Töchter des Königs an. Sie trugen alle die traditionelle, mit Bändern geschmückte Festtunika der Jungfrauen, und ihre langen lockigen Haare wehten im Wind. Sie sahen Kassandra und winkten ihr zu, und weil Kassandra nicht unhöflich sein wollte, winkte sie zurück. Wenn sie das Fest nicht verschieben oder im stillen feiern wollten, um das Unheil nicht heraufzubeschwören, das Kassandra gesehen hatte, konnten sie sich ebensogut freuen, solange es möglich war. Weiter oben stimmten Frauen das erste Saatlied an:

Bringt das Getreide, versteckt vor dem Winter!
Bringt es mit Liedern und Tänzen und Freude . . .

Die anderen Frauen fielen in den Gesang ein. Kassandra hörte Kreusas kräftige, wohlklingende Stimme; aber als sie ebenfalls versuchte zu singen, brachte sie keinen Ton hervor. Ihre Stimme versagte.

»Siehst du«, sagte Oenone, »die Männer stehen auf der Mauer und beobachten uns. Da ist dein Vater, mein Schatz!« rief sie und versuchte, die Aufmerksamkeit des Kindes auf den Mann in der glänzenden Rüstung zu lenken, auf der sich die blassen frühen Sonnenstrahlen wie Pfeile brachen.

Der Kleine wand sich in Kassandras Armen und wollte sehen, worauf seine Mutter deutete. Er war so schwer, daß Kassandra das Gleichgewicht verlor und beinahe gestürzt wäre.

»Ich nehme ihn besser wieder«, sagte Oenone, und Kassandra hatte nichts dagegen. Sie sah Hektors leuchtendroten Helmbusch, Priamos in seiner schimmernden Rüstung und Aeneas, der alle anderen Männer überragte.

Sie erreichten die Felder; der Boden war schon seit Tagen vorbereitet. Die Frauen bückten sich und zogen die Sandalen aus, denn man durfte die Brüste der Erdmutter bei diesem Ritual nur barfuß betreten. Hekabe in einem roten Gewand hob die Hände zur Anrufung. Dann hielt sie inne und winkte Andromache zu sich. Die jüngere Frau, ebenfalls in einem leuchtendroten Kleid, das sie aus Kolchis mitgebracht hatte, trat vor und nahm ihren Platz ein.

Kassandra begriff: Hekabe war alt. Sie hatte zwar siebzehn Kinder geboren, von denen mehr als die Hälfte das fünfte Lebensjahr erreicht hatte – und das war ein deutliches Zeichen für die Gunst der Erdmutter –, aber sie war über das gebärfähige Alter hinaus, und dieses Ritual mußte von einer fruchtbaren Frau und Mutter durchgeführt werden. In den letzten Jahren war das nicht so wichtig gewesen; in diesem Jahr stand das Überleben der Stadt auf dem

Spiel, und man wollte nicht das Risiko eingehen, daß eine dem Alter nach unfruchtbare Frau die Erdmutter beim wichtigsten aller Rituale beleidigte, indem sie die Anrufung durchführte.
Andromache gab ein Zeichen, und alle Jungfrauen und Frauen, die noch kein lebendes Kind zur Welt gebracht hatten, verließen das gepflügte Land. Kassandra verabschiedete sich mit einem Nicken von Oenone und ging zu der niederen Steinmauer und den dornigen Hecken und Büschen am Feldrand, der alles andere als unfruchtbar war. Kassandra hörte das Summen kleiner Insekten und Käfer und entdeckte viele Kräuter und Pflanzen, deren Nutzen sie langsam verstand. Sie sah eine Pflanze mit schmalen Blättern, die gegen Hautausschläge von Kindern und kleinen Tieren halfen. Sie bückte sich, um ein Blatt zu pflücken, und murmelte ein Gebet an die Göttin als Dank für die Fülle selbst auf dem Boden, der IHR nicht geweiht war.
Nachdem die Frauen alle auf dem Feld standen, kamen die Männer aus der Stadt. König Priamos, der Vater seines Volkes, trug nur sein kostbares rotes Lendentuch und war sonst bis auf eine Halskette aus purpurroten Steinen nackt. Er packte den Holzpflug mit beiden Händen und hob ihn hoch in die Luft; ohrenbetäubender Jubel antwortete ihm. Er spannte eigenhändig einen weißen Esel vor den Pflug. Kassandra wußte, man hatte dieses Tier aus allen Eseln in Troia ausgewählt, denn es war makellos und ohne Fehler. Der Besitzer war sehr gut für diesen Esel bezahlt worden.
Priamos drückte die Pflugschar in die Erde, und wieder erhob sich Jubel, als er eine dunkelbraune, fruchtbare Furche in die helle, von der Sonne getrocknete Erde riß. Die Frauen stimmten ein neues Lied an. Als Kassandra noch ein kleines Mädchen war, hatte man ihr erzählt, die Lieder sollten den Aufschrei der Erdmutter übertönen, die auf solche Weise geschändet wurde. Bei den Amazonen hatte Kassandra eine andere Version gehört: Die Erdmutter schenkte ihren Kindern aus freiem Willen Nahrung; mit den Liedern wollte man SIE nur preisen und IHR danken. Aber trotzdem mußte Kassandra auch diesmal einen Schauder unterdrücken, als der Pflug sich in die Erde bohrte.
Die fruchtbaren Frauen der Stadt zogen ihre Obergewänder aus und entblößten die Brüste. Mit symbolischen Gesten schenkten sie

ihre Milch dem wartenden Land, um die Felder zu nähren. Mehr als die Hälfte der Frauen war schwanger, angefangen von den jungen, die das erste Kind im Leib trugen und deren Brüste nicht größer als unreife Pfirsiche waren, bis hin zu Frauen in Hekabes Alter, die Jahr um Jahr ein Kind geboren hatten und ihre langen schlaffen Brüste dem Himmel und der Sonne darboten.

Kassandra stimmte in den Ruf ein, der zum Himmel emporstieg: »Erdmutter, wir bitten DICH, nähre DEINE Kinder ...«

Körbe mit Saatgut wurden an die fruchtbaren Frauen verteilt. Sie liefen über das Feld und verstreuten die Körner. Priamos wurde in der allgemeinen Hast an den Rand des Feldes gedrängt; er stolperte, fiel der Länge nach auf die Erde. Die Menge hielt bei diesem schlechten Vorzeichen die Luft an. Man hob ihn auf und trug ihn behutsam zu den anderen Männern, die um das Feld standen und zusahen. Die Sonne stand inzwischen hoch am Himmel, und ihre Strahlen brannten mit blendender, sengender Kraft.

»Vielleicht würde die Erde Frucht bringen, ganz gleich, was wir tun oder nicht tun«, sagte ein großer derber Mann, den Kassandra noch nie gesehen hatte. »Ich bin bei den Barbaren gewesen, wo man nichts von unseren Göttern weiß, und das Getreide wächst dort nicht besser oder schlechter als hier.«

»Sei still, Ajax, wir können auf deine dummen Gedanken verzichten.« Kassandra erkannte die tiefe Stimme von Aeneas. »Ob das Wachstum etwas mit den Göttern zu tun hat oder nicht, so ist es Brauch und Sitte hier. Und warum auch nicht?«

In der Ferne grollte Donner, und Wolken zogen über die Sonne. Kassandra fiel auf, daß die Insekten in den Hecken verstummten. Dann klatschten ein paar Regentropfen auf die trockenen Zweige, und bald klebten den Frauen die dünnen Gewänder am Körper. Sie jubelten: »Dank sei DIR, Erdmutter, denn DU schickst den Regen, um uns zu nähren!«

Die Lieder verstummten, als es immer heftiger regnete. Die Frauen waren mit der Aussaat fertig, und alle, auch die kleinen Mädchen und die alten, unfruchtbaren Frauen, liefen auf das Feld und halfen, die Körner mit Erde zu bedecken. Kassandra wollte zu Oenone, als es ihr schwarz vor Augen wurde. Benommen blieb sie stehen und glaubte, die Erde unter ihren Füßen habe gebebt.

Ein Schlachtruf ertönte. Kassandra drehte sich um und sah Schiffe, die wie aus dem Nichts am Strand erschienen waren, während sich alle Augen auf das Pflügen und Säen gerichtet hatten. Dunkel gekleidete Männer sprangen schreiend und brüllend an Land.
Nach alter Sitte waren die Troianer unbewaffnet zum Feld gekommen. Die meisten rannten nun zur Stadtmauer, wo sie die Waffen zurückgelassen hatten. Paris erschien als einer der ersten auf der Stadtmauer und schoß Pfeil um Pfeil auf die heranstürmenden fremden Soldaten. Immer mehr Pfeile und Speere schwirrten durch die Luft, und viele Achaier stürzten getroffen zu Boden, ehe sie das Feld erreichten. Andere, die sich bereits Frauen gegriffen hatten, ließen sie wieder los und versuchten, ihre Schiffe zu erreichen, ehe ihnen der Rückweg abgeschnitten wurde. Kassandra sah mit Entsetzen, daß Oenone die Gruppe der Frauen verließ – offenbar suchte sie ihr Kind. Einer der Angreifer in einer Rüstung sprang herbei, packte sie und warf sie sich über die Schulter. Oenone schrie und wehrte sich, aber der Mann rannte mit ihr davon. Plötzlich stürzte er von einem Pfeil getroffen zu Boden. Oenone konnte sich befreien und lief zu den Frauen zurück, die sich um die Königin geschart hatten. Kassandra stand immer noch im Schutz der Hecke und entdeckte Oenones Sohn in einiger Entfernung unter einem niedrigen Baum. Sie wartete einen günstigen Augenblick ab, verließ ihren Schutz, rannte zu dem Kleinen, riß ihn an sich und lief mit ihm zu der Gruppe um ihre Mutter. Atemlos erreichte sie die verwirrte Oenone und drückte ihr den Sohn in die Arme. Die Frauen waren völlig verstört, atmeten aber erleichtert auf, als sie sahen, daß die Achaier zu ihren Schiffen zurückrannten. Kassandra entdeckte die große Gestalt von Agamemnon; jetzt war er kein Ungeheuer mehr, sondern nur ein Mann auf der Flucht, wenn auch stärker und grausamer als die meisten seiner Männer. Aber selbst bei diesem Anblick gefror ihr das Blut in den Adern.
Hekabe sah sich um und zählte ihre Frauen. »Sind alle da? Fehlt jemand?«
Eine Gruppe Frauen aus dem Tempel des Sonnengottes stand ganz in der Nähe, und Phyllida, die sie zählte, rief plötzlich: »Wo ist Chryseis? Ist sie nicht bei dir, Kassandra? Ich dachte, ich hätte sie an deiner Seite gesehen . . .«

»Sie war bei mir. Vielleicht ist sie immer noch in der Hecke. Ich glaube, *sie* sind inzwischen wieder alle auf ihren Schiffen.«
»Nein«, erklärte Phyllida entschlossen, »du darfst dich nicht zeigen. Du bist die Tochter des Priamos, und jeder der Räuber würde alles riskieren, um dich in die Hand zu bekommen. Bleib du hier bei deiner Mutter«, bestimmte sie, als Hekabe zu ihnen trat und Kassandras Hand ergriff.
»Dir ist also nichts geschehen. Ich habe mir solche Sorgen gemacht. Woher wußtest du, daß sie uns angreifen würden?«
»Ich hielt es für sehr wahrscheinlich«, erwiderte Kassandra, »und ich habe mich nicht geirrt.«
»Aber sie haben keine Frauen geraubt«, meinte Hekabe, »und ihre ganze Mühe war umsonst.«
»Nein, ganz so ist es nicht«, erwiderte Kassandra. »Sie haben eine Jungfrau aus dem Apollontempel mitgenommen.«
»O wie entsetzlich!« rief Hekabe.
Kassandra hielt den Verlust insgeheim nicht für sonderlich groß; das Mädchen hatte von Anfang an nur Ärger gemacht, und sie bezweifelte, daß Chryseis noch Jungfrau war.
Aber sie freute sich, daß der Überfall so wenig Schaden angerichtet hatte. Als sie Helena sah, fragte sie, wann das Kind geboren werden sollte. Wieder einmal schien Helena unter dem Zauber der Göttin zu stehen; selbst in diesem letzten und unvorteilhaftesten Stadium der Schwangerschaft war sie strahlend schön und zog alle Blicke auf sich. Helena lächelte Kassandra so liebevoll an, daß ihr beinahe die Knie weich wurden. Die Gunst der Göttin war sehr viel wert, denn ohne sie hätten die Frauen die spartanische Königin vielleicht in Stücke gerissen. Schließlich hatte sie die Menschen in Troia durch diesen Krieg in Gefahr gebracht. *Ich habe keinen Ehemann oder Geliebten,* dachte Kassandra, *um dessen Leben ich bangen muß.* Helena umarmte sie, und Kassandra erwiderte die Begrüßung herzlich.
Seltsam. Als sie nach Troia kam, beschwor ich meinen Vater und meine Mutter, nichts mit ihr zu tun zu haben. Und jetzt liebe auch ich sie. Wenn man versuchen würde, sie zu vertreiben, würde ich als erste für sie sprechen. Ist das der Wille der Göttin, die sie verkörpert? Diene ich Aphrodite, indem ich mich mit Helena anfreunde? Nein. Jetzt trägt sie ein Kind, und sie muß die Gunst der Erdmutter erflehen.

»Wann erwartest du dein Kind?«
»Es kann nicht mehr lange dauern«, antwortete Helena.
»Und da sein Vater Paris ist, wird Menelaos vielleicht abziehen und dich hier zurücklassen«, sagte Kassandra.
Helena lächelte bitter. »Selbst wenn er das vorschlagen sollte, würde niemand auf ihn hören. Ach Kassandra, du weißt ebensogut wie ich, daß meine Schönheit und mein Ehebruch nur ein Vorwand für diesen Krieg sind. Agamemnon hat schon seit Jahren nach einem guten Grund gesucht, Troia anzugreifen. Ich könnte um alles wetten, auch wenn ich heute nacht im Schutz der Dunkelheit zu Menelaos zurückkehren sollte, würde meine Leiche morgen an der Stadtmauer hängen, und die Achaier würden unter dem Vorwand, mich zu rächen, weiterkämpfen.«
Das klang so einleuchtend, daß Kassandra darauf verzichtete, noch etwas zu sagen, und Helena fuhr fort: »Ich habe oft gedacht, es wäre das beste, wenn ich eine Jungfrau der Mondgöttin geworden wäre. Selbst heute bin ich manchmal versucht, den Männern für immer zu entsagen und mich in IHR Heiligtum zurückzuziehen. Glaubst du, SIE würde mich aufnehmen?«
»Wie soll ich das wissen?« gab Kassandra zögernd zur Antwort.
»Nun ja, du bist eine Priesterin ...«
»Ich weiß nur, daß SIE keine Frau abweist, die zu IHR kommt«, sagte Kassandra. »Aber mir scheint, es ist dein Schicksal, zum Symbol der Zwietracht unter Männern zu werden, und niemand kann seinem Schicksal entfliehen.«
»Es wäre vermutlich zu schön, um wahr zu sein, wenn ich zu der Göttin fliehen und in IHREM Schutz den Weg meines Schicksals ändern könnte«, murmelte Helena. »Aber woher weiß ich, daß ein Gott dieses Schicksal bestimmt hat? Wäre es nicht möglich, daß ich einfach zwischen zwei eigensinnige Männer geraten bin, denen die Götter gleichgültig sind?«
»Ich glaube, das gehört zu den Fragen, auf die es keine sichere Antwort gibt«, erwiderte Kassandra. »Aber in diesem Fall spüre ich, daß irgendein Gott seine Hand im Spiel hat. Ich weiß, wie Paris dazu gebracht wurde, dich zu suchen.«
»Dann glaubst du also, daß dieser Krieg zwischen Troia und mei-

nem Volk von den Unsterblichen vorherbestimmt wurde? Warum? Ich meine, warum ich und nicht eine andere Frau?
»Wenn ich das wüßte«, seufzte Kassandra, »wäre ich die begnadetste Seherin der Götter. Ich kann nur vermuten, daß die Göttin, die dir solche Schönheit geschenkt hat, ein ganz bestimmtes Ziel verfolgt.«
»Trotzdem frage ich: Warum ich und nicht eine andere Frau?«
»Stelle diese Frage«, sagte Kassandra, »und wenn du eine Antwort bekommst, laß sie mich wissen.«

10 Kassandra träumte, die Götter seien sehr zornig auf die Stadt und kämpften am Himmel über Troia. Von ihren Speeren zuckten Blitze, und das Klirren ihrer großen Schwerter klang wie Donnerschläge. Sie erwachte mit einem dumpfen Schmerz in den Augen. Es regnete in Strömen.
Überraschenderweise fehlte ihr Chryseis. Sie hatte sich sehr an die Gesellschaft des Mädchens gewöhnt, und sie dachte unfreiwillig immer wieder voll Furcht und Abscheu daran, was ihr im Lager der Achaier widerfahren sein mußte – die Männer hatten schließlich keine Frauen bei sich. Kassandra wußte zwar, daß einige Frauen aus der Stadt hinunter in das Lager schlichen, um sich zu verkaufen, aber das war sicher etwas anderes. Wenn sie allerdings Chryseis bemitleiden wollte, mußte sie sofort daran denken, daß Chryseis gar nichts anderes gewollt hatte; sie hatte schon die ganze Zeit die Fremden von der Mauer herunter mit den Augen geradezu verschlungen.
Kassandra schob den Gedanken an das Mädchen beiseite, zog ihr Gewand über und ging hinaus, um die alte Priesterin und die Schlangen zu versorgen.
Als sie den Raum erreichte, der der alten Frau und den Schlangen vorbehalten war, herrschte dort großes Durcheinander. Zwei oder drei Statuen waren umgestürzt und lagen zerbrochen am Boden. Sie entdeckte nirgends auch nur eine einzige Schlange. Sie rief – sie hatte zwar gehört, daß Schlangen taub seien und nichts hörten, aber sie bezweifelte es, und wenn sie rief, würde es nichts schaden

– und aus dem angrenzenden Raum hörte sie die Stimme der alten Meliantha: »Bist du es, Kassandra, Tochter des Priamos?«
Kassandra lief schnell in das dunkle Gemach, wo die alte Frau in ihrem Bett lag.
»Was fehlt dir, Meliantha? Bist du krank?«
»Nein«, erwiderte die alte Priesterin, »ich sterbe.« Im dämmrigen Licht sah Kassandra, daß ihr Gesicht noch eingefallener war und daß die halb geschlossenen Augen trübe und weißlich waren. »Du brauchst die Schlangen nicht zu rufen. Sie sind verschwunden – alle. Sie haben uns verlassen und sich in die Tiefe der Erde zurückgezogen. Die wenigen, die noch da sind, liegen tot in ihren Töpfen – sieh nach und überzeuge dich selbst.« Kassandra lief hinaus zu den Töpfen und fand darin die kalten und bewegungslosen Schlangen. Sie ging zu der alten Priesterin zurück und fragte, was geschehen war.
»Hast du heute nacht nicht den Zorn des Erderschütterers gespürt? Nicht nur Töpfe sind zerbrochen, sondern auch alle meine Statuen.«
»Nein, ich habe nichts gemerkt. Aber ich habe vom Zorn der Götter geträumt«, sagte Kassandra. »Zürnt uns die Schlangenmutter?«
»Nein«, erwiderte die alte Priesterin erregt. »SIE würde ihre Schlangen nicht bestrafen, um IHREN Zorn auf uns zu zeigen. Eher würde SIE uns töten, damit IHREN Schlangen kein Leid geschieht. Welcher Gott es auch getan haben mag, die Schlangenmutter war es ganz sicher nicht.«
Die alte Frau war außer sich, und Kassandra versuchte, sie zu trösten. »Möchtest du Brot und Wein, Herrin?«
»Nein, in einer solchen Stunde kann ich nicht an Essen denken«, erwiderte Meliantha. »Kleide mich in mein Festgewand und schminke mir das Gesicht. Dann trägst du mich hinaus in den Hof in die Sonne, damit ich noch einmal das Antlitz des Sonnengottes sehe, dem ich mein ganzes Leben gedient habe.«
Kassandra tat wie ihr befohlen und half der alten Frau in das Festgewand der Priesterinnen aus gefälteltem, mit Safran leuchtendgelb gefärbtem Leinen. Sie fand einen Schminktopf, und da Meliantha es wünschte, schminkte sie Wangen und Lippen leuchtendrot, auch wenn sie fand, daß es grotesk wirkte. Schließlich

nahm sie die alte Priesterin auf die Arme, trug sie hinaus in den strahlenden Sonnenschein und bettete sie im Hof auf ein paar Kissen. Die alte Frau lehnte sich ermattet zurück, und Kassandra sah das Blut in der blauen Ader an der Schläfe heftig pochen. Meliantha atmete schwer und röchelte matt.

»Soll ich nicht lieber eine Heilpriesterin rufen, Herrin?«

»Nein, dazu ist es zu spät«, flüsterte Meliantha. »Ich bin froh, daß ich nicht die Tage erleben muß, die Troia bevorstehen. Aber du warst gut zu meinem kleinen Volk, und mit meinem letzten Atemzug werde ich darum beten, daß du dem Schicksal entgehst, das dieser unglückseligen Stadt bestimmt ist.« Sie schloß die Augen, und Kassandra beugte sich zu ihr hinunter, um zu hören, ob sie noch atmete. Meliantha streckte ihre zitternde Hand aus.

»Komm näher, mein Kind, ich kann dein Gesicht nicht sehen«, flüsterte sie. »Und doch leuchtet es wie ein Stern. Der Sonnengott hat dich nicht verstoßen.« Sie küßte Kassandra mit ihren faltigen Lippen, dann öffnete sie die trüben alten Augen und rief: »Apollon, Sonnengott! Zeige mir DEIN strahlendes Gesicht!«

Sie zitterte heftig am ganzen Leib und sank leblos auf die Kissen zurück.

Jetzt konnte es ihr nicht mehr schaden, wenn Kassandra sie allein ließ, und so lief sie zu Charis, um ihr zu berichten, was geschehen war.

»Sie war die Älteste von uns allen«, sagte Charis. »Ich bin mit neun Jahren in den Tempel gekommen, und schon damals war sie alt. Ich habe den Erderschütterer heute nacht gespürt, und ich hätte zu ihr gehen sollen. Aber so ist es gut. Ich hätte ihr nicht helfen können. Wir müssen sie begraben, wie es sich für eine Priesterin des Apollon geziemt.« Sie schickte die Frauen hinaus, um Blumen für Girlanden zu holen und Honigkuchen und Wein zu bringen.

»Wir trauern nicht, wenn eine der unseren in die Ewigkeit geht«, ermahnte sie die schluchzenden Frauen. »Wir freuen uns, denn der Gott hat sie nach einem langen Leben in SEINEM Dienst zu sich genommen. Seht ihr –«, sie deutete auf die toten Schlangen in ihren Töpfen, »ihre kleinen Freunde sind ihr vorausgeeilt, um sie dort zu begrüßen. Dort wird Meliantha sie wiedersehen und mit ihnen spielen, wie sie es immer so gern getan hat.«

Zwei Tage später hörte Kassandra, wie in der Stadt Alarm gegeben wurde: Die Achaier griffen wieder einmal an. Sie sah, wie die Männer, unter ihnen ihr Bruder Paris, den Eindringlingen entgegenliefen. Überrascht stellte sie fest, wie alltäglich das alles zu werden schien – nicht nur für sie, sondern auch für die Troianer. Außer den Kriegern schien niemand mehr den Überfällen große Aufmerksamkeit zu schenken. Auch am Alltag des Tempels änderte sich dadurch nichts, und von ihrem Aussichtspunkt sah sie, wie die Frauen mit den Wasserkrügen ohne Hast zu den Brunnen gingen.
Die Troianer, dachte sie, *beachten die Achaier allmählich nicht mehr als einen plötzlichen Hagelschauer. Sehen sie denn nicht, daß das alles zu unserem Untergang führt? Aber vermutlich kann niemand jahrelang in Angst und Schrecken leben. Zweifellos wäre ich ohne meine Visionen, die mich immer wieder beunruhigen, genauso gelassen.*
Wenig später kam ein Bote aus der Stadt zu ihr. Er sagte, die Wehen der Herrin Helena hätten eingesetzt, und sie bitte darum, daß die Herrin Kassandra zu ihr komme. Nach Melianthas Tod hatte Kassandra im Tempel nur noch wenige oder überhaupt keine Pflichten mehr. Deshalb machte sie sich nicht die Mühe, um Erlaubnis zu fragen, sondern ging sofort zum Palast hinunter. Außer Andromache fand sie ihre Mutter und alle ihre Schwestern in Helenas Gemach versammelt.
Kassandra erkundigte sich nach Andromache und erfuhr, daß sie die kleinen Kinder zu sich genommen hatte, um ihnen Geschichten zu erzählen und sie mit Süßigkeiten zu verwöhnen.
»Bei einer Geburt können wir am allerwenigsten kleine Kinder brauchen, die uns zwischen den Füßen herumlaufen.«
Kassandra dachte, das sei vermutlich richtig, aber sie überlegte doch, ob es sich bei Andromache um Gutmütigkeit handelte oder ob sie die Erinnerung an ihre eigenen Schmerzen scheute. Wie auch immer, die Kinder mußten beschäftigt werden, und Andromaches Gründe waren nicht weiter wichtig.
Im Raum befanden sich ohnehin genug Frauen; die meisten waren eher Hindernisse, die man umgehen mußte, als eine Hilfe für eine Frau, deren Wehen vor kurzem eingesetzt hatten. Aber die Sitte verlangte, daß bei einer königlichen Geburt Zeugen anwesend waren. Kassandra überlegte, ob diese Sitte auch bei den Achaiern

herrschte, und nahm sich vor, Helena bei Gelegenheit danach zu fragen. Im Augenblick drängten sich jedoch viele Hebammen und Kammerfrauen um Helena, die darauf bestanden, ihr die Haare zu locken, ihr ein Gewand oder ein Schmuckstück zu zeigen, das sie vielleicht tragen wollte; Priesterinnen brachten Amulette oder intonierten Heilsprüche, und Köchinnen boten ihr zu essen und zu trinken an. Kassandra wäre es nicht ohne weiteres gelungen, in die Nähe des Bettes zu kommen, und sie beschloß zu warten, bis Helena sich nach ihr erkundigte.

Kreusa hatte eine kleine Harfe mitgebracht. Sie saß in der Ecke und spielte leise eine getragene und beruhigende Melodie. Helena bemerkte nach einiger Zeit Kassandra und winkte sie zu sich.

»Komm und setz dich zu mir, Schwester. Es ist wie ein Fest – und ich nehme an, für die meisten ist es das auch.«

»Wie eine Hochzeit«, sagte Kassandra. »Für jeden ein großes Vergnügen, nur nicht für die, um die es eigentlich geht. Es fehlen nur noch ein paar Akrobatinnen und Tänzerinnen und jemand, der ein Kaninchen mit zwei Köpfen vorführt, und ein Feuer- oder Schwertschlucker ...«

»Ich bin sicher, Hekabe würde mir auch das bieten, wenn ich es wollte«, erwiderte Helena und zog übertrieben komisch die Augenbrauen hoch. Kassandra stellte fest, daß Helena selbst in dieser schwierigen Lage bezaubernd aussah.

»Zumindest Akrobatinnen und Tänzerinnen«, sagte Kassandra. »Priamos hat mehrere hier im Palast. Bei Kaninchen mit zwei Köpfen bin ich mir nicht so sicher.«

»Schäm dich, Kassandra, unsere königliche Mutter würde so etwas nicht tun ..., es wäre unter ihrer Würde, die Tänzerinnen und Flötenspielerinnen von Priamos zur Kenntnis zu nehmen«, rief Kreusa zwischen zwei Akkorden. Kassandra lachte.

»Täusch dich nicht. Es gehört zu Hekabes Pflichten, darauf zu achten, daß jeder unter diesem Dach zu essen hat. Vermutlich weiß sie sehr genau, wie viele Oliven sie essen, welche von ihnen eine Vorliebe für Honig und Kuchen hat, und welche darauf achtet, nicht schwanger zu werden.«

»Natürlich, wenn eine Akrobatin ein Kind bekommt, kann sie ein Jahr lang nicht arbeiten«, sagte Helena. »In Mykenai kamen immer zwei Mädchen, zwei Schwestern, um für mich zu tanzen.« Soweit Kassandra sich erinnerte, sprach Helena zum ersten Mal von ihrer Heimat. »Keine arbeitende Frau möchte mit einer Schwangerschaft und einer Geburt belastet sein. Das ist etwas für Damen mit Muße, wie wir es sind.«

»Vielleicht arbeiten wir am schwersten«, seufzte Kassandra. »Meine Mutter hat siebzehn Kinder geboren und gestillt.«

Helena erschauerte. »Ich bin bereits dreiundzwanzig und habe nur Hermione und Nikos. Ich habe Glück«, sagte sie – dann verzog sie das Gesicht und schwieg einen Augenblick überrascht.

»Das war eine heftige«, flüsterte sie, »ich glaube, es wird nicht mehr lange dauern.« Sie sah sich im Gemach um.

Kassandra fragte: »Möchtest du etwas?«

Helena schüttelte den Kopf; aber sie wirkte traurig. *Sie ist allein,* dachte Kassandra, *unter so vielen Frauen hat sie keine Freundin aus ihrer Heimat.*

»Wo ist die Herrin Aithra?« fragte sie.

»Sie ist nach Kreta zurückgekehrt. Ich wollte nicht der Grund dafür sein, daß sie auch im Exil leben muß«, erklärte Helena und griff nach Kassandras Hand. Kassandra erwiderte den Druck.

Helena bat beinahe flüsternd: »Bleibst du bei mir, Schwester? Ich kenne diese Frauen nicht – und ich traue keiner.«

Kreusa schob mit der freien Hand einen Hocker neben das Bett. Kassandra setzte sich und ordnete das beschwerliche Gewand. Ihr fiel auf, daß Helena inzwischen blaß und erschöpft wirkte. Die Göttin überschattete sie jetzt nicht, und sie war nur eine kleine Frau, deren hellblonde Haare ihre Schönheit ausmachten. Die weichen, schimmernden Locken standen im krassen Gegensatz zu dem schweißbedeckten Gesicht. Ihre Augen wirkten müde und waren leicht gerötet. Kassandra blieb am Bett sitzen und hielt Helenas Hand. Kreusa spielte leise, und die Musik schien zu helfen – wahrscheinlich würde Helena eine leichte Geburt haben. Kassandra hätte gerne darüber gesprochen, wollte aber keine Fragen stellen: Eine Geburt schien immer noch nichts mit ihr zu tun zu haben.

Als die Strahlen der schrägen Nachmittagssonne in das Zimmer fielen, schickte Hekabe alle mit Ausnahme der beiden alten Hebammen, einer Dienerin und einer Priesterin mit vielen Amulet-

ten, die sie um das Bett herum verteilte, hinaus und wollte auch Kassandra wegschicken.
»Du bist eine Jungfrau, Kassandra, du hast hier nichts zu suchen.«
Helena ließ Kassandras Hand nicht los.
»Sie ist meine Freundin, Mutter. Und sie ist eine Priesterin. Und einer Priesterin ist kein Frauengemach versperrt.«
»Hast du heilige Schlangen mitgebracht?« fragte Hekabe.
»Nein, die Tempelschlangen sind beim Erdbeben alle gestorben«, erwiderte Kassandra.
Die Priesterin steckte Helena gerade mit einem gemurmelten Spruch ein Amulett unter die Brust. Sie hob den Kopf und sagte beschwörend: »Sprich hier nicht von schlechten Vorzeichen.«
»Ich kann nicht einsehen, daß der Tod von Schlangen im Tempel des Apollon ein gutes oder schlechtes Vorzeichen für mein Kind sein soll«, sagte Helena. »Apollon ist nicht mein Gott, und ich habe mit IHM weder im Guten noch im Schlechten etwas zu tun.«
Die Priesterin sah Kassandra an und machte ein Zeichen, um Unglück abzuwehren. Kassandra stimmte Helena zu. Sie war mit der Gewohnheit vertraut, in beinahe jedem beliebigen Ereignis ein gutes oder ein schlechtes Vorzeichen zu sehen. Sie hielt das aber für Unsinn.
Die Priesterin erhitzte einen Topf Wasser über der Kohlepfanne, und im Raum verbreitete sich der Geruch von Heilkräutern, die sie in das sprudelnde Wasser warf. Kurz vor Sonnenuntergang gebar Helena einen kleinen, faltigen Sohn, den sie Bynomos nannte.
Hekabe betrachtete das kleine zappelnde Wesen mit leichtem Stirnrunzeln.
»Wie lange bist du schon bei uns, Helena? Er ist klein . . . Ich habe noch nie ein ausgetragenes Kind gesehen, das so klein gewesen wäre. Er wiegt nicht mehr als ein ausgenommenes Huhn.«
»Ich war auch nicht größer«, erwiderte Kassandra, »du hast es mir oft genug erzählt. Wahrscheinlich ist er bei all den Aufregungen, den Unruhen – dem Überfall bei der Aussaat, dem Erdbeben – ein paar Tage oder Wochen früher auf die Welt gekommen. Aber ist das so wichtig? Er ist doch kräftig und gesund.«
Helena verzog das Gesicht und flüsterte: »Sie möchte einfach sicher sein, daß er der Sohn von Paris ist. Ich mag ja leichtfertig sein,

aber so leichtfertig bin ich auch nicht. Ich wußte, daß ich Paris' Sohn im Leib trug, noch ehe wir aus Agamemnons Palast geflohen sind. Aber ich weiß nicht, wie ich ihr sagen soll, was sie wirklich wissen will, ohne sie noch mehr zu entsetzen.«

Kassandra kicherte. Auf diese Frage wußte sie allerdings auch keine Antwort.

Kreusa trat an das Bett und nahm das Neugeborene auf den Arm. »Ich glaube, er wird einmal seinem Vater ähnlich sehen«, sagte sie sehr taktvoll. »Neugeborene, die einmal dunkle Haare bekommen, haben dunklere Augen als Kinder, die einmal blond werden.«

Diese Bemerkung überraschte Kassandra; das hatte sie von ihrer Halbschwester nicht erwartet. Schon als Kind hatte Kreusa die Begabung besessen, eine schwierige Situation noch schwieriger zu machen; außerdem neigte sie zu hysterischen Anfällen, wenn man ihr nicht genügend Aufmerksamkeit schenkte. Vielleicht war sie durch die Ehe mit Aeneas erwachsener geworden, als man für möglich gehalten hatte.

Schritte näherten sich der Tür. Kassandra wußte, daß es ihr Bruder war, stand auf und öffnete Paris. Sie begrüßte ihn mit den Worten: »Bruder, du hast noch einen Sohn.«

»Ich habe einen Sohn«, verbesserte Paris sie, »und wenn du etwas Schlechtes über sein Schicksal vorraussagst, Kassandra, werde ich dich so verunstalten, daß alle vor dir davonlaufen wie vor der Medusa.«

»Untersteh dich, ihr zu drohen«, rief Helena, »deine Schwester ist meine Freundin.«

Kassandra nahm das neugeborene Kind auf den Arm und küßte es. Sie sagte: »Die Götter haben mir über die Zukunft dieses Kindes nichts geoffenbart. Der Kleine ist kräftig und gesund. Ich kann nichts über sein Schicksal sagen.«

Sie legte Paris das Kind in die Arme. Er beugte sich zu Helena hinunter. Kassandra verschleierte sich.

»Verläßt du uns, Schwester?« fragte Helena. »Ich hatte gehofft, du würdest bleiben und mit uns essen, denn Paris wird bald wieder gehen.«

»Nein, ich muß hinunter zum Markt«, erwiderte Kassandra, »wie ich schon gesagt habe, wir haben bei dem Erdbeben alle unsere

Schlangen verloren. Die meisten sind tot. Die anderen haben uns verlassen und sich tief in die Erde zurückgezogen. Sie werden nicht mehr zurückkommen, und Apollons Tempel kann nicht ohne Schlangen sein. Ich muß sie ersetzen.«

»Welch ein merkwürdiges Omen«, bemerkte Kreusa, »was kann das bedeuten? Was meinst du?«

Kassandra zögerte. Sie wollte die anderen nicht erschrecken oder Paris oder ihre Mutter zornig machen, indem sie wiederholte, was die beiden nicht hören wollten. Aber schließlich sagte sie: »Ich glaube, die Götter zürnen der Stadt. Es ist nicht das erste schlimme Vorzeichen.«

Paris lachte. »Es hat nichts mit einem schlechten Vorzeichen zu tun, daß Schlangen sich bei einem Erdbeben tief in die Erde verkriechen. Schlangen tun das eben. Am Ida habe ich das oft genug beobachtet. Aber es tut mir leid, daß du deine Schützlinge verloren hast.« Er drückte ihr leicht den Arm. »Geh nur auf den Markt, Schwester, und triff deine Wahl sorgfältig. Vielleicht werden die neuen Schlangen auch bei einem Erdbeben treu bleiben.«

»Das gebe Apollon«, sagte Kassandra inbrünstig und verließ rasch das Gemach.

Sie beschloß, noch kurz Andromache zu besuchen.

»Kassandra!« rief Andromache erfreut. »Ich wußte nicht, daß du hier bist. Hat man dich wegen der Geburt rufen lassen?«

»Ja«, erwiderte Kassandra und umarmte ihre Freundin. »Helena hat einen Sohn, und beide sind wohlauf.«

»Ich habe gehört, daß es ein Junge ist«, sagte Andromache, »die Amme hat es mir erzählt, als sie kam, um die Kinder zu holen. Aber –«, sie lächelte spöttisch, »Helena hat einen Sohn – nicht Paris? Schäm dich, Kassandra, so etwas auch nur zu denken!«

»Du solltest dich schämen, Andromache, aus meinen Worten so etwas herauszuhören«, tadelte Kassandra, »wer war *dein* Vater? Du weißt sehr gut, daß ich lange genug bei den Amazonen gelebt habe, um der Ansicht zu sein, daß ein Kind der Mutter gehört – besonders, wenn ich gerade bei seiner Geburt anwesend war. Also wenn Paris in den Wehen dort gelegen hätte ...«

Die beiden Frauen fielen sich lachend in die Arme. »Das würde ich gerne einmal sehen«, sagte Andromache, »und verdient hätte er es!«

Kassandra richtete sich plötzlich auf und zitterte. Sie sah Paris, der sich vor Schmerzen krümmte. Er lag in der Hütte, wo er mit Oenone gelebt hatte. Oenone beugte sich über ihn und wischte ihm mit einem Tuch den Schweiß von der Stirn. Auf dem Boden lag ein goldener Brustharnisch.

»Kassandra!« Hände packten sie an den Schultern. Man führte sie zu einem Hocker und drückte ihr den Kopf zwischen die Knie. »Wie dumm von mir! Ich laß dich hier stehen, obwohl du bestimmt seit heute morgen nichts mehr gegessen hast! Bleib sitzen, bis die Schwäche vorbei ist. Ich schicke jemanden, damit du etwas zu essen bekommst.« Andromache ging zur Tür und rief nach einer Dienerin. Dann goß sie Kassandra einen Becher von dem Wein ein, der auf einem Tisch am anderen Ende des Gemachs stand.

»Trink!« befahl sie. »Und hier sind ein paar getrocknete Früchte.« Sie hielt Kassandra einen Teller hin. Kassandra nahm ein paar Rosinen, schob eine in den Mund und zwang sich zu kauen. »Wenigstens einmal haben die Kinder nicht alles aufgegessen, was sie gesehen haben.«

»Sehen ...«, Kassandra seufzte, »ich wünschte, ich müßte nichts mehr sehen.«

»Ich lasse Brot und Fleisch aus der Küche bringen. Das wird dir helfen. Meine Mutter hat nach langen Ritualen und Weissagungen immer soviel gebratenes Fleisch und Brot gegessen, wie sie konnte. Priesterinnen würden mit Sicherheit vor Ritualen nicht fasten, wenn es die Hellsichtigkeit nicht fördern würde.«

»Bestimmt nicht«, stimmte Kassandra ihr zu, »und eine Geburt ist auch ein Ritual.«

»Wie wahr«, sagte Andromache nachdenklich, »war es schwer für Helena?«

Kassandra schüttelte den Kopf.

»Bei ihr ist das eben so.« Andromache verzog das Gesicht. »Nun ja, ich nehme an, wenn Aphrodite will, daß Helena sich Liebhaber nimmt, dann wird sie doch zumindest auch dafür sorgen, daß sie Kinder ohne große Schmerzen bekommt. Und da wir gerade von Kindern reden .... Habe ich bei der Frühjahrsaussaat Oenone und ihren Sohn gesehen?«

»Das hast du und ich auch«, bestätigte Kassandra, »sie ist gekommen, um Paris zu sehen. Ich fürchte, sie liebt ihn immer noch.«
»Da hat sie aber auch etwas davon!« rief Andromache.
Eine Dienerin brachte das Abendessen. Als sie sich zurückgezogen hatte, sagte Kassandra: »Oenone war meine Freundin. Ich fühle mich schuldig, weil ich nichts dagegen tun kann, daß ich Helena mag. Und jetzt vergißt Paris sogar, daß er einen Sohn von Oenone hat.«
»Ich glaube, jeder mag Helena«, sagte Andromache, »selbst Priamos ist immer zuvorkommend zu ihr, obwohl er die Verführungskünste der Frauen sehr gut durchschaut und sich nicht leicht betören läßt. Und Paris – nun ja, was kannst du anderes erwarten? Wenn du die Göttin der Liebe im Bett hättest, würdest du dich dann der Priesterin irgendeines Flußgottes zuwenden? Und was würde die Göttin in einem solchen Fall mit dir tun?«
Kassandra erschauerte. »Ich mag diese achaische Göttin nicht«, gab sie zu, »ich hoffe, SIE will nie etwas von mir.«
Andromache sagte sehr ernst: »Das würde ich dir nicht wünschen. Ich fände es schade, mir vorzustellen, daß du nie erleben solltest, was Liebe ist.«
»Wieso glaubst du, ich wüßte das nicht?« fragte Kassandra neugierig. »Ich liebe meine Brüder und meine Mutter, meine Schlangen, meinen Gott . . .«
Andromache lächelte leicht wehmütig.
»Ich habe Glück«, sagte sie, »ich liebe den Mann, dem man mich gegeben hat. Ich kann mir nicht vorstellen, einen anderen zu lieben. Aus den wenigen Gesprächen mit Helena weiß ich, daß es bei ihr genauso war, bis die Göttin die Hand auf sie legte. Von diesem Augenblick an konnte sie nur noch an Paris denken.«
»Dann ist eine solche Liebe doch ein Fluch und kein Geschenk«, sagte Kassandra, »und ich bete darum, daß ich davon verschont bleibe.«
Andromache umarmte sie zärtlich und sagte: »Sieh dich vor, worum du betest, Kassandra. Ich wollte Kolchis verlassen und einen ruhmreichen Helden zum Mann haben. Dieses Gebet hat mich hierhergebracht. Ich bin fern von meiner Mutter und meinen Göttern und lebe in diesen schweren Zeiten in einer Stadt am Rand der Welt.« Sie nahm etwas Salz, das neben dem Fleisch auf der Platte

lag, warf es in die Luft und flüsterte ein Wort, das Kassandra nicht verstand. Kassandra schnitt sich eine dünne Scheibe von dem gebratenen Fleisch ab, legte es auf ein Stück Brot und zog fragend die Augenbrauen hoch.
»Ich habe darum gebetet«, sagte Andromache, »daß deine Gebete nur in der Weise erhört werden, wie du es möchtest.«
Kassandra umarmte ihre Freundin und sagte: »Ich weiß nicht, ob die Götter solche Bitten erfüllen – aber ich bin dir dankbar.«
Nach dem Abendessen half sie Andromache, Astyanax zu Bett zu bringen, und verließ dann den Palast. Sie schlenderte zwischen den schwach erleuchteten Ständen über den abendlichen Markt, und dabei fiel ihr ein, daß sie Andromache hatte fragen wollen, was es bedeuten könne, wenn die Schlangen einen Tempel verließen. Dann erinnerte sie sich daran, daß Andromache nichts mit Schlangen zu tun haben wollte.
Sie beschloß, alle Priesterinnen, die sie finden konnte, zu fragen, ob sie eine Schlangenmeisterin oder einen Schlangenmeister, eine Priesterin oder einen Priester der Schlangenmutter oder der Python kannten, ehe sie auch nur eine einzige Schlange für den Tempel des Sonnengottes kaufte. Irgendwo in dieser großen Stadt mußte jemand leben, der dieses Wissen besaß.

11

Nach dem Überfall bei der Frühjahrsaussaat war Khryse in tiefe Niedergeschlagenheit gefallen. Er vernachlässigte seine Pflichten im Tempel und stand oft und lange auf der hohen Ringmauer. Von dort überblickte man am besten das Lager der Achaier.
»Bitte geh und sag ihm, er soll herunterkommen«, bat Charis Kassandra, »er mag dich. Vielleicht kannst du ihn davon überzeugen, daß das Leben nicht zu Ende ist.«
»Er mag mich nicht«, widersprach Kassandra. Aber sie empfand Mitleid mit dem leidenden Mann, und einige Zeit später stieg sie zu Khryse hinauf.
»Das Abendessen ist fertig«, sagte Kassandra, »die anderen warten auf dich.«
»Danke, Kassandra, aber ich habe keinen Hunger«, erwiderte er.

Seit dem Überfall hatte er sich nicht mehr gewaschen und rasiert. Er wirkte ungepflegt und schmutzig und roch nach fremdartigen Kräutern. »Wie kann ich ruhig essen und schlafen, wenn mir mein Kind genommen worden ist? Ich kann den Gedanken nicht ertragen, daß mein armes kleines Mädchen dort unten bei diesen barbarischen Soldaten ist.«
»Du besserst ihr Los nicht dadurch, daß du fastest und dich vernachlässigst«, erklärte Kassandra sachlich, »oder glaubst du, die Achaier lassen sich erweichen, wenn sie dich in diesem Zustand sehen?«
»Nein, aber vielleicht läßt sich ein Gott erweichen«, sagte er. Die Aufrichtigkeit in seiner Stimme überraschte Kassandra.
»Glaubst du das wirklich?«
»Vielleicht nicht«, sagte er und seufzte so schwer, daß sich der Laut den Tiefen seiner Seele zu entringen schien. »Aber mir steht der Sinn nicht nach Essen oder Schlafen, solange sie dort unten ist...«
»Ganz bestimmt hat man sie nicht den Soldaten überlassen«, meinte Kassandra, »sie wird eine geschätzte Beute für einen der Führer sein – vielleicht sogar für Agamemnon.«
»Glaubst du, das ist mir ein Trost?« Er klang verzweifelt. Kassandra wollte versuchen, ihn zu trösten, aber vor ihren Augen stieg eine dunkle Woge auf, und einen Augenblick wußte sie nicht, wo sie war, oder was sie gesagt hatte.
»Warum habe ich ihre Jungfräulichkeit in all den Jahren so sorgsam behütet und sie dann hierhergebracht? Ebensogut hätte ich sie an ein Bordell verkaufen können!«
Kassandra wurde ärgerlich.
»Du hast sie Apollon, dem Sonnengott, verkauft und dir damit ein bequemes Leben verschafft. Und deine Tochter... Wenn die Jungfräulichkeit nicht in der Seele wohnt, ist es nutzlos, den Körper zu behüten. Wenn du Apollons Schutz oder Rache suchst, kann ich dir keinen Rat geben. Ich kann nur sagen, es ist unwahrscheinlich, daß ER eingreift, nachdem du durch dein Verhalten für den Tempel wertlos geworden bist. Wenn du SEINE Hilfe willst – oder SEINE Gnade –, mußt du vor allen Dingen IHM dienen, wie es sich gehört. Ein Gott läßt nicht mit sich handeln.«
Sie blickte über die Mauer in den dichten Nebel, der die Schiffe der Achaier verbarg. Sie haßte es inzwischen, auf das Meer hinauszu-

blicken, weil die dunklen Schiffe den Strand säumten. Khryse drehte sich so wütend nach ihr um, daß sie glaubte, er würde sie schlagen. Doch er nahm sich zusammen, und sie sah, daß er wieder in seine Teilnahmslosigkeit zurücksank.

»Du hast recht«, sagte er langsam, »ich werde am Abendessen teilnehmen – aber zuerst will ich mich waschen und umkleiden, damit ich wieder aussehe, wie es sich für einen Priester des Sonnengottes gehört.«

Sie nickte freundlich und sprach: »Das ist klug, mein Bruder«, und sah etwas in seinen Augen aufleuchten, das sie lieber nicht gesehen hätte. Sie verwünschte ihre plötzliche mitleidige Regung und ging schnell davon.

Am nächsten Morgen klopfte es in aller Frühe an ihre Tür, und als sie öffnete, stand einer der jungen Priester draußen, die Botendienste im Tempel verrichteten.

»Bist du die Tochter des Priamos?« fragte er höflich. »Man erwartet dich an der Pforte. Dort ist ein Mann, der sagt, er sei dein Onkel und müsse dich sofort sprechen.«

Kassandra warf sich den Mantel über und überlegte, wer das sein könne. Sie kannte keinen der Brüder ihres Vaters, und Hekabe hatte keine. Zu spät kam ihr der Gedanke, es könne eine List sein, und als sie den Raum betrat und drei Männer in argivischen Umhängen sah, wich sie zurück und wollte um Hilfe rufen.

»Ich bin es, Kassandra«, sagte eine bekannte Stimme. Der Mann schob die Kapuze zurück, die sein Gesicht verbarg.

»Odysseus!« rief sie.

»Nicht so laut, Mädchen. Das kostet uns das Leben!« bat er. »Ich muß deinen Vater sprechen. Und in der jetzigen Lage konnte ich nicht bei den Achaiern landen und durch ihr Lager zum Stadttor gehen und um eine Unterredung bitten. Sie hätten mich umgebracht. Mein Schiff liegt in einer kleinen Bucht versteckt, die ich entdeckt habe, als ich bei den Seeräubern war. Ich bin gestern abend im Schutz des Nebels dort vor Anker gegangen. Ich muß mit Priamos sprechen und herausfinden, ob es noch einen ehrenhaften Weg gibt, diesen Krieg abzuwenden. Ich dachte, vielleicht lasse sich hier im Tempel eine Möglichkeit dazu schaffen.«

»Aber du kannst auch nicht einfach durch das Portal hinaus und hinunter in die Stadt gehen«, sagte Kassandra, »ich bin sicher, die Achaier haben ihre Augen und Ohren auf dem Markt und selbst hier im Haus des Sonnengottes – Pilger . . . als Gläubige verkleidete Kundschafter. Man würde dich sofort erkennen. Laß mich nachdenken, ob mir nicht eine Möglichkeit einfällt. Ich bin sicher, bei dir würde mein Vater seinen Schwur brechen, keine Unterhandlungen mit einem Argiven zu führen. Aber wer sind deine Begleiter?«

»Nimm die Kapuze ab, Achilleus«, befahl Odysseus, und der junge Mann neben ihm warf den Umhang ab. Er war nicht besonders groß, aber er hatte die mit Muskeln bepackten Schultern eines Ringkämpfers. Er trug das Haar bis auf die Schultern, und daran erkannte sie, daß er noch nicht zu den Männern zählte. Er hatte aschblonde, beinah silberne Haare und ein scharf geschnittenes, leidenschaftliches Gesicht. Aber Kassandras Blick kehrte zu den Augen zurück, den eiskalten Augen eines Raubvogels.

Er sagte zu Odysseus: »Du hast versprochen, mich mit meinen Soldaten zu diesem Krieg zu bringen. Das hast du versprochen, und jetzt redest du davon, ihn zu vermeiden – als sei etwas Ehrenhaftes daran, einen Krieg zu vermeiden. So reden Frauen, keine Männer! Und Frauengerede habe ich schon zuviel gehört!«

»Sei ruhig, Achilleus«, mischte der andere junge Mann sich ein. Er war größer, schlanker und hatte die langen, glatten Muskeln eines Läufers oder eines Athleten. Er war einige Jahre älter als Achilleus – etwa zwanzig. »Zum Krieg gehören nicht nur Ehre oder Ruhm. Und was immer Odysseus tun kann, geschieht unter der Führung der Götter. Wenn du Krieg willst . . . es hat noch zu keiner Zeit daran gemangelt. Wir müssen dem Untergang nicht entgegeneilen – aber so bist du nun einmal: Du stürmst in den Krieg, nur weil es dir Spaß macht!« Er lächelte Kassandra zu und sagte: »So hat dieser gerissene alte Seeräuber«, er warf einen liebevollen Blick auf Odysseus, »ihn überhaupt dazu gebracht, hierher zu kommen.«

»Du wagst zu sagen *gerissen*, Patroklos!« rief Odysseus mit gespielter Empörung, »Hera, die Mutter der Weisheit, hat mich bei jedem meiner Schritte geführt. Laß es mich dir erzählen, Kassandra.«

»Mit Vergnügen«, sagte sie, »aber ihr müßt hungrig und müde

sein. Ich will Frühstück bringen lassen, und du kannst es mir beim Essen erzählen.«

Sie rief die Diener, ließ Brot, Olivenöl und Wein bringen, und Odysseus erzählte seine Geschichte.

»Als Menelaos uns alle zusammenrief und verlangte, daß wir unseren Schwur halten und um Helena kämpfen, habe ich ebenso wie andere diesen Krieg vorausgesehen. Thetis, die Priesterin des Donnergottes Zeus, . . .«

»Meine Mutter«, unterbrach ihn Achilleus leise.

»Thetis versuchte, durch das Orakel vorauszusehen, welches Schicksal ihrem Sohn bestimmt war, und das Orakel lautete . . .«

»Ich habe genug von Orakeln und Ammenmärchen«, brummte Achilleus. »Das ist alles Unsinn. Ich liebe meine Mutter. Aber sie ist so dumm wie alle anderen Frauen, wenn es um Krieg geht.«

»Achilleus, wenn du aufhörst, mich ständig zu unterbrechen, kann ich die Geschichte vielleicht zu Ende erzählen«, erklärte Odysseus und tauchte ruhig sein Brot in das Olivenöl. »Thetis ist beinahe ebenso klug wie die Erdmutter. Sie befragte das Orakel und erfuhr, daß ihr über alles geliebter Sohn möglicherweise umkommen würde, wenn er in diesem Krieg kämpft . . ., dazu muß man nicht hellsichtiger sein, als um im Winter Schnee auf dem Ida vorauszusagen. Thetis jedenfalls wollte alles tun, um Achilleus dieses Schicksal zu ersparen. Sie steckte ihn in Frauengewänder und ließ ihn unter den vielen Töchtern des Königs Lycomedes von Scyros aufwachsen . . .«

»Was muß er für ein hübsches Mädchen gewesen sein!« rief Patroklos. »Mit seinen breiten Schultern! Ich hätte diese Schönheit mit gelockten Haaren und Bändern zu gern einmal gesehen . . .«

Achilleus versetzte seinem Freund einen heftigen Schlag zwischen die Schulterblätter, und Patroklos ging in die Knie. Achilleus knurrte: »Du hast genug gelacht, mein Freund. Sprich noch einmal davon, und du kannst im Hades lachen! Das laß ich mir nicht einmal von dir gefallen!«

»Streitet euch nicht, Jungs«, mahnte Odysseus ungewöhnlich friedlich. »Ein schlechter Witz kann selbst die besten Freunde auseinanderbringen. Wie auch immer, auch ich habe das Orakel befragt, und meine Göttin sagte mir, es sei Achilleus' Schicksal, in diesen Krieg zu ziehen. Aber ich dachte, seine Erziehung als Mädchen habe vielleicht einen Feigling aus ihm gemacht. Deshalb wählte ich viele Geschenke für die Töchter des Königs und breitete sie vor ihnen aus – Kleider, seidene Tücher und Bänder. Verstohlen hatte ich allerdings auch ein Schwert und ein Schild dazugelegt. Während die anderen Mädchen sich über all die hübschen Dinge freuten, griff Achilleus sofort nach dem Schwert, und daraufhin nahm ich ihn natürlich mit.«

Kassandra lachte. »Gut gemacht, Odysseus«, sagte sie, »aber mit dieser Prüfung konntest du nicht ganz sicher sein. Auch ich habe Waffen getragen. Ich war bei den Amazonen, und wenn ich unter den Töchtern des Königs gewesen wäre, hätte ich dasselbe getan wie Achilleus. Man muß nicht unbedingt ein Held sein, um das Geschwätz der Frauen unerträglich zu finden.«

Achilleus lachte bitter.

»Penthesilea hat einmal gesagt«, fuhr Kassandra fort, »daß nur jemand, der den Krieg haßt und fürchtet, klug genug ist, ihn zu führen.«

»Eine Frau«, schnaubte Achilleus verächtlich. »Was weiß eine Frau schon vom Krieg!«

»Soviel wie du«, erwiderte Kassandra. Aber Odysseus sah sie verdrießlich an und fragte: »Wirst du uns helfen, Kassandra?«

»Mit Freuden«, versicherte sie. »Ich werde meinem Vater euren Besuch ankündigen, damit er euch heute abend empfängt.«

»Du bist ein gutes Mädchen«, sagte Odysseus, umarmte Kassandra, und sie drückte dem alten Mann einen Kuß auf die ledrige Wange. Von ihrer Kühnheit leicht überrascht, murmelte sie: »Nun ja, du hast gesagt, du seist mein Onkel – also erwartet man das von mir.«

Patroklos lachte leise: »Wenn du mich so küßt, Kassandra, bin ich auch dein Onkel.«

Achilleus sah sie finster an, und Kassandra errötete. Sie sagte: »Odysseus ist ein alter Freund. Ich kannte ihn schon als kleines Mädchen. Ich küsse keinen Mann, der jünger ist als mein Vater.«

Odysseus wies ihn zurecht: »Vergiß es, Patroklos. Sie ist eine Jungfrau des Apollon. Ich kenne dich, wenn du ihren Bruder Paris siehst, wirst du sie vergessen. Sie sehen sich so ähnlich wie zwei Vögel auf einem Ast.«

»Ein Mann von ihrer Schönheit? Das möchte ich sehen«, sagte Patroklos.
Achilleus sagte zornig: »Ach, ist das *dieser* Paris? Der schöne Feigling?«
»Paris – ein Feigling?« fragte Kassandra.
»Ich habe ihn gestern auf der Mauer gesehen, als Odysseus mich mit meinen Soldaten an Land setzte«, erwiderte Achilleus, »ehe ich mich nachts zu Odysseus in seinem Versteck schlich. Und ich habe sofort gesagt: ›Die Troianer sind Feiglinge. Sie stehen wie Frauen auf der Mauer und schießen mit Pfeilen, damit sie nicht in Reichweite unserer Schwerter kommen müssen.‹«
Kassandra fiel keine andere Antwort ein als: »Der Bogen ist die Waffe Apollons.«
»Trotzdem ist es die Waffe eines Feiglings«, sagte Achilleus, und Kassandra dachte: *So sieht er die Welt. Er sieht sie nur in Hinblick auf Kampf und Ehre. Wenn er lange genug lebt, wird er vielleicht darüber hinauswachsen. Aber Männer, für die die Welt nichts anderes ist, leben nicht lange genug, um etwas zu lernen. Im Grunde ist es ein Jammer. Vielleicht geht es der Welt ohne solche Männer besser.*
Die Besucher warteten darauf, daß Kassandra etwas sagte. Sie riet ihnen, sich in der Hitze des Tages verborgen zu halten; dann werde sie die drei im Schutz der Dunkelheit in den Palast des Priamos führen.
»Das geht mir gegen den Strich«, rief Achilleus. »Ich soll mich verkleidet durch die Stadt schleichen? Ich fürchte mich weder vor den Troianern noch vor all den Söhnen und Soldaten des Priamos. Ich werde mir den Weg zum Palast und zurück erkämpfen.«
»Kleiner Dummkopf«, sagte Patroklos liebevoll und legte ihm die Hand auf die Schulter. »Niemand zweifelt an deinem Mut. Aber warum willst du dich damit aufhalten, wenn die große Schlacht vor dir liegt, wo du jeden oder alle Führer aus dem Heer des Priamos herausfordern kannst? Du kannst noch genug kämpfen, Achilleus. Sei nicht so ungeduldig.« Er lächelte und drückte seinen Freund begütigend an sich.
Kann das der größte aller Krieger sein? dachte Kassandra. *Ein Kind, das auf sein neues Spielzeug – ein Schwert und eine glänzende Rüstung – stolz ist?*

Und hängt das Überleben Troias und unserer Welt von diesem verzogenen Kind ab?

Kassandra ermahnte die Männer, das Zimmer nicht zu verlassen, und eilte davon. Inzwischen stand die Sonne hoch am Himmel. Sie zog das Schultertuch über den Kopf und ging hinunter zum Palast. Sie hatte ihren Vater nur sehr selten freiwillig aufgesucht, und sie konnte die Gelegenheiten, an denen sie mit ihm allein zusammengewesen war, an den Fingern einer Hand abzählen.

Odysseus würde es nicht glauben, dachte sie, *aber für mich, die Tochter des Priamos, ist es schwieriger, unter vier Augen mit ihm zu sprechen, als für ihn.*

Sie wandte sich an einen alten Kämmerer, der ihr berichtete, ihr Vater inspiziere die Waffen, weil die Achaier an diesem Tag nicht angreifen würden.

»Danach, Prinzessin, geht er mit seinen älteren Söhnen ins Bad, und dann wird er vermutlich in seinen Gemächern Wein trinken. Ich bin sicher, wenn du dann zu ihm gehst, wird er bereit sein, mit dir zu sprechen.«

Sie verbrachte die verbleibenden Stunden bei Kreusa und spielte mit dem Kleinen. Kreusa sagte ihr, wann die Männer meist aus dem Bad zurückkamen, und Kassandra ging zu den Gemächern ihres Vaters. Einerseits hoffte sie, dort ihrer Mutter zu begegnen, fürchtete es aber auch. Es wäre schwer, Hekabe den Auftrag zu erklären, denn ihre Mutter würde es nicht für richtig halten, daß eine Frau in diesem Krieg eine aktive Rolle spielte. *Aber wenn die Stadt den Achaiern in die Hände fällt,* dachte Kassandra verzweifelt, *werden die Frauen ebenso darunter zu leiden haben wie die Männer, sogar noch mehr.*

Ihr Vater war allein mit seinem Waffenträger, der ihm einen neuen Speer vorführte. Als Priamos sie entdeckte, sah er sie mißbilligend an.

»Was tust du hier, Kassandra? Wenn du mich sprechen willst, hättest du es deiner Mutter sagen sollen, und ich wäre in die Frauengemächer gekommen.«

Kassandra versuchte erst gar nicht, sich zu verteidigen.

»Nun ja, Vater, wirst du mich anhören, da ich schon einmal hier bin? Würdest du mit Odysseus sprechen, wenn ein Gespräch dazu beitragen könnte, den Krieg zu beenden?«

»Um das zu tun, würde ich selbst mit Agamemnon reden«, erwiderte Priamos. »Aber unter den Schiffen am Strand habe ich das Schiff von Odysseus nicht gesehen.«

»Es liegt versteckt in einer kleinen Bucht«, sagte Kassandra. »Odysseus ist im Tempel des Sonnengottes, und er möchte dich heute abend sprechen. Darf ich ihn und Achilleus zum Abendessen in den Palast bringen?«

»Wie, Achilleus auch? Verstecken sich Agamemnon und Menelaos hinter deinen Röcken, um uns heimtückisch zu überfallen?«

»Nein, Vater. Nur Odysseus, Achilleus und sein Freund. Odysseus soll Achilleus morgen zu den Führern der Achaier bringen. Aber aus alter Freundschaft möchte er zuerst mit dir sprechen.«

»Ja, er war viele Jahre ein guter Freund«, sagte Priamos nachdenklich. »Achilleus und sein Freund können auch kommen. Wie ich gehört habe, sind die beiden unzertrennlich.«

»Ich werde es ihnen sagen, Vater«, versprach Kassandra und zog sich schnell zurück, ehe Priamos weitere Fragen stellen oder es sich anders überlegen konnte. Sie machte sich nicht die Mühe, ihre Mutter oder eine der Frauen im Palast von den Gästen zu benachrichtigen – bei der Abendmahlzeit gab es immer genug für ein Dutzend zusätzliche Münder. Und bereits der Gedanke, Achilleus zu bewirten, würde die Frauen in Angst und Schrecken versetzen.

Erschöpft kehrte Kassandra in den Tempel zurück; ihr blieb gerade noch Zeit, ihr bestes Gewand anzuziehen und die Halskette umzulegen, die Odysseus ihr geschenkt hatte. Dann eilte sie zu ihren Gästen. Patroklos lächelte sie freundlich an, aber Achilleus lief unruhig im Gemach hin und her. Odysseus wirkte besorgt und ungeduldig.

»Ich habe dir doch gesagt, Achilleus, wir können nicht einfach in den Palast des Priamos stürmen. Wir kämen nicht einmal an den Wachen vorbei. Selbst wenn es gelingen würde, uns mit Gewalt Einlaß zu verschaffen, würde man uns nicht höflich als Unterhändler empfangen, und das ist für unsere Sache von größter Bedeutung. Du mußt Kassandra vertrauen. Sie wird uns den Weg zeigen.«

»Ich traue keiner Frau«, erwiderte Achilleus mißmutig. »Es kann genausogut eine Falle sein, und sie ruft die trojanischen Wachen, damit sie uns gefangennehmen.«

»Ich sage dir, sie ist uns wohlgesonnen, und hier ist sie«, sagte Odysseus. »Wie ist es dir ergangen, Kassandra?«

»Ganz gut.« Kassandra gab keine weiteren Erklärungen ab. »Mein Vater wird euch drei als Gäste zum Abendessen willkommen heißen.« *Und jetzt,* dachte sie, *muß ich sie von hier in die große Halle bringen, ohne den Spitzeln über den Weg zu laufen, die vermutlich in der Stadt sind.*

»Ihr müßt alle die Umhänge der Priester des Sonnengottes tragen«, erklärte sie. »Niemand denkt sich etwas dabei, und niemand wird fragen, ob oder weshalb Priamos euch rufen läßt.«

Man brachte einen großen Umhang für Odysseus, und als er ihn umgelegt hatte, sah er wie verwandelt aus. Achilleus brummte mißmutig, weil er sich verkleiden mußte. »Als ob ich mich vor einem Trojaner fürchten würde – sei es ein Priester oder Hektor höchstpersönlich!«

»Meine Güte! Hat er denn nichts anderes im Kopf?« fragte Kassandra.

Odysseus sagte: »Genug, Achilleus. Als ich dich mitnahm, hast du bei deinen heiligen Vorfahren geschworen, dich in allen Dingen von mir führen zu lassen, und jetzt fordere ich dich auf, dich zu verkleiden. Halte dein Versprechen.«

Murrend legte sich Achilleus den Umhang um, und Patroklos zog ihm die Kapuze über den Kopf.

»Deine Haare würden dich sofort verraten. Laß die Kapuze auf!« mahnte er, warf sich den dritten Umhang über und verbarg ebenfalls sein Gesicht. »Aber gehen die Priester des Sonnengottes bei diesem Wetter wirklich so vermummt durch die Stadt, Herrin Kassandra? Die Leute werden glauben, wir hätten alle drei Zahnschmerzen.«

Kassandra mußte lachen. »Wen kümmert es, was die Leute denken? Die Priester tun das, was ihrer Meinung nach richtig ist. Die Leute werden vielleicht glauben, es gehe um eine geheime Sache. Aber sie werden keine Fragen stellen, und ganz bestimmt wird niemand verlangen, daß ihr eure Gesichter zeigt. Und nur darauf kommt es an. Folgt mir, wir benutzen die kleine Seitenpforte, das bestärkt die Leute in ihrer Vorstellung, daß drei Priester eine Aufgabe erledigen, die nicht bekannt werden soll.«

Achilleus brummte immer noch leise verdrießlich vor sich hin, aber Kassandra beachtete ihn nicht. Sie führte die drei im Schutz der schnell einbrechenden Dunkelheit eilig den Hügel hinunter. Noch waren die Tage kurz.

Fackeln brannten an der unteren Treppe des Palastes, und die große Halle war hell erleuchtet. Priamos saß auf seinem Thron. Er ging den drei Männern ein paar Schritte entgegen und begrüßte sie mit ausgesuchter Höflichkeit. Kassandra übersah er, und sie setzte sich auf ihren gewohnten Platz neben Hekabe. Dort konnte sie alles gut sehen und hören.

Ihre Mutter tätschelte ihr die Hand.

»Ich wußte nicht, daß wir dich heute abend hier haben würden«, flüsterte sie. »Ist das Achilleus? Für einen Achaier sieht er gut aus. Aber wie meine Mutter sagte, hübsch ist, was gefällt. Ist er so jung, wie er aussieht, oder liegt es nur daran, daß er glatt rasiert ist und jungenhaft wirkt?«

»Ich weiß nicht, Mutter, aber ich würde sagen, er ist für die Mannbarkeitsriten noch zu jung. Er ist vielleicht sechzehn, höchstens siebzehn.«

»Und dieser hübsche Junge ist der beste Krieger der Achaier?«

»So sagte man. Ich habe ihn noch nicht kämpfen sehen, aber man hat mir erzählt, im Kampf ergreift ihr Kriegsgott von ihm Besitz«, murmelte Kassandra.

Odysseus kam herüber und küßte Hekabe voll Verehrung die Hand.

»Alle deine Töchter sind schöner als je zuvor«, erklärte er. »Kommt die liebliche Helena heute abend nicht zur Tafel?«

»Sie liegt noch im Wochenbett«, sagte Hekabe, »und sie speist im Grunde nicht gern mit Männern.«

»Welch ein Verlust für uns alle«, rief Odysseus. »Aber wenn sie sich an die Sitten ihres Volkes halten will, muß man ihr das vermutlich zugestehen. Hat sie einen Sohn?«

»Aber ja, einen prachtvollen Jungen. Er ist nicht groß, aber stark

und gesund. Er würde jeder Großmutter Ehre machen«, erwiderte Hekabe beinahe schnurrend.
Odysseus lächelte und sagte: »Hätte ich es gewußt, hätte ich dem Kleinen ein Geschenk mitgebracht. Wenn die Sache gut ausgeht, die wir heute abend besprechen, ist das für alle unsere Söhne vielleicht ein besseres Geschenk als die schönste Perlenkette.« Er verbeugte sich und ging zu seinem Platz. Die Dienerinnen trugen den Wein und die Platten mit Speisen auf.
Die Sitte verlangte, daß zuerst der Hunger eines Gastes gestillt sein mußte; nachdem der Spießbraten, das Geflügel, der gekochte Fisch, die großen Brotlaibe und in Honig eingelegten Früchte abgeräumt waren, und alle Nüsse knabberten und Wein tranken, sagte Priamos zu Odysseus: »Es ist mir immer ein Vergnügen, dich als Gast an meiner Tafel zu sehen, Odysseus. Aber wie ich gehört habe, bist du heute nicht nur gekommen, um mit mir zu speisen. Was führt dich und deine Freunde aus dem Land der Argiven und von den Inseln heute abend hierher?«
Achilleus hatte gierig und hungrig gegessen. Die Unruhe war nicht von ihm gewichen. Er stand auf, ging ziellos durch die Halle und betrachtete die alten Waffen an den Wänden. Eine riesige Doppelaxt mit einem Griff, der doppelt so lang war wie ein großer Mann, schien ihn besonders zu fesseln. Man hatte das Gefühl, er hätte die Axt am liebsten von der Wand genommen.
»Ist das wirklich eine Axt für eine Schlacht oder ist es ein Relikt der Titanen, König Priamos?«
Man hatte Kassandra als Kind alle möglichen Geschichten von den Schlachten der Titanen erzählt, in denen solche Waffen eine Rolle spielten; sie hatte sich immer gefragt, ob etwas Wahres daran sei, aber nie gewagt, danach zu fragen. Vermutlich mußte schon ein Achilleus kommen und ihrem Vater eine solche Frage stellen, um eine Antwort darauf zu erhalten.
»Ich weiß es nicht«, erwiderte Priamos. »Der Größe nach kann sie sehr wohl im Kampf gegen die Titanen benutzt worden sein. Aber ich kann es nicht mit Sicherheit sagen.«
»Es ist keine Waffe – zumindest nicht für den Kampf zwischen Sterblichen oder Titanen«, sagte Hekabe entschieden. »Es ist ein ritueller Gegenstand aus dem Haus der Doppelaxt im Land der

Minoer. Er kam hierher, nachdem der große Tempel im Meer versunken war. Es gibt solche Äxte, die nicht größer sind als mein kleiner Finger, aber auch viele von dieser Größe, und wie man mir sagte, sogar noch größere. Niemand kennt ihren wahren Zweck, nicht einmal die Leute in Knossos. Aber ich habe einmal gehört, daß die Priester sie beim Opfer benutzten, wenn der Kopf eines Stiers mit einem Schlag abgehauen werden mußte.«
Achilleus blickte nachdenklich auf die große Axt, als wolle er entscheiden, ob man sie mit dem riesigen Stiel überhaupt schwingen könne.
»In diesem Tempel muß es aber ein paar selten große Priester gegeben haben«, sagte er, »wenn nicht Titanen, dann Kyklopen. Ich glaube, daß selbst dein Hektor mit dieser Axt einem Opfer nicht den Kopf abschlagen könnte, sei es Mensch oder Stier.«
Hektor verließ seinen Platz, trat zu Achilleus und betrachtete die Waffe.
»Genau das wollte ich schon immer einmal versuchen«, sagte er. »Aber als Kind hat man mir gesagt, es sei ein Sakrileg, die Axt zu benutzen. Jetzt bin ich erwachsen, und wenn es einen Gott gibt, den ich dadurch erzürnen würde, kenne ich IHN nicht. Ich würde meine Kraft gern daran erproben.« Er bat Priamos mit einem Blick um Erlaubnis. »Dürfen wir, Vater?«
»Ich glaube nicht, daß es etwas schaden könnte«, sagte der König. »Kein Gott hat es verboten – falls die Axt einem Gott geweiht ist, liegt er hundert Faden tief im Meer in seinem versunkenen Tempel. Und selbst wenn ER dir deshalb zürnen würde, bezweifle ich, daß ER dich bestrafen könnte oder wollte. Tu, was du willst.«
Hekabe empörte sich: »Das ist ein Sakrileg. Die Axt ist der Erdmutter geweiht«, aber nicht so laut, daß Priamos oder Hektor es gehört hätten.
Hektor zog eine Bank unter die große Axt. Selbst ihm mit seinen starken Armen gelang es erst nach dem dritten Versuch, sie von den Haken zu heben. Er packte den langen Stiel mit beiden Händen in der Mitte, sprang von der Bank und schwang die Axt hoch über dem Kopf durch die Luft.
Achilleus sprang vor, aber Hektor rief: »Zurück! Mach Platz!« Die Axt wirbelte immer schneller über seinem Kopf, und er rief:

»Bringt mir den Opferstier!« Dann ließ er sie wieder langsam zu Boden sinken.

»Jetzt bin ich an der Reihe«, rief Achilleus.

»Sei nicht albern«, sagte Hektor entschieden. »Ich bin sicher, du bist ein starker Junge, aber du wirst dir einen Sehnenriß oder eine Zerrung holen, wenn du auch nur versuchst, die Axt zu heben. Du bist unser Gast, und ich möchte nicht, daß du dich verletzt.«

»Du wagst es, in diesem Ton JUNGE zu mir zu sagen, Trojaner? Ich gehe jede Wette ein, daß ich stärker bin als du! Was du heben kannst, kann ich auch heben!« schrie Achilleus und packte den Stiel der Axt. Hektor hatte sie von der Wand nehmen müssen; Achilleus mußte sie vom Boden heben. Patroklos trat zu ihm und sprach leise und mahnend auf ihn ein. Achilleus schob ihn ärgerlich zur Seite. Er hatte verhältnismäßig große Hände; er umklammerte den Griff und zog mit aller Macht. Die Adern auf seiner Stirn traten hervor; er ließ den Stiel los, spuckte in die Hände, packte ihn von neuem und zog noch einmal. Die Axt hob sich langsam vom Boden, und schließlich stemmte er sie mit ausgestreckten Armen über seinen Kopf. Dann ließ er sie langsam kreisen, immer schneller, bis sie laut zischend die Luft durchschnitt. Von der Tafel ertönte lauter Beifall. Die Söhne des Priamos stimmten ein, Hektor allen voran.

»Welcher Gott hat dir diese Kraft geschenkt?« fragte Hektor und fügte, ohne auf eine Antwort zu warten, hinzu: »Ich bezweifle nicht, daß du stärker bist als ich. Ich würde mich dir gerne einmal in einem friedlichen Ringkampf stellen. Ich wäre lieber dein Freund als dein Feind, Achaier.«

Achilleus verzog höhnisch den Mund, aber Odysseus mischte sich ein: »Aus diesem Grund habe ich die jungen Männer heute abend hierhergebracht, Priamos. Wenn Achilleus sich nicht am Krieg beteiligt, kannst du mit den Achaiern immer noch Frieden schließen. Die Orakel haben das verkündet.«

»Auch ich möchte dich lieber als Freund und nicht zum Feind haben«, erklärte Priamos. »Müssen wir also gegeneinander kämpfen, junger Mann? Ich mache dir ein Angebot. Du heiratest eine meiner Töchter. Triff die Wahl selbst. Und du sollst gleichberechtigt mit Hektor Erbe dieser Stadt sein. Nach meinem Tod soll das Volk frei

zwischen dir und Hektor als König entscheiden. Willst du als mein Sohn und Erbe diesen schrecklichen Krieg verhindern? Denn wenn du nicht mit den Achaiern kämpfst, werden sie abziehen.«
»Auch Agamemnon? Auch Menelaos?« fragte Hekabe.
»Menelaos weiß, daß Helena ihn nicht will«, sagte Paris ruhig. »Er wird sich dem Schicksal und Aphrodite beugen, in dem Bewußtsein, daß die Göttin der Liebe es so will.«
»Und Agamemnon hatte schlechte Vorzeichen«, sagte Odysseus. »Er wird kämpfen, wenn es der Wille der Götter ist. Aber als seine Flotte in einer Windstille vor Aulis lag, überredete man ihn, seine älteste Tochter den Winden zu opfern. Sie war sein Liebling, und er hat das Gefühl, der Preis war zu hoch. Seine Frau hat es ihm nie vergeben. Ich glaube, Agamemnon würde den Krieg nur allzu gern aufgeben, wenn es ohne Gesichtsverlust möglich wäre. Die Prophezeiung über die Rolle von Achilleus würde ihm einen guten Grund liefern, und wir könnten Frieden schließen. Achilleus wird mit Hektor über Troia herrschen, anstatt daß beide im Kampf fallen.«
»Ich fürchte mich nicht davor, im Kampf zu fallen«, rief Achilleus aufgebracht. »Aber vielleicht könnte ich als König von Troia Ruhm gewinnen. Und was deine Töchter angeht, König Priamos . . .« Er brach ab und suchte mit den Augen Kassandra. »Wie ist es mit der hier?«
Kassandra öffnete den Mund und wollte protestieren, aber Priamos sagte: »Ich kann sie nicht verheiraten. Sie ist eine Jungfrau des Apollon. Der Sonnengott hat sie für sich beansprucht. Möchtest du dich mit Apollon messen?«
»Ganz bestimmt nicht«, sagte Achilleus mit frommem Erschauern. Er blickte wieder zur Bank, auf der die Frauen saßen, und ging hinüber. Vor Andromache verbeugte er sich.
»Sie ist mit Sicherheit die Schönste.«
Hektor schrie: »Nein! Sie ist meine Gemahlin und Mutter meines Sohnes.«
Achillens verzog den Mund zu seinem charakteristischen, dünnlippigen Lächeln. »Ich werde um sie kämpfen«, verkündete er.
Hektor erwiderte: »Unmöglich. Sie ist die Tochter der Königin von Kolchis.«

»Nun, nun«, mischte sich Odysseus besorgt ein. »Dieser Krieg hat wegen einer gestohlenen Frau begonnen. Wir können nicht so weitermachen. Achilleus, wähle eine von Priamos' jungfräulichen Töchtern, die noch zu vergeben ist. Polyxena ist so schön wie die spartanische Königin.«
»Das war kein ernstgemeintes Angebot«, sagte Achilleus verächtlich. »Ich habe nicht nur einmal, sondern zweimal gewählt, und man hat mir gesagt, ich kann keine der beiden Frauen haben, die ich will. Hektor, weshalb willst du nicht um deine Frau kämpfen?«
Hektor lachte und erwiderte: »Ich werde um alles Vernünftige mit dir kämpfen, Achilleus, was immer du willst. Aber meine Frau werde ich nicht als Preis aussetzen. Das hat sie nicht verdient.«
»Soviel zu den großzügigen Angeboten des Priamos«, erwiderte Achilleus wutschnaubend. »Vergessen wir es also. Ich werde auf dem Schlachtfeld gegen dich kämpfen, und wenn ich die Stadt erobert habe, nehme ich mir deine Frau.«
Hektor ging drohend auf Achilleus zu.
»Nur über meine Leiche.«
»Nun ja, so habe ich es gemeint«, sagte Achilleus. »Und ich bin sicher, sie möchte lieber mich als dich haben.«
Andromache beugte sich vor und flüsterte Hektor etwas zu, der lächelte und ihr liebevoll die Hand auf die Schulter legte. »Sollte dieser Tag kommen, Achilleus«, sagte er, »kann ich dich nicht daran hindern. Aber es wird lange dauern, bis es zu diesem Kampf kommt.«
»Die Götter haben es bestimmt«, erklärte Achilleus. »Wenn ich in diesem Krieg kämpfe, wird Troia fallen.«
Priamos fragte: »Dann lehnst du meine Freundschaft ab, Achilleus?«
Achilleus erwiderte höhnisch: »Ja, ich will lieber dein Feind als dein Verbündeter sein, alter Mann. Ich werde die Stadt erobern und sie ohne dich oder Hektor regieren. Ich werde mir eine, zwei oder drei deiner Töchter nehmen, wenn ich es so will.«
»Meine Schwester Kassandra ist eine Seherin«, sagte Hektor, »und ich wage zu behaupten, sie kann Besseres voraussagen als jede eurer Priesterinnen.« Er drehte sich um und fragte Kassandra: »Wird dieser aufgeblasene Wicht die Stadt erobern, Schwester?«

Kassandra glühte vor Zorn, weil Hektor dadurch alle Blicke auf sie lenkte. Sie erwiderte: »Das verkünden die Götter: Achilleus wird vor Troia Ruhm gewinnen. Aber er soll sich vorsehen. Achilleus, wenn du heute abend Troia verläßt, wirst du es nie wieder betreten, und du wirst auch nicht hier herrschen.«
Achilleus wahrte auch nicht mehr den Anschein von Höflichkeit. Aus seinen Worten sprach blanker Hohn.
»Oh, auch wir haben Seherinnen. Für eine Münze bekommt man ein Dutzend Orakelsprüche. Untergang oder Sieg, was immer man zu hören wünscht. Meine Mutter ist eine ebensogute Seherin wie jede andere, und ich habe ihre Orakelsprüche gehört, schon ehe eine troianische Priesterin des Apollon mir etwas zu sagen hatte.«
Er zog sein Schwert und rief: »Wenn du willst, Hektor, stoße ich dich auf der Stelle von Troias Thron. Weshalb sollen wir unsere Zeit mit einem Krieg verschwenden?«
Patroklos sprang herbei und drehte ihm die Arme auf den Rücken. »Dein Gastgeber ist heilig, Achilleus«, mahnte er.
Hektor trat vor den Thron und sagte: »Ich würde hier und jetzt gegen ihn kämpfen. Aber er ist ein Gast meines Vaters.«
Priamos erklärte finster: »Bring ihn weg, Odysseus. Ich habe ihn auf deine Bitte willkommen geheißen.«
Odysseus trat zu Priamos, umarmte ihn und sagte: »Vergib, alter Freund, daß ich diesen Wilden in deine Halle gebracht habe. Ich bedaure es von ganzem Herzen.«
Hekabe sagte freundlich: »Du hast für uns alle das beste gewollt, Odysseus. Krieg oder Frieden, du bist als unser Gast jederzeit willkommen. Ich hoffe, der Tag wird kommen, an dem du wieder bei uns sein wirst und dann nicht in aller Heimlichkeit.«
Odysseus verneigte sich und hob ihre Hand an seine Lippen.
»Herrin Hekabe«, sagte er, »die Göttin Hera sei mein Zeuge, ich wünsche dir nur Gutes. Und wenn der Tag kommen sollte, an dem ich dir einmal helfen kann, dann bete ich zu IHR, daß SIE mir zeigen wird, wie.«
»Geben es die Götter«, entgegnete Hekabe mit einem freundlichen Lächeln. Kassandra spürte ein Beben und wollte ihre Mutter warnen, aber es war sofort wieder vorbei. Odysseus warf seinen Umhang über. Achilleus und Patroklos gingen bereits zum Ausgang.

Hektor starrte ihnen finster nach. Kassandra zitterte am ganzen Leib, denn das Fackellicht schien plötzlich blutrot zu sein, und Blut umgab die blonden Haare von Achilleus wie ein Ring.
Priamos winkte Kassandra zu sich, während die Achaier die Halle verließen.
»Ich habe diese Männer als meine Gäste empfangen«, sagte er zornig und vorwurfsvoll, »weil du mich darum gebeten hast. Du bist keine Amazone mehr. Erlaube dir nicht noch einmal, über solche Dinge mit mir zu sprechen.«
Kassandra senkte den Kopf. Der Geruch von Blut und Verwesung schien von ihrem Vater auszugehen; er und sie schienen knöcheltief in Blut zu stehen. Wie konnte es sein, daß er das Blut weder sah noch roch? Außerdem hatte er ihr verboten, noch einmal mit ihm über den Krieg zu sprechen.
Nie. Nicht in diesem Leben. Oder danach.

12 In den nächsten Tagen beobachtete Kassandra von hoch oben im Tempel den Aufmarsch der Truppen des Achilleus. Man nannte sie »Myrmidonen« – Ameisen. Aus dieser Höhe wirkten sie tatsächlich so zahlreich und häßlich wie Insekten, die über den Strand schwärmten. Allerdings unternahmen sie noch keinen Versuch, die Stadt anzugreifen, sondern marschierten auf der Ebene hin und her, übten mit den Waffen, exerzierten und liefen um die Wette. Achilleus war deutlich sichtbar. Er fiel nicht nur wegen seines leuchtendroten Mantels auf, sondern auch wegen seiner glänzenden, strohblonden Haare und seiner aufrechten Haltung.
Wenn sie jetzt ihre Mutter besuchte, beunruhigten sie die immer deutlicher sichtbar werdenden Altersfalten in Hekabes Gesicht. Als sie sich eines Tages den Gemächern der Königin näherte, hörte sie erschrocken sich streitende Frauen. Die Worte verstand sie nicht, aber es waren unverkennbar zornige und wütende Frauenstimmen. Als sie den großen Raum mit dem Webstuhl betrat, hörte sie einen klatschenden Schlag, einen unterdrückten Aufschrei und Hekabes Ruf: »Niemals!«

»Dann«, erwiderte eine junge Frau, »werde ich ohne deine Erlaubnis gehen, Herrin, und auch ohne deinen Segen.«
Die Frauen verstummten, als sie Kassandra erkannten, und wichen zurück, um ihr Platz zu machen. Es sah so aus, als hätten sich alle Frauen aus dem Palast hier versammelt. Sie drängten sich um Hekabe, die ein altes Gewand trug und deren aufgesteckte graue Haare sich gelöst hatten und in wirren Strähnen herabhingen, und um eine ihrer Näherinnen. Kassandra kannte den Namen der jungen Frau nicht, hatte aber schon oft ihre schönen Arbeiten bewundert.
»Hier kommt die Prinzessin! Sie ist eine Priesterin und weiß bestimmt, was man ihr sagen muß.«
Kassandra trat in den Kreis der schweigenden Frauen.
»Was ist los, Mutter? Was ist geschehen?« fragte sie.
Die junge Frau mit der von der Ohrfeige geröteten Wange richtete sich stolz auf. Sie war hübsch und schlank, hatte weiche, braune Haare und war offenbar beim Frisieren unterbrochen worden. Die Locken hingen halb gelockt beinahe bis zur Hüfte. Sie sah Kassandra mit großen dunklen Augen unter langen Wimpern an.
»Der Gott hat zu mir gesprochen«, sagte sie, »und ich habe mich für meinen Herrn und Gebieter entschieden.«
»Das törichte Mädchen«, sagte Hekabe, »das dumme Kind hat sich in den Kopf gesetzt . . ., ich schäme mich beinahe, es dir zu sagen! Daß eine Frau sich so erniedrigen, so entwürdigen kann! Sie ist keine Dienerin und keine Sklavin, sondern von guter Herkunft. Sie ist eine meiner besten Stickerinnen, und ich habe sie wie meine Tochter behandelt. Es hat ihr an nichts gefehlt . . .«
»Nun ja, sag mir doch: Was hat sie getan?« fragte Kassandra. »Hat sie den Griechen die Tore geöffnet, damit sie in die Stadt eindringen können?«
»Nein, ganz soweit ist es noch nicht«, gab Hekabe zu.
»Sie ist verrückt«, behauptete Kreusa. »Neulich abends hat sie Achilleus gesehen, und seit dieser Zeit redet sie nur noch von ihm: Wie stark er ist, wie geschickt er die Waffen führt, wie schön er ist – wenn ein Mann schön sein kann . . ., und jetzt ist sie entschlossen, hinunterzugehen und sich . . .«
»Den Achaiern anzubieten?« fragte Kassandra fassungslos.

»Nein«, flüsterte das Mädchen mit leuchtenden Augen, »meinem Herrn Achilleus.«
»Auch Priamos würde dich ihm nicht als Sklavin schicken«, sagte Kassandra.
»Es wäre keine Sklaverei, denn ich liebe ihn«, sagte das Mädchen, »seit ich ihn zum ersten Mal gesehen habe, weiß ich, daß es für mich keinen anderen Mann auf der Welt geben kann.«
»Meine Mutter hat recht: Du hast den Verstand verloren!« entschied Kassandra. »Ist dir nicht klar, was für ein Tier, was für ein Rohling er ist? Er denkt nur an den Krieg. Er hat Spaß am Töten. In seinem Leben gibt es mit Sicherheit keinen Platz für eine Frau oder für die Liebe einer Frau. Wenn er überhaupt jemanden liebt, dann seinen Waffenbruder Patroklos.«
»Du irrst dich«, sagte das Mädchen, »*mich* wird er lieben.«
»Wenn er es täte, wäre es schlimm für dich«, entgegnete Kassandra, »ich sage dir: Dieser Mann ist wahnsinnig und krank in seiner Lust zu töten.«
»Nein, ich weiß, wie er mich angesehen hat«, widersprach die junge Frau, »wie kannst du so etwas behaupten? Er ist der hübscheste Mann, den die Götter je geschaffen haben. Und solche Schönheit *muß* gut sein. Seine Augen ...«
Schaudernd erinnerte sich Kassandra an die Frau im Dorf der Kentauren, deren Fußgelenke durchstochen und mit einem Strick gefesselt gewesen waren. Und diese Frau hatte getan, als sei die Verstümmelung ein Liebesbeweis. Es war hoffnungslos, mit einer Frau in diesem Zustand zu reden. Doch sie mußte es versuchen – und sei es auch nur, weil sie beide Frauen und deshalb Schwestern waren.
»Wie heißt du?« fragte Kassandra.
»Briseis«, antwortete Hekabe, »sie ist eine Thrakerin.«
»Hör zu, Briseis«, sagte Kassandra, »begreifst du nicht, daß du dir selbst etwas vormachst? Diese verrückte Idee hat dir ein Dämon und kein Gott in den Kopf gesetzt. Du hast einen Mann erfunden, wie du ihn dir erträumst, und ihm den Namen Achilleus gegeben. Glaubst du wirklich, wenn du uns verläßt und zu den Achaiern gehst, wirst du für ihn mehr sein als jede beliebige Hure oder Sklavin?«

»Ich kann ihn unmöglich so sehr lieben, ohne Gegenliebe zu erwecken«, erwiderte Briseis.

Kreusa schüttelte sie bei den Schultern.

»*Hör* auf uns, du verrücktes Ding! Diese Art Liebe ist das Hirngespinst eines dummen, kleinen Mädchens! Wenn du unbedingt einen Mann haben willst, werde ich mit meinem Vater sprechen, und er wird dich verheiraten. Hier sind Soldaten und Heerführer aus aller Welt, und dein Vater ist in seinem Land ein geachteter Mann. Der König wird einen würdigen Gemahl für dich finden.«

»Aber ich will keinen würdigen Gemahl«, rief Briseis, »ich will Achilleus. Ich liebe ihn. Du bist eifersüchtig, weil du diese Liebe nie kennengelernt hast, sonst wüßtest du, daß ich nicht anders kann. Für mich gibt es auf der Welt nichts außer Achilleus. Ich kann weder essen noch schlafen, weil ich immer an ihn denken muß – an seine Augen, seine Hände ...« Der Ton, in dem sie den Namen aussprach, überzeugte Kassandra, daß alle ihre Worte in den Wind gesprochen waren.

»Laßt sie«, sagte sie entmutigt, »das ist ein Fieber wie bei Paris und Helena. Es ist ein Fluch der Aphrodite, ihrer Göttin der Liebe. Sie wird bald genug zur Vernunft kommen, wenn sie ihn erst einmal gehabt hat. Aber dann ist es zu spät«, sagte sie.

»Wenn ich ihn nur haben kann, ist mir gleichgültig, was hinterher mit mir geschieht«, sagte Briseis, und Hekabe wischte sich Tränen aus den Augen.

»Armes Kind«, meinte sie, »ich kann dich nicht daran hindern. Geh, wenn du willst, und trage die Folgen deiner Dummheit. Ich werde Priamos bitten, daß er dich in einer Sänfte mit der Botschaft hinuntertragen läßt, daß du ein Geschenk für Achilleus bist. Wenn er geruht, dich anzunehmen, und dich nicht den gemeinen Soldaten vorwirft, um seine Verachtung für unsere Geschenke zu zeigen ...«

Briseis wurde blaß, sagte aber dann: »Wenn er sieht, wie sehr ich ihn liebe, muß er mich auch lieben.«

Und wenn es so ist, bist du schlechter dran als vorher, dachte Kassandra und schwieg.

Sie sah zu, wie die Frauen Briseis ankleideten und schmückten. Hekabe legte ihr sogar eine goldene Kette um den Hals. Kassandra beneidete Briseis beinahe – sie sah so glücklich und so froh aus.

Frauen träumen von dieser Art Liebe. Dann kommt der Strick durch die Fußgelenke, die Sklaverei, die Erniedrigung.
Ich sollte an ihrer Stelle sein. Achilleus wollte mich haben, und mich würde er bestimmt so aufnehmen, wie es meinem Rang gebührt. Und dann ..., während er schliefe, ein Dolch in die Kehle und vielleicht das Ende dieses Krieges ... Der große Achilleus wäre nicht von einem Helden, sondern von einer Frau besiegt, von seiner eigenen Leidenschaft, obwohl alle Krieger Troias ihm nicht das Ende bereiten konnten.
Wartet auf diese Frau mein Schicksal?
Nein, die Götter mögen uns manchmal geben, was anderen gehört, so wie Paris die Gemahlin des Menelaos bekommen hat. Aber das Schicksal eines anderen Menschen kann niemand übernehmen.
Ich vertraue darauf, daß es so ist. Ich glaube es, denn wenn es nicht wahr ist, weiß ich nicht, wie ich meine Schuld jemals ertragen soll.

Eines Tages ging Kassandra wieder einmal in den Palast hinunter und fand Helena im Hof. Sie blickte auf das Lager der Achaier. Ihr Sohn Bynomos konnte inzwischen laufen. Kassandra rechnete nach und stellte fest, daß Helena inzwischen beinahe zwei Jahre bei ihnen lebte. Man konnte sich die Frauengemächer ohne sie nur noch schwer vorstellen, auch nicht, daß einmal kein Krieg geherrscht hatte.
Vor drei Jahren habe ich noch bei den Amazonen gelebt, dachte sie und wünschte, sie wäre wieder zurück auf der Ebene und fern von der Stadt und den Palastmauern.
Würde ich den Tempel des Sonnengottes verlassen? ER hat mich vergessen. ER spricht nicht mehr zu mir. Ich bin nicht mehr als jede andere Frau. Aber ich liebe einen Gott und keinen Mann ... Vermutlich ist es besser, einen Gott zu lieben als einen Mann wie Paris oder Achilleus ...
Sie dachte an Briseis, und ihr Blick suchte das Zelt von Achilleus. In der Nähe entdeckte sie die bunten Vorhänge der Sänfte, in der Hekabe das Mädchen damals hinuntergeschickt hatte. Dann sah sie im Eingang die aufrechte Gestalt des Kriegers und daneben eine kleinere, rundlichere, bunt gekleidete Frau. *Briseis*? Also hatte er das Geschenk zumindest nicht verachtet und sie auch nicht den Soldaten überlassen. Kassandra fragte sich, ob Briseis glücklich und zufrieden sei.

»Wenigstens hat sie bekommen, was sie sich am meisten wünschte«, sagte Helena, die neben sie an die Mauer trat und auf die Gestalt der Frau in den safranfarbigen Schleiern hinunterwies. »Also gibt es wenigstens eine Frau in Troia, die das hat, was sie am meisten begehrt.«
»Außer dir, Helena?«
»Ich weiß nicht«, erwiderte Helena, »ich liebe Paris ... Zumindest habe ich ihn geliebt, als Aphrodites Zauber über mir lag. Aber wenn SIE nicht über mich kommt ..., ich weiß nicht.«
Also liebt auch sie nur nach dem Willen einer Unsterblichen ... Weshalb drängen sich die Götter in unser Leben? Haben SIE *in ihren himmlischen Gefilden nicht genug zu tun, daß* SIE *sich in das Leben sterblicher Männer und Frauen einmischen?*
Aber Kassandra fragte nur: »Glaubst du, die Achaier werden heute angreifen?«
»Das hoffe ich. Eingesperrt hinter den Mauern, fangen die Männer an, sich zu langweilen«, erwiderte Helena, »wenn die Achaier nicht in den nächsten zwei Tagen angreifen, werden unsere Männer zum Zeitvertreib über die Achaier herfallen ... Was ist, Kassandra? Du bist ganz blaß geworden.«
»Mir ist gerade bewußt geworden«, sagte Kassandra leise, »wenn der Krieg lange dauert, wird kein troianisches Kind zum Krieger heranwachsen.«
»Also mir wäre es nur recht, wenn meine Söhne etwas anderes als Krieger würden«, sagte Helena, »vielleicht so etwas wie Odysseus, der friedlich in seiner Heimat lebt und ein weiser Richter seines Volkes ist ... Was würdest du für deinen Sohn wünschen, wenn du einen hättest, Kassandra?«
Darüber hatte sie noch nie nachgedacht. »Was immer einen glücklichen Mann aus ihm machen würde ... ganz gleichgültig, was – ein Krieger, ein König, ein Priester, ein Bauer oder ein Hirte ... alles, nur kein Sklave der Achaier.«
Helena drehte sich um und streckte die Arme nach ihrem Kind aus, und Bynomos rannte auf sie zu. Nachdenklich sagte sie: »Als der Kleine noch nicht geboren war, lag es in meiner Macht, den Krieg zu beenden – und ich habe oft daran gedacht, es zu tun. Ich wollte mich heimlich ins Lager und zu Menelaos schleichen, und ich glau-

be, dann hätte er sich bereit erklärt abzuziehen. Wenn es nichts mehr gegeben hätte, worum die Achaier kämpfen konnten – oder zumindest, wenn sie keinen Vorwand mehr dafür gehabt hätten, hätten sie abfahren und zu unseren Inseln zurücksegeln müssen. Aber jetzt«, ein leichter Schauer lief ihr über den Rücken, »würde er mich nicht mehr haben wollen... nicht mit dem Sohn eines anderen an der Brust.«

Kassandra beruhigte sie: »Wenn es das ist, was du wirklich willst, Helena, laß ihn hier in Troia. Sein Vater wird für ihn sorgen und ich ebenfalls.« Nachdem sie das gesagt hatte, wurde ihr klar, daß Helena beinahe der einzige Mensch in Troia war, mit dem sie noch sprechen konnte. Ihre Mutter und ihre Schwestern verstanden sie nicht mehr. Helena würde ihr fehlen, wenn sie nach Sparta zurückkehren sollte.

Helena runzelte die Stirn. Sie sagte: »Warum sollte ich mein Kind aufgeben, nur weil Menelaos ein Narr ist?« Dann fügte sie hinzu: »Um dir die Wahrheit zu sagen, Kassandra, wenn Aphrodites Zauber nicht über den Menschen liegt, besteht kein großer Unterschied zwischen einem Mann und dem anderen, aber Kinder lassen sich nicht so leicht austauschen. Ich bin nicht verantwortlich für den Krieg, und ich glaube, Agamemnon hätte ihn früher oder später vom Zaun gebrochen, gleichgültig, was ich getan oder nicht getan hätte.« Seufzend legte sie den Kopf an Kassandras Schulter. »Schwester, ich bin nicht so mutig, wie ich glaube. Ich glaube, ich könnte den Mut aufbringen, zu Menelaos zurückzukehren, und sogar Paris verlassen. Aber ich bringe es nicht über mich, mein Kind zu verlassen.« Sie nahm den kleinen Bynomos hoch, der sich an ihren Knien festhielt, und drückte ihn fest an sich.

»Dein Kind verlassen? Warum solltest du auch?« fragte Andromache, die mit Kreusa zur Mauer gekommen war und Helenas letzte Worte gerade noch gehört hatte. »Keine Frau brächte es über sich, ein Kind aufzugeben, das sie geboren hat..., und wenn sie es könnte, wäre sie nicht besser als eine Hure.«

»Es freut mich, daß du das sagst«, erwiderte Helena, »ich habe versucht, mir vorzusagen, es sei meine Pflicht, zu Menelaos zurückzukehren...«

»Das darfst du nicht einmal denken«, sagte Andromache und um-

armte Helena, »du gehörst jetzt zu uns, und wir würden dich um nichts auf der Welt zu den Achaiern schicken, selbst wenn Paris und Priamos und alle Männer wollten, daß du gehst – und das wollen sie nicht! Die Götter haben dich uns geschickt, und wir behalten dich – nicht wahr, Kreusa?« Die andere Frau nickte und lachte.
»Die Göttin hat dich gesegnet, und wir werden dich nicht gehen lassen.«
Helena lächelte kaum merklich. »Wie schön, das von euch zu hören. Mein ganzes Leben lang waren Männer gut zu mir, aber Frauen nie. Es ist schön, hier in Troia Freundinnen zu haben.«
»Du bist zu schön, als daß Frauen dich gern haben könnten«, sagte Andromache, »aber du lebst inzwischen seit zwei Jahren hier, und im Gegensatz zu vielen schönen Frauen versuchst du nicht, unsere Männer zu verführen.«
»Warum sollte ich das? Ich habe bereits einen Ehemann mehr, als ich brauche. Wozu sollte ich eure wollen?« fragte Helena lachend. »Ich liebe Troia wirklich nicht besonders und würde gern mehr von der Welt sehen, aber Frauen können nicht reisen . . .«
Wenn Kassandra hörte, daß jemand so etwas sagte wie: *Frauen können nicht . . .*, wollte sie immer unbedingt genau das tun. Sie erklärte: »Ich werde nach dem Willen meines Gottes bald reisen. Und wenn du mich begleiten möchtest, Helena, dann würde ich mich über deine Gesellschaft freuen.«
»Ich mich auch über deine. Aber ich kann ein so kleines Kind nicht allein lassen oder mitnehmen. Wohin gehst du und weshalb?«
»Nach Kolchis. Ich will Königin Imandra besuchen und mehr über Schlangen erfahren«, erwiderte Kassandra, »bei dem letzten Erdbeben sind unsere Schlangen gestorben oder geflohen. Ich will sie nicht ersetzen, bis ich sicher bin, daß nichts, was ich getan oder unterlassen habe, der Grund dafür war.«
Andromache sah sie wehmütig an.
»Grüße meine Mutter von mir und sag ihr, daß ich glücklich verheiratet bin und Hektors Sohn groß und stark wird.«
»Weshalb kommst du nicht mit und sagst es ihr selbst? Dein Sohn ist alt genug. Du kannst ihn Hekabe und Hektor überlassen.«
»Ich wünschte, das könnte ich«, antwortete Andromache, »wenn

du es mir vor einem Monat gesagt hättest..., aber ich bin wieder schwanger. Vielleicht wird es diesmal eine Tochter, und sie kann einmal für Troia kämpfen.«
»Eine Kriegerin?«
»Warum nicht? Du bist doch auch eine Kriegerin, Kassandra, und deine Mutter war es früher ebenfalls.«
»Hast du nicht gehört, was Hektor damals zu mir gesagt hat, als ich bei den Männern mit den Waffen geübt habe?« fragte Kassandra achselzuckend. »Ich könnte mit meinem Bogen Achilleus töten und den Krieg beenden, ohne daß wir Helena wegschicken müßten. Aber das würde den Männern nicht gefallen. Sie wollen den Krieg nicht beenden!«
»Nein«, pflichtete Andromache ihr bei, »sie wollen ihn gewinnen. Hektor hat sich Achilleus vorbehalten und wird nie einer anderen Lösung zustimmen, die den Kämpfen ein Ende setzen würde. Kannst du mir sagen, wann das sein wird, und wie lange die Belagerung noch dauert?«
Kassandra lächelte bitter. »Hektor hat mir verboten, Unheil zu prophezeien«, antwortete sie, »und glaubt mir, etwas anderes habe ich nicht zu sagen.«
»Vielleicht ist es ganz gut, daß du nach Kolchis reitest«, sagte Helena, »Kassandra, die Götter haben nicht nur zu dir, sondern auch zu mir gesprochen. Mir haben SIE nichts von Unheil gesagt.«
»Dann wünsche ich nur, daß deine Götter die Wahrheit sprechen und meine lügen«, sagte Kassandra, »nichts könnte mich mehr freuen, als zurückzukommen und zu hören, daß Hektor Achilleus erschlagen hat und die Achaier alle wieder weg sind.«
Aber so wird es nicht sein, so kann es nicht sein ....

13 Kassandra hatte geglaubt, wenn sie erst einmal beschlossen habe, nach Kolchis zu reisen, sei alles sehr einfach. Sie müsse nur noch vom Oberpriester und der Oberpriesterin die Erlaubnis dazu erhalten, die Kleider packen, die sie mitnehmen wollte, sich eine oder zwei Begleiterinnen suchen und aufbrechen.
Aber so einfach war es keineswegs. Man erinnerte sie daran, daß

sich die Achaier und Troianer offiziell im Kriegszustand befanden, und so mußte man (durch umständliche Botschaften, die von einem Apollon-Tempel zum nächsten geschickt wurden) vorbereiten, daß sie als Frau und geweihte Priesterin, die nichts mit dem Krieg zu tun hatte, unter dem Frieden Apollons reisen durfte. Man gab ihr zu verstehen, daß dies dadurch erschwert wurde, daß sie eine Tochter des Priamos und daher nahe verwandt mit den Hauptbeteiligten in diesem Krieg war. Schon lange ehe das offizielle Geleit und die Genehmigungen erteilt wurden, hatte Kassandra die Lust verloren und wünschte, die Idee zu dieser Reise wäre ihr nie gekommen. Schließlich schwor sie bei jedem Gott, von dem sie jemals gehört hatte (und einigen anderen, von denen sie noch nie etwas gehört hatte) einen heiligen Eid, daß sie für keine der beiden Parteien Botschaften befördern würde, die sich auf den Krieg bezogen; man erklärte sie zur offiziellen Botschafterin Apollons und erlaubte ihr, die Reise nach Belieben zu beginnen.
Khryse hätte sie gern begleitet, und Kassandra empfand Mitleid mit ihm; er betrauerte immer noch das Schicksal seiner Tochter im achaischen Lager, und das Wissen, daß Agamemnon sie zu seiner Geliebten gemacht hatte, tröstete ihn nicht. Khryse schwor Kassandra, er werde ihre Jungfräulichkeit achten, als sei sie seine eigene Tochter. Aber Kassandra traute nicht einmal seinem Schwur und lehnte ihn als Reisebegleiter ab. Er war ein hochgeachteter Priester des Apollon, und es sah einige Zeit so aus, als werde man ihr nicht erlauben, ohne ihn zu reisen. Schließlich wandte sie sich an Charis und erklärte, sie werde innerhalb der Stadtmauern bleiben, bis sie graue Haare bekäme, ehe sie auch nur einen Schritt in Khryses Begleitung mache. Schließlich ließ man diese Forderung fallen.
Dann wollte Priamos Botschaften an viele Freunde auf ihrem Weg schicken, und sie mußte schwören, daß es sich dabei um familiäre oder religiöse Angelegenheiten handelte, die nichts mit dem Krieg zu tun hatten. Kassandra fand das vernünftig, denn oft hatten Reisende den Schutz ausgenutzt, den ihnen die Religion bot, und für die eine oder andere Seite Kundschafterdienste übernommen. Schließlich weigerte sich ihre Mutter, sie ohne ausreichende Aufsicht reisen zu lassen. Und am Ende mußte Kassandra, die am lieb-

sten allein oder nur mit einer Begleiterin – vorzugsweise einer Amazone wie Penthesilea – gereist wäre, sich mit zwei der ältesten und ängstlichsten Kammerfrauen ihrer Mutter, Kara und Adrea, abfinden, und sie mußte versprechen, daß sie unterwegs stets das Bett mit ihnen teilen würde.

Was denkt sich meine Mutter dabei? fragte sich Kassandra. *Wenn ich Unzucht treiben wollte, würde ich deshalb bestimmt nicht bis an das Ende der Welt reiten und es nach einem Tag im Sattel auf der harten Erde tun, wenn ich es ebenso leicht in meinem eigenen Bett haben könnte.*

Aber sie wußte, so war ihre Mutter nun einmal; sie konnte es ihr nicht ausreden, und so fand sie sich mit Hekabes Wahl ab.

»Denn wenn ich mich weigere«, sagte sie zu Phyllida, als es schließlich so aussah, als seien alle Hindernisse aus dem Weg geräumt und sie würde am nächsten Tag abreisen, »wird sie glauben, ich beabsichtige, mich ihrer Aufsicht zu entziehen, und das wäre der Beweis für sie, daß ich etwas Unanständiges vorhabe. Was bringt Frauen nur dazu, sich gegenseitig solcher Dinge zu verdächtigen, Phyllida?«

Phyllida seufzte. »Die Erfahrung vermutlich«, antwortete sie, »hast du mir nicht selbst gesagt, daß du Chryseis Tag und Nacht nicht aus den Augen gelassen hast und trotzdem ihrer Unschuld nicht sicher sein konntest?«

Kassandra wußte, es stimmte. Aber es machte sie wütend. Sie erinnerte sich daran, daß Stern gesagt hatte, die Frauen in der Stadt seien so mannstoll, daß sie hinter Mauern eingesperrt werden müßten.

Frauen, dachte Kassandra, *allerdings nicht die Amazonen, verbringen ihre Tage nur deshalb damit, herumzusitzen und darüber nachzudenken, wen sie lieben, weil sie nichts anderes haben, mit dem sie sich beschäftigen können. Wenn sie eine Herde Schafe oder Pferde hüten müßten, ginge es ihnen besser ..., aber das hat Oenone auch nicht davor bewahrt zu leiden, als Paris sie verließ.*

In der letzten Nacht lag Kassandra lange wach und dachte über das rätselhafte Gefühl nach, das ansonsten vernünftige Frauen in Schwachsinnige verwandelte, die an nichts anderes denken konnten als an die Männer, die ihre Liebe geweckt hatten.

Man hatte beschlossen, daß sie bei Tagesanfang abreisen solle.

Deshalb stand sie auf, sobald es dämmerte, aß etwas Brot und trank einen Becher verdünnten Wein. Sie hatte gehofft, auf einem schnellen Pferd reiten zu können, aber ihre Begleiterinnen waren dafür zu alt und zu behäbig. Deshalb hatte sie sich für einen ruhigen alten Esel entschieden, denn die beiden Frauen mußten in Sänften getragen werden. Die Sänftenträger und Diener – beinahe Wachen – waren starke junge Männer aus dem Tempel.

Kassandra hoffte, unauffällig aufbrechen zu können. Aber als sie sich dem Tor näherte, hatte sich dort eine kleine Gruppe versammelt: Khryse, Phyllida und einige andere, die ihr Lebewohl sagen wollten.

Phyllida umarmte und küßte sie und wünschte ihr eine angenehme Reise und eine sichere Heimkehr. Auch Khryse umarmte sie – allerdings gegen ihren Willen.

»Komm bald und gesund zu uns zurück, meine Liebe«, flüsterte er ihr ins Ohr, »ich kann dir nicht sagen, wie sehr du mir fehlen wirst. Sag mir, daß auch ich dir fehlen werde.«

Sie dachte: *Du wirst mir ebenso fehlen wie Zahnschmerzen*, aber sie war zu höflich, um ihren Gedanken auszusprechen. »Mögen dich die Götter behüten und Chryseis zu dir zurückbringen«, sagte sie und dachte, daß sie ihm nichts Schlechtes wünschte, daß es ihr aber lieber wäre, er fände eine Frau und würde aufhören, sie zu belästigen. Schließlich trieb sie den Esel an, und sie ritten davon.

Ehe der Weg sie landeinwärts führte, mußten sie an den Schiffen der Achaier vorüber. Apollons Friede würde hier zum ersten Mal auf die Probe gestellt werden.

Eine Wache vor dem achaischen Lager entdeckte sie und rief etwas. Ein Hauptmann mit einer prunkvollen goldbeschlagenen Rüstung kam ihnen entgegen.

»Wer da? Versucht der troianische König der Stadt und der Belagerung zu entfliehen?« fragte er höhnisch, »ich wußte, daß die Troianer alle Feiglinge sind.«

»Nichts dergleichen«, erwiderten die Sänftenträger, »die Herrin ist eine Priesterin des Apollon und reist unter SEINEM Schutz.«

»Ach ja!« sagte der Hauptmann und blickte Kassandra so offen und unhöflich ins Gesicht, daß sie zum ersten Mal im Leben den Sinn des Brauchs begriff, der verlangte, daß Achaierinnen sich ver-

schleierten. »Eine Priesterin, wie? Der Göttin Aphrodite? Schön genug ist sie.«
»Nein, sie ist eine der geweihten Jungfrauen des Sonnengottes«, erwiderte der Anführer von Kassandras Männern, »und sie ist keinem Sterblichen bestimmt.«
»Eine Jungfrau? Welch eine Verschwendung«, sagte der Mann bedauernd, »aber es braucht einen mutigeren Mann als mich, um mit dem Sonnengott um eine seiner Jungfrauen zu streiten. Und was für Schönheiten verbergen sich in den Sänften?« fragte er und zog die Vorhänge zurück.
Kassandra hatte keine Lust mehr, die ganze Sache den Männern zu überlassen. »Zwei Kammerfrauen meiner Mutter«, sagte sie, »sie sollen mich versorgen und darauf achten, daß kein Mann mir zu nahe tritt.«
»Vor mir sind sie sicher, und ich wage zu behaupten, vor jedem Mann«, sagte der Hauptmann spottend und zog sich lachend zurück.
»Ich bedaure, daß meine Kammerfrauen dir nicht gefallen«, sagte Kassandra, »aber sie sollen mich versorgen und nicht dich. Ich bin in Apollons Diensten unterwegs und nicht in deinen, deshalb bitte ich dich, laß mich durch.«
»Wohin reitest du? Und welche Dienste hast du für den Sonnengott außerhalb des Tempels zu verrichten?«
»Ich reise nach Kolchis«, entgegnete sie, »und ich reise im Dienst des Gottes. Ich suche eine Schlangenmeisterin, damit SEINE Schlangen in SEINEM Tempel richtig versorgt werden.«
»Eine junge Frau wie du reist allein so weit? Wenn du meine Tochter wärst, würde ich das nicht zulassen. Aber vermutlich weiß der Gott, daß SEIN Eigentum überall in Sicherheit ist«, sagte der Hauptmann. »Reite weiter, Herrin. Apollon möge dich behüten. Ich bitte dich, gib mir SEINEN Segen«, und senkte ehrfurchtsvoll den Kopf.
Das war das letzte, womit Kassandra gerechnet hatte. Aber sie breitete segnend die Hände aus und sagte: »Der Sonnengott Apollon segne und schütze dich!« und ritt weiter.
Von den Mauern Troias hatte man einen so weiten Blick, daß Kassandra vergessen hatte, wie lange man brauchte, um über die Ebene zu reiten. An diesem und an den folgenden Abenden schlugen sie ihr Lager in Sichtweite der Stadt auf und sahen beim Erwachen

das Blitzen der Sonnenstrahlen auf dem Dach des Tempels. Kassandra dachte an ihre Reise mit den Amazonen und konnte nur schwer glauben, daß sie von damals bis jetzt eingesperrt hinter den Mauern der Stadt gelebt hatte. Troia, ihre Heimat und ihr Kerker. Würde sie es je wiedersehen?

In der langen Zeit, die zwischen der Ankündigung ihres Plans und der tatsächlichen Abreise vergangen war, hatte sie genug Zeit für die Vorbereitungen gehabt und zwei Zelte anfertigen lassen: ein leichtes aus geöltem Leinen und eines aus Leder, wie die Amazonen es in der Regenzeit benutzt hatten. In den ersten Tagen war das Wetter schön, und nachts war es im Zelt unter den Sternen angenehm kühl. Obwohl Kassandras zwei Begleiterinnen die Anweisung ihrer Mutter wörtlich nahmen, und Kassandra ihre Dekken zwischen die der beiden Frauen legen mußte. Kassandra schlief immer unruhig und lag manchmal stundenlang wach; obwohl sie jeden Stein und jeden Erdklumpen unter dem Zeltboden spürte, der sich ihr in die Rippen bohrte, zögerte sie, ihre Lage zu verändern, weil sie fürchtete, eine oder beide ihrer Begleiterinnen zu stören. Trotzdem, sie hörte den Wind und spürte die kühle Brise um das Zelt. Zumindest das unterschied sich von dem immer gleichbleibenden Wind im hohen Troia.
Der kleine Trupp bewegte sich Tag um Tag langsam und ohne Zwischenfälle über die große Ebene. Sie begegneten nur wenigen anderen Reisenden außer einer großen Wagenkarawane mit Eisen, das für Troia bestimmt war. Als die Männer hörten, daß die Stadt belagert wurde, überlegten sie, ob sie abbiegen und nach Norden, nach Thrakien oder sogar nach Kolchis zurückfahren sollten.
»Die Achaier werden kein Metall von uns wollen«, sagte der Anführer, »sie ziehen ihre eigenen Waffen vor, und sehr wahrscheinlich werden sie uns nicht in die Stadt hineinlassen. Dann müssen wir umkehren und haben die ganze Reise umsonst gemacht. Oder sie nehmen uns die ganze Ladung ab.«
Auch Kassandra hielt das für sehr wahrscheinlich.
»Kennst du jemanden von den Achaiern dort?«
»Achilleus, den Sohn des Peleus, Agamemnon, König von Mykenai, und Menelaos aus Sparta, Odysseus . . .«

»Das ist etwas anderes«, sagte der Führer der Karawane, »mit Odysseus können wir Handel treiben wie mit Priamos. Er ist ein ehrenhafter Mann und ein ehrlicher Händler.« Er rief den Kutschern zu: »Es sieht ganz so aus, als ob wir doch nach Troia fahren!« Natürlich wollte er wissen, weshalb Kassandra ganz allein reiste. Als sie es ihm erklärte, erhielt sie wie erwartet die Antwort: Wenn sie seine Tochter wäre, würde er das nicht erlauben.
»Aber ich nehme an, dein Vater weiß, was er tut«, schloß der Mann kopfschüttelnd. Kassandra sah keinen Sinn darin, ihm zu erklären, daß sie Priamos nicht um Erlaubnis gefragt und er keine Möglichkeit gehabt hatte, ihr die Reise zu verbieten, denn sie war eine Priesterin.
»Kann ich irgendwelche Nachrichten für dich nach Troia mitnehmen, junge Herrin?«
»Laß im Sonnentempel wissen, daß ich lebe und daß es mir gutgeht. Von dort wird man die Nachricht meinem Vater und meiner Mutter weitergeben.« Sie trennten sich mit guten Wünschen und Segnungen und entfernten sich auf der weiten Ebene langsam voneinander wie zwei Bäche, die in entgegengesetzte Richtung fließen. Kassandra wußte, noch ein paar Nächte, und sie würden die Grenze des Kentaurenlandes erreichen.
»Kentauren?« fragte Adrea.
»O nein, doch nicht die Kentauren!« rief Kara.
»Aber ja, Kara – sie leben in diesem Land, und wir müssen ihr Gebiet durchqueren. Es ist beinahe unvermeidlich, daß wir einem oder mehreren der umherziehenden Trupps begegnen.«
Aber die Frauen waren mit den alten Kindergeschichten großgeworden.
»Und du fürchtest die Kentauren nicht, Herrin Kassandra?« fragte Kara, und Kassandra erwiderte: »Nein, nicht im geringsten!« Vermutlich war das nicht die Antwort einer tugendsamen Frau. Kara sah sie so vorwurfsvoll an, als sei es schon eine Beleidigung, daß es eine Frau gab, die etwas *nicht* fürchtete, das ihr so große Angst einjagte. Kassandra seufzte und leerte ihren Becher. »Wir müssen den Wein trinken«, sagte sie, »er wird allmählich schlecht und wird sich in der Hitze nicht mehr lange halten. In ein oder zwei Tagen können wir uns im nächsten Dorf neuen besorgen.« Danach unterhielten sie sich nur noch über belanglosere Dinge.

14 Wie Kassandra vorausgesagt hatte, sahen sie am nächsten Morgen Kentauren. Sie ritten durch das endlose Grasmeer, ohne daß Kassandra etwas Auffälliges bemerkte. Aber dann entdeckte sie aus dem Augenwinkel Schatten, die sich bewegten, und sah schließlich eine kleine Gestalt ... nein, es waren zwei ... sogar drei auf Pferden, die sich dunkel vor dem goldenen, wogenden Gras abhoben. Sie schienen zu beobachten, wie Kassandras Trupp sich ihnen näherte, dann berieten sie offenbar, was sie tun sollten, und Kassandra glaubte, sie würden fliehen. Schließlich wendeten sie die Pferde und ritten den Troianern entgegen.

Kassandra brachte den Esel zum Stehen, machte aber sonst keine Anstalten, sich zurückzuziehen. Sie wußte von früher, daß man bei einem Kentauren nie den Eindruck erwecken sollte, man fürchte ihn, weil er seine Überlegenheit rücksichtslos ausnutzte.

Sie sagte leise durch die Vorhänge der Sänften: »Ihr wolltet doch Kentauren sehen. Hier ist einer.«

»Ich?« wehrte Adrea ab, »bestimmt nicht!« streckte aber trotzdem den Kopf durch die Vorhänge. Kara folgte ihrem Beispiel.

»Was für komische häßliche kleine Männer«, flüsterte sie. »Wie schamlos! Sie sind nackt wie die Tiere.«

»Warum sollten sie Kleider tragen, wenn niemand da ist, der sie sieht oder den es kümmert? Wenn sie in die Städte reiten, ziehen sie sich etwas an, wenn ihnen danach ist«, sagte Kassandra und blickte auf die näherkommenden Reiter. Der Anführer, ein grauhaariger, knorriger Alter, hatte noch kürzere und krummere Beine als die anderen. Er trug eine Halskette aus Löwenzähnen. Kassandra erkannte ihn, obwohl sein Gesicht so eingefallen und alt war.

»Cheiron!« rief sie, und er verbeugte sich, ohne vom Pferd zu steigen.

»Sei gegrüßt, Nichte der Penthesilea. Als wir uns das letzte Mal trafen, hatten wir Honig von wilden Bienen gefunden. Unser Stamm ist inzwischen arm. Es sind viele, viele Reisende in der Ebene unterwegs. Sie vertreiben die Tiere und zertrampeln die eßbaren Pflanzen. Unsere Ziegen geben nicht einmal für die ganz kleinen Söhne genug Milch. Wir hungern oft.«

»Wir reiten nach Kolchis«, sagte Kassandra, »kannst du uns den Weg zeigen?«

»Mit Vergnügen, wenn es dein Wunsch ist«, antwortete der alte Kentaure mit seiner barbarischen Aussprache, »aber wie kommt es, daß du Troia verläßt? Es sieht so aus, als ob die ganze Welt zu diesem Krieg nach Troia reitet..., wenn nicht, um zu kämpfen, dann, um den Kämpfenden der einen oder anderen Seite etwas zu verkaufen.«
Cheiron hatte so recht, daß es Kassandra sinnlos vorkam, etwas dazu zu sagen.
Vor der Abreise in Troia hatte sie sich aus der Küche ein halbes Dutzend Laibe Brot geben lassen, da sie wußte, daß die Kentauren weder Getreide anbauten noch Mehl mahlten. Brot war deshalb für sie ein höchst seltener Leckerbissen. Die Brotlaibe wurden ausgepackt und den Kentauren übergeben. Die Augen des kleinen Mannes wurden groß – vor Hunger, dachte Kassandra. Er dankte ihr mit den Worten: »Die Tochter des Priamos ist großzügig. Kämpft dein Gemahl in den großen Schlachten um Troia? Wenn es so ist, werde ich ihm magische Pfeile schenken, die deine Feinde unfehlbar zur Strecke bringen, selbst wenn sie nur die Haut ritzen.«
»Ich habe keinen Gemahl«, sagte sie, »ich bin dem Sonnengott geweiht und will keinem anderen als IHM dienen. Ich brauche keinen deiner Pfeile, die mit Krötengift bestrichen sind.«
Der kleine Mann sah sie finster an, dann lehnte er sich zurück und brach in schallendes Gelächter aus. Er tat etwas, was Kassandra nicht sehen konnte, womit er sein Pferd aber dazu brachte zu steigen, zu tänzeln und sich dann zu verneigen.
»Ha, ha, ha, ha!« lachte er, »die Tochter des Priamos ist klug und gut. Kein Mann von meinem Volk wird ihr oder etwas, das ihr gehört, Schaden zufügen, während sie durch mein Land reitet... nicht einmal den alten Frauen, die mich verstohlen und lüstern hinter ihren Vorhängen anstarren! Aber wenn du die alten Kröten nicht brauchst, gib sie meinen Männern. Sie taugen nicht zum Bums – Bums«, er unterstrich die Worte mit einer eindeutigen, obszönen Geste, »aber wir könnten sie kochen und Pfeilgift daraus machen. Ha, ha, ha, ha!«
Kassandra mußte sich beherrschen, um nicht ebenfalls laut zu lachen.
»Aber nein! Ich will nicht ohne meine Frauen reiten. Sie sind mir

von Nutzen«, erwiderte sie, »und mit jungen und hübschen würde ich nicht durch dein Land reisen.«
»Oh! Wie schlau!« rief er, wendete das Pferd und ritt schnell davon.
Sie hob die Hand, um ihm zu bedeuten, daß sie noch etwas sagen wollte. Er wendete das Pferd wieder und ritt auf sie zu, blieb aber in einiger Entfernung stehen. Sie fragte: »Weiß der kluge Führer des Pferdevolks, wo Penthesileas Frauen in diesem Sommer ihre Stuten weiden?«
Er wies in eine Richtung und gab ihr eine kurze Erklärung. Da es kein großer Umweg war, beschloß Kassandra, in die angegebene Richtung zu reiten. Sie verabschiedete sich höflich von Cheiron, der das Brot mit seinen Männern bereits teilte und dem die Krümel schon am Mund hingen.

Nach einem weiteren langen Tagesritt in die von Cheiron gewiesene Richtung entdeckte Kassandra in der Ferne eine Gestalt auf einem Pferd. Sie trug einen Bogen auf dem Rücken, wie Penthesileas Frauen ihn benutzten. Kassandra winkte, und die Frau ritt näher.
»Wer reitet mit einer Männereskorte durch unser Land?«
»Ich bin Kassandra, die Tochter des Priamos von Troia. Ich suche meine Tante, Penthesilea, die Amazonenkönigin«, antwortete sie.
Die Frau trug das Lederhemd und die lederne Hose der Amazonen. Ihre langen, struppigen, schwarzen Haare hatte sie zu einem Knoten auf dem Kopf zusammengesteckt. Die Frau musterte Kassandra mißtrauisch und sagte schließlich: »Ich erinnere mich an dich, Prinzessin. Damals warst du noch ein Kind. Ich kann die Stuten nicht allein lassen«, sie wies auf die Herde magerer Tiere, die verstreut das dürre Gras fraßen, »und es steht mir nicht zu, die Königin zu rufen. Aber ich werde sie wissen lassen, daß sie hier erwartet wird. Und wenn es ihr richtig erscheint, wird sie kommen.«
Die Amazone saß ab und entzündete ein kleines Feuer. Dann warf sie etwas in die Flammen, wodurch sich dicke Rauchwolken bildeten. Sie deckte das Feuer ab und ließ dann nacheinander drei Rauchwolken aufsteigen. Nach einiger Zeit sah Kassandra, daß eine große Reiterin über die Ebene auf sie zukam. Sie erkannte ihre Tante bereits aus der Entfernung.

Penthesilea erreichte die Gruppe, und Kassandra sah die Verwunderung im Gesicht ihrer Tante. Es dauerte einen Augenblick, bis Kassandra begriff, daß die Amazonenkönigin sie nicht erkannt hatte. Penthesilea hatte sie zuletzt als junges Mädchen gesehen. Jetzt, in der Kleidung einer Prinzessin und Priesterin, war Kassandra für sie eine fremde Frau.
Sie rief: »Erkennst du mich nicht, Tante?«
»Kassandra!« Penthesileas hageres, sonnengebräuntes Gesicht wurde weicher, aber sie wirkte immer noch angespannt und alt. Sie ritt näher, saß ab und umarmte Kassandra liebevoll. »Weshalb kommst du hierher, mein Kind?«
»Weil ich dich sehen wollte, Tante.« Als Kassandra sich von ihr das letzte Mal verabschiedet hatte, war ihr Penthesilea jung und stark erschienen. Jetzt fragte sich Kassandra, wie alt ihre Tante in Wirklichkeit wohl war. Sie hatte viele Falten und unzählige kleine Fältchen um Mund und Augen. Sie war immer schlank gewesen, aber jetzt war sie eindeutig mager. Kassandra überlegte, ob die Amazonen wie die Kentauren Hunger litten.
»Wie ist es mit diesem Krieg um Troia?« fragte Penthesilea, »wirst du heute nacht bei uns bleiben und uns davon erzählen?«
»Mit Vergnügen«, erwiderte Kassandra, »und wir können in aller Muße über diesen Krieg sprechen, obwohl ich wahrlich genug davon habe.« Sie wies die Sänftenträger an, ihnen zu folgen, und ritt neben Penthesilea zu einer Höhle an einem Abhang. In der Höhle sah sie kaum ein halbes Dutzend meist älterer Frauen und einige kleine Mädchen. Als sie bei den Amazonen gelebt hatte, waren es gut ein halbes Hundert gewesen. Jetzt gab es offenbar keine Säuglinge und keine jungen Frauen im gebärfähigen Alter mehr.
Penthesilea entging Kassandras Blick nicht, und sie sagte: »Elaria und fünf andere sind im Dorf der Männer. Ich mache mir große Sorgen, aber ich wußte, ich mußte sie jetzt gehen lassen, sonst würde ich es nie mehr wagen, sie überhaupt noch einmal in das Dorf zu schicken. Doch, das ist wahr – du weißt nicht, was geschehen ist, nicht wahr? Dann hat die Geschichte unserer Schande Troia noch nicht erreicht . . .«
»Ich habe nichts davon gehört, Tante.«
»Komm und setz dich. Wir unterhalten uns beim Essen.« Sie

lächelte und schnupperte genußvoll. »So gut haben wir seit vielen Monden nicht mehr gegessen. Danke.«
Die Mahlzeit war durch getrocknetes Fleisch und Brot aus Kassandras Vorräten ergänzt worden. »Trotzdem«, sagte Penthesilea, »sind wir nicht so schlecht dran wie die Kentauren. Sie hungern, und bald wird es keine mehr geben. Bist du unterwegs überhaupt Kentauren begegnet?«
Kassandra erzählte von Cheiron, und die Ältere nickte.
»Ja, ihm und seinen Männern können wir immer trauen. Im Namen der Göttin, ich wünschte...« Sie brach ab. »Im letzten Jahr hatten wir vereinbart, in eines der Dörfer der Männer zu gehen. Wir wollten auch Metalltöpfe, Pferde und auch ein paar Milchziegen tauschen. Nun ja, wir kamen wie üblich dorthin, und scheinbar ging alles gut. Nach zwei Monden waren einige von uns schwanger, und wir wollten wieder davonreiten. Sie baten uns, noch einen Mond länger zu bleiben, und wir erklärten uns dazu bereit. Als wir dann aufbrechen wollten, gaben sie ein Abschiedsmahl für uns und trugen dabei einen neuen Wein auf. Wir schliefen tief und fest. Als wir aufwachten – natürlich hatten sie dem Wein etwas zugesetzt –, waren wir gefesselt und geknebelt, und sie erklärten uns, wir könnten sie nicht verlassen. Sie hätten beschlossen, wie Männer in den Städten zu leben... mit Frauen, die das ganze Jahr für sie sorgen und ihr Bett und ihr Leben teilen...«
Penthesilea brach ab und zitterte vor Empörung und Schmerz.
»Jedes Tier hat eine Paarungszeit«, fuhr sie fort, »wir haben versucht, die Männer daran zu erinnern, aber sie wollten nichts davon hören. Also sagten wir ihnen, wir würden es uns überlegen, wenn sie uns gehen ließen. Sie verlangten, daß wir für sie kochten, weil die Männer in den Städten Frauen hätten, die ihnen das Essen bereiteten und sie versorgten. Sie zwangen sogar einige der schwangeren Frauen, mit ihnen ins Bett zu gehen!
Also kochten wir ihnen eine Mahlzeit, und du kannst dir vorstellen, was für eine!« Penthesilea lachte grimmig. »Aber ein paar der Frauen wollten die Väter ihrer Kinder verschonen – die Erdmutter allein weiß, wie sie darauf gekommen sind. Und so wurden einige Männer gewarnt, und als sie sich alle übergaben und würgten, wollten wir davonreiten. Aber die Gewarnten zwangen uns zu

kämpfen. Wir konnten sie nicht alle töten, und so verloren wir viele unserer Frauen. Die Verräterinnen sind geblieben und nicht mit uns zurückgekommen.«

»Sie sind bei den Männern geblieben, die –, die euch das angetan hatten?«

»Ja, sie haben gesagt, sie seien das Kämpfen und Pferdehüten leid«, antwortete Penthesilea verächtlich, »als Gegenleistung für das Brot der Männer gehen sie mit ihnen ins Bett. Sie sind nicht besser als die Dirnen in euren Städten. Das ist eine Entartung dieser Achaier. Sie behaupten sogar, unsere Erdmutter sei nichts anderes als die Frau von Zeus, dem Donnergott . . .«

»Eine Gotteslästerung!« stimmte Kassandra zu. »Das war aber nicht Cheirons Stamm?«

»Nein. Er hält wie wir an den alten Sitten fest«, antwortete Penthesilea, »aber als Elaria die Frauen dieses Jahr in das Dorf der Männer führte, haben wir sie gezwungen, einen Eid zu schwören, den selbst sie nicht zu brechen wagen. Und wir haben sie gezwungen, alle entwöhnten Kinder bei uns zu lassen. Wir verstecken uns hier in Höhlen, denn solange unsere starken jungen Frauen nicht bei uns sind, haben wir keine Kriegerinnen, um die Herden zu bewachen.«

Kassandra konnte darauf nichts erwidern. Es war das Ende einer Lebensweise, die in dieser Gegend Tausende von Jahren selbstverständlich gewesen war. Aber was konnten die Amazonen und Kentauren dagegen tun? Sie fragte: »Hat es hier eine Dürre gegeben? Cheiron erzählte mir, es sei inzwischen schwieriger als sonst, Nahrung zu finden.«

»Das auch. Und manche Stämme wollten unbedingt mehr und mehr Pferde haben. Ihre Herden haben das Land überweidet. Deshalb mußten sie die Pferde gegen Stoffe und Metalltöpfe und ich weiß nicht was eintauschen – und so kommt es, daß wir, die die Erde gut behandeln, sterben. Die Erdmutter hat nicht die Hand erhoben, um sie zu bestrafen. Ich weiß nicht, vielleicht gibt es keine Götter, die sich noch darum kümmern, was die Menschen tun . . .« Penthesilea wirkte alt und müde.

»Das verstehe ich nicht«, sagte Adrea. »Warum regst du dich so auf, weil einige deiner Frauen sich dafür entschieden haben, so zu leben wie alle Frauen in den Städten? Ihr Frauen könntet doch gut leben mit Ehemännern, die für euch sorgen und eure Pferde hüten. Ihr könntet nicht nur eure Töchter, sondern auch eure Söhne aufziehen und müßtet nicht dauernd kämpfen, um euch zu verteidigen. Viele, viele Frauen leben so und finden nichts Falsches daran. Willst du behaupten, daß sie sich alle irren? Warum wollt ihr getrennt von den Männern leben? Seid ihr nicht auch Frauen wie alle anderen?«

Penthesilea seufzte. Kassandra erwartete eine empörte Antwort, aber ihre Tante dachte einen Augenblick nach. Offenbar wollte sie, daß diese alte Frau aus der Stadt, die das Leben der Amazonen entschieden ablehnte, sie verstand.

Schließlich sagte Penthesilea: »Es ist bei uns Sitte, daß wir nur unter uns leben und frei sind. Ich möchte nicht hinter Mauern eingesperrt sein. Warum sollen wir Frauen spinnen, weben und kochen? Tragen die Männer nicht auch Kleider, die sie sich selbst anfertigen sollten? Und die Männer essen schließlich auch. Warum sollten Frauen alles kochen, was gegessen wird? Die Männer in den Dörfern kochen gut, wenn keine Frauen da sind, die es für sie tun. Weshalb also sollten Frauen die Sklavinnen der Männer sein?«

»Für mich ist das keine Sklaverei«, widersprach Adrea, »sondern nur eine gerechte Gegenleistung. Willst du behaupten, die Männer sind Sklaven der Frauen, wenn sie die Pferde und Ziegen hüten?«

Penthesilea erwiderte erregt: »Aber die Frauen tun diese Dinge, als seien sie eine Gegenleistung dafür, daß sie die Betten der Männer teilen und ihre Kinder gebären. Sie verkaufen sich wie die Huren in euren Städten. Siehst du nicht den Unterschied? Warum sollen Frauen mit den Männern zusammenleben, wenn sie ihre Herden selbst hüten, sich aus den eigenen Gärten ernähren und als freie Menschen leben können?«

»Aber wenn eine Frau Kinder haben will, braucht sie einen Mann. Auch du, Königin Penthesilea . . .«

Penthesilea unterbrach sie: »Ich will euch nicht beleidigen. Aber weshalb seid ihr beiden nicht verheiratet?«

Kara antwortete als erste: »Ich hätte gern geheiratet. Doch ich habe gelobt, bei meiner Königin Hekabe zu bleiben, solange sie mich bei sich haben will. Ich habe die Ehe nicht vermißt. Ich war bei der

Geburt aller ihrer Kinder dabei und habe sie mit großgezogen. Und wie der Herrin Kassandra ist mir noch kein Mann begegnet, den ich genug geliebt hätte, um mich von meiner geliebten Herrin zu trennen.«
»Das ehrt dich«, sagte Penthesilea. »Und du, Adrea?«
»Leider war ich weder schön noch reich, und deshalb hat kein Mann um mich angehalten«, erwiderte die alte Frau. »Jetzt ist die Zeit zum Heiraten vorbei, und deshalb diene ich meiner Königin und ihren Töchtern. Ich begleite sogar die Herrin Kassandra in diese von der Göttin vergessene Wildnis, in der Kentauren und andere Barbaren leben ...«
»Also gibt es andere Gründe als schlichte Sündhaftigkeit dafür, daß eine Frau nicht heiraten will«, sagte Penthesilea. »Wenn es für euch gut und richtig ist, aus Treue zu eurer Königin nicht zu heiraten, warum sollte Kassandra dann nicht auch ihrem Gott treu bleiben?«
»Es geht nicht darum, daß sie nicht heiratet«, erwiderte Adrea, »es geht darum, daß sie nicht heiraten *will*. Wie kann man für eine solche Frau Verständnis haben?«
Das war zuviel für Kassandra. Sie schleuderte ihnen die Worte entgegen, die sie seit Tagen unterdrückt hatte. »Ich habe um euer Verständnis ebensowenig gebeten wie um eure Gesellschaft. Ich habe euch nicht darum gebeten, mich zu begleiten. Ihr könnt gerne nach Troia zurückkehren in die Umgebung anständiger Frauen. Ich werde mit meiner Tante und unter ihrem Schutz nach Kolchis reiten. Ich brauche euren Schutz nicht.«
»Also wirklich!« sagte Adrea beleidigt. »Ich kannte dich schon, Herrin, als du noch ein Säugling warst. Und meine Worte würde auch deine Mutter sagen. Sie sind nur zu deinem Besten.«
Penthesilea mischte sich begütigend ein. »Ich bitte euch, streitet nicht. Ihr habt einen langen Weg vor euch. Kassandra, mein liebes Kind, selbst wenn es mir möglich wäre, mit dir nach Kolchis zu reiten, könnte ich mich unterwegs nicht für deine Sicherheit verbürgen. Ich bete darum, daß Priamos' Name und Apollons Friede das bewirken. Vielleicht liegt es an diesem Krieg. Vielleicht können sich die achaischen Sitten so verbreiten, weil die minoische Welt untergegangen ist. Du hast mir nicht einmal erzählt, weshalb du nach Kolchis reitest. Willst du nur deshalb dorthin, weil die Köni-

gin deine Freundin ist? Oder hat Priamos beschlossen, sogar so weit entfernt Verbündete zu suchen?«
Kassandra erzählte Penthesilea von dem Erdbeben und dem Tod und dem Verschwinden der Tempelschlangen. Die alte Amazone erbleichte, als sie von diesem schlimmen Vorzeichen hörte.
»Trotzdem vertraue ich auf den Sonnengott«, erklärte Kassandra. »Sonst kann ich niemandem vertrauen. Und wenn ich ohne einen anderen Schutz als SEINEN Segen Kolchis gesund erreiche, sehe ich darin ein Zeichen SEINES unveränderten Wohlwollens.«
»Möge ER dich segnen und behüten«, sagte Penthesilea, »und möge die Schlangenmutter dich in Kolchis und an jedem anderen Ort aufnehmen und dich segnen.«
Sie gingen bald schlafen, aber Kassandra lag noch lange wach.
Als sie endlich schlief, träumte sie unruhig. Sie suchte etwas – eine verlorene Waffe, vielleicht einen Bogen. Jedesmal, wenn sie glaubte, ihn gefunden zu haben, war es ein Bogen, den sie nicht haben wollte, denn entweder war er zerbrochen, oder seine Sehne war gerissen oder etwas Ähnliches.
Was wollten die Götter ihr sagen? Sie war Priesterin und hatte gelernt, daß alle Träume Botschaften der Götter waren – wenn man ihre Bedeutung verstand. Sie konnte den Traum nur so deuten, daß sie, wie sie seit langem fürchtete, der Gunst des Sonnengottes nicht würdig war, und daß ER sich von ihr zurückgezogen hatte. Wie sehr sie sich auch bemühte, sie konnte dem Traum nur ein unbestimmt schlechtes Vorzeichen entnehmen: Was immer sie auf dieser Reise suchte, sie würde es nicht finden.
Am nächsten Morgen verteilte Penthesilea Geschenke an Kassandra und ihre Frauen – einen neuen Sattel und warme Umhänge aus Pferdefell.
»Ihr werdet sie brauchen, glaubt mir, wenn ihr die Hochebene überquert«, sagte sie. »Die letzten Winter waren sehr streng, und dort kann noch Schnee liegen.«
Als sie sich zum Abschied umarmten, hätte Kassandra am liebsten geweint.
»Wann werden wir uns wiedersehen, Tante?«
»Wenn die Götter es wollen. Wenn es je der Wille der Erdmutter sein soll, daß ich meine Tage in einer Stadt beende, werde ich nach

Troia kommen. Das schwöre ich dir, mein Kind. Ich glaube, deine Mutter würde die letzte ihrer Schwestern willkommen heißen, und auch Priamos wird mir nicht die Tür weisen. Vielleicht sollte ich mit meinen Kriegerinnen kommen und versuchen, einige dieser Achaier zu vertreiben.«
»Wenn dieser Tag kommt, werde ich an deiner Seite kämpfen«, versprach Kassandra. Penthesilea drückte sie nur zärtlich an sich und erwiderte: »Das ist dir in diesem Leben nicht bestimmt, mein Liebling. Gelobe nichts, was du nicht halten kannst.« Sie ritt davon, ohne sich noch einmal umzusehen.

15

Der Winter hielt sich auf der weiten Hochebene tatsächlich lange, und vier Tage nach ihrem Aufenthalt bei Penthesilea und ihren wenigen verbliebenen Amazonen verdunkelte sich der Himmel, und es begann so heftig zu schneien, daß Kassandra sich wunderte, daß ihre Diener dem schmalen und schlecht erkennbaren Weg überhaupt folgen konnten. Es schneite den ganzen Tag und auch noch den nächsten. Sie ritten zwar weiter, aber sie begegneten keinem Zeichen menschlichen Lebens. Einmal sahen sie am Horizont einen Kentauren, der sie beobachtete; als sie ihm ein Zeichen gaben, wandte er sich um und galoppierte davon.
Sein Verhalten überraschte Kassandra nicht. Von Penthesilea wußte sie, daß die Bewohner der Hochebene Fremden gegenüber immer mißtrauisch waren, ganz besonders in dieser Zeit. Glücklicherweise mußten sie nicht mit den Bewohnern um Nahrung und andere Dinge handeln. Tag um Tag krochen sie über die endlose Weite; die Hufe der Tiere versanken im weichen Schlamm unter dem gefrorenen Gras. Der Schnee lag nie hoch genug, um gefährlich zu werden, und es regnete nie zu lange, so daß sich immer nur eine dünne Eisschicht bildete. Die große Steppe blieb leer und kahl, und sie fanden nur wenig Eßbares, um ihre karge Verpflegung zu ergänzen. Kassandra empfand es allmählich eintönig, über das öde Land zu reiten; sie krochen unter einem endlosen Himmel dahin, der so grau und so feindlich zu sein schien wie die Gesichter ihrer Begleiterinnen.

Ein mühsamer, langweiliger Tag folgte dem anderen; der Mond nahm ab, verschwand und nahm wieder zu. Wie lange konnte der Winter noch dauern? Eines Nachts, als der volle Mond zwischen Wolkenfetzen hervorleuchtete, erwachte Kassandra und hörte das Rauschen von Wind und das Prasseln von Regen, der das Land davonzuschwemmen schien.

Die Landschaft war am nächsten Morgen wie verwandelt. Überall flossen kleine Bäche und glänzten in einer neuen, starken Sonne; im warmen, weichen Wind sproß überall das junge Gras. Es wurde so warm, daß Kassandra den Umhang aus Pferdefell ablegte und in ihrem Unterkleid aus weichem Stoff weiterritt.

An einem dieser Frühlingstage erreichten sie ein Dorf. Es bestand nur aus ein paar runden steinernen Hütten, aber es war umgeben von Feldern mit grünem Wintergetreide, das unter dem schmelzenden Schnee zum Vorschein gekommen war. Kassandra erinnerte sich an das Dorf, das sie auf ihrem Ritt mit den Amazonen vor einigen Jahren besucht hatte und in dem so viele Kinder entstellt gewesen waren. Wenn es dieses Dorf war, mußte es die Heimsuchung überlebt haben, denn Kassandra sah zunächst nur gesunde, kräftige Kinder. Dann entdeckte sie aber auch ein paar ältere Mädchen und Knaben mit nur zwei Fingern an jeder Hand. Kassandras kleiner Trupp war seit acht oder zehn Tagen keiner Menschenseele mehr begegnet, und als die Dorfälteste herbeikam, um sie zu begrüßen, schien auch sie froh, die Reisenden zu sehen.

»Es war ein langer Winter«, sagte sie, »und wir haben in all den Monden keinen Menschen zu Gesicht bekommen, außer ein paar Kentauren, die vor Hunger so schwach waren, daß sie nichts von unseren Frauen wollten, sondern nur um etwas zu essen baten.«

»Wie traurig«, erwiderte Kassandra. Die Dorfälteste verzog mißbilligend das Gesicht.

»Du bist Priesterin, und ich nehme an, es ist deine Pflicht, auch für solche Mitleid zu empfinden. Aber sie haben uns so oft in Angst und Schrecken versetzt, daß ich nur Genugtuung spüre, wenn ich sehe, wie sie heruntergekommen sind. Mit ein bißchen Glück werden sie alle verhungern, und wir brauchen sie nie wieder zu fürchten. Habt ihr Eisenwaren oder Waffen zu tauschen? In letzter Zeit will niemand, der hier vorbeizieht, mit uns Handel treiben. Alles

Eisen und alle Waren, die die Karawanen bei sich haben, ist für den Krieg in Troia bestimmt, und für uns bleibt nichts.«

»Tut mir leid, ich habe keine Waffen«, erwiderte Kassandra. »Aber wir werden ein paar eurer Gefäße kaufen, wenn ihr sie immer noch macht.«

Man brachte die Gefäße, und sie wurden des langen und breiten in Augenschein genommen. Die Nacht brach ein, und die Dorfälteste bat die Gesellschaft, mit ihr zu essen und den Handel am nächsten Morgen abzuschließen. Die Frau stellte ihnen eine steinerne Hütte zur Verfügung und lud sie zum Abendessen in die größte Hütte ein. Die Mahlzeit war nicht besonders üppig; das Fleisch schien von einer Art Erdhörnchen zu stammen und war zusammem mit bitteren Eicheln und geschmacklosen weißen Wurzeln gekocht. Aber es war wenigstens etwas Frisches. Kassandra dachte an das vergiftete Getreide und zögerte, überhaupt etwas zu essen. Dann beruhigte sie sich mit dem Gedanken: *Ich bin zwar immer noch im gebärfähigen Alter, aber ich bin nicht verheiratet und werde es vermutlich nie sein. Außerdem ist es auch kaum wahrscheinlich, daß ich schwanger werde, solange die beiden Kammerfrauen rechts und links von mir schlafen.*

Das Dorf muß die Seuche irgendwie überstanden haben, denn sonst wäre inzwischen niemand mehr am Leben.

Endlich sahen sie die eisernen Tore von Kolchis. Sie waren so groß und eindrucksvoll wie immer, und Kassandra zog ihr ledernes Reitzeug aus und legte ihre besten troianischen Gewänder in prachtvollen leuchtenden Farben an. Kara flocht ihr die Haare und steckte sie in der kunstvollen Weise auf, wie die Priesterinnen des Sonnengottes sie trugen. Kassandra wollte Königin Imandra als Prinzessin von Troia begegnen, nicht als herumziehende Bittstellerin.

Man empfing sie am eisernen Stadttor als troianische Gesandte und lud sie ein, im Palast zu wohnen. Kassandra erklärte, sie müsse zuerst dem Sonnengott ihre Aufwartung machen, und begab sich zum großen Tempel in der Stadtmitte. Sie opferte Apollon, dem Gott mit dem Langbogen, ein Paar Tauben. Danach führte man sie in den Palast und brachte sie in die schönen Gästegemä-

cher. Dort standen Kassandra Bade- und Ankleidefrauen zur Verfügung; während der langen und wohltuenden Badeprozedur, bei der sie nur wenig selbst zu tun hatte, dachte Kassandra, daß sie auf der langen Reise völlig vergessen hatte, was Luxus und Bequemlichkeit ist. Sie genoß das dampfende Wasser, die wohlriechenden Öle, die sanfte Massage des Körpers mit Bürsten und die weichen Hände der Frauen. Dann kleidete man sie in kostbare Gastgewänder und führte sie in den Audienzsaal der Königin Imandra.
Kassandra hatte damit gerechnet, daß die Königin älter aussehen werde; auch sie war nicht mehr das kindliche Mädchen, das schüchtern und befangen an Penthesileas Seite vor vielen Jahren hierhergekommen war. Doch die Veränderung übertraf ihre Vorstellungen bei weitem. Wäre sie dieser Frau nicht im Thronsaal begegnet, hätte sie in ihr nie die stolze Nachfahrin der Medea erkannt.
Imandra war unglaublich dick geworden; sie war nicht mehr stattlich, sondern fett und über und über mit Gold behangen. Allerdings ringelte sich um den dicken Leib nicht mehr die große Schlange. Wangen und Lippen waren mit leuchtendem Rot geschminkt; sie trug die hauchdünnen bunten Gewänder aus dem Land der Pharaonen, und wie immer war ihr Haar mit Juwelen übersät. In all diesem Prunk waren nur die fröhlichen dunklen Augen unverkennbar dieselben, auch wenn sie in den Fleischwülsten irgendwie verloren wirkten.
Als Kassandra die Halle betrat und stehenblieb, um die Königin auf die zeremonielle Weise zu begrüßen, erhob sich Imandra von ihrem Thron und ging – vielmehr watschelte – ihr entgegen.
»Nein, meine Liebe, keinen Fußfall von meiner Großnichte«, sagte sie und zog Kassandra in die warmen, duftenden Arme – das Parfüm war so vertraut wie die Augen. »Ich kann dir nicht sagen, wie sehr ich mich freue, dich zu sehen, Tochter des Priamos. Du hast eine sehr lange Reise hinter dir, und sicher bringst du Nachrichten von meiner geliebten Tochter . . .«
»Von deiner Tochter und deinem Enkelsohn. Andromache ist Mutter und bald – nein, wenn alles gutgegangen ist, hat sie inzwischen ihr zweites Kind«, sagte Kassandra, und Imandra strahlte.
»Ich wußte es. Ich wußte es. Habe ich dir nicht gesagt, Liebster, daß so viel Zeit vergangen ist, daß ich inzwischen zweimal Groß-

mutter sein müßte, wenn meine Tochter ihre Pflicht erfüllt hat?« fragte sie den hübschen jungen Mann an ihrer Seite, der ein goldenes Gewand trug und wie ein Athlet oder der Sieger bei Wettspielen aussah. »Morgen muß ich in die Schale schauen und versuchen, das Kind zu sehen. Ich will auch wissen, ob es meiner Tochter gutgeht.«

Imandra reichte Kassandra die Hand, führte sie zur Tafel und setzte sie zwischen sich und den prächtig gekleideten jungen Mann.

»Erzähl mir alles, was in den Jahren in Troia geschehen ist, seit du mich verlassen und mein größtes Kleinod mitgenommen hast. Und was hat dich allein auf diese weite Reise geführt?«

»Vielleicht«, sagte der junge Mann, »ist die Herrin Kassandra gekommen, um unseren Beistand im Krieg gegen die Achaier zu erbitten.«

»Dann würde sie nicht unter dem Schutz Apollons reisen«, erwiderte Königin Imandra. »Mein lieber Junge, ich kenne mich in solchen Dingen aus.« Sie wandte sich wieder Kassandra zu. »Du mußt deinen Eid nicht brechen, falls du einen geleistet hast. Ich werde Priamos unaufgefordert alle Soldaten, Männer und Frauen schicken, die mir zur Verfügung stehen, und auch so viele Wagen mit Eisen und Waffen wie möglich.«

»Du bist überaus großzügig«, sagte Kassandra und erzählte von ihrer Mission. Imandra lächelte und küßte sie.

»Morgen früh werden wir meine Priesterinnen und Schlangenmeisterinnen befragen«, sagte sie, »oder dann, wenn ein günstiger Tag für solche Fragen ist. Ich muß wohl nicht betonen, daß dir und dem troianischen Apollon alles Wissen unserer Stadt zu Diensten steht. Du sollst jederzeit mit allen ungehindert reden können. Aber du mußt mir versprechen, daß du lange in Kolchis bleibst.«

»Die Königin ist sehr gnädig«, sagte Kassandra. Sie hatte genug vom Reisen und wünschte sich im Augenblick nichts mehr als einen langen Aufenthalt in Kolchis.

»Keineswegs, Großnichte«, erwiderte Imandra. »Bist du nicht auch Priesterin? Stehst du nicht meiner Tochter am nächsten? Meine Wahrsager haben verkündet, das Kind in meinem Leib wird wieder eine Tochter sein, und ich betrachte es als ein gutes Vorzeichen, daß du bei der Geburt hier sein wirst.«

Kassandra hatte nicht im geringsten daran gedacht, die Königin könne schwanger sein. Hätte sie das überhaupt in Betracht gezogen, wäre sie der Ansicht gewesen, Imandra sei zu alt, um noch ein Kind zu bekommen. Aber als sie die Königin jetzt genauer betrachtete, entdeckte sie tatsächlich die ersten Anzeichen einer Schwangerschaft. Sie beglückwünschte die Königin und fragte: »Soll das Kind an Andromaches Stelle die Thronfolgerin werden?«

»Ja. Andromache liegt nichts an der Königswürde. Das hast du sicher inzwischen auch festgestellt«, sagte Imandra. »Es fällt einer Frau nicht schwer, die Geschäfte einer Königin zu vergessen, wenn sie glücklich ist – auch wenn es sich bei dieser Frau um eine Königin handelt. Habe ich das nicht schon öfter gesagt, Agon?«

Der hübsche junge Mann antwortete: »O ja, Herrin.«

Imandras dickes Gesicht verzog sich zu einem Lächeln, das Kassandra nur als töricht bezeichnen konnte, als die Königin ihren Günstling anhimmelte. Kassandra begriff plötzlich, was geschehen war. Die unabhängige Königin Imandra, die Herrin von Kolchis, war bis über beide Ohren in einen hübschen jungen Mann verliebt, der nicht älter war als ihre Tochter. Und sie *war* vernarrt in ihn. Das hörte man, wenn sie mit ihm sprach. Außerdem aß Agon von ihrem Teller, trank aus ihrem Becher, und die Königin schob ihm alle Leckerbissen zu.

Nach dem Essen ließ Kassandra die Truhen bringen und packte die Geschenke aus, die Andromache ihrer Mutter geschickt hatte: bestickte Wandbehänge, Ballen kostbarer, gefärbter Stoffe, kunstvoll verzierte Bronzeschwerter und Messer, von denen die Königin einige, ohne nachzudenken, sofort dem jungen Mann schenkte.

»Aber sag mir nicht, daß du mich verlassen und in Troia kämpfen willst«, erklärte sie streng. »Ich brauche dich hier, denn du mußt mir helfen, unsere Tochter großzuziehen. Und falls die Wahrsager sich irren und es ein Sohn wird, ist das noch wichtiger.«

»Ich würde nicht im Traum daran denken, dich zu verlassen, meine Herrin«, erwiderte Agon, »und schon gar nicht, um in einem fernen Land zu kämpfen. Wenn Agamemnon oder ein paar andere hierherkommen und versuchen würden, Kolchis zu erobern, wäre das natürlich etwas anderes.«

Imandra wandte sich an Kassandra: »Erzähl mir von diesem Krieg und der spartanischen Königin«, sagte sie. »Unsere Länder liegen zwar weit auseinander, aber natürlich weiß ich einiges über ihre Familie. Was für eine Frau kann das sein, um die ein so großer Krieg entbrannt ist?«

Kassandra erwiderte nachdenklich: »Ich hatte nicht erwartet, daß ich sie mögen oder achten würde. Aber so ist es. Die Götter haben ihr etwas Schlimmes angetan, als sie es so einrichteten, daß sie meinem Bruder Paris begegnete.«

»Nun ja, sie hatte das Recht, sich einen Gefährten zu nehmen«, sagte Imandra und lächelte den jungen Agon schelmisch an. »Sie hat allerdings den Fehler begangen, Menelaos nicht fortzuschicken – oder das alte Opfer zu vollziehen! Man sollte alles so tun, wie es der alten Ordnung entspricht. Vergiß nicht, Helenas Fehler lag nicht darin, sich einen Liebhaber zu nehmen. Dieses Recht konnte ihr niemand absprechen. Ihre Mutter war die rechtmäßige Königin von Mykenai, und Helena herrschte in Sparta. Ihr Verbrechen – und für eine Königin war es wirklich ein Verbrechen – bestand darin, Sparta diesem Menelaos zu überlassen. Damit hat das ganze Durcheinander begonnen. Haben die Spartaner Helenas Tochter die Macht übergeben, damit sie dort herrscht? Ich wette, das ist nicht geschehen. Hermione ist noch zu jung, um zu wissen, daß ihr der Thron zusteht. Die achaischen Barbaren versuchen, ihre ›Könige‹ in unserer zivilisierten Welt an die Macht zu bringen. Und dann reden sie ständig von ›Vaterschaft‹, als könne ein Mann Leben erschaffen. Nur die Göttin haucht den Kindern den Atem und damit das Leben ein, und doch sind diese Männer überheblich genug zu behaupten, eine Frau sei nichts anderes als ein Ofen, in dem ihr Kind – *ihr* Kind, hat man je einen solchen Unsinn gehört? – gebacken wird. Agamemnon – er soll bei jeder Göttin und allen Furien verflucht sein!« rief Imandra.

»Er ist der Befehlshaber der achaischen Truppen aus Mykenai«, sagte Kassandra.

»Ja. Weißt du, daß er Helenas Schwester geheiratet hat, die ihrer Mutter auf den Thron von Mykenai gefolgt ist? Klytaimnestra ist die Ältere der Zwillinge und sehr schön, wenn auch nicht so schön wie Helena. Klytaimnestra hatte eine Tochter, die sie Iphigenie nannte. Sie wurde der Schlangenmutter geweiht und war schon als Kind die Hohepriesterin und Hüterin des Tempels. Agamemnon hatte seinem Bruder geschworen, ihn in allen Dingen zu unterstützen, und als dieser Krieg begann, mußte er Mykenai verlassen. Er fürchtete, Klytaimnestra würde sich an seiner Stelle einen anderen Gefährten wählen. Sie war zornig, weil er gewagt hatte, ohne ihre Zustimmung einen solchen Schwur zu leisten, und sie droht, nach Agamemnons Abreise ihren Vetter Aegisthos zu ihrem Liebhaber zu machen. Agamemnon drohte Klytaimnestra, Orestes, den Sohn, den sie ihm geboren hatte, wegzunehmen. Klytaimnestra erklärte daraufhin, mit dem Jungen könne er machen, was er wolle. Aber wenn er es wagen sollte, eines ihrer Kinder zu seinen unheilvollen Göttern zu bekehren, werde sie Orestes ebenso wie ihn, ihren Gefährten, verstoßen. Daraufhin machte Agamemnon den Knaben zum Priester des Poseidon – ich glaube, es war Poseidon, der Pferdegott – und ließ ihn bei den Kentauren aufziehen. Als Agamemnon mit seinen Truppen nach Troia aufbrechen wollte, hinderte ihn eine Flaute am Auslaufen. Agamemnon ließ Klytaimnestra bitten, ihre Tochter Iphigenie zu schicken, um den Winden zu opfern. Iphigenie kam als Priesterin, und was tat Agamemnon? Er machte Iphigenie auf Grund falscher Orakelsprüche selbst zum Opfer. Klytaimnestra konnte sich keinen anderen Gefährten nehmen, denn ihre jüngere Tochter war noch zu klein, um ihre Nachfolgerin zu werden. Und wie ich gehört habe, hat sich diese jüngere Tochter, Elektra heißt sie, von der Erdmutter abgewendet. Wer könnte ihr das zum Vorwurf machen? Wenn sie eine Priesterin würde wie ihre Schwester, müßte sie vielleicht auch als Opfer auf dem Altar sterben. Aber Klytaimnestra hat Rache geschworen, und auf Agamemnon wartet eines Tages die Rache der Erdmutter. Täusche dich nicht, er wird sterben. Die Götter lassen nicht so mit sich spotten.«

»Also geht es nur darum, ob das Land von Königen oder Königinnen regiert wird?«

»Worum sonst? Weshalb sollten Männer am Herd oder über eine Stadt herrschen, wo die Frauen das Zepter führen, seit die Erdmutter Leben geschaffen hat? Die alte Ordnung war die beste, nach der in jedem Jahr der König für sein Volk sterben mußte. Und damals stellte sich die Frage nicht, ob ein König seinen Sohn als Erben einsetzen konnte. Für Tausende von Jahren, bis diese achaischen Wilden kamen und versuchten, unser Leben zu ändern, war das die einzige Ordnung . . .«

»Und dann, wer weiß? Vielleicht gab es einen Krieg, und ein König war als Anführer so tüchtig, daß man ihn nicht sterben lassen wollte. Oder eine närrische Frau, wie ich es bin, wollte ihren Liebhaber nicht verlieren.« Sie warf dem jungen Agon einen zärtlichen Blick zu. »Dann kam das Pferdevolk, und die ersten Könige setzten ihre überheblichen Götter ein – auch den Sonnengott, der behauptet, die Schlangenmutter erschlagen zu haben.« Imandra gähnte. »Ich sage dir, die Welt verändert sich. Aber schuld daran sind die Frauen, die die Männer nicht auf ihre Plätze verwiesen haben.«

»Und du glaubst, das sei der Grund für diesen Krieg?« fragte Kassandra.

»Mein Liebes, ich bin mir sicher«, erwiderte die Königin. »In Kolchis hätte das nie geschehen können.«

16

Kassandra war in den Gemächern untergebracht, die früher den königlichen Töchtern vorbehalten gewesen waren. Im Schlafgemach hatten sie und Andromache damals wach gelegen und die fallenden Sterne beobachtet. Wenige Tage nach ihrer Ankunft weckte sie Königin Imandra morgens persönlich.

»Liebes, die Hohepriesterin im Tempel der Schlangenmutter ist bereit, dich zu empfangen.«

Kassandra weckte ihre Kammerfrauen und wollte, daß man sie, wie es sich für eine Bittstellerin gebührte, in ein einfaches, ungebleichtes Gewand kleidete. Adrea erhob Einspruch: »Du bist eine troianische Prinzessin und selbst Priesterin. Du solltest als Gleichgestellte zu ihr gehen, Herrin.«

»Ich gehe zu ihr, um Wissen zu bekommen, das sie besitzt und nicht ich«, erwiderte Kassandra. »Ich finde es richtiger, wenn ich demütig zu ihr gehe und sie um ihre Hilfe bitte.«

Die Kammerfrau wollte das nicht einsehen, aber Königin Imandra sagte: »Ich glaube, du hast recht, Kassandra. Wenn sie mich ruft, gehe ich auch in aller Bescheidenheit zu ihr.«

Kassandra seufzte erleichtert und band sich die weichen Sandalen. Sie haßte es, die prächtigen Hofgewänder zu tragen und als Prinzessin herausgeputzt zu sein.
Die Sonne stand noch nicht hoch am Himmel, aber die Morgenwolken waren bereits von den Sonnenstrahlen aufgesogen worden, und Kassandra spürte die Hitze auf dem Kopf und durch das Gewand hindurch auf den Schultern. Der Weg durch die Stadt kam ihr lang vor, und ihre Füße waren schwer, als sie schließlich die hohen, von Titanen erbauten Stufen des Tempels hinaufstiegen.
Erleichtert stellte sie fest, daß es im Innern dunkel und kühl war, und von ferne hörte sie das angenehme Geräusch fließenden Wassers. Eine schweigsame Dienerin in einem dunklen Gewand führte sie in einen schattigen, mit Fliesen ausgelegten Innenhof. Am anderen Ende stand ein Thronsessel, in dem eine große, dicke alte Frau mit weißem Haar saß.
»Die Priesterin Arikia«, murmelte Imandra.
Sie näherten sich langsam dem Thron. Zuerst glaubte Kassandra, um den goldenen Haarschmuck der Priesterin winde sich eine lebende Schlange; dann erkannte sie, daß es nur eine sehr lebensechte, bemalte Schlange aus Ton oder Holz war. Die Priesterin trug ein ärmelloses Gewand aus rotem Stoff mit einem üppigen Muster, das wie Schlangenschuppen wirkte. Um die Hüfte wand sich tatsächlich eine lebende Schlange – die größte, die Kassandra bisher gesehen hatte. Die Schlange hatte den gleichen Umfang wie die sehr dicken Arme der Priesterin. Sie hatte sich zweimal um Arikias Hüfte geringelt; die alte Priesterin hielt den Kopf der Schlange in der einen Hand und strich ihr mit der anderen gedankenverloren das Kinn.
Mit weicher Stimme, aus der trotzdem Autorität sprach, sagte sie: »Sei gegrüßt, Königin Imandra. Ist das die troianische Prinzessin, von der du mir erzählt hast?«
Imandra erwiderte: »Herrin, das ist Kassandra, die Tochter der Königin Hekabe von Troia.«
Kassandra fühlte die Augen der alten Priesterin, die so dunkel und unbewegt wie die Augen der Schlange waren, auf sich ruhen. »Und was möchtest du von mir, Kassandra von Troia?«
Kassandra kniete unwillkürlich vor der alten Frau nieder.

»Ich bin aus Troia gekommen, um von dir – vielmehr von der Schlangenmutter zu lernen«, erwiderte sie.
»Dann sage mir, was du wissen möchtest«, forderte die alte Priesterin sie auf, »denn für dich, die Tochter der Hekabe, werde ich tun, was in meiner Macht steht.«
Ermutigt berichtete Kassandra vom Tod und der Flucht der Schlangen aus dem Tempel des Sonnengottes, und daß sie nicht bereit sei, sie durch neue zu ersetzen, ehe sie nicht mehr über ihre Pflege wisse. Die alte Frau lächelte. Sie streichelte immer noch das Kinn der Schlange, vielmehr die Stelle, wo ein Kinn gewesen wäre, wenn Schlangen so etwas hätten. Schließlich sagte sie: »Ich sollte eigentlich alle meine Priesterinnen zusammenrufen, damit sie dich sehen. Denn in ganz Kolchis finde ich keine einzige junge Frau, die diese Kunst erlernen möchte. Und du bist deshalb den weiten Weg von Troia zu mir gekommen.
Ich frage dich also, Kassandra: Wirst du IHR die geziemende Ehrfurcht erweisen, während du im Tempel der Schlangenmutter weilst?«
»Ich gelobe es, Herrin.«
Arikia lächelte und streckte die Hand aus. »So sei es«, sagte sie. »Ich nehme dich im Tempel auf. Du kannst hier bleiben, und nichts von dem uralten Wissen soll dir verborgen sein, solange du bei uns bist. Du kannst sie bei uns lassen, Imandra, und auch du kannst gehen«, fuhr sie fort, und ihre durchdringenden Augen richteten sich auf Adrea. »Sie wird im Tempel der Mutter keine Kammerfrau brauchen. Wenn sie Hilfe benötigt, werden ihr Priesterinnen zur Hand gehen.«
Adrea erklärte entschieden: »Herrin, ich habe ihrer Mutter versprochen, daß ich in der Fremde auch nicht einen Tag von ihrer Seite weiche.«
Arikia sagte freundlich: »Ich mache dir deshalb keinen Vorwurf, Tochter. Aber glaubst du wirklich, sie braucht deinen Schutz, wenn sie sich in den Händen der Großen Mutter befindet?«
»Vermutlich nicht, Herrin. Wenn du es so ausdrückst, wo wäre sie sicherer als in den Händen der Großen Göttin. Aber ich kann das Versprechen, das ich Königin Hekabe gegeben habe, nicht brechen«, erwiderte Adrea.

»Trotzdem«, sagte Arikia, »glaube ich, du mußt sie hier bei mir und der Göttin lassen. Aber du kannst alle paar Tage kommen und allein und unbeaufsichtigt mit ihr sprechen, um dich zu versichern, daß es ihr gutgeht und sie aus freiem Willen hier ist.«

Imandra fragte: »Muß sie im Tempel wohnen, Herrin Arikia? Ich wäre glücklicher, wenn ich sie als meinen Gast im Palast hätte. Sie könnte in den Tempel kommen, wann immer du sie hier sehen möchtest.«

»Nein, das genügt nicht. Sie muß bei uns sein und lernen, mit uns und unseren Schlangen zu leben«, erwiderte Arikia. »Ist das zuviel verlangt, Kassandra?«

»Keineswegs«, sagte Kassandra. »Ich verehre Königin Imandra als Verwandte meiner Mutter und als meine Freundin. Aber ich bin mehr als bereit, im Haus der Mutter zu wohnen, wie es sich für eine Priesterin schickt.«

Imandra und Adrea umarmten sie und verabschiedeten sich. Nachdem sie gegangen waren, fragte die alte Priesterin, die gesehen hatte, daß Kassandra die Schlange nicht aus den Augen ließ, die immer noch bewegungslos um Arikias Hüfte lag: »Fürchtest du dich vor Schlangen, Kassandra?«

»Aber nein, Herrin«, und ohne nachzudenken fügte sie hinzu: »Das ist eine sehr schöne Schlange.«

»Unter den Schlangen ist sie eine echte Herrscherin«, stimmte Arikia ihr zu. »Möchtest du sie halten?«

»Gewiß, wenn sie zu mir will«, sagte Kassandra, obwohl sie noch nie eine so große Schlange gehalten hatte. »Ich nehme an, sie ist nicht giftig?«

»Siehst du das nicht? Nun ja, das ist eines der ersten Dinge, die wir dir beibringen müssen. Natürlich ist sie nicht giftig. Ich würde es nicht wagen, mit einer der giftigen Schlangen so umzugehen. Giftschlangen sind selten so gutmütig und beinahe nie so groß wie diese.«

Arikia zog den großen Schwanz der Schlange von ihrem Körper weg. »Siehst du, auf diese Weise entrollt sie sich, denn sie hat keinen Halt an meinem Körper, wenn ich sie so halte. Streck die Hand aus, damit sie deinen Geruch aufnehmen kann. Kassandra gehorchte und zuckte nicht mit der Wimper, als der große Schlangenkopf näherkam und die gespaltene Zunge schnell und kaum merklich über ihre Hand glitt. Die Schlange bewegte sich, glitt geschmeidig wie Seide am Arm der alten Priesterin entlang und legte sich um Kassandras Schultern und Hüfte. Der große dreieckige Kopf richtete sich auf. Kassandra nahm ihn in die Hand und begann, die Schlange sanft unter dem Kinn zu streicheln. Zu ihrer Überraschung spürte sie, wie alle Spannung aus dem Schlangenleib wich und das überraschend große Gewicht auf ihr lastete.

»Gut – sie mag dich«, sagte Arikia. »Es würde mir wenig nützen, wenn ich dich hier aufnehme und sie dich ablehnt. Trotzdem, früher oder später mag sie einmal erschrecken, wenn du sie hältst, und wird vielleicht beißen. Weißt du, was du dann tun mußt?«

Die alte Meliantha im Tempel des Sonnengottes hatte es Kassandra beigebracht.

»Ja. Man darf sie nicht noch mehr ängstigen oder versuchen, sie wegzuziehen, sondern muß einen anderen holen, der sie mit dem Schwanz zuerst vom Körper löst«, erwiderte Kassandra, streckte die Hand aus und zeigte Arikia die kleinen Narben, wo eine der Tempelschlangen sie gebissen hatte, als sie noch Melianthas Schülerin gewesen war. Arikia lächelte.

»Gut. Aber was möchtest du dann noch von uns lernen?«

»O vieles«, erwiderte Kassandra eifrig. »Ich möchte wissen, wie man Schlangen im freien Gelände findet und fängt, wo sie ihre Eier legen, wie man sie zum Schlüpfen bringt, und wie man ihnen beibringt, zu kommen und zu gehen. Das habe ich mit eigenen Augen gesehen. Ich möchte lernen, wie man sie richtig füttert und versorgt, damit sie lange leben, wie man ihr Vertrauen gewinnt und sie zufrieden macht, damit sie nicht fliehen.«

Die alte Frau lachte leise, streckte die Hand aus und umfaßte den Kopf der großen Schlange.

»Gut. Ich glaube, das kannst du alles hier lernen. Ich nehme sie wohl besser wieder zurück. Ich bin ihr Gewicht gewöhnt, und ein so schlankes Wesen wie du kann sie sicher nicht lange tragen. Du mußt gut essen und dick werden wie ich oder Imandra, ehe du eine wahre Priesterin der Schlangenmutter sein kannst. Vielleicht wird der Tag kommen, an dem du sie dem Volk zeigen wirst. Es gefällt ihr, bewundert zu werden – oder zumindest sieht es so aus. Noch etwas . . . Manche Mädchen haben ein zu weiches Herz oder haben Mitleid mit den kleinen Tieren – Tauben, Mäuse, Kaninchen –, die Schlangen fressen. Wird dir das auch Schwierigkeiten machen?«

»Keineswegs. Nicht ich, sondern die Götter haben bestimmt, daß manche Tiere die Nahrung anderer Lebewesen sind. Ich habe sie nicht geschaffen, und es ist nicht an mir zu bestimmen, was sie fressen sollen«, erwiderte Kassandra. Meliantha hatte diese Antwort einmal einer jungen Frau im Tempel gegeben, die den Schlangen keine lebenden Mäuse füttern wollte.

»Gut«, sagte Arikia, »wir müssen ein Zimmer für dich finden und dir eine Priesterin als Begleiterin geben. Wir müssen dich mit den anderen bekannt machen, die hier leben. Du bist eine troianische Prinzessin, und ich hoffe, das Zimmer ist dir nicht zu klein.«

»O nein«, erwiderte Kassandra. »Ich freue mich darauf, eine von euch zu sein.«

Arikia umarmte sie liebevoll und führte sie in den Tempel der Schlangenmutter.

17

Für Kassandra begann eine Zeit wie noch nie in ihrem Leben. Da sie bereits Priesterin war, mußte sie keine mühsamen Pflichten übernehmen oder Prüfungen ablegen. Als jüngste Priesterin (viele der Priesterinnen im Tempel waren alt und gebrechlich, denn nur wenige junge Frauen entschlossen sich, der Schlangenmutter zu dienen), übertrug man ihr zeitweilig, für die Tiere zu sorgen, die als Futter für die Schlangen gehalten wurden; sie mußte die Töpfe säubern und die Opfergaben zählen. Kassandra wurde von allen freundlich aufgenommen und ihrem Rang entsprechend behandelt. Man brachte Königin Imandra nicht mehr Ehrerbietung entgegen, und Arikia liebte Kassandra bald wie eine Tochter.

In vieler Hinsicht glich die Zeit im Tempel der Schlangenmutter den ersten Jahren im Tempel des Sonnengottes. Es gab jedoch einen großen Unterschied. Im Tempel der Schlangenmutter lebten nur Priesterinnen, und Kassandra blieben Schwierigkeiten erspart, wie Khryse sie heraufbeschworen hatte. Die einzigen Männer wa-

ren Sklaven, und keiner hätte es gewagt, einer Priesterin zu nahe zu treten.
Kassandra lernte alles, was die Priesterinnen über das Leben der Schlangen wußten. Bald konnte sie die giftigen von den ungiftigen unterscheiden, bestimmte harmlose Arten zähmen, die gewissen Giftschlangen ähnlich sahen, so daß ein Zuschauer glauben mochte, sie fürchte den Tod nicht. Kassandra hatte auch keine Angst vor den großen Schlangen und gehörte bald zu denjenigen, die sie vorzugsweise trugen. Und nicht selten, wenn die riesige Herrscherin der Schlangen in Prozessionen dem Volk gezeigt wurde, übertrug man Kassandra die Aufgabe, sie zu tragen.
Sie eignete sich alles Wissen über Schlangen an, zum Beispiel wie man sie findet und fängt, oder wie man sie füttert und hält, badet und umsorgt, wenn sie sich häuten. Sie trug sogar einmal ein Schlangenei länger als einen Mond zwischen den Brüsten, bis die kleine Schlange schlüpfte. Dann wärmte sie die Schlange mit ihrem Körper. Daraufhin erhielt sie den Ehrentitel unter den Priesterinnen: Schlangenmutter.
Kassandra dachte selten an Troia. Hin und wieder erreichten Nachrichten über den Fortgang des Krieges Kolchis, die vielleicht auf dem langen Weg entstellt worden waren. Idomeneo von Kreta und die minoischen Könige verbündeten sich mit Troia. Aber die meisten vom Festland schlugen sich auf die Seite der Achaier. Die Inselbewohner hielten aus alter Treue zu dem einst mächtigen Atlantis zu Priamos und den Göttinnen von Troia und Kolchis.
Bei Vollmond entzündete Kassandra manchmal ein magisches Feuer und blickte bei seinem Licht in die mit klarem Wasser gefüllte Schale. Auf diese Weise erfuhr sie, daß Andromache einen zweiten Sohn geboren hatte, der aber starb, noch ehe die Nabelschnur verheilt war. Kassandra wünschte, sie hätte in dieser Nacht in Troia sein können, um ihre Freundin zu trösten.
Sie wußte auch, daß Helena ihrem Bruder Paris Zwillingssöhne gebar; Kassandra überraschte das nicht. Schließlich war Paris ein Zwilling, und auch Helena hatte eine Zwillingsschwester. Kassandra dachte daran, daß sie vielleicht auch Zwillinge bekommen würde, vielleicht sogar Zwillingstöchter, falls sie einmal Kinder haben würde. Helenas Kinder waren gesund und kräftig, obwohl sie

nicht die Schönheit ihrer Mutter und ihres Vaters hatten. Aber sie wuchsen so schnell, daß sie bereits nach einem halben Jahr anfingen zu laufen.
Noch ehe die Zwillingssöhne entwöhnt waren, stürzte Priamos bei einem Scharmützel am Strand. Er war bettlägerig und erlitt in dieser Zeit einen Schlag: Die rechte Gesichtshälfte blieb schlaff und unbeweglich, und er zog von da an den rechten Fuß nach. Er ernannte Hektor offiziell zum Befehlshaber seiner Truppen – was niemanden überraschte. Die Soldaten hielten Priamos die Treue und jubelten ihm bei den seltenen Gelegenheiten zu, wenn er vor ihnen erschien. Aber sie verehrten Hektor, als sei er Ares persönlich.
Die Zeit in Kolchis verging ohne Zwischenfälle. Kassandra war immer ein gerngesehener Gast im Palast, und Imandra ließ sie oft rufen. Manchmal suchte sie nur ihre Gesellschaft, und gelegentlich bat sie Kassandra, in die Wasserschale zu blicken, um ihr zu berichten, wie es mit dem Krieg stand, oder um nach den Amazonen Ausschau zu halten, denn sie wollte sich vergewissern, daß es Penthesilea und ihren Frauen nicht allzu schlechtging. Kassandras Tage vergingen mit Lernen und der Erfüllung ihrer Pflichten, und eines Tages stellte sie überrascht fest, daß sie Troia schon vor mehr als einem Jahr verlassen hatte. Die Frauen betrachteten jede Geburt als ein Fest, und im Palast wurden immer Kinder geboren. Die geweihten Priesterinnen der Schlangenmutter heirateten jedoch nicht; die meisten hatten ein Keuschheitsgelübde abgelegt, und deshalb gab es im Tempel keine Geburten. Kassandra überlegte, wann Königin Imandra wohl ihr Kind bekommen werde.
Bald darauf erfuhr sie in der Stadt, daß die Königin durch die Straßen gehen werde, um ihr Volk im Namen der Erdmutter zu segnen. Kassandra erinnerte sich unbestimmt daran – es gehörte zu ihre ersten Erinnerungen als Kind –, daß Hekabe vor der Geburt von Troilus das ebenfalls getan hatte. In Troia war es ein alter, jedoch halb vergessener Brauch, den man ohne größeres Zeremoniell beachtete. Wenn die Königin sich in den Straßen zeigte, liefen immer Frauen herbei und baten um ihren Segen. In Kolchis wurde die Sitte nach alter Weise gepflegt, und so überraschte es Kassandra nicht, daß eine richtige Prozession stattfand. Offenbar hatte

man bis zum letzten Augenblick gewartet; die Geburt mußte unmittelbar bevorstehen. Imandra konnte nicht mehr gehen, sondern mußte in einer Sänfte getragen werden. Und Arikia, die Vertreterin der Schlangenmutter auf Erden, sollte ebenfalls durch die Straßen getragen werden, wobei die Schlangen der Weisheit sie von Kopf bis Fuß schmücken würden, so daß allen Frauen der Stadt nicht nur der Segen der schwangeren Königin, sondern auch der Segen der Schlangenmutter zuteil würde.

»Warum gerade jetzt? Will man, daß die Wehen der Königin auf der Straße einsetzen?« fragte Kassandra.

»Das ist schon vorgekommen«, erwiderte Arikia. »Es wäre nicht das erste Kind einer Königin von Kolchis, das in den Straßen der Stadt zur Welt kommt. An der Prozession werden viele Hebammen vom Hof teilnehmen. Die Astrologen der Königin haben herausgefunden, daß es ein günstiger Tag ist. Und je näher die Geburt bevorsteht, desto mehr Segen kann die Königin natürlich gewähren.«

»Ja, natürlich.« Das verstand Kassandra. Die Prozession sollte an diesem Morgen stattfinden, und Kassandra half den anderen Priesterinnen dabei, Arikia anzukleiden und zu schmücken. Sie legten ihr die mächtige Schlangenherrscherin um die Hüfte und zwei kleinere Schlangen um die Arme. Die Prozession würde für die alte Frau sehr anstrengend sein, denn sie mußte die Schlangen hochhalten, damit das Volk sie sah. Kassandra wünschte, sie als Jüngere und Kräftigere könne Arikia diese Aufgabe abnehmen. Sie sagte das auch, aber die alte Priesterin erwiderte nur: »Für die Königin ist es noch mühsamer, Liebes. Imandra ist so dick wie eine Python, die eine Kuh verschluckt hat. Vielleicht kannst du mich das nächste Mal vertreten. Imandra ist meine alte Freundin, und ich freue mich, bei ihrer Prozession dabeizusein. Auch zu dir ist sie sehr freundlich gewesen. Bitte noch etwas mehr Rot auf meine linke Wange, und die zerstoßenen Kräuter müssen in der Räucherpfanne verbrannt werden. Die Schlangen lieben diesen Geruch, und er macht sie sehr viel friedlicher. Wirst du mich begleiten, Kassandra? Du kannst die Räucherpfanne überwachen und dich bereithalten, um mir die kleineren Schlangen abzunehmen, wenn sie unruhig werden sollten. Es ist zwar unwahrscheinlich, aber natürlich immer möglich.«

Kassandra wußte, das war eine besondere Auszeichnung, um die sie die anderen Priesterinnen beneiden würden. Aber einer troianischen Prinzessin ließen sie natürlich ehrerbietig den Vortritt. Sie verließ rasch das Gemach und zog ihr bestes Ritualgewand an. Sie legte sich zwei oder drei kleinere Schlangen um die Arme und band zwei andere so um die Stirn, daß sie eine Krone bildeten. So geschmückt (sie dachte: *Vielleicht war eine solche Schlangenkrone das Vorbild für die Statuen der legendären Medusa*), trat sie in den Vorhof des Tempels hinaus, und als man Arikia auf die Sänfte hob, stieg sie zu ihr hinauf.
Es war kalt. Durch die Straßen blies zwischen den hohen Gebäuden ein scharfer Wind. Von den Bäumen und Büschen waren schon alle Blätter abgefallen. Arikia saß auf ihrem Thron und hielt die Schlangen hoch, so daß die Frauen auf den Straßen sie sehen konnten. Imandras Sänfte wurde vor ihnen hergetragen. Kassandra sah die hochschwangere Königin, der die Haare offen über die Schultern fielen. Die Frauen drängten sich in den Straßen – viele waren schwanger –, liefen herbei, drängten sich zwischen den Wachen hindurch, hoben die Arme und flehten um den Segen.
Der kalte Wind ließ Kassandra frösteln. Sie war dankbar für die Schlangen, die sich um ihre Arme wanden und einen gewissen Schutz boten. Die Tiere regten sich nicht. *Sie mögen die Kälte ebensowenig wie ich*, dachte Kassandra und sehnte sich nach der warmen Sonne ihrer Heimat.
Sie blickte auf die große Gestalt der Königin in der Sänfte, die vom mächtigen Zauber und Glanz der Göttin überschattet war, und fiel beinahe in Trance. Die Frauen am Straßenrand hoben die Hände, flehten um Fruchtbarkeit und um das Glück, die schwangere Königin berühren zu dürfen, die die Göttin verkörperte. Kassandra hob ihre Arme mit den Schlangen hoch und hörte die Rufe nach Imandra und der Erdmutter, nach Arikia und der Schlangenmutter, und dann rief jemand irgendwo in der Menge: »Seht doch, die troianische Priesterin, die Geliebte Apollons!«
Plötzlich war sie hellwach. Entsprach das der Wahrheit, oder hatte Apollon sie vergessen? *Vielleicht ist es Zeit*, dachte sie, *daß ich nach Troia, zu meinem Volk und zu meinen Göttern, zurückkehre*. Die Frauen, die hier in Kolchis der Göttin dienten, waren sehr viel freier. Aber

was nutzte Kassandra die Freiheit, wenn sie als Preis dafür immer unter Fremden leben mußte? Dieser Gedanke versetzte ihr einen Stich ins Herz. Sie wurde hier geliebt und hatte viele Freundinnen. Konnte sie es ertragen, sie alle zu verlassen und in eine Stadt zurückzukehren, in der man von den Frauen erwartete, daß sie sich ihren Ehemännern und Brüdern unterwarfen?

Die Sonne schien heiß. Kassandra zog den Schleier über den Kopf, tauchte ein Tuch in eine Schale Wasser und befeuchtete die Köpfe der Schlangen. »Bald ist alles vorbei«, murmelte sie, »und ihr dürft wieder in der Kühle und im Dunkeln sein.« Eine der Schlangen suchte Schutz in ihrem Gewand, und da die Menge sich bereits verlief, hinderte Kassandra sie nicht daran.

Die Sänftenträger gingen langsamer und blieben schließlich stehen. Diener hoben Imandra vorsichtig von ihrem Thronsessel. Das war keine leichte Aufgabe. Die Königin schritt langsam auf die Sänfte mit den Priesterinnen und ihren Schlangen zu.

»Kassandra, meine Freundin, kommst du heute abend in den Palast und blickst für mich in die Schale?«

»Mit Vergnügen«, erwiderte Kassandra. »Ich komme, sobald ich meine Schlangen versorgt habe, wenn Arikia es erlaubt«, fügte sie mit einem Blick auf die alte Priesterin hinzu, die lächelte und nikkend ihre Zustimmung erteilte.

Im Tempel der Schlangenmutter half sie den Trägern, Arikia in ihrem verdunkelten Gemach auf das Lager zu betten. Dann nahm sie ihr die Schlangen ab und badete die Tiere im Brunnen des inneren Hofs. Sie aß ein paar Früchte und etwas Brot, zog ihr einfachstes Gewand an und verließ den Tempel. Inzwischen war es etwas wärmer – die frühe Nachmittagssonne schien –, und auf den Straßen drängten sich die Menschen. Aber niemand erkannte in der schlanken, dunkelhaarigen Frau in ihrem schlichten Gewand die Priesterin, die prächtig gekleidet und von Schlangen gekrönt durch die Stadt getragen worden war.

Die Frauen der Königin führten Kassandra in die königlichen Gemächer. Ein Feuer brannte und verbreitete eine angenehme Wärme. Imandra lag mit gelösten Haaren in einer Hängematte, und ihr Bauch wölbte sich hoch über den Kissen. Der Glanz der Göttin war erloschen, und sie wirkte müde. Das Gesicht war sicher blaß, aber

sie hatte sich nicht die Mühe gemacht, die Schminke entfernen zu lassen.
Sie hätte Andromache hier in Kolchis bei sich behalten sollen, anstatt sie nach Troia zu schicken. Dann müßte sie sich jetzt nicht den Gefahren einer späten Geburt aussetzen, dachte Kassandra zu ihrer eigenen Überraschung. *Aber jetzt braucht sie wieder eine Tochter, die nach ihr den Thron von Kolchis besteigt.*
Als ahne die Königin Kassandras Gedanken, schlug sie die Augen auf.
»Ah, meine Tochter, du bist gekommen, um mir Gesellschaft zu leisten. Ich bin froh. Möglicherweise wird die Kleine« – sie legte die Hand auf den Leib – »noch heute zur Welt kommen. Zum Glück ist die Prozession vorüber, und ich muß die neue Königin nicht auf der Straße gebären. Ich werde bald die Frauen zusammenrufen. Sie sind verärgert, wenn man es ihnen nicht rechtzeitig sagt, denn sie haben ein Recht auf ihr Fest. Kassandra, Liebes, wie alt bist du?«
Kassandra versuchte nachzurechnen. In Troia zählte man die Jahre einer Frau nach der Pubertät nicht.
»Ich glaube, im Sommer werde ich neunzehn oder zwanzig«, erwiderte sie. »Mutter hat mir erzählt, daß ich kurz vor der Sommersonnenwende geboren wurde.«
»Dann bist du ein Jahr älter als meine Andromache. Du hast mir erzählt, daß Andromaches ältester Sohn inzwischen alt genug für seinen ersten Bronzehelm ist und Unterricht im Schwertkampf erhält. Ich glaube, ich kenne keine andere Frau in deinem Alter, die nicht verheiratet ist. Manchmal denke ich, du hättest meine Tochter sein sollen, denn du hältst die alten Sitten in Kolchis in Ehren, und Andromache scheint in Troia als folgsame Gemahlin von Hektor glücklich zu sein.« Sie verzog leicht spöttisch, beinahe verächtlich den Mund. »Aber du bist die Tochter des Priamos und eine Troianerin. Willst du dein ganzes Leben lang unverheiratet bleiben, Liebes?«
»Ich habe es mir nie anders vorgestellt«, erwiderte Kassandra. »Ich habe mich dem Sonnengott Apollon geweiht.«
»Dir entgeht alles, was das Leben lebenswert macht«, sagte Imandra und seufzte.
Sie runzelte die Stirn und blieb eine Weile reglos liegen. Dann sagte

sie. »Blick doch in die Schale, damit ich alte Frau noch einmal das Kind meiner Tochter sehe.«
Kassandra hatte Bedenken. »Vielleicht solltest du jetzt in erster Linie an *dieses* Kind denken. Du brauchst all deine Kraft, bis es sicher hier bei uns ist, Tante.«
»Du redest wie eine Priesterin – und die Priesterinnen reden nur Unsinn«, erwiderte Imandra unwirsch. »Ich bin kein fünfzehnjähriges Mädchen, das sein erstes Kind bekommt. Ich bin eine erwachsene Frau und eine Königin und nicht weniger Priesterin als du, Kassandra von Troia.«
»Ich wollte damit nicht andeuten . . .«, wehrte Kassandra ab.
»O ja, genau das wolltest du. Leugne es nicht«, sagte Imandra. »Tu das, worum ich dich gebeten habe, Kassandra. Sonst werden es andere tun, obwohl es nicht viele gibt, die so weit oder so gut sehen.«
Imandra hatte immer recht, und Kassandra wußte es.
»Also gut«, willigte sie ein und fügte liebevoll ironisch in Gedanken hinzu: *Du halsstarriges altes Weib.* »Ruf deine Frauen«, sagte sie zu Imandra. »Sie sollen dich für die Geburt vorbereiten. Nimm bitte meine Worte nicht ernst, wenn das, was ich sage, dir Schmerz oder Kummer bereitet. Ich bin nur der Bote, die Flügel des Vogels, der solche Worte bringt.« Kassandra kniete nieder und traf Anstalten, das magische Feuer zu entzünden, das es ihr ermöglichen würde, in der Schale mit dem reinen Wasser etwas zu sehen.
Imandras Frauen kamen und gingen und bereiteten alles für die Geburt vor. Auch Adrea und Kara, Kassandras Kammerfrauen, erschienen. Sie begrüßten Kassandra und fragten außer Hörweite der Königin: »Sollen wir ewig hier in dieser fremden Stadt bleiben, Prinzessin? Wann kehren wir endlich nach Troia zurück?«
»Wenn Königin Imandra es will«, erwiderte Kassandra. »Ich werde sie nicht verlassen, solange sie mich hier braucht.«
»Wie kann sie dich mehr brauchen als deine eigene Mutter, Herrin? Glaubst du wirklich, Königin Hekabe sehnt sich nicht nach dir?«
»Ihr habt meine Erlaubnis, nach Troia zurückzukehren, wann immer ihr wollt«, entgegnete Kassandra gelassen, »wenn es euch gefällt, noch heute abend. Aber ich habe Königin Imandra ein Ver-

sprechen gegeben und werde es nicht brechen.« Sie erhob sich und trat an das große Bett, auf das die Frauen die Königin gelegt hatten, und wo sie ruhen sollte, bis sie sich auf den Gebärstuhl setzen würde. Das Gemach füllte sich langsam mit den Frauen des Palastes, die Zeuge der königlichen Geburt sein wollten.
»Ich frage mich«, sagte Imandra verdrießlich, »ob es je vorkommt, daß die Erdmutter ein Kind in den falschen Leib schickt. Soviel ich weiß, wäre Andromache für Hekabe die richtige Tochter gewesen, und du warst in Troia schon immer fehl am Platz . . .« Sie umklammerte Kassandras Hand. »Bitte verlaß mich nicht«, flehte sie. »Die Götter werden mit ihrer Prophezeiung warten, bis unsere Augen bereit sind zu sehen.«
»Ich weiß nicht, welche Absicht die Göttin verfolgte, als sie mich Hekabe von Troia und nicht Imandra von Kolchis als Tochter gab«, sagte Kassandra und drückte ihre Wange an die der älteren Frau. »Aber was immer der Grund gewesen sein mag, Tante, ich liebe und verehre dich, als seist du meine Mutter.«
»Das glaube ich, mein Kind«, sagte Imandra und gab Kassandra einen Kuß. »Versprich mir, daß du in Kolchis bleibst und meine Tochter nach alter Sitte erziehst, wenn mich die Göttin heute zu sich nimmt, denn wir alle können in solchen Stunden von IHREN Flügeln erfaßt werden.«
»Aber ich bitte dich, du darfst jetzt nicht vom Sterben sprechen. Du wirst noch viele, viele Jahre leben und mit ansehen, wie die Kinder deiner Tochter auf ihrem Schoß sitzen«, beschwichtigte Kassandra. Eine Dienerin reichte ihr einen Becher Wein und einen Teller mit Honigkuchen. Sie trank geistesabwesend einen Schluck und stellte den Kuchen beiseite.
»Ich will für dich jetzt in die Schale blicken«, sagte sie und kniete sich auf den Steinboden, wo das magische Feuer brannte. Sie konzentrierte sich auf den Tag, an dem Andromaches erster Sohn geboren worden war und Hektor das kleine Menschenkind blaß und aufgeregt angesehen hatte.
Schatten zogen über das Wasser, flossen zusammen und formten Hektors Gesicht . . . der rote Helmbusch hing schlaff herab und war mit feuchtem, dunkleren Rot beschmiert . . . Kassandra keuchte, als ein plötzlicher Schmerz ihr Herz durchbohrte. *Hektor!* War er

tot, oder sah sie nur die Zukunft? Troia befand sich im Krieg, und es war mehr als wahrscheinlich, daß Hektor als Heerführer, der immer als erster auf das Schlachtfeld stürmte, durch die Hände, die blutigen Hände des Achilleus fallen würde ... Dieses höhnische, blasse und schöne Gesicht, schön und böse ... Schnee fiel auf das Wasser, und Kassandra wußte, sie sah in die Zukunft. Aber in welchem Jahr geschah es? Kassandra wußte es nicht.
Imandra ließ Kassandra nicht aus den Augen, als versuche sie verzweifelt, an ihrer Vision teilzuhaben. Sie fragte: »Was hast du gesehen?«
»Hektors Tod«, flüsterte Kassandra. »Aber einen Krieger erwartet kein anderes Ende, und wir wissen schon lange, daß es so kommen wird. Aber noch ist es nicht soweit. Vielleicht sind es bis dahin noch viele, viele Jahre ...«
»Das Kind«, flüsterte Imandra, »sag mir etwas über das Kind.«
»Als ich es das letzte Mal gesehen habe, war es gesund und groß geworden. Der Kleine hatte bereits ein hölzernes Schwert und einen Spielzeughelm«, erwiderte Kassandra. Sie wollte nicht noch einmal in die Schale blicken und das Unheil sehen, denn sie hatte nie daran gezweifelt, daß es so kommen würde. »Die Zeichen sind heute abend nicht gut für die Sicht, Imandra. Ich bitte dich, erspare mir, noch einmal in die Zukunft zu blicken.«
»Wie du willst«, sagte Imandra, aber ihr Gesicht verriet die Enttäuschung.
»Ich könnte zufrieden sterben, wenn ich nur den Sohn meiner Tochter sehen würde, und sei es auch nur durch deine Augen, nicht durch meine ...«
Farbige Flecken zogen über das Wasser. *Feuer. Flammen über den Toren von Troia* ... Sie erinnerte sich an Hektors spöttische Worte. *Du kennst nur ein Lied, Kassandra. Feuer und Unheil für Troia. Und du singst es jahrein, jahraus, wie ein Sänger, der keine andere Weise kennt ... Ja, ich weiß, Troia wird untergehen, aber noch nicht ... Ihr Götter, ich flehe euch an, laßt mich etwas anderes sehen!*
Die Flammen erloschen. Sie sah grelles Licht ... das strahlende Sonnenlicht, das sich an den weißen Mauern von Troia brach ... Es verschmolz zum zornigen, düsteren Gesicht von Khryse, das von der Trauer gezeichnet war.

Apollon, Sonnengott. Wenn ich all das in DEINEM *Licht sehe, warum zeigst* DU *mir nur das, was ich bereits weiß?*
Ein Strahlen zog über das Wasser, als blicke sie geradewegs in das Antlitz der Sonne. Khryse schien größer zu werden, und jetzt sah Kassandra das blendende Licht des Gottes. Sie wußte, wer über die Mauern und Wälle Troias stürmte. ER war schrecklich in SEINEM Zorn. ER hatte den schimmernden Bogen gespannt, schoß goldene Pfeile . . . schoß wahllos auf Troianer und Achaier, und die schrecklichen Pfeile Apollons trafen ihr Ziel . . .
Kassandra schrie auf und verbarg das Gesicht in den Händen. Die Vision verschwand, zerrann wie Wasser. Sie sah nichts mehr.
»Nicht auf uns«, stöhnte sie. »Nicht auf DEIN Volk, Sonnengott. Verschone uns mit DEINEM Zorn, nicht die Pfeile Apollons . . .«
Die Frauen drängten sich um Kassandra, schüttelten sie, versuchten sie vom Boden hochzuheben und benetzten ihr die Lippen mit Wein.
»Was hast du gesehen? Erzähl es uns, Kassandra! Versuch es, bitte . . .«
»Nein! Nein!« rief sie und kämpfte darum, nicht zu schreien. »Wir müssen sofort aufbrechen! Wir müssen nach Troia zurückkehren . . .« Aber beim Gedanken an den endlos langen Weg von Kolchis in die Heimat erfaßte sie eisige Furcht.
»Wir müssen sofort aufbrechen. Wir müssen bei Tagesanbruch oder sogar noch heute abend aufbrechen«, rief sie und umklammerte die Hände ihrer Kammerfrauen, die sie stützten. »Wir müssen gehen . . . wir dürfen keinen Augenblick länger warten . . .«
Kassandra erhob sich schwankend, ging zu Imandras Bett, kniete dort nieder und flehte: »Die Götter rufen mich nach Troia zurück. Ich bitte dich, Tante, erlaube mir, sofort zu gehen . . .«
»Jetzt?« Imandra konzentrierte sich mit ihrem Bewußtsein und dem Körper völlig auf die Wehen, die sie immer öfter erfaßten, und starrte Kassandra verständnislos an. »Nein, ich verbiete es. Du hast versprochen, bei mir zu bleiben . . .«
Verzweifelt begriff Kassandra, daß sie mit ihren Bedürfnissen diese Frau nicht belasten durfte, die dem stärksten Ruf des Lebens gehorchen mußte. Kassandra mußte warten. Sie wischte sich die Tränen ab, die ihr unbemerkt über die Wangen gelaufen waren, und richtete ihre Aufmerksamkeit auf Imandra.

»Hast du das Kind meiner Andromache gesehen?« fragte Imandra flehend.
»Nein«, erwiderte Kassandra begütigend und verdrängte den Anblick des zerschmetterten Kindes am Fuß der Mauern von Troia. *Das habe ich schon einmal gesehen ...* »Nein, heute abend haben es mir die Götter nicht gezeigt. Ich habe nur gesehen, daß es schlecht um meine Stadt steht.«
Das Meer ist schwarz von den Schiffen der Achaier. Auf den Mauern, wie Schwärme von Ameisen, die Soldaten des Achilleus. Mauern stürzen ein, Flammen schlagen hoch.
Nein, nicht jetzt ... nein, noch nicht, noch nicht die endgültige Zerstörung. Noch nicht ... Aber noch schlimmer, die schrecklichen Pfeile Apollons, die er in SEINEM *Zorn auf Achaier und auf Troianer schießt ...*
Eine Frau stimmte ein altes Geburtslied an, und nach einem Augenblick erstaunten Schweigens ... *Wie können sie singen und tun, als sei das hier ein ganz normales Fest der Frauen? Aber nein, sie haben weder das Blut noch die Flammen oder die Pfeile des zornigen Gottes gesehen ...* fiel Kassandra ein und ermutigte die Seele, sich mit dem Körper des Kindes zu vereinigen, der sie erwartete. Mit den anderen bat sie die Göttin, den Körper des Kindes aus dem Leib der Königin zu befreien, der es wie ein Kerker umschloß. Ein Lied folgte auf das andere, und später tanzte eine Priesterin den seltsamen Tanz der Seele, die ihren Weg aus der Welt DAVOR an den Wächtern vorbei sucht. Langsam ging die Nacht vorüber, und als der Himmel vor Sonnenaufgang erblaßte, gebar die Königin schließlich mit einem glücklichen Aufschrei ihr Kind. Die ranghöchste Hebamme des Palastes nahm das Kind, hielt es hoch und rief: »Es ist eine Tochter, eine kräftige und gesunde Tochter, eine kleine Königin für Kolchis!«
Die Frauen begrüßten das Neugeborene mit Jubelrufen, trugen es zum Fenster und hielten es der aufgehenden Sonne entgegen. Dann reichten sie das kleine nackte Kind herum, damit jede Frau es umarmen und küssen konnte. Schließlich verlangte Königin Imandra: »Gebt sie mir. Ich will sehen, ob meine Tochter wirklich stark und gesund ist.«
»Einen Augenblick, wir müssen die Kleine wegen der Kälte erst wickeln«, sagte die Hebamme und hüllte das Neugeborene in ein Schultertuch der Königin.

Gebadet und gewickelt reichte man den Säugling endlich Imandra, und die Königin drückte das Gesicht zärtlich an die Wange ihrer kleinen Tochter.
»Ach, ich habe so lange darauf gewartet, dich in den Armen zu halten, meine Kleine. Es ist, als halte ich mein Enkelkind. Ich kenne keine Frau, die in meinem Alter ein Kind geboren und die Geburt überlebt hat. Dabei geht es mir so gut wie damals, als man mir Andromache reichte.« Sie wickelte die Kleine so fieberhaft aus wie alle Mütter und zählte jeden Finger und jeden Zeh. Dann zählte sie noch einmal, um sicher zu sein, daß sie keinen übersehen hatte, und küßte jeden einzelnen, als zolle sie ihm einen besonderen Tribut.
»Sie ist schön«, sagte Imandra und lächelte glücklich, als sie ihre Tochter geherzt und liebkost hatte. Dann zog sie einen kostbaren Ring vom Finger und reichte ihn der Hebamme. »Für dich, eine Zugabe zu deinem Lohn, den mein Haushofmeister dir zahlen wird.« Die Hebamme bedankte sich überwältigt von solcher Großzügigkeit und zog sich ehrerbietig zurück.
Imandra fuhr fort: »Wir werden ihr am ersten günstigen Tag ihren Namen geben. Bis dahin ist sie meine kleine Perle . . . denn sie ist so glatt und rosa wie eine der Perlen, die die Taucher der Inseln aus den Tiefen des Meeres holen. Und ich werde sie Perle nennen, meine kleine Perlenprinzessin.«
Die Frauen waren sich alle einig, daß es ein hübscher Name sei. Man würde ihn benutzen, bis die Prinzessin von den Priesterinnen ihren offiziellen Namen erhielt, aber inoffiziell würde sie ihn ihr ganzes Leben behalten.
Dann winkte die Königin Kassandra zu sich.
»Kassandra, du hast rote Augen, und du scheinst dich nicht mit uns zu freuen. Hast du ein schlechtes Omen für mein Kind gesehen und teilst meine Freude deshalb nicht?«
Kassandra fuhr zusammen. Sie hatte befürchtet, ihren Kummer vor Imandras scharfen Augen nicht verbergen zu können. »Nein, Tante, ich freue mich aufrichtig über dein Glück«, beteuerte sie. »Ich kann dir nicht sagen, wie groß meine Freude darüber ist, daß du gesund bist und daß es dir gutgeht. Aber ich habe immer rote Augen, wenn ich so wenig schlafe wie in dieser Nacht. Und . . .«

Sie zögerte, die Stimme versagte ihr. »Die Götter haben mir ein schlimmes Omen für Troia geschickt. Man braucht mich dort. Ich bitte dich, Tante, erlaube mir, sofort aufzubrechen.«
Imandra wirkte traurig, aber der Schmerz in Kassandras Gesicht besänftigte sie. Sie erwiderte: »Bei diesem Wetter? Der Winter ist nahe, und die Reise wäre schrecklich. Ich hatte gehofft, du würdest bei mir bleiben und mir helfen, meine Tochter zu erziehen. Ich hatte wenig Glück, Andromache zu meiner Nachfolgerin auf dem Thron zu machen. Ich gebe wenig auf Orakelsprüche und Omen. Und doch kann ich dir an einem Tag, an dem die Göttin mir diese schöne Tochter geschenkt hat, nichts verweigern. Aber du mußt nicht mich, sondern die Schlangenmutter um Erlaubnis für die Abreise bitten. Nicht mir, sondern IHR hast du dich hier geweiht. Und du mußt zumindest so lange warten, bis ich Geschenke gefunden habe, die ich mit dir nach Troia schicken möchte – für Andromache, ihr Kind, für meine Verwandte Hekabe und nicht zuletzt auch für dich, meine liebe Tochter.«
Kassandra hatte gewußt, daß dies unumgänglich sein würde, und sie redete sich ein, das Unheil, das sie vorausgesehen hatte, sei nicht so nahe, daß ein Tag und selbst eine Woche viel bedeuten könne. Die Pflichten der Verwandtschaft und der Höflichkeit durften nicht außer acht gelassen werden, da Königin Imandra so gut zu ihr gewesen war. Doch ihr Herz sträubte sich dagegen. Alles, was sie von Troia fernhielt, erschien ihr plötzlich hassenswert. Sie war sicher, daß Arikia ihr Treulosigkeit vorwerfen würde. Aber sie sah keinen Ausweg. Man hatte ihnen hier großzügig Wissen und Freundschaft geschenkt, und sie konnte sich nicht wie eine Diebin aus Kolchis davonstehlen.
Also nahm sie sich zusammen und ging in den Tempel, um sich von der Schlangenpriesterin die Erlaubnis zur Abreise geben zu lassen.

In der Nacht und während des langen darauffolgenden Tages, als die Wagen, Tiere und Geschenke zusammengestellt wurden und alles, was sie auf dem langen Weg nach Troia benötigen würden, blieb Kassandra Zeit, sich wieder zu beruhigen – und sei es auch nur, weil sie nicht ständig in dieser fiebrigen Spannung von Angst und Schrecken leben konnte. Sie wußte zwar, daß die Götter sie nach Troia riefen, um ihr Schicksal zu erfüllen, wie immer es aussehen mochte, aber es kam ihr nicht in den Sinn, in Kolchis zu bleiben, um es dadurch zu vermeiden. Es gab viele Geschichten von Menschen, die selbstsüchtig glaubten, ihrem Schicksal zu entgehen, indem sie einer Aufgabe auswichen, damit aber unweigerlich das Schicksal herbeiführten, das sie fürchteten.

Die Vision verhieß nicht den Untergang Troias; vielleicht verhieß sie sogar, daß Apollon den Krieg nicht duldete. Vielleicht würde ER die Kämpfenden sogar zu einer Art Waffenstillstand zwingen, und alles würde gut ausgehen . . . .

Kassandra tat es aufrichtig leid, Kolchis, die Freiheit und Ehre zu verlassen, die sie hier kennengelernt hatte. Aber schließlich machte sie sich drei Tage später hochgemut und froh – zumindest nicht traurig – auf den Rückweg.

18

Sie brachen beim ersten Tageslicht auf. Königin Imandra hatte ihnen robuste Wagen zur Verfügung gestellt, die von Maultieren gezogen wurden. Kassandra ritt wieder ihren Esel. Die beiden Kammerfrauen saßen im ersten Wagen. Der Trupp zog durch die noch dunkle Stadt; nur aus einer Schmiede, in der eine muskulöse Schmiedin arbeitete, sprühten leuchtende Funken. Adrea und Kara waren überglücklich, weil es wieder in Richtung Heimat ging, obwohl sie sich vor der langen Reise, vor gefährlichen Räubern und Kentauren, vor tief verschneiten Bergpässen und umherziehenden wilden Männern oder Frauen fürchteten, die vielleicht glauben würden, sie hätten Reichtümer bei sich – oder für die ihre Nahrungsvorräte, Kleider und Geschenke Reichtum genug wären.

Kassandra ritt schweigend neben dem Wagen. Ihr fehlten bereits ihre Freunde unter den Menschen und Tieren im Tempel der Schlangenmutter. Es tat ihr leid, Imandra verlassen zu müssen. Sie würden sich in dieser Welt wohl kaum noch einmal begegnen.

Als sie durch das eiserne Stadttor fuhren, trieben ein paar Schneeflocken durch die Luft. Der Himmel war grau und düster. Es wur-

de heller, obwohl die Sonne nicht zu sehen war, und Kassandra blickte zum letzten Mal auf die hohen Stadttore von Kolchis zurück, die rostrot in der grauen Dämmerung leuchteten.
Es konnte nicht viele Frauen ihres Alters geben, die in ihrem Leben zweimal eine solche Reise machten; und wenn sie es zweimal getan hatte, weshalb sollte es ihr dann nicht dreimal oder noch öfter möglich sein? Vielleicht warteten noch viele Abenteuer auf sie. Selbst wenn sie nach Troia zurückritt, gab es keinen Grund, das Gefühl zu haben, daß die Mauern der Stadt sich wieder um sie schlossen, denn noch war es nicht soweit.
Als der Troß an diesem Abend haltmachte, und Kassandra sich mit den Frauen schlafen legen wollte, fragte Adrea: »Hast du vor, mit dieser Kreatur in einem Bett zu schlafen, Prinzessin?«
Kassandra strich mit der Hand über die Schlange, die sich weich und warm in ihrem Untergewand zusammengeringelt hatte.
»Natürlich, ich bin ihre Mutter. Ich habe das Ei an meinem Körper getragen, bis die Schlange geschlüpft war. Solange sie lebt, hat sie jede Nacht an meiner Brust geschlafen.«
»Ich bin bereit, für die Tochter deiner Mutter viel zu tun, und habe viel für sie getan«, erklärte Adrea, »aber ich werde mein Bett nicht mit einer Schlange teilen! Kann sie nicht am Feuer schlafen oder in einem Topf wie die anderen auch?«
»Nein, das kann sie nicht«, erwiderte Kassandra mit einer gewissen Schadenfreude, »ich versichere euch, sie wird nicht beißen. Sie ist ein besserer Bettgefährte als ein Kind, denn sie wird das Bett weder nässen noch beschmutzen, wie es ein Säugling tun würde. Ihr werdet niemals mit einem so sauberen Wesen wie dieser kleinen Schlange schlafen.« Sie streichelte das Tier und fügte hinzu: »Macht euch keine Sorgen. Sie weicht nicht von meiner Seite. Ich bezweifle nicht, daß sie euch mehr fürchtet als ihr sie.«
»Nein«, flehte Adrea, »bitte nicht, Herrin Kassandra. Ich kann das nicht. Ich kann nicht mit einer Schlange in einem Bett schlafen!«
»Oh, wie kannst du es wagen! Sie ist ebenso wie du ein Geschöpf der Göttin, Adrea. Du wirst doch nicht auch so töricht sein, Kara?«
Kara erwiderte trotzig: »Ich werde nicht mit einer schleimigen Schlange schlafen. Bestimmt kriecht sie im Schlaf auf mir herum!«
»Sie beißt nicht – und sie würde dir nichts tun, selbst wenn sie es

versuchte«, erwiderte Kassandra ärgerlich, »sie hat noch keine Zähne. Was bist du doch für eine Närrin.« Sie legte sich zurück und fuhr der Schlange zärtlich über den Kopf, der um Fingersbreit aus dem Ausschnitt des Unterkleids ragte.
»Wenn die Götter dir den Verstand eines Huhns gegeben hätten«, sagte Kassandra, »und du würdest sie nur einmal berühren, wüßtest du, daß sie ebensowenig schleimig ist wie ein Vogel. Sie ist weich, glatt und warm.« Sie streckte die Schlange, die sich um ihre Hand ringelte, Adrea entgegen. Aber die alte Kammerfrau wich mit einem Aufschrei zurück. Kassandra legte sich auf ihre Decken und sagte: »Also, ich bin müde und werde schlafen, auch wenn ihr beide so dumm seid und im kalten Wagen übernachten wollt. Macht eure Betten, wo ihr wollt. Aber löscht die Lampe und laßt uns im Namen der Göttin jetzt alle schlafen.«

Kolchis war bald ihren Blicken entschwunden; sie ritten auf dem gewundenen Pfad durch die Hügel und kamen an kleinen Dörfern vorbei. Die Tage wurden zunehmend kälter; dünne Schneeflocken trieben in der Luft, die auf dem Boden sofort schmolzen.
Eines Morgens, sie waren bereits vor Sonnenaufgang unterwegs, hörte Kassandra ein eigenartiges, durchdringendes, anhaltendes Schreien.
»Oh, das ist ein Kind! Dem Schreien nach zu urteilen, ein kleines. Wie kommt ein kleines Kind allein hier in die Wildnis, wo es Wölfe, sogar Bären gibt?« sagte sie, stieg vom Esel und suchte im fallenden Schnee nach der Ursache des Geschreis. Nach einiger Zeit entdeckte sie ein Bündel auf der Erde. In dem grobgewebten Stoff lag ein kleines, wohlgeformtes Mädchen, dessen Nabelschnur noch nicht verheilt war. Ein dunkler Flaum bedeckte den winzigen Kopf.
»Laß es liegen!« sagte Adrea. »Es ist nur ein Kind aus einem der umliegenden Dörfer, das jemand ausgesetzt hat. Sicher war es eine Dirne, die es nicht großziehen kann, oder eine Mutter mit zu vielen Töchtern.«
Kassandra bückte sich und hob das Kind auf. Obwohl es eingewickelt war, fühlte es sich ganz kalt an, aber es strampelte noch kräftig. Kassandra drückte den Säugling an die Brust, und die Wärme

beruhigte es. Das Weinen verstummte. Es bewegte sich und suchte die Brustwarzen.

»Du, du«, redete Kassandra begütigend auf die Kleine ein und wiegte sie. »Ich habe nichts für dich, armes Kind. Aber ich bin sicher, wir finden für dich etwas zu essen.«

Adrea fragte entsetzt: »Warum sollten wir das, Prinzessin? Du denkst doch sicher nicht daran, es zu behalten?«

»Du bist so sehr darauf bedacht, mich zu verheiraten, damit ich ein Kind bekomme. Jetzt kann ich eins haben, ohne mein Keuschheitsgelübde zu brechen, und das ohne die Schmerzen der Geburt. Warum sollte ich diese Tochter nicht annehmen, die mir die Göttin auf diesem Weg geschickt hat?« Das kleine Mädchen fühlte sich jetzt wärmer an, und es schlief an Kassandras Brust ein. »Das Leben eines Kindes zu retten, ist doch sicher eine gute Tat!«

Anfänglich hatte sie Adrea necken wollen; aber jetzt dachte auch sie an die Unannehmlichkeiten und Schwierigkeiten. Adrea fragte: »Wie willst du es ernähren, Prinzessin? Es ist nicht alt genug, um zu kauen. Du mußt irgendwo eine Amme auftreiben und sie den ganzen langen Weg nach Troia mitschleppen.«

»Keineswegs«, erwiderte Kassandra und dachte über die Sache nach. »Geh mit einem der Männer zurück in das Dorf und beschaffe uns eine gute, gesunde Milchziege. Säuglinge vertragen Ziegenmilch und wachsen gut dabei.« Adrea verzog das Gesicht, und Kassandra befahl: »Geh auf der Stelle! Ziegenmilch ist für uns alle gut. Oder du hältst meine Schlange, und ich gehe selbst...«

Nach dieser Drohung machte sich Adrea mit einem Diener eiligst auf den Weg und kam bald mit einer jungen, starken und gesunden schwarzweißen Ziege zurück, die mit ihrem Gemecker für Lärm sorgte. Keine der beiden Kammerfrauen wußte, wie man eine Ziege molk. Kassandra zeigte es ihnen, und nachdem sie eine Schale Milch hatten, tauchte Kassandra einen Finger hinein und hielt ihn an den Mund des Kindes. Es saugte gierig, und als es schließlich satt war, schlief es wieder ein, ohne Kassandras Finger loszulassen, und lag warm in ihren Armen. Kassandra nahm ein Stück Stoff, knüpfte daraus eine Schlinge, damit sie die Kleine, wie die Amazonenmütter es mit ihren Säuglingen taten, beim Reiten

auf dem Rücken tragen konnte. Sie beschloß, es zunächst einmal »Bienchen« zu nennen, denn nachdem die Kleine sauber und satt war, roch sie so süß wie Honig.
Zumindest hatte sie jetzt etwas, mit dem sie sich auf dem langen Weg nach Troia beschäftigen konnte. Und wenn sie kein Kind großziehen wollte, würde sie es der Königin schenken oder dem Tempel; junge Mädchen waren immer nützlich, denn es gab in jedem Haushalt unendlich viel zu spinnen und zu weben.
Adrea und Kara machten anfangs geringschätzige Bemerkungen über »das aufgelesene Balg«, aber schon bald stritten sie sich, weil jede von ihnen Bienchen während der eintönigen Fahrt im Wagen auf dem Schoß halten wollte. Sie sangen ihr Lieder vor und erzählten ihr Geschichten, die Bienchen natürlich noch nicht verstand. Sie war rundlich und hübsch. Die Frauen kämmten die welligen Haare zu kleinen Löckchen und machten ihr Kleidchen aus den eigenen Sachen. Kassandra konnte sich schon bald nicht mehr vorstellen, wie das Leben ohne das kleine Mädchen gewesen war, das sie beim Reiten auf dem Rücken trug oder auf dem Schoß hatte, wenn sie im Wagen fuhr. Bienchen begriff schnell, wer ihre Mutter war. Die Frauen behandelten sie freundlich, aber wenn Kassandra auftauchte, wollte sie sofort auf ihren Arm, selbst wenn die Frauen sie gerade mit Süßigkeiten fütterten. Den größten Teil der Fahrt schlief sie hinten im Wagen, wobei Kassandras Schlange sich neben ihr zusammenringelte. Bienchen mochte die Schlange offenbar sehr und spielte mit ihr. Als die Frauen Einspruch dagegen erhoben, lachte Kassandra nur.
»Sie ist vernünftiger als ihr. Sie fürchtet das Geschöpf der Göttin nicht. Biene ist die geborene Priesterin, und sie weiß es.«
Tage wurden zu Wochen, während sie den langen Weg zurückfuhren. Als sie schließlich die Hochebene erreichten, hielten sie Ausschau nach den Kentauren. Kassandra hoffte, ihnen zu begegnen. Sie hatte eine Schwäche für das Reitervolk, auch wenn beide Kammerfrauen und alle ihre Begleiter und Kutscher mit diesen Wilden nichts zu tun haben wollten. Sie begegneten zwar keinem lebenden Kentauren, aber eines Abends entdeckten sie in einem Graben ein totes Pferd und die abgezehrte, verkrümmte Leiche seines Reiters. Die spitzen Knochen stachen beinahe durch die Haut. Das

verriet ihnen, daß der arme Mann vor Hunger und Kälte gestorben war.
Kassandras Herz krampfte sich vor Mitleid zusammen. Die Kutscher und Frauen sagten jedoch, das sei ganz gut so, und wünschten allen Kentauren ein ähnliches Schicksal.
Als sie eines Abends gerade das Lager aufschlugen, entdeckte Kassandra in der Ferne einen kleinen Reitertrupp. An der Spitze ritt ein alter Mann; ihm folgten etwa ein halbes Dutzend kleiner Gestalten, die wie Kinder wirkten, vermutlich aber unterernährte Halbwüchsige waren. Kassandra konnte es nicht genau erkennen, aber sie glaubte, es sei Cheiron. Sie winkte den Kentauren und rief ihnen in ihrer Sprache etwas zu. Aber sie kamen nicht näher. Sie zogen langsam ihre Kreise um das Lager, aber zu weit entfernt, um sie deutlich zu sehen oder um zu hören, was sie miteinander sprachen.
»Heute stellen wir besser doppelte Wachen auf«, sagte ein Kutscher, »sonst überfallen sie vielleicht das Lager und ermorden uns alle, während wir schlafen. Den Kentauren kann man nicht trauen!«
»Das ist nicht wahr!« protestierte Kassandra, »sie werden uns nichts tun. Sie fürchten sich mehr vor uns als wir vor ihnen.«
»Man sollte die Kentauren ausrotten«, sagte Kara, »sie sind keine zivilisierten Menschen.«
»Sie sind hungrig. Das ist alles«, sagte Kassandra, »sie wissen, daß wir etwas zu essen und Tiere haben. Schon unsere Ziege wäre die beste Mahlzeit, die sie in diesem Jahr gehabt hätten.«
Trotz der Mißbilligung ihrer Frauen und Diener hätte Kassandra den Kentauren gern Geschenke gemacht und ihnen etwas zu essen gegeben. Deshalb versuchte sie immer wieder, die Kentauren zum Lager zu locken. Aber sie hielten sich vorsichtig fern und umkreisten das Lager, ohne näherzukommen. Die Wachen wurden aufgestellt, und Kassandra lag noch lange wach. Sie dachte an die Kentauren auf ihren Pferden dort draußen in der Dunkelheit. Am nächsten Morgen ließ sie ein paar Gerstenbrote und etwas Mehl in einem alten gesprungenen Topf zurück, den sie ohnehin wegwerfen wollten.
Als sie weiterfuhren, sah Kassandra, daß die Kentauren sich dem

Lagerplatz näherten. Wenigstens würden sie etwas zu essen finden. Das mochte den Hungertod vielleicht für kurze Zeit hinauszögern.
Für Bienchen, dachte Kassandra, *werden die Kentauren nur noch eine Legende sein. Alle werden ihr erzählen, daß sie böse waren. Aber sie besaßen auch Weisheit und eine Lebensweise, die es nie wieder geben wird. Erwartet die Amazonen möglicherweise das gleiche Schicksal?*

Nach der Beinahbegegnung mit den Kentauren kam ihr der Weg lang und eintönig vor. Tag um Tag krochen sie über die Hochebene und begegneten nur wenigen oder keinen Reisenden. Die Tage unterschieden sich nur durch den Mond, der immer wieder zunahm und abnahm, und das Wetter. Es wurde immer kälter und fing an zu schneien. Auf dem Weg durch das Gebiet, in dem Kassandra erwartete, Amazonen zu sehen, entdeckten sie überhaupt keine Reiter – weder Männer noch Frauen. Waren alle Amazonen vom Erdboden verschwunden? Oder wurden sie gefangengehalten und mußten in den Dörfern der Männer dienen? Sie hätte Penthesilea gern eine Nachricht geschickt, hatte aber keine Ahnung, wie sie das bewerkstelligen sollte. Lebte Penthesilea überhaupt noch? Sie versuchte, ihre Tante in der Schale mit reinem Wasser zu sehen, fand sie aber nicht.
Die Steppe lag unter einer tiefen Schneedecke, und es war bitterkalt. Kassandra fürchtete um ihre Schlangen. Sie blieb mit Bienchen in die Decken gehüllt im Wagen, wo ihre Töpfe standen und das Feuer in der Kohlepfanne etwas Wärme verbreitete. Manchmal lag der Schnee so tief, daß die Wagen nicht von der Stelle kamen, und sie waren den ganzen Tag ohne Licht und ohne Wärme. Sie konnten nicht einmal richtig kochen. Die Kammerfrauen mußten sogar die Ziege zu sich in ihren Wagen nehmen, denn das Tier wäre in den tiefen Schneewehen vermutlich verlorengegangen.
Auch Bienchen veränderte sich, während die Monde vergingen. Manchmal hatte Kassandra das Gefühl, sie könne zusehen, wie das Mädchen über Nacht größer wurde. Bienchen schien jeden Tag etwas Neues zu können und damit ihre Ziehmutter zu überraschen. Ein paar Tage nach dem Auftauchen der Kentauren bekam sie ihren ersten Zahn. Kurze Zeit später konnte sie ihre Milch aus

einem Becher trinken, und bald darauf aß sie in Milch eingeweichtes Brot oder alles, was man ihr zerdrückte und mit einem Löffel fütterte. Früher, als Kassandra erwartete, hatte sie alle Zähne, griff nach dem Essen auf den Tellern der andern und kaute darauf herum. Wenn sie abends anhielten, konnte Kassandra sie nicht länger auf den Boden setzen, denn sie kroch davon und fand es schnell höchst unterhaltsam, sich zu verstecken, weil sie dann gerufen und gesucht wurde. Schließlich kam es so weit (glücklicherweise, nachdem der schlimmste Schnee hinter ihnen lag), daß sie Bienchen nicht mehr aus den Augen lassen konnten, weil sie sonst selbst aus dem fahrenden Wagen gekrabbelt wäre. Bald lief und rannte sie übermütig herum, wenn sie anhielten. Kassandra fand, Biene sei kein besonders hübsches Kind. Aber sie war stark und kräftig, nie krank und nur selten unleidlich – auch nicht, als sie zahnte.

Die Zeit verging, und ihr Ziel rückte näher. Sie erreichten eine Gegend mit besseren Wegen und begegneten mehr Reisenden. Scheinbar war die ganze Welt unterwegs nach Troia mit Waffen und allen möglichen Gütern, um sie den Troianern zu verkaufen (oder den Achaiern. Offenbar ließen die Achaier keine Waren mehr in die Stadt und versperrten alle Zugänge vom Land und vom Meer). Eines Tages tauchten vor ihnen die vertrauten Umrisse des Ida auf, und sie fuhren am Skamander entlang.

Beim ersten Anblick der Stadt kam es Kassandra vor, als sei am Fuß der großen Stadtmauer eine zweite, weitläufige Stadt mit Hütten, Zelten und Schutzdächern entstanden. Der Hafen war schwarz von Schiffen, die sich dort drängten. Gestank erfüllte die Luft, als spüle das Wasser nur noch Unrat ans Land. Karren und Streitwagen verstopften die Straßen dieser neuen Stadt, und Kassandras Troß wurde sofort von achaischen Soldaten angehalten. Kassandra erinnerte sich daran, solche Rüstungen bei den Soldaten des Achilleus gesehen zu haben. Man fragte sie nach dem Woher und Wohin.

Ihren Leuten gelang es nicht, den Soldaten etwas zu erklären. Deshalb stieg Kassandra, die die Sprache der Achaier etwas besser beherrschte, vom Wagen. Biene saß auf ihrer Schulter, als Kassandra erklärte, sie sei die Tochter des Priamos und kehre von einer langen

Reise nach Kolchis zurück. Sie dachte nicht daran, daß dies eine große Überraschung sein könne. Doch die Nachricht ging sofort von Mund zu Mund. Schließlich riefen alle nach dem Befehlshaber.
Kassandra vermutete, das sei Achilleus. Aber statt dessen kam der etwas größere, schlankere, dunkelhaarige junge Mann, den sie als Patroklos kennengelernt hatte. Er behandelte sie mit einem gewissen Maß an Höflichkeit – jedenfalls höflicher, als Achilleus in ihrer Erinnerung gewesen war. Aber offenbar erkannte er sie nicht wieder.
»Du behauptest also, du bist die Tochter des alten Königs? Warte! Im Zelt des Königs Agamemnon gibt es eine Frau, die im Palast aufgewachsen ist – zumindest sagt sie das. Sie kann uns verraten, ob du die bist, für die du dich ausgibst, oder nicht.« Er ging davon.
Biene wurde ihr schwer auf den Schultern. Kassandra bat eine der Wachen um Erlaubnis, sie absetzen zu dürfen. »Lauf nicht weg!« ermahnte sie Biene. Sie glaubte nicht, daß einer der Soldaten wissentlich einem Kind etwas tun würde – außer vielleicht in der Hitze eines Gefechts. Aber ganz sicher war sie sich nicht, und sie traute den Achaiern nicht genug, um das auf die Probe zu stellen.
Nach einiger Zeit kam Patroklos mit einer verschleierten Frau. Sie schlug den Schleier zurück und sah Kassandra an. »Ja«, bestätigte sie, »es ist die Tochter des Priamos.« Kassandra erkannte bestürzt und erschrocken Chryseis.
Es beruhigte sie jedoch etwas, daß Chryseis gesund war und daß es ihr offensichtlich gutging. Sie sagte: »Chryseis, ich habe mir Sorgen um dich gemacht. Ich weiß, wie bekümmert dein Vater gewesen ist.« Chryseis war eine große, kräftige Frau geworden. Sie besaß immer noch diese erstaunlich blonden Haare, denen sie ihren Namen verdankte.
Patroklos sprach mit einem der Soldaten. Sie schienen zu überlegen, ob sie Kassandra festhalten und Lösegeld verlangen oder gegen einen gefangenen Achaier austauschen sollten.
»Das könnt ihr nicht«, sagte der Anführer ihrer Männer. »Sie ist eine Priesterin des Apollon und reist unter Apollons Schutz.«
»Ach ja, richtig«, sagte Patroklos, »vielleicht können wir dann et-

was tun, um diesen Apollonpriester zum Schweigen zu bringen, der mit seinem Geschrei ständig König Agamemnon in den Ohren liegt oder jedem, der ihm zuhört. Unsere Priester fordern ohnehin, daß wir Apollon ein großes Opfer bringen. Vielleicht sollten wir mit ihr beraten, was angemessen wäre.«
Er wandte sich Kassandra zu und sagte: »Würdest du für uns dem Sonnengott opfern?«
Kassandra erwiderte: »Ich kenne das Schicksal der letzten Priesterin nur allzu gut, die Agamemnon hat rufen lassen, damit sie für euch opfert. Ich weiß, wer und was geopfert werden würde.« An den Gesichtern der Achaier erkannte sie, daß ihnen diese Antwort überhaupt nicht gefiel.
Chryseis sprach sie zum ersten Mal an: »Du solltest von Agamemnon nicht so sprechen, Kassandra.«
»Er ist kein Freund von mir oder meiner Familie«, erwiderte Kassandra, »und ich schulde ihm auch nicht die Achtung eines Gastes. Ich rede über ihn, wie ich will. Weshalb verteidigst du ihn?«
»Er ist mein Herr und Gebieter und der mächtigste aller Achaier«, antwortete Chryseis, »und du tätest gut daran, ihn nicht zu erzürnen. Wir stehen alle in seiner Macht.«
»Soll ich versuchen, deine Freilassung in die Wege zu leiten, wenn ich in der Stadt bin?« fragte Kassandra leise.
Chryseis warf den Kopf zurück und entgegnete verächtlich: »Darum habe ich nicht gebeten. Mein Vater hat Apollon angerufen, um meine Rückkehr zu erreichen. Aber im Vergleich zu Agamemnon hat Apollon hier keine Macht. Ich möchte lieber einem Mann als einem Gott gehören.«
Plötzlich erinnerte sich Kassandra an ihre schreckliche Vision in Kolchis. Sie zitterte. Dann sah sie Patroklos an und sagte: »Du hast mich nicht schlecht behandelt. Deshalb will ich dich warnen. Ich habe gesehen, wie die schrecklichen Pfeile Apollons Troianer und Achaier gleichermaßen treffen.« Sie hörte, daß ihre Stimme sich hob und sie mit ganzer Kraft schrie, denn sie spürte die bekannte Hitze und das blendende Licht des Sonnengottes: »Oh, hütet euch vor SEINEM Zorn! Hütet euch vor dem Zorn Apollons! Fordert SEINE vernichtenden Pfeile nicht leichtsinnig heraus!«
Patroklos fuhr kaum merklich zusammen. Aber er sah sie nur stirn-

runzelnd an und sagte: »Ja, ich habe gehört, daß du eine Seherin bist. Hör mir gut zu: Ich fürchte deinen troianischen Apollon nicht. Aber es ist immer unklug, die Götter eines anderen herauszufordern. Ich bin geneigt, dich gehen zu lassen. Vermutlich werden unsere Priester das auch sagen. Und ich halte nichts davon, gegen Frauen Krieg zu führen. Aber zuerst müssen wir deine Begleitung und deine Wagen untersuchen.«

Inzwischen hatte sich eine große Menschenmenge um sie versammelt. Die Leute starrten die beiden Kammerfrauen an, die auf Befehl der Wachen jetzt vom Wagen stiegen. Patroklos sah sie an und fragte Kassandra: »Wer ist das?«

»Es sind Kammerfrauen meiner Mutter und meine Dienerinnen.«

»Sind sie auch geweihte Priesterinnen des Apollon?«

»Nein, aber sie stehen auf dieser Reise unter meinem und SEINEM Schutz.«

Kassandra wurde es unbehaglich, als sie sah, wie die Achaier die beiden Frauen anstarrten. Sie nahm Biene auf den Arm, die zwischen ihren Beinen herumgekrabbelt war. Patroklos sagte: »Wir haben nicht annähernd genug Frauen im Lager für die Frauenarbeiten. Deinetwegen will ich mich mit dem troianischen Apollon nicht anlegen. Aber diese Frauen sind rechtmäßig meine Gefangenen.« Er ging hinüber und packte Kara am Arm.

»Du bleibst hier, alte Frau.«

Sie riß sich wütend los.

»Nimm deine Hände weg, du achaisches Untier!«

Patroklos hob langsam die Hand und gab ihr eine Ohrfeige – nicht fest, aber mit Nachdruck. »Ich habe nicht genau verstanden, was du gesagt hast. Aber hier hast du deine erste Lektion, alte Frau. Bei uns redest du mit Männern nicht in diesem Ton! Geh in das Zelt dort drüben. Dort liegen Kleider, die genäht werden müssen. Wenn du gut arbeitest, geben wir dir vielleicht auch etwas zu essen.«

Kassandra rief: »Ich habe dir doch gesagt: Die Frauen stehen unter meinem Schutz und unter dem Schutz des Sonnengotts! Laß sie in Frieden – sonst hüte dich vor SEINEM Zorn!«

»Und ich habe *dir* gesagt«, beharrte Patroklos, »daß ich mit deinem troianischen Apollon nicht das geringste zu tun habe. Ich achte SEINEN Frieden und SEINEN Schutz so weit, daß ich SEINE Seherin

nicht beleidige. Aber die beiden Frauen sind meine Gefangenen, und du kannst nichts dagegen tun.«
Kassandra fiel auf, daß in der Menge auch Frauen standen, und daß keine von ihnen über das Verhalten von Patroklos erstaunt zu sein schien. Kara stieß einen Schrei aus und rannte auf das Stadttor zu. Patroklos winkte einer der Wachen, der ihr nachlief und sie zurückbrachte, und sagte zu Chryseis: »Du da, du sprichst ihre Sprache. Erkläre ihr, was ich gesagt habe. Niemand wird ihr etwas tun, wenn sie ordentlich arbeitet. Vielleicht wiederholst du meine Worte auch der Tochter des Priamos, denn sie scheint mich auch nicht richtig zu verstehen.«
Chryseis wiederholte Kara, was Patroklos gesagt hatte, aber Kassandra unterbrach sie.
»Sag dem achaischen Hauptmann, daß ich ihn sehr gut verstanden habe. Aber die beiden sind meine Kammerfrauen und stehen ebenso unter dem Schutz Apollons wie ich selbst. Er kann sie mir nicht wegnehmen.«
»Glaubst du, du wirst mich daran hindern, Prinzessin?« fragte Patroklos und packte Adrea am Arm. »Die hier ist zu alt fürs Bett. Aber ich wette, sie kann kochen. Achilleus hat gesagt, er braucht jemanden, der die Frau bedient, die er in seinem Zelt hat. Jemand bringe sie hinüber zu Briseis.«
Einer der umstehenden Männer fragte: »Und was ist mit dem Kind? Es sieht stark und gesund aus. Soll ich es ihr wegnehmen?«
»Bei den Göttern des Hades: Nein!« rief er, als er sah, wie Kassandras Hand zum Dolch fuhr. »Die Kleine macht sich ja noch naß. Glaubst du, wir bleiben hier, bis sie gut fürs Bett ist? Vergiß es.« Zu Kassandra sagte er: »Sei dankbar, daß du unter Apollons Schutz stehst. Ich rate dir, steig auf deinen Wagen und fahr weiter ... warte!« Er winkte seinen Männern: »Nehmt alles Eßbare und was wir sonst noch brauchen können aus den Wagen.«
Die Männer kletterten sofort auf die Wagen, zerrten Säcke und Kisten hervor und warfen sie hinunter. Kassandra schwieg. Sie wußte, niemand würde auf sie hören. Wie erwartet, griffen die Männer bald nach den Decken. Plötzlich hörte man einen Schrei. Ein Soldat sprang entsetzt rückwärts, als sich vor ihm eine große Schlange entrollte. Er griff nach einem Speer, aber Kassandra rief ihm zu:

»Nein! Die Schlange ist dem Sonnengott geweiht. Wag nicht, ihr etwas zu tun!«
Der Mann wich bleich wie der Tod zurück. Kassandra sah mit Genugtuung, daß auch die anderen Soldaten fluchtartig von den Wagen sprangen. Sie griff in ihr Gewand und holte ihre Schlange heraus. Sie wand sich um Kassandras Hüfte und glitt dann über den Arm. Die Menge rannte schreiend davon.
»Aaaahhhh! Sie ist eine Zauberin!«
»Ihr Dummköpfe!« rief Patroklos. »Auch unsere Priesterinnen lernen, mit Schlangen umzugehen. Aber rührt sie nicht an. Wir wollen ihre Schlangen hier nicht haben! Geh jetzt!« befahl er Kassandra, »und nimm deine verwünschten Kreaturen mit.« Die Wagen setzten sich in Bewegung.
Kassandra wußte, mehr würde sie nicht erreichen. Kara und Adrea lagen weinend auf den Knien. Kassandra ging zu ihnen hinüber und sagte : »Habt keine Angst. Tut, was sie sagen, und macht sie nicht zornig. Ich gelobe bei Apollon, ich hole euch zurück!« Sie liebte keine der beiden Kammerfrauen sonderlich. Aber sie standen unter ihrem Schutz, und ihre Mutter hielt große Stücke auf sie. Allmählich verstand sie Apollons Zorn. Sie würde sofort mit SEINEN Priestern sprechen.

19

Die Wagen rumpelten über das freie Gelände vor den Mauern Troias, und Kassandra wußte, daß alle Wachen dort oben gesehen haben mußten, was geschehen war. Das Plündern war offenbar nichts Ungewöhnliches, sonst hätten sie eingegriffen und zumindest Pfeile in das Lager der Achaier geschossen. Besser mit der Lage vertraute Reisende, die Waren nach Troia bringen wollten, waren sicher klug genug, den längeren Weg über den Ida zu nehmen – wie sie es hätte auch tun sollen.
Kassandra freute sich trotzdem: Sie hatte immer noch die Schlangen für den Tempel des Sonnengottes. Ihr selbst war nichts geschehen, und die Achaier hatten Biene nicht ernstlich bedroht. Das Abenteuer hätte schlimmer ausgehen können. Aber sie begriff, daß die Feindseligkeiten in der Zwischenzeit ein ungeahntes Aus-

maß angenommen hatten. Sie hätte weitsichtig genug sein sollen und sich nach dem Stand der Dinge genauestens erkundigen müssen.
Vor dem Stadttor wurde sie von einem bewaffneten Troianer angehalten. Sie erkannte Deiphobos, einen Sohn des Priamos von einer seiner Frauen im Palast.
Er verneigte sich.
»Die Hauptstraße ist zu steil für die schweren Wagen, Prinzessin«, sagte er, »du mußt sie um die Stadt herum fahren lassen. Aber für dich öffnen wir die Pforte neben dem Stadttor. Das große Tor wird inzwischen nicht mehr geöffnet, aus Furcht, die Achaier könnten es stürmen. Solange es geschlossen bleibt, kann es nicht erobert werden – es sei denn, irgendein Gott, Poseidon vielleicht, beschließt, es zu zertrümmern«, fügte er hinzu und machte schnell eine Geste, um Unglück abzuwehren.
»Möge dieser Tag fern sein«, erwiderte Kassandra. »Kannst du veranlassen, daß meine Leute und die Wagen zum Apollon-Tempel gebracht werden? In dem einen Wagen sind Schlangen für den Sonnengott. Sie dürfen nicht erschrecken. Ich werde mich später selbst um sie kümmern.«
»Ich schicke sofort einen Boten zum Sonnentempel, und einer meiner Leute wird den Troß begleiten«, versprach Deiphobos höflich, winkte Soldaten herbei und gab ihnen Anweisungen. Kassandra und Deiphobos sahen zu, wie der Troß sich wieder langsam in Bewegung setzte. Ihr Halbbruder fragte: »Wirst du zuerst in den Palast gehen, Schwester?«
»Ja, ich sehne mich danach, meine Mutter wiederzusehen«, sagte Kassandra, »ich hoffe, es geht ihr gut.«
»Königin Hekabe? Aber ja! Obwohl sie wie wir alle nicht jünger wird«, antwortete Deiphobos.
»Und unser Vater? Ist er bei guter Gesundheit? Ich habe gehört, daß er krank war . . .«
»Die Nachricht ist bis nach Kolchis gedrungen? Der Schlag des Gottes hat ihn getroffen. Er ist lahm, und eine Gesichtshälfte ist betroffen«, berichtete der junge Mann, »jetzt führt Prinz Hektor das troianische Heer.«
»Ja, das wußte ich«, sagte Kassandra, »aber auf dem langen Weg

von Kolchis hierher habe ich keine verläßlichen Neuigkeiten mehr gehört. Er hätte inzwischen ebensogut tot sein können.«
»Nein! Ich freue mich, dir sagen zu können, daß er zwar alt wird, aber es geht ihm so gut, daß er jeden Tag auf die Mauer steigt, um zu sehen, was geschieht«, berichtete Deiphobos, »solange Priamos noch immer unser König ist, wird Hektor nicht zu leichtsinnig. Achilleus«, er wies mit einer verächtlichen Geste auf das achaische Lager, »versucht immer wieder, Hektor zum Zweikampf aus der Stadt zu locken. Aber mein Bruder ist vernünftig genug, sich nicht darauf einzulassen. Außerdem wissen wir alle, wie Agamemnon heimtückisch seine Tochter getäuscht hat. Also ist es unwahrscheinlich, daß die Achaier die Regeln des Zweikampfs beachten würden. Wahrscheinlich würden zehn Männer gleichzeitig über Hektor herfallen. Einem Achaier kann man nicht über den Weg trauen. Man sagt: Wenn dich ein Achaier küßt, mußt du hinterher deine Zähne zählen ... das ist ein Diebesgesindel! Aber wie ich sehe, haben sie dich passieren lassen ...«
»Ja, aber ich habe sie als Diebe erlebt«, erwiderte Kassandra, »sie hätten alles gestohlen, aber dann entdeckten sie Apollons Schlangen ... ich glaube, sie fürchteten nicht den Gott, sondern die Tiere. Außerdem haben sie die beiden Kammerfrauen meiner Mutter gefangengenommen.«
Deiphobos legte ihr den Arm um die Schultern.
»Keine Angst, Schwester, wir holen die Kammerfrauen zurück. Aber jetzt will ich einen Diener zum Sonnentempel schicken, damit man dort deine Wagen entlädt, und für dich eine Eskorte anfordern, die dich zum Palast geleitet. Es schickt sich für eine Prinzessin nicht, allein durch die Stadt zu gehen. Ich lasse eine Sänfte holen. Die Herrin Andromache benutzt sie jeden Tag, wenn sie hierherkommt, um Hektor zu begrüßen, ehe die Kämpfe beginnen.«
Kassandra wollte ihm sagen, sie könne sehr wohl zu Fuß gehen. Aber Biene war nicht leicht, und deshalb nahm sie das Angebot an. Bereits kurze Zeit später erschienen Diener in den unverkennbaren Gewändern des Sonnentempels. Kassandra gab ihnen ausführliche Anweisungen, was mit den Schlangen zu geschehen habe, und versprach, sie werde in den Tempel kommen und sich selbst um die Tiere kümmern, sobald sie ihre Eltern begrüßt habe.

Deiphobos hatte sie durch die Pforte in ein kleines Wachhaus geführt. Dort ließ er Erfrischungen für sie bringen, während sie auf die Sänfte wartete, mit der man sie in den Palast tragen sollte.
In dem Raum war es erstickend heiß. Kassandra war die Hitze in der Stadt nicht mehr gewöhnt. Sie machte sich auch Sorgen um Kara und Adrea.
Bienchen krabbelte auf allen vieren auf dem Boden herum. Sie machte sich ihr Kleidchen und die Knie schmutzig. Aber Kassandra war viel zu erschöpft, um sie daran zu hindern.
Deiphobos wies auf eine kleine Treppe in der Mauer und fragte: »Möchtest du dir das Lager der Achaier von dort oben auf der Mauer ansehen? Du kannst alles beobachten, was dort geschieht. Der König wird bald erscheinen – er kommt jeden Tag ungefähr um diese Zeit und steigt auf die Mauer«, sagte Deiphobos, »ich höre schon die Leibwache.« Er blickte auf Biene. »Die Kleine ist hier sicher«, sagte er, »sie ist groß genug, daß niemand mehr auf sie tritt.« Er griff nach einem kurzen Speer, der an der Wand lehnte, und steckte ihn in den Gürtel. »So, jetzt gibt es nichts mehr, womit sie sich verletzen könnte. Komm mit, Schwester.«
Kassandra stieg hinter ihm die steilen, engen Stufen hinauf. Oben angekommen, drehte er sich um und reichte ihr helfend die Hand.
Ja, von hier überblickte man das ganze achaische Lager. Deiphobos zeigte ihr das große prunkvolle Zelt, das Agamemnon gehörte, und das etwas kleinere, allerdings noch prunkvollere von Achilleus und Patroklos. Odysseus schien eine Schiffskabine an Land gebracht zu haben. »Wir haben eine lange Liste der Schiffe da draußen, die den Achaiern gehören – ein Sänger hat ein Lied darüber gemacht«, erzählte Deiphobos, »wenn man ihm zuhört, könnte man glauben, jeder Held vom Festland sei hierhergekommen, um Agamemnon und seine Truppen zu unterstützen. Die Liste unserer Verbündeten ist auch beachtlich, aber vermutlich interessieren dich solche Dinge nicht.«
»Nicht besonders«, gestand Kassandra, »in Kolchis habe ich genug über beide Seiten gehört.«
»Kolchis«, sagte Deiphobos nachdenklich, »da wir schon davon sprechen. Wer ist eigentlich König in Kolchis? Warum ist er nicht mit seinen Truppen hier?«

»Weil Kolchis keinen König hat«, erklärte Kassandra, »dort herrscht eine Königin. Sie war schwanger und hat kurz vor meiner Abreise die Thronfolgerin geboren.«
»Kein König? Und eine Frau regiert? Das kommt mir aber sehr merkwürdig vor.«
Ehe er noch etwas sagen konnte, wurden sie von der Leibwache des Königs unterbrochen, in deren Mitte Priamos auf der Mauer erschien. Kassandra kannte viele der Soldaten – es waren die Söhne seiner Palastfrauen.
Zum Glück war sie durch ihre Visionen vorbereitet, sonst hätte sie ihren Vater vielleicht nur an seinem reich bestickten Mantel erkannt. Er war bei ihrer Abreise ein starker und gesunder Mann gewesen. Jetzt stand ein alter Mann vor ihr mit grauer, faltiger Haut, dessen eine Gesichtshälfte leblos und starr wirkte. Das Augenlid und der Mundwinkel hingen schlaff herunter. Er sprach schleppend und undeutlich.
Er fragte Deiphobos: »Was war heute morgen im Lager der Achaier los? Haben sie wieder Waffen abgefangen? Wenn das so weitergeht, werden wir noch unsere alten Schwerter einschmelzen, um neue schmieden zu können. Wir könnten gut ein paar Wagen voll Eisen aus Kolchis gebrauchen. Aber dazu müßten wir wohl einen besonderen Geleitschutz organisieren oder jemanden bestechen, damit die Wagen auch durchkommen ...«
Er brach ab und sagte: »Wie oft habe ich dir schon gesagt, daß Frauen hier nichts zu suchen haben, wenn die Königin nicht selbst hier ist, um dafür zu sorgen, daß sie sich benehmen. Du weißt so gut wie ich, die Frauen, die hierherkommen, um die Soldaten anzugaffen ...«
Kassandra fiel ihm ins Wort: »Nein, Vater, Deiphobos trifft keine Schuld. Er hat mir angeboten, mich im Schatten auszuruhen und einen Blick von der Mauer zu werfen, nachdem die Achaier meine Wagen geplündert hatten ...«
Sie sprach nicht zu Ende. Das war auch nicht notwendig. Priamos erkannte sie und sagte: »Du bist also wiedergekommen wie ein schlechtes Omen, Kassandra. Ich dachte, du hättest dich entschlossen, den Rest des Krieges in Kolchis zu bleiben – eine Frau weniger, um die ich mir Sorgen machen müßte, falls die Stadt in

die Hände der Feinde fällt. Aber deiner Mutter hast du gefehlt.« Er trat zu ihr und küßte sie pflichtschuldigst auf die Stirn. »Willst du sagen, die Achaier hätten gewagt, Apollons Frieden zu mißachten?«

Als kleines Kind hatte Kassandra der Zorn ihres Vaters Angst eingejagt. Jetzt wirkte er auf sie nur noch griesgrämig und launisch wie ein verzogenes Kind. Sie meinte besänftigend: »Es ist nicht wichtig, Vater. Es ist niemand zu Schaden gekommen. Apollons Eigentum – ich nehme an, dazu gehöre ich auch – ist in Sicherheit. Sobald die Sänfte hier ist, werde ich Mutter besuchen.«

»Du bist stark und gesund. Weshalb mußt du dich tragen lassen?« fragte er unwirsch.

Der Krieg entwickelt sich nicht so, wie er wünscht, deutete sie seine Worte bei sich und sagte unterwürfig: »Ja, Vater, du hast sicher recht.«

»Die Sänfte wartet«, rief Deiphobos, und Kassandra sah sie an der Innenseite der Mauer stehen. Sie stieg die Treppe hinunter und nahm Bienchen auf den Arm. Sie wünschte, es wäre möglich gewesen, das Kind waschen und füttern zu lassen, ehe sie es zu ihrer Mutter brachte. Aber das ging jetzt einfach nicht. Auch ihr sah man die lange Reise und das Zwischenspiel im staubigen achaischen Lager an. Außerdem hatte Biene sie schmutzig gemacht, als sie auf ihrem Arm saß. Aber auch das ließ sich jetzt nicht ändern. *Und weshalb sollte ich für Mutter mein bestes Gewand anziehen und mir Hände und Gesicht waschen?* fragte sie sich. Aber als man sie zu Königin Hekabe führte und sie den mißbilligenden Blick der Mutter sah, wußte sie bereits, was kommen würde.

»Oh, Kassandra! Meine liebe, liebe Tochter!« rief Hekabe, eilte zu ihr und umarmte sie, verzog aber sofort das Gesicht und wich leicht erschrocken zurück.

»Aber was hast du denn gemacht, Liebes? Dein Kleid ist eine Schande und deine Haare ...«

»Mutter, nach meiner Begegnung heute morgen mit den Achaiern ist es ein Glück, daß mir überhaupt noch ein Kleid geblieben ist, mit dem ich dir unter die Augen treten kann«, erwiderte sie lächelnd, »leider sind die meisten Geschenke, die ich dir von Königin Imandra mitgebracht habe, im Lager der Achaier geblieben.«

Hekabe sah sie gequält an. »Sie haben dich doch nicht...«
»Niemand hat mich vergewaltigt, wenn du das meinst«, sagte Kassandra lachend.
»Wie kannst du über so etwas lachen?«
Kassandra küßte sie und sagte: »Was kann ich anderes tun als lachen? Sie sind alle Dummköpfe. Aber so gesehen, gibt es auch in Troia genug Narren.«
Hekabes Blick richtete sich jetzt auf das Kind an Kassandras Seite. »Was ist das? Ein Kind? Noch dazu ein so kleines ... Die Haare, sie ringeln sich wie deine in diesem Alter ... Wieso, was ... Wer ... Wie?«
»Nein, Mutter«, sagte Kassandra schnell, »es ist nicht mein Kind. Das heißt, ich habe es nicht geboren. Es ist ein Findelkind.« Hekabe sah sie immer noch zweifelnd an, und Kassandra seufzte. Warum war ihre Mutter immer bereit, das Schlechteste von ihr zu denken? Sie seufzte und sagte: »Glaubst du, es wäre leicht, einen Mann zu finden, der das Bett mit mir teilt, wenn eine Schlange darin liegt – und sei sie auch so klein wie diese?« Sie griff in das Kleid und zog die Schlange hervor, die sie tagsüber immer dort trug.
Hekabe stieß einen spitzen Schrei aus. »Eine Schlange – an deinem Busen!«
»Sie ist weit mehr mein Kind als das Mädchen«, sagte Kassandra lachend, »denn sie ist an meiner Brust aus dem Ei geschlüpft. Jeder in meinem Gefolge kann dir erzählen, wie ich die kleine Biene im Schneetreiben auf einem Hügel gefunden habe, wo eine Mutter sie dem sicheren Tod überlassen hatte, weil sie vermutlich kein Mädchen großziehen wollte.«
Hekabe betrachtete das kleine Mädchen aufmerksam. Sie sagte: »Bei näherem Hinsehen sieht sie dir überhaupt nicht ähnlich.«
»Das habe ich dir doch gesagt.«
»Das hast du. Es tut mir leid. Ich würde nur ungern glauben ...«
Vielleicht nur ungern, aber geglaubt hättest du es, dachte Kassandra.
Aber dann stellte ihre Mutter die Frage, die Kassandra gefürchtet hatte. »Wo sind Kara und Adrea?«
»In den Zelten von Agamemnon und Achilleus«, antwortete sie, »aber nicht aus freien Stücken.« Sie erklärte ihrer Mutter, was geschehen war.

»Also müssen wir sie irgendwie freikaufen oder vielleicht gefangene Achaier gegen sie austauschen«, sagte sie.
»Austauschen? Warum sollten wir mit den Achaiern verhandeln?« fragte eine vertraute Stimme, und Andromache betrat das Gemach. »Kassandra, meine liebe Schwester!« Sie eilte auf Kassandra zu und umarmte sie, ohne auf das schmutzige Gewand zu achten. »Du bist also zurückgekommen! Ich wußte, du bist keine Verräterin und würdest den ganzen Krieg über in Kolchis bleiben! Was für ein süßes Kind!« rief sie und sah Biene an. »Ist sie deine Tochter? Nein? Wie schade!« Sie entdeckte die Schlange und wich zurück. »Also spielst du immer noch mit Schlangen wie früher. Ich hätte es mir denken können.«
Als Biene die Schlange sah, begann sie zu schreien und streckte die Hände danach aus. Kassandra erlaubte ihr lachend, sich die Schlange um die Hüfte zu legen. Andromache schlug vor Entsetzen die Hände vor das Gesicht. Aber die Freude des Kindes über die Schlange war unverkennbar.
»Warum gibst du ihr nicht ein kleines Kätzchen?« fragte Hekabe. »Das wäre doch ein passenderes Tier zum Spielen.«
Kassandra lachte. »Sie ist zufrieden mit den Tieren, die ich ihr gebe. Du solltest sie einmal mit unserer großen Schlange sehen, die beinahe Bienes Umfang hat.«
»Schlangen sehen nicht gut. Hast du keine Angst, sie könnte das Kind aus Versehen verschlingen?« fragte Andromache ängstlich.
Kassandra erwiderte: »Sie kennen die Menschen, die sie versorgen. Biene hat die Schlange mit Tauben und Kaninchen gefüttert. Aber das ist nicht das richtige Thema in deinen Gemächern, Mutter.«
Hekabe fragte lachend: »Die Schlange – oder das Kind?«
»Beides«, antwortete Kassandra und umarmte ihre Mutter noch einmal. »Ich will jemand rufen, der sie badet und umzieht. Dann sieht sie hübscher aus, und außerdem hat sie seit heute morgen nichts gegessen.« Sie bat Hekabe mit einem Blick um Erlaubnis, rief eine Dienerin und befahl ihr, das Kind und die Schlange in den Tempel des Sonnengottes zu bringen.
»Ich fürchte, ich sollte mich dort auch bald sehen lassen«, sagte sie, »obwohl sie sicher nichts dagegen hätten, daß ich meine Mutter

und meine Familie begrüße. Und ich würde natürlich auch gerne Helenas Söhne sehen.«

»Ach, Helenas Söhne«, sagte Hekabe trocken, »im achaischen Lager kursiert der Witz, daß Helena ein Heer für Troia zur Welt bringen möchte.«

»Wie ich es für Hektor nicht tun kann«, seufzte Andromache, und in ihren Augen standen Tränen.

»Wie kannst du so etwas sagen!« widersprach Hekabe. »Du hast Pech gehabt. Mehr nicht. Du hast Hektor einen prächtigen Sohn geboren, und jeder Mann im Heer kennt und bewundert ihn. Was willst du mehr?«

»Nichts«, sagte Andromache, »und unter uns gesagt, ich bin mehr als froh, daß mir erspart bleibt, alle zwei Jahre schwanger zu sein. Ich habe Hektor erklärt, wenn er wie sein Vater fünfzig Söhne haben will, muß er sie sich auf die gleiche Weise beschaffen wie sein Vater. Aber bis jetzt will er nur in mein Bett und hat sogar gefangene Achaierinnen abgelehnt. Vielleicht liebe ich Kinder nicht so sehr wie Helena, aber ich hätte gern eine Tochter, ehe ich zu alt bin. Da wir gerade von Töchtern reden . . . Kassandra, weißt du schon, daß Kreusa ihrer zweiten Tochter den Namen Kassandra gegeben hat?«

»Nein, das habe ich noch nicht gehört«, erwiderte Kassandra und überlegte, ob Kreusa oder Aeneas darauf gekommen war.

»Erzähl mir von meiner Mutter, ehe du zum Tempel gehst«, bat Andromache.

Kassandra berichtete ihr von der Geburt der Thronerbin in Kolchis, und Andromache seufzte.

»Ich wünschte, ich könnte nach Kolchis, damit Hektor dort König würde. Vielleicht läßt es sich einrichten, wenn dieser unglückselige Krieg einmal zu Ende ist.«

»Imandra hat die Vorstellung, daß ihre kleine Perlenprinzessin als künftige Königin erzogen wird«, sagte Kassandra. »Und Hektor würde sich nicht damit zufriedengeben, am Fuß des Throns zu sitzen, wie der Gefährte deiner Mutter es tut, und sich die Zeit mit Fischen und Jagen in Gesellschaft seiner Freunde zu vertreiben.«

Andromache seufzte.

»Vielleicht nicht. Aber ich nehme an, er würde sich daran gewöhnen, so wie ich mich daran gewöhnt habe, im Haus zu bleiben und

zu spinnen, bis die Finger wund sind«, sagte sie eine Spur gereizt. »Da du jetzt wieder hier bist, Kassandra, können wir vielleicht ein paar Ausflüge vor die Mauern machen . . .«
»Wenn die Achaier es zulassen . . .«
»Oder wenn sie es leid sind, vor den Mauern zu sitzen und Steine nach unseren Leuten zu werfen«, sagte Andromache, »das ist so ungefähr das einzige, was sie in den letzten Monaten zustande gebracht haben, obwohl sie ein- oder zweimal versucht haben, die Mauern zu stürmen, und dabei sogar besonders lange Leitern herbeischafften. Aber Hektor hatte einen guten Einfall. Er ließ den großen Kessel mit Suppe, die gerade für die Männer gekocht wurde, über ihre Köpfe ausgießen, und ich kann dir versichern, sie waren sehr viel schneller unten als oben.« Sie lachte schallend. »Jetzt haben sie immer einen großen Kessel auf der Mauer, in dem etwas kocht, und wenn es nichts Schlimmeres als Suppe ist, haben die Angreifer Glück. Das letzte Mal war es Öl, und seit dieser Zeit haben sie es nicht mehr versucht. O je, in dieser Nacht haben wir Schreie aus dem achaischen Lager gehört! Alle ihre Heilpriester sangen und opferten Apollon bis zum Morgengrauen. Das war ihnen eine Lehre. Sie werden so schnell nicht wieder auf die Mauern klettern, wenn sie glauben, unsere Wachen würden schlafen.«
»Du hast nie Waffen getragen, aber inzwischen bist du recht kämpferisch geworden«, stellte Kassandra fest.
»Ich muß ein Kind schützen«, erwiderte Andromache, und Kassandra dachte daran, daß auch sie bereit gewesen war zu töten, als die Soldaten Bienchen bedrohten.
»Meine vielen Kinder sind alle alt genug, um selbst zu kämpfen«, sagte Hekabe. »Kassandra, du bist durch das Land der Amazonen gekommen. Bist du meiner Schwester begegnet? Hat Penthesilea dir eine Nachricht für mich mitgegeben?«
»Ich habe sie nur auf dem Hinweg gesehen«, erwiderte Kassandra und erzählte Hekabe von der Begegnung mit den Amazonen und daß inzwischen viele Frauen freiwillig ständig bei den Männern in den Dörfern lebten. Dann berichtete sie von den hungernden Kentauren, die sie auf der Rückreise gesehen hatte, daß sie aber die Amazonen nicht mehr zu Gesicht bekommen hatte.
»Möge die Göttin Penthesilea schützen«, wünschte Hekabe in-

brünstig. »Ich habe nicht das Gefühl, daß sie tot ist, und ich glaube, ich wüßte es. Wir sind uns immer so nahe wie Zwillinge gewesen, obwohl sie vier Jahre jünger ist als ich. Es ist durchaus möglich, daß wir sie eines Tages hier in Troia sehen werden.«

»Möge dieser Tag fern sein«, sagte Kassandra, »denn sie verabschiedete sich von mir mit den Worten, wenn uns die Niederlage drohe, werde sie kommen und ihr Leben in Troia beenden.« Die Sonne schien hinter einer Wolke zu verschwinden, und Kassandra sah Penthesilea in Troia einreiten . . . siegreich oder geschlagen? Sie wußte es nicht; die Vision war blitzschnell zu Ende, und sie sprachen von anderen Dingen.

Schließlich stand Kassandra auf und reckte sich. »Ich sitze wie eine alte Klatschbase hier herum«, sagte sie, »und dabei erwarten mich meine Pflichten im Tempel des Sonnengottes. Aber es hat mir gutgetan, so ausgiebig mit euch zu plaudern« – damit meinte sie Frauendinge wie Kindererziehung. Früher hatte sie solche Gespräche immer furchtbar langweilig gefunden. Aber seit sie selbst für ein Kind zu sorgen hatte, begriff sie allmählich, daß solche Gespräche eine Frau völlig gefangennehmen konnten.

Aber ein ganzes Leben lang über nichts anderes zu reden?

»Du kommst nicht jeden Tag von einer so langen Reise zurück«, sagte Andromache. »Helena wird dich auch sehen und dir die Zwillinge zeigen wollen, und Kreusa möchte dir sicher die kleine Kassandra vorstellen. Sie ähnelt mehr Polyxena als dir. Sie hat rote Haare und blaue Augen und ist so hübsch, als habe Aphrodite ihr die Schönheit als Geschenk in die Wiege gelegt. Sie wird einmal einen Prinzen heiraten, wenn ein Mann diesen Krieg überlebt, der dann noch heiraten möchte.«

»Ich glaube, niemand wird mein Bienchen je als Schönheit betrachten. Aber vermutlich ist für eine Mutter auch das häßlichste Kind hübsch. Wenn die Götter gnädig sind, möchte ich sie jedenfalls zu Penthesilea schicken, damit sie als Kriegerin aufwächst. Ich wünsche mir immer noch, eine Amazone zu sein.«

»Das kann doch nicht dein Ernst sein, Kassandra«, rief Hekabe, trat zu ihr und umarmte sie zum Abschied.

»Wirklich nicht? Mutter, wenn die Achaier eines von Imandras Geschenken übersehen haben, werde ich es dir schicken, sobald die

Wagen entladen sind«, sagte sie und verabschiedete sich. Andromache bestand darauf, sie ein Stück zu begleiten.
»Ich verlasse den Palast so selten, und Hektor macht sich immer Sorgen, wenn ich allein durch die Straßen gehe. Aber er kann nichts dagegen haben, wenn ich seine Schwester begleite«, klagte sie unzufrieden. »Manchmal gehe ich mit Helena spazieren, aber heute ist sie nicht gekommen. Paris ist beim letzten Gefecht leicht verwundet worden ... nichts Ernstes, aber er hat eine gute Entschuldigung, um im Palast zu bleiben und sich verwöhnen zu lassen. Sonst hätte er sicher nicht versäumt, dich zu begrüßen.«
Andromache kehrte bald wieder um, und Kassandra stieg zum Tempel des Sonnengottes auf dem Hügel hinauf. Als sie über den Tempelhof zu ihren Schlangen ging, begegnete ihr Khryse. Er sah schlecht aus. In sein einst hübsches Gesicht hatten sich Falten eingegraben, und in den blonden Haaren zeigten sich graue Strähnen. Man konnte sich kaum vorstellen, daß viele im Tempel ihn einmal beinahe so schön wie den Sonnengott selbst gefunden hatten.
Als er sie sah, begrüßte er sie überschwenglich. »Kassandra, du hast uns allen so gefehlt«, rief er, eilte auf sie zu und umarmte sie. Kassandra wäre am liebsten zurückgewichen, aber es war nicht unangenehm, nach der langen Zeit ein bekanntes Gesicht zu sehen und zu wissen, daß sie willkommen war. Deshalb ließ sie die Umarmung über sich ergehen, bereute es aber sofort. Schnell drehte sie den Kopf zur Seite, und Khryses Kuß landete nur auf ihrer Wange.
Sie löste sich aus seinen Armen und hielt ihn entschlossen auf Abstand.
»Dir scheint es gutgegangen zu sein, während ich nicht hier war«, sagte sie. »Du siehst blühend aus.« Nicht um alles in der Welt hätte sie ihm gesagt, daß sie in einer Vision sein Gesicht gesehen und was sie dazu bewegt hatte, so schnell nach Troia zurückzukehren.
»Das stimmt nicht«, widersprach Khryse. »Ich werde nie wieder gesund und froh sein, bis die Götter mir mein armes, entehrtes Kind zurückgeben.«
»Khryse«, sagte Kassandra freundlich, »sind nicht beinahe drei Jahre vergangen, seit Chryseis im Lager der Achaier lebt?«

»Und wenn es seit einer Ewigkeit wäre«, rief Khryse leidenschaftlich. »Ich werde um sie trauern, ich werde anklagen und die Götter anrufen ...«

»Dann ruf doch«, fiel ihm Kassandra ins Wort. »Aber erwarte nicht, daß SIE dich erhören. Du trauerst aus Stolz und nicht um deine Tochter«, erklärte sie scharf. »Ich habe sie heute morgen im Lager der Achaier gesehen. Es scheint ihr gutzugehen. Sie wirkte glücklich und zufrieden. Und als ich fragte, ob ich versuchen sollte zu erreichen, daß man sie gegen gefangene Achaier austauscht, erklärte sie, ich möge mich um meine eigenen Angelegenheiten kümmern. Ich glaube, sie ist damit zufrieden, Agamemnons Geliebte zu sein, auch wenn sie nicht Königin werden kann.«

Khryses Gesicht wurde dunkelrot vor Zorn.

»Hüte dich, Kassandra. Du sagst das nur, um mich zu verletzen. Ich glaube dir kein Wort.«

»Warum sollte ich dich verletzen wollen?« fragte Kassandra. »Du bist mein Freund, und dein Kind war für mich immer wie eine Tochter. Du solltest an ihr Glück denken, Khryse, und sie dort lassen, wo sie ist. Ich warne dich. Wenn du nicht nachgibst, wirst du den Zorn der Götter über unsere Stadt bringen.«

Sein Gesicht verzerrte sich vor Wut.

»Und ich soll glauben, daß du nur Gutes für mich willst? Ich bin dir völlig gleichgültig. Und ich habe dich so lange geliebt ...«

»Ach Khryse«, sagte Kassandra und streckte ihm in aller Aufrichtigkeit die Hände entgegen. »Bitte, bitte, fang nicht wieder damit an. Warum glaubst du immer, ich wünsche dir etwas Schlechtes, nur weil ich dich nicht begehre?«

»Was würdest du denn tun, wenn du mir etwas Schlechtes wünschst? Du hast alle Freundschaft für dich in meinem Herzen zerstört.«

»Weshalb sagst du, es sei meine Schuld, wenn deine Freundschaft zerstört ist? Kann ein Mann eine Frau nur dann ernst nehmen, wenn sie bereit ist, mit ihm zu schlafen? Khryse, ich sage dir in aller Freundschaft, hör auf damit.«

»Du hast nichts dagegen, daß meine Tochter entehrt ist und Apollon beleidigt wird ...«

»Bei allen Göttern, Khryse, es geht nicht darum, was du empfin-

dest, sondern was deine Tochter empfindet«, rief Kassandra gereizt und dachte daran, wie stolz Chryseis gewesen war, als Patroklos sie aufgefordert hatte, ihm zu helfen. Aber Kassandra wollte nicht, daß Khryse in seinem Zorn noch mehr Schwierigkeiten machte; es gab bereits genug Bitterkeit, und seine Vorwürfe konnten alles nur noch schlimmer machen. Deshalb sagte sie mit so viel Freundlichkeit, wie sie aufzubringen vermochte: »Wenn du mir nicht glauben willst, warum gehst du dann nicht in das Lager der Achaier und fragst Chryseis selbst, ob sie sich entehrt fühlt? Als Priester des Apollon stehst du unter SEINEM Schutz, und sie werden dir nichts tun. Und ich schwöre dir, wenn sie Agamemnon verlassen will, werde ich persönlich zu Priamos gehen und alles in Bewegung setzen, damit man sie freiläßt oder gegen gefangene Achaier austauscht. Aber wenn sie bei Agamemnon glücklich ist, und er glücklich mit ihr . . . glaub mir, sie ist keine Gefangene.«
»Aber die Schande – meine Tochter die Geliebte Agamemnons . . .«
»Nimm doch Vernunft an! Weshalb ist es eine solche Schande für sie, Agamemnons Geliebte zu sein . . . Und wenn du bei diesem Gedanken schauderst, warum hast du mich dann so unbedingt davon überzeugen wollen, daß nichts dabei wäre, wenn ich *deine* Geliebte werde? Worin liegt der Unterschied zwischen der Tochter des Priamos und deiner Tochter?« fragte sie und verlor schließlich die Geduld. Khryse wurde jetzt wirklich böse, und es war ihr ganz recht. Jetzt würde sie wenigstens nicht mehr fürchten müssen, er würde versuchen, sie zu verführen.
»Wie kannst du wagen, meine Tochter mit dir zu vergleichen?« brauste er auf. »Dir ist das Schicksal meiner Tochter gleichgültig. Du beharrst auf deinem unnatürlichen Verhalten und verweigerst dich einem Mann, um ihn zu demütigen . . .«
»Demütigen? Glaubst du das wirklich?« fragte sie müde. »Khryse, Hunderte von Frauen würden sich dir nur allzugern hingeben. Weshalb willst du unbedingt eine – vielleicht die einzige –, die dich nicht will?«
»Ich begehre dich nicht aus freien Stücken«, erwiderte er und funkelte sie böse an. »Aber es ist nun einmal so, ich will keine andere Frau. Du hast mich verhext, und zwar aus dem bösen Wunsch heraus, mich zu demütigen. Ich . . .« Er schluckte hart. »Du bist eine

Zauberin. Glaubst du, ich hätte nicht versucht, den Bann zu brechen, den du über mich geworfen hast?«
Kassandra empfand fast Mitleid mit ihm. Sie sagte: »Khryse, wenn ein Fluch auf dir liegt, ist jemand anders als ich dafür verantwortlich. Ich schwöre bei der Schlangenmutter, bei der Erdmutter und bei Apollon, dem wir beide dienen, ich will dir nichts Böses, und ich werde jeden Gott anflehen, dich aus diesem Bann zu befreien. Ich will keine Macht über dich haben, und ich würde deine Männlichkeit segnen, wenn du eine andere Frau fändest, die du damit beglücken kannst.«
»Du hast also immer noch kein Erbarmen mit mir? Obwohl du weißt, was du mir angetan hast, verweigerst du dich mir?«
»Genug, Khryse. Man erwartet mich oben, und ich muß Charis und die anderen Priesterinnen begrüßen. Ich wünsche dir eine gute Nacht.«
Kassandra ließ ihn stehen und ging. Khryse stieß zwischen den Zähnen hervor: »Das wirst du bedauern, Kassandra. Selbst wenn es meinen Tod bedeutet, ich schwöre, das wirst du bedauern.«
Ich bin bis nach Kolchis gereist, um der Bitterkeit dieses Mannes zu entfliehen. Ich komme zurück, und die Lage hat sich nicht im geringsten geändert. Aber sein Zorn ist in den zwei Jahren gefährlich gewachsen.
Apollon, ist es wirklich DEIN *Wille, daß ich mich diesem Mann hingebe, den ich so sehr verabscheue?* Beinahe erschrocken über ihren eigenen Gedanken fragte sie sich: *Hätte ich mich Khryse hingegeben, wenn Apollon es verlangt hätte?*
Aber ER hatte es nicht verlangt, und Khryse war schon immer ein Unruhestifter gewesen. Mußte sie sich wirklich auf seine unguten Machenschaften einlassen?

20 Kassandra lag lange wach in dieser Nacht. Sie dachte an die heftige Auseinandersetzung mit Khryse und überlegte, was sie hätte sagen sollen. Wenn sie die richtigen Worte gefunden hätte, wäre er sicher zur Vernunft gekommen ...
Schließlich kam sie zu dem Schluß, in seinem gegenwärtigen Zustand sei er zu Vernunft nicht zu bewegen. Welchem Mann gelang

das, wenn eine Frau im Spiel war? Auch Paris hatte nicht viel Vernunft bewiesen, als es um Helena ging ..., obwohl er bereits eine tugendhafte, schöne Frau und einen Sohn gehabt hatte – und nach allem, was Kassandra wußte, wünschten sich Männer das am meisten.

Aber ganz sicher galt das nicht nur für Männer. Auch Frauen schienen den Verstand zu verlieren, wenn es um Männer ging. Selbst die starke und unabhängige Imandra und Hekabe, die als Amazone aufgewachsen war, hatten in Hinblick auf ihre Männer wenig Vernunft bewiesen. *Chryseis und Briseis,* dachte Kassandra beinahe verächtlich, *verhalten sich wie Schoßhündchen und legen sich jederzeit auf den Rücken, wenn ihr Herrchen sie streichelt.*

Vielleicht sollte ich mich nicht fragen, warum sie das tun, sondern warum ich nicht den Wunsch habe, es zu tun?

Sie drehte sich herum und machte der Schlange Platz, die sich langsam um ihren Arm wand. Es war schön, wieder in einem Bett zu schlafen und nicht auf der kalten Erde oder auf dem harten Wagenboden. Vor dem Einschlafen dachte sie als letztes daran, daß sie am nächsten Morgen unbedingt nachsehen sollte, welche von Imandras Geschenken den Achaiern nicht in die Hände gefallen waren. Die Angst der Soldaten vor den Schlangen hatte sie davon abgehalten, die Wagen gründlich zu durchsuchen.

Sie erwachte bei Sonnenaufgang. Biene spielte am Fußende des Bettes. Die Schlange ringelte sich um ihre Hüfte und kroch dann über die Arme. Sie wusch das Kind, gab ihm etwas zu essen und eilte in den Tempelhof. Sie nahm sich vor, in den Tempel der Jungfräulichen Göttin zu gehen, um ihre Freundinnen unter den Priesterinnen dort zu begrüßen und IHR vielleicht mit einem Opfer für die glückliche Rückkehr nach Troia zu danken. Unter den versammelten Priestern entdeckte sie Khryse.

Er sah noch schlechter aus als am Abend zuvor. Das geschwollene Gesicht und die roten Augen deuteten darauf hin, daß er nicht geschlafen hatte. *Der arme Mann,* dachte sie, *ich sollte ihn in seinem Elend nicht quälen oder erwarten, daß er Vernunft annimmt. Vielleicht versteht er nicht, warum er so leidet. Aber wann hätte das je verhindert, daß ein Mensch leidet?*

Charis sprach mit ihm. Kassandra sah, wie Charis erst auf eine,

dann auf eine andere, dann auf noch eine dritte Priesterin wies und hörte, wie sie sagte: »Du und du und du – nein, du nicht. Dich brauchen wir hier.« Charis winkte Kassandra zu sich.
»Wie Khryse sagt, hast du gestern seine Tochter im Lager der Achaier gesehen. Bist du sicher, daß es wirklich Chryseis war? Es ist schon einige Jahre her, und sie war noch ein Mädchen, als sie ... uns verließ.«
»Als man sie uns grausam geraubt hat!« verbesserte Khryse sie heftig.
Kassandra bestätigte: »Ja, ich bin sicher. Selbst wenn ich sie nicht erkannt hätte, sie hat mich erkannt und mich davor gewarnt, Agamemnon zu erzürnen.«
»Hast du das ihrem Vater gesagt?«
»Ja, aber es machte ihn nur wütend«, erwiderte Kassandra, »er hat mich sogar beschuldigt, ich hätte die Geschichte nur erfunden, um ihn zu quälen.«
Khryse sagte trotzig: »Du weißt, sie hatte schon immer etwas gegen mich.«
»Wenn ich eine Geschichte erfinden wollte, um Khryse zu ärgern, würde ich mir etwas Besseres einfallen lassen«, erklärte Kassandra, »glaub mir, es war genau so, wie ich gesagt habe.«
»Dann gehst du am besten mit ihnen in das Lager der Achaier«, meinte Charis, »Khryse ist entschlossen, hinunterzugehen und im Namen Apollons zu verlangen, daß die Achaier seine Tochter zurückgeben. Sie haben auch Priester des Apollon und achten SEINEN Schutz.«
Da Kassandra genau das vorgeschlagen hatte, überraschte sie das Vorhaben nicht – höchstens, daß Khryse es nicht schon längst getan hatte. Aber vermutlich hatte er bisher auf alle anderen Mittel gesetzt – welche ihm auch immer zur Verfügung stehen mochten. Schließlich verließen etwa drei Dutzend Priester und Priesterinnen in den zeremoniellen Gewändern und dem Kopfputz des Sonnengottes den Tempel und zogen durch die langen, steilen Straßen zum großen Stadttor. Die Wache wollte das Tor nicht öffnen. Aber als Khryse erklärte, er beabsichtige, mit Agamemnon im Namen Apollons über die Rückkehr einer Gefangenen zu verhandeln, schickte man einen Herold hinaus, um das Treffen vorzubereiten.

Endlich ließ man sie durch, und sie standen beinahe eine Stunde in der heißen Sonne, ehe ein großer starker Mann mit dichten schwarzen, gelockten Haaren und einem kunstvoll gelockten Bart mit großen, entschlossenen Schritten auf sie zukam.
Kassandra war Agamemnon schon einmal so nahe gewesen, und wieder erfaßten sie Entsetzen und Abscheu. Sie senkte den Kopf und starrte in der Hoffnung vor sich auf den Boden, er werde sie nicht bemerken.
So war es. Agamemnon stellte sich angriffslustig vor Khryse und fragte: »Was willst du? Ich bin kein Priester des Apollon. Wenn du einen Waffenstillstand für ein Fest oder etwas Ähnliches haben möchtest, dann mußt du dich an meine Priester wenden und nicht an mich.«
Khryse trat einen Schritt vor. Er überragte Agamemnon. Trotz der ergrauten Haare wirkte er mit seinen markanten Gesichtszügen hoheitsvoll. Seine tiefe, kräftige Stimme klang gebieterisch: »Wenn du Agamemnon von Mykenai bist, muß ich mich sehr wohl an dich wenden. Ich bin Khryse, Priester des Apollon, und du hältst meine Tochter als Gefangene in deinem Lager fest. Sie wurde vor drei Jahren bei der Frühjahrsaussaat geraubt.«
»Ja?« fragte Agamemnon. »Und bei welchem meiner Männer ist diese Frau?«
»König Agamemnon, sie heißt Chryseis, und ich glaube, sie ist bei dir. In Apollons Namen erkläre ich mich bereit, ein angemessenes Lösegeld zu zahlen, wie es üblich ist. Wenn du sie nicht gegen ein Lösegeld freilassen willst, fordere ich, daß du mir den Brautpreis bezahlst und daß sie in aller Form verheiratet wird.«
»Ach wirklich?« spottete Agamemnon. »Ich habe mich schon gefragt, was du so festlich gekleidet von mir willst. Nun, Khryse, Priester des Apollon, höre mir gut zu: Ich habe die Absicht, sie zu behalten. Und was das Heiraten angeht, so kann ich sie nicht heiraten, weil ich bereits eine Frau habe.« Er lachte laut und sarkastisch. »Deshalb schlage ich vor, du marschierst mit deinen Leuten geradewegs zurück nach Troia, ehe ich beschließe, daß ich noch ein paar Frauen im Lager brauchen kann.« Sein Blick wanderte über die Reihen der Priester und Priesterinnen. »Die meisten deiner Frauen scheinen mir zu alt fürs Bett zu sein. Offenbar habe ich die

einzig hübsche erwischt. Aber wir könnten ein paar Köchinnen und Waschfrauen brauchen.«

»Du schmähst also Apollon, den Sonnengott, ganz bewußt? Du schmähst auch SEINEN Priester?« fragte Khryse.

Agamemnon antwortete langsam, als spreche er mit einem kleinen Kind oder einem Dummkopf.

»Höre mir gut zu: Ich verehre den Donnergott Zeus und den Erderschütterer Poseidon, den Gott der Pferde. Ich werde mich nicht in die Angelegenheiten Apollons einmischen. ER ist nicht mein Gott. Und aus diesem Grund wäre dein Apollon gut beraten, sich nicht in meine Angelegenheiten einzumischen. Die Frau in meinem Zelt gehört mir, und ich werde weder ein Lösegeld für sie annehmen noch einen Brautpreis bezahlen. Mehr habe ich dir nicht zu sagen, und nun geh!«

Mit unterdrücktem Zorn erwiderte Khryse: »Agamemnon, ich verfluche dich! Du bist ein Mann, der die heiligen Gesetze gebrochen hat. Keines deiner Kinder soll dein Grab ehren! Und wenn du meinen Fluch nicht fürchtest, so fürchte den Fluch Apollons, denn ich belege dein Volk mit SEINEM Fluch, und ihr werdet IHM nicht entrinnen! SEINE Pfeile werden euch alle treffen! Das sage ich dir, König Agamemnon.«

»Du kannst alles sagen, was du willst«, erwiderte Agamemnon, »ich habe den Zorn meiner Feinde schon oft gehört, und meinem Herzen ist nichts lieber als dieses Geheul. Und was deinen Sonnengott angeht, ich trotze SEINEM Fluch. Soll ER das Schlimmste tun, wozu er fähig ist. Jetzt verschwindet, sonst befehle ich meinen Bogenschützen, euch als Zielscheiben zu benützen.«

»So sei es, mein Herr und König«, sagte drohend Khryse, »du wirst erleben, wie lange du dich über den Fluch Apollons lustig machen kannst.«

Einer der Bogenschützen rief: »Soll ich den frechen Troianer erschießen, Herr?«

»Aber nein«, erwiderte Agamemnon mit seiner lauten, tiefen Stimme, »er ist ein Priester und kein Krieger. Ich töte keine Frauen, Kinder, Eunuchen, Ziegen oder Priester.«

Das schallende Gelächter der Bogenschützen nahm Khryses Abgang viel von seiner Würde, aber er ging entschlossen und mit gro-

ßen Schritten davon, ohne sich noch einmal umzusehen. Die Priester und Priesterinnen folgten ihm. Kassandra hielt den Kopf gesenkt, aber sie spürte Agamemnons Blick auf sich ruhen – vielleicht nur deshalb, weil sie die jüngste Priesterin war. Die anderen Priesterinnen waren beinahe alle weit über fünfzig – aber vielleicht lag es auch an etwas anderem. Sie wußte nur, daß sie Agamemnons Blick nicht begegnen wollte.
Und Chryseis ist bereitwillig zu diesem Mann gegangen!
Sie stiegen zum Tempel hinauf und traten auf die Galerie des Tempels. Von dort sah man Troia und das ganze Lager der Achaier. Khryse kam als letzter. Er trug die goldene Maske und den Bogen des Gottes. Als er an die Brüstung trat, schien er größer und gebieterischer zu werden. Alle Augen richteten sich auf ihn. Khryse hob den Bogen und rief mit donnernder Stimme: »Hütet euch, die ihr MEINE Priester beleidigt habt!« Kassandra wußte, daß der Gott durch Khryse sprach. Die laute, hallende, übermenschliche Stimme drang durch ganz Troia und bis in die fernsten Winkel des achaischen Lagers.
Troia ist MEINE *Stadt, Achaier! Ich warne euch!* MEIN *Fluch und* MEINE *Pfeile werden euch treffen und jeden eurer Männer töten, wenn ihr* MEINEM *Priester nicht die zurückgebt, die ihr widerrechtlich geraubt habt.*
Du gottloser Heerführer, hüte dich vor MEINEM *Fluch und* MEINEN *Pfeilen.* ICH *warne dich, Agamemnon!*
Selbst Kassandra, die die Stimme des Gottes kannte, war gelähmt vor Entsetzen. Sie hätte sich nicht bewegen und kein Wort hervorbringen können.
Die Gestalt, die Khryse war und gleichzeitig nicht war, schoß in rascher Folge drei Pfeile in die Luft. Einer traf das Dach von Agamemnons Zelt, der zweite fiel vor das Zelt des Achilleus, und der dritte mitten ins Lager. Kassandra stellte fest, daß sich plötzlich eine schreckliche Stille ausbreitete. Es war ihr, als habe sie das alles schon einmal gesehen. Alles schien weit weg, durch eine dicke durchsichtige Mauer oder ein Meer von ihr entrückt zu sein. Das wogende Wasser trennte sie von allem, was sie sah und hörte.
Apollons Fluch! Es ist geschehen, o Sonnengott!
Gilt DEIN *Fluch nur den Achaiern?*
Aber auch wenn nur die Achaier verflucht sind, werden wir darunter lei-

den. Wir sind ihnen ausgeliefert. Ich frage mich, ob Priamos das begreift. Ich bin sicher, wenn er das nicht einsieht, dann Hektor.
Langsam wurde sie sich wieder ihrer Umgebung bewußt: das grelle Mittagslicht, die Sonnenstrahlen, die sich auf den Mauern brachen, und unten in der Ebene das Hohngelächter der Achaier. Sie schienen das alles für einen Mummenschanz und leere Gesten zu halten. Es kam ihnen nicht in den Sinn, Apollon, der Gott, könne sie verflucht haben.
Oder habe ich das alles nur geträumt?
Ob Traum oder Wirklichkeit, es gab Dinge, die getan werden mußten. Kassandra ging hinunter in den Tempel, und man beauftragte sie, die Opfergaben entgegenzunehmen und aufzulisten. Nachdem sie eine Stunde Flaschen mit Öl und Weizenbrote gezählt hatte, kam es ihr vor, als sei sie nie weg gewesen.
Kassandra arbeitete bis Sonnenuntergang. Dann versorgte sie die Schlangen. Sie ging zu Charis, der ranghöchsten Priesterin, und erklärte ihr, sie allein könne so viele Schlangen nicht pflegen, wenn sie außerdem noch andere Pflichten habe. Sie bat, Charis möge ihr jemanden zuteilen, der ihr helfen und das Schlangenwissen lernen könne. Charis fragte, ob sie Phyllida für diese Aufgabe geeignet halte.
»Ja, sie war immer meine Freundin«, erwiderte Kassandra. Charis ließ Phyllida holen und fragte sie, ob sie einverstanden sei.
»Ich werde dich alles lehren, was ich in Kolchis gelernt habe«, versprach Kassandra, und Phyllida freute sich sichtlich.
»Ja, und wenn wir zusammen arbeiten, können unsere Kinder als Bruder und Schwester aufwachsen«, sagte Phyllida. »Ich habe deine Kleine gestern gewaschen und ihr etwas zu essen gegeben. Sie ist sehr aufgeweckt und gescheit, und später wird sie auch einmal hübsch sein.«
Kassandra dachte, Phyllida wolle ihr schmeicheln, aber sie hörte es nicht ungern. Nachdem alles geregelt war, gingen die beiden Frauen wieder hinaus, um auf das achaische Lager hinunterzublicken. Das grelle Licht und die Hitze des Tages waren vorüber, und es wehte ein leichter Wind. Staub wirbelte durch das Lager, und viele Menschen, darunter einige in den weißen Gewändern der Apollonpriester, liefen durch die Straßen.

»Also nehmen sie den Fluch doch nicht auf die leichte Schulter«, sagte Phyllida. Sie war nicht mit bei den Achaiern gewesen, aber sie hatte gehört, was vorgefallen war, und Kassandra stellte fest, daß die Ereignisse beim Weitererzählen nichts von ihrer Wirkung verloren hatten.
»Sieh dir das an. Sie führen die Reinigungsrituale im Lager durch und wollen den Sonnengott gnädig stimmen.«
»Sie tun gut daran, denn sie haben SEINEN Fluch heraufbeschworen«, sagte Kassandra.
»Ich glaube, das waren nicht die Soldaten«, meinte Phyllida, »das war nur Agamemnon. Und wir wissen schon lange, daß er ein gottloser Mensch ist.«
»Siehst du, was sie jetzt tun?« fragte Kassandra.
»Sie entzünden große Feuer, um das Lager zu reinigen«, erwiderte Phyllida. Sie fuhren plötzlich zusammen, als sich lautes Klagegeschrei im Lager erhob; man zog dort unten offenbar eine Leiche aus einem Zelt und warf sie in die Flammen.
Über die Entfernung hinweg verstanden sie nicht, was die Achaier in ihrer Verzweiflung riefen; aber diese Art Schreie kannten sie. Phyllida flüsterte: »In ihrem Lager ist die Pest ausgebrochen.«
Kassandra erschrak. »Das ist also Apollons Fluch!«

Zehn Tage lang beobachteten sie, wie die Pestopfer verbrannt wurden. Vom dritten Tag an brachte man sie aus Furcht vor der Ansteckkung bis zum Strand und verbrannte sie dort. Kassandra hatte den Schmutz und die Unordnung im Lager gesehen, und deshalb überraschte sie der Ausbruch der Pest nicht, obwohl sie den Fluch des Sonnengottes nicht vergaß und wußte, daß die Achaier jetzt daran glaubten. Bei Sonnenaufgang, um die Mittagszeit und bei Sonnenuntergang schritt Khryse mit Apollons Maske und SEINEM Bogen über die Ringmauern, und wenn er erschien, erhoben sich im Lager der Achaier Verzweiflungsschreie und Rufe um Gnade.
Priamos ließ verkünden, jeder troianische Soldat und Bürger müsse sich morgens bei den Priestern Apollons zeigen, und alle, bei denen man Anzeichen der Krankheit entdecke, dürften ihr Haus nicht mehr verlassen. Das führte dazu, daß ein paar Leute mit schweren Erkältungen und ein paar Männer, die im Frauenviertel

zu sorglos gewesen waren, sich nicht mehr unter Menschen begeben durften. Priamos ließ zwei oder drei Bordelle schließen und einen schmutzigen Markt. Aber noch gab es keine Anzeichen dafür, daß die Pest sich hinter den troianischen Mauern ausbreitete. Der König bestimmte einen Feiertag, um zu Apollon zu beten, ihm zu opfern und ihn anzuflehen, daß er die Stadt von SEINEM Fluch verschone. Als Khryse jedoch um eine Audienz bat und Priamos aufforderte, die Rückkehr von Chryseis zu verlangen, erwiderte der König unfreundlich: »Du hast einen Gott an deine Seite gerufen, und wenn das nicht genug ist, was soll dann ein Sterblicher, selbst wenn es der König von Troia ist, deiner Meinung nach erreichen?«

»Heißt das, du willst mir nicht helfen?«

»Warum sollte mich kümmern, was aus deiner unglückseligen Tochter wird? Hättest du mich vor drei Jahren darum gebeten, als man sie raubte, hätte ich vielleicht das Mitgefühl eines Vaters empfunden. Aber bis jetzt hast du mich nicht zu Hilfe gerufen, und ich glaube nicht, daß du Hilfe brauchst – es sei denn, um mit dem König von Troia als deinem Verbündeten zu prahlen«, antwortete Priamos.

Khryse sagte erregt: »Ich habe Apollons Fluch auf das achaische Lager herabbeschworen. Ich kann auch Troia verfluchen . . .«

Priamos hob die Hand und unterbrach ihn.

»Nein!« rief er mit donnernder Stimme. »Kein Wort mehr! Hebe einen Finger oder sprich eine Silbe, um Troia zu verfluchen, und ich schwöre bei Apollon, ich werde dich mit eigenen Händen von der höchsten Mauer der Stadt in das Lager der Achaier stürzen.«

»Wie der König befiehlt«, sagte Khryse, verneigte sich tief und ging. Priamos sah ihm finster nach.

Er machte seiner Empörung Luft. »Dieser Mann ist zu stolz! Habt ihr das gehört? Er droht, Troia zu verfluchen.« Er sah seine Ratgeber grimmig an. »Sollte er noch einmal um Audienz bitten, sorgt dafür, daß ich keine Zeit habe, ihn zu empfangen.«

Kassandra war über diesen Ausgang nicht unglücklich. Irgendwo tief in ihr saß immer noch die alte Furcht: Wenn Khryse, wie er einmal gedroht hatte, tatsächlich zu Priamos gehen und um ihre Hand anhalten würde, könnte ihr Vater möglicherweise sie selbst gegen ihren Willen zu dieser Heirat zwingen und vielleicht nicht einsehen, daß sie einen geachteten Priester des Apollon zurückwies. Jetzt wußte sie, Priamos fand Khryse beinahe ebenso widerwärtig wie sie selbst, und das erfüllte sie mit Erleichterung.

21 Die Pest wütete grausam unter den Achaiern. Am zehnten Tag opferten die Soldaten Apollon einen edlen Schimmel, und einige Zeit später erschien ein Bote mit dem Schlangenstab Apollons vor der Stadt und bat um einen Waffenstillstand, da die Achaier mit den Apollonpriestern sprechen wollten.
Er erhielt die Antwort, eine Abordnung der Priester werde in das Lager kommen. An ihrer Spitze stand natürlich Khryse. Kassandra bat nicht um Erlaubnis; sie zog einfach die zeremoniellen Gewänder an und ging mit.
Hinter den achaischen Apollonpriestern hatten sich Agamemnon, Achilleus und mehrere andere Führer versammelt, darunter auch Odysseus und Patroklos. Der Oberpriester der Achaier, ein schlanker, muskulöser Mann, der wie ein Athlet wirkte, trat vor Khryse.
»Wie es aussieht«, sagte er, »zürnt uns der Gott. Ich frage dich, nimmst du ein Geschenk von uns an?«
Khryse erwiderte: »Ich will meine Tochter wiederhaben, oder der Mann, der sie zu sich genommen hat, als sie noch eine unschuldige Jungfrau war, soll sie heiraten.«
Agamemnon schnaubte verächtlich, schwieg aber. Offenbar hatte er sich bereit erklärt, die Priester sprechen zu lassen.
»Niemand kann erwarten«, erwiderte der Priester, »daß sich der König von Mykenai bereit findet, eine Kriegsgefangene zu heiraten, wenn er schon eine Königin hat.«
»Nun gut«, sagte Khryse, »wenn er meine Tochter nicht heiratet, will ich sie zurückhaben. Und er soll ihr eine angemessene Mitgift geben, denn sie ist keine Jungfrau mehr, und ohne Mitgift kann ich keinen Mann für sie finden.«
Die Priester berieten kurz. Dann machten sie Khryse folgenden Vorschlag. »Angenommen, wir bieten dir an, daß du dir unter allen gefangenen Jungfrauen die schönste wählen kannst.«

»Haltet ihr mich für einen Wüstling?« empörte sich Khryse. »Ich bin ein trauernder Vater, und ich rufe Apollon an, daß das Unrecht, das mir widerfahren ist, wiedergutgemacht wird.«
»Nun, Agamemnon«, sagte der Oberpriester der Achaier, »mir scheint, es gibt keinen anderen Ausweg. Wir müssen Gerechtigkeit walten lassen und die Tochter dieses Mannes zurückgeben.«
Agamemnon erhob sich und verschränkte die Arme. »Niemals! Die Kleine gehört mir.«
»Sie gehört dir nicht«, erwiderte der Priester. »Du hast sie während eines Waffenstillstands für die Frühjahrsaussaat geraubt, und auch die Erdmutter zürnt dir wegen dieser Gottlosigkeit.«
»Keine Frau, auch keine Göttin kann mir vorschreiben, was ich tun oder lassen soll!« rief Agamemnon. Kassandra beobachtete, wie alle Männer zusammenzuckten. Odysseus erhob sich aufgebracht. »Die Unsterblichen«, sagte er, »verabscheuen Anmaßung und Stolz, der nur ihnen zusteht, Agamemnon. Gib die Frau zurück und entrichte ihrem Vater den rechtmäßigen Brautpreis.«
»Ich soll sie aufgeben ...« Zum ersten Mal wirkte Agamemnon leicht unsicher. Ihm war nicht entgangen, daß seine Heerführer ihn alle mißbilligend ansahen. »Ich soll diese Frau aufgeben«, sagte er drohend, »und ihr behaltet alle Beute, die ihr erobert habt, und macht euch über mich lustig? Achilleus, ich frage dich, wenn ich gezwungen werde, die Frau zurückzugeben, wirst auch du die Frau in deinem Zelt zurückgeben?«
Achilleus sprang auf. »Ich war nicht so dumm, sie einem Apollonpriester zu rauben und einen Fluch auf uns alle herabzubeschwören, Agamemnon! Briseis ist bei mir, weil sie mich allen Söhnen des Priamos vorzieht. Und da ich dir zuliebe nach Troia gekommen bin, Agamemnon, obwohl ich eigentlich auf der Seite der Troianer kämpfen sollte, sehe ich nicht ein, warum Briseis mit dieser Sache überhaupt etwas zu tun haben soll. Sie ist eine gute Frau. Sie ist aus freien Stücken zu mir gekommen, und sie ist in vielen Frauenarbeiten sehr geschickt. Ich denke daran, sie mit nach Hause zu nehmen – wenn ich lebend aus diesem Krieg zurückkehren sollte – und sie zu meiner Frau zu machen. Denn anders als du muß ich nicht eine häßliche alte Königin heiraten, um Herrscher über eine Stadt zu werden.«

Agamemnon biß die Zähne zusammen. Kassandra sah ihm an, daß es ihn große Mühe kostete, sich zu beherrschen.
»Ich möchte dich daran erinnern«, knurrte er, »daß meine Königin die Zwillingsschwester jener Helena ist, die man für schön genug hält, daß wir diesen Krieg ihretwegen führen. Ich frage dich: Ist meine Königin weniger wert, nur weil ihr rechtmäßig eine Stadt gehört? Sie hat mir edle Kinder geboren, und ich glaube, damit ist genug über sie gesagt.«
»Ja, genug«, sagte der Oberpriester. »Agamemnon, du hast geschworen, alles zu tun, was notwendig ist, um uns vor der Pest zu retten. Deshalb haben wir beschlossen, daß Chryseis ihrem Vater zurückgegeben werden muß. Wir werden uns alle an der Mitgift beteiligen, die er fordert.«
Agamemnon ballte die Fäuste und knirschte mit den Zähnen.
»Seid ihr alle dieser Meinung?« fragte er. »Trotz allem, was ich für euch getan habe? Ihr würdet es verdienen, daß ich sage: Sucht euch einen anderen Heerführer. Menelaos – stehst du auch auf ihrer Seite? Willst auch du mich berauben?«
Der schmächtige, braunhaarige Mann mit dem dünnen lockigen Bart trat unbehaglich von einem Fuß auf den anderen. »Für deine Gottlosigkeit möchte ich nicht unter Apollons Zorn leiden müssen. Auch nicht für dein Pech oder deine schlechten Manieren, eine Frau zu rauben, die man besser in Ruhe gelassen hätte.«
»Wie hätte ich wissen sollen, daß ihr verwünschter Vater ein Priester ist? Und selbst wenn, was glaubst du, kümmert es mich? Wir verbringen unsere Zeit nicht damit, über ihren Vater zu sprechen!« tobte Agamemnon.
Die Priesterin hinter Kassandra preßte die Lippen zusammen, um nicht laut herauszulachen, und flüsterte: »Mit Sicherheit hast du deine Zeit nicht damit verbracht, Anstand zu lernen.« Jetzt hätte Kassandra beinahe gelacht. Agamemnons Kopf fuhr herum, und er starrte die Frauen wütend an.
»Also gut«, knurrte er. »Da ihr euch alle gegen mich verschworen habt und mich ausrauben wollt, nehmt die Kleine. Aber als Ersatz will ich die Frau von Achilleus.«
Achilleus sprang auf und schrie: »Nein! Nur über meine Leiche!«
»Das läßt sich machen, wenn du darauf bestehst«, entgegnete Aga-

memnon überheblich. »Patroklos, kannst du den kleinen Wilden nicht bändigen? Er ist kaum alt genug, um sich in Männerangelegenheiten zu mischen. Achilleus, wozu brauchst du in deinem Alter schon eine Frau? Ich schicke dir eine Kiste Spielsachen, die eigentlich für meinen Sohn bestimmt waren.«
Kassandra kniff die Augen zusammen. *Das hätte Agamemnon nicht sagen dürfen. Achilleus ist jung, aber man darf sich nicht so überheblich auf seine Kosten lustig machen.*
Die Oberpriesterin der Troianer fragte: »Khryse, hast du für deine Tochter einen Umhang? Da im Lager die Pest wütet, darf sie kein Kleidungsstück von hier mit in die Stadt nehmen. Ehe sie Troia betreten darf, muß man ihr die Haare abschneiden und alles verbrennen, was sie trägt.«
Khryse winkte einem Diener, der ein langes Gewand und einen Umhang brachte.
»Gut, man soll alles verbrennen, was sie von den Achaiern bekommen hat«, stimmte er zu. »Aber muß das mit den Haaren wirklich sein?«
»Es tut mir leid. Nur so können wir sicher sein, daß sie die Pest nicht einschleppt«, sagte die Priesterin. Agamemnon erschien mit Chryseis, und Khryse wollte zu ihr eilen, um sie zu umarmen. Aber die Oberpriesterin hinderte ihn daran.
»Zuerst sollen die Frauen sie entkleiden und ihr Gewand verbrennen«, befahl sie. Charis und Kassandra bildeten mit den anderen Priesterinnen einen Kreis, um Chryseis vor den Blicken der Männer zu schützen. Dann zog man ihr das Ober- und das Unterkleid aus. Chryseis ließ das alles über sich ergehen. Aber als Charis die aufgesteckten Haare löste und nach einem Messer griff, um sie abzuschneiden, wich sie zurück.
»Nein, ich habe alles ertragen. Aber ihr dürft mich nicht dem Gespött aussetzen, indem ihr mir die Haare abschneidet. Ich muß nicht gereinigt werden und verdiene auch keine Strafe.«
Charis sagte freundlich: »Es geschieht nur aus Angst vor der Pest. Du kommst von einem verseuchten Lager in eine Stadt, die bis jetzt noch von der Seuche verschont ist.«
»Weder habe ich die Pest, noch bin ich in der Nähe eines Menschen gewesen, der sie hat.« Chryseis schluchzte. »Laßt mir meine Haare!«

»Es tut mir leid, wir müssen es tun«, sagte Charis, packte die langen Haare und schnitt sie im Nacken ab. Chryseis begann hemmungslos zu schluchzen. »Was hast du getan? Ich werde zum Gespött aller! Sie werden mich auslachen und verhöhnen. Du hast mich schon immer gehaßt, Kassandra. Und jetzt tust du mir das an!«
»Was bist du für ein dummes Kind«, sagte Charis barsch. »Wir tun, was die Oberpriesterin uns befohlen hat, mehr nicht. Mach nicht Kassandra dafür verantwortlich.« Sie reichte Chryseis das Gewand, das ihr Vater mitgebracht hatte. »Ich habe keine Nadel. Du mußt es über den Brüsten zusammenhalten.«
»Nein«, erwiderte Chryseis trotzig. »Wenn du keine Nadel hast, soll es meinetwegen ruhig offenstehen.«
Charis sagte achselzuckend: »Es ist deine Sache, wenn du willst, daß jeder achaische Soldat auf deine nackten Brüste starrt. Aber dein Vater würde sich vielleicht schämen. Ich bitte dich um seinetwillen: Halte das Gewand zusammen, damit die Schicklichkeit gewahrt ist.«
Charis bedeutete den Frauen, den Kreis zu öffnen, damit Chryseis zu ihrem Vater gehen konnte. Agamemnon wollte zu ihr, aber Odysseus hielt ihn zurück und sprach leise und eindringlich auf ihn ein.

22

Einen Tag nach Chryseis' Rückkehr rief man Kassandra in den Palast. Ihre Eltern luden sie ein, mit ihnen zu essen. Kassandra vermutete, Priamos wolle Genaueres über das Geschehene wissen. An der Tafel saßen außer dem König und der Königin Kreusa und Aeneas, Hektor und Andromache mit ihrem kleinen Sohn und Helena und Paris mit ihren Kindern. Nikos, ein hübscher Junge, war ein Jahr älter als Hektors Sohn. Die Zwillinge liefen durch die Halle, wurden aber nicht zu laut, da die beiden Ammen sie verhältnismäßig gut im Zaum hielten.
Kassandra kam es merkwürdig vor, daß die Kriegsjahre offenbar so wenig Veränderungen in der großen Halle bewirkt hatten. Die Wandmalereien waren etwas verblaßt und hatten Risse; vermut-

lich hatten die Handwerker, die sie normalerweise aufgefrischt hätten, inzwischen andere Pflichten oder dienten im Heer. Es wurden viele unterschiedliche Speisen aufgetragen, darunter auch frischer Fisch – allerdings auffallend wenig. Andromache erzählte, die Achaier hätten den Hafen verschmutzt, und die schmackhafteren Fische könne man nur noch auf hoher See fangen. Es gab aber nicht genug Leute, denen es gelang, die Blockade der Achaier zu durchbrechen, und die sich soweit auf das offene Meer hinauswagten.

»Und wenn es ein Boot schafft, fangen die Achaier es meist ab und nehmen sich die besten Fische.«

Honig, Früchte und Brot gab es im Überfluß. Da Weinreben in der ganzen Stadt wie Unkraut wuchsen, erntete man auch genug Trauben, um Wein zu keltern.

Priamos wollte von Kassandra den Verlauf der Unterhandlungen Wort für Wort wiederholt haben. Über Agamemnons Anmaßung schüttelte er ärgerlich den Kopf und sagte: »Ich habe im Lager der Achaier keine Pestopfer mehr gesehen. Mögen die Götter unsere Stadt verschonen. Also ist die Frau wieder bei uns. Was will ihr Vater jetzt mit ihr tun?«

»Das weiß ich nicht. Ich habe ihn nicht danach gefragt. *Ich beabsichtige auch nicht, es zu tun, und es ist mir gleichgültig.* Bei der Mitgift, die sie von den Achaiern bekommen hat«, fuhr sie fort, »wird er mühelos einen Ehemann für sie finden. Die Achaier wollten den Sonnengott unbedingt versöhnen. Und nach der Pest ist das nicht weiter verwunderlich.«

»Ich nehme an, keiner ihrer Führer ist an der Pest gestorben?«

»Nicht daß ich wüßte«, sagte Aeneas. »Jedenfalls sind weder Agamemnon noch Achilleus erkrankt. Aber nachdem Chryseis das Lager verlassen hatte, wären sie beinahe aufeinander losgegangen. Schließlich verschwand Agamemnon in seinem Zelt, und Achilleus stapfte zu seinem. Sie scheinen sich gestritten zu haben.«

»O ja«, sagte Kassandra und berichtete, daß Agamemnon Briseis als Ausgleich für den Verlust von Chryseis gefordert und was Achilleus ihm darauf geantwortet hatte.

»Das erklärt, was ich später beobachtet habe«, sagte Aeneas. »Ein Trupp Soldaten von Agamemnon marschierte zum Zelt von Achil-

leus, und es kam zu einem Handgemenge mit seinen Männern. Dann erschien Odysseus und sprach lange mit allen. Schließlich entfernten die Soldaten des Achilleus alle Feldzeichen und Fahnen, und es sah ganz so aus, als wollten sie abfahren.«
»Hoffen wir, daß die Götter genau das wollen«, meinte Hektor. »Agamemnon ist ein ehrenhafter Feind. Achilleus ist verrückt, und ich kämpfe lieber gegen vernünftige Männer.«
Kassandra hatte Kreusas zweite Tochter, die kleine Kassandra, auf dem Schoß und sagte: »Ich glaube, kein Mann, der in diesem Krieg kämpft, ist bei Verstand.«
»Wir wissen alle, was du glaubst, Kassandra«, erwiderte Hektor, »und wir haben keine Lust mehr, es immer und immer wieder zu hören.«
»Hektor, glaubst du wirklich, wir könnten diesen Krieg gewinnen? Wenn die Götter Troia zürnen ...«
»Ich habe noch nichts von IHREM Zorn gesehen«, unterbrach Hektor sie. »Jetzt scheint der Sonnengott aber auf die Achaier zornig zu sein. Wenn Achilleus abgefahren ist, fürchte ich keinen der anderen Heerführer. Wir werden kämpfen und den Krieg ehrenvoll gewinnen. Dann schließen wir Frieden und leben friedlich mit ihnen zusammen – wenn wir Glück haben für den Rest unseres Lebens.«
»Und was geschieht mit uns?« fragte Paris. Er saß neben Helena, die einen der Zwillinge mit zerdrückten Früchten fütterte. Sie wirkte ausgeglichen und heiter. *Sie ist hübsch,* dachte Kassandra, *aber von der unwiderstehlichen Schönheit ist nichts mehr zu sehen, die sie besaß, als die Göttin sie überschattete.*
»Wenn wir Frieden schließen«, sagte Andromache, »wird es auch für euch Frieden geben, und ihr könnt mit euren Kindern leben, wie ihr wollt.«
»Ohne Krieg ist die Welt langweilig«, sagte Hektor und gähnte. Paris war anderer Ansicht. »Ich habe bereits mehr Krieg erlebt, als mir lieb ist. Es muß im Leben Besseres geben als das.«
»Du redest wie unsere Schwester«, brummte Hektor. »Aber, ob es uns gefällt oder nicht, es wird Frieden geben. Und wenn alles versagt, gibt es Frieden im Grab. Dann haben alle Kämpfe und alle Reden von Ruhm und Ehre ein Ende.«
Kassandra sagte trocken: »Der Gott des Achilleus hat ganz be-

stimmt einen anderen Himmel geschaffen, wo die Helden tagein, tagaus kämpfen.«

»Für mich wäre das nicht der richtige Himmel«, entgegnete Paris, »hier wird genug gekämpft. Ich habe nicht die Absicht, es auch noch im Nachleben zu tun.«

»Du meinst, du würdest dich nicht dafür entscheiden, es im Nachleben zu tun. Aber ich bezweifle, daß *wir* das entscheiden werden.«

In diesem Augenblick ertönte lauter Lärm. Die Kinder hatten am anderen Ende der Halle gespielt, und man hörte das Schlagen von Holzschwertern und lautes Kindergeschrei. Hektor und Paris sahen, daß der kleine Astyanax und Helenas Sohn Nikos sich auf dem Boden wälzten und unter unverständlichem Gebrüll aufeinander einschlugen.

Helena und Andromache rannten zu ihren Söhnen und trugen die beiden heulenden Zwillinge unter dem Arm zurück an die Tafel. Hektor bedeutete den beiden Frauen, die Kinder loszulassen.

»Ruhe, Ruhe, Kinder, was ist denn los? Reicht der Krieg vor den Toren nicht? Müssen wir auch noch beim Abendessen kämpfen? Astyanax, Nikos ist unser Gast, und Gäste haben Anspruch auf unsere Gastfreundschaft. Außerdem ist er kleiner als du. Weshalb hast du ihn geschlagen?«

»Er ist ein Feigling wie sein Vater«, sagte Astyanax mürrisch und preßte die Fäuste auf die Augen.

Nikos trat ihm gegen das Schienbein, und Astyanax sagte: »Nun ja, das hast *du* gesagt, Vater.«

Hektor mußte sich zusammennehmen, um nicht zu lachen. »Ich habe gesagt, daß sein Vater Menelaos ein ehrenhafter Feind ist. Du weißt doch, Paris ist nicht sein Vater.« Er hob die Stimme, denn die beiden fingen gleichzeitig an, wieder zu schreien. »Und wer immer auch was gesagt hat, beim Abendessen herrscht Frieden. Sogar wenn Agamemnon an der Tafel erscheinen sollte, wäre es meine Pflicht als ehrenhafter Mann, seinen Hunger zu stillen. Das oberste Gebot der Götter lautet: Gastfreundschaft ist heilig. Habt ihr mich verstanden?«

»Ja, Vater«, murmelte Astyanax.

Hektor wandte sich an Helena.

»Herrin, ich bitte dich, achte darauf, daß dein Sohn aus Achtung vor meinem Vater und meiner Mutter sich anständig benimmt, oder schicke ihn mit seiner Amme hinaus.«
»Ich werde es versuchen«, murmelte sie. Paris blickte so finster und drohend wie eine Gewitterwolke. Aber er wagte nicht, Hektor zu widersprechen – das wagte seit einiger Zeit niemand mehr.
Kassandra widmete sich den in Honig eingelegten Früchten, die als Abschluß der Mahlzeit gereicht wurden, und fragte Priamos: »Gibt es Anzeichen dafür, daß Mutters Kammerfrauen ausgetauscht oder freigekauft werden können?«
»Nein«, brummte Priamos. »Durch die Tochter dieses verwünschten Priesters . . . Sie ist schlimmer als die Pest, auch wenn Apollon ihr geholfen hat«, fügte er mit einer frommen Geste hinzu . . . »mußten alle Verhandlungen so plötzlich abgebrochen werden, als sei ein Wagen in den Graben gefahren! Wenn wir können, werden wir es wieder versuchen. Aber im Augenblick besteht keine Hoffnung.«
Kreusa erhob sich und nahm die kleine Kassandra auf den Arm. »Ich muß sie zu Bett bringen«, verkündete sie. »Helena, begleitest du mich?«
Auch Kassandra erhob sich.
»Ich werde mich ebenfalls verabschieden«, sagte sie. »Mutter, Vater, vielen Dank. An eurer Tafel habe ich mit Sicherheit besser gegessen als bei den Priesterinnen.«
»Dazu besteht eigentlich kein Grund«, brummte Priamos. »Sie bekommen dort oben von allem das beste.«
Aeneas bat: »Mit deiner Erlaubnis, Herr, werde ich Prinzessin Kassandra durch die Stadt begleiten. Es ist schon spät, und möglicherweise treibt sich in den Straßen Gesindel herum, da alle anständigen gesunden Männer unten bei den Soldaten sind.«
»Ich danke dir, Schwager. Aber es ist wirklich nicht nötig.«
»Er soll dich ruhig begleiten, Kassandra«, entschied Hekabe. »Es beruhigt mich. Polyxena konnte heute abend nicht kommen, weil sie im Tempel der Jungfrau keinen Mann zu ihrem Schutz hatten, der sie hätte begleiten können.«
»Wo ist Polyxena?« fragte Kassandra. Ihr war zwar aufgefallen, daß ihre Schwester an der Tafel fehlte, aber es hätte gut sein können,

daß Polyxena inzwischen mit einem König oder Heerführer am anderen Ende der Welt verheiratet worden war.
»Sie dient der Jungfräulichen Göttin. Aber das ist eine lange Geschichte«, erwiderte Hekabe in einem Ton, der verriet, daß sie nicht beabsichtigte, diese Geschichte jetzt zu erzählen – sei sie nun lang oder kurz. Kassandra küßte ihre Mutter und die Kinder, und Aeneas ließ es sich nicht nehmen, ihr selbst den Mantel umzulegen. Auch Hektor erhob sich, umarmte seine Frau und seinen Sohn und verabschiedete sich am Palasttor von Aeneas und Kassandra.
»Du bist noch hübscher geworden, seit du in Kolchis warst«, sagte er freundlich. »Es gibt ein Lied, in dem es heißt, du seist so schön, daß *Apollon sich nach dir verzehrt* .... Ich bin sicher, wenn du wolltest, würde Vater für dich einen Gemahl finden ohne all den Unsinn, der Polyxena in den Tempel der Jungfrau getrieben hat.«
»Lieber Bruder, ich bin glücklich im Tempel des Sonnengottes«, sagte Kassandra und erwiderte seine Umarmung, denn sie wußte, er meinte es gut.
Während sie die steilen Straßen hinaufstiegen, war es nicht sehr dunkel, denn gerade ging rund und strahlend der Mond auf. An einer Stelle, von der man einen besonders guten Blick auf das Lager der Achaier hatte, blieb Aeneas stehen.
»In einer solchen Nacht wäre es für Hektor unklug gewesen, bei seiner Familie zu essen, wenn Agamemnon und Achilleus sich nicht gestritten hätten«, sagte Aeneas, »in den letzten drei Jahren gab es in Vollmondnächten meist einen Angriff von der dem Meer zugewandten Seite. Aber wie du siehst, ist dort unten alles dunkel. Nur im Zelt von Achilleus brennen Lampen. Ich möchte wetten, daß sie Wein trinken und sich immer noch die Köpfe heiß reden.«
»Aeneas, was ist das für eine Geschichte mit Polyxena?«
»Oh, ihr Götter!« Er seufzte. »Ich kenne nicht die ganze Geschichte. Niemand tut das. Achilleus – nun ja, Priamos hat Polyxena vergeblich Achilleus als Frau angeboten. Er hoffte, unter den Achaiern Unfrieden zu stiften. Dein Vater ließ dann verbreiten, sie sei so schön wie Helena, und er würde sie nur dem mächtigsten ...«
»Wie? Polyxena so schön wie Helena? Wird er langsam blind?«
»Ich glaube, er kam sich besonders schlau vor, denn dann hat er sie dem König von Kreta angeboten.«

»Idomeneo? Ich dachte, er steht auf unserer Seite!«
»Nein, er hat sich mit Agamemnon verbündet.«
»Aber das ist Verrat! Die Minoer waren schon unsere Verwandten und Verbündeten, ehe Atlantis im Meer versunken ist.«
»Wie auch immer, Priamos hat Polyxena gleichzeitig vielen anderen Königen angeboten, und man konnte sich natürlich nicht einigen. Schließlich hat Polyxena nicht mehr mitgespielt und sich dagegen aufgelehnt...«
»Aufgelehnt? Polyxena hat doch immer alles getan, was man ihr gesagt hat«, sagte Kassandra verblüfft.
»Anfangs ja, aber dann erklärte sie: Sie komme sich wie ein Topf vor, der auf dem Markt verhökert wird – wie ein Topf mit einem Sprung, den niemand kaufen will. Sie gelobte kurz entschlossen, der Jungfräulichen Göttin zu dienen, und sie ist bis zum heutigen Tag in IHREM Tempel. Priamos hat sich mehr darüber aufgeregt als damals über dich, als du in den Apollontempel gegangen bist.«
»Das kann ich mir denken«, seufzte Kassandra, »Vater hielt mich schon als kleines Mädchen für aufsässig. Aber als Polyxena sich ihm widersetzte, muß es für ihn so gewesen sein, als hätte ihn sein Schoßhündchen gebissen.«
»Ich glaube, genauso ist es. Deine Mutter war sehr unglücklich.«
»Ja«, sagte Kassandra, »Mutter erzieht uns zu Selbständigkeit, aber wenn wir einmal selbständig handeln, regt sie sich auf und ist entsetzt. Ich bin froh, daß meine Schwester die Entscheidung selbst getroffen hat.«
Sie gingen schweigend weiter. Kassandra stolperte über eine Stufe. Aeneas fing sie auf.
»Vorsicht!« mahnte er, »hier kann man tief fallen.«
Sein Arm lag um ihre Hüfte. Er trug keine Rüstung, sondern Tunika und Umhang. Sie spürte seinen starken, warmen Körper. Sie ließ sich ein paar Schritte von ihm führen, aber als sie sich lösen wollte, zog er sie fester an sich, und sein Gesicht war plötzlich sehr nahe. Ihre Lippen trafen sich flüchtig im Dunkeln, ehe sie sich ihm entzog.
»Nein«, bat sie flehend, »nein, Aeneas... nicht du auch noch.«
Er gab sie nicht sofort frei, sondern hob den Kopf und sagte leise: »Seit ich dich zum ersten Mal gesehen habe, Kassandra, liebe ich

dich, und ich dachte, daß dir das – daß dir das nicht ganz unangenehm ist.«
Kassandra sagte mit zitternder Stimme: »Wenn es anders gewesen wäre . . ., aber ich habe Keuschheit gelobt, und du bist mit meiner Schwester verheiratet.«
»Weder ich noch Kreusa haben das entschieden«, sagte Aeneas leise, »wir sind nach dem Willen deines und meines Vaters verheiratet worden.«
»Trotzdem, es ist so«, erwiderte Kassandra, »ich bin nicht Helena und halte mich an ein Gelöbnis . . .« Aber sie legte den Kopf an seinen starken Arm. Sie fühlte sich schwach, als trügen ihre Beine sie nicht mehr.
Aeneas sagte ruhig: »Ich glaube, es wird zu viel von Ehre und Pflicht gesprochen. Warum sollte Helena Menelaos treu bleiben, denn er hat sie enttäuscht? Sind wir nur auf dieser Welt, um die Pflichten gegenüber unserer Familie zu erfüllen? Geben die Götter uns das Leben nicht, damit wir etwas Gutes für das Herz, den Geist und die Seele daraus machen?«
»Wenn du so denkst«, fragte Kassandra und richtete sich etwas auf (sie fröstelte ohne seine Nähe), »weshalb hast du dich dann überhaupt bereit erklärt, sie zu heiraten?«
»Damals war ich jünger«, antwortete Aeneas, »und man hatte mir mein ganzes Leben lang eingeredet, es sei meine Pflicht, jede Prinzessin zu heiraten, die mein Vater mir bestimmen würde. Damals glaubte ich noch, eine Frau sei im wesentlichen wie die andere.«
»Ist es nicht so?«
»Nein«, erwiderte Aeneas heftig, »nein, so ist es nicht! Kreusa ist eine gute Frau, aber dir so unähnlich wie Wein dem Quellwasser. Ich sage nichts gegen die Mutter meiner Kinder. Aber damals hatte ich noch nie eine Frau getroffen, die mir mehr bedeutet hätte als jede andere, und die ich wirklich begehrte. Ich möchte eine Frau, die mir in allen Dingen ebenbürtig und eine Freundin ist. Ich schwöre dir, Kassandra, hätte ich vor der Hochzeit mit Kreusa Gelegenheit gehabt, mehr als einmal mit dir zu sprechen, hätte ich Priamos und meinem Vater gesagt, daß ich keine andere Frau auf der Welt heirate! Ich hätte hinzugefügt, wenn ich dich nicht bekäme, würde ich mein Leben lang unverheiratet bleiben.«

Kassandra fragte wie betäubt: »Das kann nicht dein Ernst sein. Machst du dich über mich lustig?«
»Weshalb sollte ich das?« fragte er. »Ich wollte – ich will nicht mein Leben zerstören, dir deinen Frieden nehmen oder Kreusa weh tun. Aber ich glaube, die Göttin der Liebe, die Paris so übel mitgespielt hat, will mich auch durcheinanderbringen. Ich mußte dir einmal sagen, was ich fühle.«
Sie wußte kaum, was sie tat, als sie die Hand ausstreckte und ihn berührte. Seine Finger schlossen sich fest um ihre. Leise sagte er: »Als ich dich zum ersten Mal mit sittsam niedergeschlagenen Augen zwischen den anderen Mädchen sitzen sah, wußte ich sofort, daß ich dich liebe. Ich hätte auf der Stelle zu Priamos und meinem Vater gehen und es ihnen sagen müssen ...«
Kassandra lächelte bei dieser Vorstellung.
»Und was hätte Kreusa dazu gesagt?«
»Das hätte für mich nicht von Bedeutung sein dürfen«, sagte Aeneas, »es ging um mein Leben. Sag mir, Kassandra, hättest du mich geheiratet, wenn ich Kreusa abgelehnt und statt dessen dich als Gemahlin gefordert hätte – als Preis dafür, daß ich für Troia kämpfe ....«
Bei seinen leidenschaftlichen Worten schlug ihr Herz heftig. »Ich weiß nicht«, antwortete sie schließlich, »es ist gleichgültig, was ich damals gesagt oder getan hätte, denn dafür ist es jetzt zu spät.«
»Es muß nicht zu spät sein«, widersprach er und zog sie in die Arme. Kassandra wurde erst bewußt, daß sie weinte, als Aeneas ihr eine Träne wegwischte.
»Weine nicht, Kassandra. Ich will dich nicht unglücklich machen. Aber ich kann den Gedanken nicht ertragen, daß es jetzt, nachdem ich weiß, daß ich dich liebe, für uns nie mehr geben kann als das.«
Er umarmte sie so ungestüm, so verlangend, daß die Welt um sie herum versank. Sie ertrank, erstickte, wurde ausgelöscht und konnte an nichts mehr denken. Nach einer Ewigkeit, die aber viel zu kurz zu sein schien, löste sie sich aus seinen Armen und wischte sich mit einem Zipfel ihres Gewands die Augen.
So ist das also.
Sie hörte ihre zitternde Stimme, als sie sagte: »Du bist der Mann meiner Schwester. Du bist mein *Bruder*.«

»Bei meiner unsterblichen Ahne! Glaubst du, ich hätte mich nicht damit herumgeschlagen, bis es mich ganz krank gemacht hat?« murmelte er. »Ich bitte dich nur, mir nicht böse zu sein.«
»Nein«, sagte sie, und es kam ihr in diesem Augenblick so albern vor, daß sie kichern mußte, »nein, ich bin dir nicht böse, Aeneas.« Er zog sie noch einmal in seine Arme, und sie konnte und wollte sich nicht dagegen wehren. Aber diesmal lag in seiner Umarmung auch Vorsicht, als bemühe er sich darum, sie nicht zu verletzen oder zu erschrecken. Er flüsterte in ihr Ohr: »Sag mir, daß auch du mich liebst, Kassandra.«
»Oh, ihr Götter«, seufzte sie hilflos, »mußt du das fragen?« Seine Lippen preßten sich so fest auf ihre, daß sie nicht wußte, ob er sie überhaupt verstanden hatte.
»Nein«, flüsterte er, »ich muß nicht fragen, aber ich muß es aus deinem Mund hören. Ich glaube, ich kann nicht weiterleben, wenn du es nicht sagst.«
Plötzlich hatte Kassandra das Gefühl, unendlich viel geben zu können. Es lag in ihrer Macht, ihm etwas zu schenken, was er sich so sehr wünschte. Sie schmiegte sich an ihn und flüsterte: »Ich liebe dich . . . ich glaube – ich glaube, ich liebe dich, seit ich dich zum ersten Mal gesehen habe.« Sie spürte, wie er sich sanft an sie drückte, als habe er sich schon immer gewünscht, das zu tun. Er berührte nur ihre Finger, aber diese Berührung gab ihr ein größeres Gefühl der Nähe als eine Umarmung. Sie wollte wieder in seinen Armen liegen, aber sie wußte, wenn das geschah, dann war sie, nur sie für alles weitere verantwortlich.
»Aeneas . . .«, flüsterte sie.
»Ja, Kassandra?«
»Ich glaube«, sagte sie zärtlich mit einem Gefühl überwältigenden Staunens, »ich glaube, ich wollte mich nur deinen Namen aussprechen hören.«
Er drückte sie fest, aber sanft an sich, als fürchte er, sie könne bei der leichtesten Berührung zerbrechen. »Geliebte, ich weiß nicht . . ., ich bin nicht sicher, was ich möchte, aber ich möchte dich nicht verführen. *Das* kann ich jederzeit von jeder anderen haben. Ich liebe dich, Kassandra. Ich wollte es dir sagen, damit du verstehst . . .«

»Ich verstehe«, sagte sie und drückte seine Hand. Der Mond am Himmel strahlte so hell, daß sie sein Gesicht so deutlich sah wie am Tag.
»Siehst du«, sagte er, »die Feuer im Lager sind alle erloschen. Es ist sehr spät. Du mußt müde sein. Ich sollte dich gehen lassen.«
Es *war* spät. Sie löste sich von ihm und fröstelte ohne seine Umarmung. Sie gab ihm die Hand. Er neigte sich zu ihr, küßte sie aber nicht wieder, sondern flüsterte: »Gute Nacht, Geliebte. Die Göttin schütze dich. Ich warte hier, bis du durch das Tor gegangen bist.«
Kassandra ging die letzten Schritte bis zum Tempel allein und klopfte an das Tor. Es wurde von innen geöffnet.
»Ah, Prinzessin Kassandra«, begrüßte sie ein alter Tempeldiener, »du warst im Palast. Bist du allein heraufgekommen?«
»Nein, Prinz Aeneas hat mich begleitet«, antwortete sie, und der alte Mann streckte den Kopf nach draußen und rief:
»Hätte der Prinz gern eine Fackel für den Rückweg?«
»Nein danke«, sagte Aeneas höflich, »der Mond scheint sehr hell.« Er verneigte sich vor Kassandra. »Gute Nacht, meine Schwester und meine Herrin.«
»Gute Nacht«, sagte sie, und als sie außer Hörweite des Dieners war, hörte sie sich flüstern: »Gute Nacht, mein Geliebter.«
Bestürzung erfaßte sie. Sie hatte ahnungslos geschworen, sie werde Aphrodite, der achaischen Liebesgöttin, niemals dienen und auch nie dieser Art Leidenschaft verfallen.
Und jetzt war sie wie alle anderen Aphrodites Dienerin.

23

Die Truppen des Achilleus beluden die Schiffe. Der Streit im Lager der Achaier war offensichtlich nicht beigelegt worden. Eine der besten Kundschafterinnen des Priamos, eine alte Frau, die im Lager der Achaier Kuchen verkaufte und jeden Tag um die Mittagszeit und nach einem langen Gespräch mit dem Hauptmann der Wache in die Stadt zurückkehrte, berichtete, Achilleus habe sein Zelt nicht verlassen. Patroklos versuche, allerdings ohne großen Erfolg, zu erreichen, daß die Truppen nicht abfuhren.
Patroklos, so sagte sie, sei bei den Soldaten beliebt, aber die Trup-

pen seien nur Achilleus treu ergeben, und wenn er nicht mehr kämpfen werde, würden sie es auch nicht mehr tun.
Am späten Vormittag stieg Kassandra mit Hekabe, Andromache, Helena und Kreusa auf die Mauer, um sich selbst ein Bild von der Lage zu machen.
Sie erfuhren, was die alte Frau berichtet hatte, und überlegten, was das für die Achaier bedeuten könne.
»Nicht viel«, sagte Paris, der an diesem Morgen der Hauptmann der Wache war, »Achilleus hat einen krankhaften Drang zu kämpfen, aber Agamemnon und Odysseus sind die Köpfe in diesem Krieg. Achilleus ist im Zweikampf natürlich der beste, und er fährt seinen Streitwagen wie ein Dämon. Seine Ameisen folgen ihm bei einem Angriff bis zum Ende der Welt.«
»Wie schade, daß niemand sie überreden kann, das zu tun«, murmelte Kreusa, »das würde die meisten unserer Probleme lösen – zumindest mit Achilleus. Kennt niemand einen freundlichen Unsterblichen, der die Gestalt von Achilleus annehmen und seine Männer zu einer wichtigen Aufgabe irgendwo am anderen Ende der Welt führen oder sie davon überzeugen könnte, daß sie unbedingt zu Hause gebraucht werden?«
»Das ist aber auch alles, was für Achilleus spricht«, fuhr Paris fort, ohne Kreusa zu beachten, »er ist verrückt danach zu töten. Er versteht nichts von Strategie oder Kriegstaktik. Wenn er sich aus dem Krieg zurückzieht und nach Hause fährt wie ein kleiner Junge, der sagt: ›Ich spiele nicht mehr mit‹ ist das kein schwerer Schlag für die Achaier. Der Verlust von Agamemnon, Odysseus oder selbst Menelaos wäre für sie weit schlimmer und für uns besser.«
»Schade, daß uns nichts einfällt, um einen von ihnen loszuwerden«, sagte Hekabe.
»Beinahe wäre es so gekommen«, sagte Paris, »der Streit zwischen Achilleus und Agamemnon bedeutet, sie werden entweder den einen oder den anderen verlieren. Die Truppen würden Achilleus nachtrauern. Er ist ihr Idol. Aber die Führer wissen, sie können Agamemnon nicht verlieren, denn dann ist der Feldzug zu Ende. Warum hätten sie Agamemnon sonst erlaubt, Achilleus diese Frau wegzunehmen? Sie wissen, wie wichtig Agamemnon für den Krieg ist. Warum sitzt Achilleus beleidigt in seinem Zelt? Man hat

ihm deutlich gezeigt, daß ihn keiner auch nur annähernd so wichtig hält wie Agamemnon.«
»Irgend etwas geht da unten vor«, sagte Helena, »seht ihr, da ist Agamemnon wie üblich mit Menelaos im Schlepptau und sein Herold.«
Kassandra hatte den Herold schon einmal gesehen: ein großer junger Mann, der vielleicht für Schwert und Schild zu schmächtig war. Aber sein eindrucksvoller Baß drang mühelos durch das ganze Lager. *Wie schade. An ihm ist ein hervorragender Sänger verlorengegangen*, hatte Khryse einmal gesagt.
Agamemnon sprach zu ihm. Der Herold verließ das Lager und kam mit großen Schritten bis zum Stadttor. Paris griff nach seinem ovalen Schild, rückte den Helm zurecht und trat an den Rand der Mauer. Der Herold rief: »Paris, Sohn des Priamos!«
»Das bin ich!« sagte Paris, und seine Stimme klang im Vergleich zu dem volltönenden Baß des Herolds jung und dünn. »Was willst du von mir? Wenn Agamemnon eine Botschaft für mich hat, warum kommt er dann nicht selbst, anstatt wie ein Feigling dich zu schikken, den ich rechtmäßig nicht töten darf?«
Lachend fuhr er fort: »Wann wird endlich die Jagd auf Herolde eröffnet?! Ich finde, man sollte sie ausrotten wie die Kentauren.«
»Paris, Sohn des Priamos, ich habe eine Botschaft für dich von Menelaos, dem König von Sparta und Bruder von Agamemnon, dem König von Mykenai . . .«
»Ich weiß sehr gut, wer Menelaos ist«, unterbrach ihn Paris, »du brauchst es mir nicht zu erklären oder die alten Streitigkeiten wiederzukäuen.«
»Ach, laß doch den armen Mann seine Botschaft ausrichten, Paris«, rief Helena vernehmlich, »du machst den armen Kleinen unsicher. Er will wenigstens wie ein Krieger klingen, wenn er schon nicht kämpfen kann. Wenn du so weiter redest, macht er sich vor Angst noch in die Tunika. Denk doch, wie peinlich ihm das vor all den Frauen wäre.«
»Wenn du mir etwas von Menelaos zu sagen hast, dann tu es«, rief Paris. Der Herold errötete, nahm sich zusammen und stand stramm.
»Höre die Worte von Menelaos, dem König von Sparta: ›Paris,

Sohn des Priamos, ich habe Streit mit dir, nicht mit Priamos und nicht mit der großen Stadt Troia. Ich schlage vor, wir beenden diesen Krieg durch einen Zweikampf vor den versammelten troianischen und archaiischen Truppen. Wenn du mich tötest, oder ich mich ergebe, sollst du Helena behalten und alles von mir haben, was du möchtest. Meine Männer, auch die meines Bruders Agamemnon, sind dann von dem Schwur entbunden, für mich zu kämpfen. Sie werden mich nicht einmal rächen, sondern die Schiffe besteigen, für immer abfahren, und dieser Krieg ist zu Ende. Aber wenn ich dich töte, oder du dich ergibst, soll Helena mit all ihren Besitztümern mir gehören, und wir werden sie mit nach Hause nehmen, ohne von Troia andere Beute als sie zu fordern. Was sagst du? Wie lautet deine Antwort?‹«

Paris richtete sich hoch auf und rief: »Sage Menelaos, ich habe sein Angebot gehört, und ich werde mich mit König Priamos und Hektor, dem Führer der troianischen Truppen, beraten. Mir scheint es, als habe dieser Krieg noch viele andere Gründe außer Helena. Aber wenn mein Vater und mein Bruder ihn auf diese Weise entscheiden wollen, bin ich zu diesem Zweikampf bereit!«

Die Truppen beider Seiten jubelten, als Paris zurücktrat und wieder zu den Frauen ging. Helena küßte ihn wortlos.

Paris sagte: »Was soll das? Menelaos weiß ebensogut wie ich, daß es bei diesem Krieg nicht nur um Helena geht. Wie hat Agamemnon es geschafft, ihn zu dieser Lösung zu überreden? Oder ist es eine List, um mich vor die Mauer zu locken?«

»Menelaos ist so falsch, daß ich ihm das zutrauen würde«, entgegnete Helena, »aber nicht klug genug, um sich das auszudenken.«

»Wie möchte Priamos wohl, daß ich antworte?« fragte Paris. »Oder Hektor? Hektor würde die Gelegenheit vermutlich begrüßen, mich aus dem Weg zu räumen, damit er den Krieg weiterführen kann, wie er es will.«

»Du tust deinem Bruder unrecht, mein Sohn«, sagte Hekabe.

»Ich hoffe, das wirst du immer denken«, erwiderte Paris, »und ich werde immer da sein, um es zu bestreiten.«

»Du kannst gegen Menelaos nicht gewinnen«, sagte Kassandra.

»Warum nicht? Glaubst du, ich fürchte mich vor ihm?« entgegnete Paris.

»Wenn du dich nicht vor ihm fürchtest, dann bist du ein größerer Dummkopf, als ich dachte«, sagte Andromache.
»Aber Hektor wird es so sehr begrüßen, daß dieser Krieg durch einen Zweikampf entschieden werden kann«, sagte Kassandra, »daß er Paris vermutlich zwingt, die Herausforderung anzunehmen – allerdings nur unter der Bedingung, daß er statt Menelaos Agamemnon herausfordert.«
»Vielleicht wird er an meiner Stelle gegen Menelaos kämpfen wollen«, wandte Paris ein.
»Du kannst Hektor selbst fragen, was er will. Er kommt gerade«, sagte Andromache. Hektor zog mit seinen Soldaten durch die Straßen zum Tor – etwa hundertfünfzig Bewaffnete und ein Trupp mit Hektors Streitwagen. Hektor entdeckte sie auf der Mauer und eilte zu ihnen hinauf.
»Was ist los?« fragte Hektor. »Ich habe das Gebrüll der Soldaten gehört...«
Hekabe berichtete ihm schnell von der Herausforderung, und Hektor runzelte nachdenklich die Stirn.
»Vermutlich ist das die beste Lösung, nachdem Achilleus nicht mehr kämpft«, sagte er, »wirst du gegen Menelaos antreten, Paris?«
»Ich würde es lieber nicht tun«, erwiderte Paris, »ich traue ihm nicht zu, daß er sich im Zweikampf stellt. Ich halte es für wahrscheinlicher, daß er versucht, mich vor die Mauer zu locken, damit er mich von Bogenschützen erschießen oder von einem Trupp Soldaten erschlagen lassen kann.«
Hektor sah ihn finster an.
»Paris, ich weiß nie, ob aus dir Feigheit spricht oder Vernunft.«
»Ich glaube, zwischen beiden besteht kein großer Unterschied«, sagte Paris, »ich nehme an, du möchtest, daß ich hinausgehe und mit ihm kämpfe.«
»Gibt es da überhaupt noch eine Frage?«
Kassandra sah an Hektors Gesichtsausdruck, daß er sich nicht vorstellen konnte, weshalb Paris nicht das Schwert zog und aus dem Tor stürmte.
»Nun ja«, gab Paris zu bedenken, »wenn ich ihn töte, ziehen sie alle ab, und du hast keine Möglichkeit, gegen Agamemnon oder

Achilleus anzutreten. Das würde dir doch den Spaß verderben, oder?«
»Und wenn er dich tötet?«
»Ich habe versucht, nicht daran zu denken«, sagte Paris, »ich bezweifle, daß dir *das* den Spaß verderben würde. Aber mit Sicherheit würden sie sich über dich lustig machen, wenn sie Helena und alles andere, was ihnen in Troia gefällt, wegschleppen. Und wie gesagt, möglicherweise ist es kein so ehrlicher Kampf, wie Menelaos es ankündigt.«
»Helena«, sagte Hektor, »du kennst Menelaos besser als wir alle. Hält er sein Wort?«
Sie sagte achselzuckend: »Ich denke schon. Ich bezweifle, daß er sich eine Falle ausdenken könnte. Natürlich habe ich keine Ahnung, was Agamemnon sich vielleicht ausgedacht hat. *Das* ist etwas ganz anderes.«
»Also Paris, die Entscheidung liegt bei dir«, sagte Hektor, »ich kann dich nicht zwingen, mit ihm zu kämpfen. Andererseits will ich auch nicht dafür verantwortlich sein, daß die Herausforderung nicht angenommen wird.«
Paris blickte über die Mauer hinunter, wo Menelaos mit seinem scharlachroten Umhang immer noch auf und ab lief. »Helena, was möchtest du? Was soll ich tun? Soll ich um dich kämpfen?«
»Hektor wird so lange keine Ruhe geben, bis du es tust«, antwortete sie schlau, »also ist es wohl besser, du nimmst an. Aber wir müssen uns einen Fluchtweg für dich ausdenken. Vielleicht können wir einen der Unsterblichen dazu bringen, daß er eingreift.«
»Wie willst du das tun?« fragte er.
»Es ist besser, wenn du das nicht weißt«, antwortete sie, »aber ich glaube nicht, daß die Göttin der Liebe und der Schönheit mich hierhergebracht hat, nur damit ich in Schimpf und Schande zurückgeschleppt werde. Aber halte die Augen offen, wenn du kämpfst. Wir lassen eine Strickleiter an der Mauer hinunter. Wenn die Göttin dir die Möglichkeit gibt, sie zu erreichen, laß dir die Gelegenheit nicht entgehen, es sei denn, Menelaos liegt bereits tot zu deinen Füßen.«
Paris ging wortlos zur Brüstung und rief dem Herold zu, er sei in einer Stunde bereit, wenn Menelaos es wünsche.

Paris fuhr mit Hektor im Streitwagen durch das große Tor. Bei diesem Anblick breitete sich Totenstille aus.
»Was hast du vor?« fragte Kassandra und trat neben Helena. Helena ergriff Kassandras Hände.
»Du bist seine Zwillingsschwester und Priesterin«, erklärte sie, »du mußt mit mir Aphrodite anrufen und darum flehen, daß SIE Nebel schickt. Hekabe hat eine Strickleiter holen lassen. Schließlich können wir die Göttin nicht auch noch bitten, das zu tun, was wir bei jedem Seilmacher für eine Kupfermünze haben können.«
Helena und Kassandra sahen zu, wie Paris und Menelaos sich bewaffneten, während ihre Herolde sich gegenseitig beschimpften. Menelaos und Paris gingen gemessen umher und steckten den Kreis ab, den kein anderer Krieger während des Zweikampfs betreten durfte, solange sie beide am Leben waren. Danach verneigten sie sich in aller Förmlichkeit voreinander. Ein Trompetensignal ertönte, und sie begannen zu kämpfen.
»Sing!« flehte Helena. »Bete! Fleh die Göttin an, uns IHREN Nebel zu schicken!«
Die Frauen begannen ihre Anrufung. Kassandra war so sehr davon in Anspruch genommen, den kämpfenden Männern zuzusehen, daß sie die Worte des Gebets kaum sprechen konnte. Anfangs schienen Paris und Menelaos gleich stark zu sein. Paris war größer und hatte längere Arme. Menelaos hatte zwar das Nichtstun verweichlicht, aber er war flink wie ein Wiesel. Sie umkreisten sich, hieben aufeinander ein, schätzten sich dabei genau ab, aber der wahre Kampf hatte noch nicht begonnen.
Kassandra schmerzten die Augen. Wirbelte dort unten auf dem Kampfplatz Staub auf, oder trieben tatsächlich Nebelschwaden vom Meer herein? Sie wußte es nicht genau. Helena ging zum Rand der Mauer und ließ die Strickleiter herab. Zur Sicherheit war sie mit Haken an den Mauersteinen befestigt. Dann richtete Helena sich hoch auf und rief: »Menelaos!«
Menelaos hob den Kopf, und sein Schwertarm erstarrte. Helena öffnete langsam das Gewand und ließ es über die Schultern gleiten, bis die Brüste entblößt waren.
Während Helena reglos dort stand, kam es Kassandra vor, als tanzten goldene Funken in der Luft, als werde der Schleier zwischen

den Welten dünner. Umgeben von diesem goldenen Schimmer wirkte Helena größer, majestätischer und schien in übermenschlicher Schönheit zu erstrahlen. Auf der Mauer stand keine Frau, sondern die Göttin!

Menelaos schien Wurzeln geschlagen zu haben.

Nicht so Paris. Sobald er Helena in der Gestalt der Göttin sah, drehte er sich um und rannte zum Fuß der Mauer. Aus den Reihen der Achaier erhob sich ein ehrfürchtiger, sehnsuchtsvoller Aufschrei. Im nächsten Augenblick hatte Paris den Mauerkranz erreicht und holte die Leiter ein. Kassandra wurde klar, daß niemand gesehen hatte, wie er die Leiter hinaufgeklettert war, denn alle Blicke richteten sich auf Helena – vielmehr auf Aphrodite. Paris rollte die Leiter zusammen und warf sie auf der Innenseite der Mauer hinunter.

Helena stand immer noch reglos von einem strahlenden Licht umgeben dort oben. Im nächsten Augenblick war die Illusion – wenn es eine Illusion gewesen war – vorüber, und nur noch Helena stand mit leicht gerötetem Gesicht da und ordnete das Gewand. Sie ging zu Paris hinüber und sagte: »Du bist verwundet.«

»Nicht ernst, Herrin«, sagte er noch immer mit großen Augen. Der rote Riß in seiner Lederrüstung begann jetzt zu tropfen.

»Komm mit«, forderte sie ihn auf. »Ich werde mich darum kümmern.« Die beiden gingen.

Die Achaier begannen zu schreien: »Paris! Wo ist er, der Feigling?« Aber dazwischen hörte man die sehr viel lauteren Rufe: »Die Göttin! SIE ist uns auf der Mauer erschienen! Aphrodite, die Schöne, die Schaumgeborene!«

Hektors Streitwagen rollte rumpelnd durch das Tor. Kurz darauf sprang Hektor mit großen Sätzen die Stufen in der Mauer hinauf. Er sah sich um und fragte: »Wo ist er?«

Hekabe erwiderte mit bebender Stimme: »Hast du nicht gesehen, wie die Göttin ihn zu sich genommen hat?«

»Das haben die Achaier auch gesagt«, erwiderte Hektor, »als ich meinen Lenker fragte, schwor er, er habe gesehen, wie Aphrodite von der Mauer heruntergeschwebt sei, IHREN Mantel über Paris geworfen und ihn vom Kampfplatz entführt habe. Also, ich weiß nicht, was ich gesehen habe. Vielleicht hat mich nur die Sonne geblendet. Wo ist Helena?«

»Als die Göttin Paris hierhergebracht hat, sah Helena, daß er blutete«, antwortete Andromache, »sie hat ihn in ihre Gemächer mitgenommen, um ihn zu verbinden. Inzwischen sind sie vermutlich im Bad.«

»Daran zweifle ich nicht«, brummte Hektor, »aber wenn Göttinnen sich einmischen, wäre es mir lieber, SIE würden damit warten, bis alles ordentlich geregelt ist. Wenn die Göttin Paris in Sicherheit gebracht hat, dann hätte SIE doch ebensogut Menelaos und auch Helena entführen und nach Sparta zurückbringen können. Wenn SIE fähig ist, das eine zu tun – und hört, ihr Unsterblichen, ich bin nicht so gottlos zu sagen, SIE könne das nicht –, dann kann SIE auch das andere. Kassandra, was hast du gesehen? Wirst du mir auch Märchen von der Göttin auf der Mauer erzählen, die Paris durch die Luft hierhergetragen hat?«

Kassandra war überglücklich. Hektor wandte sich an sie, als sei sie für ihn eine vertrauenswürdige Zeugin.

»Keineswegs«, sagte sie, »aber es sah ganz so aus, als hätte Menelaos eine Art Vision gehabt. Er hörte auf zu kämpfen, starrte auf die Mauer, und Paris rannte um sein Leben.«

Hektor sagte seufzend: »Heute ist es zu spät, um weiterzukämpfen. Aber wartet nur, bis sich das herumspricht. Wenn die Göttin allerdings eingegriffen hat – und sei es auch dadurch, daß Menelaos eine Vision hatte, kann niemand Paris einen Vorwurf machen.«

Aber aus seinen Worten sprach Verwirrung.

Drittes Buch
Poseidons Fluch

1 Bis zum Abend hatten alle in den beiden Heeren und die meisten Bewohner der Stadt die Geschichte gehört, die durch das Erzählen natürlich noch phantastischer wurde.
Die meisten Augenzeugen beschworen, die Göttin sei auf der Stadtmauer erschienen und habe Paris vor einem tödlichen Streich des Menelaos gerettet. In einer Version hatte Menelaos Paris bereits mit einem Schwertstreich vom Kinn bis zum Bauch aufgeschlitzt, und die Göttin hatte ihn durch eine Berührung wieder geheilt. SIE hatte seine Wunden mit Nektar und Ambrosia behandelt und ihn geradewegs in Helenas Gemach gebracht.
Wenn man Kassandra fragte, erwiderte sie nur, sie sei nicht sicher, was sie gesehen habe, denn die Sonne habe sie geblendet.
Insgeheim zweifelte sie jedoch nicht daran, daß die Göttin irgendwie eingegriffen hatte. Aber sie wußte nicht mehr wie, wenn sie auch sicher war, daß die Göttin in der Gestalt Helenas gewirkt hatte – und das schließlich nicht zum ersten Mal.
Zwei Tage redete man in der Stadt von nichts anderem als dem Zweikampf und dem angeblichen Eingreifen der Göttin. Hektor und Aeneas kamen von Ratsversammlungen zurück und berichteten, die Achaier seien der Ansicht, Menelaos habe den Zweikampf gewonnen, da Paris verwundet geflohen sei.
»Was habt ihr ihnen geantwortet?« erkundigte sich Priamos.
»Was glaubst du wohl? Wir haben gesagt, Paris sei eindeutig der Sieger, denn die Göttin habe eingegriffen, um ihm das Leben zu retten«, erwiderte Hektor.
Kassandra hatte an diesem Tag ein paar Stunden auf der Mauer gestanden und die Truppen beobachtet. Sie erinnerte sich an ihre Zeit bei den Amazonen und dachte, sie könne vermutlich ebenso-

gut kämpfen wie die meisten Achaier oder Troianer. Sie fragte: »Was sollte das heute nachmittag eigentlich bedeuten? Ich habe zwei Krieger gesehen, die ich nicht kenne. Sie haben sich zum Kampf gerüstet. Aber noch ehe es soweit war, begann der eine, sich zu entwaffnen, und legte seine Rüstung ab. Schließlich trug er nur noch ein Lendentuch. Wollten sie ringen, anstatt mit Schwertern zu kämpfen?«

Aeneas lachte.

»Nein, nein«, sagte er. »Kennst du Glaukos, den Thraker?«

»Ich habe mit ihm gesprochen«, sagte Helena. »Er war Schiffsmeister auf einem der Schiffe, mit denen wir hierhergekommen sind.«

»Ja, dieser Glaukos trat vor und forderte jeden Achaier, der bereit war, zum Zweikampf heraus, und Diomedes nahm die Herausforderung an. Also nannten sie ihre Vorfahren, um festzustellen, ob sie sich zu einem ehrenhaften Zweikampf herausfordern können. Aber noch ehe sie bei ihren Urgroßvätern angekommen waren, stellten sie fest, daß sie Vettern sind.«

»Also haben sie beschlossen, nicht zu kämpfen?« wollte Kassandra wissen.

»Hast du es nicht gesehen?« fragte Aeneas.

»Nein, man hat mich in den Tempel zurückgerufen. Eine der großen Schlangen häutet sich und muß in dieser Zeit besonders gepflegt werden. Schlangen, die sich häuten, sind blind und können nicht von Fremden versorgt werden«, erwiderte Kassandra.

»Die beiden kamen überein, der Ehre wegen zu kämpfen. Aber sie beschlossen, die Rüstungen zu tauschen. Diomedes erklärte, seine normale Rüstung sei nicht gut genug für ein ehrenhaftes Geschenk. Deshalb ließ er von seinem Schiff eine kostbare silberne Rüstung mit Goldeinlagen holen. Diese großzügige Geste konnte Glaukos nicht auf sich beruhen lassen. Er mußte sich daraufhin in aller Ausführlichkeit mit seinen Kameraden beraten, um Diomedes ein gleichwertiges Geschenk machen zu können. Es war wie auf dem Markt, wo zwei alte Männer um den Wert einer Kleinigkeit feilschen. Das Palaver hörte und hörte nicht auf. Natürlich kämpften sie schließlich in ihren alten, zerbeulten Rüstungen. Die beiden kostbaren Rüstungen waren weithin sichtbar aufgehängt, damit jeder sie sehen konnte . . .«

»Wer hat gewonnen?« fragte Helena.
»Ich weiß nicht. Ich glaube, sie haben sich ein- oder zweimal gegenseitig zu Boden geworfen, und dann war es zu dunkel, um noch etwas zu sehen. Dann umarmten sie sich, jeder bedankte sich bei dem anderen für das schöne Geschenk und ging zum Abendessen.«
Hektor lachte. »Vermutlich war keiner dem anderen überlegen, aber der Nachmittag ist damit herumgegangen. Natürlich hatten wir heute alle nichts Besseres zu tun. Bis die Räte beider Seiten entschieden haben, ob Paris oder Menelaos den Zweikampf gewonnen hat, ist ohnehin alles nur Unterhaltung. Glaukos und Diomedes hätten sich für einen Ringkampf entscheiden sollen. Dann hätten wir wenigstens wetten können. Ich war versucht, den großen Ajax zum Ringkampf herauszufordern. Er ist der größte Mann, den die Achaier haben. Ich weiß allerdings nicht, ob er ringen kann...«
»Er kann«, mischte Troilos sich ein. »Er hat bei ihren heiligen Spielen den Lorbeer im Ringen gewonnen.«
»Dann werde ich ihn ganz bestimmt herausfordern«, sagte Hektor.
»Paß auf, daß du keinen Ellbogen ins Gesicht bekommst. Er versteht es sehr gut, seinen Gegnern die Zähne einzuschlagen«, sagte Troilos.
Beim Abendessen fragte Hektor Priamos: »Mein König, was wird geschehen, wenn der Rat entscheidet, daß Paris den Zweikampf gewonnen hat?«
Priamos zuckte die Schultern.
»Nichts«, meinte er, »die Achaier werden sich mit der Entscheidung nicht abfinden, und der Krieg geht weiter. Sie wollen keine Einigung. Sie werden nicht nachgeben, bis die Mauern von Troia geschleift sind und die Stadt geplündert ist.«
»Aber Vater, du redest ja wie Kassandra.«
»Nein«, erwiderte Priamos, »ich weiß, was Kassandra glaubt.«
Aber als Kassandra den Kopf hob und wieder von dieser schrecklichen Angst, von ihrer Vision des brennenden Troia erfaßt wurde, die sich zwischen sie und die Welt schob, lächelte Priamos sie freundlich an, als versuche er, ihre Ängste zu vertreiben. »Sie hat oft genug behauptet, daß die Achaier uns besiegen werden. Aber das stimmt nicht.«

»Können sie unsere Mauern schleifen, Vater?« fragte Paris.
»Nur, wenn sie Poseidon dazu bringen, daß er ihnen mit einem Erdbeben hilft«, erklärte Priamos.
Kassandra spürte es mit jeder Faser ihres Körpers: Die Mauern würden unter dem Zorn Poseidons fallen. Sie hätte schon längst wissen müssen, daß nicht Menschen die Mauern von Troia zum Einsturz bringen konnten. Nur ein Gott vermochte die große, unbezwingbare Festung dem Erdboden gleichzumachen.
»Dann sollten wir Poseidon so bald wie möglich ein Opfer bringen«, sagte Hektor, »denn nur er kann uns helfen.«
»Ja«, bestätigte Kassandra schnell. »Laßt uns Poseidon ein Opfer bringen und IHN anflehen, uns beizustehen. Ist ER nicht einer der Schutzgötter Troias?« Kassandra wußte nicht, was sie sagte, bis ihr die Gedanken wie ein Angstschrei durch den Kopf zuckten, und sie rief: »Paris! O weh! Hüte dich vor dem Erdbeben! Opfere Poseidon! Mach IHM Geschenke, denn ER wird dich vernichten – vernichten – vernichten . . .!«
Sie zwang sich mit aller Gewalt zu schweigen und preßte die Hände auf den Mund. Priamos sah sie finster und zornig an.
»Haben wir davon noch nicht genug gehabt, Kassandra?« sagte er. »Sogar an der Tafel deiner Mutter? Mal ist es Apollon, mal ist es Poseidon. Kannst du dir nicht wenigstens darüber klarwerden, welcher Gott die Stadt zerstören wird? Ich glaube, du bist wirklich verrückt.«
Kassandra konnte nicht sprechen. In ihrem Hals steckte ein so großer Kloß, daß sie nur mit größter Mühe atmen konnte. Sie schluckte, und Tränen rannen ihr über die Wangen. Helena trat zu ihr und trocknete ihr mit dem Schleier das Gesicht. Diese zärtliche Geste entwaffnete Kassandra. Sie starrte die Frau ihres Bruders an und flüsterte: »ER wird dich vernichten . . .«
»Mein armes Kind«, sagte Hekabe. »Die Götter quälen dich immer noch mit diesen Visionen. Laß sie, Helena, man kann ihr nicht helfen. Kassandra, geh in den Tempel zurück. Ich bin sicher, die Priester haben Heilmittel für solche Anfälle.«
Priamos verlangte energisch: »Ich wünsche keine Prophezeiungen mehr, Kassandra. Ich habe gesprochen, und so soll es geschehen.«
Kassandra konnte das Schluchzen nicht unterdrücken. Sie sprang

auf, lief aus der Halle und rannte durch die Straßen. Nach einiger Zeit hörte sie Schritte, die ihr folgten. Sie lief noch schneller, aber die Schritte wurden ebenfalls schneller. Dann griffen sanfte Hände nach ihr und zwangen sie stehenzubleiben.
»Was hast du, Kassandra?« fragte eine Männerstimme. Panik erfaßte sie, und sie wehrte sich heftig, um sich aus dem Griff zu befreien. Dann erkannte sie Aeneas, beruhigte sich und stand schweigend vor ihm. »Kannst du es mir nicht sagen?« fragte er. »Was ist wirklich los?«
»Du weißt, daß die anderen sagen, ich bin verrückt«, erwiderte sie wie betäubt.
»Das glaube ich nicht. Vielleicht quält dich ein Gott, aber verrückt bist du nicht.«
»Wo liegt da der Unterschied?« Sie seufzte. »Und ich kann nicht schweigen. Wenn die Sicht über mich kommt, muß ich sprechen...« Sie hörte, daß ihre Stimme so zitterte, daß die Worte beinahe unverständlich klangen.
Aeneas legte ihr liebevoll den Arm um die Schulter. »Vielleicht hält jeder, der nicht weiter sieht als bis zum Frühstück am nächsten Morgen, den für verrückt, der in die Zukunft sehen kann. Als du aus der Halle gelaufen bist, hatte ich Angst um dich. Ich hatte Angst, du könntest stürzen und dich verletzen. Ich glaube wirklich nicht, daß du den Verstand verloren hast. In meinen Augen bist du völlig vernünftig. Ich verstehe auch nicht, warum man es für Wahnsinn halten sollte, unser Volk davor zu warnen, daß die Götter unseren Untergang wollen. Seit ich in Troia bin, habe ich den Eindruck, über uns liegt der zürnende Schatten eines oder vielleicht auch mehrerer Unsterblicher. Jeder Windstoß scheint die Gefahr der Zerstörung anzukündigen.«
Er küßte sie sanft auf die Wange. »Kannst du mir sagen, was du siehst?«
Sie blickte ihm in die Augen, und eine plötzliche Gewißheit erfüllte sie. »Ich habe gesehen, daß du die Gefahr überleben wirst. Ich habe gesehen, daß du Troia lebend und unversehrt verläßt.«
Er streichelte ihr sanft die Schulter. »Das ist natürlich gut zu wissen. Aber deshalb habe ich die Frage nicht gestellt. Komm, ich bringe dich zum Tempel.« Sie gingen schweigend weiter. Dann fragte

er: »Glaubst du wirklich, daß in diesem Krieg für Troia keine Hoffnung besteht?«
»Ich wußte es, als Paris Helena hierhergebracht hat«, antwortete sie, »und glaub mir, ich sage das nicht aus Bosheit. Ich liebe Helena inzwischen aufrichtig, als sei sie meine Schwester. Ich wußte es schon, als Paris als junger, unbekannter Mann zu den Wettkämpfen nach Troia kam. Hektor hatte recht, als er ihn wegschicken wollte – wenn auch aus den falschen Gründen. Hektor fürchtete, Paris beanspruche den Thron, aber diese Gefahr bestand nie . . .«
Aeneas strich ihr über die Wange und sagte: »Ich besitze deine Sicht nicht, Kassandra. Aber ich vertraue dir. Du sprichst die Wahrheit. Du magst dich irren, aber deine Worte haben nichts mit Bosheit oder Wahnsinn zu tun. Und wenn du diese Dinge siehst, mußt du natürlich sagen, was du nach dem Willen der Götter sagen sollst.« Sie erreichten das Tempeltor. Er umarmte sie und sagte: »Wenn du uns warnst, werde ich immer auf dich hören, das verspreche ich dir.«
»Ich glaube«, sagte Kassandra, »ein Unsterblicher hat diesen Krieg begonnen. Aber ich glaube auch, Aphrodite hatte die Gelegenheit, uns zu helfen oder uns zu vernichten. Und jetzt scheint uns, daß nicht SIE, sondern der Streit anderer Götter uns bedroht. Als Vater sagte, kein Sterblicher könne die Mauern Troias schleifen, wußte ich, das ist die Wahrheit. Wir werden nicht durch die Hand der Achaier fallen, sondern durch die Hand der Götter. Aber ich weiß nicht, weshalb SIE unsere Stadt zerstören wollen.«
»Vielleicht«, sagte Aeneas, »brauchen die Götter keinen Grund für das, was sie tun.«
Kassandra flüsterte: »Das beginne ich langsam zu fürchten.«

2

In Troia war es erheblich wärmer als in Kolchis. Die Schlangen, die Kassandra aus Imandras Reich mitgebracht hatte, waren deshalb hier sehr viel lebhafter. Kassandra nahm sich viel Zeit, sie zu pflegen.
Aus diesem Grund erfuhr sie es auch nicht sofort, als der Rat entschied, weder Menelaos noch Paris hätte den Zweikampf gewonnen. Es wurde ein Waffenstillstand ausgerufen. In dieser Zeit woll-

te man darüber nachdenken, was zu geschehen habe. Kassandra wußte, durch diesen Beschluß änderte sich nichts; beide Seiten wollten den Krieg fortsetzen, und deshalb achtete sie nicht weiter darauf, was vor den Toren des Tempels geschah. Sie fütterte gerade die Schlangen, als die Nachricht eintraf, die Kämpfe seien wieder aufgenommen worden. Später erzählte ihr jemand, einer der argivischen Hauptleute habe den Waffenstillstand gebrochen – der Mann behauptete, die Jungfräuliche Göttin habe es ihm befohlen – und einen Pfeil auf Priamos abgeschossen, der sein bestes Gewand durchbohrte und ihn beinahe getötet hätte.
Ein paar Tage später beobachteten die anderen Frauen aus dem Palast und auch Kassandra von dem sicheren Platz auf der Mauer den Aufmarsch von Hektors Truppen. Die vielen Streitwagen und die langen Reihen der bewaffneten Fußsoldaten formierten sich zum Angriff. Kassandra erfuhr von den Frauen, daß Aeneas eine Herausforderung von Diomedes, dem Achaier, der gegen Glaukos gekämpft hatte, angenommen habe.
Kreusa nahm die Sache nicht sehr ernst.
»Ich habe gehört, daß Diomedes kein Krieger ist, um den man sich Gedanken machen müßte«, sagte sie. »Dieser Unsinn, die Rüstungen auszutauschen, war doch nur ein Vorwand, um zu reden und nicht zu kämpfen.«
»Darauf würde ich mich nicht verlassen«, wandte Helena ein. »Nun ja, Diomedes und Glaukos haben ein Spiel gespielt. Aber ich habe schon gesehen, wie Diomedes kämpft, und ich glaube, er könnte stärker sein als Aeneas.«
»Willst du mir Angst machen, Helena?« fragte Kreusa. »Bist du vielleicht eifersüchtig?«
»Meine Liebe«, sagte Helena, »glaub mir, ich interessiere mich nur für meinen Gemahl und für keinen anderen.«
»Für welchen?« fragte Kreusa bissig. »Zwei beanspruchen dich als Frau, und in Troia reden alle Männer nur von dir.«
»Man kann nicht mir vorwerfen, daß sie nichts Besseres zu tun haben und sich nicht um ihre eigenen Angelegenheiten kümmern. Gibt es eine Frau in Troia, die behaupten kann, ich hätte zu ihrem Ehemann auch nur ein Wort gesagt, das man nicht vor seiner und meiner Mutter wiederholen könnte?«

»Davon spreche ich nicht«, murmelte Kreusa, »aber es scheint dir Spaß zu machen, dich allen Männern als Göttin zu zeigen.«
»Dann streitest du mit IHR, nicht mit mir, Kreusa. Man kann mich nicht dafür verantwortlich machen, was SIE tut.«
»Vermutlich nicht –«, begann Kreusa, aber Kassandra mischte sich ein.
»Natürlich nicht. Sei doch nicht albern, Kreusa. Genügt es nicht, daß die Männer da unten Krieg führen? Wenn die Frauen auch noch anfangen untereinander zu kämpfen, gibt es bald überhaupt keine vernünftigen Menschen mehr in Troia.«
»Wenn die Götter und Göttinnen streiten, wie können wir uns da heraushalten?« sagte Andromache. »Ich glaube, den Göttern macht es möglicherweise Spaß, uns kämpfen zu sehen, so wie es IHNEN Spaß macht, untereinander zu kämpfen. Ich weiß, Hektors größtes Vergnügen ist der Kampf. Wenn der Krieg morgen zu Ende wäre, würde er in Tränen ausbrechen.«
»Es bekümmert mich, daß er den Krieg liebt«, sagte Helena. »Man könnte glauben, er bemühe sich mit aller Macht darum, von Ares besessen zu sein. Kassandra, du bist eine Priesterin. Stimmt es, daß die Menschen von ihren Göttern besessen sein können?«
Kassandra dachte an Khryse und erwiderte: »O ja, aber ich weiß nicht, wie oder warum es geschieht. Ich glaube, es geschieht auch nicht, nur weil die Menschen es wünschen. Helena, ich habe gesehen, wie die Göttin von dir Besitz ergreift. Wie kann das geschehen?«
»Erzähl mir nicht, du möchtest dich als Aphrodite zeigen.« Helena lachte. »Ich dachte, du seist eine IHRER Feindinnen?«
Kassandra machte eine fromme Geste.
»Es liegt mir fern, die Feindin eines Gottes oder einer Göttin zu sein«, sagte sie. »Ich diene IHR nicht, denn mir scheint, daß Aphrodite keine Göttin ist wie die Erdmutter, die Schlangenmutter und sogar die Jungfräuliche Göttin.«
»Wann ist eine Göttin keine Göttin?« fragte Helena mit einem verschmitzten Lächeln.
»Ich glaube, die Göttinnen der Achaier unterscheiden sich von den Göttinnen unseres Volkes«, erwiderte Kassandra. »Eure Jungfräuliche Göttin, die Kriegerin Athene, ist eine Göttin, wie sie nur ein

Mann erfinden kann. Man erzählt, SIE sei nicht von einer Frau geboren, sondern in voller Rüstung dem Geist und dem Kopf des Zeus entsprungen. Und trotz all ihrer Waffen besitzt SIE häusliche Tugenden, die SIE zu einer guten Gemahlin eines Gottes machen würde: SIE spinnt und webt. SIE ist die Schutzherrin der Olive und der Weinrebe. Nur ein Mann würde eine solche kriegerische Jungfrau erschaffen: tapfer und tugendsam, aber auch gehorsam dem größten aller Götter, Zeus. Und eure Hera – SIE könnte man mit unserer Erdgöttin vergleichen. Für dein Volk ist SIE jedoch nur die Gemahlin des allmächtigen Zeus und IHM in allem unterworfen, während für uns die Erdmutter Allmacht besitzt. SIE erschafft alle Dinge, und IHRE Söhne und Geliebten kommen und gehen. SIE wählt und nimmt Gefährten ganz nach IHREM Belieben. Als der Gott des Todes IHRE Tochter zu sich nahm, ließ SIE die Erde stillstehen, die dadurch weder Früchte tragen noch hervorbringen konnte . . .«

»Auch wir haben eine Erdgöttin«, sagte Helena, »Demeter. Als Hades IHRE Tochter raubte, sorgte SIE für einen schrecklich kalten und dunklen Winter, und schließlich bestimmte Zeus, die Tochter müsse ihrer Mutter zurückgegeben werden . . .«

»Da haben wir es«, unterbrach sie Andromache. »Die Achaier sagen, daß selbst die Erdmutter diesem großen Zeus Gehorsam schuldet. Aber das ist wider alle Vernunft. Weshalb sollte die Erdgöttin, die vor allem war und allmächtig ist, einem Menschen oder einem Gott untertan sein?«

»Nun, wenn wir uns darum streiten wollen, welcher der Götter der stärkste und mächtigste ist, dann frage ich, sind es nicht die Kräfte der Liebe, die das Leben der Männer und auch der Frauen völlig durcheinanderbringen und sie für alles blind machen können?«

»Du meinst, sie schaffen Unordnung und Verwirrung«, sagte Kassandra.

»So kannst du nur reden, weil du nie unter Aphrodites Einfluß gestanden hast«, sagte Andromache, »und wenn du dich IHR widersetzt, wirst du dafür leiden müssen.«

Das stimmte. Kassandra erinnerte sich an die qualvoll widersprüchlichen Gefühle, die sie in Aeneas' Armen empfunden hatte. *Ihr wißt nicht, daß* SIE *mich bereits leiden läßt.*

Aber darüber konnte sie nicht sprechen, nicht mit diesen Frauen.
»Möge mir das erspart bleiben«, sagte Kassandra. »Ich widersetzte mich niemandem – bestimmt keinem Unsterblichen.« Noch während sie sprach, erinnerte sie sich, daß Khryse den Widerstand gegen ihn als Widerstand gegen Apollon bezeichnet hatte. Hatte er recht, oder wollte er sich nur – wie alle Männer – an einer Frau rächen, die sich weigerte, ihm und seiner Lust zu dienen? Aber Kassandra hatte, wenn auch nur im Traum, Aphrodites Macht getrotzt.
»Es heißt«, sagte sie mit einem Anflug von Furcht, als schleudere sie dem Sonnengott eine Herausforderung entgegen, »Apollon habe die Schlangenmutter erschlagen und die Macht der Göttin an sich gerissen. Aber ein Mann, der seine Mutter erschlägt, ist an Schlechtigkeit nicht zu überbieten. Ich frage mich deshalb, würden die Unsterblichen einem Gott erlauben, was bei einem Menschen als größte Sünde gilt? Wäre das wirklich so gewesen, dann wäre Apollon kein Gott, sondern der schlimmste Feind und Widersacher – und das ist ER mit Sicherheit nicht.«
»Und was die Geschichte angeht, daß die Erdmutter ein Jahr lang keine Früchte und Blumen wachsen und keine Ernte gedeihen ließ«, meinte Helena, »so hat mir der Großvater meiner Mutter erzählt, daß in dem Jahr, als Atlantis im Meer versank, heftige Beben die Erde erschütterten und große Aschewolken die Sonne verfinsterten. Man könnte sagen, daß es damals keinen Sommer gab, denn die Erde war in ihren Grundfesten erschüttert. Aber wer kann behaupten, das sei das Werk eines Unsterblichen gewesen? Es würde mich nicht überraschen, wenn die Menschen damals glaubten, die Erdmutter habe sie verraten, und versuchten, IHRER Willkür ein Ende zu setzen, indem sie einen Herrn über SIE setzten, der dafür sorgte, daß die Göttin den Wesen auf der Erde dient, wie SIE es tun sollte.«
»Ich glaube nicht«, sagte Kreusa beklommen, »daß es uns zusteht, das Tun der Unsterblichen in Frage zu stellen. Die Götter sind den Menschen keine Rechenschaft schuldig, und wenn wir an IHNEN zweifeln, werden SIE uns vielleicht dafür bestrafen.«
»Ach Unsinn«, rief Kassandra. »Warum sollte IHNEN jemand dienen, wenn SIE so töricht wären, die Ordnung zu stören, und eifersüchtig über IHRE Macht wachen würden?«

»Du hast gelobt, den Göttern zu dienen. Fürchtest du sie überhaupt nicht?« fragte Andromache.
»Ich fürchte die Götter«, erwiderte Kassandra, »nicht das, was SIE nach Meinung der Menschen sind.«

Die Schlangen im Sonnentempel schienen ungewöhnlich unruhig zu sein – Phyllida berichtete das Kassandra, als sie kam und sich um ihre Schützlinge kümmerte. Einige verkrochen sich und kamen nicht wieder zum Vorschein; sie ließen sich nicht anfassen oder baden; andere waren lustlos und träge. Kassandra ging von einer zur anderen und versuchte herauszufinden, was ihnen fehlte. Sie erinnerte sich an das Erdbeben vor Melianthas Tod. War dies eine Warnung vor einem neuen Schlag Poseidons?
Ich sollte den Palast benachrichtigen, dachte Kassandra. Aber als sie das letzte Mal dort etwas vorausgesagt hatte, war sie verhöhnt und verspottet worden. Priamos hatte ihr sogar verboten, noch einmal über ihre Visionen zu sprechen. *Man würde mir nicht glauben, wenn ich ihnen eine Warnung zukommen ließe*. Aber plötzlich wußte Kassandra ohne den geringsten Zweifel, daß sie auf die Stimme hören mußte, die sie warnte. Sie konnte nichts tun, um das Erdbeben abzuwenden, das der Gott, welcher der Unsterblichen es auch sein mochte, schicken wollte. Aber das Schlimmste ließ sich vielleicht vermeiden. Innerlich aufgewühlt, griff sie nach ihrem Umhang und rief Phyllida zu, sie möge versuchen, die Schlangen irgendwie zu beruhigen. Phyllida hatte ihren Sohn und Biene zu Bett gebracht, und jedes der beiden Kinder streichelte eine unruhige Schlange. Als Kassandra sich über sie beugte, sah sie plötzlich, wie das Dach des Tempels einstürzte. Schnell gab sie Anweisung, die Betten der Kinder in den Hof zu tragen. Sollten die Gebäude zerstört werden, würden die Kleinen wenigstens nicht unter den Trümmern begraben.
Dann lief sie in den Hof hinaus und rief: »O großer Apollon! Halte die Hand DEINES Bruders zurück, der die Erde erzittern läßt. DEINE Schlangen haben mir DEINE Warnung zukommen lassen. Laß alle DEINE Diener sie hören!«
Auf ihr Rufen hin liefen die Priester und Priesterinnen zusammen. Khryse fragte: »Was ist los? Bist du krank? Bist du von einem Gott heimgesucht?«

Kassandra kämpfte darum, das Zittern ihres Körpers zu kontrollieren. Sie bemühte sich, klar und deutlich zu sprechen und ruhig zu klingen.
»Die Schlangen haben mich gewarnt«, rief sie und wußte, daß sie verstört, ja sogar außer sich klang. »Wie damals vor Melianthas Tod sind sie ruhelos und wollen sich verkriechen. Noch vor dem Morgengrauen wird die Erde beben. Alles, was kostbar ist, muß gerettet werden. Niemand sollte in dieser Nacht unter einem Dach schlafen, denn es könnte einstürzen.«
»Sie ist verrückt«, sagte Khryse. »Wir wissen seit vielen Jahren, daß sie bei ihren Visionen vom Wahnsinn erfaßt ist.«
»Trotzdem«, gab einer der älteren Priester zu bedenken. »Was immer sie über die Götter weiß oder nicht weiß, so hat sie doch in Kolchis bei einer Meisterin dieser Kunst das Schlangenwissen erlernt. Wenn die Schlangen sie gewarnt haben . . .«
Charis erklärte: »Die Warnung ist erteilt worden. Wir dürfen sie nicht mißachten. Tut, was ihr wollt, und tragt die Folgen. Ich und meine Priesterinnen werden jedenfalls heute nacht unter freiem Himmel schlafen, der zumindest noch nicht über uns einstürzen wird.«
Es wurde bereits dunkel. Man brachte Fackeln, und die Priesterinnen trugen eilig alles ins Freie, was von fallenden Steinen oder einstürzenden Mauern gefährdet werden würde. Khryse war immer noch mißmutig. Kassandra wußte, es war ihm nur recht, wenn man glaubte, ihre Worte seien nicht wahr.
Kassandra lief zum Tor. »Öffnet!« rief sie. »Ich will die Leute in der Stadt und im Palast warnen!«
»Nein, haltet sie auf!« rief Khryse, eilte herbei, packte sie am Arm, um sie am Verlassen des Tempels zu hindern. »Wenn das Volk gewarnt werden muß, so schlagt Alarm. Dann laufen die Leute aus den Häusern, ohne daß es aussieht, als seien wir alle vom Wahnsinn gepackt, nicht bei Sinnen und glaubten grundlos den albernen Träumen einer Frau.«
»Rühr mich nicht an! Ich gehe, wie die Götter es wollen, und warne das Volk!«
Die heftigen Worte führten dazu, daß er sie losließ, und ehe er sie daran hindern konnte, rannte sie durch das Tor. Auf der Straße

schrie sie aus Leibeskräften: »Hütet euch! Die Schlangen Apollons warnen uns! Die Erde wird beben! Jeder schütze sich, so gut er kann! Niemand schlafe unter einem Dach, denn es könnte einstürzen!«
Von Kassandras Schreien aufgeschreckt, rannten die Leute aus den Häusern. Von einem wilden Drang erfaßt, lief Kassandra weiter und wiederholte ihre Warnung immer und immer wieder. Sie hörte, wie die Leute hinter ihr verstört Fragen stellten und sich angstvoll berieten. Einige sagten: »Hört auf die Warnung der Apollonpriesterin«, während andere schimpften: »Der Gott hat sie verflucht. Weshalb sollten wir ihr glauben?«
In Kassandra schien ein Feuer zu lodern. Die Glut der Warnung, die in ihr brannte, trieb sie voran. Sie rannte durch die Straßen und hörte nicht auf, ihre Warnung hinauszuschreien. Plötzlich wurde ihr bewußt, daß sie im Vorhof des Palastes stand. Ihre Kehle schmerzte; viele Leute aus dem Palast umringten sie und starrten sie an. Heiser wiederholte sie die Warnung noch einmal.
»Niemand schlafe unter einem Dach! Der Gott wird das Land erbeben lassen, und die Gebäude werden einstürzen...«
»Helena, deine Kinder... Paris...« Sie packte ihn an den Schultern, aber er stieß sie heftig von sich.
»Genug davon! Ich schwöre dir, Kassandra, ich bringe dich zum Schweigen! Ich habe zu viele deiner schlimmen Prophezeiungen gehört. Ich werde es mit meinen Händen tun!«
Er umklammerte ihren Hals. Ihr schwand das Bewußtsein, und beinahe mit Erleichterung spürte sie, wie sie inmitten von blendendem Licht, das irgendwo in ihrem Kopf aufflammte, in der lauernden Dunkelheit versank.

Ihr Hals schmerzte; sie griff mit zitternder Hand danach. Eine sanfte Stimme sagte: »Bleib still liegen. Trink einen Schluck.«
Sie schluckte etwas Wein, hustete und würgte, aber die Hand blieb am Mund, bis sie noch einmal trank. Der Wein brachte sie wieder zu Bewußtsein. Sie lag auf den Steinen; der Kopf schien von einer Axt gespalten worden zu sein. Aeneas beugte sich über sie und sagte: »Es ist alles gut. Paris wollte dich erwürgen. Aber Hektor und ich haben es verhindert. Wenn jemand verrückt ist...«

»Aber ich muß mit ihm sprechen«, beharrte sie. »Es geht um seine Kinder . . ., um Helenas Kinder . . .«
»Es tut mir leid«, sagte Aeneas. »Priamos hat angeordnet, daß alle im Palast zu Bett gehen. Er sagt, du hast sie zu oft verwirrt. Er hat verboten, daß jemand auf dich hört. Aber wenn es dich tröstet, ich habe Kreusa befohlen, mit unseren zwei Töchtern im Hof zu schlafen. Ich glaube, auch Hektor hört auf dich, denn er sagt, gleichgültig, was du über die Götter weißt oder nicht weißt, von Schlangen verstehst du etwas. Trink noch einen Schluck Wein, dann bringe ich dich in den Tempel zurück. Wenn du willst, kannst du auch hierbleiben und bei Kreusa und den Kleinen schlafen.«
Kassandra hörte die Liebe in seiner Stimme und hätte am liebsten geweint. Sie wußte, es war die Liebe, nicht der Glaube an ihre Warnungen, die ihn so freundlich sein ließ. Sie stand auf und hatte das Gefühl, ihr seien alle Knochen im Leib zerschlagen worden. »Ich muß zurück«, flüsterte sie, »zu den anderen im Tempel, zu den Schlangen und zu meiner Tochter . . .«
»Ach ja, Kreusa hat mir von deinem kleinen Mädchen erzählt. Ich nehme an, es ist ein Findelkind?«
»Ja, so ist es. Aber woher weißt du das?«
»Ich kenne dich zu gut, um zu glauben, du würdest deiner Familie Schande machen und ein Kind bekommen, solange du nicht ehrbar verheiratet bist«, sagte er, und sie dachte: *Selbst meine Mutter hat mir nicht so vertraut wie er.*
»Nun ja, begleitest du mich hinauf?«
»Mit Freuden«, sagte er. »Aber du bist ohne einen Mantel davongelaufen. Ich will dir einen holen, sonst wirst du frieren.« Er kam mit einem langen, dicken Umhang zurück, den sie schon an Kreusa gesehen hatte, und sie hüllte sich darin ein. Die Nacht war kühl, und sie zitterte sogar in dem warmen Umhang – allerdings weniger vor Kälte als vor einer unbestimmten Gefahr, die immer noch in der Luft lag. Sie schien zu hören, wie die Erde tief im Innern unter einem Gewicht stöhnte, das unerträglich schwer auf ihrem Geist und ihrem Herzen lastete. Sie brachte kaum die Kraft auf, einen Fuß vor den anderen zu setzen, und sie stützte sich auf Aeneas' Arm. Als er sich zu ihr beugte, um sie zu küssen, entzog sie sich ihm.

»Nein, nicht«, sagte sie. »Du solltest zurückgehen – du hast eine Frau und ein Kind, um die du dich kümmern mußt, wenn es soweit ist ...«
»Erinnere mich nicht daran«, bat er und zog sie wieder in seine Arme. Nach einem kurzen Schweigen sagte er: »Ich liebe dich, Kassandra.«
Er berührte sie sanft auf die Art, die Kassandra so verwirrte, und sie löste sich von ihm.
Zärtlich sagte er: »Meine arme kleine Geliebte. Ich schwöre dir, wenn ich das Recht hätte, würde ich Paris dafür verprügeln, daß er dir so weh getan hat. Wenn er es noch einmal versucht, wird er feststellen, daß er noch nie etwas Gefährlicheres in seinem Leben gewagt hat. Das schwöre ich dir! Er hat kein Recht, dir Vorschriften zu machen.«
»Das ist ihm nicht klar«, entgegnete sie. Sie standen vor dem großen Bronzeportal des Tempels, aber Kassandra verabschiedete sich noch nicht. Sie setzte sich auf eine niedrige Mauer und sagte: »Ich bin nicht verheiratet, und so hält mein Bruder es für sein Recht, mich wie ein Kind zu behandeln. Ich nehme an, für jemanden, der nicht hört und sieht, was ich höre und sehe, müssen meine Prophezeiungen verrückt klingen. Die Leute schützen sich, indem sie sich weigern, daran zu glauben. Ich bin ebenso bereit wie jeder andere, etwas beiseite zu schieben, was ich nicht wissen will.«
»Ja, das habe ich erlebt«, bestätigte Aeneas sanft und vielsagend. Er zog Kassandra an sich und hüllte sie in seinen Mantel. Sie ließ sich von ihm küssen, aber sie seufzte traurig, und er ließ sie wieder los. »Vielleicht sprechen wir morgen darüber.«
»Wenn es einen Morgen gibt«, sagte sie so erschöpft, daß er sie erstaunt ansah.
»Wenn es keinen Morgen geben sollte, werde ich noch über den Tod hinaus bedauern, daß ich deine Liebe nie kennengelernt habe«, sagte er so leidenschaftlich, daß sich Kassandras Herz zusammenkrampfte, als werde es von einer Hand fest umschlossen.
Sie flüsterte: »Ich glaube, ich würde es auch bedauern. Aber ich bin so müde ...«
Er küßte sie sanft und sagte: »Dann, Geliebte, laß uns beten, daß es einen Morgen gibt.« Er ließ sie gehen. Die Last der zitternden Welt

fühlte sich an, als stehe die Erde im Begriff zu bersten und auf ihren gequälten Kopf zu stürzen, während sie ihm nachsah.

Im Tempel schliefen die Menschen in Decken gehüllt in den Höfen. Alles wirkte ruhig und friedlich. Nur in Kassandras Kopf hämmerte es so heftig, daß sie bei jedem Schritt glaubte, über stürmische Wellen zu gehen. Sie lief zum Hof der Schlangen, denn dort schliefen die Kinder. Kassandra legte sich neben Biene und nahm das Kind in die Arme. Sie stellte sich die Erde als eine große Schlange vor, die sich um die Hüfte der Erdmutter ringelte – eine große, stattliche Frau wie Königin Imandra. Die Erde unter ihr schien sich sanft zu wiegen, und beim Einschlafen erwartete sie beinahe, die Schlange werde sich auch um sie ringeln.

Statt dessen schien sie durch Wolken zu schweben, durch endlose Wolkenfelder und einen weiten Himmel zu fliegen. Schließlich landete sie unbemerkt auf einem großen Berg, und sie wußte, sie stand allein auf dem Gipfel des verbotenen Berges, auf dem die Götter der Achaier sich versammelten. In der Ferne hörte sie Donnergrollen, während SIE miteinander sprachen. Kassandra sah den Donnergott Zeus, einen großen, eindrucksvollen Mann in der Blüte des Lebens mit einem dichten grauen Bart. Um seine Haare schienen kleine Blitze zu zucken, als er sprach.

»Dieser alberne Zweikampf zwischen Paris und Menelaos ist vorüber, und Menelaos hat eindeutig gewonnen. Ich schlage vor, WIR *beenden diesen törichten Krieg und widmen uns wieder* UNSEREN *eigentlichen Aufgaben.«*

»Wie kannst du behaupten, Menelaos sei der Sieger, obwohl er Paris nicht getötet hat?« fragte Hera. Sie war eine große, kräftige und majestätische Frau. Ihre Haare wirkten wie eine Krone. »Ich bestehe darauf, daß Troia zerstört wird. Seine Herrscher und sein Volk dienen mir nicht. Ich bin die Schutzgöttin der Ehe. Paris hat mich persönlich beleidigt. Er ist nach Troia geflohen, und dort hat man Helena als seine Gemahlin aufgenommen, ohne mir zu opfern oder die richtigen Rituale zu vollziehen.«

»Sie huldigen mir, und ich habe ihre Liebe gesegnet«, erklärte eine andere Göttin in schimmernden Gewändern. Rosen schmückten ihr Haar. An der Ähnlichkeit mit Helena erkannte Kassandra die Goldene Aphrodite.

Hera zog die Augenbrauen hoch und sagte: »Deine Rituale sind nicht die Rituale der rechtmäßigen Ehe.«

»Nein, und ich bin stolz darauf«, antwortete Aphrodite, »denn deine Rituale sind nur die lästigen Bande von Gesetz und Pflicht. Paris und Helena huldigen der wahren Liebe, und ich stehe auf ihrer Seite.«
»Das kannst du meinetwegen tun«, erwiderte Hera. »Aber ich bin die Königin der Unsterblichen und habe das Recht, die Zerstörung Troias zu fordern.«
Ihre heftigen und streitsüchtigen Worte hörte Zeus mit Verdruß. So gequält wirkte Priamos, wenn seine Frauen sich stritten. Er sagte: »Meine liebe Hera, niemand stellt dein Recht in Frage, das zu fordern. Aber es muß richtig geschehen. Wir können die Stadt nicht einfach dem Erdboden gleichmachen. Wenn die Troianer ihre Stadt verteidigen können, darf man sie ihnen nicht nehmen. Athene ...«
Kassandra sah die kriegerische Jungfrau mit dem Helm; ihr Speer blitzte gefährlich wie der einer Amazone, als Zeus sie zu sich winkte. Aber die königliche Hera ergriff bereits wieder das Wort.
»Geh, mein Kind, und schenke den Achaiern deinen Rat. Sie sind entmutigt und wollen aufgeben. Befehle ihnen, den Kampf wieder aufzunehmen, und versichere ihnen, daß ich, Hera, nicht zulassen werde, daß sie unterliegen.«
»Das scheint mir gegen alle Vernunft zu sein«, sagte die große, ernste Athene freundlich. »Die Troianer haben kein Unrecht begangen. Die Achaier dagegen sind stolz und überheblich. Ich sage dir, wenn du ihnen Troia überläßt, werden sie in ihrem Stolz und ihrer Verruchtheit so viele sündhafte Dinge tun, daß sie sich gegen jeden Gott vergehen, der den Menschen bekannt ist. Aber mir bleibt natürlich keine Wahl, als dir zu gehorchen, Königin.« Sie verneigte sich vor Hera und flog davon. Kassandra beobachtete den flammenden Helm, der wie ein Komet aussah, und stand plötzlich neben Athene auf der weiten Ebene vor Troia. Ein großer weißer Hengst versperrte der Göttin den Weg ins Lager der Achaier.
Athene fragte: »Poseidon, Erderschütterer, was willst du hier?« Das Pferd verschwamm wie ein Bild unter Wasser, wurde zuerst ein Kentaur – halb Mann, halb Pferd – und dann ein großer, starker Mann mit Haaren aus Seetang.
Poseidon, der Bruder des Zeus, schien mit der donnernden Stimme seines göttlichen Bruders zu sprechen.
»Du bist geschickt worden, um meine Stadt zu verraten. Ich werde nicht zulassen, daß du das Lager der Achaier betrittst.« Beim Sprechen stampfte

er mit dem Fuß auf. Ein mächtiger rollender Donner folgte, und die Erde bebte . . .

Kassandra erwachte im Hof der Schlangen; die beiden Kinder schliefen an ihrer Seite. Aber die Erde bewegte sich wie Wasser, und sie hörte Donner – oder stampfte Poseidon mit dem Fuß auf? Kassandra schrie, Biene erwachte und begann zu weinen. Sie drückte das Kind schützend an sich und sah mit Schrecken, wie der große Torbogen im grauen Morgenlicht hin und her schwankte, ehc er laut krachend einstürzte.

In der Ecke des Hofs stand eine Lampe; sie schwankte, fiel um, und eine Flamme züngelte aus dem Tuch, auf dem sie gestanden hatte. Kassandra sprang auf und löschte das Feuer. Überall im Tempel hörte man angstvolle Rufe und Entsetzensschreie. Die Erde bäumte sich auf, eine breite Spalte öffnete sich mitten im Hof und schloß sich blitzschnell wieder. Kassandra beobachtete stumm, was um sie herum geschah, und spürte, wie sich eine große Last in ihrem Kopf auflöste. Es war soweit; sie war davon befreit.

Hätte Poseidon Troia verschont, wenn die Troianer IHM ein Opfer gebracht hätten? Kassandra wußte es nicht; sie konnte es nicht einmal erraten. Sie stellte den Wasserkrug ab, mit dem sie die Flamme gelöscht hatte, und lief durch die Höfe. Mehrere Gebäude waren tatsächlich eingestürzt, darunter auch das Haus, in dem die jungfräulichen Priesterinnen normalerweise schliefen. Auch der Mauerpfosten war mit einem der Bronzetore umgefallen. Der andere Torflügel hing mit verbogenen Beschlägen schief in der Luft. Der Tempel war zerstört. Durch eine Lücke in der Mauer blickte Kassandra auf die Stadt hinunter. Häuser waren nur noch Schutt und Geröll, und überall loderten Flammen. Sollte sie zum Palast laufen? Nein, sie hatte alle dort gewarnt, und Priamos hatte jedem verboten, auf sie zu hören. Weder der König noch Paris wären besonders erfreut, wenn sie jetzt erscheinen würde und alle daran erinnerte: »Ich habe es euch gesagt.«

Warum nur wollen die Menschen die Wahrheit nicht hören?

Kassandra ging langsam durch den Tempel. Immerhin hatten die Priester und Priesterinnen auf sie gehört. Alle schienen das Erdbeben überlebt zu haben, und die wenigen Brände waren bald gelöscht. Im Palast konnte sie nicht helfen. Sie ging zu den Kindern zurück. Das Erdbeben hatte sie sicher in Angst und Schrecken versetzt, und sie würden Kassandra brauchen.

3 Man begann mit dem Wiederaufbau des Tempels beinahe sofort. Viele Gebäude waren völlig zerstört, so daß Kassandra glaubte, es bedürfe der legendären Kraft der Titanen, um sie wieder aufzubauen. Viele der großen Steinquader konnten mit den zur Verfügung stehenden Arbeitskräften nicht wieder an Ort und Stelle gebracht werden. Zu viele der starken und gesunden Männer der Stadt kämpften unter Hektors Führung gegen die Achaier.
Dank Kassandras Warnung war im Apollontempel niemand umgekommen. Ein paar Priester hatten sich verletzt – gebrochene Beine, gezerrte Schultern, geprellte Fußknöchel –, sie waren über Steine gefallen, die plötzlich an unvermuteten Stellen lagen; viele hatten bei den Löscharbeiten Brandwunden erlitten. Ein oder zwei Schlangen waren in dem Durcheinander entflohen oder hatten Schutz unter den herabgestürzten Wänden gesucht, und man hatte sie noch nicht wieder gefunden. Eine der ältesten Priesterinnen hatte vor Angst den Verstand verloren und seit dem Erdbeben kein vernünftiges Wort mehr gesprochen. Man behandelte sie mit Kräutertränken und spielte ihr beruhigende Musik vor. Aber selbst die erfahrensten Heiler glaubten nicht, daß sie je wieder völlig gesund werden würde.
Alles in allem war der Apollontempel vergleichsweise gut davongekommen. Es wurde berichtet, im Tempel der Jungfrau seien Priesterinnen umgekommen, weil das Dach über ihnen einstürzte. Niemand wußte genau, wie viele Opfer es waren, und Kassandra machte sich schreckliche Sorgen um ihre Schwester Polyxena, hatte aber keine Zeit, sich nach ihr zu erkundigen. Sie tröstete sich mit dem Gedanken, daß man sie benachrichtigt hätte, wenn Polyxena tot gewesen wäre.
Wie immer waren die Viertel der Ärmsten mit ihren leichten Holzhäusern und nicht richtig geschützten Feuerstellen am schlimmsten betroffen. Hätte das Beben ein paar Stunden früher eingesetzt, wäre die Zerstörung noch schlimmer gewesen. Zu dieser

späten Stunde waren die meisten Feuer, auf denen die Abendmahlzeiten gekocht worden waren, bereits erloschen.
Trotzdem lagen in den Straßen erschreckend viele Tote. Nur die Leichen in den brennenden Häusern waren wie auf Scheiterhaufen verbrannt. Einige Opfer lagen immer noch unter den Trümmern, die man wegräumen mußte, um sie zu bergen, da die Geister unbestatteter Toter einer Stadt nur allzu oft aus Rache die Pest schickten. Die Priester des Apollon arbeiteten Tag und Nacht, aber es würde noch lange dauern, und alle Troianer fürchteten den Zorn der vielen unbestatteten Leichen.
Auch der Palast des Priamos hatte das Erdbeben nicht unbeschadet überstanden. Die Gebäude waren aus den Steinen der Titanen errichtet und hatten selbst Poseidons Zorn widerstanden. Aber ein Gemach war zerstört worden – dort hatten die drei Söhne von Paris und Helena geschlafen. Fast alle aus der Familie des Priamos, darunter auch Paris und Helena, waren unverletzt geblieben.
Der kleine Nikos, Helenas Sohn von Menelaos, hatte sich mit seinem Spielgefährten Astyanax vor den Kinderfrauen versteckt. Die beiden Kinder hatten in einem Hof im Freien geschlafen (was ihnen verboten worden war) und waren unverletzt geblieben; sie wurden auch nicht bestraft. Trotzdem trauerte man im Palast um Paris' Söhne. Der Waffenstillstand wurde wegen der Zeremonien und des Begräbnisses der Kinder verlängert. Kassandra ging hinunter zu den Trauernden, die sich in den Gemächern der Frauen versammelt hatten. Da die Knaben noch nicht sieben gewesen waren, nahmen die Krieger offiziell keine Notiz von ihrem Tod, denn kleine Kinder standen in der Obhut der Frauen. Paris war anwesend und versuchte, Helena zu trösten. Sie wirkte blaß und mitgenommen. Nikos war erst vor wenigen Tagen der Obhut seines Stiefvaters übergeben worden. Aber auch er war da, als wollte er seine Mutter daran erinnern, daß sie noch einen Sohn hatte.
Helena kam sofort zu Kassandra und umarmte sie. »Du hast versucht, mich zu warnen, Schwester, und ich bin dir dankbar.«
»Es tut mir so leid«, sagte Kassandra. »Ich wünschte nur . . .«
»Ich weiß«, erwiderte Helena, »dieser Kummer ist mir nicht neu. Meine zweite Tochter hat nicht lange gelebt. Sie war ein Jahr jünger als Hermione und zwei Jahre jünger als Nikos. Sie tat keinen einzi-

gen Atemzug, und als Nikos kräftig und gesund zur Welt kam, so daß ich eine Königin für Sparta und einen Sohn für Menelaos hatte, der als Krieger erzogen werden konnte, habe ich mir geschworen, keine Kinder mehr zu bekommen. Aber nichts ist geschehen, wie ich es wollte.«

»In der Welt der Sterblichen ist das selten der Fall«, sagte Kassandra. Paris hörte ihre letzten Worte und sagte mit einem wütenden Blick auf seine Schwester: »Du bist also gekommen, um dich an unserem Unglück zu weiden.«

»Nein«, erwiderte sie traurig, »ich bin nur gekommen, um euch zu sagen, wie leid es mir tut.«

»Wir brauchen dein Mitgefühl nicht, du Rabe, der nur Unglück bringt!« rief Paris zornig. »Schon deine Anwesenheit bedeutet noch mehr Unheil.«

»Sei still, Paris! Schäm dich«, schimpfte Helena. »Hast du vergessen, daß sie uns vor Poseidons Zorn warnen wollte, und wie man es ihr gedankt hat?«

Paris schwieg und starrte finster vor sich hin, aber Kassandra fand, er sei doch etwas beschämt. Nun ja, sie würde ohne sein Wohlwollen leben können; an Helenas Freundschaft lag ihr mehr.

Die Kinder wurden mit allen Feierlichkeiten verbrannt, und die Asche wurde vergraben. Der Waffenstillstand dauerte noch zwei Tage, dann brach ihn ein troianischer Hauptmann. (Der Mann behauptete, ähnlich wie der Achaier vor ihm, einer der Götter habe ihn dazu verleitet, obwohl er sich weigerte zu sagen, welcher.) Er schoß einen Pfeil auf Menelaos ab und verwundete ihn schwer, traf ihn aber (leider, wie Priamos sagte) nicht tödlich. Wäre Menelaos tot gewesen, so erklärte der König, hätten die Achaier einen guten Vorwand gehabt, den Krieg zu beenden und nach Hause zu segeln. Kassandra war nicht so sicher. Die Götter schienen Troia allen Ernstes zerstören zu wollen, ganz wie sie es im Traum gesehen hatte. War es wirklich nur ein Traum gewesen?

Nur die Frauen bekümmerte das Ende des Waffenstillstands. Kassandra zweifelte nicht daran, daß Hektor freudig in den Kampf zurückkehrte. Am nächsten Tag führte er auf seinem Streitwagen die troianischen Truppen an; er galoppierte vor der langen Reihe der Fußsoldaten auf und ab und feuerte die Männer an, während

die Achaier sich zur Schlacht formierten. Wie üblich sahen die Frauen von der Mauer aus zu.
»Hektor ist eindeutig der beste Wagenlenker«, sagte Andromache, und Kreusa lachte.
»Du meinst, er *hat* den besten Wagenlenker«, erwiderte sie, »und ich glaube, zumindest darin kann Aeneas sich mit ihm messen. Wer ist Hektors Wagenlenker? Er fährt wie der Wind – oder wie ein Dämon.«
»Troilos, Priamos' jüngster Sohn«, erwiderte Andromache. »Er wollte am Kampf teilnehmen, aber Hektor hat darauf bestanden, den Jungen nicht aus den Augen zu lassen. Er macht sich Sorgen. Troilos ist erst zwölf und noch nicht kampferprobt.«
»Glaubt Hektor wirklich, Troilos ist in seinem Streitwagen sicher? Mir scheint, in Hektors Nähe tobt der Kampf am heftigsten, und er wird bestimmt keine Möglichkeit haben, Troilos zu schützen«, sagte Kassandra. Aber Andromache erwiderte nur achselzuckend: »Frag mich nicht, was Hektor glaubt.«
Natürlich, dachte Kassandra, *Troilos bedeutet ihr nichts. Er ist nur der jüngste Bruder ihres Mannes. Sie würde um ihn trauern, aber nur so, wie sie um Helenas Kinder getrauert hat – aus reiner Familienpflicht.*
Helena war immer noch geschwächt und mitgenommen von ihrer Trauer. Sie hatte rote, verquollene Augen, und ihr Haar wirkte stumpf. Sie machte sich kaum die Mühe, die Strähnen aus dem Gesicht zu streichen und schon gar nicht, es mit Öl auszubürsten oder zu frisieren. Sie trug ein altes, zerknittertes Gewand, und man konnte in ihr unmöglich die strahlende Schönheit sehen, die sie gewesen war, als die Göttin der Liebe sie überschattet hatte. Aber Kassandra erinnerte sich mit Zärtlichkeit daran, die sie immer für ihre Schwägerin empfand. Sie fragte sich insgeheim: *Ist das ein Zeichen dafür, daß Paris sie vernachlässigt? Sind ihm seine Kinder wirklich so gleichgültig?* Kassandra ahnte, daß Helena dankbar war, weil ihr Erstgeborener das Erdbeben überlebt hatte. Aber sie spürte auch, daß Paris' Kinder Helena mehr am Herzen lagen als der Sohn, den sie dem Menelaos geboren hatte.
Sie blickte wieder auf das Schlachtfeld hinunter, wo Aeneas auf seinem prächtigen Wagen zwischen den Reihen auf und ab fuhr und, wie sie glaubte, dem Feind eine Herausforderung zurief. Sie

hatte schon oft erlebt, daß eine Schlacht zweier Heere in Form von Zweikämpfen zwischen den besten Kämpfern verlief. Es war nicht mit den heftigen Kämpfen zu vergleichen, die sie bei den Amazonen erlebt hatte; dort herrschte großes Durcheinander, und man versuchte, auf jede erdenkliche Weise so viele Gegner wie möglich zu töten.

»Seht ihr?« rief Kreusa. »Jemand hat seine Herausforderung angenommen. Wer ist das?«

»Diomedes«, sagte Helena.

»Der, der die Rüstung getauscht hat...«

»Richtig«, bestätigte Andromache. »Aber ich glaube, Aeneas ist der Stärkere – mit diesem Wagen und diesen Pferden ganz bestimmt. Seine Mutter war eine Priesterin der Aphrodite. Manche behaupten sogar, Aphrodite persönlich sei seine Mutter. Sie hat ihm die Pferde geschenkt, als er nach Troia aufbrach... Was geht dort vor?«

Diomedes war wie ein Wahnwitziger auf Aeneas zugefahren, und es war ihm gelungen, mit seinem Speer den Wagen umzuwerfen. Aeneas stürzte zu Boden. Kreusa schrie, aber Aeneas sprang offenbar unverletzt auf und zog das Schwert. Aber Diomedes durchtrennte das Geschirr der Pferde und griff nach den Zügeln. Das ließ erkennen, daß er Pferde und Wagen als Beute beanspruchte. Aeneas erhob zornig Einspruch; er schrie so laut, daß die Frauen seine Stimme hörten, die Worte jedoch nicht verstanden. Aeneas stürmte auf Diomedes los. Dabei schien er vor den Augen der Frauen zu wachsen, und ein Strahlenkranz umgab seinen Kopf. Kassandra durchzuckte der Gedanke: *Mir ist noch nie aufgefallen, daß er die gleichen Haare wie Helena hat!* Dann begriff sie, daß sie die schöne Göttin vor sich sah, die sich mit dem Zorn einer Unsterblichen auf Diomedes stürzte. Diomedes wich zurück – darauf war er nicht gefaßt gewesen. Aber sein Mut ließ ihn nicht im Stich. Er griff die mächtige Aphrodite an und traf mit dem Schwert die Hand der Göttin.

Plötzlich stand wieder Aeneas auf dem Kampfplatz. Er schrie wie eine Frau und schüttelte die Hand, aus der Blut hervorschoß. Diomedes war im Vorteil, hob aber schützend Schwert und Schild. Aeneas stürzte sich auf ihn, und im nächsten Augenblick lag Diomedes der Länge nach auf der Erde. Sofort war Agamemnon mit vier seiner Leute zur Stelle, und sie zwangen Aeneas mit mächtigen Hieben zurückzuweichen. Hektors Wagen schoß heran, und Hektor sprang herab. Es kam zu einem kurzen, wilden Gefecht mit Agamemnon; dann hob Hektor Aeneas auf seinen Wagen, und sie galoppierten zum Stadttor zurück, während einige von Hektors Männern Agamemnon mit seinen Männern vertrieben; es gelang ihnen, den Streitwagen und die Pferde zurückzuerobern.

»Er ist verwundet«, rief Kreusa und rannte die Stufen hinunter. Die anderen Frauen folgten ihr eilig und kamen unten an, als Hektors Streitwagen vorfuhr. Hektor sprang herab und winkte sie zur Seite.

»Zurück! Wir müssen das Tor schließen. Oder soll Agamemnon mit dem halben Heer hereinstürmen?« rief er. Die Frauen wichen zurück, während die Männer mit anpackten. Die Tore schlossen sich schnell. Einen unglücklichen Achaier, der plötzlich in der Falle saß, machten sie erbarmungslos nieder.

»Werft ihn über die Mauer zu seinen Freunden«, befahl Hektor. »Sie wollen ihn haben, wir nicht.«

Kreusa hielt Aeneas in den Armen und rief nach Heilern, um ihm die verletzte Hand zu verbinden. Er schien benommen zu sein. Aber als Kassandra zu den beiden trat und sich der Wunde annahm, lächelte er sie an und fragte: »Was ist geschehen?«

»Wenn du es nicht weißt«, sagte Hektor, »wie sollen wir es dir sagen? Du hast mit Diomedes gekämpft und plötzlich ...«

»Das warst nicht du, sondern Aphrodite«, sagte Helena. »Sie hat durch dich gekämpft.«

Aeneas lachte. »Ich weiß nur, daß ich in Zorn geriet, weil Diomedes den Wagen und die Pferde als Beute beanspruchen wollte. Dann weiß ich nur noch, daß meine Hand blutete, und daß jemand geschrien hat ...«

»Du hast geschrien«, sagte Hektor, »oder es war die Göttin.«

Aeneas lachte. »Die Schöne«, meinte er, »kehrt schreiend in den Olymp zurück und – ich wage zu behaupten –, flüchtet sich auf den Schoß von Zeus und berichtet ihm von den bösen, kämpfenden Männern. Ich hoffe, der Donnerer befiehlt ihr in klaren Worten, sich von nun an vom Kampfplatz fernzuhalten. Es ist nicht der

richtige Ort für Damen – selbst für Göttinnen nicht«, fügte er hinzu. Kassandra verband seine Hand.
Aeneas lächelte sie an. Sie sah, daß ihn immer noch das Strahlen der Göttin umgab, und ihr Herz schlug schneller. Sie wußte, wenn er wieder zu ihr kam, würde sie ihm nicht mehr widerstehen können.
Ist das die Rache der Göttin dafür, daß ich IHR nicht dienen wollte? Ist Aphrodite gelungen, was Apollon nicht vermochte?
Der Verband war fertig, aber Kassandra ließ nur zögernd seine Hand los. In der Nähe gab es einen kleinen Stand, wo die Soldaten mittags Brot und Wein kauften. Hektor ging dorthin und kam mit zwei Bechern Wein zurück. Einen reichte er Aeneas, der abwehrte. Kreusa sagte: »Trink, du hast Blut verloren.« Aber er schüttelte nur den Kopf. »Ich habe mich beim Rasieren schon schlimmer geschnitten und mehr Blut verloren.« Trotzdem trank er den Wein und rief lachend:
»Ich möchte wissen, ob man jetzt die gleichen verrückten Geschichten erzählt wie damals nach dem Zweikampf von Paris und Menelaos.«
»Ganz bestimmt«, sagte Kassandra. Er blickte ihr in die Augen.
»Die Achaier scheinen ganz wild auf solche Geschichten zu sein.«
»Nun ja, die Götter tun, was SIE wollen, und nicht das, worum wir SIE bitten«, sagte Aeneas. »Aber ich wünsche bei meiner göttlichen Ahne, SIE würden sich zurückhalten und den Krieg uns überlassen. Er ist nicht IHRE, sondern unsere Sache.«
»Ich glaube, der Krieg ist möglicherweise mehr IHRE Sache als unsere«, erklärte Helena, »und wir haben nur wenig dabei zu melden.«
»Aber warum? Warum sollte es die Götter kümmern, wer in einem Krieg der Sterblichen Sieger wird?« fragte Andromache.
Hektor sagte achselzuckend: »Warum sollte es SIE nicht kümmern?«
Selbst Kassandra wußte darauf keine Antwort.
»Es hat eine Zeit gegeben«, fuhr Hektor fort, »als ich glaubte, wir seien den Achaiern auf Gedeih und Verderb ausgeliefert. Aber nachdem Achilleus sich zurückgezogen hat ...«
»Sicher nicht für lange«, unterbrach ihn Helena. »Ich kann mir kaum vorstellen, daß der große Achilleus ewig wie ein trotziger kleiner Junge in seinem Zelt sitzt ...«

»Aber genau das ist Achilleus«, sagte Aeneas, »ein grausamer, anmaßender, kleiner Junge. Es mag etwas Großes und Heroisches daran sein, von einem Verrückten geschlagen zu werden. Aber von einem geistesgestörten Kind, das ist etwas ganz anderes.«
Hektor erklärte ungerührt: »Wir dürfen das Urteil der Götter nicht anzweifeln.«
»Auch wenn die Götter Entscheidungen treffen, die man normalerweise als die Entscheidung von Verrückten beiseite schieben würde?« fragte Aeneas. »Vielleicht sollen wir IHNEN nicht blind gehorchen. Vielleicht – «, er senkte die Stimme und sah sich ängstlich um, »prüfen sie uns nur. Vielleicht wollen sie herausfinden, ob wir genug Verstand besitzen, um uns mit ihnen messen zu können.«
»Vielleicht sind SIE so halsstarrig wie Achilleus«, sagte Helena, »und zerstören das Spielzeug, wenn SIE bei einem Spiel nicht IHREN Willen durchsetzen können.«
»Ich glaube, so ist es«, sagte Hektor. »Und wir sind das Spielzeug.«

4 In den nächsten Tagen ließ sich Kassandra von der alten Kuchenfrau über das Kriegsgeschehen berichten. Achilleus saß nach wie vor in seinem Zelt und zeigte sich nicht einmal, um seine Gefährten zu ermutigen; der Krieg zog sich hin, ohne daß sich viel änderte. Hektor stellte sich Ajax in einem langen Zweikampf; sie kämpften, bis es dunkel war, aber keiner konnte einen Vorteil gewinnen. Agamemnon griff zu einer List: Er drohte, sich ebenfalls vom Krieg zurückzuziehen, wenn Achilleus nicht wieder kämpfen sollte. Aber die Achaier reagierten auf diese Drohung mit großer Begeisterung, stürmten zu ihren Schiffen und begannen, auf der Stelle ihre Zelte abzubrechen. Agamemnon brauchte den ganzen nächsten Tag, um seine Leute zu überreden, wieder an Land zu gehen. Er bot ihnen Geschenke und große Geldsummen, damit sie den Kampf nicht aufgaben.
Kassandra quälten in dieser Nacht wirre Träume vom Olymp. Die große stolze Hera erhob sich und verlangte Unterstützung bei der Zerstörung Troias.

»Zeus hat verboten, daß wir eingreifen«, erklärte die schlanke Athene ruhig und ernst, »obwohl er mir gestattet hat, die Achaier zu beraten, wenn sie auf mich hören wollen. Warum haßt du die Troianer so unerbittlich, Hera? Bist du immer noch gekränkt, weil Paris nicht dir die Krone der Schönheit zuerkannt hat? Was hast du denn erwartet? Schließlich ist Aphrodite die Göttin der Schönheit. Ich weiß seit langem, daß ich mich mit ihr auf diesem Gebiet nicht messen kann. Und warum liegt dir überhaupt soviel an der Meinung eines Sterblichen?«
»Dann mußt du mir helfen, Poseidon!« Die stolze Königin wandte sich an den behaarten, stämmigen und bärtigen, wie ein Schwimmer mit Muskeln bepackten Meeresgott. »Hilf du mir, die Mauern von Troia zum Einsturz zu bringen. Zeus hat es beschlossen, und wenn es geschieht, wird er nicht zürnen.«
»Ich helfe dir nicht«, erklärte Poseidon, »die Zeit dafür ist noch nicht gekommen. Ich verbünde mich nicht mit einer Frau gegen ihren Gemahl.«
Ein Blitz zuckte, als Hera mit dem Fuß aufstampfte und rief: »Das wirst du bereuen!« Aber Poseidon hatte sich bereits in einen großen weißen Hengst verwandelt und galoppierte über den Strand. Das Donnern seiner Hufe klang wie die Wellen, die sich an der Mauer brachen, die die Achaier gebaut hatten.
Kassandra erwachte angsterfüllt, und Poseidons Worte klangen ihr noch in den Ohren. Sie überlegte, ob ihr Traum ein neues Erdbeben ankündigte. Aber im Tempel blieb alles ruhig, und schließlich schlief sie wieder ein. Am nächsten Morgen stellte sie fest, daß ein paar Vasen und Teller von Tischen und Borden gefallen waren; eine Lampe war umgestürzt, auf dem Steinboden jedoch ausgebrannt, ohne etwas in Brand zu setzen. Wenn es ein Erdbeben gewesen war, dann ein kleines, kaum mehr als das Schulterzucken des Gottes. Die Unsterblichen schienen sich ergebnislos zu streiten; man konnte es irgendwie mit den Zweikämpfen auf dem Schlachtfeld vergleichen, die ebenfalls nichts entschieden. Nun ja, die Krieger waren nur Menschen, und ihnen konnte man kaum vorwerfen, wenn sie sich töricht verhielten. Aber Kassandra hatte geglaubt, die Götter hätten Besseres zu tun.
Sie beschloß, an diesem Tag nicht auf die Mauer zu steigen. Sie hatte genug von diesen Zweikämpfen und vermutete, es werde nichts Besonderes geschehen, denn Achilleus blieb nach wie vor in

seinem Zelt. Mit Verwunderung stellte Kassandra fest, wieviel Zeit sie inzwischen mit den anderen Frauen auf der Mauer verbrachte, das Kampfgeschehen beobachtete und sich unterhielt.
Biene wuchs aus ihren Sachen heraus. Kassandra verbrachte den Vormittag damit, in den Truhen zu kramen und sich bei den Priesterinnen zu erkundigen, ob vielleicht unter den Opfergaben etwas Geeignetes sei, aus dem sie ein paar Kleidchen für ihre Tochter machen könnte. Man gab ihr einen mit Safran gefärbten Stoff (Kassandra fand, die Farbe müsse Biene mit ihren dunklen Locken und lebhaften dunklen Augen gut stehen), aus dem sie ihr ein Kleidchen und ein Kopftuch nähen konnte. Die Kleine brauchte auch Sandalen. Inzwischen lief sie überall herum, und in den Höfen lag noch immer viel Geröll, an dem sie sich die Füße verletzen konnte. Kassandra wollte schon einen Diener zum Markt schicken, um Leder für die Sandalen zu kaufen, beschloß aber dann, selbst mit dem Kind in die Stadt zu gehen.
Biene war groß genug, um zu laufen, und sie begriff schnell, daß sie Sandalen wie ein großes Mädchen bekommen sollte. Kassandra freute sich über die kleine Patschhand, die sich vertrauensvoll in ihre Hand legte. Auf dem Markt begutachtete Kassandra die angebotenen Sandalen; die Preise erschienen ihr nicht unangemessen hoch. Sie ließ Biene ein Paar derbe Sandalen anprobieren, und als sie feststellte, daß sie ordentlich gearbeitet waren und gut an den kleinen Füßen saßen, erlaubte sie dem Kind, das Muster zu wählen, das ihr am besten gefiel.
»Und du, Herrin?« fragte der Sandalenmacher. Aus alter Gewohnheit wollte Kassandra nein sagen. Aber dann folgte sie mit den Augen dem Blick des Mannes auf ihre Füße. Ihre Sandalen waren abgetragen und hatten nur noch hauchdünne Sohlen. Ein Riemen war mehrfach gerissen und immer wieder geflickt worden. Nun ja, sie hatte diese Sandalen auf dem Weg nach Kolchis und zurück getragen.
»Sie haben mich um die halbe Welt begleitet«, sagte sie, »vermutlich verdienen sie, wie eine alte Stute aus dem Dienst entlassen zu werden«, und ließ sich von dem Mann verschiedene Sandalen zeigen, die aber alle zu groß waren. Schließlich nahm der Mann Maß und sagte: »Die Herrin hat wirklich einen kleinen Fuß. Ich muß dir ein Paar anfertigen.«

»Ich habe meinen Fuß nicht gemacht«, erwiderte Kassandra. »Aber wenn du mir ein Paar in diesem Muster nähst . . .«, sie deutete auf die Sandalen, die ihr beinahe gepaßt hätten, »wäre ich zufrieden. Inzwischen könntest du mir den Riemen noch einmal flicken.«
»Ich glaube, es würde nicht lange halten. Er ist schon zu oft zusammengenäht worden«, meinte der Mann. »Prinzessin, wenn du nur eine halbe Stunde in meinem bescheidenen Laden warten willst, ist das neue Paar fertig. Darf ich dir ein Glas Wein bringen lassen? Eine Scheibe Melone oder eine andere Erfrischung? Nein? Dann vielleicht etwas für das Kind?«
»Nein, vielen Dank«, erwiderte Kassandra. Auch Biene mußte lernen, notfalls geduldig zu warten. Kassandra beobachtete, wie der Mann die Sohlen der Sandalen beschnitt, die etwas zu groß gewesen waren, und die Riemen neu annähte, was er mit einer dicken Ledernadel und einem Fingerhut tat. Er besaß eine Eisennadel; vermutlich konnte er deshalb so schnell arbeiten. Mit Bronzenadeln ließ sich das Leder nicht so mühelos durchstechen. Kassandra überlegte, ob die Nadel in die Stadt geschmuggelt worden war, oder ob der Mann mit den Achaiern Handel trieb. Vermutlich sollte sie sich nicht darum kümmern, denn mit den Achaiern zu handeln war verboten. Aber wenn die Stadtwächter jeden in den Kerker geworfen hätten, der verbotenerweise Handel trieb, hätte es bald überhaupt keinen Handel mehr gegeben, und das Geschäftsleben der Stadt wäre zum Erliegen gekommen.
Durch die lange Belagerung waren bereits viele Nahrungsmittel nur noch schwer zu bekommen. Allein die Gärten hinter den Mauern retteten die Bewohner. Die Weinreben und die Olivenbäume lieferten Wein, und jedermann zog eigenes Gemüse. In vielen Häusern hielt man Tauben und Kaninchen in Käfigen; früher dienten sie als Opfergaben, inzwischen aß man sie selbst, um dem schlimmsten Hunger zu entgehen. Brot war überall Mangelware außer bei den Soldaten und im Palast, obwohl während des Waffenstillstands ein paar Wagenladungen Getreide unbehelligt die Stadt erreicht hatten. Würde das offizielle Ende des Waffenstillstandes eine Verschärfung der Belagerung mit sich bringen? Oder würden die Achaier keine Lust mehr haben, ohne Achilleus zu kämpfen, und absegeln? Das wäre das beste.

Wenn die Achaier allerdings glaubten, die Götter seien auf ihrer Seite – und hier rissen Kassandras Gedanken in der ihr inzwischen bekannten Verwirrung ab: *Warum sollten die Götter sich in die Angelegenheiten der Menschen mischen?* Hektor hatte darauf geantwortet: *Warum nicht?* Kassandra hatte sich diese Frage seit Kriegsausbruch gestellt, wenn auch, ohne eine Antwort zu finden. *Träume! Was nützen Träume?* Und doch hatten ihre Träume sie vor dem großen Erdbeben gewarnt. Also sollte sie ihnen trauen; es blieb ihr auch keine andere Wahl. Die Träume stellten sich ein; wenn Kassandra sie nicht ernst nahm, tat sie das auf eigene Gefahr – und soviel sie wußte, gefährdete sie damit Troia und ihre Welt.
Sie hing ihren Tagträumen nach, als sie plötzlich Lärm in den Straßen hörte. Hektors Streitwagen donnerte durch die Stadt hinunter zum Tor. Kassandra, die auf der Bank im Laden des Sandalenmachers saß, kam es vor, als sei die halbe Bevölkerung auf den Beinen, um ihm zuzujubeln. Nach so langer Zeit hätte man eigentlich annehmen sollen, die Leute seien daran gewöhnt und würden sich nicht darum kümmern. Aber Hektors Erscheinen rief bei den Leuten die gleiche Begeisterung hervor wie am ersten Tag, als er die Parade der Truppen abgenommen hatte. *Wie schön für ihn,* dachte Kassandra nicht ohne Bitterkeit und wollte sich abwenden. Der Mann brachte ihr die neuen Sandalen, aber auch er starrte Hektors Streitwagen nach, anstatt ihr behilflich zu sein, sie anzuziehen.
»Er fährt den Streitwagen wie der Kriegsgott persönlich«, sagte er und fragte: »Prinzessin, ist er dein Bruder?«
»Ja, er ist der Sohn meiner Mutter und meines Vaters«, erwiderte Kassandra.
»Sag mir, was für ein Mann ist er? Ist er wirklich der Held, der er zu sein scheint?«
»Er ist ganz sicher ein tapferer und kühner Kämpfer«, sagte sie. *Aber ist es Tapferkeit oder schlicht mangelndes Vorstellungsvermögen? Paris kann Tapferkeit vortäuschen, aber nur, weil er mehr als alles auf der Welt fürchtet, für einen Feigling gehalten zu werden.* »Aber darüber hinaus«, fuhr sie fort, »ist Hektor nicht nur ein guter Kämpfer, sondern auch ein guter Mensch. Er besitzt noch andere Tugenden als Tapferkeit.« Der Mann sah sie überrascht an, da er sich offenbar

unter *anderen Tugenden* nichts vorstellen konnte. »Ich meine, man könnte ihn auch im Frieden bewundern.«

Und das kann man von einem meiner anderen Brüder kaum behaupten, dachte sie. *Sie scheinen wenig mehr als lebende Waffen zu sein und denken so gut wie nicht darüber nach, was oder warum sie etwas tun.* Paris besaß ein paar gute Eigenschaften, obwohl er sie seiner Schwester gegenüber nur selten zeigte: Er war freundlich zu Helena; er behandelte seine alten Eltern liebevoll und mit Achtung; und er war seinen Kindern, als sie noch lebten, ein guter Vater gewesen. Er war auch Nikos ein guter Stiefvater. Aeneas besaß diese guten Eigenschaften ebenfalls – *oder glaube ich das nur, weil ich ihn liebe?* fragte sie sich. Der Sandalenmacher pries Hektor immer noch überschwenglich, und Kassandra sagte: »Er wird sich darüber freuen, daß man in der Stadt so große Stücke auf ihn hält (das entsprach der Wahrheit). Kassandra bezahlte die Sandalen und trat auf die Straße hinaus. Sie mußte Biene vor der Menge retten, die zurückwich und sich an die Hausmauer drängte, als die vier Streitwagen von Aeneas, Paris, Deiphobos und des thrakischen Hauptmannes Glaukos ebenfalls zum großen Stadttor hinunterdonnerten.

Hatte Priamos beschlossen, seine besten Kämpfer gegen die Achaier zu schicken, obwohl Achilleus nicht unter den Gegnern war – oder hoffte er, Achilleus aus seinem Zelt zu locken? Dieser Gedanke weckte ihre Neugier. Biene lief bereits hinter der Menge her, und so schlug auch Kassandra den Weg zur Stadtmauer ein. Dort angelangt, stieg sie die Stufen zum Aussichtsplatz der Frauen hinauf. Wie nicht anders zu erwarten, fand sie hier oben Helena, Andromache und Kreusa mit Hekabe. Die Frauen begrüßten sie alle liebevoll. Kassandra fiel auf, daß Helena wieder besser aussah, und Helena gestand ihr bald, sie glaube, wieder schwanger zu sein.

Andromache sagte: »Ich verstehe nicht, wie eine Frau mit gutem Gewissen in diesem großen Krieg ein Kind in die Welt setzen kann. Das habe ich auch Hektor gesagt. Aber er hat nur erwidert, dann werden Kinder am meisten gebraucht.«

»Kinder sterben auch im Frieden«, sagte Helena. »Ich habe meine zweite Tochter durch den Leichtsinn einer Hebamme verloren und drei Söhne in einem Erdbeben. Sie hätten aber auch wie frisch geschlüpfte Vögel, die aus dem Nest fallen, sich zu Tode stürzen oder bei den Spielen von einem wild gewordenen Stier zertrampelt werden können. Für Kinder gibt es in dieser sterblichen Welt keine Sicherheit. Aber wenn alle Frauen aus diesem Grund beschließen würden, keine Kinder mehr zu bekommen, was sollte dann aus der Welt werden?«

»Ach, du bist mutiger als ich«, sagte Andromache. »Auch Paris ist mit seinem Streitwagen noch tollkühner als Hektor. Seht doch, mit welcher Geschwindigkeit er aus dem Tor rast.«

Man konnte kaum sagen, welcher Mann am kühnsten fuhr: Alle fünf Streitwagen schossen beinahe gleichzeitig aus dem Tor, und Hektors Soldaten folgten ihnen. Die Achaier hatten noch keine Schlachtformationen gebildet. Kassandra sah das Durcheinander und die Verwirrung im feindlichen Lager. Die Männer liefen brüllend und nach ihren Waffen rufend zwischen den Zelten hin und her. Die Streitwagen erreichten das Lager und fuhren geradewegs hindurch. Erst jetzt sah Kassandra, daß auf jedem Wagen eine Kohlepfanne und noch etwas anderes stand – Teer? Pech? – und daß Bogenschützen Pfeile in die brodelnden Töpfe tauchten und mit den brennenden Pfeilen die Schiffe beschossen, die am Strand hinter dem Lager ankerten. Die Achaier rannten hinter den Streitwagen her, und es dauerte einige Zeit, bis sie die Absicht des Überfalls durchschauten. Dann erhob sich lautes Wutgeheul. Die Streitwagen hatten inzwischen den Strand erreicht, und einige Schiffe standen bereits in Flammen.

Hektors gut gedrillte Truppen griffen die immer noch überraschten Soldaten Agamemnons an.

Ein brennender Pfeil nach dem anderen landete in den Falten der zusammengerollten Segel der Schiffe, die sofort Feuer fingen. Die Seeleute waren nicht darauf vorbereitet, Brände zu bekämpfen; sie sprangen über Bord und trugen zur allgemeinen Verwirrung nur noch bei. Die Bogenschützen auf den Streitwagen schossen ihre Pfeile jetzt auf die feindlichen Zelte. Im ganzen Lager entstand ein ungeheures Durcheinander; man hörte laute Schreie, während die Männer halbherzig versuchten, die Brände zu bekämpfen und die Verwundeten in Sicherheit zu bringen. Eines der Schiffe (später erfuhr Kassandra, daß es Öl geladen hatte), war bereits bis zur Wasserlinie abgebrannt und sank gerade. Hektors Truppen jubelten begeistert.

Mittlerweile versuchten achaische Fußsoldaten, die Streitwagen einzukreisen. Aber die Bogenschützen schossen ihre brennenden Pfeile unbeirrt auf die Zelte, und bald sahen die Frauen auf der Mauer wegen der dichten Rauchschwaden nichts mehr. Ein zweites Schiff versank unterdessen mit lautem Zischen im Wasser.

Auch die Frauen jubelten. Unter den Wachen auf der Mauer entstand Unruhe. Ein Troianer lief eilig zu einer Plattform, auf der einige Bogenschützen standen. Man hörte laute Rufe, Jubel und höhnisches Geschrei und schließlich heftiges Gepolter. Der Hauptmann der Bogenschützen kam zurück, und Andromache erkundigte sich, was geschehen war. Der Mann grüßte ehrerbietig und berichtete: »Zuerst glaubten wir, es sei Achilleus, und er nutze die Gelegenheit zu einem Überfall. Er war es aber nicht, es war sein Freund, wie heißt er noch? Patroklos. Er klettert doch einfach die Westmauer hinauf, wo sich beim Erdbeben ein paar Steine gelöst haben.«

»Habt ihr ihn gefangengenommen?« fragte Andromache.

»Dazu hatten wir keine Gelegenheit, Herrin. Aber wir haben ihm ein paar Pfeile um den Kopf schwirren lassen. Er verlor das Gleichgewicht und rutschte ab. Seine Bogenschützen schossen auf uns und gaben ihm Deckung, während er uns zeigte, wie gut er rennen kann«, erwiderte der Hauptmann. »Schade, daß wir ihn nicht getroffen haben. Mit einem Pfeil in seinem Bauch hätte Achilleus vielleicht den Mut verloren und wäre abgesegelt.«

»Nun ja«, sagte Andromache, »ihr habt euer Bestes getan. Patroklos hat sein Ziel nicht erreicht.«

»Ich bitte um Vergebung, Herrin. Das Beste ist für Prinz Hektor nicht gut genug«, erwiderte der Mann. »Aber vielleicht hast du recht. Man kann nichts mehr daran ändern. Und warum soll man sich um etwas Sorgen machen, was vorbei ist. Vielleicht gibt er uns noch einmal eine Gelegenheit, und dann erwischen wir ihn.«

»Der Kriegsgott gebe es«, wünschte Andromache. Die Frauen blickten wieder hinunter. Die Streitwagen verließen inzwischen das achaische Lager und näherten sich dem Tor. Kassandra konnte die einzelnen Wagen nicht voneinander unterscheiden, zählte sie aber und stellte zu ihrer Erleichterung fest, daß keiner fehlte. Also war der Überfall auf die Schiffe ein voller Erfolg gewesen.

Die Wache unter ihnen rief: »Öffnet das Tor!« Sie hörte das Ächzen der Seile, mit denen man die beiden Torflügel aufzog. Helena und Andromache liefen die Treppe hinunter, um ihre Ehemänner zu begrüßen. Die anderen Frauen blieben oben.
Hekabe trat zu Kassandra, die fragte: »War der König mit seinem Streitwagen nicht dabei?«
»Nein, Kassandra«, erwiderte Hekabe. »Er kann mit seinen Händen die Zügel nicht mehr halten. Die Heilpriester behandeln ihn mit ihren Ölen und Heilsprüchen, aber es wird von Tag zu Tag schlimmer. Er kann sich kaum noch die Sandalen binden.«
»Das tut mir leid«, sagte Kassandra. »Aber gegen das Alter, Mutter, gibt es keine Heilsprüche. Auch nicht für einen König.«
»Für eine Königin wohl ebensowenig«, fügte Hekabe hinzu. Kassandra sah sie prüfend an, und ihr fiel auf, wie gebrechlich ihre Mutter war. Sie ging gebückt und war so dünn, daß die Knochen hervortraten. Hekabes Haut war immer gesund und frisch gewesen; nun wirkte sie grau und schlaff; stumpfe, gelblich-weiße Strähnen zogen sich durch ihre Haare. Auch die Augen hatten allen Glanz verloren.
»Dir geht es nicht gut, Mutter.«
»Gut genug. Ich mache mir mehr Sorgen um deinen Vater«, erwiderte Hekabe. »Kreusa ist wieder schwanger, und im nächsten Winter wird es in der Stadt wahrscheinlich wenig zu essen geben. Die Ernte war schlecht, und von dem Wenigen haben die Achaier einen Großteil verbrannt.«
»Im Tempel gibt es immer genug zu essen«, erklärte Kassandra. »Für mich und Biene ist es immer mehr, als wir brauchen, und ich werde dafür sorgen, daß Kreusa nicht hungern muß.«
»Du bist gut«, sagte Hekabe leise und strich ihr über die Haare. Seit Kassandra ein kleines Kind gewesen war, hatte ihre Mutter sie nur sehr selten liebkost, und Kassandra wurde es warm ums Herz.
»Wir haben nicht nur zu essen, sondern auch Heilkräuter im Überfluß. Du mußt zu mir kommen, wenn jemand im Palast krank ist oder etwas braucht«, sagte sie. »Es gilt als selbstverständlich, daß wir alles mit unseren Familien teilen. Ich werde Kräuter für Vater schicken. Du mußt sie mit heißem Wasser übergießen, ein Tuch damit befeuchten, und es ihm heiß um die Hände wickeln. Es wird ihn vermutlich nicht heilen, aber seine Schmerzen lindern.«

Hekabe blickte zu Biene, die hinter Kassandra auf der Mauer saß und mit ein paar kleinen Steinen spielte. Kassandra erinnerte sich, daß sie als Kind ein ähnliches Spiel gekannt hatte. Sie und ihre Schwestern, die Töchter der königlichen Familie, suchten überall nach runden kleinen Steinen und legten sie in Mauernischen, als seien es Brotlaibe, die gebacken werden sollten. Sie wurden ständig überprüft, um festzustellen, ob sie fertig waren. Kassandra lächelte bei dieser Erinnerung.
Die Streitwagen befanden sich inzwischen wieder alle hinter der Mauer, und das Tor wurde geschlossen. Hekabe fragte: »Kommst du heute zum Abendessen in den Palast... obwohl du im Tempel bestimmt etwas Besseres bekommst...«
»Ich glaube, heute ist es nicht möglich«, sagte Kassandra, »aber vielen Dank. Ich schicke einen Diener mit den Kräutern und hoffe, sie werden Vater helfen. Wir brauchen ihn in dieser schweren Zeit. Hektor ist noch nicht in der Lage, Troia zu regieren, selbst wenn er seinen Vater überleben sollte.« Kassandra brach ab, aber Hekabe hatte verstanden und starrte sie erschrocken an.
Sie schwieg, und Kassandra wußte, was sie dachte.
Sie glaubt also, Hektor wird möglicherweise vor seinem Vater sterben, so alt und krank Priamos auch ist. Was hat sie sonst noch gesehen?
Die Männer hatten ihre Streitwagen verlassen. Hektor und Paris kamen mit ihren Frauen nach oben. Aeneas ging zu Kreusa. Kassandra rief Biene zu sich, und da sie an diesem Abend nicht im Palast bleiben wollte, war es Zeit, sich zu verabschieden.
Kreusa sagte: »Ich begleite dich zum Tempel, Schwester.«
»Ich würde mich über deine Gesellschaft freuen. Aber die Sonne steht noch hoch am Himmel, ich brauche keinen Schutz«, erwiderte Kassandra. »Der lange Weg hinauf wird dich ermüden.«
»Ich begleite dich«, sagte Kreusa unbeirrt.
»Also gut. Wie gesagt, ich freue mich über deine Gesellschaft«, erwiderte Kassandra. Kreusa übergab ihre kleine Tochter einer Dienerin und befahl der Frau, sie in den Palast zu bringen und ihr und der kleinen Kassandra etwas zu essen zu geben, falls Kreusa nicht rechtzeitig zurück sei. Dann kam sie zu Kassandra zurück, die gerade Biene zum Schutz vor der Sonne einen breitkrempigen Hut aufsetzte und festband.

»Für ihr Alter ist sie groß«, sagte Kreusa. »Wie alt ist Biene inzwischen? Wann ist sie eigentlich geboren?«
»Mutter hat dir doch sicher gesagt, daß ich es nicht genau weiß«, erwiderte Kassandra. »Aber sie kann höchstens ein paar Tage alt gewesen sein, als ich sie fand, und ich habe Kolchis am Anfang des letzten Winters verlassen.«
»Also vor fast einem Jahr. Dann muß sie beinahe so alt sein wie die kleine Kassandra«, sagte Kreusa. »Dabei ist sie viel größer und kräftiger. Biene läuft bereits wie ein großes Mädchen an deiner Seite, während meine Kassandra noch krabbelt.«
»Wer von Kindern etwas versteht, sagt, daß ein Kind dann sprechen und laufen lernt, wenn die Zeit dafür gekommen ist – das eine früher, das andere später«, erwiderte Kassandra. »Mutter erzählt, daß ich früh laufen und sprechen gelernt habe, und ich erinnere mich an Dinge, die sich in meinem zweiten Sommer ereignet haben müssen.«
»Das stimmt«, sagte Kreusa. »Astyanax konnte als Zweijähriger noch nicht laufen oder sprechen. Ich weiß noch, daß Andromache sich allmählich fragte, ob dem Kleinen etwas fehle.«
»Das muß sie sehr beunruhigt haben.« Kassandra nickte und fragte sich verwirrt, ob Kreusa sie auf diesem langen Weg nur begleite, weil sie mit ihr über die Entwicklung von Säuglingen und kleinen Kindern sprechen wollte, obwohl es im Palast viele Kinderfrauen gab, die ihr jederzeit Auskunft geben würden.
Was immer der Grund war, es fiel Kreusa sichtlich schwer, darüber zu sprechen. Kassandra überlegte gerade, ob Kreusa irgendwie erfahren habe, was sie zu Aeneas gesagt hatte (aber wie? Durch einen verräterischen Diener? Kassandra hätte schwören können, daß niemand sie belauscht hatte), und empfand unbestimmte Schuldgefühle, als Kreusa schließlich sagte: »Du bist eine Priesterin, und man sagt, du seist eine Seherin. Du hast uns doch vor dem großen Erdbeben gewarnt, nicht wahr?«
»Ich dachte immer, du seist dabeigewesen, als ich es getan habe«, erwiderte Kassandra.
»Nein, Aeneas hat mich gebeten, in dieser Nacht nicht unter einem Dach zu schlafen und die Kinder ins Freie zu bringen«, erwiderte ihre Schwester. »Was hast du gesehen?«

Kreusa weiß ebenso gut wie ich, daß ich Tod und den Untergang Troias gesehen habe, dachte Kassandra. Aber sie zweifelte nicht mehr daran, daß ihre Schwester aus einem bestimmten Grund fragte. Deshalb fragte sie zögernd: »Willst du es wirklich wissen? Priamos hat allen verboten, an meine Visionen zu glauben. Ich möchte ihn nicht erzürnen.«

»Dann will ich dir sagen, weshalb ich frage«, sagte Kreusa. »Aeneas hat mir erzählt, daß du ihm prophezeit hast, er würde den Untergang Troias überleben.«

»Ja«, sagte Kassandra verlegen. »Offenbar haben die Götter für ihn noch an einem anderen Ort Aufgaben. Ich habe gesehen, daß er das brennende Troia unverletzt verläßt.«

Kreusa legte die Hände auf seltsame Weise auf die Brust und fragte: »Ist das wirklich wahr?«

»Glaubst du, ich würde dich belügen?«

»Nein, nein, natürlich nicht. Aber warum soll er dazu auserwählt sein zu überleben, wenn so viele sterben müssen?«

»Das weiß ich nicht. Warum bist du mit deinen Kindern verschont geblieben, als Helena bei dem großen Erdbeben drei Söhne verlor?«

»Weil Aeneas deine Warnung ernst genommen hat und Paris nicht.«

»Das meine ich nicht«, erwiderte Kassandra. »Niemand weiß, weshalb die Götter entscheiden, daß der eine stirbt und der andere lebt. Vielleicht sind die Lebenden nicht unbedingt die Glücklicheren.«

Ich wünschte, ich könnte sicher sein, daß mich nur der Tod erwartet, dachte Kassandra, sprach es aber nicht aus.

»Aeneas hat mir befohlen, die Stadt so schnell wie möglich zu verlassen und die Kinder mitzunehmen«, sagte Kreusa. »Ich soll nach Kreta, nach Knossos oder sogar noch weiter weg. Ich habe daran gedacht, mich zu weigern und zu sagen: Mein Platz ist an deiner Seite, sei es im Krieg oder im Tod. Aber wenn es wahr ist, daß er überlebt, kann ich verstehen, weshalb er möchte, daß ich gehe ... damit wir uns in einem friedlicheren Land vielleicht wiedersehen, wenn der Krieg vorüber ist.«

»Ich zweifle nicht daran, daß er nur an deine Sicherheit denkt.«

»Er war in letzter Zeit so merkwürdig. Ich habe mich gefragt, ob er eine andere Frau hat und mich loswerden will.«
Kassandras Kehle war plötzlich trocken, als sie erwiderte: »Und wenn? Wäre das so wichtig? Da beinahe alle beim Untergang der Stadt sterben werden ...«
»Nein, vermutlich nicht. Warum sollte ich etwas dagegen haben, wenn eine Frau ihn in dieser kurzen Zeit glücklich machen kann«, sagte Kreusa, »und ohnehin alle sterben werden. Du glaubst also, ich sollte Troia verlassen?«
»Das kann ich dir nicht sagen. Ich weiß nur, daß wenige die Eroberung der Stadt überleben werden«, antwortete Kassandra.
»Aber ist es sicher, mit einem kleinen Kind zu reisen?«
»Biene war höchstens ein paar Tage alt, als ich sie gefunden habe. Sie hat den langen Weg überlebt und ist dabei prächtig gediehen. Kinder sind stärker, als wir glauben.«
»Ich fürchtete nur, er will mich vielleicht los sein«, sagte Kreusa. »Aber durch dich habe ich verstanden, warum es das Beste ist, wenn ich gehe. Ich danke dir, Schwester.« Unvermittelt legte sie die Arme um Kassandra und drückte sie fest an sich. »Auch du solltest Troia verlassen, ehe es zu spät ist. Du hast den Krieg mit den unseligen Achaiern nicht begonnen, und es besteht kein Grund, daß du mit der Stadt sterben sollst. Ich werde Aeneas bitten, dafür zu sorgen, daß man dich auch wegschickt.«
»Nein«, widersprach Kassandra. »Es scheint mein Schicksal zu sein, und meinem Schicksal darf ich nicht entfliehen.«
»Aeneas hält viel von dir, Kassandra«, sagte Kreusa. »Er hat mir einmal gesagt, du seist klüger als alle Hauptleute im Heer des Priamos zusammen, und wenn du den Oberbefehl hättest, könnten wir den Krieg vielleicht sogar gewinnen.«
Kassandra lachte leicht beklommen: »Dann überschätzt er mich. Aber du mußt gehen, Kreusa. Pack deine Sachen und mach dich bereit abzureisen, sobald Aeneas ein Schiff für dich findet oder eine andere Möglichkeit, dich und die kleine Kassandra in Sicherheit zu bringen.«
Kreusa umarmte sie noch einmal. »Wenn ich die Stadt bald verlasse, sehen wir uns möglicherweise nicht wieder. Aber wohin dich dein Schicksal auch führen mag, Schwester, ich wünsche dir nur

Gutes. Und wenn Troia wirklich in die Hände der Feinde fällt, so bete ich zu den Göttern, daß sie dich retten mögen.«
»Dich auch«, sagte Kassandra und küßte Kreusa auf die Wange. Kassandra sah ihrer Schwester nach, bis sie ihren Blicken entschwunden war. In ihrem Herzen wußte sie, daß sie Kreusa nie wiedersehen würde.

5 Nach dem Überfall, bei dem fünf achaische Schiffe völlig ausgebrannt und gesunken und andere schwer beschädigt worden waren, verstärkten die Achaier die Blockade der Stadt so wirkungsvoll, daß – wie Hektor sagte – keine Maus mehr in die Stadt hineingelangen konnte. Deshalb versuchte Aeneas erst gar nicht, Kreusa auf dem Seeweg reisen zu lassen. Er schickte sie in einem Wagen über Land, und erst einige Tagesreisen weiter würde sie ein Schiff besteigen, das nach Ägypten fuhr. Von dort sollte sie versuchen, Kreta zu erreichen. Kassandra beobachtete ihre Abfahrt und dachte, wenn Priamos nur noch einen Funken Verstand besaß, würde er befehlen, daß alle Frauen und Kinder die Stadt verließen. Sie schwieg jedoch; sie hatte alles getan, um jeden vor dem drohenden Unheil zu warnen.
Selbst der Landweg war inzwischen nicht mehr völlig sicher. Ein Wagen mit eisernen Waffen aus Kolchis wurde abgefangen und unter großem Jubel in das argivische Lager gebracht. Bald darauf geriet ein kleiner Trupp Thraker, die von der Landseite kamen, um die Truppen des Priamos zu verstärken, in einen Hinterhalt der Achaier – dem Gerücht nach unter Führung von Agamemnon und Odysseus –, die alle Pferde stahlen und die thrakischen Wachen ermordeten.
»Das ist kein Krieg«, empörte sich Hektor, »das ist nur noch abscheulich! Die Thraker gehörten nicht zum troianischen Heer, und Agamemnon befand sich noch nicht im Kriegszustand mit ihnen.«
»Er hat dafür gesorgt, daß sie ihm nicht schaden können«, erwiderte Paris bitter.
Der Erfolg führte zu einem neuen Angriff der Achaier unter Führung von Patroklos. Wieder erstieg er an der Spitze seiner Männer

die Mauern. Die Troianer schlugen den Angriff zurück. Man berichtete, Patroklos sei verwundet worden, wenn auch nicht schwer.
Kassandra bat inständig darum, daß man im Tempel des Sonnengottes einen Altar errichtete und Poseidon zwei der edelsten Pferde des Priamos opferte. Ein weiteres Erdbeben konnte die Mauern und Tore Troias zum Einsturz bringen, und dann wäre die Stadt gegen die Belagerer nicht mehr zu halten. Kassandras Befürchtungen richteten sich inzwischen nur noch darauf, denn sie wußte, genau das würde geschehen. Aber wenn die Troianer sich aufrichtig darum bemühten, Poseidon versöhnlich zu stimmen, würde er seine Hand vielleicht schützend über die Stadt halten.
Die Achaier kämpften ohne ihren größten Helden. Achilleus blieb nach wie vor in seinem Zelt. Hin und wieder erschien er ohne Rüstung und ging allein oder mit Patroklos durch das Lager. Aber worüber sie dabei sprachen, wußte niemand. Kundschafter berichteten, Agamemnon sei zu Achilleus gegangen und habe ihm und seinen Männern nach dem Sieg über die Stadt die freie Wahl unter der Beute angeboten. Aber Achilleus habe geantwortet, er traue keinem Versprechen Agamemnons.
»Man kann es ihm nicht verdenken«, erklärte Hektor. »Ich würde Agamemnon auch nicht über den Weg trauen. Der Streit im Lager der Feinde ist für uns zwar sehr vorteilhaft, denn während sie sich bekämpfen, haben wir Zeit, die Mauern zu reparieren und unsere Verteidigung zu stärken. Wenn sie sich jedoch versöhnen und beschließen sollten, gemeinsam anzugreifen, dann helfe Gott der Stadt.«
»Welcher Gott?« fragte Priamos.
»Jeder Gott, den sie nicht bereits durch Bestechungen auf ihre Seite gebracht haben«, erwiderte Hektor. »Stellt euch vor, Aeneas und ich geraten in Streit und weigern uns, gemeinsam zu kämpfen.«
»Ich hoffe, dazu wird es nie kommen«, sagte Aeneas, »denn an diesem Tage hätten wir uns selbst schneller dem Untergang geweiht, als die Götter es könnten.«
Priamos stocherte unzufrieden auf seinem Teller herum, auf dem nur etwas Gemüse und ein paar Stücke altes Brot lagen.
»Vielleicht können wir landeinwärts auf die Jagd gehen«, brummte

er. »Ich würde mich über etwas Wild freuen, und sei es auch nur ein Hase.«
»Ich hätte nicht geglaubt, das von dir zu hören. Wir haben uns lange genug mit Fleisch vollgestopft, als die Ziegen aus Futtermangel geschlachtet werden mußten. Wir haben nur ein paar Milchziegen für die Säuglinge behalten«, sagte Hektor. »Die Schweine fressen die Reste der Mahlzeiten, und in den Hainen gibt es immer noch Eicheln. Aber inzwischen gibt es wirklich wenig Fleisch. Vielleicht können wir auf die Jagd gehen ...«
»Ich finde, auch die Schweine sollten geschlachtet werden«, sagte Deiphobos. »Im kommenden Winter brauchen wir alle Eicheln, um Brot daraus zu backen. Wir sollten alle Jungen losschicken, die noch nicht alt genug sind, um zu kämpfen, Eicheln zu sammeln und als Vorrat aufzubewahren. Was immer wir auch tun oder lassen, es wird ein karger Winter werden und wenig zu essen geben.«
»Was denkt man im Tempel Apollons?« fragte Aeneas. »Du sitzt so schweigend und klug am Tisch, Kassandra. Was rät uns Apollon in SEINER Weisheit?«
»Egal was ihr tut«, erwiderte Kassandra, ohne nachzudenken, »die Menschen in Troia werden im Winter nichts mehr zu essen brauchen.«
Paris sprang auf und stürmte auf sie zu. Er schrie: »Ich habe dich gewarnt, Schwester. Ich habe dir gesagt, was ich tun werde, wenn du uns hier noch einmal mit deinen üblen Prophezeiungen kommst!«
Aeneas packte ihn am Arm und hielt ihn zurück.
»Schlag jemanden, der dir ebenbürtig ist«, rief er wütend, »oder schlag mich, denn ich habe die Frage gestellt, die zu der Antwort geführt hat, die du nicht hören willst.« Er fügte freundlich hinzu: »Steht es so schlecht, Kassandra?«
»Ich weiß es nicht«, erwiderte sie und sah die beiden Männer hilflos an. »Es könnte auch sein, daß die Achaier abgefahren sind, und daß es keinen Grund mehr gibt, Vorräte anzulegen ...«
»Aber das glaubst du nicht«, sagte Aeneas.
Kassandra schüttelte den Kopf. Inzwischen richteten sich alle Blikke auf sie. »Aber es wird nicht mehr lange so weitergehen, das weiß ich. Bald, sehr bald wird sich etwas ändern.«

Es war spät geworden. Aeneas stand auf und sagte: »Ich schlafe heute bei den Soldaten, denn meine Frau und mein Kind sind nicht mehr hier.«
Hektor sagte: »Vermutlich sollte ich Andromache und den Jungen auch wegschicken, wenn die Gefahr hier so groß ist.«
Paris schnaubte: »Jetzt seht ihr, warum ich glaube, man muß Kassandra um jeden Preis zum Schweigen bringen. Sie verbreitet in Troia eine solche Hoffnungslosigkeit, daß schneller, als wir denken, keine Frauen mehr in der Stadt sein werden. Und wofür sollen wir dann noch kämpfen?«
»Nein«, entschied Helena, »ich bleibe. Ich bin nach Troia gekommen, und für mich gibt es keinen anderen Zufluchtsort mehr. Ich bleibe an deiner Seite, Paris, solange wir beide leben.«
»Und ich«, sagte Andromache, »wenn Hektor den Mut hat zu bleiben, werde ich nicht von seiner Seite weichen. Und wo ich bin, da ist auch mein Sohn.«
Kassandra erinnerte sich daran, daß Andromache einmal alles andere als tapfer gewesen war, und sie dachte: *Vielleicht wäre Imandra jetzt stolz auf ihre Tochter. Hätte ich doch ihren Mut.* Dann fiel ihr wieder ein, daß Andromache nicht wußte, was ihnen allen bevorstand. Vielleicht war es leichter, mutig zu sein, wenn man glaubte, die Befürchtungen würden sich nicht bewahrheiten. Die donnernden Hufe Poseidons klangen ihr in den Ohren, und sie wagte kaum, den Blick zu heben, weil überall Flammen emporzuschlagen schienen.
Und doch war es still und kühl in der Halle, und hier umgaben sie nur freundliche, liebevolle Gesichter. Wie lange noch? Kreusa hatten sie bereits verloren. Wer würde der nächste sein?

Kassandra wußte, sie sollte den Tempel nicht verlassen. Aber sie konnte dem Palast nicht fernbleiben, und so stand sie Tag für Tag mit den anderen Frauen auf der Mauer. Sie sah als eine der ersten, wie die Soldaten im achaischen Lager so schnell aus den Zelten stürzten, daß sie glaubte, die Erde bebe wieder. Dann hörten sie alle den Schrei: »Achilleus! Achilleus auf seinem Streitwagen!«
Hektor fluchte und rannte die Stufen in der Mauer zum Beobachtungspunkt hinauf.

»Achilleus kämpft wieder? Etwas Schlimmeres konnte uns nicht widerfahren. Oder ist es das Beste?« sagte er barsch und eilte zu dem Platz, wo die Frauen standen. »Ja, das ist sein Streitwagen ...« Er legte die Hand über die Augen. Dann wandte er sich zornig ab.

»Beim Kriegsgott! Das ist nicht Achilleus, sondern ein anderer in seiner Rüstung. Achilleus hat doppelt so breite Schultern. Vielleicht ist es sein Freund. Die Rüstung sitzt nicht einmal richtig. Bei Ares, was hat er vor? Glaubt er allen Ernstes, er könnte jemanden täuschen, der Achilleus einmal im Kampf erlebt hat?«

»Vielleicht ist es eine List, um die Männer des Achilleus zu ermutigen«, sagte Troilos, sein junger Wagenlenker.

»Was auch dahinterstecken mag«, erklärte Hektor, »wir werden kurzen Prozeß mit ihm machen. Ich würde vielleicht zögern, mich selbst an einem günstigen Tag Achilleus zu stellen. Aber der Tag, an dem ich einem Kampf mit Patroklos ausweichen würde, ist noch nicht angebrochen. Vielleicht sollte ich dich in meine Rüstung stecken, Kleiner, dir meinen Streitwagen geben und Patroklos dir überlassen.«

»Mit Freuden, wenn du es erlaubst«, rief Troilos eifrig. Hektor lachte und schlug ihm auf die Schulter. »Ich bin sicher, das würdest du tun, Kleiner. Aber unterschätze Patroklos nicht. Er ist keineswegs ein schlechter Kämpfer. Er ist nicht so stark wie ich oder Achilleus, das stimmt schon, aber du bist ihm noch nicht gewachsen. Nicht in diesem Jahr und vermutlich auch nicht im nächsten.«

Er rief seinen Waffenmeister, der herbeieilte und ihm seine beste Rüstung anlegte. Kurz darauf hörten die anderen das Tor quietschen, als Hektor hinausfuhr.

»Ich habe Angst«, sagte Andromache und eilte nach vorne, um alles zu sehen. »Gütige Mutter! Wie dieser Bengel den Streitwagen fährt! Hat Hektor ihm denn weder Vorsicht noch Vernunft beigebracht? Sie werden beide im nächsten Augenblick durch die Luft fliegen!«

Die beiden Streitwagen jagten aufeinander zu wie Hirsche auf dem Höhepunkt der Brunft. Troilos war vollauf mit den Myrmidonen beschäftigt, die den Streitwagen angriffen. Er warf einen um den anderen zu Boden, während Hektor sich auf seinen Gegner vorbe-

reitete. Mitten in der Fahrt sprang er seitlich vom Wagen und überließ es Troilos, sich zu verteidigen. Dann stellte er sich dem Mann in der schimmernden goldgeschmückten Rüstung des Achilleus.
Hektor zog das Schwert, um den Hieb des Achaiers zu parieren, der auf ihn zurannte. Ein schneller Schritt zur Seite, und Patroklos stürzte. Aber als Hektor ihn erledigen wollte, stand der junge Mann wieder auf, als sei die schwere Rüstung ein federleichter Umhang, und wich zurück. Die Männer hieben jetzt so schnell aufeinander ein, daß Kassandra nicht sah, ob einer bei diesem Schlagabtausch einen Vorteil erringen konnte. Ein leiser Aufschrei Andromaches verriet ihr, daß Hektor verwundet worden war. Aber sie sah, daß Hektor den Treffer ungerührt hingenommen hatte und nun so ungestüm angriff, daß Patroklos sich zu seinem Streitwagen zurückzog. Hektor stieß ihm das Schwert mit ganzer Kraft in die Stelle, wo Harnisch und Armschutz zusammentrafen, zog es wieder zurück, und das Blut schoß hervor. Patroklos taumelte; einer der Myrmidonen umfaßte ihn an der Hüfte und hob ihn auf den Streitwagen. Patroklos stand noch aufrecht, wenn auch schwankend und mit bleichem Gesicht. Sein Wagenlenker – oder der des Achilleus? – schlug auf die Pferde ein, und sie galoppierten, verfolgt von Hektor und Troilos, zurück zum Strand und zu den achaischen Zelten.
Troilos schoß einen Pfeil ab und traf Patroklos ins Bein. Er verlor das Gleichgewicht und fiel. Nur die blitzschnelle Reaktion des Wagenlenkers verhinderte, daß er vom Wagen stürzte. Hektor bedeutete Troilos, die Verfolgung aufzugeben. Patroklos war entweder tot oder doch so schwer verwundet, daß er bald sterben würde. Hektors Streitwagen wendete und fuhr zur Stadt zurück. Andromache wollte hinuntereilen, als sie das Ächzen der Seile hörte, die das große Tor öffneten. Aber Kassandra hielt sie zurück, und bald erschien Hektor bei ihnen auf der Mauer. Sein Waffenträger folgte ihm und begann, ihm aus der Rüstung zu helfen. Aber Andromache nahm seinen Platz ein.
»Du bist verwundet.«
»Es ist nichts Ernstes, ich versichere es dir, Liebste«, erwiderte Hektor. »Ich habe bei den Spielen schon schlimmere Wunden davongetragen.« Über seinen Unterarm zog sich ein langer Schnitt;

glücklicherweise war die Sehne nicht verletzt, und man konnte die Wunde mit Wein und Öl reinigen und dann fest umwickeln. Andromache wartete nicht auf einen Heiler, sondern machte sich sofort an die Arbeit. »Hast du ihn getötet?« fragte sie

»Ich weiß nicht genau, ob er schon tot war. Aber ich bin sicher, daß sich niemand von einem solchen Treffer in die Lunge erholt«, antwortete Hektor, und beinahe gleichzeitig hörten sie im achaischen Lager einen lauten Klageschrei und Wutgeheul.

»Er ist tot«, sagte Hektor. »Das zumindest ging für Achilleus ins Auge.«

»Sieh doch«, rief Troilos, »da ist er.«

Tatsächlich erschien Achilleus, nur mit einem Lendentuch bekleidet, mit nackten, breiten Schultern und wehenden, langen, blaßblonden Haaren. Er stapfte aus seinem Zelt und kam geradewegs auf die Stadtmauer zu. Außer Reichweite der Bogenschützen blieb er stehen, hob die geballte Faust und schüttelte sie gegen die Mauern. Er rief etwas, das man über die Entfernung hinweg nicht deutlich verstand.

»Was hat er wohl gesagt?« fragte Hektor.

Paris, der in der Nähe gerade seinen Harnisch ablegte, sagte: »Vermutlich eine Abwandlung von ›Hektor, Sohn des Priamos‹ – mit ein paar ausgewählten Bemerkungen über deine Vorfahren und deine Nachkommen –, komm herunter und laß mich dich zehnmal töten!«

»Eher zehntausendmal«, stimmte Hektor zu. »Ich habe seine Worte nicht genau verstanden, aber der Tonfall war deutlich genug.«

»Also, wollen wir feiern?« fragte Paris.

»Nein«, erwiderte Hektor ernst, »ich freue mich nicht. Patroklos war ein tapferer und ehrenhafter Mann. Vielleicht vermochte nur er den Wahnsinn des Achilleus in Grenzen zu halten. Ich bin sicher, der Krieg wird jetzt noch schlimmer werden, denn er ist nicht mehr da.«

»Ich verstehe dich nicht«, beschwerte sich Paris. »Wir haben einen großen Krieger besiegt, und du freust dich nicht einmal. Wenn ich ihn getötet hätte, würde ich einen Festtag ausrufen lassen und feiern.«

»Wenn dir an einem Festmahl gelegen ist, läßt sich das sicher irgendwie einrichten«, erwiderte Hektor. »Ich bin sicher, daß viele sich freuen. Aber wenn wir die anständigen und ehrenhaften Achaier töten, bleiben nur noch die Verrückten und Schurken als Gegner übrig. Ich fürchte keinen vernünftigen Mann. Aber Achilleus – das ist etwas anderes. Ich trauere um Patroklos vielleicht ebenso wie jeder andere mit Ausnahme von Achilleus.«

Aeneas ging zum Rand der Mauer und blickte hinunter. »Wo ist Achilleus? Er ist nicht mehr da.«

»Vermutlich ist er wieder in seinem Zelt und versucht, Agamemnon zu überreden, für die Trauer eine Kampfpause von ein paar Tagen auszurufen.«

»Jetzt könnte man sie am empfindlichsten treffen«, meinte Paris, »solange sie noch völlig durcheinander sind, und Achilleus sich noch nicht von dem Schlag erholt hat.«

Hektor schüttelte den Kopf.

»Wenn sie um einen Waffenstillstand bitten, gebietet es die Ehre, daß wir ihn gewähren. Sie haben in einen Waffenstillstand eingewilligt, damit wir um deine Söhne trauern konnten, Paris.«

»Ich habe nicht darum gebeten«, erwiderte Paris böse. »Das ist kein Krieg, das ist ein behutsamer Austausch von Höflichkeiten und mehr eine Art Tanz!«

»Der Krieg ist ein Spiel mit Regeln, wie alle Spiele sie haben«, erklärte Priamos. »Paris, hast du dich nicht darüber beklagt, daß Agamemnon und Odysseus die Regeln gebrochen haben, als sie den Thrakern die Pferde raubten?«

»Wenn wir schon kämpfen«, sagte Paris, »laßt uns versuchen zu gewinnen. Ich sehe keinen Sinn darin, Höflichkeiten mit einem Mann auszutauschen, den ich töten will, und der alles daransetzt, mich zu töten.«

Hektor und Paris sprachen jetzt gleichzeitig. Priamos mahnte: »Einer nach dem anderen«, und Hektor setzte sich mit seiner Lautstärke durch.

»Einzig und allein diese Höflichkeiten, wie du sie nennst, machen den Krieg für zivilisierte Menschen zu einer ehrenhaften Sache. Wenn wir je aufhören sollten, unseren Feinden diese Höflichkeiten zu erweisen, wird der Krieg nichts weiter als eine schmutzige Angelegenheit von Schlachtern und das Werk des schlimmsten Gesindels sein.«

»Wenn wir nicht kämpfen wollen«, sagte Paris, »weshalb klären wir unsere Meinungsverschiedenheiten nicht mit einem Wettschießen oder Wettkämpfen wie Boxen und Ringen? In diesem Fall erscheint mir ein Wettkampf vernünftiger als Krieg, denn das bedeutet, dem Sieger winkt ein Preis.«
»Und der Preis ist Helena? Glaubst du, sie wäre bereit, der Preis bei einem Wettschießen zu sein?« höhnte Deiphobos.
»Vermutlich nicht«, sagte Paris. »Aber Frauen dienen im allgemeinen als Preis, den sich ein Mann erwirbt. Ich sehe nicht, wo da der Unterschied liegt.«

Früh am nächsten Morgen erschien Agamemnon in den weißen Gewändern eines Herolds und mit einer Friedensfahne im Palast des Priamos. Als Friedensgeschenk brachte er Kara und Adrea zurück, die beiden Kammerfrauen Hekabes, die man Kassandra bei ihrer Rückkehr aus Kolchis genommen hatte. Dann bat Agamemnon den König zu Ehren des Toten um eine siebentägige Waffenruhe, denn Achilleus wollte zum Gedenken an seinen Freund Begräbniswettkämpfe abhalten.
»Es werden Preise ausgesetzt«, erklärte er, »und alle Männer Troias sind eingeladen, sich zu beteiligen. Die Preise werden gerecht den Siegern unserer beiden Völker zugesprochen.« Nach einem Augenblick fügte er hinzu, Priamos sei als Richter jedes Wettkampfes willkommen, für den er sich als geeignet betrachte – beim Wagenrennen vielleicht oder beim Wettschießen. Priamos dankte ihm ernst und bot ihm einen Stier als Opfer für Zeus den Donnerer an und einen Eisenkessel als Preis für den Sieger im Ringkampf.
Nachdem Agamemnon die Geschenke ungerührt angenommen und sich mit dem höflichen Ausdruck der Achtung verabschiedet hatte, fragte Paris empört: »Vermutlich wirst du bei dieser Komödie mitspielen, Hektor?«
»Warum nicht? Der Geist des Patroklos mißgönnt mir einen Kessel oder einen Becher nicht, ebensowenig wie einen vollen Bauch beim Leichenschmaus. Er und ich, wir sind keine Gegner mehr. Wenn ich bei der Eroberung der Stadt getötet werde, falls es überhaupt dazu kommen sollte, werden wir in der Nachwelt über manches reden können.«

6 Den ganzen nächsten Tag lag über Troia und dem Lager der Achaier tödliche Stille. Am frühen Nachmittag ging Kassandra hinunter zur Stadtmauer. Von der Plattform oben auf der Tempelmauer konnte sie zwar das Lager und auch die Schiffe am Strand sehen. Aber dort hörte sie nichts und konnte nicht verfolgen, was geschah.

Andromache war mit Hektor und anderen aus dem Palast auf der Mauer. Sie begrüßten Kassandra und machten ihr Platz an der Brüstung. »Es wäre ein äußerst günstiger Zeitpunkt, um sie anzugreifen und die restlichen Schiffe zu verbrennen«, sagte Andromache. Aber Hektor sah sie so böse an, daß sie sofort verstummte.

»Ich habe doch nur Spaß gemacht, Geliebter. Ich weiß sehr wohl, daß *du* keinen Waffenstillstand brichst«, erklärte sie besänftigend.

»*Sie* haben es getan«, entrüstete sich Paris. »Wäre ich im Zweikampf getötet worden, und wir hätten für mein Begräbnis um eine Waffenruhe gebeten, glaubt ihr nicht auch, sie hätten uns auf dem Höhepunkt der Feier angegriffen? Odysseus und Agamemnon drängen sie vermutlich im Augenblick gerade, uns zu überfallen, wenn wir es am wenigsten erwarten.«

»Das Lager wirkt beinahe verlassen«, stellte Kassandra fest. »Was sie wohl tun?«

»Wer weiß?« erwiderte Paris. »Und wen kümmert es?«

»Ich weiß es«, sagte Hektor. »Die Priester bereiten den Leichnam des Patroklos für das Begräbnis oder für die Verbrennung vor. Achilleus trauert und weint. Agamemnon und Menelaos schmieden Pläne, wie sie den Waffenstillstand brechen können. Odysseus versucht zu verhindern, daß sie sich so laut streiten, daß wir sie hören. Die Myrmidonen bereiten alles für die Wettkämpfe morgen vor, und der Rest der Truppen betrinkt sich.«

»Woher weißt du das, Vater?« fragte Astyanax.

Hektor lachte: »Genau das würden wir in ihrer Lage tun.«

In diesem Augenblick erschien ein junger Bote im Gewand der Novizen des Apollontempels auf der Mauer.

»Ich bitte um Vergebung. Eine Botschaft für Prinzessin Kassandra«, sagte er, und Kassandra runzelte die Stirn. Hatte eine Schlange jemanden gebissen oder hatte eines der Kinder Fieber bekommen? Sie konnte sich keinen anderen Grund dafür vorstellen, daß man sie rief. Ihre nicht besonders dringenden täglichen Pflichten hatte sie erledigt, und sie hatte die Erlaubnis, den Tempel zu verlassen.

»Hier bin ich«, rief sie. »Weshalb werde ich verlangt?«

»Herrin, im Tempel sind Gäste. Sie kamen über die Berge, um die Blockade der Achaier zu umgehen, und möchten dich sprechen. Sie sagen, die Angelegenheit sei sehr dringend und dulde keinen Aufschub.«

Verwirrt verneigte sich Kassandra vor ihrem Vater und eilte die Stufen hinunter. Auf dem Rückweg zum Tempel überlegte sie, wer es sein mochte, und weshalb die Leute sie sprechen wollten. Sie ging in das Gästehaus, und als sie aus dem Sonnenlicht in den dunklen Raum trat, sah sie nur verschwommen ein halbes Dutzend Gestalten.

Eine erhob sich und kam mit ausgebreiteten Armen auf sie zu.

»Ich freue mich aus ganzem Herzen, dich zu sehen, mein Kind«, sagte sie, und Kassandra, deren Augen sich inzwischen an das Dämmerlicht gewöhnt hatten, sah Penthesilea, die Amazonenkönigin, vor sich. Kassandra fiel ihr vor Freude überwältigt in die Arme.

»Oh, wie froh bin ich, euch alle zu sehen. Als ich aus Kolchis kam, konnte ich kein Lebenszeichen von euch entdecken und hielt euch alle für tot«, rief sie.

»Ja, ich habe erfahren, daß du uns gesucht hast. Aber wir waren auf den Inseln, weil wir hofften, dort Hilfe und vielleicht eine neue Heimat zu finden«, erklärte Penthesilea. »Unsere Hoffnungen haben sich nicht erfüllt, und deshalb kamen wir zurück. Aber ich hatte keine Möglichkeit, dich zu benachrichtigen.«

»Weshalb seid ihr hier? Und wie viele seid ihr?«

»Mich begleiten alle Amazonen, die sich nicht entschlossen haben, unter der Herrschaft der Männer in Dörfern und Städten zu leben. Wir kommen, um Troia gegen seine Feinde zu verteidigen«, erwiderte Penthesilea. »Vor vielen vielen Jahren hat Priamos mir einmal gesagt, ehe er Frauen um Hilfe zur Verteidigung seiner Stadt bitten würde, müßten wahrlich schlechte Zeiten für Troia kommen. Vielleicht weiß ich inzwischen besser als er, wie schlecht es um Troia steht.«

»Ich weiß nicht, ob Vater dir zustimmen würde«, überlegte Kassandra. »Die Truppen jubeln, denn gerade hat Hektor einen der gefährlichsten Kämpfer im Lager der Achaier getötet.«
»Ja, man hat es mir hier im Tempel berichtet«, erwiderte Penthesilea. »Aber ich glaube nicht, daß Troia dem sicheren Frieden einen Schritt näher ist, nur weil Patroklos nicht mehr lebt.«
»Tante«, sagte Kassandra ernst, »Troia wird fallen. Aber nicht durch die Hand eines Mannes. Glaubst du, wir können gegen die Hand eines Gottes etwas ausrichten?«
Penthesilea lächelte auf die alte vertraute Weise und erwiderte: »Wir müssen nicht die Zerstörung der Mauern fürchten, sondern den Verlust der Fähigkeit, uns zu verteidigen. Troia könnte erobert und geplündert werden, und wenn es der Wille der Mächte dort oben ist, daß dies geschieht ....« Sie brach ab, breitete die Arme aus, und Kassandra flüchtete sich wie früher als Kind zu ihr.
»Mein armes Kleines, wie lange trägst du das schon allein mit dir herum? Gibt es niemanden in Troia, keinen Soldaten, König oder Priester, der deiner Sehergabe vertraut?« fragte sie und drückte sie wie ein Kind an sich. »Keiner deiner Verwandten oder Brüder? Nicht einmal dein Vater?«
»Er am allerwenigsten«, murmelte Kassandra. »Sie werden böse, wenn ich von Troias Untergang spreche. Sie wollen es nicht hören. Und da ich keinen Ausweg aus diesem verhängnisvollen Schicksal zeigen kann, sondern nur wiederhole, daß es eintreffen wird ..., haben sie vielleicht recht, wenn sie nicht darüber nachdenken.«
»Dann leidest du ganz allein ...« Penthesilea schwieg und seufzte. »Aber jetzt muß ich mit meinen Kriegerinnen zu Priamos gehen und deine Mutter, meine Schwester, begrüßen.«
»Ich werde dich in den Palast begleiten, damit er dich freundlich empfängt«, sagte Kassandra.
Die alte Amazonenkönigin lachte. »Er wird mich nicht freundlich empfangen, mein Schatz. Je verzweifelter Priamos die Kampfkraft meiner Frauen braucht, desto weniger bin ich willkommen. Bestenfalls kann ich hoffen, daß er uns nicht abweist. Aber vielleicht habe ich lange genug gewartet, und er begreift, wie sehr er ein paar gute Kriegerinnen braucht. Wir sind vierundzwanzig.«
»Du weißt ebensogut wie ich, Troia kann es sich nicht leisten, Hilfe

zurückzuweisen. Selbst dann nicht, wenn du ein Heer Kentauren mitgebracht hättest«, sagte Kassandra.
Penthesilea seufzte und schüttelte den Kopf. »Ein solches Heer wird es nie mehr geben«, meinte sie traurig. »Ihre letzten Krieger sind nicht mehr. Wir haben ein halbes Dutzend ihrer jüngsten Söhne zu uns genommen, nachdem ihre Pferde alle verendet waren. Jetzt reißen die Dörfler die Erde auf, um Gerste und Rüben zu pflanzen. Sie weiden ihre Ziegen und Schweine dort, wo einst die Kentauren mit ihren Pferden umherstreiften. Auch unsere Stuten sind bis auf diese hier tot. Es gibt nur noch wenige Pferde auf der Ebene in der Umgebung von Troia. Die Achaier oder die Troianer haben die wilden Herden eingefangen.«
»Apollons heilige Herde weidet noch frei an den Hängen des Ida. Bis jetzt hat noch niemand gewagt, sie anzurühren«, erinnerte sie Kassandra. »Selbst die Priesterinnen von Vater Skamander haben nicht versucht, ihnen Halfter anzulegen.« Sie mußte an Oenone denken und fragte sich, wie es ihr wohl gehe. Es war schon viele Jahre her, seit sie Oenone zuletzt gesehen hatte. Inzwischen kamen die Frauen vom Ida nicht mehr zu den Festen herunter in die Stadt. Paris erwähnte Oenone nie mehr, und soweit Kassandra es beurteilen konnte, dachte er auch nicht an sie, obwohl nach dem Tod von Helenas Kindern Oenones Kind sein einziger lebender Sohn war.
Sie sagte: »Du und deine Frauen, ihr müßt nach dem langen Ritt müde sein. Ich biete euch die Gastfreundschaft des Tempels an. Ich werde Diener rufen, die euch zum Bad bringen, und wenn ihr Gastgewänder wollt . . .«
»Nein, meine Liebe«, erklärte Penthesilea. »Ein Bad wäre mehr als willkommen. Aber meine Frauen und ich werden in unserer Rüstung und in den ledernen Hosen am Hof erscheinen. Wir sind Amazonen und geben nicht vor, etwas anderes zu sein.«
Kassandra gab die nötigen Anordnungen und bereitete sich selbst für das Abendessen im Palast vor. Sie schickte einen Boten mit der Nachricht, sie werde mit Gästen erscheinen, aber sie unterrichtete nur Königin Hekabe davon, um wen es sich handelte. Sie wußte, ihre Mutter würde sich über das Kommen ihrer Schwester freuen. Aber sie wußte auch, daß Priamos die Amazonen nicht liebte.

Trotzdem, die Gesetze der Gastfreundschaft waren heilig, und Priamos würde sie nie verletzen.
Trotzig beschloß sie, ihre alte lederne Hose anzuziehen und ihre Waffen zu tragen. Priamos würde ihr zwar zürnen, aber sie wollte sich mit den Amazonen gleichstellen. Doch als sie die Sachen aus der Truhe holte, konnte sie nicht einmal das alte Unterkleid über ihren Kopf ziehen. Es war für das Mädchen bestimmt gewesen, das damals mit den Amazonen geritten war. Die lederne Hose war alt und rissig und paßte auch nicht mehr. Warum hatte sie diese Dinge die vielen Jahre aufbewahrt? Das Mädchen, das sie einmal gewesen war, gab es nicht mehr.
Ganz unten in der Truhe lag ihr alter Bogen aus Holz und Horn; sie glaubte, ihn immer noch spannen zu können. Sie fand auch ihr Schwert und den Dolch – sauber und ohne Rost.
Ich könnte immer noch reiten und wenn nötig, auch kämpfen, dachte Kassandra, *auch wenn ich die Kleidung der Amazonen nicht mehr tragen kann, werde ich die Waffen vielleicht zur Verteidigung meiner Stadt benutzen. Nicht die Kleidung, sondern die Waffen und das Können machen eine Amazone.*
Kassandra sah und spürte – obwohl sie nicht einen Muskel bewegt hatte –, wie sie einen Pfeil auf den großen Bogen legte, die Sehne spannte und spannte, den Pfeil fliegen ließ . . . *auf wen? Ich sehe das Ziel nicht, auf das der Pfeil zufliegt . . .*
Trotzdem fand sie den Gedanken ermutigend, beim letzten Kampf um Troia nicht hilflos zu sein. Sie verwahrte die Waffen wieder in der Truhe; die lederne Hose würde sie wegwerfen oder vielleicht für Biene aufheben. Sie wählte ein dünnes Leinengewand aus Kolchis, legte ihre besten goldenen Ohrringe an, die die Form von Schlangenköpfen hatten, schob einen goldenen Armreif über das Handgelenk und legte sich die Kette mit den blauen Perlen aus Ägypten um den Hals. Dann ging sie hinunter zu ihren Gästen.
Bei den Frauen stand ein großer Mann in einer Rüstung; erstaunt erkannte Kassandra Aeneas.
»Ich bin gekommen, um dich zu begleiten, Kassandra«, erklärte er. »Aber ich habe mit deinen Gästen gesprochen. Wir sind dankbar für die Bogenschützen der Amazonenkönigin und werden sie auf der Mauer postieren, um den großen Turm zu schützen . . .«

»Ich stehe zu eurer Verfügung«, sagte Penthesilea. »Aber ich habe einen alten Streit mit dem Vater des Achilleus auszufechten. Deshalb will ich wenigstens einmal den Sohn zum Kampf herausfordern.«
Kassandra spürte wieder die kalte Dunkelheit, die sich wie ein eiserner Ring um ihren Hals legte, so daß sie weder sprechen noch schreien konnte.
»Nein!« flüsterte sie. Aber sie wußte, niemand konnte sie hören.
Aeneas sagte freundlich und höflich: »Hektor ist unser Befehlshaber. Er wird entscheiden, wo ihr kämpfen sollt. Wir können das in ein oder zwei Tagen geklärt haben. Gehen wir?«
Es war noch nicht ganz dunkel, und Penthesilea sah voll Entsetzen den Schutt und die Trümmer, die immer noch auf den Straßen lagen. Wo einmal Häuser gestanden hatten, waren hastig Holzhütten aufgeschlagen, aber die Stadt wirkte immer noch, als habe ein Riesenkind in einem Wutanfall seine Kiste mit Spielsachen umgeworfen.
Aeneas sagte: »Mein Vater hat mir viele Geschichten über die Kriege zwischen den Kentauren und Amazonen erzählt. Es gab einen Sänger an unserem Hof, der eine Ballade darüber sang . . .« Er begann leise zu summen. »Kennst du das Lied?«
»O ja. Wenn eure Sänger es nicht kennen, werde ich es für dich singen«, versprach Penthesilea, »obwohl meine Stimme nicht mehr so schön wie früher ist.«
Als sie die Stufen zum Palast hinaufstiegen, betrachtete Kassandra die kleine Gruppe der Amazonen. Penthesilea war seit ihrer letzten Begegnung auf dem Weg nach Kolchis sehr gealtert. Sie war schon immer groß und schlank gewesen; inzwischen war sie hager und abgezehrt; Arme und Beine bestanden nur noch aus straffen, dicken Sehnen. Sie besaß noch alle ihre starken weißen Zähne, und man konnte sie kaum als alte Frau bezeichnen.
Keine der anderen Amazonen war so alt wie Penthesilea; *die jüngste*, dachte Kassandra, *ist kaum älter als zehn, und doch wirkt das schlanke Mädchen so stark und gefährlich wie ihr Bogen.*
Das hätte ich sein können, das hätte ich sein sollen. Kassandra betrachtete die junge Kriegerin mit kaum verhülltem Neid. *Sie muß wenigstens nicht tatenlos zusehen, wenn die Mauern ihrer Stadt fallen.*

»Aber du bist nicht tatenlos gewesen«, sagte Aeneas liebevoll, und Kassandra überlegte, ob er ihre Gedanken lesen konnte – obwohl sie das nie mit Sicherheit wußte – oder ob sie leise gesprochen hatte. »Du bist eine Priesterin, eine Heilerin. Nicht nur die Kämpfer dienen im Krieg einer Stadt.« Er legte den Arm um ihre Hüfte, und so gingen sie weiter. Als sie die große Halle betraten, rief der Marschall ihre Namen:

»Prinzessin Kassandra, Tochter des Priamos; Herr Aeneas, Sohn des Anchises; Penthesilea, Königin der Amazonen, und zwei Dutzend ihrer Damen – hm«, der Mann hüstelte, um seine Verwirrung zu verbergen, »ihrer Kriegerinnen, wie soll ich sagen, Herrin?«

»Sei friedlich, du Esel«, antwortete Penthesilea. »Keiner von uns hat mehr Verstand, als die Götter uns gegeben haben. Dein König und die Königin wissen, wer ich und meine Kriegerinnen sind.« Aber sie lächelte gutmütig, während der Marschall die schweißnassen Hände an seinem Gewand trocknete.

Hekabe verließ ihren Platz, eilte ihrer Schwester entgegen und schloß sie in die Arme.

»Liebste Schwester«, rief sie, und Penthesilea drückte sie an sich.

Auch Priamos erhob sich, kam Penthesilea ein paar Schritte entgegen und umarmte sie.

»Du bist uns sehr willkommen, Schwägerin. In dieser Zeit ist uns jede Hand willkommen, die eine Waffe halten kann. Du sollst wie die anderen Krieger unter der gesamten Beute aus dem achaischen Lager frei wählen können, das verspreche ich. Jeder, der das bestreitet, ist nicht mein Freund«, erklärte er mit einem strengen, vielsagenden Blick auf Hektor.

»Vater, ist es soweit mit uns gekommen?«

»Ich würde selbst die Kentauren willkommen heißen, wenn sie gegen die Truppen des Achilleus kämpfen wollten«, erklärte Priamos. »Mit welchen Waffen kommst du, Schwester?«

»Wir sind zwei Dutzend Kriegerinnen und haben alle eiserne Schwerter aus Kolchis«, erwiderte Penthesilea. »Wir alle können mit dem Bogen schießen. Jede meiner Frauen trifft auf hundert Schritte das Auge eines galoppierenden Hengstes.«

»Wird eine von euch morgen bei den Wettkämpfen im Bogenschießen antreten?« fragte Paris. »Achilleus hat den besten der erober-

ten Streitwagen als Preis ausgesetzt und für den Sieger den großen Bogen des Patroklos.«
»Den wird er keiner Frau zusprechen«, erklärte Hektor.
»Er hat geschworen, dem Sieger die Preise zu schenken.«
»Achilleus ist nichts heilig«, sagte Penthesilea. »Ich wäre bereit anzutreten, und sei es auch nur, um allen seinen Männern vor Augen zu führen, daß er sein Wort nicht hält. Aber vielleicht würde er mich überraschen. Ich wünsche mir allerdings keinen Streitwagen und brauche ihn auch nicht, und mein Bogen ist mir gut genug.« Sie lachte. »Ich kämpfe in diesem Krieg nicht für Gold oder Beute. Was sollte ich mit gefangenen Frauen anfangen?«
»Wenn du in diesem Krieg genug Beute machst, könntet ihr euer altes Leben weiterführen«, sagte Andromache. »Ihr könntet auch eine Stadt gründen, wie zum Beispiel das Volk meiner Mutter Kolchis erbaut hat.«
»Es gäbe Schlimmeres«, erwiderte Penthesilea. »Ich werde darüber nachdenken. Priamos, wenn ich also diesen prächtigen Streitwagen gewinnen sollte, wirst du ihn mir dann mit Gold bezahlen?«
»Wenn er nicht will«, erwiderte Hekabe, »werde ich es tun. Du wirst gut belohnt werden – du und auch alle deine Kriegerinnen.«
Die Weinkrüge kreisten wieder. Die Männer lachten, machten Späße, und jeder erklärte, in welchem Wettkampf er antreten und was er im Fall eines Sieges mit dem Preis tun werde.
»Du solltest versuchen, eine der Frauen zu gewinnen, Aeneas«, meinte Deiphobos anzüglich, »damit du jemanden hast, der dir das Bett warm hält, solange Kreusa in Kreta ist.«
»Nein«, entgegnete Aeneas und hob den Becher. »Sollte ich eine der gefangenen Frauen gewinnen, werde ich sie nach Kreta schikken, damit sie Kreusa dient und ihr mit den Kindern hilft. Die Frau soll ehrlich entlohnt werden, damit sie sich eines Tages freikaufen kann. Mir gefällt es nicht, daß Frauen als Preise vergeben werden. Ich wünsche mir ebensowenig wie Penthesilea eine Frau, die nicht freiwillig zu mir kommt.«
Seine Augen richteten sich über den Rand des goldenen Bechers auf Kassandra. Sie wußte, worum er sie bat, und sie kannte ihre Antwort.

Kassandra und Aeneas stiegen langsam zum Tempel hinauf. Der Mond schien nicht, und die Straßen lagen im Dunkeln; nur hin und wieder drang aus einem der Häuser ein Lichtschein. Kassandra stolperte über einen Stein, und Aeneas legte den Arm um sie, um sie zu stützen – *vielleicht sucht er auch nur einen Vorwand, um mich zu halten*, dachte sie. Sie war nicht ganz sicher, daß sie nicht gestolpert war, weil sie einen Vorwand suchte, um sich an ihn zu drücken. Die Nacht war warm, aber er legte den Umhang um sie beide, und Kassandra wurde sich der Wärme seines Körpers überdeutlich bewußt.

Angst hatte sie eigentlich nicht; aber sie war unruhig und leicht bekümmert. So viele Jahre ihres Lebens war sie nun schon Priesterin, und die Jungfräulichkeit stand im Mittelpunkt ihres Lebens. Sie erinnerte sich an alle Einwände, die sie gegen Khryse vorgebracht hatte, und fragte sich, ob sie sich wie eine Heuchlerin verhielt, denn jetzt war sie bereit, sich hinzugeben – sogar dem Mann ihrer Schwester. Aber Kreusa hatte ihr selbst gesagt, daß sie nichts dagegen hatte. Wegen Kreusa mußte sie also keine Bedenken haben.

Und der Gott? Sie glaubte schon lange nicht mehr, daß es für Apollon, den Sonnengott, von Bedeutung war, was sie tat. ER hatte sich schon vor langer Zeit von ihr abgewandt. Wenn ER diesen Schritt verboten hätte, würde sie ihm selbst jetzt nicht trotzen, soviel wußte Kassandra. In ihr brannte eine kleine Flamme zorniger Trostlosigkeit. IHM *ist es gleichgültig.* IHM *ist es gleichgültig, daß eine* SEINER *Erwählten den Schwur brechen will, den ich* IHM *geleistet habe.*

Aber dieser Gedanke lag wirklich sehr tief in ihr begraben. An der Oberfläche ihres Bewußtseins gab es im Augenblick nur Aeneas.

Sie näherten sich dem großen Tor. Dort hielt ein Priester Wache. Kassandra blieb stehen und wandte sich ab, damit der Mann sie nicht erkannte.

»Wir können nicht einfach durch das Tor gehen«, flüsterte sie. »Wenn ich dich mit in den Tempel nehme und nicht sofort wieder hinausbringe . . .«

Aeneas verstand sie sofort.

»Natürlich nicht«, flüsterte er zurück. »Ich möchte deinen Ruf nicht gefährden, Kassandra. Vielleicht hätten wir heute nacht im Palast bleiben sollen.«

»Nein«, widersprach sie leise, »das möchte ich nicht. Ich schäme mich nicht – nicht deshalb.«
»Aber du darfst kein Aufsehen erregen«, sagte er und ging zu der niedrigen Mauer auf der anderen Seite der Straße. Kassandra wurde verlegen. Sie hatte bis zu diesem Augenblick nicht an dieses Problem gedacht. Penthesilea und die Amazonen hatten den Palast vor ihnen verlassen, und auf dem Weg war ihnen niemand begegnet. Fieberhaft überlegte sie, wie sie Aeneas unauffällig in den Tempel bringen und ihn am nächsten Morgen ebenso unauffällig wieder hinauslassen könnte. Um Achilleus und Odysseus zu tarnen, hatte sie ihnen Umhänge von Novizen gegeben. Mit Aeneas konnte sie das nicht tun, selbst wenn es ihr irgendwie gelungen wäre, sich einen Umhang zu beschaffen. »Es gibt eine Stelle, wo die Mauer bei dem großen Erdbeben eingestürzt ist. Dort können selbst Kinder hinüberklettern. Man ist noch nicht dazu gekommen, sie wieder in Ordnung zu bringen, denn die Arbeiter reparieren alle die Schäden an der Stadtmauer. Hier entlang.« Sie führte ihn dicht an der Tempelmauer weiter. Früher hatte es hier einmal eine Pforte gegeben, die vor ein oder zwei Generationen zugemauert worden war; bei dem großen Erdbeben stürzte der alte Torbogen ein, und niemand dachte daran, diese Lücke in der Mauer zu bewachen, denn dort lagen immer noch die Steine. Aber selbst in dem langen Gewand fiel es Kassandra nicht schwer, über den Trümmerhaufen zu klettern, obwohl sich unter ihren Füßen Steine lösten und polternd hinunterrollten.
Vermutlich bin ich nicht die erste, die auf diesem Weg ihren Geliebten in den Tempel bringt.
So etwas hätte sie von Chryseis erwartet. Sie wollte sich nicht mit dieser läufigen Hündin vergleichen, aber Kassandra mußte sich eingestehen, sie war nicht besser. Sie reichte Aeneas die Hand, um ihn beim Sprung auf den Boden zu stützen, und sie mußte schlukken... *Wie oft habe ich Chryseis ausgeschimpft, weil sie sich von den Männern verführen ließ.*
Aber wenn Kreusa nichts dagegen hat – und wenn Apollon es nicht verhindert –, dann gibt es niemanden, keinen Mann, keine Frau und keinen Gott, den ich beleidige, redete sie sich entschlossen ein.
Sie führte Aeneas im Schatten der Mauer weiter, ging mit ihm aber

nicht durch die Tür des Schlafhauses der Priesterinnen und durch den Gang zu ihrem Zimmer, sondern zu ihrem Fenster. Sie kletterten hinein.
Im Raum war es dunkel und still; nur ein Binsenlicht brannte in einer Schale – man sah gerade das Bett und die Pritsche, auf der Biene üblicherweise schlief. Als Kassandra sich dem Bett näherte, sah sie den dunklen Kopf des kleinen Mädchens auf dem Kissen, und als sie sich über Biene beugte, um sie hochzuheben, hob sich etwas Längliches, Ovales mit zwei dunklen Augen. Sie bemerkte, wie Aeneas zurückwich, und flüsterte: »Sie tut dir nichts. Sie ist nicht giftig.«
Aeneas erwiderte leise: »Ich weiß. Meine Mutter war eine Priesterin der Aphrodite, und in ihrem Bett gab es nicht nur Schlangen. Dieses Tierchen macht mir keine Angst.«
»Ich kann sie ins Kinderbett legen«, sagte Kassandra, nahm Biene auf den Arm und legte sie auf die Pritsche. Biene wimmerte leise; Kassandra setzte sich zu ihr, streichelte sie und sprach beruhigend auf sie ein, bis sie wieder eingeschlafen war.
»Ich habe nichts gegen Schlangen«, sagte Aeneas, »aber ich bin für sie ein Fremder. Vielleicht wird sie bei der Kleinen eine ruhigere Nacht verbringen.«
Kassandra spürte, wie ihr vor Verlegenheit das Blut in die Wangen stieg, als sie die Schlange nahm und zu Biene trug. Das Tier rollte sich sofort an Bienes Seite zusammen. Kassandra nahm Aeneas den Umhang ab und legte ihn zusammen.
»Ich habe schon gehört, daß deine Mutter eine Priesterin der Aphrodite war.«
Aeneas sagte: »Als Kind hat man mir erzählt, meine Mutter sei Aphrodite selbst. Später wußte ich, wer die Priesterin war, und lernte sie auch als Mutter kennen. Es überrascht mich nicht, daß sie meinem Vater wie die Göttin vorkam. Sie war sehr, sehr schön. Ich glaube, Aphrodite wählt IHRE Priesterinnen auf Grund ihrer Schönheit.«
»Und da sie der Göttin dienen«, sagte Kassandra, »schenkt SIE ihnen ganz bestimmt IHRE Schönheit.«
»Ganz so kann es nicht sein«, erwiderte Aeneas, »denn sonst hätte SIE dich schon vor langer Zeit in IHREN Dienst gerufen.«

Kassandra lief ein Schauer über den Rücken. *Lockt man mich durch eine List in den Dienst der Göttin, die Männer und Frauen dazu bringt, unrechter fleischlicher Liebe zu huldigen? Versucht diese verhaßte Göttin nun, mich in die Hand zu bekommen, damit ich den Schwur breche, den ich Apollon geleistet habe?*
Kassandra hatte bereits gesehen, wie Aphrodite das Leben von Menschen zerstörte, die IHR dienten. Aeneas war IHR Sohn. Diente er IHR auch?
Sie konnte ihm diese Frage nicht stellen. Er saß auf dem Rand ihres schmalen Bettes und band die Sandalen auf. Sie trat zu ihm, er griff nach ihr und zog die Nadel aus ihrem Haar, das über ihr Gesicht fiel und über alle ihre Fragen. Es war nichts mehr wichtig. Alle Göttinnen, welche Namen SIE auch trugen, waren eins, und sie sollte IHNEN dienen, wie jede Frau der EINEN diente.
Sie löschte das Binsenlicht. Der Raum sank in tiefes Dunkel, und sie hörte ihn leise lachen. In weiter weiter Ferne glaubte sie, außer dem Lachen einen leisen Donner zu hören, dann einen plötzlichen Windstoß und dann den prasselnden Regen auf dem Dach.
Strahlende Aphrodite, wenn ich wie alle Frauen DIR *dienen muß, nachdem ich* DIR *so viele Jahre den Dienst verweigert habe, schenke mir einige* DEINER *Gaben*, dachte sie. Sie entdeckte einen Lichtschein um sich – oder war es nur ein aufzuckender Blitz –, als Aeneas sie in die Arme nahm.

Im Morgengrauen erhob sich Kassandra leise vom Bett und setzte sich ans Fenster. Sie dachte noch einmal an all das Wundervolle der Nacht. Der Wind würde bald den silbrigen Dunst über der Stadt vertreiben. Er pfiff bereits laut um die hohen Mauern des Tempels. Aeneas trat zu ihr.
»Heute muß ich keine Rüstung anlegen, denn ich beteilige mich beim Ringen und bei den Boxkämpfen«, sagte er. »Ich werde jeden Herausforderer annehmen, nur nicht Achilleus. Ich habe geträumt...«
»Haben die Götter dir einen Traum geschickt, der Glück verheißt?«
»Ich weiß nicht, ob er Glück oder Unglück verheißt«, sagte Aeneas. »Mein Glück habe ich bereits gefunden.« Er neigte sich über Kassandra und küßte sie. »Versprich mir, du wirst es nicht bedauern, Geliebte.«

»Nein«, erwiderte sie. Nichts zählte mehr. Sie hatte so viele Jahre darauf gewartet, sich hinzugeben; sie hatte sich sogar, wie sie glaubte, dem Sonnengott verweigert. Und nun mitten im Krieg, im Schatten des Todes hatte sie schließlich die Liebe gefunden und wußte, sie konnte nicht von Dauer sein. Bienchen wurde auf ihrem Lager am anderen Ende des Raums unruhig und schrie wie bei einem Alptraum auf. Kassandra lief rasch hinüber, um sie zu beruhigen. Sie redete leise und liebevoll auf das Kind ein und wiegte es. Biene schlug die Augen auf, und ihr Blick fiel auf den Unbekannten. Kassandra war plötzlich unbestimmt froh darüber, daß das kleine Mädchen noch nicht alt genug war, um Neugier oder Überraschung zu äußern.
Als sie wieder bei Aeneas stand, dachte sie an all die anderen Frauen in Troia, die seit vielen Jahren jeden Morgen ihren Männern halfen, die Rüstung anzulegen, und sie dann in den Kampf hinausschickten – *oder in den Tod* –, und zum ersten Mal teilte sie die Ängste und Sorgen dieser Frauen.
Noch hatten sie das Horn nicht gehört, das im Morgengrauen die Männer zum Sammelplatz rief. Vielleicht würde es an diesem Morgen überhaupt nicht ertönen. Nur wer sich an den Wettkämpfen zu Ehren von Patroklos beteiligen wollte, mußte aufstehen, obwohl man natürlich Wachen aufgestellt hatte für den Fall, daß die Achaier versuchen würden, den Waffenstillstand zu brechen.
»Küß mich, Geliebte, ich muß gehen«, sagte Aeneas und drückte sie fest an sich. Aber sie widersprach: »Noch nicht. Ich hole zuerst Brot und einen Schluck Wein.«
»Ich frühstücke mit meinen Soldaten, Liebste. Mach dir keine Sorgen.« Er zögerte und legte seine Wange an ihre. »Darf ich heute abend wiederkommen?«
Kassandra wußte nicht, was sie darauf antworten sollte, und er deutete ihr Schweigen falsch. »Natürlich, ich hätte nicht . . . deine Brüder sind meine Freunde, ich bin der Gast deines Vaters . . .«
»Was meinen Vater und meine Brüder angeht, so gibt es in ganz Troia keinen Mann, dem ich Rechenschaft schuldig bin«, entgegnete Kassandra entschlossen. »Und deine Frau, meine Schwester, hat beim Abschied zu mir gesagt, daß sie dir nichts mißgönnt, was dich glücklich macht.«

»Das hat Kreusa gesagt? Ich frage mich ... ich bin ihr dafür dankbar. Ich hätte dir das auch sagen können. Aber es ist besser, daß du es aus ihrem Mund gehört hast.« Er drückte sie leidenschaftlich an sich. »Ich darf doch kommen«, bat er, »vielleicht bleibt uns nicht viel Zeit ... und wer weiß, was uns noch erwartet. Aber während des Waffenstillstands ...« Aeneas strich ihr über das Haar. »Mit Aphrodite bin ich nun versöhnt, denn ich glaube, SIE hat mich zu dir geführt. Ich werde IHR so bald wie möglich eine Taube opfern.«
Im Apollontempel gab es genug Tauben. Aber Kassandra zögerte, ihm vorzuschlagen, hier eine zu kaufen. Aeneas hatte gewissermaßen etwas gestohlen, was Apollon gehörte – obwohl sie nicht verstand und nie verstanden hatte, weshalb es einem anderen als ihr selbst gehört haben sollte. Sie ermahnte sich energisch, nicht töricht zu sein. Ganz sicher war sie nicht die erste Jungfrau des Sonnengottes, die mit einem Mann das Bett geteilt hatte, und wohl auch kaum die letzte. Sie stellte sich auf die Zehenspitzen, küßte ihn und sagte: »Dann bis heute abend, Geliebter.«
Sie brachte Aeneas zu der Lücke in der Mauer und sah ihm nach, wie er die Straße hinunter in die Stadt lief. Es war noch nicht richtig hell; die Wolken jagten über die Ebene vor Troia. Es war kaum jemand unterwegs.
Kassandra fühlte sich müde. Sie sollte sich wieder hinlegen. Aber sie überlegte, wie viele Frauen ihre Ehemänner oder Liebhaber gerade zum Sammelplatz geschickt hatten – oder an diesem Tag zum Scheinkampf der Wettspiele – und ruhig weiterschliefen. In ihrem Zimmer sah sie, daß Biene noch nicht wach war. Sie wollte nicht wieder hinaus, um die aufgehende Sonne zu begrüßen, denn sie wußte, dabei würde sie Khryse begegnen. Er hätte sofort erkannt, was geschehen war, und sie konnte ihm nicht in die Augen sehen. In letzter Zeit hatte sie Phyllida erlaubt, die Schlangen allein zu versorgen. Also bestand auch kein Grund, zum Schlangenhof zu gehen.
Überrascht stellte sie fest, daß sie sich einsam fühlte. Sie war immer allein gewesen und an diesen Zustand so gewöhnt, daß sie sich nur selten nach Gesellschaft sehnte. Dann fiel ihr ein, daß es im Tempel jetzt einen Menschen gab, mit dem sie über alles sprechen konnte, was ihr am Herzen lag.

Die meisten Amazonen schliefen auf Decken in einem der Höfe. Penthesilea und einige ihrer Frauen hatte man ganz in der Nähe von Kassandras Zimmer untergebracht. Zwei der Frauen waren bereits wach, aßen Brot und tranken von dem herben neuen Wein, der im Tempel gemacht wurde. Penthesilea schlief ihrem Rang entsprechend allein in einem angrenzenden Gemach. Kassandra ging auf Zehenspitzen über den Mosaikboden mit den Muscheln und Spiralen, um die schlafenden Frauen nicht zu wecken, und klopfte an die Tür. Penthesilea öffnete und ließ sie ein.

»Guten Morgen, mein liebes Kind. Oh, du siehst erschöpft aus, als hättest du die ganze Nacht nicht geschlafen!« Sie öffnete die Arme. Kassandra flüchtete sich in ihre Umarmung und begann zu weinen, ohne zu wissen warum.

»Du mußt nicht weinen«, sagte Penthesilea. »Wenn du aber weinen *willst*, dann hast du meiner Meinung nach Grund genug dazu. Aeneas wollte dich doch nach dem Essen zurückbringen. Hat der Kerl dich verführt, mein Kind?«

»Nein, so war es nicht«, widersprach Kassandra gereizt und sah erstaunt, daß Penthesilea lächelte.

»Nun ja, wenn es Liebe ist, warum weinst du dann?«

»Ich . . . weiß nicht. Ich nehme an, weil ich dumm bin, und weil ich schon immer wußte, wie dumm Frauen sind, die sich mit Männern auf solche Spiele einlassen, von Liebe reden und weinen . . .« *Und jetzt*, dachte sie, *bin ich nicht besser als eine von ihnen*.

»Das ist die Macht der Liebe«, sagte Penthesilea. »Du hast sie später als die meisten von uns kennengelernt, das ist alles. Wegen einer Liebesgeschichte weint man mit dreizehn, nicht mit dreiundzwanzig. Und als du dreizehn warst und *nicht* wegen eines jungen hübschen Burschen geweint und gejammert hast, dachte ich, du würdest vielleicht bei Frauen Liebe suchen.«

»Nein, so war es nicht«, erwiderte Kassandra. »Ich wußte zwar, was es bedeutet, Frauen zu begehren, aber nur deshalb, weil ich sie mit den Augen von Paris gesehen habe.« Kassandra erinnerte sich, wie stark Oenone und Helena auf sie gewirkt hatten; was auch geschah, etwas in ihr würde immer große Zuneigung für Helena empfinden. Das war allerdings etwas anderes und manchmal nicht angenehm. Aber jetzt war sie wütend, weil sie sich wegen eines

Mannes, von dem sie nie hoffen durfte, daß sich sein Schicksal mit dem ihren verbinden würde, selbst zum Narren machte.
Sie begann wieder zu weinen, aber diesmal vor Zorn. Sie versuchte, ihre Gedanken in Worte zu fassen. Penthesilea sprach weiter: »Sei lieber zornig als traurig, Kassandra. Wenn dieser Krieg nicht bald zu Ende geht, wird noch Zeit genug zum Trauern sein. Komm, hilf mir in die Rüstung, Augenstern.«
Bei diesem alten Kosenamen mußte sie durch die Tränen hindurch lächeln.
Kassandra griff nach dem Harnisch mit den überlappenden Schuppen aus gekochtem und danach gehärtetem Leder, der mit Bronzeplättchen verstärkt und mit goldenen Spiralen und Rosetten verziert war. Kassandra zog ihn vorsichtig über den Kopf der alten Amazone und drehte sie sanft um, damit sie ihn zuschnallen konnte.
»Versprich mir, Kassandra«, sagte Penthesilea, »wenn mir in diesem Krieg etwas zustoßen sollte, daß meine Frauen nicht versklavt oder zur Ehe gezwungen werden. Schwöre mir, daß sie frei und ungehindert gehen dürfen, wenn Troia den Krieg überlebt.«
»Ich verspreche es«, murmelte Kassandra.
»Falls ich sterbe, soll mein Bogen dir gehören. Siehst du, in diesem Köcher habe ich sogar ein paar Kentaurenpfeile. Die meisten meiner Frauen benutzen inzwischen Pfeile mit Metallspitzen, denn sie durchbohren Harnische wie meinen. Aber die Pfeile der Kentauren – kennst du ihre Zauberwirkung, Kassandra?«
»Ja, sie sind vergiftet . . .«
»Ja, mit dem wenig bekannten Gift aus der Haut einer Kröte«, sagte Penthesilea grimmig und fuhr fort: »Sie töten auch bei der leichtesten Wunde. Nur wenige unserer Gegner sind von Kopf bis Fuß gepanzert. Man könnte sagen, die Pfeile gleichen den Nachteil aus, den wir Frauen in Hinblick auf Größe und Kraft den Männern gegenüber haben.«
»Ich werde es nicht vergessen«, sagte Kassandra. »Aber ich bete zu den Göttern, daß ich weder deinen Bogen erbe noch deinen Amazonen zur Freiheit verhelfen muß, und daß du deine Waffen trägst, bis man sie dir ins Grab legt.«
»In meinem Grab nützt mein Bogen niemandem«, sagte Penthe-

silea. »Wenn ich nicht mehr bin, nimm ihn an dich, Kassandra, oder lege ihn auf den Altar der Jungfräulichen Jägerin. Versprich es mir, Kassandra.«

7 Die Achaier versuchten während der siebentägigen Wettkämpfe zu Ehren des Patroklos nicht, den Waffenstillstand zu brechen, auch nicht während der darauffolgenden drei Tage, in denen ein Fest stattfand, auf dem die Preise verliehen wurden. Kassandra besuchte weder die Wettkämpfe noch das Fest, aber Aeneas berichtete ihr ausführlich über die Ereignisse. Er gewann das Speerwerfen und erhielt einen goldenen Pokal. Hektor war unzufrieden, denn er war im Ringkampf angetreten und von dem großen Ajax besiegt worden. Es blieb ihm der kleine Trost, daß sein Sohn Astyanax den Wettlauf der Knaben gewonnen hatte, obwohl er kleiner war als alle anderen Teilnehmer.
»Was hat er gewonnen?« fragte Kassandra.
»Eine dunkelrote, seidene Tunika aus Ägypten. Sie ist zu groß für ihn und zu kostbar, um für ein Kind zerschnitten zu werden. Aber er kann sie tragen, wenn er größer ist«, erwiderte Aeneas. »Am Ende des Festes bedankten sich die Achaier für unsere Teilnahme an den Wettkämpfen und sagten, sie würden uns morgen auf dem Schlachtfeld wiedersehen. Also, laß uns schlafen, Geliebte, denn eine Stunde vor Tagesanbruch wird man das Horn zum Wecken blasen.«
Er legte sich auf das Bett und zog sie in seine Arme, und sie überließ sich ihm glücklich. Aber bald fragte sie:
»War Achilleus anwesend?«
»Ja. Der Tod des Patroklos hat ihn zorniger gemacht als jede Beleidigung von Agamemnon«, erwiderte Aeneas. »Du hättest sehen sollen, wie er Hektor anstarrte, als sei er die Gorgo und könne deinen Bruder in einen Stein verwandeln. Du weißt, ich bin kein Feigling, aber es ist ganz gut, daß mir nicht bestimmt ist, mich Achilleus zu stellen.«
»Er ist ein Verrückter«, sagte Kassandra, und ein Schauer rann ihr über den Rücken. Sie wollte nicht mehr reden; deshalb zog sie Aeneas' Kopf an sich und küßte ihn. Beim Einschlafen lagen sie in

einer engen Umarmung, aber nach einiger Zeit kam es Kassandra vor, als erwache sie und verlasse das Bett ... nein, denn als sie zurückblickte, sah sie sich immer noch in Aeneas' Armen liegen. Leicht wie ein Geist schwebte sie durch den Tempel, verharrte bei den Amazonen, die wach saßen und ihre Waffen schärften, und schwebte hinunter zum Palast und in die Gemächer von Paris und Helena. Paris schlief tief und fest; Helena ging weinend in dem Raum hin und her, in dem ihre Kinder umgekommen waren.

Sie hat immer noch Paris, aber ist das genug? Was wird aus ihr, wenn wir besiegt werden? Wird Menelaos sie nach Sparta zurückschleppen, um sie dort zu töten?

Kassandra glaubte zu sehen, wie die achaischen Heerführer die gefangenen Frauen verlosten und sie an Bord der schwarzen Schiffe schleppten, die am Strand lagen, der mit Schmutz und Unrat übersät war ...

Nein, das war nur ein Traum, es würde vielleicht nie geschehen. Der Tod des Patroklos und die Rückkehr des Achilleus auf den Kampfplatz hatte etwas an der Richtung der Strömungen dessen geändert, was geschehen mochte. Jetzt mußten selbst die Götter neue Pläne machen. Funken schimmernden Mondlichts schienen durch die Nacht zu tanzen, und während sie wie ein Geist auf das achaische Lager zuschwebte, trieben große Gestalten durch die Dunkelheit. Kein Sterblicher, das wußte Kassandra, konnte sie sehen, aber die Götter mochten entdecken, daß sie sich in die Welt der Geister eingeschlichen hatte.

Kassandra wußte nicht, wohin sie wollte, aber aus irgendeinem Grund trieb sie die feste Vorstellung eines Ziels vorwärts. Sie verharrte kurz im Zelt des schlafenden Agamemnon. Er war eigentlich nicht so groß – nur ein schmaler, niederträchtiger Mann mit einem beunruhigten Gesichtsausdruck. Dieser Mann war mit Helenas Schwester verheiratet und hatte seine Tochter für einen günstigen Wind geopfert ... Verlangten die Götter der Achaier wirklich so etwas Schreckliches? Oder verlangten es Priester, die damit ihren eigenen verderbten Absichten dienten? Vermutlich war ein schlechter Mensch überall schlecht, und vielleicht war es bei den Achaiern sehr viel leichter, schlecht zu sein. Während sie ihn betrachtete, drehte er sich auf den Rücken und schlug die Augen auf.

Kassandra kam es vor, als sehe er sie – wenn er träumte, sah er sie vielleicht tatsächlich.
Er flüsterte – obwohl sie glaubte, daß er in Wirklichkeit schwieg: »Bist du geschickt, um mich zu versuchen, schönes Mädchen?«
Kassandra erwiderte: »Du träumst nur, daß ich hier bin. Ich bin der Geist der Tochter, die du in den Tod geschickt hast. Mögen die Götter dir böse Träume senden.« Sie schwebte ins Freie und hörte ihn hinter sich entsetzt aufschreien, als er plötzlich erwachte. Sie hätte nicht an seiner Stelle sein wollen.
Sie schwebte weiter und befand sich plötzlich im Zelt des Achilleus. Der achaische Prinz lag wach und mit weit offenen Augen auf dem Rücken. Auf einer Bahre am anderen Ende des Zelts lag die Leiche des Patroklos. Kassandra verstand es nicht; die Leiche hätte doch inzwischen längst verbrannt oder begraben sein sollen – oder wenn das nicht, warum hatte man sie nicht den großen Aasvögeln zum Fraß überlassen, wie es bei manchen Stämmen der großen Steppe Sitte war? Man hatte den Leichnam einbalsamiert, und Achilleus hielt die Totenwache. Seine seltsam blassen Augen waren verquollen, als habe er lange geweint, und er schluchzte hörbar.
»O Mutter!« rief er klagend, und Kassandra wußte nicht, ob er eine Göttin oder seine Mutter anrief. »O Mutter, du hast mir gesagt, Zeus, der Donnergott, habe mir Ruhm und Ehre versprochen, und sieh nur, was geschehen ist: Ich werde von Agamemnon verhöhnt, und nun ist mein einziger Freund von mir gegangen!«
Sie dachte: *Eigentlich solltest du ein Mensch sein, der mehr als einen Freund im Leben findet*. Achilleus stöhnte auf und rief plötzlich: »Patroklos, wie konntest du mich verlassen? Was soll ich deinem Vater sagen? Er hat dir geraten, zu Hause zu bleiben und dich um dein eigenes Reich zu kümmern. Ich habe ihm geschworen, dir werde nichts geschehen, und ich werde dich überhäuft mit Ruhm und Ehre nach Hause bringen! Ja, nach Hause werde ich dich bringen, aber Ruhm und Ehre gibt es für dich nicht mehr.« Er schluchzte hemmungslos.
Kassandra bemitleidete Achilleus beinahe in seinem Leid; aber sie hatte zuviel von seiner Blutgier gehört. Er tötete gnadenlos und verursachte anderen Leid, wo er konnte. Nun war es an ihm zu

leiden, und er zeigte wenig Tapferkeit. Hätte er sein Zelt verlassen und selbst gekämpft, wäre es nie soweit gekommen. Patroklos war gestorben, weil er an einem Platz stand, an dem Achilleus hätte sein sollen. Plötzlich wußte sie, weshalb sie gekommen war.

»Achilleus«, rief sie leise in der Art, die sie im Lager der Achaier gehört hatte.

Er richtete sich auf, starrte verwirrt um sich, und in seinen Augen stand Entsetzen.

»Wer ruft mich?«

»Geister haben keinen Namen«, erwiderte sie mit tiefer Stimme. »Ich gehöre zu den Toten.«

»Bist du es, Patroklos? Kommst du, um mich zu verfolgen, mein Freund? Warum bleibst du hier? Warum wanderst du nicht in die Nachwelt?«

»Solange ich nicht begraben bin, ist mir der Weg dorthin versperrt. Mein Geist verfolgt alle, die meinen Tod verschuldet haben.«

»Dann geh zu Hektor, dem Troianer«, rief Achilleus, von Grauen geschüttelt. Die Augen fielen ihm beinahe aus dem Kopf. »Sein Schwert hat dein Leben ausgelöscht, nicht mein Schwert.«

»O weh«, klagte Kassandra, »ich bleibe hier, denn ich wurde in deiner Rüstung getötet und an deiner Stelle.« In einer plötzlichen Eingebung fügte sie hinzu: »Liebst du mich nicht mehr, weil sich die Tore des Todes hinter mir geschlossen haben?«

Achilleus wimmerte: »Die Toten gehören nicht unter die Lebenden. Mache mir keine Vorwürfe, sonst sterbe ich vor Kummer.«

»Ich mache dir keine Vorwürfe«, heulte Kassandra mit übernatürlicher Stimme. »Das überlasse ich deinem Gewissen. Du weißt, ich habe an deiner Stelle den Tod gefunden.«

»Nein!« schrie Achilleus. »Nein! Ich will das nicht hören! Hilfe, Wachen!«

Was soll das, dachte Kassandra. *Glaubt er allen Ernstes, seine Wachen könnten einen Geist vertreiben?*

Vier Bewaffnete stürmten in das Zelt.

»Du hast uns gerufen, mein Prinz?« fragte der erste und vermied es bewußt, auf den Leichnam zu blicken.

»Durchsucht das Zelt und das ganze Lager«, befahl Achilleus. »Jemand hat sich ungesehen hier eingeschlichen und flüstert mir mit

der Stimme von Patroklos schreckliche Dinge zu. Sucht ihn! Schleppt ihn hierher! Ich werde seine Augäpfel über dem Feuer rösten. Ich werde ihm den Magen herausreißen und vor seinen Augen braten! Ich werde . . . schafft ihn herbei!« Er schüttelte die Fäuste, und die Männer rannten aus dem Zelt.
Kassandra hatte ihre Aufgabe erfüllt und folgte ihnen unbemerkt. Sie hörte, wie einer der Männer sagte: »Ich wußte es. Seit er sich in seinem Zelt verkrochen hat, ist er verrückt. Und jetzt hat er völlig den Verstand verloren.«
»Glaubst du, hier ist irgendwo ein feindlicher Kundschafter?«
»Daß ich nicht lache, Junge«, spottete der erste boshaft. »In seinem armen kranken Kopf, da sitzt dieser Jemand.«
Kassandra hätte gelacht, wenn es ihr möglich gewesen wäre. Sie schwebte wie ein Nebelschleier den langen Weg zum Hügel und dem windumtosten Troia hinauf, sank lautlos tiefer, immer tiefer, glitt in ihr Zimmer und verschmolz mit ihrem Körper, der immer noch in Aeneas' Armen lag.
Dann schlief sie ohne Träume.

Kassandra hatte jetzt einen geliebten Mann unter den Kriegern. Deshalb empfand sie stärker als je zuvor den Drang, mit den anderen Frauen auf der Stadtmauer die Kämpfe zu beobachten. Sie überließ Phyllida die Sorge für die Schlangen und den Priesterinnen die Pflege der Verwundeten. Die lange Reihe der Streitwagen schien an diesem Morgen in besonders leuchtenden und strahlenden Farben zu glänzen, und die Waffen blitzten und funkelten bedrohlicher als sonst. Hektor, flankiert von Aeneas und Paris, fuhr an der Spitze. In ihren Rüstungen wirkten diese Krieger so ehrfurchtgebietend, als seien sie die Kriegsgötter persönlich. Den Streitwagen folgten die Formationen der Fußsoldaten in glänzenden ledernen Rüstungen mit Spießen und Speeren. Kassandra dachte, wenn sie bei den Achaiern gewesen wäre und sich dieses strahlende, feindliche Heer genähert hätte, wäre sie davongelaufen.
Die Truppen der Achaier hatten bereits Aufstellung in der Nähe der Erdwälle genommen, die sie inzwischen aufgeworfen hatten, um ihr Lager und den Strand, wo ihre Schiffe ankerten, vor Angrif-

fen der Troianer zu schützen. Sie zuckten nicht einmal zusammen, als Hektor das Zeichen zum Angriff gab und der troianische Kriegsschrei erscholl. Die Streitwagen rasten auf die achaische Front zu, die nicht wankte. Die Achaier schickten ihnen einen Pfeilhagel entgegen, und wie von einer Hand bewegt, hoben sich die troianischen Schilde. Die meisten Pfeile prallten wirkungslos auf das Dach, das diese Schilde bildeten. Dem ersten Pfeilhagel folgte schnell ein zweiter. Einige Soldaten stürzten oder verließen wankend die Reihen und schleppten sich zu den Mauern zurück; aber das beeinträchtigte den Angriff nicht.
Auf beiden Seiten erscholl jetzt ein lauter Schrei. Auf einem Erdwall stand ein großer bronzener Streitwagen mit vergoldeten Flügeln und einer strahlenden Sonne und darin eine hoch aufgerichtete glänzende Gestalt: Achilleus beteiligte sich wieder am Kampf! Er überragte die Reihen der Achaier wie ein Hahn, der einen Hühnerhof beherrscht. Auf beiden Seiten schien jeder kleiner und im Vergleich zu ihm schmuckloser zu sein.
Brüllend hob er den riesigen Schild, raste wie eine Furie den Erdwall hinunter und Hektor entgegen. Er sprang vom Wagen und schrie Hektor seine Herausforderung entgegen. Hektor nahm an, indem er seinen Speer nach ihm schleuderte, der aber wirkungslos an Achilleus' Schild abprallte. Das Schwert in der einen, den Schild in der anderen stellte sich Hektor zum Zweikampf. Selbst über die Entfernung hinweg spürte Kassandra die erschreckende Wucht des ersten Zusammenpralls, der beide Männer taumelnd mehrere Schritte zurückweichen ließ.
Kassandra wußte, Andromache war außer sich. Sie klammerte sich so heftig an Kassandras Arm, daß sich ihre Fingernägel in die Haut gruben. Seit dem Tod des Patroklos war dieser Kampf unvermeidlich gewesen.
Kassandra schrie vor Erregung auf. Hinter den Fußsoldaten, die heraneilten, um die achaischen Soldaten zwischen den Streitwagen niederzumachen, galoppierten die Amazonen auf ihren Pferden. Ihre Pfeile und Schwerthiebe wurden vielen feindlichen Soldaten zum Verhängnis. Hektor schien jetzt größer und noch eindrucksvoller zu wirken. Kassandra wußte, das war nicht ihr Bruder, sondern der strahlende Kriegsgott. Hektor verwundete

Achilleus, und der Achaier stürzte. Der Jubel der Troianer schien ihm neue Kraft zu geben, denn er war sofort wieder auf den Beinen und schlug auf Hektor ein, der zu seinem Streitwagen zurückwich. Der troianische Prinz sprang auf das Trittbrett und kämpfte von dort. Dann wendete er den Wagen, warf Achilleus dabei zu Boden und hätte ihn beinahe überrollt. Achilleus erhob sich wieder und schleuderte den Wurfspeer auf Hektor, der an dessen Harnisch abprallte. Aber dann holte er mit dem Schwert aus und traf Hektor mit einem gewaltigen Schlag.
Hektor sank zusammen. Troilos riß die Zügel an sich, wendete den Streitwagen, wobei er Achilleus noch einmal umwarf, und trieb die Pferde zurück zur Stadt. Die Amazonen jagten mit wurfbereiten Speeren auf Achilleus zu, aber zumindest zwei Dutzend seiner Myrmidonen mit ihren Schilden hatten sofort einen undurchdringlichen Kreis um ihn geschlossen. Es gelang den Amazonen zwar, zehn oder zwölf zu töten, aber dann mußten sie sich zurückziehen, denn immer mehr Feinde eilten zum Schutz ihres Feldherrn herbei. Hektors Streitwagen hatte die Mauern Troias schon fast erreicht, als die Myrmidonen ihn einholten. Achilleus auf seinem Streitwagen, den nur noch ein Pferd zog – er hatte das andere mit einem Schwerthieb aus dem Geschirr befreit –, stürmte mit atemberaubender Geschwindigkeit heran. Er rammte Hektors Wagen bewußt, und Troilos wurde herausgeschleudert. Der Junge landete auf den Füßen, und die Myrmidonen stürzten sich auf ihn. Andromache schrie! Kassandra wandte sich ihr zu, um sie zu beruhigen, und als sie wieder hinunterblickte, hatte Achilleus die Zügel von Hektors Wagen in der Hand und fuhr mit Hektor – oder seiner Leiche – in das Lager zurück.
Troilos kämpfte um sein Leben. Eine der Amazonen galoppierte herbei, tötete drei Myrmidonen und hob Troilos zu sich in den Sattel. Paris und Aeneas waren Achilleus dicht auf den Fersen; aber die Männer auf den Befestigungswällen bildeten mit ihren Wurfspeeren eine Mauer, an der sich die Pferde aufspießten. Die angreifenden Amazonen durchbrachen die Sperre und befreiten Aeneas und Paris. Aber ihre umgestürzten Streitwagen blieben in achaischer Hand, und Achilleus war mit Hektor und seinem Streitwagen den Blicken entschwunden.

Die Troianer kämpften eine Stunde lang verbissen, um sich den Rückweg zum Stadttor zu bahnen, obwohl die Bogenschützen auf der Mauer ihnen Deckung gaben. Andromache eilte den Kämpfern entgegen.

»Ihr habt nicht einmal seine Leiche in Sicherheit gebracht?« schrie sie. »Ihr habt ihn in ihren Händen gelassen?«

»Wir haben getan, was wir konnten«, erwiderte Paris, der nur noch Reste seiner Rüstung trug und sich auf den Wagenlenker stützte. Über einen Oberschenkel zog sich eine blutende Wunde von einem Schwerthieb. »Nachdem Achilleus wieder die Truppen anführt...«

»Achilleus! Er sei auf ewig verflucht! Seine Gebeine sollen unbegraben an den Ufern des Styx verfaulen!« Andromache stieß einen wilden, hohen Klageschrei aus: »Hektor ist tot! Jetzt wird Troia wirklich untergehen!«

Hekabe stimmte in die Klage ein. »Er ist tot! Unser größter Held ist tot! Tot oder in den Händen der Achaier...«

»Oh, er ist tot«, sagte Aeneas grimmig.

»Ich gebe es nur ungern zu, aber ohne die Amazonen wären wir *alle* tot«, sagte Deiphobos, der Troilos vom Pferd der Amazone hob, ihn zur Seite trug und seine Wunden untersuchte. Hekabe eilte hinüber, nahm ihren Sohn in die Arme und winkte einem Heilpriester.

»Ah, meine Söhne! Mein Hektor! Mein Erstgeborener und mein Letztgeborener in einer Stunde tot! Ah, welch eine verhängnisvolle Schlacht! Es ist soweit«, klagte Hekabe und sank besinnungslos zu Boden. Kassandra rannte zu ihr, kniete neben ihrer Mutter nieder, von der plötzlichen Angst erfüllt, der Kummer könne auch sie getötet haben.

»Nein, Troilos lebt«, sagte Aeneas und hob die alte Frau vorsichtig auf. »Du mußt jetzt stark sein, Mutter. Er wird deine Fürsorge brauchen, wenn du ihn nicht auch verlieren willst.« Er übergab Troilos dem Heilpriester, der ihm Wein einflößte. Troilos kam wieder zu Bewußtsein, und der Heilpriester untersuchte seine Wunden. Inzwischen hatten die Frauen Wein gebracht. Aeneas nahm einen Becher und trank ihn in einem Zug leer.

»Ich glaube, morgen werde ich von der Mauer auf Achilleus zielen

und versuchen, ihn aus dem Weg zu räumen, noch ehe wir hinausfahren.«
»So kann man ihn nicht töten«, erklärte Deiphobos. »Die Götter haben seine Rüstung geschmiedet, und Pfeile prallen wie Zweige davon ab!«
»Nicht die Götter«, sagte Penthesilea, »sie ist aus massivem Eisen gemacht. Könnt ihr euch vorstellen, was sie wiegen muß? Selbst die skythischen Pfeile mit den Metallspitzen können sie nicht durchbohren.«
Paris sagte angewidert: »Einer alten Geschichte nach soll Achilleus von einem Zauber geschützt sein, und deshalb kann kein Sterblicher ihn tödlich verwunden.«
»Wenn ich ihm eine Wunde beibringen kann«, rief Aeneas, »werde ich ihn mit Sicherheit töten. Aber wir müssen hinauf in den Palast und Priamos die Nachricht überbringen. Es ist die schlimmste Nachricht in all diesen Jahren.«
Kassandra sagte: »Wir hätten es wissen müssen. Hektor hat Patroklos getötet. Achilleus hat auf ihn gewartet, bis er einen Fuß vor das Tor setzte. Es war kein Kampf in einem Krieg, sondern Mord!«
Insgeheim fragte sie sich, ob da ein großer Unterschied bestand.
»Wir müssen sofort zu Achilleus gehen«, riet Aeneas, »vielleicht noch ehe wir unseren Vater benachrichtigen und um einen Waffenstillstand bitten, um unseren Bruder zu betrauern und zu begraben.«
»Glaubst du wirklich, er wird einen Waffenstillstand gewähren?« fragte Paris höhnisch. »Du denkst zu gut von ihm.«
»Sie *müssen* ihn gewähren«, sagte Aeneas. »Wir haben für die Wettkämpfe zu Ehren von Patroklos einen Waffenstillstand geschlossen.«
»Wenn es sein muß«, sagte Andromache, »werde ich selbst zu Achilleus gehen, vor ihm auf die Knie fallen und um den Leichnam meines Mannes bitten.«
»Sie werden uns Hektors Leiche zurückgeben«, tröstete sie Aeneas, »Achilleus redet immer von Ehre.«
»Nur von seiner, wie mir aufgefallen ist«, sagte Kassandra.
»Nun ja, dann wird ihn seine Ehre dazu bringen, ehrenhaft zu handeln«, sagte Aeneas. »Sie kennen mich. Laßt mich also mit ein paar

Männern von Hektors Leibwache gehen, die seine Leiche in die Stadt zurückbringen können.«

»Zuerst müssen wir Vater benachrichtigen«, meinte Troilos. Der Heiler hatte sein Werk getan und ihm den Kopf mit Binden umwickelt. Der Junge war sehr blaß. Er fügte hinzu: »Wenn ihr wollt, werde ich es ihm sagen. Mich trifft die Schuld. Ich habe ihn in die Hände von Achilleus fallen lassen.« Hekabe umarmte ihn inbrünstig: »Dich trifft keine Schuld, mein lieber Junge. Ich bin glücklich, daß du nicht auch tot bist.« Dann fügte sie hinzu: »Ja gut, geh du zu Priamos. Ihn kann nichts besser über den Verlust des Erstgeborenen hinwegtrösten als das Wissen, daß wir noch einen Sohn haben, der uns Segen bringt ...«

»Ich gehe und sage es ihm«, erklärte Paris. »Aber alle meine Brüder sollen sich versammeln. Alle, die noch leben, werden vor ihm stehen und bereit sein, ihn zu trösten.«

»Ich gehe zum Tempel der Jungfrau«, sagte Kassandra, »und benachrichtige Polyxena. Sie war beinahe so alt wie Hektor, und die beiden haben sich sehr geliebt.«

Sie wollten bereits ihren unterschiedlichen Aufgaben nachgehen, als Andromache auf der Mauer plötzlich einen Entsetzensschrei ausstieß: »O dieser Dämon! Dieses Ungeheuer! Was macht er denn jetzt?«

»Wer?« fragte Kassandra, obwohl sie die Antwort kannte. *Dämon, Ungeheuer*, damit konnte nur einer gemeint sein.

Sie eilte auf die Mauer.

Die Sonne stand hoch am Himmel. Es war noch nicht Mittag. Sie hatten nur die Vorstellung gehabt, der großen Schlacht bereits einen halben Tag lang zuzusehen. Auf der Ebene von Troia stieg eine große Staubwolke auf; als der Staub sich etwas verzog, sahen sie Achilleus auf seinem Streitwagen wieder mit beiden Pferden im Geschirr. Er zog eine Gestalt durch den Staub hinter sich her, und die Rüstung verriet deutlich, wer es war.

»Hektor! Aber was macht er?« fragte sie.

Es war nur allzu deutlich. Achilleus hatte Hektors Leiche an seinen Streitwagen gebunden und galoppierte in großen Kreisen über die Ebene. Die Troianer beobachteten ihn starr vor Entsetzen.

»Warum?« sagte Kassandra. »Er *ist* also wahnsinnig. Ich dachte immer . . .« Sie hatte gedacht, man sage das mehr rhetorisch. Aber ein Mann, der die Leiche eines gefallenen Feindes so schändete – auch wenn der Feind seinen besten Freund getötet hatte –, mußte wahnsinnig sein.

Man darf ihn nicht ohne einen Wärter unter Menschen lassen, dachte sie schaudernd.

Aeneas gab ihr recht: »Das hat nichts mehr mit Rache zu tun. Der Mann ist ein Unmensch.«

»Vielleicht hat ihm die Trauer den Verstand geraubt«, sagte Kassandra. »Er hat Patroklos über alle Maßen geliebt, und als sein Freund starb, rissen bei ihm alle Bande der Vernunft.«

»Das muß unterbunden werden«, sagte Aeneas. »Wir müssen jemanden zu den Achaiern schicken – Odysseus ist doch ein vernünftiger Mann – und uns Hektors Leiche ausliefern lassen, ehe das seinem Vater zu Ohren kommt.«

»So«, sagte Andromache mit geballten Fäusten, »ich soll also hier stehen, so etwas mit ansehen und nicht selbst vor Gram verrückt werden. Aber Priamos, ein Mann und ein König, muß nicht nur davor geschützt werden, es zu hören, und erst recht zu sehen . . .« Sie warf den Kopf zurück und schrie: »Wenn es sein muß, gehe ich selbst hinaus und bringe dem Kerl mit der Peitsche bei, daß er so etwas nicht vor den Augen von Hektors Familie tun kann!«

»Nein«, sagte Paris und umarmte sie sanft, »nein, Andromache. Er würde nicht auf dich hören. Ich sage dir, er ist wahnsinnig!«

»Wirklich? Oder täuscht er Wahnsinn vor, damit wir für Hektors Leiche ein höheres Lösegeld zahlen?« fragte Andromache. Daran hatte Kassandra noch nicht gedacht.

Schließlich gingen Troilos und ein paar von Priamos' anderen Söhnen hinauf in den Palast, um dem König zu sagen, daß Hektor tot war. Paris und Aeneas ließen sich ihre beste Rüstung anlegen und fuhren mit dem Herold des Priamos auf einem Streitwagen vor die Stadt. Sie versuchten vergeblich, Achilleus auf sich aufmerksam zu machen. Achilleus schlug nur noch heftiger auf die Pferde ein und wollte nicht hören, was der Herold ihm zurief.

Nach einiger Zeit hielten sie an, berieten und fuhren dann zum Lager der Achaier, um mit Agamemnon und den anderen Heerführern zu sprechen. Schließlich kamen sie entmutigt nach Troia zurück.

Andromache rannte ihnen entgegen. »Was haben sie gesagt?« fragte sie, obwohl ihnen die Antwort ins Gesicht geschrieben stand. Draußen auf der Ebene schleppte Achilleus auf seinem Streitwagen immer noch Hektors Leiche hinter sich her. Er schien bis zum Sonnenuntergang, vielleicht sogar noch länger seine Runden ziehen zu wollen.

Aeneas berichtete: »Sie werden nichts unternehmen, um Achilleus davon abzuhalten. Sie haben gesagt, er sei ihr Heerführer, und er habe das Recht, mit seinen Gefangenen und seiner Beute zu tun, was er will. Er hat Hektor getötet. Der Leichnam gehört ihm, und er kann ihn gegen ein Lösegeld freigeben oder nicht. Das steht ganz in seinem Belieben.«

»Das ist ungeheuerlich!« rief Andromache. »Wir haben nicht gezögert, ihnen einen Waffenstillstand zu gewähren, damit sie um Patroklos trauern konnten. Wie können sie uns so etwas antun?«

»Sie wollen es nicht«, sagte Paris. »Agamemnon konnte mir nicht in die Augen blicken. Er weiß, sie verletzen alle Regeln des Krieges – ihre eigenen Regeln, an die wir uns ebenfalls halten. Aber die Argiver wissen auch, sie können ohne Achilleus nicht siegen. Sie haben ihn einmal erzürnt, und sie wagen es nicht, ein zweites Mal seinen Zorn auf sich zu ziehen.«

Die Sonne stand inzwischen sehr viel tiefer, und die Mauern von Troia warfen lange Schatten auf die Ebene. Paris erklärte: »Dann bleibt uns nur das eine. Wir müssen hinaus und um Hektors Leiche kämpfen.« Er rief nach seinem Waffenträger und begann, sich auf den Kampf vorzubereiten.

»Ruft die Amazonen!« befahl Aeneas. »Sie können uns beim Angriff entlasten und uns mit ihren Pfeilen Deckung geben. Sie kämpfen wild, wilder als jeder Mann. Ich gelobe, dem Kriegsgott mein bestes Pferd zu opfern, wenn er uns hilft, Hektors Leichnam zu erobern.«

»Ich gelobe ihm noch mehr als das, wenn er Achilleus in meine Hand gibt«, rief Paris. »Hektor und ich, wir standen uns nicht immer nahe. Aber er war mein älterer Bruder, und ich habe ihn geliebt. Und selbst wenn es nicht so wäre, würden die brüderlichen Bande verbieten, daß ich tatenlos zusehe, wie sein Leichnam geschändet wird. Selbst ein Achilleus kann mit den Toten keinen Streit mehr haben.«

Kassandra sagte: »Ich erinnere mich daran, daß Hektor gesagt hat, er und Patroklos hätten in der Nachwelt viel miteinander zu reden.«
»Ja.« Aeneas seufzte traurig. »Wenn Achilleus nur innehalten und nachdenken würde, wüßte er, daß Hektor und sein Freund in den Hallen der Nachwelt als Freunde Seite an Seite sitzen.«
»Ich hoffe, es ist nicht der Wille eines Gottes, daß ich auf der anderen Seite des Todes Achilleus als Freund begegnen werde«, stieß Paris böse zwischen den Zähnen hervor. »Ich schwöre, wenn ich nicht etwas erfahre, was mir in dieser Welt nicht zu wissen gegeben ist, werde ich den Frieden auch in jener Welt stören, wenn ich Achilleus dort begegne.«
»Still«, mahnte Aeneas, »keiner von uns weiß, was wir denken oder tun, wenn wir jenes Tor durchschritten haben. Aber in dieser Welt hat man uns alle gelehrt, daß alle Feindschaft mit dem Tod endet. Was Achilleus tut, ist ein Frevel und eine Schändlichkeit ohnegleichen – und außerdem ist es ganz einfach schlechtes Benehmen. Achilleus sollte Achtung vor einem gefallenen Feind zeigen. Ihr wißt es, ich weiß es, und auch alle Achaier wissen es. Und ich gebe euch mein Wort, wenn Achilleus es nicht weiß, werde ich ihm mit Freuden hier und auf der Stelle eine Lektion erteilen. Sind die Männer bewaffnet und bereit?«
»Ja«, rief Paris. »Öffnet das Tor!«
Priamos kam langsam durch die Reihen der Soldaten und ging zu den Frauen an der Mauer. *Er ist so bleich wie der Tod*, dachte Kassandra, *und er hat geweint*.
»Wenn du die Leiche meines Sohnes für ein ehrenvolles Begräbnis zurückbringst«, sagte er zu Aeneas, der an ihm vorbei zum Tor ging, »muß ich nicht betonen, daß du als Belohnung verlangen kannst, was du willst.«
Aeneas kniete nieder und küßte dem alten Mann die Hand.
»Vater, Hektor war mein Schwager und mein Waffenbruder. Ich möchte keine Belohnung, wenn ich das für ihn tun kann, denn ich weiß sehr wohl, er wäre der Erste gewesen, der es für mich getan hätte.«
»Dann flehe ich für dich um den Segen jedes Gottes, den ich kenne.« Als Aeneas sich erhob, umarmte Priamos ihn und küßte ihn

auf die Wange. Er ließ ihn ziehen, und die Männer folgten Aeneas zum Tor.

Als Troilos sich ihnen anschließen wollte, rief Hekabe: »Nein, du nicht auch noch!« und hielt ihn an seiner Tunika fest. Troilos riß sich los, und Priamos bedeutete der Königin, ihn gehen zu lassen. Hekabe brach weinend zusammen. »Grausamer alter Mann! Du unnatürlicher Vater! Wir haben heute schon einen Sohn verloren! Willst du noch einen in den Tod schicken?«

»Er ist kein Kind mehr«, erwiderte Priamos. »Er will gehen, und ich werde ihn nicht daran hindern. Ich würde ihn nicht schicken, wenn er aus irgendeinem Grund hierbleiben möchte. Aber du solltest stolz auf ihn sein.«

»Stolz!« schrie sie außer sich, während unten die Streitwagen durch das Tor donnerten. »Oh, ich weiß es: Nicht nur Achilleus ist wahnsinnig!«

8 Kassandra hatte die Amazonen schon oft kämpfen gesehen, und sie wäre sehr gerne mit ihnen hinausgeritten. Sie hatte geglaubt, die erbitterten Kämpfe am Morgen seien nicht zu übertreffen, aber nichts ließ sich jetzt mit dem Kampf um Hektors Leichnam vergleichen.

Immer wieder griffen die Troianer tollkühn und selbstmörderisch Achilleus an. Sie versuchten, den Streitwagen umzuwerfen, zu rammen oder die Leiche durch einen Schwerthieb abzuschneiden. Aber Hektors Truppen und den Amazonen gelang es einfach nicht. Der Kriegsgott schien mit Achilleus zu sein; mehr als ein Dutzend Soldaten und sieben Amazonen verloren das Leben, ehe Agamemnons Streitwagen, angeführt von Diomedes, mit den besten spartanischen Bogenschützen Achilleus zu Hilfe kamen und die Troianer zurückschlugen.

Schließlich wurde es schwierig, in der einsetzenden Dunkelheit noch etwas zu sehen, und als Troilos von einem Pfeil des Achilleus tödlich getroffen wurde, gab Aeneas schließlich auf, rief die Truppen zurück und brachte Troilos in die Stadt.

»Er wollte nicht mehr leben.« Hekabe brach weinend über dem

Leichnam zusammen. »Er hat sich die Schuld am Tod seines Bruders gegeben. Ich habe es selbst gehört.«
Die Sonne ging blutrot unter, und immer noch wirbelte Achilleus auf seinem Streitwagen den Staub hinter sich auf. »Er will wohl die ganze Nacht weitermachen«, sagte Paris. »Wir können nichts mehr tun.«
»Wahrscheinlich sehe ich in der Dunkelheit besser als seine Pferde. Vielleicht versuchen wir es noch einmal, wenn der Mond aufgegangen ist.«
»Dazu besteht kein Grund«, erklärte Penthesilea. »Du hast jetzt einen Bruder zu betrauern und zu begraben. Morgen ist wieder Zeit, an Hektor zu denken.«
Hekabe kniete immer noch vor dem toten Troilos. Sie hob den Kopf; aus ihren Augen rannen Tränen, und sie wirkte plötzlich um zwanzig Jahre gealtert.
»Wenn es sein muß, gehe ich zu Achilleus und flehe ihn bei der Liebe seiner Mutter an, mich meinen Sohn begraben zu lassen. Auch er hat eine Mutter, die er verehrt.«
»Glaubst du wirklich, ein Mensch hat dieses Ungeheuer geboren?« schluchzte Andromache. »Achilleus ist bestimmt aus einem Schlangenei gekrochen!«
»Als Hüterin der Schlangen weise ich das zurück«, sagte Kassandra. »Keine Schlange ist je vorsätzlich grausam gewesen. Schlangen töten nur, um sich zu ernähren oder um ihre Brut zu verteidigen. Und noch nie hat eine Schlange gegen eine andere Krieg geführt, gleich welchem Gott sie dienen mag.«
»Lassen wir es für heute«, sagte Andromache, »vielleicht schenkt ihm ein neuer Tag mehr Vernunft.« Sie drehte sich um und wandte sich damit bewußt vom Kampfplatz ab. Sie zog Hekabe sanft auf die Füße und reichte der alten Frau den Arm, die sich dankbar auf sie stützte, wie Kassandra bemerkte.
Kassandra beugte sich über den leblosen Troilos. Sie erinnerte sich noch an seine Geburt. Was war er für ein hübscher, rundgesichtiger roter Säugling gewesen, der die winzigen Hände ballte und lebhaft strampelte. Wie sehr hatte ihre Mutter damals um einen Sohn gebetet, und wie glücklich war sie gewesen, als sie einen Sohn bekam. Andererseits war Hekabe über jeden Sohn glücklich

gewesen, der im Palast geboren wurde – auch über die Söhne der Nebenfrauen. Immer hielt die Königin als erste das Neugeborene in den Armen und achtete dabei nicht auf den Rang der Mutter.

Kassandra hatte versprochen, Polyxena zu benachrichtigen. Sie stieg langsam die steilen Straßen zum Tempel der Jungfrau hinauf. Der Wind dort oben zerrte an ihrem Mantel und in ihren Haaren. Schließlich erreichte sie den Vorhof, in dem die Statue der Jungfrau stand.

Kassandra lebte inzwischen schon so viele Jahre als Priesterin, daß sie sich kaum noch Gedanken über das Wesen der Götter und Göttinnen machte oder sich fragte, ob sie wirklich von einem Ort jenseits der Menschenwelt kamen oder ob sie einer menschlichen Seele entsprungen waren, die in ihnen die Tugenden und das Göttliche anbeten wollte. Während sie nun das heitere gelassene Gesicht der Göttin betrachtete, stiegen wieder Fragen in ihr auf. Konnte jemand, sei er Mensch oder Gott, ohne Mutter geboren werden, und war nicht diese Vorstellung an sich schon eine Lästerung alles Göttlichen? Sie hatte kein Kind geboren, aber die ungestillte Sehnsucht nach Mutterschaft hatte ihr schließlich Biene geschenkt, und Kassandra wußte, sie würde das Kind wie jede Mutter mit ihrem Leben verteidigen.

Sie teilte mit ihrer Mutter einen qualvollen Schmerz. Ihre Schuld lag darin, Achilleus unterschätzt zu haben. Sie hätte wissen sollen, daß sein Wahnsinn ihn gefährlicher machte als einen Hund, der bösartig und unberechenbar geworden war.

Aber eine Warnung von ihr wäre unbeachtet geblieben.

Eine Tempeldienerin erkannte sie und fragte ehrerbietig, ob sie etwas für die Tochter des Priamos tun könne.

»Ich möchte meine Schwester Polyxena sprechen«, erwiderte sie, und die Frau verschwand, um Polyxena zu rufen.

Es dauerte nicht lange, bis Kassandra Schritte hörte. Ihre Schwester kam herein. Beim Anblick Kassandras rief sie: »Du bringst schlechte Nachrichten, Schwester! Ist unsere Mutter, unser Vater . . .?«

»Nein, sie leben noch«, antwortete Kassandra, »obwohl ich nicht weiß, was ihnen diese Nachricht noch antun wird.« Polyxena war inzwischen eine große, erwachsene Frau, hatte aber immer noch

ein weiches Kindergesicht. Sie umarmte Kassandra, wobei ihr die Tränen in die Augen stiegen.
»Was meinst du damit? Sag mir ...«
»Hektor ...«, begann Kassandra und glaubte, auch weinen zu müssen.
»Das Schlimmste«, flüsterte sie, »nicht nur Hektor, sondern auch Troilos ...« Etwas schnürte ihr die Kehle zu, und sie konnte kaum weitersprechen. »Beide sind an einem Tag gefallen ... tot durch die Hand des Achilleus. Und dieser Wahnsinnige zerrt Hektors Leiche hinter seinem Streitwagen her und ist nicht bereit, sie zurückzugeben, damit wir sie beerdigen können ...«
Polyxena schluchzte laut auf, und die Schwestern klammerten sich trostsuchend aneinander in einer Verbundenheit, die sie seit ihrer Kindheit nicht mehr gekannt hatten.
»Ich komme sofort«, erklärte Polyxena, »Mutter wird mich brauchen. Ich will nur noch meinen Mantel holen.« Sie eilte davon, und Kassandra dachte traurig: *Das stimmt. Ich kann Mutter nicht trösten.* Selbst Andromache stand Hekabe näher als sie. Das war schon immer so gewesen: Die Eltern hatten Hektor von all ihren Kindern am meisten geliebt, und Kassandra stand ihren Herzen am fernsten. Lag es nur daran, daß sie immer so anders gewesen war als ihre Geschwister?
Es brach ihr beinahe das Herz, daß sie sich selbst in dieser traurigen Stunde nicht ihrer Mutter zuwenden konnte. Sie wahrte immer Haltung, und da sie vor Schmerz oder Trauer nicht außer sich war, kam es niemand in den Sinn, daß sie selbst Trost brauchte. Sie wußte, ihre unendliche, tränenlose Trauer erschien ihrer Mutter kalt und unmenschlich und einer Frau überhaupt nicht angemessen.
Polyxena kam zurück. Sie trug den hellen Mantel einer Priesterin und hatte etwas in einem Tuch um die Hüfte gebunden. Die Augen waren rot, aber sie weinte nicht mehr. Kassandra wußte jedoch, beim Anblick der Tränen ihrer Mutter würden auch Polyxenas Tränen wieder fließen.
Ich wünschte, ich könnte weinen. Hektor verdient alle Tränen, die wir für ihn vergießen können. Verzweifelt fragte sie sich: *Was ist mit mir los, daß ich trotz all meiner Trauer nicht um meinen liebsten Bruder weinen kann?*

Aber eine leise, nüchterne Stimme in ihrem Herzen sagte: *Hektor war ein Narr. Er wußte, daß Achilleus ein Wahnsinniger ist, der sich an keine Regeln zivilisierter Kriegführung halten würde, und trotzdem ist Hektor für etwas, das er Ehre nannte, in den Tod gegangen. Diese Ehre war ihm lieber als das Leben, als Andromache, als sein Sohn oder der Gedanke an das Leid seiner Eltern.*

Obwohl das alles so schrecklich war, konnte Kassandra keinen größeren Abscheu oder keine größere Bestürzung über das empfinden, was Achilleus mit der Leiche getan hatte. Hektor war tot, und das war schlimm genug. Was konnte das noch schlimmer machen?

Wir werden ohnehin alle sterben, und nur wenige so schnell und gnädig wie Hektor. Warum freuen wir uns nicht, daß ihm weiteres Leid erspart geblieben ist?

Zusammen stiegen sie den Hügel zum Palast hinunter. Es blies ein kalter Wind, der nach Regen roch. In der Dunkelheit konnte man nicht erkennen, ob Achilleus immer noch auf seinem Streitwagen über die Ebene raste.

»Vielleicht wagen sie heute nacht einen Ausfall, um Hektors Leiche zurückzuholen«, sagte Polyxena, »oder Achilleus wird sich auf ein Lösegeld einlassen, wenn es anfängt zu regnen. Er wird bestimmt nicht in einem Unwetter auf dem Streitwagen stehen wollen.«

»Ich glaube nicht, daß ihm das etwas ausmachen würde«, entgegnete Kassandra, »ich glaube, das Vernünftigste wäre, wir würden uns damit abfinden und etwas tun, womit er nicht rechnet: Soll er doch den Leichnam heute nacht behalten! Morgen müssen wir alle Kräfte zusammenziehen, einen Großangriff wagen und versuchen, Achilleus, Agamemnon und vielleicht sogar Menelaos zu töten.«

Polyxena starrte sie entsetzt an. Der einsetzende Regen mischte sich mit den Tränen auf ihren Wangen.

»Ich bitte dich, Schwester, sag so etwas nicht zu unserer Mutter oder unserem Vater«, bat sie, »ich glaube, selbst du kannst nicht so herzlos sein und Hektor unbegraben im Regen liegen lassen.«

»Nicht Hektor liegt unbegraben im Regen«, erwiderte Kassandra heftig, »dort liegt eine Leiche wie jede andere.«

»Ich weiß nicht, ob du dumm bist oder bösartig«, rief Polyxena, »aber du redest wie eine Barbarin und nicht wie eine zivilisierte Frau, eine Priesterin und Prinzessin von Troia.« Sie sah entschlossen geradeaus, und Kassandra wußte, sie hatte alles nur noch schlimmer gemacht. Sie wandte den Kopf ab, um die Tränen in ihren Augen vor Polyxena zu verbergen, obwohl sie wußte, ihre Schwester würde von ihr nicht schlechter denken, wenn sie die Tränen sah. Die beiden Frauen gingen schweigend nebeneinander her.

Im Palast nahm eine Dienerin (Kassandra stellte fest, daß die Augen der alten Frau ebenso rot und geschwollen waren wie die Augen ihrer Mutter – jeder bis hinunter zu den Küchenmägden hatte Hektor verehrt, und die Frauen im Palast erinnerten sich noch allzu gut an Troilos als ein kleines, von allen verwöhntes Kind) ihnen die nassen Mäntel ab, trocknete ihnen die Haare und Füße mit Handtüchern, und man führte sie in die große Halle.

Sie wirkte beinahe wie immer – ein loderndes Feuer und vielarmige Leuchter verbreiteten flackernde Helligkeit, und die Malereien an den Wänden wirkten, als sähe man sie unter Wasser. Die geschnitzte Bank, auf der Hektor üblicherweise saß, war leer, und Priamos und Hekabe hatten Andromache zwischen sich gesetzt, wie Eltern es mit einem Kind tun.

Paris und Helena saßen daneben und hielten sich an der Hand. Sie kamen den beiden entgegen und begrüßten Polyxena, die zu ihren Eltern ging und sie küßte. Kassandra setzte sich auf den gewohnten Platz neben Helena. Als die Diener ihr vorlegten, brachte sie kaum einen Bissen hinunter. Sie kaute auf einem Stück gekochten Gemüse und trank ein paar Schlucke verdünnten Wein. Paris wirkte traurig, aber Kassandra wußte, er war sich sehr wohl bewußt, daß er jetzt der älteste Sohn des Priamos und Befehlshaber seiner Truppen war. *Wenn es noch Hoffnung für Troia geben soll, muß ihm jemand diese Vorstellung nehmen*, dachte sie, *er ist nicht Hektor!* Sie staunte über sich selbst. Sie wußte schon so lange, daß es für Troia keine Hoffnung mehr gab. Weshalb stieg der Gedanke an Hoffnung ununterdrückbar immer und immer wieder in ihr auf?

Hieß das, ihre Visionen des Untergangs waren nichts als Wahnvorstellungen oder Folgen einer Geisteskrankheit, wie alle behaupteten? Oder hieß es, nachdem Hektor nicht mehr da war, gab es irgendwie neue Hoffnungen für Troia? Nein, *das* war mit Sicherheit Wahnsinn. *Er war der beste von uns allen*, dachte sie und wußte, jemand – Paris? Priamos? – hatte das tatsächlich gesagt.

»Er war der beste von uns allen«, hörte sie Paris jetzt sagen, »aber er ist von uns gegangen, und irgendwie müssen wir den Krieg ohne ihn weiterführen und beenden. Wie uns das gelingen soll, weiß ich nicht.«

»Im Grunde ist es dein Krieg«, sagte Andromache, »ich habe Hektor immer gesagt, er hätte ihn von Anfang an dir überlassen sollen.«

Jemand schluchzte laut. Es war Helena. Andromache schrie sie in plötzlicher Wut an:

»Du wagst es! Ohne dich wäre er noch am Leben und sein Sohn nicht vaterlos!«

»Aber meine Liebe«, versuchte Priamos sie zu beschwichtigen, »so darfst du wirklich nicht mit deiner Schwester reden – wir haben heute abend genug Kummer in diesem Haus.«

»Schwester? Niemals! Diese Frau kommt von unseren Feinden, von dort, wo alle unsere Sorgen herkommen! Seht sie euch doch nur an, wie sie da sitzt und sich freut, weil jetzt ihr Liebhaber der Befehlshaber aller troianischen Truppen ist...«

»Die Götter wissen, daß ich mich nicht freue«, erwiderte Helena und unterdrückte ihre Tränen, »ich trauere um die gefallenen Söhne dieses Hauses, das mein Haus geworden ist. Mich schmerzt das Leid des Königs und der Königin, die mein Vater und meine Mutter geworden sind.«

»Du wagst es...«, begann Andromache noch einmal, aber Priamos griff nach ihrer Hand, hielt sie fest und flüsterte ihr etwas zu.

»Wie soll ich mein Leid unter Beweis stellen?« Helena stand auf und ging zu Priamos hinüber. Die langen goldenen Haare fielen ihr offen über die Schultern. Die tiefliegenden blauen Augen leuchteten im Kerzenlicht.

»Vater«, sagte sie zu Priamos, »wenn es dein Wille ist, werde ich ins griechische Lager hinuntergehen und mich als Preis für Hektors Leiche anbieten.«

»Ja, tu das«, sagte Hekabe schnell, noch beinahe ehe Helena zu

Ende gesprochen hatte und Priamos etwas erwidern konnte. »Dir wird nichts geschehen.«
Andromache stimmte zu. »Es ist vielleicht die einzige gute Tat deines Lebens und eine Wiedergutmachung für alles, was du diesem Haus angetan hast.«
Kassandra saß wie gelähmt auf ihrem Platz, obwohl sie im ersten Augenblick aufspringen und rufen wollte: »Nein, nein!« Trotzdem erinnerte sie sich an Hekabes schrecklichen Traum, den ihr Penthesilea erzählt hatte: Paris war eine Fackel und entfachte Feuer, die Troia zerstörten! Und als Paris mit Helena zurückkehrte, bestätigte ihre Vision diesen Traum. Das war vor langer, langer Zeit gewesen. Kassandra gab Helena nicht mehr die Schuld an dem, was über die Stadt kommen würde, denn das war ein von den Göttern bestimmtes Schicksal. Ihr Vater und ihre Brüder – auch Hektor – hatten damals nicht auf sie gehört. Was immer sie auch jetzt sagte, sie würden genau das Gegenteil tun. Es war also besser zu schweigen.
Priamos sagte sanft: »Helena, das ist ein großzügiges Angebot, aber wir können unmöglich zulassen, daß du so etwas tust. Du bist nicht der einzige Grund für diesen Krieg. Wir werden Hektors Leiche freikaufen. Wenn es sein muß, mit allem Gold Troias. Achilleus ist nicht der einzige Heerführer der Achaier. Es gibt bestimmt andere, die vernünftig sind.«
»Nein!« Andromache erhob sich und sah Helena durchdringend an. Kassandra verstand jetzt, warum manche Leute sie für schöner als Helena hielten, obwohl ihre Schönheit von einer anderen Art war – Helena war hell und rundlich, Andromache dunkel und schlank. »Nein, Vater, laß sie gehen! Ich bitte dich. Du schuldest auch mir etwas. Ich habe Hektors Sohn geboren. Ich bitte dich, laß sie gehen, und wenn sie es nicht freiwillig tut, treibe sie mit der Peitsche aus dem Haus! Diese Frau war immer nur ein Fluch für Troia.«
Paris sprang auf: »Wenn du Helena vertreibst, gehe ich mit ihr!«
»Dann geh!« rief Andromache heftig. »Auch das wäre ein Segen für unsere Stadt! Du bist nicht weniger ein Fluch als sie! Dein Vater hat recht gehandelt, als er dich nach deiner Geburt aussetzen ließ!«
»Sie ist von Sinnen«, brummte Deiphobos, »Helena wird uns nicht verlassen, solange ich lebe. Die Göttin hat sie uns geschickt. Und

sie soll unter keinem anderen Dach Zuflucht suchen müssen, solange meine Brüder und ich leben.«
Priamos blickte in die Runde. »Was soll ich tun?« fragte er halblaut. »Meine Königin und die Gemahlin meines Hektors haben gesagt ...«
»Sie muß gehen!« schrie Andromache. »Wenn sie hierbleibt, werde ich Troia noch heute verlassen. Und ich fordere alle Frauen des königlichen Hauses auf, mit mir zu gehen. Sollen wir mit der verfluchten Frau unter einem Dach leben, die unsere Stadt in den Schmutz gezerrt hat?«
»Die Mauern Troias stehen fest«, sagte Paris, »noch ist nicht alles verloren.« Er ging zu Andromache, griff nach ihrer Hand und führte sie an seine Lippen.
»Ich bin dir nicht böse, arme Andromache. Du bist vor Leid außer dir, und das ist kein Wunder. Ich verspreche dir, Helena wird dir nichts nachtragen.«
Andromache riß sich von Paris los.
»Frauen von Troia, ich wende mich an euch! Verlaßt dieses zum Untergang verurteilte Haus, das der falschen Göttin Schutz gewährt hat, die uns alle in Elend und Sklaverei bringen wird ...« Ihre Stimme klang schrill und unbeherrscht. Sie griff nach einer Fackel und schrie: »Folgt mir, Frauen von Troia ...«
Priamos erhob sich von seinem Thron und rief mit Donnerstimme: »Genug! Wir haben schon genug Sorgen! Mein Kind«, sagte er zu Andromache, »ich verstehe deinen Schmerz, aber ich bitte dich, setz dich und höre auf uns. Nichts wäre gewonnen, wenn wir Helena vertreiben. Krieger sind im Kampf gefallen schon lange, ehe Hektor geboren war – oder ich.« Er streckte die Arme aus. Andromache zögerte und sank dann schluchzend an seine Brust. Hekabe trat zu ihr und schloß sie in die Arme.
»Friede«, sagte sie ernst, »wir müssen Troilos beklagen und begraben, bevor die Sonne aufgeht. Ihr Frauen, bringt all euren Schmuck, damit wir Hektors Leiche freikaufen.«
Kassandra folgte den Frauen, die sich um den Leichnam von Troilos versammelten, und fragte sich, ob Andromache recht gehabt hatte. Als einzige Frau folgte Andromache Hekabes Aufforderung nicht. Sie blieb zu Füßen des Königs sitzen und rief verzweifelt:

»Ich habe nicht einmal die Leiche!« Dann rief sie Hekabe nach: »Laß nicht zu, daß Helena Troilos berührt, Mutter! Du kennst doch die alte Geschichte: Eine Leiche beginnt zu bluten, wenn der Mörder sie berührt! – Und der arme Junge hat nur noch wenig Blut!«

9 Kassandra hörte den Sturm, der um den Palast heulte, und den Regen, der gegen die Mauern peitschte, während die Frauen des königlichen Hauses Troilos beklagten und für das Heldenbegräbnis vorbereiteten. Sie wuschen und bekleideten die Leiche, bedeckten sie mit kostbaren Spezereien und verbrannten Räucherwerk, um den Geruch des Todes zu vertreiben. Nach Mitternacht würden die Krieger kommen und bis zum Morgengrauen die Totenwache halten. Ein Sänger pries die Schönheit und Tapferkeit des toten jungen Helden und sang davon, daß er gefallen war, weil der Kriegsgott ihn wegen seiner Schönheit begehrte und die Gestalt des Achilleus angenommen hatte, um ihn zu sich zu holen.
Als die Ballade zu Ende war, rief Hekabe den Sänger zu sich und schenkte ihm einen Ring als Erinnerung an die edle Totenklage. Eine der Frauen reichte ihm einen Becher mit heißem, gewürztem Wein. Auch Helena hatte sich einen Becher geben lassen, kam damit zu Kassandra und setzte sich neben sie.
»Wenn du nicht mit mir gesehen werden willst, suche ich mir einen anderen Platz«, sagte sie, »aber heute scheine ich bei keiner der Frauen willkommen zu sein.« Ihr Gesicht wirkte hager, sogar abgezehrt und blaß – sie hatte seit dem Tod ihrer Kinder Gewicht verloren, und Kassandra fielen die grauen Strähnen in den goldenen Haaren auf.
»Nein, bleib hier«, sagte Kassandra, »ich glaube, du weißt, daß ich immer deine Freundin sein werde.«
»Trotzdem«, sagte Helena, »mein Angebot war aufrichtig gemeint. Ich kehre zu Menelaos zurück. Vermutlich wird er mich umbringen, aber vielleicht habe ich die Möglichkeit, noch einmal meine Tochter zu sehen, bevor ich sterbe. Paris glaubt, wir werden noch Kinder bekommen, und ich hatte es auch gehofft – aber dazu ist es zu spät. Ich glaube, er wollte, daß unser Sohn nach uns in Troia herrscht.«

Sie sah Kassandra fragend an, und Kassandra nickte in dem erschreckenden Gefühl, daß sie mit ihrer Zustimmung sich mit dem Untergang abzufinden schien.
In den letzten Jahren hatte sie sich an dieses Gefühl gewöhnt und wußte, wie albern es war. Schuld, wenn es eine Schuld geben mußte, war nur die Sache der Götter – oder der Kräfte, die die Götter dazu brachten, so zu handeln, wie SIE es taten. Kassandra hob den Becher, sah Helena an und trank. Augenblicklich spürte sie die starke Wirkung des schweren Weins. Sie hatte wenig gegessen.
Helena schien das gleiche zu denken wie sie, denn sie sagte: »Ich frage mich, ob es klug von der Königin ist, diesen schweren Wein unverdünnt zu reichen, während wir vor Trauer alle halb von Sinnen sind. Bald werden die Frauen völlig betrunken sein.«
»Das ist keine Frage der Klugheit, sondern der Sitte«, sagte Kassandra, »würde meine Mutter nicht den besten Wein auftragen lassen, würde man an ihrer Liebe zu Troilos und an der Achtung vor dem Toten zweifeln.«
»Merkwürdig«, meinte Helena nachdenklich, »wie die Menschen über den Tod denken oder sich weigern, darüber nachzudenken. Paris zum Beispiel . . ., seit unsere Kinder gestorben sind, scheint er zu glauben, daß die Götter vielleicht ihr Leben als Opfer angenommen haben und uns verschonen.«
»Einen Gott, der die Unschuldigen als Opfer annehmen würde, um die Sünden der Schuldigen zu vergeben, könnte ich nicht verehren. Und doch gibt es Völker, die an Götter glauben, die das Blut Unschuldiger als Opfer annehmen«, sagte Kassandra. Beinahe flüsternd fügte sie hinzu: »Vielleicht ist das eine Vorstellung, die die Götter – oder Dämonen – allen Männern in den Kopf gesetzt haben. Hat Agamemnon nicht die eigene Tochter auf dem Altar der Jungfräulichen Göttin geopfert und damit um einen günstigen Wind gefleht, der seine Flotte nach Troia bringen sollte?«
»So ist es«, bestätigte Helena leise, »obwohl Agamemnon nichts mehr davon hören will. Er behauptet, seine Frau – meine Schwester – habe das Opfer verlangt, und es sei ein Opfer für ihre Göttin gewesen. Die Achaier fürchten die alten Göttinnen und sagen, sie seien verrucht. Die tapfersten Männer fliehen entsetzt vor den Mysterien der Frauen.«

Kassandras Blick wanderte durch den schwach erleuchteten Raum, wo die Frauen tranken, in kleinen Gruppen beisammensaßen und sich unterhielten.
»Ich wünschte, wir könnten den Achaiern jetzt irgendwie etwas von diesem Entsetzen einflößen.« Sie dachte daran, wie sie in Trance oder nur im Traum Achilleus in seinem Zelt heimgesucht hatte. Der Gedanke daran ließ sie überlegen, ob sie vielleicht immer noch auf diese Weise Zugang zum Geist des Achaiers habe. Sie würde es jedenfalls bei der ersten Gelegenheit versuchen. Stumm hob sie den Becher und trank. Helena folgte ihrem Beispiel, und ihre Blikke trafen sich über dem Rand der Becher.
Plötzlich wehte ein Windstoß durch den Raum. In der geöffneten Tür stand Andromache und hielt eine rauchende Fackel in der Hand. Die langen Haare tropften, das Gewand und der Umhang waren regennaß. Sie kam wie ein Geist durch den Raum und sang leise ein Klagelied. Dann beugte sie sich über Troilos und drückte ihm einen Kuß auf die blasse Wange.
»Leb wohl, lieber Bruder«, sagte sie mit hoher, scharfer Stimme, »du gehst dem größten aller Helden voran, um den Göttern von seiner ewigen Schmach zu berichten.«
Kassandra eilte zu ihr und sagte leise, aber hörbar: »Eine Schmach, die dem Tapferen angetan wird, ist nur die Schmach dessen, der das Verbrechen begeht, und nicht die des Opfers.« Aber Hektor hatte bereitwillig gegen Achilleus gekämpft und das Spiel gespielt, bei dem nur einer gewinnen konnte.
Er hat nur getan, was er sein Leben lang gelernt hatte.
Sie füllte den Becher mit dem gewürzten Wein; er war jetzt noch schwerer, noch weniger verdünnt als vorher, denn der Krug war fast leer. Vielleicht war es gut so. Andromache würde bald einschlafen, und der Schlaf würde den Schmerz lindern, wenn auch nicht die Trauer. Sie drückte Andromache den Becher in die Hand und roch an ihrem Atem, daß Andromache getrunken hatte – wo immer sie auch gewesen war.
»Trink, Schwester«, sagte sie.
»O ja«, schluchzte Andromache, und die Tränen rannen ihr über das Gesicht, »mit dir bin ich nach Troia gekommen, als wir noch Mädchen waren. Du hast mir auf dem langen Weg so viele Ge-

schichten darüber erzählt, wie tapfer und hübsch er ist. Als mein Kind geboren wurde, hast du es im Arm gehalten. Du bist meine beste Freundin.« Sie umarmte Kassandra, klammerte sich haltsuchend an sie. Kassandra erkannte, daß Andromache bereits betrunken war. Auch bei ihr war der Wein nicht ohne Wirkung geblieben, und sie spürte Andromaches Ruhelosigkeit und Verzweiflung.

Andromache beugte sich noch einmal hinunter, um den toten Troilos zu küssen. Sie sagte zu Hekabe: »Du hast Glück, Mutter, daß du weinen und seinen Leichnam schmücken kannst. Mein Hektor liegt unbetrauert, unbegraben im Regen und verwest.«

»Nicht unbetrauert«, widersprach Kassandra sanft, »wir trauern alle um ihn. Sein Geist wird deine Tränen und deine Klagen hören. Und es ist gleich, ob sein Körper hier liegt oder dort bei den Pferden des Achilleus.« Die Stimme versagte ihr. Sie dachte an einen Tag bald nach Andromaches Ankunft in Troia, als Hektor ihr verboten hatte, Waffen zu tragen, und drohte, sie zu schlagen . . .

Sie hatte versucht, Andromache mit ihren Worten zu trösten, aber nun fragte sie sich, ob sie nicht alles noch schlimmer gemacht hatte, denn Andromaches Augen blickten kalt und waren tränenlos. Kassandra führte sie zur Bank, aber als Andromache Helena sah, wich sie zurück. Sie entblößte die Zähne, das Gesicht verzerrte sich zu einer schrecklichen maskenhaften Grimasse, und der Kopf wirkte dadurch beinahe wie ein Totenschädel.

»Du hier? Spielst du Trauer?«

»Die Götter wissen, daß ich nicht spiele«, erwiderte Helena ruhig, »aber wenn es dir lieber ist, gehe ich . . . Du hast mehr Recht, hier zu sein.«

»Ach Andromache«, sagte Kassandra, »sag so etwas nicht! Ihr seid beide als Fremde nach Troia gekommen und habt hier eine Heimat gefunden. Du hast durch die Hand der Götter deinen Ehemann verloren und Helena ihre Kinder. Ihr solltet euer Leid teilen und euch nicht gegeneinander wenden und zerfleischen. Ihr seid beide meine Schwestern, und ich liebe euch.« Mit einer Hand zog sie Helena an sich und legte einen Arm um Andromache.

»Du hast recht«, flüsterte Andromache, »wir sind alle in IHRER Hand und hilflos.« Sie zog die Nase hoch und trank den Becher

leer. Mit unsicherer Stimme sagte sie: »Schwester, wir sind beide Opfer in diesem Krieg. Die Göttin gebe, daß dieser Wahnsinn der Männer uns ... uns nicht trennt.« Die Zunge gehorchte ihr nicht mehr. Sie weinten beide, als sie sich umarmten. Hekabe trat zu ihnen und legte die Arme um alle drei. Auch sie weinte.
»So viele tot! So viele tot! Deine prächtigen Kinder, Helena! Meine Söhne! Wo ist Hektors Sohn, mein letztes noch lebendes Enkelkind?«
»Nicht das letzte, Mutter. Hast du vergessen? Kreusa und ihre Kinder sind in Sicherheit. Ihnen droht keine Gefahr«, erinnerte Kassandra ihre Mutter. »Der Wahnsinn des Achilleus und das achaische Heer können ihnen nichts anhaben.«
Andromache sagte: »Astyanax ist zu alt für die Frauengemächer. Ich kann ihn nicht einmal trösten oder versuchen, Trost darin zu finden, daß ich in seinem Gesicht den Vater sehe.« Aus ihrer Stimme sprach mehr Trauer als aus den Tränen.
»Als ich ... die Kleinen verloren hatte«, sagte Helena gequält, »brachten sie Nikos, um mich zu trösten. Ich werde dir deinen Sohn holen, Andromache.«
»Die Götter segnen dich«, rief Andromache.
Kassandra sagte: »Ich bringe dich in deine Gemächer. Du solltest nicht hier unter den betrunkenen Frauen mit ihm zusammen sein.«
»Ja, ich komme mit Nikos in deine Gemächer«, stimmte Helena zu. »Du hast immer noch deinen Sohn, und das ist das größte Geschenk.«
Die vom Wein und vom Klagen erschöpften Frauen verließen in kleinen Gruppen den Raum und gingen zu Bett. Nur Hekabe und Polyxena in ihrem Priesterinnengewand nahmen an Kopf und Füßen des aufgebahrten Troilos den Platz zur Totenwache ein, bis die Krieger kamen, um ihn zu den Begräbnisriten abzuholen, die einem Helden zukamen, der im Kampf gefallen war. Kassandra überlegte, ob sie ebenfalls bleiben sollte. Aber man hatte sie nicht dazu aufgefordert, nicht einmal dazu, den Raum, in dem der Tote aufgebahrt wurde, auszuräuchern, wie es Aufgabe einer Priesterin war. Sie wußte, Andromache und Helena brauchten sie mehr. Sie wußte, sie war in Troia eine Fremde wie die Prinzessin aus Kolchis und die Königin von Sparta.

Kassandra blieb bei Andromache, während Helena in die Gemächer von Paris lief und dort Nikos und Astyanax fand. Sie hatten beide geweint, wie ihre tränenverschmierten Gesichter verrieten. Offenbar hatte jemand ihnen von Hektors Tod erzählt und versucht, Astyanax zu trösten. Helena ging mit den beiden zum Brunnen im Hof und wusch ihnen mit einem Zipfel ihres Schleiers die Gesichter. Astyanax sank seiner Mutter dankbar in die Arme, bemerkte ihre Tränen und rief bestürzt: »Weine nicht, Mutter! Sie haben mir gesagt, ich soll nicht weinen, denn mein Vater ist als Held gestorben. Also weshalb weinst *du*?«
Helena sagte sanft: »Astyanax, du mußt mithelfen, die Tränen deiner Mutter zu trocknen. Es ist jetzt deine Aufgabe, für sie zu sorgen, da dein Vater es nicht mehr kann.«
Andromache hielt ihr Kind in den Armen, und die Tränen rannen ihr über das Gesicht. Schließlich führten Helena und Kassandra sie in ihr Schlafgemach, brachten sie zu Bett und legten den Jungen an ihre Seite.
»Nikos bleibt bei mir«, sagte Helena. »Oh, warum nehmen sie uns die Kinder so jung?« Aber als sie Nikos an sich ziehen wollte, wich er empört zurück.
»Ich bin kein kleines Kind mehr, Mutter. Ich gehe zurück zu den Männern.«
Helena unterdrückte ein Schluchzen und sagte: »Wie du willst, mein Sohn. Aber zuerst umarme mich.«
Nikos tat es widerwillig und rannte davon. Helena liefen die Tränen über das Gesicht, während sie ihm traurig nachsah.
»Paris hat ihn nicht besser erzogen als Menelaos«, erklärte sie. »Mir gefällt nicht, was die Männer aus den Jungen machen – ihre Ebenbilder. Gott sei Dank schämt sich Astyanax noch nicht, bei seiner Mutter zu bleiben«, fügte sie hinzu und starrte in den heftigen Regen hinaus, der gegen die Palastmauern peitschte.
»Kassandra«, rief sie plötzlich mit angsterfüllter Stimme und klammerte sich so ungestüm an sie, daß Kassandra beinahe die Fackel fallen ließ. »Was wird mit meinem Sohn geschehen, wenn wir den Achaiern in die Hände fallen? Vielleicht schrecken die Troianer vor nichts zurück, um sicherzustellen, daß Menelaos ihn nicht zurückfordern kann.«

»Heißt das, du glaubst, mein Vater oder meine Brüder würden vor nichts zurückschrecken, um zu verhindern, daß Nikos nach Sparta zurückgebracht wird?« Kassandra glaubte, ihren Ohren nicht zu trauen.
»Ich kann es mir nicht vorstellen, aber . . .«
»Wenn du so etwas denkst, solltest du vielleicht wirklich zu Menelaos zurückkehren und deinen Sohn in Sicherheit bringen. Er wird dich bestimmt gnädig aufnehmen, wenn du ihm seinen Sohn zurückbringst . . .«
»Ich habe immer geglaubt, Nikos sei in Troia viel besser aufgehoben, und Paris wäre ein besserer Vater als Menelaos«, murmelte Helena traurig. »Und so war es auch, Kassandra, so war es . . . Aber jetzt, jetzt scheint er ihn zu hassen, weil er am Leben ist und unsere Söhne tot sind . . .« Die Stimme versagte ihr, sie klammerte sich an Kassandra und weinte.
»Du gehst also . . .?«
»Ich kann nicht«, sagte Helena dumpf, »ich bringe es nicht über mich, Paris zu verlassen. Ich rede mir ein, es ist der Wille der Götter, daß ich bleibe, bis alles zu Ende ist. Paris liebt mich nicht mehr. Trotzdem möchte ich eher in Troia als in Sparta sein . . .« Sie verstummte und fügte nach einer Weile hinzu: »Kassandra, du bist müde. Ich darf dich nicht länger aufhalten. Oder gehst du zurück und hältst bei Troilos Totenwache?«
»Nein, ich glaube, ich bin dort nicht erwünscht«, erwiderte Kassandra. »Ich gehe hinauf in den Tempel.«
»Bei diesem Regen? Hör dir das Unwetter an«, gab Helena zu bedenken. »Du bist herzlich eingeladen, hier zu schlafen. Du kannst in meinem Bett schlafen. Es ist höchst unwahrscheinlich, daß Paris heute nacht kommen wird. Die Männer haben zu Ehren von Hektors Geist so viel getrunken, daß sie den Weg nicht mehr finden würden. Ich kann dir von den Kammerfrauen auch im Nebenzimmer ein Bett machen lassen.«
»Das ist sehr freundlich von dir, Schwester. Aber sie schlafen bereits alle. Laß sie ruhen«, erwiderte Kassandra. »Durch den Regen werde ich einen klaren Kopf bekommen.« Sie griff nach ihrem Mantel und zog sich die Kapuze über den Kopf. Dann umarmte und küßte sie Helena. »Andromache hat es nicht so gemeint«, sagte sie.

»Oh, das weiß ich. An ihrer Stelle würde ich auch so empfinden«, erwiderte Helena. »Sie fürchtet sich. Was wird aus ihr nun werden? Aus ihr und Astyanax... Paris hat bereits beschlossen, Priamos auf den Thron zu folgen, und für Hektors Sohn ist kein Platz. Wenn es Paris gelingt, den Krieg zu einem guten Ende zu bringen...«
»Das ist ausgeschlossen«, erwiderte Kassandra. »Aber hab keine Angst, Helena. Menelaos hat all diese Jahre nicht nur gekämpft, um sich zu rächen.«
»Ich weiß. Ich habe mit ihm gesprochen«, sagte Helena zu Kassandras Überraschung. »Ich verstehe es zwar nicht, aber er will mich zurückhaben.«
»Du hast mit ihm gesprochen? Wann?« Sie wollte fragen, wie das möglich gewesen war. Dann fiel ihr ein, daß Helena als Gemahlin des Paris überall hingehen konnte, auch in das Lager der Achaier. *Aber warum sollte Helena mit den feindlichen Heerführern verhandeln?* dachte Kassandra mißtrauisch, sprach ihre Freundin innerlich jedoch von jedem Verrat frei. Es war nur vernünftig, daß Helena ihr Schicksal und das ihres Sohnes nicht einfach dem Zufall überließ. Sie sagte: »Wenn du noch einmal mit ihm sprichst, bitte ihn, etwas zu tun, damit Achilleus uns Hektors Leiche zurückgibt.«
»Glaub mir, ich habe es versucht, und ich werde es wieder versuchen«, versprach Helena. »Der Regen läßt nach, wenn du gehen willst, dann geh jetzt. Vielleicht bist du im Tempel, ehe er wieder heftiger wird.«
Sie umarmte Kassandra noch einmal und begleitete sie zum großen Palasttor. Kassandra ging in den eiskalten Regen hinaus. Aber noch ehe sie die Mitte der großen Treppe erreicht hatte, setzte der Regen mit erneuter Gewalt ein; der Wind zerrte an ihrem Umhang wie ein wildes Tier.
Sie bedauerte kurz, daß sie Helenas Angebot, im Palast zu schlafen, nicht angenommen hatte. Aeneas trank mit den Männern und würde wahrscheinlich nicht kommen. Aber sie konnte nicht mehr umkehren. Deshalb kämpfte sie gegen das Unwetter an und stieg zum Tempel hinauf.
Kurz vor dem Tempeltor hörte sie Schritte hinter sich. Nach so vielen Kriegsjahren machten Fremde sie unruhig. Sie drehte sich um

und erkannte im schwachen Licht der Fackeln über dem Tor Chryseis. Kassandra seufzte und überlegte, in welchem fremden Bett Chryseis den größten Teil der Nacht wohl verbracht hatte, und weshalb sie sich die Mühe machte, in diesem Unwetter zum Tempel zurückzukehren. *Sie sieht wie eine streunende Katze aus – allerdings hätte sich eine Katze geputzt.*
Der Wächter am Tor begrüßte sie staunend (»Ihr seid bei diesem scheußlichen Wetter noch spät unterwegs, Herrinnen«), aber bislang hatte sich noch niemand über Kassandras Kommen und Gehen Gedanken gemacht, und sie wußte, sie hätte so viele Liebhaber wie Chryseis haben können, ohne daß jemand es erfahren oder sich darum gekümmert hätte. Die beiden Frauen gingen über den abschüssigen Hof zu dem Gebäude hinauf, in dem sie schliefen; Kassandra ging etwas langsamer, damit Chryseis sie einholte.
»Es ist so spät, daß es schon beinahe früh ist«, sagte sie. »Möchtest du dir in meinem Zimmer das Gesicht waschen, damit dich niemand in diesem Zustand sieht?«
»Nein«, antwortete Chryseis. »Warum? Ich schäme mich nicht.«
»Ich möchte deinem Vater einen solchen Anblick ersparen«, sagte Kassandra. »Er könnte ihm das Herz brechen.«
Chryseis lachte kalt.
»Nun komm schon, er kann sich doch wohl kaum in der Illusion wiegen, ich hätte Agamemnons Bett als Jungfrau verlassen!«
»Vielleicht nicht«, entgegnete Kassandra. »Er kann dir nicht vorwerfen, was in Kriegszeiten geschehen ist. Aber wenn er dich in diesem Zustand sieht, muß ihn das bekümmern.«
»Glaubst du, das macht mir etwas aus? Ich habe mich dort wohl gefühlt, wo ich war, und ich wünschte, er hätte sich um seine Angelegenheiten gekümmert und mich bei Agamemnon gelassen.«
»Chryseis«, sagte Kassandra sanft, »ahnst du überhaupt, wie sehr er um dich getrauert hat? Er hat kaum an etwas anderes gedacht.«
»Dann ist er ein noch größerer Dummkopf, als ich dachte.«
»Chryseis . . .«, Kassandra sah die junge Frau an und überlegte sich, was für ein Herz sie habe oder ob sie überhaupt eins habe. Schließlich fragte sie neugierig: »Schämst du dich überhaupt nicht, obwohl jeder in Troia weiß, daß du Agamemnons Konkubine warst?«

»Nein«, erwiderte Chryseis trotzig, »so wenig wie sich Andromache schämt, von der jeder Troianer weiß, daß sie Hektor gehört, oder Helena, von der alle wissen, daß sie Paris gehört.«
Kassandra brachte nicht die Kraft auf, der wirren Chryseis den Unterschied zu erklären.
»Wenn die Stadt dem Feind in die Hand fällt«, sagte Chryseis, »wird man uns alle dem einen oder anderen Mann überlassen. Deshalb gebe ich mich denen, die ich mir selbst aussuche, solange ich es noch kann. Kassandra, willst du deine Jungfräulichkeit bewahren, damit sie dir einer der Sieger mit Gewalt nimmt?«
Ich kann ihr deshalb keinen Vorwurf machen. Kassandra brachte kein Wort mehr über die Lippen; sie drehte sich um und ging in ihr Zimmer.
Eine nachlässige Dienerin hatte die Läden nicht geschlossen. Durch die Fenster drangen Regen und Wind herein. Bienes Lager triefte vor Nässe. Die Kleine hatte sich von den nassen Decken auf den Steinboden vor der Wand geflüchtet, um vor dem Regen Schutz zu finden. Trotzdem war sie naß.
Kassandra schloß die Läden, rieb das Kind trocken und nahm sie zu sich ins Bett. Biene war kalt wie ein kleiner Frosch und jammerte leise, wachte aber nicht ganz auf. Kassandra drückte sie an sich und wiegte sich, bis die kleinen eiskalten Füße und Hände wieder warm wurden. Biene schlief bald wieder tief und fest wie jedes gesunde Kind.
Die Läden klapperten im Wind, aber das Geräusch des Sturms klang gedämpfter. Kassandra schloß die Augen und versuchte, sich im Geist an einen anderen Ort zu versetzen.
Nachdem sie sich von ihrem Körper befreit hatte, entfernte sich ihr Bewußtsein vom Bett, glitt durch das Fenster, und zu ihrer Überraschung spürte sie nichts von dem Unwetter. Sie empfand nur tiefe Stille. Auf der Ebene, auf der ihr Geist sich jetzt bewegte, gab es kein Wetter. Mit der Schnelligkeit eines Gedankens bewegte sie sich im klaren Mondlicht den Hügel hinunter, ließ das Stadttor hinter sich und flog über die Ebene und über die Wälle, die das Lager der Achaier schützten.
In diesem Mondlicht, das es nicht geben konnte, zeichneten sich die Schatten klar und schwarz ab; alles war still und verlassen, und sie entdeckte nur einen dösenden Wachposten.

Paris hatte recht, dachte sie. *Die Troianer hätten mit ihrer ganzen Streitmacht das Lager in dieser Nacht überfallen sollen.*
Dann erinnerte sie sich an den strömenden Regen, der das Lager besser beschützte als alle Wachposten der Welt. Sie sah etwas Dunkles und erkannte den Streitwagen des Achilleus; dahinter entdeckte sie undeutlich ein Bündel, das mußte der tote Hektor sein. Kassandra war dankbar, daß in dieser Zwischenwelt, in der sie sich plötzlich so mühelos bewegte, obwohl sie sich noch unter den Lebenden befand, Hektors Leiche nicht Sturm und Regen ausgesetzt war. Als sie an Hektor dachte, stand er plötzlich lächelnd vor ihr.
»Schwester«, sagte er, »du bist es. Ich hätte mir denken können, daß ich dir hier begegne.«
»Hektor . . .« Sie brach ab. »Wie geht es dir?«
»Warum fragst du?« Er schwieg und schien nachzudenken. »Es geht mir besser, als ich das hätte ahnen können«, erwiderte er. »Die Schmerzen sind verschwunden, und ich nehme an, ich bin tot. Ich weiß nur noch, daß ich verwundet wurde und dachte: Das muß das Ende sein. Dann bin ich aufgewacht, und Patroklos kam und half mir beim Aufstehen. Er war eine Weile bei mir. Dann sagte er, er müsse bei Achilleus bleiben, und ging wieder. Ich war heute nacht im Palast, aber Andromache hat mich nicht gesehen. Ich habe versucht, mit ihr zu sprechen und auch mit Mutter. Ich wollte ihnen sagen, daß es mir gutgeht. Aber sie schienen mich nicht zu hören.«
»Hast du die Stimme eines Toten gehört, als du noch gelebt hast?«
»Nein, natürlich nicht. Ich hatte nicht gelernt, auf die Stimmen der Toten zu hören.«
»Verstehst du, deshalb konnten auch sie dich nicht hören. Was kann ich für dich tun, Bruder? Möchtest du Opfer oder . . .«
»Ich kann mir nicht denken, wozu das gut sein sollte«, fiel ihr Hektor ins Wort. »Aber sag doch bitte Andromache, sie soll nicht weinen. Es ist seltsam, sie nicht trösten zu können. Sag ihr, sie soll nicht trauern, und wenn es dir möglich ist, sag ihr, daß ich bald kommen und Astyanax holen werde. Ich würde ihn gerne in ihrer Obhut lassen, aber man hat mir gesagt . . .«
»Wer?«
»Ich weiß nicht«, erwiderte Hektor. »Ich kann mich nicht daran

erinnern, wer es war, vielleicht Patroklos – aber ich weiß, daß mein Sohn bald bei mir sein wird ... Vater und Paris auch. Andromache nicht, sie bleibt noch lange dort.« Er kam auf sie zu, und sie spürte die zarte Berührung seiner Lippen auf ihrer Stirn.
»Ich möchte mich auch von dir verabschieden, Schwester. Dich erwartet großes Leid, aber ich verspreche dir, mit dir wird alles gut werden.«
»Und Troia?«
»Nun ja, es ist bereits besiegt«, erwiderte Hektor. »Sieh doch.« Er drehte sie mit sanften, unkörperlichen Händen um, und sie sah einen riesigen Trümmerberg, aus dem Flammen loderten – dort hatte einmal Troia gestanden. Aber der Lärm der Zerstörung ... wie hatte sie ihn überhören können?
»Hier gibt es keine Zeit«, erklärte Hektor, »was ist und was sein wird, das ist alles eins. Ich verstehe diese Dinge nicht alle«, sagte er leicht gereizt, »denn heute abend bin ich durch den Palast meines Vaters gegangen, als man beim Mahl saß, und nun ist die Stadt schon lange zerstört. Vielleicht hätte ich auf der Erde jene danach fragen sollen, die über diese Dinge Bescheid wissen – aber ich schien nie Zeit dafür zu haben. Jetzt sehe ich Apollon und Poseidon. Sie kämpfen miteinander um die Stadt.« Er deutete auf zwei übermenschliche Gestalten, die bis zu den Wolken aufragten und scheinbar über den gestürzten Mauern miteinander kämpften. Blitze umzuckten ihre Körper. Kassandra zitterte beim Anblick des geliebten Sonnengottes mit der Krone aus strahlend goldenen Locken. Würde ER den Kopf wenden und sehen, daß sie sich in verbotenen Bereichen befand? Entschlossen drehte sie sich um und fragte Hektors schattenhafte Gestalt.
»Was ist mit Troilos? Geht es ihm gut?«
»Er war kurz bei mir, er kam wenig später als ich hier an«, erwiderte Hektor. »Aber er ist bei Mutter im Palast geblieben und versucht, ihr zu sagen, daß sie nicht trauern soll. Er wollte nicht glauben, daß sie ihn nicht hören kann. Aber vielleicht hört Hekabe auf dich, wenn du es ihr erzählst. Sie weiß, du bist eine Priesterin und in solchen Dingen bewandert.«
»Ich bezweifle, daß sie auf mich hören wird, lieber Bruder«, erwiderte Kassandra. »Sie hat klare Vorstellungen, die keinen Platz für

meine lassen. Aber für das Wohl unserer Eltern und ihren Seelenfrieden . . .« Kassandra dachte nach. »Ich bin hierhergekommen, weil ich versuchen wollte, Achilleus Angst einzujagen, damit er uns deine Leiche gegen ein Lösegeld zurückgibt. Vielleicht kannst du das besser als ich.«
»Glaubst du, er fürchtet sich vor Geistern? Er hat so viele Menschen getötet, deren Geister ihn ständig umgeben«, sagte Hektor. »Aber ich will sehen, was ich tun kann. Geh zurück, Schwester, geh auf deine Seite der Mauer, die sich jetzt zwischen uns stellt. Sag Mutter und Vater, sie sollen die Zeit nicht mit Trauern verschwenden. Sie werden bald bei mir sein. Und vergiß nicht, auch Andromache zu trösten. Ich werde hier auf unseren Sohn warten. Sag auch *ihm*, er soll sich nicht fürchten. Ich werde ihn abholen. Andromache würde nicht wünschen, daß er in den Zeiten, die kommen, dort lebt.«
Hektor wandte sich ab und schwebte auf das Zelt des Achilleus zu. Er drehte sich noch einmal um, und Kassandra dachte: *Er wirkt bereits fern und fremd wie ein Mann, den ich nicht kenne.* »Folge mir nicht, Schwester. Unsere Wege trennen sich hier. Vielleicht begegnen wir uns wieder und verstehen uns dann besser.«
»Werde ich nicht zu dir, Troilos, unserer Mutter und unserem Vater kommen?«
»Ich weiß es nicht«, erwiderte er, »du dienst anderen Göttern. Ich glaube, wenn du das Reich der Toten durchschreitest, wirst du ein anderes Ziel haben. Aber es ist mir gegeben zu wissen, daß sich unsere Wege hier für lange Zeit, wenn nicht sogar für immer trennen. Möge es dir gutgehen, Kassandra.« Er nahm sie in die Arme, und zu ihrer Überraschung fühlte sie seine kräftige Umarmung. Das war kein Geist. Er war so wirklich wie sie selbst. Dann war Hektor verschwunden, selbst sein Schatten war auf der Ebene nicht mehr zu sehen.

10 Gegen Morgen hörte es auf zu regnen, und ein heißer, trokkener Wind fegte über das Land. Kassandra befand sich in einem Zustand zwischen Wachen und Schlafen. Wieder und wieder träumte sie, sie versuche, Hektors Geist zu folgen, der in das Zelt des Achilleus eindrang, wo der Prinz sich entsetzt aufrichtete und Hektor zähneklappernd anstarrte, der lachend und mühelos durch die Zeltleinwand nach draußen verschwand und wieder auftauchte. Oder sie stand in Agamemnons Zelt. Der König sah sie gierig an und versuchte, sie an sich zu ziehen, aber sie entschwand aus seinen Armen wie Nebel. Er brüllte vor Zorn und rannte in ohnmächtiger Wut enttäuscht hinter ihr her.

Als sie schließlich erwachte, drang fahles Sonnenlicht durch die Läden, und Biene sah sie staunend an. Kassandra überlegte, ob sie im Schlaf gesprochen oder gerufen hatte. Sie schlief nur selten so lange, aber natürlich war sie auch beinahe bis zum Morgen wach gewesen. Sie kleidete sich rasch an und versuchte, sich Hektors Botschaften einzuprägen. Sie wußte, wie schnell solche halberinnerten Erlebnisse wie Träume aus dem Bewußtsein schwanden. Sie legte sich gerade den Gürtel um, als Phyllida hereinkam.

»Kassandra, schnell, die Schlangen ... «

»Ich kann nicht«, erwiderte Kassandra. »Ich bin sicher, du kannst alles tun, was notwendig ist.«

»Aber ...«

»Also gut, dann aber schnell ... Sind sie davongekrochen oder wollen sie ihre Töpfe nicht verlassen?« fragte sie und fürchtete plötzlich, das sei wieder eine Warnung vor einem schweren Erdbeben. Es mußte bald kommen, aber – *ich flehe* EUCH *an, ihr Götter, nicht heute, nicht heute!*

»Nein, aber ...«

»Dann übernimm du es. Mich beschäftigen wichtigere Dinge, und ich kann nicht hierbleiben und mit dir sprechen. Nimm Biene mit, zieh sie an und gib ihr etwas zum Frühstück. Ich bin zurück, so schnell ich kann, und kümmere mich dann um alles!« rief sie, lief aus dem Zimmer und den Hügel hinunter.

Unterwegs blieb sie kurz stehen und warf einen Blick über die Mauer. Der Streitwagen des Achilleus donnerte über die Ebene; Achilleus schien die Pferde mit der Peitsche wie wahnsinnig anzu-

treiben, während er Hektors Leiche hinter sich herzog. Kassandra gelang es kurz, in beide Welten zu blicken. Sie sah Hektor, eine leuchtende, strahlende Gestalt. Er lachte über den törichten Achilleus. Sie wußte, was er so komisch fand, und als sie schließlich zu ihren Eltern trat, die auf dem üblichen Platz über dem Tor standen, mußte auch sie laut lachen.
Hekabes vom Weinen geschwollene Augen richteten sich zornig auf sie.
»Wie kannst du lachen?«
»Siehst du nicht, Mutter, wie töricht das alles ist? Sieh doch, im Schatten der Erdwälle steht Hektor und lacht über Achilleus. Sieh doch die Sonne auf seinem Haar ...«
Hekabe warf Kassandra einen resignierten Blick zu, der bedeutete: *Natürlich, sie ist verrückt. Man kann von ihr nicht erwarten, daß sie wie ein normaler Mensch empfindet.* Kassandra griff nach den Händen der Königin.
»Mutter, was ich dir sage, ist wahr. Ich habe letzte Nacht mit Hektor im Land jenseits des Todes gesprochen, und ich sage dir, es geht ihm gut.«
»Du hast geträumt, Liebling«, sagte Hekabe sanft.
»Nein, liebe Mutter, ich habe ihn gesehen, wie ich dich sehe, und habe ihn berührt, wie ich dich berühre.«
»Ich wollte, ich könnte dir glauben ...« Der alten Frau stiegen Tränen in die Augen und rannen langsam über ihre Wangen.
»Wirklich, Mutter, du mußt mir glauben. Er hat mir aufgetragen, dir zu sagen, daß du nicht trauern darfst.«
»Letzte Nacht habe ich einmal beinahe geglaubt, Troilos sprechen zu hören.«
»Das stimmt, Mutter, ich sage dir, es stimmt!« rief Kassandra erregt und erfüllt von ihrer Botschaft. »Ich habe Troilos nicht gesehen oder gesprochen. Aber Hektor hat mir erzählt, daß er bei dir geblieben ist und versucht hat, dich zu trösten und mit dir zu sprechen.«
Hekabe sagte langsam und leise: »Polyxena und ich waren plötzlich so müde und konnten nicht länger wachen. Ich trat ans Fenster und glaubte plötzlich zu spüren, wie Troilos mir über die Haare strich, wie er es immer getan hat, seit er zu alt war, um mich zu küssen. Er war so ein lieber Junge. Er war mir der liebste von allen

meinen lieben Söhnen...« Hekabe schluchzte, und Kassandra drückte sie fest an sich.
»Er stand ganz bestimmt neben dir, ich schwöre es dir.«
»Und du sagst, Hektor – hat auch Frieden gefunden? Aber wie ist das möglich, solange sein Leichnam nicht in allen Ehren begraben und sein Geist versöhnt worden ist?« fragte Hekabe. »Und wenn es so wäre«, fügte sie hinzu, »weshalb hätten die Götter Begräbnisrituale angeordnet?«
»Ich weiß nur, was ich gesehen habe, Mutter.«
»Es nützt nichts«, stöhnte Hekabe verzweifelt, nachdem sie eine Weile darüber nachgedacht hatte. »Ich kann nicht glauben, daß sein Geist frei ist, wenn ich sehe, wie sein armer Körper... Sieh doch, obwohl es die ganze Nacht geregnet hat, wirbelt der Staub schon wieder auf!« rief sie und weinte heftiger als zuvor.
Kassandra versuchte, die Tränen ihrer Mutter mit dem Schleier zu trocknen, und ermahnte: »Es bricht Hektor das Herz, wenn er mitansehen muß, wie du weinst, Mutter. Achilleus kann ihm kein Leid mehr zufügen, ganz gleich, was er tut. Selbst wenn er Hektors Leiche zerstückeln und den Hunden zum Fraß vorwerfen sollte, würde es dem Hektor, den wir kennen, nicht das geringste ausmachen.«
Hekabe krümmte sich; ihr schien übel zu werden. »Wie kannst du so etwas sagen, Kassandra?!«
»Ich habe bei Apollon geschworen, die Wahrheit zu sagen. Wer die Wahrheit nicht hören will, dem kann ich nur wiederholen, daß mich das nicht davon entbindet, sie auszusprechen«, erwiderte Kassandra und verstand nicht, warum nur ihre Mutter sie so wütend machen konnte, obwohl oder gerade weil sie versuchte, in ihrer Gegenwart nichts zu sagen, worüber Hekabe sich aufregen konnte.
»Aber du behauptest, sie könnten unseren Hektor den Hunden vorwerfen...«
»Mutter, das habe ich nie gesagt!« Kassandra war jetzt wirklich zornig. Aber sie gab sich große Mühe, ruhig zu sprechen. »Du hast mich nicht richtig verstanden. Ich sagte, wenn Achilleus in seinem Wahnsinn so etwas tun sollte, würde es Hektor nichts ausmachen, sondern nur uns.«

»Aber du hast gesagt, ich habe es gehört, wir müßten für ihn keine Begräbnisrituale vollziehen«, beharrte Hekabe, und Kassandra seufzte, als trage sie eine sehr schwere Last den Hügel hinauf.
»Mutter, ich glaube, Hektor oder den Göttern sind Begräbnisrituale nicht wichtig, sondern nur uns«, wiederholte sie langsam, als versuche sie etwa, Biene zu erklären, warum sie nicht zu viele Kuchen auf einmal essen dürfe.
Hekabe hob den Kopf. »Und ich sage, das ist nur wieder eine deiner verrückten Ideen«, erklärte sie und wandte sich ab.
»Ja, wahrscheinlich, Mutter«, sagte Kassandra mit unterdrücktem Zorn.
Sie ist alt. Ich kann nicht erwarten, daß sie etwas versteht, was neu für sie ist.
»Aber ich bitte dich, sprich nicht mit Andromache darüber, Kassandra. Sie hat auch ohne das genug Kummer.«
»Ohne was?« fragte Andromache, die gerade auf die Mauer kam und Hekabes letzte Worte gehört hatte.
»Ich habe ihr gesagt«, begann Kassandra, aber Hekabe warf ihr einen wütenden *Wage-ja-nicht*-Blick zu, und Kassandra stellte fest, daß sie über dem Streit mit ihrer Mutter die genauen Worte von Hektors Botschaft an Andromache vergessen hatte. Erschöpft fuhr sie fort: »Ich habe letzte Nacht in einer Vision mit Hektor gesprochen. Er möchte, daß du getröstet bist, denn es geht ihm gut, und er hat Frieden gefunden, ganz gleich, was sie mit seinem Leichnam tun.« Sie sollte Andromache noch etwas sagen – aber was? Hektor wollte kommen, um seinen Sohn abzuholen ... *Nein! Ich kann ihr nicht sagen, daß ihr Sohn sterben wird, denn sie hat bereits Hektor verloren ... Sie ... was war es noch ...? Sie ... kann nicht wollen, daß er die Zeiten erlebt, die kommen werden ...*
Andromache betrachtete sie mißtrauisch mit hochgezogenen Augenbrauen. Schließlich sagte Kassandra: »Er hat mich gebeten, dir zu sagen ... er werde auch in Zukunft über seinen Sohn wachen.«
»Damit ist uns beiden aber viel geholfen«, murmelte Andromache und unterdrückte ihre Tränen, »nachdem er uns verlassen hat.«
»Aber Hektor möchte nicht, daß du weinst und trauerst«, beteuerte Kassandra. »Das hilft ihm jetzt nicht.«
»Das kann uns jeder Priester und Seher verraten«, erwiderte An-

dromache bitter. »Von dir hatte ich etwas mehr erhofft – wenn du wirklich in das Reich des Todes blicken kannst.«

»Ich sage, was der Gott mir gebietet, und ich sage es in Worten, die die Menschen bereit sind zu hören«, erwiderte Kassandra und wandte sich ab. Auf der Ebene peitschte Achilleus immer wilder auf seine Pferde ein. So ging es den ganzen Tag, bis die Sonne über Troia sank. Paris unternahm noch zweimal einen Ausfall, um den Streitwagen abzufangen und Hektors Leiche zu erobern, und zweimal trieben die Truppen Agamemnons die Troianer zurück. Drei Söhne des Priamos von seinen Nebenfrauen wurden getötet, und schließlich mußten alle einsehen, daß Achilleus von seinen Leuten zu gut beschützt wurde.

»Genug«, erklärte Priamos nach dem dritten Ausfall, »die Sonne geht unter. Wenn es dunkel geworden ist, werde ich zu Achilleus gehen und versuchen, mit ihm ein Lösegeld für den Leichnam meines Sohnes auszuhandeln.«

Wie töricht, dachte Kassandra, *und wie nutzlos. Hektor ist nicht dieses Stück verwesendes Fleisch, das Achilleus an seinem verwünschten Streitwagen festgebunden hat.*

Warum konnte sie das sehen und ihre Eltern nicht? Sollten die Eltern nicht klüger sein als sie? Es ängstigte Kassandra, daß es nicht so war.

Sie fühlte sich krank und elend. Sie hatte den ganzen Tag neben ihrer Mutter gestanden und sich nicht einmal von dem trockenen Brot und dem Öl geben lassen, die alle Soldaten mittags bekamen. Sie aß etwas und trank ein bißchen verdünnten Wein, ehe sie mit Hekabe zu Priamos ging, um seinen Kammerdienern zu helfen, ihn in seine prächtigsten Gewänder zu kleiden.

»Wenn ich nicht in meinen besten Gewändern zu Achilleus komme«, sagte der König, »glaubt er vielleicht, ich halte ihn dieser Ehre nicht für würdig. Natürlich tue ich das nicht, aber er soll es trotzdem nicht glauben.«

»Da bin ich nicht sicher, Vater«, gab Paris zu bedenken, der zusah, wie man Priamos den Bart schnitt. »Vielleicht fühlt sich dieser Verrückte in seiner Eitelkeit noch mehr geschmeichelt, wenn du als Trauernder und Bittsteller zu ihm kommst.«

»Aber wenn du ihm den Reichtum Troias zeigst, weckst du viel-

leicht seine Habgier«, sagte Andromache, »wenn wir ihn schon nicht bei seiner Ehre packen können.«
»An sein Ehrgefühl können wir uns nicht wenden«, sagte Paris, »denn es ist deutlich, daß er keins besitzt. Es geht nur darum, wie wir ihn am besten überreden können, uns Hektors Leiche für das Begräbnis zu überlassen.«
»Ich gehe als Bittsteller zu ihm«, erklärte Priamos und legte entschlossen seinen Umhang wieder ab. »Man bringe mir das einfachste Gewand, das ich besitze. Ich werde außerdem allein zu ihm gehen.«
»Nein!« rief Hekabe und fiel verzweifelt vor ihm auf die Knie. »Wir haben erlebt, daß dieser Unmensch Sitten nicht achtet, sonst wäre Hektor inzwischen in seinem Grab. Wenn du dich ungeschützt in seine Nähe begibst, bringt er dich um oder mißhandelt dich und schändet deinen Leichnam wie den Hektors. Du kannst nicht ohne Wachen zu Achilleus.«
»Wenn nötig gehe ich zuerst zu unserem alten Freund Odysseus, und er kann mich zu Achilleus geleiten. Wir wissen, Achilleus liegt viel an der Zustimmung von Odysseus, und in seiner Gegenwart wird er mich nicht beleidigen.«
»Das genügt nicht«, jammerte Hekabe und umklammerte seine Beine. »Wenn du diese Torheit nicht läßt, wirst du keinen einzigen Schritt tun, denn ich werde dich nicht loslassen.«
Priamos versuchte, sie abzuschütteln. Aber Hekabe ließ nicht los. Priamos brummte ärgerlich.
»Meine Königin«, sagte er schließlich, »was soll ich tun? Wenn ich mit Bewaffneten zu Achilleus gehe, denkt er nur, ich fordere ihn zum Zweikampf heraus. Möchtest du das?«
»Nein!« schrie Hekabe, ließ Priamos aber nicht los.
»Was soll ich also deiner Meinung nach tun? Warum kann eine Frau nicht vernünftig sein?«
»Ich weiß es nicht, mein Herr und Gebieter, aber du wirst nicht allein zu diesem Wahnsinnigen gehen.«
»Laßt *mich* gehen«, erklärte Andromache ruhig und würdevoll. »Achilleus soll Hektors Sohn und seiner Witwe erklären, weshalb er den Leichnam nicht gegen Lösegeld freigibt.«
»Oh, meine Liebe . . .« begann Priamos. Hekabe fiel ihm empört

ins Wort. »Wenn ihr glaubt, ich lasse zu, daß man meinen Enkelsohn in die Nähe dieses Ungeheuers bringt...«
»Mir kommt ein besserer Gedanke. Nimm einen Priester mit, und sei es auch nur als Zeuge vor den Göttern. Achilleus fürchtet die Götter.«
»Noch besser«, erklärte Priamos, »ich gehe mit zwei Priesterinnen, mit Kassandra und Polyxena. Die eine dient Apollon und die andere der Jungfrau Athene. Welche Unsterblichen Achilleus auch fürchtet, sie sollen seine Ruchlosigkeit mitansehen.«
Er fragte Kassandra: »Fürchtest du dich, mit deinem alten Vater zu Achilleus zu gehen, mein Mädchen?«
»Nein, Vater«, erwiderte sie, »ich begleite dich unbewaffnet oder bewaffnet, wenn du willst. Vielleicht hast du vergessen, daß ich bei den Amazonen zur Kriegerin ausgebildet worden bin.«
»Nein«, erklärte Polyxena mit ihrer kindlichen Stimme, »keine Waffen, Schwester. Wir gehen barfuß und mit offenen Haaren und flehen um Mitleid. Es wird seiner Eitelkeit schmeicheln, wenn wir vor ihm knien. Zieh ein schlichtes weißes Gewand ohne Stickereien oder Bänder an und bürste dir die Haare aus – oder noch besser«, fügte sie hinzu und griff nach einer Schere, »schneide sie zum Zeichen deiner Trauer ab.« Ohne auf die Entsetzensrufe ihrer Mutter zu achten, schnitt sie sich die langen, rötlichen Locken ab. Dann tat sie dasselbe bei Kassandra, die verblüfft auf die langen Zöpfe blickte, die auf dem Boden lagen. »Verzichtest du Hektor zuliebe nicht gerne auf deine Eitelkeit?« rief Polyxena.
Natürlich würde ich es tun, wenn Hektor auch nur das geringste davon hätte, dachte Kassandra. Aber sie war klug genug zu schweigen.
Priamos behielt nur einen großen schönen Smaragdring am Finger – ein Geschenk für Achilleus, wie er sagte – und zog auch seine Sandalen aus. Kassandra und Polyxena nahmen Fackeln und verließen mit ihrem Vater den Palast. Am Stadttor forderte Priamos sein Gefolge auf zurückzukehren. »Ich weiß, ihr wollt mich nicht verlassen«, sagte er. »Aber wenn wir das nicht allein tun, kann es vermutlich überhaupt nicht getan werden. Wenn Achilleus nicht auf einen gramgebeugten Vater und zwei trauernde Schwestern hört, kann ihn auch die ganze troianische Streitmacht nicht zur Vernunft bringen. Geht in den Palast zurück, meine Kinder.«

Die Leute weinten und jammerten aus Angst um ihn, aber als die drei Bittsteller durch das Tor schritten und im Licht der beiden Fakkeln über die Ebene zogen, gehorchten sie schließlich.
Die Erde war an einigen Stellen vom Regen immer noch schlammig, und es war finster. Über den Himmel zogen dicke Wolken, und nur hin und wieder zeigte sich der abnehmende Mond. Kassandra zitterte in ihrem einfachen Gewand und spürte in den schlammigen Füßen die Kälte. Sie rechnete jeden Augenblick damit, daß der Himmel seine Schleusen wieder öffnen werde. Wie sinnlos das alles war, und doch, wie hätte sie ablehnen können, wenn ihr Vater dadurch seinen Seelenfrieden fand.
Kassandras Herz krampfte sich zusammen, als ihr auffiel, wie langsam Priamos vorankam. Seine Beine schienen ihn kaum zu tragen, nur seine Willenskraft trieb ihn vorwärts. *Wird das sein Tod sein? Verwünschter Hektor, der das Pech und den Unverstand hatte, gegen Achilleus zu kämpfen und sich töten zu lassen!* dachte sie und wankte hinter Polyxena her. Tränen stiegen ihr in die Augen, und sie sah kaum noch, wohin sie gingen.
Befand sich Hektor immer noch auf dieser Ebene? War seine Leiche immer noch an den Streitwagen gebunden? Warum erschien er nicht und sprach mit ihnen? Warum verbot er seinem Vater nicht, sich vor Achilleus zu demütigen? Nein, Hektor hatte sich von ihr verabschiedet und erklärt, sie würden sich nicht wieder begegnen. Hätten Priamos und Hekabe ihr geglaubt, wenn sie ihnen erzählt hätte, daß sie das zerstörte Troia gesehen hatte? Oder wären sie danach nur noch entschlossener gewesen, alles in Ordnung zu bringen, solange noch Zeit dazu war?
Ein Wachposten rief sie an: »Wer da?«
Priamos antwortete mit schwacher, zittriger Stimme. Kassandra war noch nie so deutlich bewußt geworden, wie alt und gebrechlich ihr Vater inzwischen war. »Priamos, Sohn des Laomedon, König von Troia. Ich bin gekommen, um mit Prinz Achilleus zu verhandeln.«
»König von Troia, du bist willkommen. Aber wenn du eine bewaffnete Wache bei dir hast, muß sie hier zurückbleiben.«
Man hörte Gemurmel, und nach einiger Zeit leuchtete ein Windlicht auf.
»Ich habe weder eine bewaffnete noch eine unbewaffnete Wache

bei mir«, erwiderte Priamos. »Ich komme als Bittsteller zu Achilleus, und nur meine zwei jungen Töchter begleiten mich.«
Das klingt, dachte Kassandra, *als seien wir kleine Mädchen und nicht erwachsene Frauen.* Auch Priamos schien eine Erklärung für notwendig zu halten, denn er fügte hinzu: »Sie sind beide Priesterinnen, nicht Frauen von Kriegern. Die eine ist Priesterin des Apollon, die andere Priesterin der Jungfräulichen Athene.«
»Warum begleiten sie dich?«
»Wir stützen unseren Vater, damit er nicht stolpert«, erwiderte Polyxena, während man ihnen in die Gesichter leuchtete.
Kassandra erklärte: »Die achaischen Heerführer kennen mich. Ich war bei den Verhandlungen über die Rückkehr von Chryseis, der Tochter des Apollonpriesters, anwesend.« Sie fragte sich, ob es richtig gewesen war, das zu erwähnen, denn damals hatte Achilleus nicht so gut abgeschnitten und wollte sicher nicht daran erinnert werden.
Aber die Wache wußte das offenbar nicht oder kümmerte sich nicht darum. »Dann können sie mitkommen«, entschied der Mann. Er senkte das Windlicht. »Folgt mir.«
Er führte sie über viele tiefe Wagenspuren hinweg zu dem Lichtschein, der aus dem Zelt des Achilleus fiel. Im Zelt war es warm, sogar einigermaßen bequem. Es gab Stühle mit Fellen und Tierhäuten, Wandbehänge und auf einem Tisch Früchte und Wein. Achilleus saß in der Mitte des Zelts. Es hatte den Anschein, als habe er sich für eine Audienz vorbereitet. Am anderen Ende des Zelts lag im Lichtkreis vieler Lampen die einbalsamierte und verhüllte Leiche des Patroklos, genau, wie Kassandra es gesehen hatte. In der Nähe des Eingangs stand Agamemnon und neben ihm Odysseus; sie hielten einen Becher Wein in der Hand. Achilleus kam offenbar gerade aus dem Bad, denn er wirkte sauber und hatte die rosige Haut eines Kindes. Eine Frau bürstete ihm die langen blonden Haare. Kassandra erkannte Briseis.
Als Priamos vor ihm stand, hob Achilleus die Hand und gebot Briseis Einhalt. Sie zog sich zurück.
»König von Troia«, begann er und verzog die dünnen Lippen zu einem (wie Kassandra fand) verächtlichen Lächeln, »was führt dich in einer solchen Nacht zu mir?«

Als ob er es nicht genau weiß! Aber Achilleus war offenbar entschlossen, den Auftritt zu genießen. Priamos trat einen Schritt vor, kniete umständlich nieder und streckte dem Jüngeren flehend die Hände entgegen.

»O mein Prinz Achilleus. Ich bin sicher, ich muß dir nicht sagen, warum ich gekommen bin. Ich bitte dich, gib mir, wie es der Sitte entspricht, den Leichnam meines Sohnes Hektor, damit ich ihn angemessen begraben kann.«

Achilleus verzog das Gesicht kaum merklich zu einem Lächeln. Priamos sprach schnell weiter: »Du bist so tapfer, Prinz. Du hast viel gekämpft. Aber in all diesen Jahren haben wir dir deine Toten überlassen, damit ihre Leichen dem Feuer übergeben und ihre Geister in die Nachwelt geschickt werden konnten.«

»Hektor hat mich erzürnt«, erwiderte Achilleus. »Er hätte wirklich nicht so anmaßend sein dürfen, gegen mich zu kämpfen, den die Götter zu schützen geschworen haben.«

Priamos schluckte. Er wußte nicht, was er darauf sagen sollte. Kassandra ballte unter dem weiten Gewand die Fäuste.

Er wagt es, von Anmaßung zu sprechen?

Priamos antwortete schließlich: »Prinz, ein Krieger fordert den besten Gegner heraus, den er finden kann. Hektor ist tot. Du bist so mächtig. Kannst du kein Erbarmen mit Hektors Frau und seinem Sohn haben?«

»Nein«, erwiderte Achilleus, »das kann ich nicht.«

Kassandra spürte, daß alle im Zelt auf das nächste Wort warteten, aber Achilleus schwieg so lange, daß Kassandra glaubte, er wolle es dabei belassen. Dann sagte er: »Ich habe geschworen, die Rache voll und ganz auszukosten.«

Priamos beugte sich vor und legte Achilleus die Hände auf die Knie. Er beschwor ihn:

»Prinz Achilleus, du mußt einmal einen Vater gehabt haben. Hast du beim Gedächtnis deines Vaters kein Erbarmen? Hektor war mein ältester Sohn. Ich war so stolz, wie dein Vater auf dich stolz gewesen sein muß. Und als der tapfere Patroklos im Kampf gefallen war, versuchte Hektor nicht, seinen Leichnam zu behalten. Er ehrte einen tapferen gefallenen Gegner! Er kam zu den Spielen für Patroklos, denn er sagte, Patroklos werde ihm ein gutes Mahl nicht

mißgönnen. Und er sagte, er freue sich darauf, mit Patroklos im Nachleben über vieles reden zu können. Sie waren beide Krieger, und Hektor vertraute darauf, sie würden als Krieger Freunde werden, wenn die Schlachten in dieser Welt vorüber seien. Laß uns Hektor zur Ruhe legen, wie auch du Patroklos begraben willst.«
Achilleus blickte zu der aufgebahrten Gestalt hinüber, und Kassandra sah, daß ihm plötzlich die Tränen in die Augen stiegen und daß die widersprüchlichen Gefühle, die in ihm tobten, sich in seinem Gesicht spiegelten: Haß, Hohn, Mitleid, Trauer. Die Trauer herrschte vor. Ihr Vater hatte offenbar den richtigen Ton gefunden, der Übermut und Hohn besiegen konnte. Achilleus sagte langsam: »Du hast recht, König von Troia. Patroklos hat also einen Freund im Nachleben. Wache!« stieß er plötzlich hervor, »bringt uns den Leichnam des königlichen Hektor!«
Der Mann verneigte sich bis zum Boden und verließ schnell das Zelt.
Achilleus sagte: »Du hast von Lösegeld gesprochen. Was für ein Lösegeld bietest du mir?«
Priamos murmelte: »Edler Achilleus, es ist an dir, es festzusetzen.« Er zog den Ring von seiner Hand und schob ihn Achilleus auf den Finger. »Zuerst nimm dieses Geschenk mit meinem Dank.«
Achilleus betastete den Ring nachdenklich. Dann sagte er mit seinem grausam kalten Lächeln: »Vermutlich ist dir Hektor mehr wert als ein paar eroberte Streitwagen.«
Der Wahnsinnige genießt das alles. Kassandra entging nicht, daß Achilleus sich eine Ungeheuerlichkeit ausdachte. Priamos murmelte: »Ich habe geschworen, dir zu zahlen, was du forderst, Prinz Achilleus, und ich werde nicht mit dir feilschen.«
Achilleus rieb sich das Kinn. Offenbar hatte er vor, diese Gelegenheit soweit auszukosten wie möglich. »Agamemnon, was soll ich als Lösegeld fordern?«
»Fordere viel«, erwiderte Agamemnon lässig. »Der König von Troia kann alles bezahlen, was du verlangst. Hinter den Mauern seiner Stadt liegt die Hälfte aller Reichtümer der Welt.«
Odysseus unterbrach ihn und sagte laut: »Dein Adel, Achilleus, wird an deiner Großzügigkeit gemessen werden. Soll ein Troianer dich an Großzügigkeit übertreffen?« Odysseus hatte das Gesicht

abgewandt, und Kassandra glaubte, er schäme sich. Sie wünschte, sie hätten nur mit Odysseus verhandeln müssen.
»Man spürt deutlich, daß du immer ein Freund der Troianer gewesen bist«, sagte Agamemnon. »Ich habe nicht vergessen, daß wir dich nur schwer dazu überreden konnten, überhaupt auf unserer Seite zu kämpfen.«
»Die Hälfte der Reichtümer der Welt«, murmelte Achilleus und betrachtete stolz den Ring. »Wie auch immer, ich möchte nicht zu habgierig erscheinen. Was sollte ich mit der Hälfte aller Reichtümer dieser Welt anfangen? Ich fordere also nur das Gewicht von Hektors Leichnam in Gold.«
»Du sollst es bekommen«, erklärte Priamos, ohne mit der Wimper zu zucken. »Ich habe es geschworen.«
Das ist unerträglich, dachte Kassandra, *in der Geschichte aller Kriege hat noch niemand für einen Toten ein solches Lösegeld gefordert oder bezahlt.*
Odysseus machte eine heftige Bewegung, als wolle er widersprechen, aber er schwieg. Kassandra wußte, weshalb. Ein falsches Wort konnte den Wahnsinn wieder wecken, und dann würde es überhaupt kein Lösegeld geben.
Priamos sagte: »Das Lösegeld soll bei Sonnenaufgang vor den Mauern von Troia und vor unseren Augen ermittelt werden, Prinz Achilleus, bis zur letzten Unze.« König Priamos verneigte sich schnell, damit Achilleus nicht die zornige Verachtung auf seinem Gesicht sah.
Achilleus lächelte. Er hatte bekommen, was er wollte – und das in Gegenwart seiner Verbündeten.
»Trink mit mir auf den Handel, König von Troia.«
»Danke«, sagte Priamos; es war überdeutlich, daß er es vorgezogen hätte, Achilleus ins Gesicht zu spucken. Aber er hob höflich den Becher, den der Prinz ihm reichte, und trank etwas, ehe er ihn an Polyxena und dann an Kassandra weitergab. Sie setzte den Becher an die Lippen, ohne zu trinken, denn sie wußte, sie wäre an diesem Wein erstickt.
»Darf ich nun Hektors Leichnam haben, damit seine Mutter und seine Schwestern ihn für das Begräbnis vorbereiten können?«
»Er wird dir gewaschen, geölt und gesalbt und geziemend geklei-

det bei Sonnenaufgang vor den Mauern übergeben, wenn das Lösegeld bezahlt ist«, erwiderte Achilleus.
»Achilleus, im Namen von Zeus, dem Donnerer!« platzte Agamemnon heraus. »Der König von Troia ist kein Betrüger! Gib ihm, was du ihm versprochen hast!«
»Ich glaube nicht, daß ein Vater den Leichnam in diesem Zustand sehen möchte«, entgegnete Achilleus langsam und blickte Priamos dabei an. (*Ein grausames Kind; es reißt den aus dem Nest gefallenen Vögeln die Flügel aus.*) »Ich möchte auch, daß Hektor so aussieht, daß seine Mutter ihn anblicken kann.«
»Prinz Achilleus, du bist so gütig, wie wir alle schon immer geglaubt haben, daß du edel bist«, sagte Kassandra schnell. (*Ja, genauso, wie wir geglaubt haben.*) »So sei es also, bei Sonnenaufgang, Prinz Achilleus.«
Sie zupfte ihren Vater am Ärmel; Priamos hatte den Kopf gesenkt und weinte. Sie stützte ihn, und Polyxena nahm seinen anderen Arm, als sie das Zelt verließen – schnell, damit Priamos das Lachen nicht hörte, in das Achilleus ausbrach.

11 Nach ihrer Rückkehr befahl Priamos allen Angehörigen der königlichen Familie, den goldenen Zierat im Palast zusammenzutragen. Er verlangte die goldenen Halsketten, Ohrringe und Ringe der Frauen, die goldenen Becher von der Tafel, ehe er die Schatzkammern öffnen ließ. Das Gold wurde zur Stadtmauer getragen.
Priamos bat den Apollontempel um einen Priester, der eine Waage aufstellen sollte. Khryse kam, und er war zum ersten Mal tatsächlich so beschäftigt, daß er von Kassandra keine Notiz nahm, während er an der Aufhängung arbeitete und mit den Gewichten hantierte. Kassandra beobachtete ihn dabei und verstand im Prinzip, was er tat. Aber sie wußte, sie besaß weder das Geschick noch das Wissen, um es selbst tun zu können. Als er die merkwürdig wirkende Waage ins Gleichgewicht gebracht hatte, forderte er sie auf, sich auf eine der Schalen zu legen, um die Waage zu überprüfen.
»Tu einfach, als seist du ein Stück Holz«, sagte er.

»Wie du willst.« Sie nahm ihren Platz ein und beobachtete, wie die Palastdiener das Gold auf die andere Waagschale legten. Es überraschte sie, wie klein das Häufchen war, das genügte, um sie langsam in die Luft zu heben. Khryse sah sie an und sagte: »Gold ist schwerer, als die meisten glauben.«
Achilleus weiß mit Sicherheit ganz genau, wieviel Gold er bekommen wird.
Sie setzte sich auf, als man das Gold wieder heruntergenommen und beiseite gelegt hatte.
»Dein Gewicht in Gold, Kassandra«, erklärte Khryse. »Wäre es mein Gold, würde ich es für dich als Brautpreis anbieten.«
Sie seufzte. »Fang nicht wieder damit an, Bruder.«
Er sah sie enttäuscht an. »Mußt du immer alle meine Hoffnungen auf etwas Glück in dieser Welt zerstören?«
»Oh, Khryse, wenn du eine Frau möchtest«, erwiderte sie mit einem ärgerlichen Lachen, »gibt es genug Frauen in Troia.«
»Du weißt genau, für mich gibt es nur eine Frau, und das bist du.«
»Ich fürchte, dann wirst du unverheiratet bleiben, bis du stirbst«, erwiderte sie entschieden, »selbst wenn das Gold dir gehören würde und du es für mich anbieten könntest.« Sie sprang von der Waage und betrachtete das Gold, das ihrem Gewicht entsprach. Kassandra hatte sich noch nie viel aus Schmuck und Gold gemacht, und es überraschte sie, daß dieses kalte Metall die Habgier so vieler Menschen wecken konnte. Obwohl sie Achilleus kannte, hätte sie nie geglaubt, daß er sich mit Gold allein zufriedengeben könnte. Sie hatte geglaubt, er werde sich noch eine weitere Demütigung des königlichen Hauses einfallen lassen.
Die ersten Sonnenstrahlen trafen die obersten Steine. Die Sonne ging auf. Kassandra stieg auf die Mauer und breitete schweigend die Arme zum morgendlichen Gruß des Sonnengottes aus.
»Sing das Morgengebet, Kassandra«, rief Khryse von unten herauf. »Du hast eine schöne Stimme, aber in letzter Zeit hören wir sie auch im Dienst Apollons nur noch selten.«
Kassandra schüttelte entschlossen den Kopf. Wenn sie sang, würde er sie später doch nur wieder beschuldigen, sie habe ihn verzaubert. »Ich singe nur für den Gott«, sagte sie und schwieg.
Priamos erschien mit seinen Dienern und einem weiteren Korb Gold. Obwohl das kostbare Metall kaum den Boden bedeckte,

war der Korb so schwer, daß zwei Männer ihn tragen mußten. Priamos fragte: »Nun, Priester, ist die Waage bereit? Können wir jederzeit anfangen?«
»Mit dem größten Vergnügen, mein Herr und König.«
»Vergnügen? Dummkopf! Glaubst du, diese Sache macht mir Vergnügen?« knurrte Priamos. Er trug noch immer das weiße Gewand eines Bittstellers, an dem der Schmutz vom Gang der letzten Nacht klebte. Auch seine nackten Füße bedeckte getrockneter Schlamm.
Polyxena flüsterte ihm etwas zu, und Priamos sagte barsch: »Willst du damit sagen, ich soll mich für diesen Schurken Achilleus baden, frisieren und schöne Gewänder anlegen, als sei das eine Hochzeit und nicht ein Begräbnis? Und mir ist es gleich, ob er da der Oberpriester Apollons ist. Der Mann ist trotzdem ein Dummkopf.«
Kassandra legte schnell die Hand auf den Mund. Es wäre nicht richtig gewesen, in diesem Augenblick zu lachen. Nun ja, abgesehen von Khryses verlegenem Gesicht gab es wenig zu lachen.
Priamos wies die Diener an, den Korb zu dem anderen Gold zu stellen. »Jetzt müssen wir auf Achilleus warten. Es sähe ihm ähnlich, einen solchen erniedrigenden Handel zu machen und uns dann den ganzen Tag warten zu lassen – oder überhaupt nicht zu kommen.«
»Er hat vor Zeugen zugestimmt«, erinnerte Polyxena ihren Vater. »*Sie* werden dafür sorgen, daß er kommt. Sie wollen mit diesem Krieg weitermachen, nachdem sie Hektor nicht mehr als Gegner haben.«
Das Gefolge versammelte sich schweigend an der Mauer. Hekabe und Andromache standen rechts und links von Priamos.
Kassandra wußte nicht genau, was sie erwartet hatte: Achilleus, der wie üblich mit halsbrecherischer Geschwindigkeit auf die Stadt zugaloppierte? Sie blickte in die aufgehende Sonne, bis ihr die Augen schmerzten.
Khryse stand neben ihr und stützte sie, als brauche sie Hilfe. Sie war wütend, wollte aber nicht die Aufmerksamkeit auf sich lenken, indem sie zur Seite trat.
Khryse sagte: »Im Lager der Argiven herrscht reges Treiben. Worauf warten sie?«
»Vielleicht wollen sie meinen Vater noch weiter demütigen, so daß

er schließlich vor aller Augen in der Hitze ohnmächtig wird«, murmelte Kassandra. »Khryse, verglichen mit Achilleus ist Agamemnon edel und freundlich.«

»Ich weiß nicht viel von ihm«, sagte Khryse, »aber genug, um nicht zu wünschen, daß das Schicksal Troias in seiner Hand liegt. Die Gesundheit und die Kraft des Königs sind die ganze Hoffnung, die uns noch für Troia bleibt.«

Und das ist wenig Hoffnung, dachte Kassandra. Aber sie schwieg, denn sie wollte mit niemandem über die Ängste um ihren Vater sprechen, und ganz bestimmt nicht mit einem Mann, dem sie zutiefst mißtraute.

»Seht doch«, rief Polyxena und hob kaum merklich den Arm. Weit draußen auf der Ebene bewegten sich Gestalten. Kassandra erkannte beim Näherkommen Achilleus; sein blondes Haar glänzte in der Sonne. Er ging an der Spitze einer kleinen Prozession. Ihm folgten acht seiner Soldaten mit einer Bahre, auf der ein Körper lag – es konnte nur Hektors Leichnam sein. Dahinter kamen ein halbes Dutzend achaischer Heerführer in voller Rüstung, aber ohne Waffen.

Wenigstens einmal hat Achilleus Wort gehalten. Kassandra atmete auf. Erst jetzt wurde ihr klar, daß sie so lange nicht daran geglaubt hatte, bis sie Hektors Leiche mit eigenen Augen sah.

Der Zug war inzwischen so nahe, daß sie die Gesichter und sogar die Stickereien des Tuches sah, mit dem man Hektor bedeckt hatte. Achilleus verneigte sich vor Priamos: »Wie ich versprochen habe, König von Troia, bringe ich die Leiche deines Sohnes.«

»Das Lösegeld liegt bereit«, erwiderte Priamos, ging zur Bahre und schlug das schwere Tuch zurück, so daß man das Gesicht sah. »Zuerst will ich mich vergewissern, daß es wirklich der Leichnam meines Sohnes ist.«

Hekabe trat neben ihn, als er das Tuch völlig zurückzog. Penthesilea wich ihrer Schwester nicht von der Seite, um sie notfalls zu stützen. Kassandra machte sich darauf gefaßt, daß ihre Mutter in Klage- oder Wehgeschrei ausbrechen würde. Aber Hekabe nickte nur ernst, beugte sich vor und küßte die kalte weiße Stirn. Priamos sagte: »Ein Priester des Apollon, der in solchen Dingen bewandert ist, hat die Waage aufgestellt. Wenn du die Gewichte selbst überprüfen willst ...«

»Nein, nein«, wehrte Achilleus mit grotesker Großzügigkeit ab. »Ich verstehe sehr wenig von diesen Dingen, mein König.«
Khryse führte Achilleus zu der Waage und sagte: »Du hast nicht in deinem Interesse gehandelt, Prinz Achilleus, als du den Leichnam von Prinz Hektor so zugerichtet hast. In gutem Zustand hättest du mehr Gold dafür bekommen.« Der Scherz wirkte sehr grob und völlig unpassend. Kassandra sah, daß Khryses Hände zitterten und seine Pupillen geweitet waren, und sie vermutete, er hatte unverdünnten Wein getrunken oder ein Gemisch aus Wein und Mohn und war nicht mehr ganz Herr seiner Sinne.
Priamos wurde blaß und sagte gepreßt: »Fangen wir an.« Er winkte, und man legte Hektors Leiche auf die eine Waagschale. Die Diener der Priamos häuften Gold auf die andere – immer ein paar Stücke gleichzeitig. Achilleus beobachtete es und lächelte kaum merklich, als die Waagschale mit der Leiche zitterte und sich langsam vom Boden hob. Kassandra überlegte sich, ob die anderen Zeugen das Schauspiel ebenso grotesk fanden wie sie.
Die Waage vibrierte und schwankte plötzlich heftig, wodurch die Leiche zur Seite rutschte, aber nicht herunterfiel. Auf dem Hügel über Troia wehte ein Wind, aber hier unten im Schatten der Mauer stand die Luft quälend still – so still, daß es einem den Atem nahm. Plötzlich stellte Kassandra fest, daß sich eine tiefe Stille über die ganze Stadt gebreitet hatte; nicht einmal ein Vogel sang. Gehörte das zu der Warnung, die sie schon einmal erhalten hatte? Würde Poseidon zuschlagen? Soll er zuschlagen und dieser Schamlosigkeit ein Ende setzen, dieser Verhöhnung von Anstand und Ehre! Kassandra richtete den Blick auf eines der Seile. Das Seil zitterte, und ein paar goldene Schmuckstücke fielen auf die Erde. *Oh, Poseidon, mehr kannst du für Hektor nicht tun?*
Einer der Diener hob den Schmuck auf und legte ihn auf die Waagschale zurück. Er griff nach einer schweren goldenen Brustplatte, und die Schale mit dem Gold sank nach unten.
»Zuviel«, erklärte Priamos, ließ die Brustplatte wieder wegnehmen und legte statt dessen eine geflochtene goldene Halskette darauf.
»Eine Spur zu leicht«, sagte Achilleus, und seine Augen wanderten verstohlen zu der Brustplatte. Polyxena trat vor, nahm ihre goldenen Ohrringe ab und warf sie auf die Waagschale. Die beiden

Schalen zitterten, wurden ruhig und hingen dann im völligen Gleichgewicht bewegungslos in der Luft.
»Bitte«, sagte sie, »das ist genug. Nimm dein Gold und geh.«
Achilleus blickte von dem Gold zu Polyxena, und seine Augen leuchteten.
»Für das Gold würde ein goldenes Mädchen genügen«, sagte er. »König Priamos, ich erlasse dir die Hälfte des Lösegeldes für diese Frau, selbst wenn sie eine Sklavin oder eine deiner Nebenfrauen ist.«
»Ich bin die Tochter des Priamos«, schleuderte ihm Polyxena entgegen. »Ich diene der Jungfräulichen Athene. SIE ist keine Freundin der Lust, auch nicht der eines Königs oder eines Königssohnes. Gib dich mit dem Gold zufrieden. Halte dein Wort, Prinz Achilleus, und laß uns unseren Toten begraben.«
Achilleus preßte die Lippen zusammen, und Kassandra sah, daß auf seiner Stirn eine Ader hervortrat. Er stieß zwischen den Zähnen hervor: »So ist das? Dann gib sie mir als rechtmäßige Frau zur Ehe, und du hast drei Tage Zeit, um deinen Sohn zu betrauern. Andernfalls beginnt der Krieg heute mittag.«
»Nein!« rief Odysseus mit dröhnender Stimme und löste sich aus der Reihe der schweigenden achaischen Heerführer. »Das ist zuviel, Achilleus. Halte dein Wort, wie du geschworen hast, oder *ich* werde heute mittag gegen dich kämpfen. Wir haben Priamos drei Tage Waffenruhe für Hektors Begräbnis versprochen, und so soll es sein.«
Achilleus durchbohrte ihn wütend mit den Augen. Aber Odysseus wiederholte beherrscht: »So soll es sein« und winkte seinen Männern. Sie verteilten das Gold in Körbe und kehrten auf demselben Weg zurück, auf dem sie gekommen waren.
Kassandra blieb nicht, um zu hören, welche Pläne man für die Wettkämpfe machte. Sie schützte Pflichten im Tempel vor und sagte, sie müsse sich sofort auf den Weg machen, um nach den Schlangen zu sehen. Offenbar hatte niemand die Hand – oder den Finger – Poseidons bemerkt. Sie eilte den langen steilen Weg zum Tempel hinauf. Bald stellte sie fest, daß Khryse ihr folgte – nun gut, sollte er ihr doch folgen. Er hatte dasselbe Recht, zum Tempel zurückzukehren, wie sie. Aber er näherte sich ihr nicht und versuchte auch nicht, mit ihr zu sprechen, bis sie das große Tor durchschritten hatten.

»Ich weiß, was dich beschäftigt, Prinzessin. Ich habe es auch gespürt. Der Gott ist zornig auf Troia.« Khryse wirkte blaß und verstört. Was hatte er so früh am Tag getrunken? Vielleicht schärfte es seine Sinne, wenn auch sein Verstand darunter litt.
»Ich war nicht ganz sicher«, erwiderte Kassandra. »Ich war nicht ganz sicher, ob ich träume oder es mir einbilde.«
»Dann habe ich es auch geträumt«, sagte er. »Es ist nur noch eine Frage der Zeit. Lange kann Apollon den vollen Zorn Poseidons nicht mehr abwenden. Ich habe gesehen, wie die beiden Götter um Troia kämpfen...«
Kassandra erinnerte sich an ihre Vision und sagte: »So ist es. Kein Sterblicher kann die Mauern Troias niederreißen. Aber wenn ein Gott sie zum Einsturz bringt...«
»Vor der Stadt steht ein Heer, das stärker ist als alle Truppen Troias«, sagte Khryse, »und die Begräbnisriten für unseren größten Helden werden vorbereitet, während sie mindestens drei Krieger haben, die stärker sind als unsere besten.«
»Drei? Ich gebe zu, Achilleus, aber...«
»Agamemnon nimmt es mit Paris und Deiphobos zusammen auf, wenn es sein muß, und Odysseus und Ajax sind ebenso stark wie Hektor.«
»Nun ja«, sagte Kassandra und fragte sich, wohin das Gespräch führen sollte, »solange unsere Mauern stehen, ist das nicht wichtig. Und wenn uns bestimmt ist, daß sie einstürzen – werden wir das Schicksal auf uns nehmen, wenn es soweit ist.«
»Ich will nicht hierbleiben und erleben, wie die Stadt fällt. Wäre ich ein Krieger, würde ich kämpfen. Aber ich habe nie gelernt, mit Waffen umzugehen. Ich könnte nicht einmal mich selbst verteidigen – wieviel weniger die, die ich liebe. Kommst du mit mir, Kassandra? Ich möchte nicht, daß du stirbst, wenn die Stadt in die Hände der Feinde fällt.«
»Ich wünschte, ich müßte nur den Tod fürchten.«
»Ich will mit dem ersten Schiff, das ich finde, nach Kreta fahren. Ich habe gehört, daß vor der kleinen Bucht ein phönizisches Schiff auslaufbereit liegt«, sagte Khryse, »komm mit mir, und du hast nichts zu fürchten.«
»Nichts außer dir.«

»Kannst du mir diesen Augenblick der Dummheit nie vergeben?« fragte Khryse. »Ich will deine Ehre nicht antasten, Kassandra. Wenn du willst, werde ich dich heiraten. Und wenn du immer noch entschlossen bist, nicht zu heiraten, bin ich bereit, jeden Eid zu schwören, daß wir als Schwester und Bruder reisen, und ich dich nicht anrühren werde.«

Ich würde deinem Eid nicht trauen, nicht einmal, wenn du bei der Tugend deiner Mutter schwörst, mich nicht anzurühren, dachte sie und schüttelte nicht unfreundlich den Kopf.

»Nein, Khryse. Glaub mir, ich bin dir dankbar für diesen Vorschlag. Aber die Götter haben bestimmt, daß ich in Troia noch etwas zu tun habe. Ich weiß nicht, was mich erwartet, aber bestimmt werden SIE es mir zeigen, wenn es soweit ist.«

»Eine Lanze mehr wird nicht viel helfen, wenn die Stadt fällt«, erwiderte Khryse, »willst du bleiben, um deine Mutter und deine Schwester zu trösten, wenn sie als Gefangene der achaischen Heerführer verschleppt werden? Was haben sie davon?«

Kassandra sah ihn prüfend an. Er wirkte, als habe er schon lange nichts mehr gegessen, aber sein Zustand ließ sich nicht nur mit Hunger erklären. Es gab ihr einen Stich ins Herz. Sie liebte Khryse zwar nicht so, wie er es wollte, aber sie kannte ihn nun schon lange und wünschte ihm nichts Schlechtes.

Eine flüchtige Berührung des Gottes würde ihn töten, dachte sie und wurde traurig.

»Wenn das die einzige Aufgabe ist, die die Götter mir auferlegen«, antwortete sie entschlossen, »dann werde ich sie erfüllen.«

»Es lohnt sich kaum, allein nach Kreta oder Thera zu gehen«, sagte Khryse, »du könntest mich begleiten, um dein Schlangenwissen zu vergrößern, so wie damals in Kolchis. Oder wir könnten nach Ägypten gehen. Dort sind Priester immer willkommen. In Ägypten wird viel gebaut, und es gibt – wie in Knossos – immer Arbeit für einen Mann, der mit Gewichten und Maßen umgehen kann. Ich habe gehört, daß sie den Palast wiederaufbauen, den Poseidon, der Erderschütterer, beim letzten Mal in einen Trümmerberg verwandelte.«

»Dann geh nicht allein«, riet Kassandra, »nimm Chryseis mit. Sie war hier nie glücklich. Du möchtest doch nicht, daß sie wieder als Gefangene in Agamemnons Bett landet?«

»Agamemnon will nicht Chryseis«, erwiderte Khryse, »das weißt du so gut wie ich.«
Kassandra erschauerte, denn sie hörte die Wahrheit in der Stimme des Priesters. Aber sie sagte: »Ich ergebe mich in mein Schicksal, mein Bruder, so wie du dich in dein Schicksal ergibst. Geh nach Knossos, Ägypten oder wohin dein Schicksal dich auch führt, und die Götter mögen dich auch dort beschützen.« Sie hob die Hand zu einer segnenden Geste. »Ich wünsche dir alles Gute, Khryse. Aber unsere Wege trennen sich hier, und zwar für immer.«
»Küß mich wenigstens einmal«, flehte er und fiel vor ihr auf die Knie.
Kassandra beugte sich über ihn und berührte mit den Lippen leicht seine faltige Stirn wie eine Mutter, die ihr kleines Kind küßt.
»Bringe den Segen des Sonnengottes, wohin du auch gehst, und denke freundlich an mich«, sagte sie.
Kassandra ging an ihm vorbei; Khryse kniete immer noch wie betäubt auf der Erde.
Er ist nicht mehr ganz bei Verstand, dachte sie, *vielleicht ist das eine Gnade. Er wird weniger leiden, wenn sein Schicksal ihn ereilt. Es kann nicht mehr lange dauern – für niemanden von uns.*

Im Hof der Schlangen liefen die Priesterinnen aufgeregt durcheinander und versuchten, die Schlangen wieder einzufangen. Am Morgen hatten viele ihre Töpfe verlassen und hatten Zuflucht im Garten gesucht. Ein paar der friedfertigsten hatten gebissen, als sie in die Enge getrieben und eingefangen worden waren. Kassandra erschrak. Phyllida hatte sich schon seit einigen Tagen große Sorgen gemacht, aber Kassandra hatte nicht auf sie gehört. Es war ein schlechtes Vorzeichen. Aber die Zeit zum Fürchten war vorbei.
»Der Sonnengott hat den SEINEN keine falsche Warnung geschickt«, sagte sie, » die Hand von Poseidon, dem Erderschütterer, hat uns tatsächlich getroffen, auch wenn es nur ein leichter Schlag war. Hört ihr? Die Vögel singen wieder. Die Gefahr ist zumindest für heute vorüber.«
Trotzdem machten sich einige Priesterinnen immer noch Sorgen.
»Die große Schlange, die Mutter der Schlangen, ist seit drei Tagen

nicht mehr aus ihrer Höhle gekommen«, berichtete Phyllida, »wir haben versucht, sie mit Mäusen und neugeborenen Kaninchen zu locken. Als das nichts half, mit einer jungen Taube und sogar mit einer Schale frischer Ziegenmilch.« (Das war in Troia inzwischen eine seltene Köstlichkeit, denn man hatte viele Ziegen aus Mangel an Futter schlachten müssen. Die wenige Milch, die es gab, blieb Säuglingen oder Schwangeren vorbehalten, die in der Anfangszeit nichts anderes bei sich behalten konnten.) »Was bedeutet dieses Omen, Kassandra? Zürnt uns die Mutter? Was können wir tun, um IHREN Zorn abzuwenden?«

»Ich weiß es nicht«, antwortete sie, »die Göttin hat mich nicht wissen lassen, ob SIE uns zürnt. Vielleicht sollten wir unsere Festgewänder anlegen und für SIE singen.« (Das würde zumindest nicht schaden.) »Danach gehen wir hinunter zum Leichenmahl in den Palast und tanzen zu Ehren Hektors.«

Diese Aussicht löste bei den Frauen Freude aus. Wie Kassandra vermutet hatte, verdrängte es schnell die Angst. Als die anderen gegangen waren, um ihre Gewänder anzulegen, trat Phyllida zu Kassandra. Inzwischen hatte sie von Kassandra viel von dem Schlangenwissen aus Kolchis gelernt. Sie sagte:

»Das ist alles ganz schön und gut. Aber was ist, wenn die große Schlange sich auch heute weigert, Nahrung anzunehmen?«

»Dann müssen wir das vermutlich als das schlimmste aller Omen hinnehmen«, antwortete Kassandra, »auch die Mutter der Schlangen ist schließlich nur ein Tier. Kein Tier hungert grundlos. Ich habe kleinere Schlangen schon zum Fressen gezwungen, aber ich fühle mich nicht der Aufgabe gewachsen, das mit der großen zu tun. Du?« Phyllida schüttelte stumm den Kopf, und Kassandra nickte. »Also können wir nicht mehr tun, als ihr verlockende Nahrung anzubieten, und beten, daß die Schlange es für richtig hält, sie anzunehmen.«

»Kurz gesagt, genau dasselbe würden wir auch bei einem Unsterblichen tun«, sagte Phyllida mit einem spöttischen Lächeln, »ich frage mich immer öfter, wozu die Götter gut sind?«

»Das weiß ich auch nicht, Phyllida. Aber ich bitte dich, sag so etwas nicht den anderen«, mahnte Kassandra, »vermutlich sollten wir uns auch umziehen.«

Phyllida strich ihr über die Wange und sagte: »Arme Kassandra, dir kann kaum nach Tanzen und Essen zumute sein, nachdem Hektor tot ist.«

»Hektor geht es besser als den meisten in dieser Stadt, die noch leben«, erwiderte Kassandra, »glaub mir, ich freue mich für ihn.«

»Niemand aus meiner Familie ist bei den Kriegern«, sagte Phyllida, »und das letzte Festmahl liegt schon so lange zurück, daß ich mich darüber freuen würde, auch wenn es das Leichenmahl meines Vaters wäre. Also wollen wir für die Schlangenmutter und zu Ehren Hektors tanzen. Und ich hoffe, SIE hat ebensoviel davon wie er.«

Phyllida eilte davon, und Kassandra ging zu der künstlichen Höhle an der Mauer, die für die große Schlange gebaut worden war.

Sie zögerte und wartete, ob Apollon sprechen und ihr verbieten werde, in die Höhle einzudringen. Dann nahm sie eine brennende Fackel und kroch hinein. Die alte Schlange kannte ihren Geruch und würde ihr nichts tun, denn man hatte sie Kassandra in Kolchis für den Sonnentempel anvertraut. Aber sie würde sich auch nicht freiwillig einer brennenden Fackel nähern. Im Halbdunkel der Höhle roch Kassandra den uralten Geruch, der allen Menschen panische Angst einjagt. Aber sie hatte gelernt, ihn nicht zu beachten.

Beim Weiterkriechen mußte sie Kot ausweichen. Schlangen waren im allgemeinen sauberer als Katzen. Die Mutter der Schlangen hätte ihre Höhle normalerweise nie beschmutzt. Kassandra erkannte undeutlich den zusammengerollten, großen, schuppigen Schlangenleib, murmelte beruhigende Worte und kroch näher. Zögernd streckte sie die Hand aus, aber anstelle der warmen Schuppen, die sie erwartet hatte, schien sie glasierten, kalten Ton zu berühren. Sie drückte fester. Nichts regte sich. Die große Schlange war tot!

Deshalb ist sie also nicht hervorgekommen. Das Omen ist schlechter, als die Priesterinnen ahnen, dachte Kassandra seufzend. Sie streckte sich einen Augenblick neben der toten Schlange aus und blieb ruhig liegen. Dabei überlegte sie unwillkürlich, ob sie der Mutter der Schlangen begegnen würde, wenn sie sich auf die graue Ebene des Todes hinauswagte, wo Hektor auf seinen Sohn wartete. Würde die Schlange mit einer menschlichen Stimme zu ihrer Priesterin sprechen?

Ändern würde sich dadurch nichts. Falls Kassandra noch einmal diese Ebene erreichen sollte, würde sie es vielleicht herausfinden. Es gab so viele Fragen zum Tod, die unbeantwortet blieben. Sie verstand nicht, weshalb jemand den Tod fürchtete. Wenn überhaupt, konnte man ihn doch höchstens mit großer Neugier erwarten.
Kassandra kroch rückwärts aus der Höhle und stellte die brennende Fackel in die Halterung neben den Eingang – das Zeichen, die Schlange nicht zu stören. Phyllida kam zurück und fragte: »Warst du in der Höhle? Geht es ihr gut?«
»Sehr gut«, antwortete Kassandra mit fester Stimme, »sie hat sich gehäutet und darf nicht gestört werden.«
Phyllida war erleichtert. »Ach, du hast dich nicht umgezogen. Und wo sind deine Sandalen für den Tanz?«
»Hektor wird es gleichgültig sein, was ich trage«, sagte sie, »ich tanze barfuß ebensogut wie in Sandalen.«
Die Priesterinnen versammelten sich, und Kassandra führte den Tanz an, der älter war als Troia. Am Ende stieß sie den letzten Klageschrei aus und murmelte dabei leise ein Gebet für die alte Schlange, fragte sich dann aber, ob es richtig war, für die Seele eines Tieres zu beten, das vermutlich keine hatte. Nun ja, wenn die Schlange eine Seele hatte, war das Gebet für sie eine Wohltat, und wenn nicht, würde es ihr zumindest nicht schaden.
»Und nun auf zu dem Mahl«, sagte sie und ging mit den Frauen den Hügel hinunter zum Palast.
Priamos hatte sie nicht erwartet, aber man hieß sie willkommen. Hekabe freute sich, daß die Priesterinnen Hektor diese Ehre erwiesen. Kassandra stand in der Mitte der Tänzerinnen und erlebte, wie die lange Reihe der Frauen in ihren weißen, wehenden Gewändern sich wie eine Spirale um sie wand. Dann führte sie den Reigen an, mit dem sich die Windungen des Labyrinths in diesem uralten Tanz wieder entrollten. Tanz und Gesang erreichten schließlich das Ende, und Kassandra wies die Priesterinnen an, die Becher der Gäste zu füllen, ehe sie sich setzten. Auch sie füllte einen Becher mit Wein und trug ihn zu Penthesilea. Sie war müde und betrübt. Sie hatte das Gefühl, daß außer der Amazone niemand in der Halle saß, mit dem sie sprechen wollte. Sie konnte es nicht einmal ertragen, mit Aeneas zu sprechen, obwohl er lächelte und ihr zuwinkte.

Penthesilea stellte ihr keine Fragen. Sie zog Kassandra einfach auf die Bank neben sich, und sie tranken zusammen den Wein. Erst dann erkundigte sie sich: »Was hast du, Kleines? Du siehst so müde aus. Das ist doch nicht nur die Trauer um Hektor?«
Kassandra spürte, wie ihr die Tränen in die Augen stiegen. Für alle anderen in Troia war sie die Priesterin, die alle Lasten auf sich nahm, zu der man mit allen Fragen ging und auf Antworten hoffte. Es kam niemandem in den Sinn, daß sie selbst Ängste und Fragen haben könnte.
»Manchmal wünschte ich, ich hätte mich auch dafür entschieden, Kriegerin zu werden«, brach es aus ihr heraus, »ich sehe es nicht, welchen Nutzen es für irgend jemanden hat, daß ich Priesterin bin.«
Penthesileas Stimme klang streng, als sie erwiderte: »Die Richtung unseres Lebens wird oft nicht von uns bestimmt, Kassandra.«
»Weshalb können dann manche Menschen sich entscheiden?«
»Ich glaube, manchen von uns stehen die Entscheidungen offen, die durch Entscheidungen festliegen, die wir bereits getroffen haben – wenn nicht in diesem Leben, dann in einem anderen«, sagte Penthesilea.
»Glaubst du das wirklich?« fragte Kassandra.
»Ach, Liebes, ich weiß nicht, was ich glaube. Ich weiß nur, daß ich – wie wir alle – versuche, das beste aus den Entscheidungen zu machen, die mir in jedem Augenblick offenstehen«, antwortete Penthesilea, »und du verhältst dich genauso! Aber du solltest nicht hier sitzen und mit einer alten Frau über das Auf und Ab und über die Unberechenbarkeiten des Lebens reden. Aeneas versucht, deinen Blick auf sich zu lenken. Ein paar Minuten mit deinem Geliebten werden dich mehr aufmuntern als meine Philosophie.«
Das mag wohl so sein, dachte Kassandra, aber sie wehrte sich dagegen. Trotzdem blickte sie zu Aeneas hinüber und erwiderte sein Lächeln. Er stand auf, kam zu ihr und ließ sich noch einen Becher Wein geben, den sie zusammen tranken – Kassandra fiel auf, daß es mehr Wasser als Wein war.
»Es war ein schöner Tanz. Ich habe noch nie so etwas gesehen«, sagte er, »ist es einer der alten troianischen Tänze?«
»Ja, er ist sehr alt«, antwortete sie, »aber ich glaube, er kommt aus

Kreta. Es ist der Tanz des Labyrinths – die Spiralen sind die Windungen der Erdschlange. Man hat ihn im Tempel des Sonnengotts schon getanzt, noch ehe ER die Große Schlange erschlug, wie man erzählt.«

Wieder einmal ist die Große Schlange tot, und der Sonnengott hat uns keine Warnung, kein Vorzeichen geschickt, dachte sie von Angst überwältigt ... Was konnte das alles bedeuten? Hektors Tod war ganz bestimmt nur der Anfang vom Ende ...

Aeneas sah sie besorgt und über ihren Kummer erschrocken an. Sie wollte ihm nicht auch noch Angst machen. Bei ihm würde sie vielleicht sogar die nicht enden wollende Verzweiflung vorübergehend vergessen.

»Ich werde dir etwas zu essen bringen«, sagte er, »du hast kaum etwas von dem Mahl gehabt. Es gibt gebratenes Zicklein und Lamm. Priamos hat an nichts gespart, und Hektor würde nicht wollen, daß du unglücklich bist. Wo immer dein Bruder inzwischen sein mag, wir dürfen sicher sein, daß es ihm gutgeht. Es wird ihm nicht deshalb besser oder schlechter gehen, weil wir trauern.«

Das klang fast wie das, was sie versucht hatte zu sagen, und sie war glücklich über seine Worte. *Wenigstens Aeneas versteht mich. Ich muß mich in seiner Gegenwart nicht durch einen Berg von Angst und abergläubischen Unsinn über den Tod hindurchkämpfen!* Sein Gesicht schien im Fackellicht zu leuchten. Ihr fiel ein, daß sie gesehen hatte, wie er unversehrt aus dem Untergang Troias hervorging. Er würde leben! Das Licht in seinem Gesicht war das Licht des Lebens, während über allen anderen die Blässe des Todes lag.

»Ich möchte nichts essen«, lehnte sie ab, obwohl sie kurz zuvor noch hungrig gewesen war.

»Dann laß uns diese Halle verlassen, in der alle trauern. Die Götter sind meine Zeugen, ich habe Hektor geliebt, aber ich sehe nicht, wie sein Schicksal dadurch gebessert wird, daß die Leute herumsitzen und essen, bis sie sich kaum noch bewegen können, und sich sinnlos betrinken. Damit verstehen wir sein Schicksal nicht einmal besser!« Er legte ihr den Arm um die Hüfte. Eng umschlungen stiegen sie die Treppe hinauf zum Dach und blickten auf das achäische Lager hinunter, das bis auf ein paar verstreute Lichter im Dunkel lag.

Er drückte sie eng an sich und flüsterte: »Kassandra, laß mich heute nacht zu dir kommen ...«
Sie zögerte, aber sagte schließlich: »Gut, komm mit.« Morgen würde Zeit genug sein, um sich mit toten Schlangen und einer sterbenden Stadt zu beschäftigen.
Auf ihrem Weg zum Tempel fiel ein Stern mit so schwindelerregender Schnelligkeit vom Himmel, daß die Erde einen Augenblick lang aus dem Gleichgewicht zu geraten schien. Kassandra klammerte sich an Aeneas' Arm und dachte daran, wie sie als junges Mädchen mit Andromache in Kolchis die fallenden Sterne beobachtet hatte. Seit jener Nacht hatte sie zwar aufmerksam den Himmel betrachtet, aber bis zu diesem Augenblick nie wieder einen Stern fallen sehen. War es ein Zeichen? Oder hatte es nichts zu bedeuten?«
»Was hast du?« fragte Aeneas zärtlich und neigte sich zu ihr.
»Nur der Stern ...«
»Ein Stern?« fragte er. »Ich habe nichts gesehen, Geliebte.«
Jetzt beginne ich zu phantasieren. Genug für heute, sagte sie sich entschlossen, führte Aeneas in ihr Zimmer und wußte plötzlich schmerzerfüllt: Es war das letzte Mal.

12 Zu Kassandras Überraschung brachen die Achaier den Waffenstillstand nicht. Keiner von ihnen nahm an den Wettkämpfen zu Ehren Hektors teil – abgesehen von einem unbekannten Myrmidonen, der beim Ringkampf antrat, nacheinander vier Gegner zu Boden warf (als letzten Deiphobos), den Goldbecher entgegennahm, der als Preis ausgesetzt war, und verschwand, ohne seinen Namen zu nennen. In der Stadt kursierten Gerüchte, es sei einer der Unsterblichen in Menschengestalt gewesen. Aber das stimmte nicht. Paris erklärte, er habe den Mann auf dem Schlachtfeld schon gesehen, und er sei ein gewöhnlicher Soldat. Troianer und Achaier sahen friedlich den Wettkämpfen zu und schenkten den Gewinnern den verdienten Beifall.
Penthesilea bestand darauf, beim Bogenschießen anzutreten. Es gab einige Schwierigkeiten, als sie mühelos gegen alle Gegner einschließlich Paris gewann, der sich den Preis in den Kopf gesetzt

hatte. Er erhob Einspruch, aber niemand schloß sich seiner Meinung an, denn man hatte Paris oft genug sagen hören, kein Mann könne ihn im Bogenschießen übertreffen. Einige der jüngeren Söhne des Priamos (sie freuten sich insgeheim, daß ihr Bruder endlich einmal geschlagen wurde) beharrten darauf, er habe kein Recht, sich darüber zu beklagen, daß ihn eine Frau übertroffen hatte.

Am Morgen nach dem Waffenstillstand erwachte Kassandra sehr früh und hörte erleichtert das laute Zwitschern der vielen Vögel im Garten des Tempels. Zumindest an diesem Tag würde es kein schweres Erdbeben geben.

Sie ging hinunter in den Palast – Penthesilea wohnte inzwischen dort – und half der Amazonenkönigin, die Rüstung anzulegen.

»Alle troianischen Truppen werden kämpfen. Und wir – das heißt, wir Amazonen – werden heute geschlossen Achilleus angreifen«, sagte sie, »wir kämpfen schon so viele Jahre, und ein Krieger kann uns nicht alle aus dem Sattel werfen, und sei er noch so stark.«

»Mir wäre lieber, ihr würdet euch einen weniger gefährlichen Gegner suchen«, erwiderte Kassandra beunruhigt, »Feinde gibt es genug. Auch Männer wie Menelaos und Idomeneo sollten fallen. Warum greift ihr nicht Agamemnon an? Warum müßt ihr den Stolz der Achaier herausfordern?«

»Weil Achilleus immer noch da ist, um die Truppen anzufeuern, wenn Agamemnon oder Menelaos tot ist. Aber wenn Achilleus fällt, ist der ganze Haufen wie ein Bienenschwarm ohne Königin«, sagte Penthesilea, »zumindest die Myrmidonen werden entmutigt sein. Denk daran, als Achilleus verärgert in seinem Zelt saß, haben sie kaum gekämpft und mit Sicherheit nicht so wie das schlagkräftige Heer, das sie jetzt sind.«

»Oh, ich verstehe dich«, sagte Kassandra, »aber das ist nicht einmal euer Krieg. Ich wünschte, ihr würdet Troia verlassen, noch ehe der Kampf heute beginnt.«

Penthesilea blickte ihr offen ins Gesicht. »Hattest du eine Vision, Augenstern?«

»Nein, eigentlich nicht«, antwortete Kassandra, begriff aber sofort, daß sie hätte ja sagen sollen. Die Amazonenkönigin hätte ihr vielleicht geglaubt. Sie schlang die Arme um Penthesilea und begann zu weinen.

»Du sollst heute nicht kämpfen!« schluchzte sie. Sie klammerte sich weinend an ihre Tante, und Penthesilea schimpfte.
»Nun, komm schon, wo ist die Kriegerin, die ich ausgebildet habe? Du benimmst dich wie eine schwache Stadtfrau! So ... ja gut ... wisch dir die strahlenden Augen, Liebes, und laß mich gehen.«
Widerstrebend machte Kassandra sich von ihr los und versuchte, das Schluchzen zu unterdrücken. »Achilleus ist unverwundbar. Man sagt, ein Gott schützt ihn, und kein Mann kann ihn töten.«
»Nun ja, Paris hat damit geprahlt, daß ihn kein Mann beim Bogenschießen übertreffen werde«, sagte Penthesilea mit einem verschmitzten Lächeln, »vielleicht heißt das nur, es ist einer Frau vorbehalten, ihn zu töten. Wenn es mir nicht bestimmt ist, wird es vielleicht eine meiner Frauen tun, um mich zu rächen. Kein Sterblicher ist unverwundbar, Liebling. Wenn ein Gott ein solches Ungeheuer beschützt, dann sollte dieser Gott sich schämen. Wir schreiben Achilleus zuviel Macht zu. Er ist ein Mann wie jeder andere.«
Trotzdem hat er Hektor getötet, dachte Kassandra. Aber sie konnte nichts dagegen sagen, denn Penthesilea hatte recht. Umringt von den anderen Amazonen lief sie hinunter zu dem Platz, wo die Streitwagen sich zum Angriff formierten.
Penthesilea legte Kassandra den Arm um die Hüfte.
»Aber Kind, du zitterst ja immer noch!«
»Ich habe Angst um dich. Ich kann nichts dagegen tun«, flüsterte Kassandra mit erstickter Stimme.
Penthesilea sah sie stirnrunzelnd an, sagte dann aber zärtlich: »Angst darf es im Leben einer Kriegerin nicht geben, Augenstern. Ich möchte nicht, daß jemand dich weinen sieht. Also Liebes, laß uns in den Kampf ziehen.«
Ich kann nicht zusehen, wie sie geht! Sie wird nicht mehr zurückkommen ...
Widerstrebend nahm sie den Arm von der Hüfte ihrer Tante. Penthesilea küßte sie und sagte: »Kassandra, was immer auch geschehen wird, du sollst wissen, daß du für mich mehr als eine Tochter warst. Du hast mir auch näher gestanden als alle meine Liebhaber. Du warst meine Freundin.«
Kassandra trat zur Seite und sah durch einen Schleier von Tränen, wie ihre Tante sich in den Sattel schwang. Die Amazonen formier-

ten sich um sie, besprachen leise Angriffstaktiken. Das Stadttor öffnete sich, und sie ritten hinaus.
Kassandra wußte, sie sollte zu ihrer Mutter in den Palast gehen oder zurück in den Tempel und sich dort um die Schlangen kümmern – im Hof der Schlangen herrschte inzwischen heillose Verwirrung, nachdem Kassandra den Tod der Mutter der Schlangen bekanntgegeben hatte. Statt dessen stieg sie auf die Mauer, um zu sehen, wie Penthesilea und ihre Kriegerinnen in die Schlacht zogen. Die troianischen Streitwagen fuhren an der Spitze und griffen die achaischen Reihen mit Lanzen und Schwertern an. Die Amazonen jagten in donnerndem Galopp auf Achilleus und seine Männer zu.
Die Frauen auf der Mauer hörten deutlich den Aufprall der Lanzen. Als die Staubwolke sich lichtete, lagen zwei Amazonen auf der Erde; auch ihre Pferde waren gestürzt. Die eine sprang auf und stieß ihrem Angreifer den Speer in den Leib, die andere rührte sich nicht mehr. Ihr Pferd rollte sich zur Seite und versuchte, wieder auf die Beine zu kommen. Ein Achaier sah das und schnitt dem Tier die Kehle durch, kniete sich dann auf die gefallene Frau und versuchte, ihr die schöne Rüstung abzureißen. Kassandra sah, daß Penthesilea den ersten Angriff überlebt hatte. Ihr Pferd blutete von einer Speerwunde, hielt sich aber auf den Beinen.
Die Amazonenkönigin wendete das Pferd und trieb es geradewegs in das Gewimmel der Myrmidonen, die sich um Achilleus scharten, stieß sie mit dem Speer beiseite und tötete dabei viele. Kassandra sah genau, wann Achilleus sie bemerkte: Penthesilea durchbohrte einen Mann, der zu seiner Leibwache gehören mußte. Kassandra sah, wie er vom Streitwagen sprang, als fordere er die Amazonenkönigin auf, sich ihm im Zweikampf zu stellen.
Penthesilea richtete sich hoch auf und trieb ihr Pferd auf ihn zu. Achilleus stieß seinen Schlachtruf aus und sprang auf das Tier zu, das stieg, und stieß ihm den Speer in den Leib. Es stürzte zu Boden. Penthesilea sprang blitzschnell aus dem Sattel und stand mit gezücktem Schwert Achilleus gegenüber. Sie war größer als er und besaß eine größere Reichweite mit dem Schwert. Sie hieben so wild aufeinander ein, daß man die einzelnen Hiebe nicht verfolgen konnte. Achilleus schwankte und sank auf die Knie. Er gab sofort ein

Zeichen. Seine Männer stürzten herbei und gaben ihm Deckung. Penthesilea wich bis zu ihrem toten Pferd zurück. Achilleus stand wieder auf den Beinen und schoß blitzschnell wie eine angreifende Schlange auf Penthesilea zu und durchbohrte sie mit dem Schwert. Penthesilea sank auf den Pferdeleib. Kassandra glaubte zu spüren, wie das Leben aus ihr wich. Achilleus bückte sich. Was tat der Verrückte? Er riß und zerrte wie rasend an ihrer Rüstung, warf sich auf sie und schändete vor aller Augen die Leiche.

Ein Ungeheuer! dachte Kassandra, *Hätte ich doch meinen Bogen!*

Achilleus richtete sich auf. Er hatte sein abscheuliches Werk zu Ende gebracht. Vier Amazonen griffen ihn an. Er tötete zwei mit dem Schwert, traf die dritte mit dem Speer, und dann bildeten seine Myrmidonen wieder eine lebende Mauer um ihn. Die verwundete Kriegerin taumelte, und einer seiner Männer machte sie nieder. Die restlichen Amazonen unternahmen den verzweifelten Versuch, Penthesileas Leichnam zu erobern. Aber sie waren hoffnungslos in der Minderheit, und nur wenig später lebte keine einzige Amazone mehr. Die Soldaten trieben die Pferde der Kriegerinnen zusammen und führten sie weg. Innerhalb einer Stunde war ein Stamm mit all seiner Kultur und all seinem Wissen ausgelöscht worden. Dieser Dämon Achilleus hatte einer Kriegerin, die gewagt hatte, ihn herauszufordern, die höchste Schmach angetan. Kassandra glaubte keinen Augenblick, daß ihn die Lust überkommen hatte. Es war ein kaltblütiger Akt der Verachtung gewesen.

Warum hat Apollon nicht SEINEN *Pfeil abgeschossen und ihn auf dem Höhepunkt seines anmaßenden und maßlosen Stolzes tödlich getroffen?!*

Apollon haßte ausschweifende Rache und sogar Ausschreitungen im Krieg. ER wäre der richtige Rächer gewesen. Kassandra hatte begriffen, Achilleus war kein ehrenhafter Gegner im Kampf. Er war wie ein tollwütiger Hund.

Aber die Götter sehen zu und tun nichts! Wenn Achilleus tatsächlich ein tollwütiger Hund wäre, käme jemand und würde ihn töten – nicht, um die Toten zu rächen, sondern um die Lebenden zu schützen und das arme Tier aus seinem Elend zu befreien.

Wenn Apollon nicht handelt, so habe ich doch nicht umsonst gelobt, IHM *zu dienen – und sei es auch nur dadurch, daß ich tue, was ein unschuldigerer Diener von* SEINEM *Gott erwarten würde.*

Zum ersten Mal seit dem Tag, an dem sie als junges Mädchen im Tempel gekniet und zum Sonnengott gebetet hatte, sie in Gnaden aufzunehmen, wußte Kassandra in aller Klarheit, weshalb sie in Apollons Tempel gekommen war. Sie warf einen letzten Blick auf Penthesileas Leiche, die schmählich entblößt auf dem Kampfplatz lag, und wandte sich ab. Sie hatte am Morgen alle Tränen vergossen, als sie Penthesilea anflehte, nicht zu kämpfen. Jetzt konnte sie nicht mehr weinen.
Sie ging hinauf in den Tempel. In ihrem Zimmer holte sie aus der Truhe den Bogen hervor, den Penthesilea ihr geschenkt hatte. Er war vergoldet und kunstvoll mit Elfenbein eingelegt wie der Bogen des Sonnengottes. Sie wählte einen Pfeil – sie würde ihn vielleicht brauchen, um die Entfernung richtig einzuschätzen –, und in den Köcher steckte sie den letzten vergifteten Pfeil, der noch von Cheiron, dem Kentaur, stammte.
Kassandra stellte fest, daß sie am ganzen Leib zitterte. Sie ging in die Küche hinunter, nahm sich etwas trockenes Brot, ein wenig Honig und zwang sich zu essen. Die Frauen backten gerade und versuchten, Kassandra zu überreden, auf das frische Brot zu warten. Aber außer verdünntem Wein lehnte sie alles ab. Die Frauen waren überrascht, ihre Priesterin bewaffnet zu sehen, unterließen es aber, Fragen zu stellen. Eine ältere Priesterin hatte gute Gründe für das, was sie tat, sei es auch noch so geheimnisvoll oder unverständlich. Man durfte ihr Tun unter keinen Umständen in Frage stellen.
Dann stieg Kassandra langsam hinunter in den geheimsten Raum des Tempels und nahm aus einer Truhe, zu der nur wenige der ranghöchsten Priester und Priesterinnen den Schlüssel besaßen, ein goldgeschmücktes Gewand und die goldene Sonnenmaske. Mit geschulter Ruhe legte sie das Gewand an, setzte die Maske auf und band sie fest.
Sie war nicht ganz sicher, ob das, was sie tat, nicht das schlimmste Sakrileg war – sie dachte an Khryse, der diese heiligen Dinge vergeblich benutzt hatte, um ein unerfahrenes Mädchen einer Lust dienstbar zu machen, die er anders nicht befriedigen konnte –, oder ob sie der Ehre Apollons diente, indem sie tat, was der Gott hätte tun sollen.

Auch Sandalen gehörten zu dem Gewand – vergoldete Sandalen mit kleinen goldenen Flügeln an den Fersen. Kassandra zog sie an und band sie fest. Sie wünschte, sie wäre wirklich geflügelt, damit sie über das achaische Lager fliegen könnte. Ruhig stieg sie auf die Plattform hinaus und dachte daran, wie Khryse dort als Verkörperung Apollons gestanden und die Pestpfeile in das achaische Lager geschossen hatte. Khryse hatte auch mit Apollons Stimme gesprochen.
Die Leichen der Amazonen lagen unter Schwärmen von Fliegen. Die troianischen Streitwagen und die Truppen, die an diesem Morgen aufmarschiert waren, hatten sich hinter die Mauern zurückgezogen. Achilleus stolzierte, umgeben von seiner Leibwache, so nah, wie er es wagen konnte, vor dem Stadttor herum. Offenbar wartete er darauf, daß jemand herauskommen und ihn zum Zweikampf auffordern würde. Sahen seine Männer nicht, daß er die Grenzen von Würde und Vernunft überschritten hatte? Sie huldigten ihm und achteten ihn als ihren Feldherrn!
Kassandra rief nicht, wie Khryse es getan hatte. Apollon trug ihr nichts zu sagen auf. Apollon war der Gott des Gesanges. Aber sie würde jetzt kein Lied singen. Vielleicht würde ein anderer eine Ballade darüber machen, aber nicht mit ihren Worten. Sie spannte den Bogen, zielte auf Achilleus und schoß. Der Pfeil flog nicht weit genug, aber jetzt konnte sie die Entfernung einschätzen. Achilleus hatte den Pfeil nicht gesehen. Er stand herausfordernd vor seinem Streitwagen. Wohin sollte sie zielen? Die eiserne Rüstung schützte ihn überall. Kassandra betrachtete ihn von oben bis unten. Der Helm bedeckte Gesicht und Haare, aber an den Füßen trug er Sandalen mit dünnen Lederriemen. Also gut! Sie zielte auf die Füße.
Der Pfeil traf ihn an der nackten Ferse. Offenbar glaubte er zunächst nur, etwas habe ihn gestochen. Er bückte sich, um nach dem Quälgeist zu schlagen. Dann zog er den Pfeilschaft aus der Ferse und hob verwundert den Kopf. Er wollte sehen, wer der Schütze war. Seine Myrmidonen starrten nach oben und wiesen mit den Fingern in die Luft. Die Troianer auf den Mauern hoben die Köpfe, um zu sehen, was die Achaier so in Erstaunen versetzte. Kassandra blieb reglos stehen. Ein senkrecht in die Luft geschossener Pfeil würde sie nicht erreichen – selbst wenn jemand den Mut

aufbringen sollte, auf Apollon zu schießen. Sie fühlte sich unverwundbar. Und selbst wenn ein Pfeil durch das blendende Mittagslicht geflogen wäre, sie hatte getan, was sie sich vorgenommen hatte zu tun.
Achilleus starrte immer noch zu dem Schützen hinauf. Offenbar war er sich der Bedeutung seiner Wunde aber noch nicht bewußt. Nach einiger Zeit sah Kassandra, wie er sich bückte, sich an der Ferse kratzte und einen seiner Männer herbeiwinkte, der die Wunde verband. Sollten sie es nur versuchen! Kassandra wußte, selbst wenn man ihm den Fuß abtrennen würde – bei kleinen Wunden wie dieser hatte man das schon getan –, das Gift war in seinem Blut und Achilleus bereits ein toter Mann.
Er marschierte noch kurze Zeit überheblich auf und ab, dann stolperte er und stürzte. Er krümmte sich. Unter den Myrmidonen brach Verwirrung aus. Dann erhob sich ein durchdringender Schrei des Zorns und der Verzweiflung – ähnlich wie beim Tod von Patroklos. Von der Ringmauer, wo die Frauen standen, drangen Jubel, Rufe und schließlich ein lauter Dank an Apollon herauf. Aber Kassandra befand sich inzwischen bereits wieder in dem geheimen Raum, legte Maske, Gewand und Sandalen in die Truhe zurück und verschloß sie wieder. Als sie ins Freie trat, strömten die Troianer in Scharen hinunter zur Mauer, um zu erfahren, was geschehen war.
»Einer der achaischen Anführer ist tot!« rief jemand Kassandra zu, »vielleicht sogar Achilleus. Man sagt, Apollon ist hoch auf den Mauern über Troia erschienen und hat ihn mit SEINEN Feuerpfeilen getroffen.«
»Ach ja?« erwiderte sie zweifelnd. Als ihr die Geschichte das nächste Mal erzählt wurde, sagte sie nur: »Nun ja, es war auch Zeit.«

13

Nach dem Tod des Achilleus erfaßte eine Welle der Hoffnung Troia; jeder erwartete, der Krieg würde jetzt schnell zu Ende sein. Es gab keinen Waffenstillstand, um Achilleus zu betrauern, und keine Wettkämpfe. Kassandra vermutete, daß die Achaier kaum wirklich trauerten, obwohl am Scheiterhaufen ritualisierte

Klagen ertönten. Sie dachte an Briseis, die aus freien Stücken zu Achilleus gegangen war, und fragte sich, ob die junge Frau um den Mann trauerte, den sie verherrlicht hatte. Sie hoffte es beinahe. Es wäre nicht gerecht gewesen, wenn selbst um jemanden wie Achilleus niemand getrauert hätte.
Doch Agamemnon, der den Oberbefehl über alle achaischen Truppen hatte und sogar die Myrmidonen dazu brachte, weiter zu kämpfen, schien keinen Zweifel am Ausgang des Krieges zu haben. Die Achaier begannen im Süden, eine gewaltige Rampe aufzubauen, von der sie die Mauer stürmen wollten, die an dieser Stelle beim letzten Erdbeben teilweise eingestürzt war. Es dauerte ein paar Stunden, ehe die Troianer begriffen, was sie vorhatten. Dann schickte Paris alle ihm zur Verfügung stehenden Bogenschützen auf die höchste Mauer und ließ auf die Achaier schießen. Die Männer arbeiteten unter dem Schutz übergroßer Schilde, die man über ihre Köpfe hielt, noch einige Zeit weiter. Aber nachdem die Schildträger schneller fielen, als sie ersetzt werden konnten, gaben die Achaier schließlich den Versuch auf und zogen sich zurück.
Kassandra hatte sich weder den brennenden Scheiterhaufen des Achilleus noch die Schlacht der Bogenschützen angesehen. Aber die Frauen im Tempel berichteten ihr alle Einzelheiten. Im Tempel herrschte Trauer um die Mutter der Schlangen, und daran würde sich auch noch längere Zeit nichts ändern. Schlangen dieser Art fand man in der Umgebung von Troia nicht. Man mußte sie aus Kolchis oder sogar aus Kreta kommen lassen. Insgeheim glaubte Kassandra, daß der Tod der Schlange nicht nur den Tod des Achilleus angekündigt hatte, sondern den Fall Troias, der nicht mehr fern sein konnte.
Sie sprach eines Abends im Palast darüber, wohin sie gegangen war, um ihre Mutter zu besuchen.
Hekabe hatte sich von Hektors Tod nicht erholt. Sie war inzwischen erschreckend zerbrechlich und dünn. Ihre Hände schienen nur noch aus Haut und Knochen zu bestehen. Sie aß kaum noch etwas und sagte immer: »Gebt meinen Teil den kleinen Kindern. Die Alten sind nicht mehr so hungrig wie sie.« Das klang zwar vernünftig, aber manchmal hatte Kassandra das Gefühl, daß ihre Mutter nicht mehr so ganz bei Verstand war. Sie sprach oft von

Hektor, schien dabei zu vergessen, daß er tot war. Sie redete, als sei er irgendwo in der Stadt bei den Truppen.
»Was haben die Achaier jetzt vor?« fragte Kassandra ihre Schwester Polyxena.
»Sie haben viele Bäume gefällt und bearbeiten sie. Ich habe mich mit der Frau unterhalten, die den achaiischen Soldaten Honigkuchen verkauft, und sie berichtete, sie habe von einem Plan gehört, Poseidon einen großen Altar zu bauen und dem Gott viele Pferde zu opfern.«
Poseidon wäre wahrhaftig ein Freund der Achaier, wenn sie IHN *überreden könnten, unsere Mauern einstürzen zu lassen. Ihre Priester wissen das, wenn sie die Feldherren überredet haben, den Erderschütterer anzurufen.*
Sie stand auf und ging zu Helena. Sie wußte seit langem, daß Paris nicht auf sie hörte. Aber manchmal gelang es ihr über Helena, ihn zur Einsicht zu bringen. Helena begrüßte sie mit der gewohnten liebevollen Umarmung.
»Freu dich, Schwester, ich weiß jetzt mit Gewißheit, daß die Göttin uns ein Kind schickt, um mich über den Verlust der anderen zu trösten, die Poseidon mir genommen hat.« Da Kassandra nicht lächelte, bat sie: »Freu dich doch für mich!«
»Ich freue mich ja für dich«, erwiderte Kassandra langsam, »aber in dieser Zeit – ist das klug?«
Helena lächelte und hatte Grübchen in den Wangen. »Die Göttin schickt uns die Kinder nicht, wenn wir wollen, sondern wenn SIE will«, erinnerte sie Kassandra, »aber du bist keine Mutter, und deshalb verstehst du das noch nicht.«
»Mutter hin, Mutter her, ich glaube, ich würde mich bemühen, für mein Kind eine bessere Zeit als das Ende einer Belagerung auszusuchen, selbst wenn das bedeuten würde, daß ich meinen Mann bei Vollmond, oder wenn der Wind aus dem Süden weht, zum Schlafen zu den Soldaten schicke.«
Helena errötete und sagte: »Paris muß einen Sohn haben. Ich kann nicht verlangen, daß er Nikos zu seinem Erben macht und den Sohn des Menelaos auf den troianischen Thron setzt.«
»Daran hatte ich nicht gedacht«, erwiderte Kassandra, »aber soll nicht Andromaches Sohn Hektors Nachfolger werden? Hat Paris beschlossen, ihm seinen Platz streitig zu machen?«

»Ein Kind kann nicht über Troia herrschen«, sagte Helena. »Ein Kind als König bekommt jedem Land schlecht. Paris müßte zumindest viele Jahre an seiner Stelle herrschen.«
»Dann wäre es vielleicht besser, wenn Paris keinen Sohn hätte«, entgegnete Kassandra, »damit er nicht versucht wäre, den rechtmäßigen Thronfolger zu entmachten.« Helena wirkte verstimmt, und deshalb fügte Kassandra hinzu: »Wie auch immer, Paris hat bereits einen Sohn von der Flußpriesterin Oenone, die als seine Frau hier im Palast wohnte, bis er dich aus Sparta mitbrachte. Es ist nicht richtig, daß Paris sich weigert, seinen Erstgeborenen anzuerkennen.«
Helena dachte nach und sagte: »Paris hat von ihr gesprochen. Er sagt, er kann nicht sicher sein, daß er der Vater von Oenones Kind ist.«
Kassandra sah die Mißbilligung in Helenas Augen und beschloß, das Thema nicht weiter zu verfolgen.
»Ich bin nicht gekommen, um darüber zu sprechen. Gibt es im Lager der Achaier mehr Pferde, als gebraucht werden, um die Streitwagen von Agamemnon und der anderen Könige zu ziehen?«
»Ich habe keine Ahnung. Von solchen Dingen verstehe ich nichts«, antwortete Helena, beugte sich über den Tisch und berührte Paris an der Hand. Sie wiederholte ihm die Frage, und Paris dachte nach.
»Nein, ich glaube, viele Pferde haben sie nicht. Sie versuchen seit einiger Zeit, die Pferde von unseren Streitwagen zu erobern. Dafür lassen sie sogar Gold liegen oder verzichten auf die Streitwagen.«
Kassandra sagte erregt: »Wenn sie Poseidon einen Altar errichten, glaubst du doch nicht, daß die Könige die Pferde opfern, die ihre Streitwagen ziehen? Ich bitte dich, doppelte Wachen bei allen Pferden in Troia aufzustellen, ganz gleich, wo sie untergebracht sind.«
»Unsere Pferde sind alle innerhalb der Mauern«, erklärte Paris unbekümmert. »Die Achaier kommen ebensowenig heran, als stünden sie in den Ställen des Pharao von Ägypten!«
»Bist du sicher? Odysseus ist sehr schlau. Er könnte sich durch eine List in die Stadt schleichen und die Pferde stehlen.« Paris lachte nur.

»Ich glaube, er kommt nicht durch unser Tor, selbst wenn es ihm gelingen sollte, sich als Zeus zu verkleiden«, sagte er, »das Tor öffnet sich keinem Menschen oder Unsterblichen. Selbst König Priamos oder mir würde es schwerfallen, jemanden zu überreden, es nach Einbruch der Dunkelheit zu öffnen. Und wie glaubst du, würde er aus der Stadt kommen, wenn es ihm gelingen sollte, sich irgendwie hereinzuschleichen? Wenn Agamemnon Pferde opfern will, dann muß er seine eigenen opfern, denn troianische wird er nicht bekommen.«
Kassandra fand, er schob diese Möglichkeit etwas zu leichtfertig beiseite. Aber sie konnte unmöglich weiter in ihn dringen. Paris würde die Schwächen seiner Verteidigungsmaßnahmen nie eingestehen – ganz bestimmt nicht seiner Schwester gegenüber. Wenn er als einziger unter seinem Leichtsinn zu leiden hätte, dann wäre sie still gewesen. Aber wenn Paris sich irrte, würde ganz Troia dafür bezahlen. Deshalb drängte sie ihn: »Ich bitte dich, laß wenigstens eine Zeitlang zusätzliche Wachen bei den Pferden aufstellen«, und wiederholte, was Polyxena ihr berichtet hatte.
»Schwester«, sagte Paris nicht unfreundlich, »es gibt sicher genug Frauenarbeiten für dich, daß du dich nicht mit der Kriegführung befassen mußt.«
Kassandra preßte die Lippen zusammen, denn sie wußte, Paris würde mit Sicherheit nichts ernst nehmen, was sie sagte. Sie konnte schlecht selbst Wache bei den Pferden stehen. Deshalb sprach sie mit den Priestern im Tempel, und sie erklärten sich bereit, die königlichen Ställe zu überwachen.
Spät in der Nacht wurde auf den Mauern Alarm geschlagen. Die herbeieilenden Soldaten fingen ein halbes Dutzend Männer, die unter Führung von Odysseus gerade die königlichen Ställe verließen. Die Wache, die den achaischen Feldherren nicht erkannt hatte, erklärte, Odysseus sei mit einem königlichen Siegel und dem Befehl gekommen, sechs Pferde zum Palast zu bringen. Man hatte ihn für einen Boten des Königs gehalten und ihm widerspruchslos die Pferde ausgehändigt. Erst als sie gingen, fielen einem Apollonpriester ihre achaischen Sandalen auf. Er ahnte den Betrug und ließ sofort Alarm schlagen.
Paris ließ den Wachposten, der sich hatte täuschen lassen, hängen.

Als man ihm Odysseus vorführte, sagte er zu ihm: »Gibt es einen Grund, aus dem ich dich nicht an der höchsten Mauer aufhängen lassen sollte, du Pferdedieb?«
Odysseus erwiderte: »In meiner Heimat hängen wir Frauenräuber, Troianer. Nur, weil du uns allen gezeigt hast, wie schnell du rennen kannst, bist du inzwischen nicht nur noch ein Gerippe, das an den hohen Mauern Spartas baumelt. Dann hätte keiner von uns die Heimat verlassen und all diese Jahre hier kämpfen müssen.«
Man hatte Priamos geweckt, und er eilte herbei. Er sah seinen alten Freund unglücklich an und sagte: »Wie ich sehe, bist du immer noch ein Pirat, Odysseus. Aber es gibt eigentlich keinen Grund, dich zu hängen. Wir waren immer bereit, Gefangene gegen Lösegeld freizulassen.«
»Was möchtest du als Lösegeld?« fragte Odysseus den König. Paris beachtete er nicht mehr.
»Zwölf Pferde«, antwortete Paris.
Odysseus erwiderte mit einer Handbewegung: »Hier sind sechs! Die sechs anderen sollt ihr bekommen.« Paris schnaubte über diese Unverfrorenheit.
»Das sind unsere Pferde. Wir wollen zwölf von deinen Pferden.«
Odysseus fragte: »Wo bleibt die Frömmigkeit, Freund? Diese Pferde sind bereits Poseidon geweiht. Ich kann sie dir nicht zurückgeben. Sie gehören bereits dem Erderschütterer.«
Paris sprang auf Odysseus zu und wollte ihm einen Faustschlag versetzen. Aber Odysseus wehrte ihn mühelos ab.
»Priamos, deinem Sohn fehlen diplomatische Formen. Ich möchte lieber mit dir verhandeln. Du kannst die Pferde zurücknehmen, wenn du bereit bist, den Erderschütterer durch deinen Geiz zu erzürnen. Ich habe geschworen, IHM diese Pferde zu opfern. Glaubst du wirklich, ER wird Troia auch weiterhin Schutz gewähren, wenn du IHM das Opfer vorenthältst?«
Priamos erwiderte: »Wenn du die Pferde Poseidon versprochen hast, gehören sie dem Gott. Ich bin einem Gott gegenüber nicht geiziger als du. Also gehören diese Pferde Poseidon. Und wir bekommen zwölf Pferde von euch als Lösegeld für dich.«
»So sei es«, stimmte Odysseus zu. Priamos ließ seinen Herold kommen und trug ihm auf, die Botschaft ins achaische Lager zu

bringen. *Agamemnon wird das nicht gefallen*, dachte Kassandra. Sie wünschte Odysseus nichts Schlechtes. Obwohl er im Heer des Feindes kämpfte, betrachtete sie den alten Seeräuber immer noch als Freund –, was er in ihrer Kindheit auch gewesen war. In einem Kästchen bewahrte sie immer noch die schöne Bernsteinkette auf, die er ihr vor Jahren geschenkt hatte.
Odysseus verabschiedete sich, um die Übergabe des Lösegeldes zu veranlassen, und Paris warf seinem Vater vor: »Du Narr! Willst du diese Pferde wirklich opfern? Was bedeutet dir ein Versprechen, das Odysseus gibt? Du glaubst doch nicht, er wollte sie opfern?«
»Das könnte gut sein«, erwiderte Priamos, »und was haben wir zu verlieren? Auch wir brauchen das Wohlwollen Poseidons. Und wir bekommen zwölf Pferde als Lösegeld von Odysseus. Wir opfern außer den gestohlenen noch sechs, also haben wir nichts verloren.«
»Ich glaube nicht, daß sie dem Gott auch nur halb so nützen, wie sie unseren Truppen nützen würden«, brummte Paris immer noch mißmutig. Aber wenn Priamos einmal etwas beschlossen hatte, konnte niemand etwas daran ändern.
Am nächsten Morgen wurden die Pferde dem Poseidon geopfert. Kassandra sah dem Ritual besorgt zu. Priamos besaß nicht mehr die nötige Kraft. Sie erinnerte sich an solche Opfer in ihrer Kindheit, als Priamos stark und kräftig genug gewesen war, um einem Stier mit einem einzigen Schlag den Kopf abzuhauen. Jetzt konnte er mit den zitternden Händen die Axt kaum noch halten. Nachdem er sie gesegnet hatte, übergab er sie einem starken jungen Priester, der das Opfer unter Anrufung Poseidons vollendete.
Als das sechste Pferd auf den Boden stürzte, also in der Mitte des Opfers, hörte man ein leises Geräusch wie ein fernes Donnergrollen, und die Erde unter ihren Füßen bebte leicht. Ein Vorzeichen? fragte sich Kassandra. Oder nahm Poseidon damit das Opfer an?
Apollon, Sonnengott! flehte sie. *Kannst* DU *diese Stadt nicht retten, die so lange* DEINE *Stadt war, auch wenn* DU *sie der Schlangenmutter genommen hast?*
Die Sonnenstrahlen trafen ihre Augen, und die vertraute Stimme schien in ihren Ohren zu dröhnen wie die ferne Brandung.
Selbst ICH *kann mich dem nicht widersetzen, was Zeus bestimmt hat, mein Kind. Was kommen soll, muß kommen.*

Das Opfer nahm seinen Verlauf, aber sie sah nicht länger zu. Apollon mußte hilflos zusehen, wie der Erderschütterer die Stadt zerstörte – SEINE STADT! Was nützte es, Poseidon zu opfern, wenn Zeus IHN dazu verpflichtet hatte, Troia und die Troianer zu vernichten? *Zeus ist nicht mein Gott und keiner von Troias Göttern!*

Wenn ohnehin alles vorbestimmt war, weshalb sollte man dann den Unsterblichen opfern und SIE um Hilfe anflehen? Trotz regte sich in ihr, der nie mehr völlig verstummen sollte. Die alte Frage war immer noch unbeantwortet: *Was nützen diese neuen Götter?*

Hoch über der Stadt schienen sich zwei mächtige Gestalten aus Wolken und Wind wie Ringkämpfer gegenüberzustehen – diesen Kampf hatte Kassandra in der Vision bereits gesehen. Sie rangen unter Blitz und Donner miteinander. Das Getöse schlug in ihr Bewußtsein. Kassandra schwankte, ohne den Blick von den kämpfenden Unsterblichen zu wenden.

Dann stürzte sie, verlor aber das Bewußtsein, ehe sie den Aufprall spürte.

Als sie zu sich kam, lag ihr Kopf in Hekabes Schoß.

»Du hättest nicht in die Mittagssonne gehen dürfen«, tadelte Hekabe sie sanft, »es war nicht richtig, das Opfer zu stören.«

»Ach, ich glaube nicht, daß es den Göttern viel ausgemacht hat«, flüsterte Kassandra und richtete sich trotz des stechenden Schmerzes hinter den Augen auf. »Bist du nicht auch der Meinung?« Aber sie sah den leicht verwirrten Gesichtsausdruck ihrer Mutter und war sicher, daß die Königin nicht verstand, wovon sie redete. Sie wußte es selbst nicht genau. »Es tut mir leid. Das sollte natürlich keine Mißachtung der Götter sein. Wir sind alle hier, um SIE zu ehren. Glaubst du, IHRE Ehre wird verlangen, daß SIE die Gefälligkeit erwidern?« Aber sie entdeckte in Hekabes Augen nur den altbekannten Blick, aus dem sprach: *Ich verstehe dich nicht.*

»Was im Namen der Götter haben sie da draußen vor?« fragte Helena.

»Polyxena hat gehört, daß sie einen Altar für Poseidon bauen«, erwiderte Kassandra.

Man hatte den Eindruck, daß auf dem freien Feld vor der Stadtmauer, die schon so lange als Schlachtfeld diente, das ganze achäische Heer damit beschäftigt war, Holz herbeizuschleppen. Unter dem Schutz einer undurchdringlichen Wand aus zusammengebundenen Lederschilden wurde in größter Eile gehämmert und gesägt.

»Es ist ein Plan ihrer Priester«, erklärte Khryse, der zu den Frauen trat.

Auch Paris erschien, beugte sich über die Hand seiner Mutter und küßte sie.

»Einen solchen Altar habe ich noch nie gesehen«, berichtete er. »Es sieht mir eher nach einer Vorrichtung aus, mit der sie angreifen wollen. Wenn sie es hoch genug bauen, können sie über die Stadtmauer schießen oder sogar darüberklettern und in die Stadt eindringen wie Seeräuber, die ein Schiff entern.«

Der Klang seiner Stimme beunruhigte Hekabe, und sie fragte: »Hast du mit Hektor darüber gesprochen?«

Paris senkte den Kopf und wandte sich ab. Kassandra sah, daß in seinen Augen Tränen standen. »Wie soll man es ertragen, wenn sie so redet«, murmelte er.

»Es geht nicht darum, ob wir es ertragen können, sondern daß sie es ertragen muß«, erwiderte Kassandra heftig. »Du kannst wenigstens auf dem Schlachtfeld versuchen, das Unrecht zu rächen, das unsere Mutter um den Verstand gebracht hat und unseren Vater noch um den Verstand bringen wird. Sag mir, können sie wirklich ein so hohes Gerüst bauen, um in die Stadt einzudringen?«

»Vermutlich. Aber solange ich lebe, wird ihnen das nicht gelingen«, erklärte Paris. »Ich werde alle Streitwagen und Bogenschützen zusammenziehen.« Er küßte Helena und lief die Stufen hinunter. Bald hörten sie den Schlachtruf und sahen Paris und die Streitwagen, die auf das Gerüst zurasten. Die Bogenschützen schossen einen Hagel von Pfeilen ab, der die Sonne verdunkelte. Bei diesem wilden Angriff gelang es, eine Ecke des Gerüsts abzureißen, das ganze Gebilde stürzte mit ohrenbetäubendem Krachen zusammen und begrub viele Männer unter sich. Die Achaier rannten in panischer Angst davon; die Troianer verfolgten sie auf ihren Streitwagen und machten so viele nieder, wie sie nur konnten. Als es so aussah, als wollten die Achaier bis zu ihren Schiffen fliehen, ließ Paris die Verfolgung abbrechen und fuhr zu dem unbewachten Gebilde zurück. In der Nähe entdeckte man ein Faß Teer. Paris ließ es

über das Holz gießen und setzte es in Brand. Während die Flammen aufloderten, hörten die Troianer, wie Agamemnon vergeblich versuchte, seine Männer zu sammeln. Die Troianer zogen sich hinter die Mauern zurück, ehe Agamemnon sich zum Gegenangriff formieren konnte.
Die Soldaten auf der Mauer jubelten. Seit der Zerstörung der achaischen Schiffe war das die einzige Schlacht, die sie eindeutig gewonnen hatten. Paris erschien auf der Mauer und kniete vor Priamos nieder.
»Wenn sie Poseidon einen Altar bauen wollen, dann nicht auf troianischem Boden, mein König.«
»Gut gemacht«, lobte Priamos und umarmte ihn herzlich. Helena eilte herbei und half Paris aus der Rüstung.
»Du bist verwundet«, sagte sie, denn sie sah, wie er zusammenzuckte, als sie ihm die Armschiene löste.
Paris hob wegwerfend die Schultern; aber auch bei dieser Bewegung zuckte er unwillkürlich zusammen.
»Ein Pfeil. Er hat aber den Knochen nicht getroffen.«
»Kassandra«, rief Helena, »komm her und sieh dir das an. Was sagst du dazu?«
Kassandra schob den Ärmel des Untergewands hoch. Es war eine Fleischwunde, ein kleines Loch oberhalb des Ellbogens. Die Wunde war rötlich und geschwollen und wirkte wie vorgeschobene Lippen, schloß sich jedoch bereits, und es sickerte nur etwas Blut hervor.
»Ich glaube, es ist nichts Ernstes,« sagte sie. »Aber man sollte sie mit Wein auswaschen und mit heißem Wasser und Kräutern baden. Wenn eine so kleine Wunde sich zu schnell schließt, kann sie gefährlich werden. Man muß sie unbedingt offen halten, damit das Blut fließt und sie reinigt.«
»Richtig«, sagte Khryse, trat mit einem Weinschlauch zu ihnen und goß Wein über die Wunde. Aber Paris riß ihm den Schlauch aus der Hand.
»Welche Verschwendung«, rief er und ließ sich den Wein in den Mund laufen. »O je, der taugt nicht einmal dazu, um den Durst zu löschen. Vielleicht ist er gut genug, um mir die Füße damit zu waschen.«

Khryse erwiderte: »Zum Trinken haben wir im Tempel besseren Wein, Prinz Paris. Der hier wird nur zum Auswaschen von Wunden benutzt. Ich lasse dir gern einen besseren Wein bringen, während wir die Wunde behandeln.«
»Am besten kommst du mit in den Palast. Ich kümmere mich darum. Du hast heute genug gekämpft, und die Feinde sind ohnehin geflohen.«
»Nein«, widersprach Paris und trat an die Mauerbrüstung. »Ich höre Agamemnon. Er rückt mit seinen Bogenschützen vor. Wir werden sie noch einmal in die Flucht jagen. Die Leute sagen ohnehin, ich verbringe viel zu viel Zeit in deinen Gemächern, meine liebe Helena. Ich bin es leid, für einen Feigling gehalten zu werden. Verbinde die Wunde mit deinem Tuch und laß mich gehen.« Er ließ sich die Armschiene über dem Verband anlegen und stürmte die Stufen hinunter. Sie hörten, wie er seinen Männern Befehle zurief.
»Warum muß er gerade jetzt den Helden spielen«, schimpfte Helena. »Glaubst du, wenn es wirklich ein Altar für Poseidon war, wird der Gott ihm zürnen, weil er ihn verbrannt hat?«
»Ich sehe nicht, was er sonst hätte tun sollen, ob der Gott nun zürnt oder nicht«, erwiderte Kassandra. »Vielleicht erinnert sich der Erderschütterer an die vielen schönen Pferde, die wir ihm dank Odysseus vor ein paar Tagen geopfert haben.«
»Ich bete darum, daß die Wunde ihn nicht beim Kämpfen behindert.« Helena seufzte. »Wenn er den Angriff überlebt und zurückkommt, werde ich die Wunde von den besten Heilern behandeln lassen.«
»Ich werde unseren besten Heilpriester schicken, Herrin Helena«, sagte Khryse und machte sich auf den Rückweg zum Tempel. Kassandra beobachtete die Schlacht. Paris kämpfte wie ein Rasender, als sei der Kriegsgott in ihn gefahren. Sie konnte nicht mehr zählen, wie viele Achaier er niedermachte und blutend auf der Erde liegen ließ.
»So habe ich ihn noch nie kämpfen sehen«, murmelte Helena.
Bete, daß er nie mehr so kämpfen muß, dachte Kassandra.
»Vielleicht ist es doch eine leichte Wunde, wie er behauptet. Er schont den Arm nicht im geringsten.«
»Er kämpft wie Hektor«, sagte Priamos. »Wir haben ihm alle Unrecht getan, als wir ihn für weniger tapfer hielten.

Helena schloß die Augen, als ein Schwert auf Paris niedersauste, aber er parierte den Schlag, als es so aussah, als würde man ihm den Kopf abhauen. Es war der letzte Hieb. Agamemnons Männer ergriffen kurz darauf die Flucht und rannten, als wollten sie erst bei ihren Schiffen stehenbleiben. Paris trieb seine Männer zur Verfolgung an, als habe er vor, die Feinde ins Meer zu treiben. Aber dann gebot er Einhalt und zog sich zurück.
»Wir werden für die Männer zum Abendessen einen Ochsen schlachten, wenn wir noch einen haben«, sagte Hekabe, als Paris die Treppe heraufkam. »Eine solche Schlacht habe ich noch nicht erlebt.«
Helena umarmte ihn. »Danke Aphrodite, daß du noch am Leben bist.«
»Ja, SIE wacht noch über uns. SIE hat dich nicht nach Troia geführt, um uns jetzt im Stich zu lassen.« Paris blickte auf das verkohlte Gebilde, das die Achaier hatten bauen wollen.
»Wenn es einem Gott geweiht war, bete ich darum, ER möge mir vergeben. Wenn du jetzt einen Heiler kommen läßt, Helena, werde ich seine Dienste gern in Anpruch nehmen. Der Arm schmerzt.«
Auf dem Weg in den Palast stützte er sich auf Helena, und Kassandra sah ihnen angstvoll nach.
»Du solltest das übernehmen«, sagte Khryse. Sie hatte ihn nicht kommen hören. »Es gibt im Tempel keine besseren Heiler als dich.«
Kassandra war sich dessen nicht so sicher, aber sie wußte nicht, wie sie ihm das sagen sollte. »Du hast die Wunde besser gesehen als ich, und du weißt, wie gefährlich so etwas werden kann«, fügte er hinzu. »Gerade wenn solche Wunden harmlos aussehen, gefallen sie mir ganz und gar nicht.« Kassandra eilte in den Palast, wo man ihr erklärte, ihre Dienste seien nicht erforderlich.
In der Nacht blieb alles ruhig. Aber am nächsten Morgen begannen die Achaier zu hämmern und zu sägen, als seien sie nie gestört worden.
»Nun, wir machen kurzen Prozeß mit ihnen, wie gestern«, erklärte Deiphobos, der an diesem Morgen mit Priamos auf der Mauer erschien. Der alte König stützte sich schwer auf den Arm seines Sohnes. »Wo ist Aphrodites Geschenk an die Frauen heute morgen? Versteckt Paris sich noch hinter Helenas weiten Röcken?«

»Sei still«, unterbrach ihn Priamos scharf. »Er ist gestern verwundet worden. Vielleicht hat sich die Wunde entzündet, und es geht ihm schlechter.« Er winkte einen jungen Boten herbei und sagte: »Lauf zu Prinz Paris und erkundige dich, weshalb er nicht bei den Truppen ist.«

»Eine Wunde«, sagte Deiphobos verächtlich. »Ich habe diese Wunde gesehen. Ein Kratzer, wahrscheinlich sogar ein Liebesbiß.«

Der Bote eilte davon und kam bald bleich zurück. Er verbeugte sich vor Priamos und sagte: »Mein König, die Herrin Helena bittet darum, daß die Priesterin Kassandra sich die Wunde ihres Bruders ansieht. Die Herrin Helena kann ihm nicht mehr helfen.«

»Vater«, sagte Deiphobos, »habe ich deine Erlaubnis, mit den Streitwagen hinauszufahren und diese Ameisen zu vertreiben, wie Paris es gestern getan hat?«

»Geh«, sagte Priamos. »Aber wenn Paris gesund ist, übergibst du ihm wieder den Oberbefehl. Was ihm gehört, wird nie dein sein.«

»Wir werden ja sehen«, sagte Deiphobos, salutierte vor Priamos und ging.

Kassandra lief zum Palast hinauf. Die Hallen wirkten an diesem Morgen kalt, feucht und seltsam still; der Nebel vom Meer hing noch in der Luft. Paris lag halb bekleidet und blaß auf einer Bahre in seinem Gemach und murmelte vor sich hin. Helena wusch die Wunde mit heißem, nach Kräutern duftendem Wasser. Als sie Kassandra sah, sprang sie auf und eilte ihr entgegen.

»Aphrodite sei Dank, daß du da bist. Vielleicht hört er auf dich, denn auf mich will er nicht hören«, flüsterte sie.

Kassandra entfernte das Tuch auf der Wunde. Der Oberarm war dick geschwollen; aus der geschlossenen Wunde sickerte eine klare Flüssigkeit. Der Arm war blaurot, und in Richtung des Handgelenks zogen sich rote Streifen.

Kassandra stockte der Atem; eine solche Pfeilwunde hatte sie noch nie gesehen. Sie fragte: »Haben die Apollonpriester die Wunde behandelt?«

»Sie waren heute nacht zweimal hier und haben mir gesagt, ich soll die Wunde mit heißem Wasser waschen. Außerdem sagten sie, vermutlich müßte man sie mit einem heißen Eisen ausbrennen. Aber ich brachte es nicht über mich, ihn so leiden zu lassen, denn sie konnten nicht versprechen, daß es helfen werde. Aber seit einer Stunde hat sich sein Zustand verschlechtert, und er erkennt mich nicht mehr. Erst vor ein paar Minuten hat er seine Diener angeschrien, sie sollten seine Rüstung bringen, und er drohte, sie auspeitschen zu lassen, wenn sie ihm beim Aufstehen nicht helfen und ihm die Rüstung anlegen würden.«

»Das ist nicht gut«, sagte Kassandra. »Ich habe schlimmere Wunden heilen sehen, aber . . .«

»Hätte ich sie ausbrennen lassen sollen?«

»Nein. Ich hätte vorgeschlagen, sie mit Wein und Öl zu verbinden. Manchmal hilft auch ein Umschlag aus verschimmeltem Brot oder Spinnweben«, sagte sie. »Die Heiler sind immer viel zu schnell mit ihrem glühenden Eisen zur Hand. Ich hätte die Wunde gestern abend vielleicht aufgeschnitten, damit sie blutet, aber mehr nicht. Jetzt ist es dazu zu spät. Die Entzündung hat sich ausgebreitet, und entweder überlebt er es, oder er stirbt. Aber sei nicht verzweifelt«, fügte sie schnell hinzu, »Paris ist jung und stark, und wie gesagt, ich habe schwerere Wunden heilen sehen.«

»Kann man denn nichts tun?« fragte Helena. »Deine Magie . . .«

»Leider habe ich keine Heilmagie«, sagte Kassandra. »Ich werde beten, mehr kann ich nicht tun.« Zögernd fügte sie hinzu. »Die Flußpriesterin Oenone – sie hatte magische Heilkräfte.«

Helena sprang erregt auf.

»Kannst du sie nicht kommen lassen?« flehte sie. »Bitte sie, zu kommen und meinen Gemahl zu heilen. Ich verspreche, sie soll bekommen, was immer sie fordert.«

Das einzige, was sie sich wünscht, hast du ihr genommen, dachte Kassandra. Sie sagte: »Ich werde einen Boten zu ihr schicken. Aber versprechen kann ich nicht, daß sie kommen wird.«

»Wenn sie ihn einmal geliebt hat, kann sie doch nicht so grausam sein, ihm jetzt ihre Hilfe zu verweigern, wenn das seinen Tod bedeuten könnte?«

»Ich weiß es nicht, Helena«, erwiderte Kassandra. »Sie hat den Palast in großer Bitterkeit verlassen.«

»Wenn es sein muß, werde ich, die Königin von Sparta, Asche auf mein Haupt streuen und vor ihr auf die Knie fallen«, erklärte Helena. »Soll ich zu Oenone gehen?«

»Nein, ich kenne sie. Ich werde gehen«, lehnte Kassandra ab. »Bete und opfere Aphrodite, die dir wohlgesonnen ist.« Helena umarmte sie und fragte ängstlich:
»Kassandra, du wünschst mir doch sicher nichts Böses? So viele Troianerinnen hassen mich. Ich sehe es an ihren Augen und höre es an ihren Stimmen...« Helena klang beinahe wie ein kleines Kind, und Kassandra strich ihr sanft über die Wange.
»Helena, ich wünsche dir nur das Beste, das schwöre ich dir«, sagte sie leise.
»Aber als ich nach Troia kam, hast du mich verflucht...«
»Nein«, widersprach Kassandra. »Ich habe nur richtig vorausgesagt, daß du Leid über uns bringen wirst. Ich habe das Böse gesehen, aber das bedeutet nicht, daß du es verursacht hast. Es ist das Werk der Unsterblichen, weder mein Werk noch dein Werk. Niemand kann seinem Schicksal entfliehen. Ich gehe jetzt zum Skamander und versuche, Oenone zu finden. Ich werde sie anflehen, in den Palast zu kommen und Paris zu heilen.«
Als Kassandra den Palast verließ, begegnete ihr Khryse. Sie sah ihn überrascht an. Sie hatte an diesem Morgen vergessen, was er gesagt hatte, und nicht weiter über ihn nachgedacht.
»Wolltest du nicht mit dem phönizischen Schiff nach Kreta oder Ägypten fahren?« fragte sie. »Wieso bist du noch hier?«
»Vielleicht gibt es noch etwas, was ich für die Stadt tun kann, die mir Schutz gewährt hat, oder für Priamos, der mein König war«, erwiderte Khryse. »Wer weiß, vielleicht auch für dich.«
»Meinetwegen solltest du nicht bleiben«, sagte Kassandra. »Ich wäre froh zu wissen, daß du vor dem, was kommt, in Sicherheit bist.«
»Ich möchte nichts«, erwiderte er merkwürdig ernst, »ich möchte nur, daß du weißt, bevor das Ende für uns alle kommt, ich liebe dich aufrichtig und selbstlos, und ich wünsche dir alles Gute.«
»Ich glaube dir, mein Freund«, sagte Kassandra. »Aber ich bitte dich trotzdem, bring dich so bald wie möglich in Sicherheit. Jemand muß sich an all das erinnern und allen, die nach uns kommen, die Wahrheit über Troia erzählen. Es beunruhigt mich, daß auf Grund der Geschichten, die man bald erzählen wird, unsere Kindeskinder Achilleus für einen großen Helden und einen guten Menschen halten könnten.«

»Es wird uns vermutlich nicht schaden und Achilleus wenig helfen, was man in künftigen Zeiten über uns erzählt oder singt«, sagte Khryse. »Aber wenn ich überlebe, das schwöre ich, werde ich jedem die Wahrheit berichten, der bereit ist, sie zu hören.«
Kassandra eilte zum Tempel und zog ihr Priesterinnengewand aus. Sie wählte eine alte, dunkle Tunika, in der sie niemand beachtete, derbe Sandalen und einen schweren Umhang, der sie vor Wind oder Regen schützen würde. Dann verließ sie den Tempel durch die eingestürzte Seitenpforte und folgte dem allmählich austrocknenden Skamander hinauf zum Ida. Aus dem Pfad war inzwischen eine breite Straße geworden; viele Pferde und Menschen zogen hier entlang; das früher einmal schnell fließende, saubere Wasser war schlammig und stank. Als Kassandra zum letzten Mal hier entlanglief – wie viele Jahre waren wohl inzwischen vergangen? – war es ein kaum benutzter Pfad am Ufer des sauberen Flusses gewesen.
Trotzdem hätte sie sich gefreut, wenn sie nicht in einer so dringenden und verzweifelten Angelegenheit unterwegs gewesen wäre. Die Wolken verbargen die Sonne, die Wipfel der baumbestandenen Bäume hüllten sich in Dunst, und der leichte Wind verhieß Regen, vermutlich auch ein Gewitter. Kassandra ging schnell; sie war zwar stark, aber der Weg führte so steil nach oben, daß sie bald außer Atem geriet und anhalten mußte, um sich auszuruhen. Je weiter sie nach oben kam, desto schmaler und sauberer wurde der Fluß. In dieser einsamen Höhe hatten weder Mensch noch Tier den Weg und das Wasser beschmutzt. Kassandra kniete sich am Ufer nieder und trank, denn trotz Wolken und Wind war es heiß.
Schließlich erreichte sie die Stelle, wo das Wasser aus dem Felsen sprudelte. Das in Stein gehauene Bildnis des Vaters Skamander wachte über die Quelle. Kassandra schlug gegen die Glocke, mit der man die Priester und Priesterinnen rief. Ein junges Mädchen erschien, und Kassandra bat, Oenone sprechen zu können.
»Ich glaube, sie ist hier«, sagte das Mädchen. »Ihr Sohn hatte Sommerfieber, und deshalb ist sie nicht mit den anderen zum Fest der Schafschur ins Tal gezogen.«
Kassandra hatte vergessen, daß man um diese Jahreszeit die Schafe schor.

Das Mädchen verschwand. Kassandra setzte sich auf eine Bank neben der Quelle und freute sich über die Stille. Wenn Biene etwas älter war, könnte sie vielleicht hierherkommen und als Priesterin dem Flußgott dienen. Ein schöner Ort für ein Mädchen, um heranzuwachsen – vielleicht wäre es nicht so schön wie das Leben bei den Amazonen, aber das war nicht mehr möglich. Kassandra begriff plötzlich, daß sie den Verlust Penthesileas und den Schmerz über ihren Tod bisher kaum richtig gespürt hatte. Die Rache und dann die sich überschlagenden Ereignisse hatten sie so sehr beschäftigt, daß ihre Trauer warten mußte, bis sie Zeit dazu fand.
Es wird lange dauern, ehe ich um meinen Bruder trauern kann, dachte sie und fragte sich, was sie damit meinte.
Hinter sich hörte sie Schritte und drehte sich um. Zuerst erkannte sie Oenone kaum. Aus dem schlanken jungen Mädchen war eine große dicke Frau mit schweren Brüsten geworden. Die dunklen Locken fielen ihr auf die Schultern. Nur die tiefliegenden Augen hatten sich nicht verändert. Trotzdem zögerte Kassandra, als sie den Namen aussprach.
»Oenone, ich habe dich kaum wiedererkannt!«
»Nein?« fragte Oenone. »Wir sind alle nicht mehr so jung und hübsch, wie wir einmal waren. Du bist die Prinzessin . . . ja, du bist Kassandra.«
»Richtig, ich habe mich sicher auch verändert«, sagte Kassandra.
»Das hast du, obwohl du immer noch schön bist, Prinzessin.«
Kassandra lächelte schwach. Sie fragte: »Wie geht es dem Sohn meines Bruders? Wie ich höre, ist er krank gewesen.«
»Es war nichts Ernsthaftes – nur eine dieser kleinen Unpäßlichkeiten, die Kinder im Sommer bekommen. Er wird in ein paar Tagen wieder gesund sein. Aber womit kann ich dir dienen, Herrin?«
»Ich komme nicht meinetwegen. Es geht um meinen Bruder Paris. Er ist von einem Pfeil getroffen worden und liegt im Sterben. Du besitzt große Heilkünste. Wirst du kommen?«
Oenone zog die Augenbrauen hoch. Schließlich sagte sie: »Prinzessin Kassandra, dein Bruder ist für mich an dem Tag gestorben, als ich den Palast verließ und er seinen Sohn nicht anerkannte. Er war für mich in all den Jahren tot, und ich habe nicht den Wunsch, ihn jetzt ins Leben zurückzuholen.«

Kassandra wußte im Innern, daß sie mit dieser Antwort hätte rechnen sollen. Sie hatte kein Recht hierherzukommen und Oenone um etwas zu bitten. Sie senkte den Kopf und erhob sich.
»Ich verstehe deine Bitterkeit«, sagte sie. »Und doch – er muß sterben. Kann dein Zorn noch immer so groß sein – selbst im Angesicht des Todes?«
»Der Tod? Glaubst du nicht, daß es der Tod für mich war, als ich ohne ein Wort davongejagt wurde, als sei ich eine troianische Straßendirne? Und in all den Jahren hatte er kein einziges Wort für seinen Sohn übrig. Nein, Kassandra. Du fragst, ob mein Zorn so groß ist? Du hast keine Ahnung von meinem Zorn, und ich bin sicher, es ist auch besser so. Geh in den Palast zurück und trauere um deinen Bruder, wie ich all diese Jahre um ihn getrauert habe.« Leise fügte sie hinzu: »Dir zürne ich nicht, Herrin. Du und deine Mutter, ihr seid immer freundlich zu mir gewesen.«
»Oenone, wenn du nicht um Paris' oder meinetwillen kommen willst«, bat Kassandra, »kommst du nicht um meiner Mutter willen? Sie hat so viele ihrer Söhne verloren ...« Sie schwieg und biß sich auf die Lippen; sie wollte vor Oenone nicht in Tränen ausbrechen.
»Es würde ohnehin nichts ändern ...« begann Oenone. »Die Stadt fällt bald in die Hände eines zornigen Gottes – es überrascht dich, daß ich das weiß? Auch ich bin eine Priesterin, Herrin. Geh nach Hause und sorge für dein Findelkind – wenn möglich, bringe es in Sicherheit. Es wird nicht mehr lange dauern. Ich wünsche der spartanischen Königin nichts Schlechtes, aber ich kann für Paris nichts tun. Als er mich verließ, hat er Vater Skamander erzürnt, und er ist auch Poseidon.«
Es war Kassandra noch nie in den Sinn gekommen, daß der Flußgott Skamander eine Verkörperung Poseidons, des Erderschütterers, war. Paris hatte die Priesterin des Flußgottes im Stich gelassen und ihr Helena vorgezogen, die Aphrodite, die Tochter des Zeus, ihm versprochen hatte.
Paris hatte sich angemaßt, in einem Streit der Unsterblichen den Richter zu spielen. Er hatte die Götter seines Landes verraten, um der achaischen Aphrodite zu dienen.
»Mich trifft keine Schuld an seinem Tod,« fuhr Oenone fort, »ihn

erwartet sein Schicksal, wie unser Schicksal uns erwartet. Deine Götter mögen dich schützen, Prinzessin Kassandra.« Sie hob die Hand in einer segnenden Geste, und Kassandra ging davon wie eine Bäuerin nach einem Gespräch mit einer Königin.
Für den Rückweg brauchte sie nicht so lange. Als sie den Palast erreichte, hörte sie Klagegeschrei. Paris war tot; sie hatte nichts anderes erwartet. Trotz ihrer ermutigenden Worte zu Helena war sie sicher gewesen, daß er die Entzündung nicht überleben würde.
Kassandra stieg auf das Dach; von dort hatte man einen weiten Blick über die Ebene, wo die Achaier sägten und hämmerten. Sie sah hinter dem Gerüst die Umrisse des Gebildes: unverkennbar stand dort riesig und schwerfällig ein großes hölzernes Pferd.
Das ist also ihr Altar, dachte sie. *Ein Altar in der Gestalt Poseidons, des Erderschütterers. Glauben die Achaier, dieses Pferd wird die Mauern Troias zum Einsturz bringen? Oder soll es den Gott rufen, damit* ER *es für sie tut? Wie kindisch.*
Plötzlich begann sie heftig zu zittern, und obwohl es noch warm war, hüllte sie sich in ihren Mantel. Das Pferd – dieser Altar für den Gott erfüllte sie mit Entsetzen, obwohl sie nicht wußte, warum.

14

Noch vor den Begräbnisfeierlichkeiten für Paris verlangte Deiphobos von Priamos den Oberbefehl über die troianischen Truppen. Als Priamos ablehnte, fragte er: »Welche andere Wahl bleibt dir? Gibt es in Troia einen anderen, außer vielleicht Aeneas? Und er entstammt nicht dem königlichen Haus, er ist nicht einmal gebürtiger Troianer.«
Priamos schwieg und starrte verlegen auf den Boden.
»Möchtest du die Truppen vielleicht deiner Tochter Kassandra übergeben, die einmal eine Amazone war?« fragte Deiphobos höhnisch.
Zum ersten Mal seit Hektors Tod meldete sich Hekabe laut zu Wort.
»Meine Tochter Kassandra würde die Truppen Troias nicht schlechter führen als sie. Du warst schon als Kind grausam und habgierig, und du bist ein stolzer und habgieriger Mann gewor-

den. Priamos, mein Gemahl und mein König, ich bitte dich, gib einem anderen den Befehl über die troianischen Truppen, oder es wird für uns alle schlimm ausgehen.«

Aber jeder wußte, Priamos hatte keine andere Wahl; seine lebenden Söhne waren entweder noch nicht alt oder noch nicht erfahren genug. Deiphobos wurde vor den Truppen zum Führer ausgerufen. Als Priamos ihm in aller Form den Oberbefehl übergeben wollte, erklärte Deiphobos: »Ich übernehme den Oberbefehl nur, wenn ich Helena, die Witwe von Paris, zur Gemahlin bekomme.«

»Du bist verrückt«, sagte Priamos. »Helena ist die rechtmäßige Königin von Sparta und keine Beute, die man als Konkubine von einem Mann zum nächsten weiterreicht.«

»Ach nein?« fragte Deiphobos. »Hast du nicht genug von dem Ärger gehabt, den eine Frau machen kann, die selbst entscheidet, mit welchem Mann sie das Bett teilt? Helena wird mich frohen Herzens heiraten, nicht wahr, Herrin? Oder möchtest du zurück zu Menelaos? Wenn dir das lieber ist, kann ich dafür sorgen.«

Kassandra sah, wie Helena zitterte. Aber sie antwortete nur: »Wenn du es möchtest, mein König, werde ich Deiphobos heiraten.«

Priamos wirkte verlegen und sagte nach einem kurzen Schweigen: »Wenn es eine andere Möglichkeit gäbe, würde ich das nicht von dir verlangen, meine Tochter.«

Sie warf sich in die Arme des alten Mannes und drückte ihn an sich. »Es genügt mir, daß es dein Wunsch ist, Vater«, sagte sie.

Priamos standen Tränen in den Augen. »Du bist eine von uns geworden, mein Kind. Mehr ist dazu nicht zu sagen.«

»Nun gut, wenn das geregelt ist«, erklärte Deiphobos laut, »dann feiern wir die Hochzeit.«

Hekabe widersprach: »Das ist keine Zeit, um zu feiern. Paris ist tot und noch nicht einmal begraben.«

»Später bleibt vielleicht keine Zeit mehr zum Feiern«, beharrte Deiphobos. »Soll ich als einziger von allen Söhnen des Priamos ungeehrt und ohne Feier heiraten?«

»Es gibt wenig genug zu ehren«, murmelte Priamos. Aber nur Hekabe und einige ihrer Frauen hörten ihn. Trotzdem rief Priamos die Diener und befahl, aus den Speichern Wein zu holen, ein Zicklein

zu schlachten und zu braten, und so viel Speisen zuzubereiten, wie es in der kurzen Zeit möglich war.
Kassandra ging mit den anderen Frauen aus dem Palast, darunter auch die Mutter des Deiphobos, reife Früchte für das Mahl auszuwählen und in großen Schalen anzuordnen. Sie stimmte Hekabe zu, es war nicht die Zeit zum Feiern. Aber wenn die Hochzeit schon stattfinden mußte, sollte es wenigstens aussehen, als sei es eine Sache der freien Entscheidung und kein Zwang. Wenn Helena gute Miene zum bösen Spiel machte, konnte sie keine Einwände haben.
Trotz all der Speisen und der eilends herbeigerufenen Sänger verlief das Festmahl ohne rechte Freude. Das Wissen, daß Paris tot in seinem Gemach aufgebahrt lag, warf einen Schatten über den ganzen Palast. Lange, ehe man die Braut und den Bräutigam zum Hochzeitsbett geleitete, entschuldigte sich Kassandra und zog sich zurück. Sie blickte auf die Lichter der Stadt hinunter und dachte: *Vielleicht glaubt das Volk von Troia, das sich über die Geschenke von Speisen und Wein aus dem Palast freut, es sei wirklich ein Fest.* Man würde Helena höchstens deshalb kritisieren, weil sie sich bereitwillig wieder verheiratete, noch ehe ihr gestorbener Mann begraben worden war. *Warum nicht?* dachte Kassandra. *Sollen sie doch feiern. Vielleicht gibt es für sie nicht mehr viele Feste.*
Am nächsten Morgen fanden die Begräbnisfeierlichkeiten für Paris statt. Helena war verschleiert und stand ernst und blaß mit dem kleinen, neunjährigen Nikos an der Seite vor dem Scheiterhaufen. Nikos hatte darauf bestanden, daß seine Haare zum Zeichen der Trauer abgeschnitten wurden. »Ich weiß, er war nicht mein Vater«, erklärte er. »Aber ich habe nie einen anderen Vater kennengelernt, und er war immer sehr freundlich zu mir.« Sein Versuch, nicht zu weinen, schnitt Kassandra ins Herz.
Nach dem Ritual wirkte Deiphobos sehr erleichtert. Er sagte munter: »Also das ist vorbei. Gehen wir jetzt hinunter und nehmen wir uns wie Paris das hölzerne Pferd vor. Fangen wir mit einem Faß Teer oder Harz an und ein paar Feuerpfeilen. Wir machen mit dem Spuk kurzen Prozeß. Wie findest du das, meine Gemahlin?«
Helena erwiderte kaum hörbar: »Du mußt tun, was dir am besten erscheint, mein Gemahl.«

Sie wirkte unterwürfig und still wie eine troianische Soldatenfrau und ohne die geringste Spur der ihr von der Göttin verliehenen Schönheit, die alle inzwischen für selbstverständlich hielten. Auch ihre Worte klangen unterwürfig; sie hätte diese Antwort auch Paris geben können. Aber Kassandra fiel auf, daß Helena mit diesem Gehorsam Deiphobos verspottete. Deiphobos schien es nicht zu merken. Er sah sie zufrieden und wohlgefällig an. Jetzt besaß er alles, wonach er sich gesehnt hatte: die Frau von Paris und den Oberbefehl. *Wenn die Hochzeit wenigstens einen Menschen glücklich gemacht hat, ist es immerhin schon etwas.*

Von Andromache hatte man das nicht verlangt; sie durfte um Hektor trauern. Warum hatte man dieses Recht nicht auch Helena eingeräumt?

Aber Helena zeigte mit ihrem Gehorsam allen Frauen, daß sie sich in ihr Schicksal fügen konnten wie die Königin von Sparta; die Frauen sollten dankbar sein und sie bewundern.

Deiphobos versammelte seine Männer und besprach kurz die Angriffspläne mit ihnen. Kassandra beobachtete, wie Helena sich von Deiphobos verabschiedete und ihn bat, vorsichtig zu sein – genau dasselbe hatte sie bei Paris getan.

Hatte Helena sich inzwischen so sehr daran gewöhnt, dem Willen eines Mannes zu gehorchen, daß es für sie keine Rolle spielte, wer dieser Mann war? Oder betäubte die Trauer sie so sehr, daß ihr alles gleichgültig war? *Hätte ich einen Mann geliebt, wie sie Paris geliebt hat, und er wäre von mir gerissen worden – man sehe sich Andromache an! Ich liebe Aeneas, aber wenn er mich verläßt, bleibe ich, was ich bin. Wenn er sterben und nicht mich verlassen würde, um zu Kreusa zurückzukehren, würde ich seinen Tod über alle Maßen betrauern. Aber es würde mich nicht so völlig zerstören, wie Hektors Tod Andromache zerstört hat.*

Trauerte Andromache um Hektor oder trauerte sie nur um ihren Rang als Hektors Gemahlin?

Die Streitwagen fuhren donnernd aus dem Tor und griffen die Achaier an, die das Gerüst um das riesige Holzpferd entfernten. Die Männer flohen, und einige gerieten unter die Räder der Streitwagen. Ein eigenartiger bitterer Geruch, den Kassandra nicht kannte, lag plötzlich in der Luft. Die Bogenschützen schossen mit Feuerpfeilen auf das Pferd, aber sie konnten es nicht in Brand set-

zen. Agamemnons Männer griffen plötzlich an. Die Troianer wehrten sich nach besten Kräften, mußten aber zur Mauer zurückweichen. Man öffnete das Tor, um sie einzulassen; dabei wurde erbittert gekämpft, um Agamemnons Truppen und die Myrmidonen daran zu hindern, in die Stadt einzudringen. Einigen gelang es trotzdem, aber man erschlug sie hinterher in den Straßen, und es gelang den Troianern, das Tor zu schließen.
»Es sieht ganz so aus, als gehe die Belagerung weiter«, erklärte Deiphobos. »Wir müssen die Achaier unter allen Umständen aus der Stadt heraushalten, und das bedeutet, das Tor darf unter keinen Umständen mehr geöffnet werden. Leider versperrt uns das hölzerne Ungeheuer die Sicht, und wir können nicht mehr so gut beobachten, was in ihrem Lager und auf dem Schlachtfeld geschieht. Wir können es nicht einmal verbrennen. Sie haben es mit etwas getränkt, vielleicht mit einer Mischung aus Essig und Alaun, und deshalb ist es unbrennbar. Vielleicht war es ein Fehler, das Gerüst in Brand zu setzen, denn das hat ihnen gezeigt, was wir als erstes versuchen würden zu tun.«
»Wäre es keine Gotteslästerung, das Pferd zu verbrennen«, fragte Hekabe, »wenn es unseren Gott Poseidon verkörpern soll?«
»Ich würde es am liebsten auf der Stelle verbrennen und mich hinterher mit dem Erderschütterer aussöhnen«, sagte Deiphobos. »Aber es brennt nicht mehr.«
»Wir werden es doch sicher irgendwie anzünden können?« fragte Priamos.
»Nun ja, mein König, ich werde bestimmt mein Bestes versuchen«, erwiderte Deiphobos. »Wir werden es mit Pechpfeilen beschießen und hoffen, daß genug von dem Zeug kleben bleibt. Ich überlege, ob sie das Ding gebaut haben, um uns zu beschäftigen, damit wir nicht merken, was sie sonst noch vorhaben. Vielleicht versuchen sie, von der Landseite einen unterirdischen Gang in die Stadt zu graben, oder sie klettern am Tempel der Jungfrau über die Mauern und greifen uns von dort oben aus an.«
»Glaubst du, das könnten sie?« fragte Hekabe ängstlich.
»Ich zweifle nicht daran, daß sie es versuchen werden, meine Königin. Es liegt an uns, ob wir ihre Listen durchschauen, die der gerissene Odysseus ersinnt, während wir uns mit dem unseligen

Ding da draußen beschäftigen.« Deiphobos sah das hölzerne Pferd haßerfüllt an und drohte ihm mit der Faust.
Das hölzerne Pferd geisterte die ganze Nacht durch Kassandras Träume. In einem Alptraum wurde es lebendig, stieg wie ein Hengst und galoppierte donnernd über den Strand. Dann schlug es mit den Hinterhufen aus und zerschmetterte das große Stadttor, während aus dem Pferdeleib Krieger sprangen, raubend und plündernd durch die Straßen zogen. Der Hengst hob den schwarzen und plötzlich drachenähnlichen Kopf hoch über die Flammen, die Troia verzehrten. Kassandra erwachte: Der Traum war so wirklich gewesen, daß sie im Nachtgewand auf das Dach stieg und über die Ebene blickte. Im blassen Mondlicht stand das starre hölzerne Pferd so leblos wie immer vor der Stadtmauer. Es war nicht annähernd so groß wie im Traum. Ein paar schwache Fackeln brannten davor – ein Tribut an Poseidon? Kassandra erinnerte sich an ihre Vision, in der Apollon und Poseidon um die Stadt gekämpft hatten, und sie ging in den Tempel, um zu beten.
»Apollon, Sonnengott«, flehte sie inständig und rang die Hände, »kannst DU DEIN Volk nicht retten? Wenn DU es nicht kannst, wieso bist DU dann ein Gott? Was für ein Gott bist DU, wenn DU es nicht kannst und nicht tust?«
Entsetzt über ihr Gebet lief Kassandra wie gejagt aus dem Heiligtum. Sie wußte plötzlich, sie hatte eine Frage gestellt, die man einem Gott nicht stellen durfte und die niemals beantwortet wurde. Sie fürchtete, eine Gotteslästerung begangen zu haben. Dann dachte sie: *Wenn ER kein Gott ist, oder wenn ER nicht gut ist, dann war es auch keine Gotteslästerung. Man sagt, Apollon liebt die Wahrheit. Und wenn das nicht stimmt, hat man mich nur Falsches gelehrt.*
Wenn ER aber kein Gott ist, wer hat dann um die Stadt gekämpft? Wer hat Khryse oder Helena überschattet?
Wenn die Unsterblichen schlimmer sind als die schlimmsten Menschen, wenn sie klein, grausam und zänkisch sind, dann müssen die Menschen sie nicht verehren. Kassandra kam sich vor, als habe man ihr etwas gestohlen; sie hatte den größten Teil ihres Lebens dem hingebungsvollen Dienst am Sonnengott gewidmet.
Ich bin nicht besser als Helena, nur habe ich mich dafür entschieden, einen Gott zu lieben, der nicht besser ist als der schlimmste Mann.

Kassandra ging hinunter zur Tempelmauer und stand dort wie gelähmt vor Grauen und Entsetzen, noch ehe die Sonne zum letzten Mal über der zum Untergang verurteilten Stadt aufging.

15 Unter ihr lag die Ebene von Troia im grauen Licht der Morgendämmerung. In der Stadt regte sich noch niemand. Vor den Toren brannten ein paar wenige Fackeln der Feinde.

Es herrschte Grabesstille. Selbst das ferne Meer hinter den achaischen Wällen regte sich nicht, als habe die Flut aufgehört, sich am Strand zu brechen. Der erste rötliche Schein am Morgenhimmel erinnerte an ferne Flammen, die das letzte Licht des untergehenden Mondes verzehrten. Und plötzlich wurde ihr Traum Wirklichkeit: Das hölzerne Pferd vor den Toren schien plötzlich zu steigen und mit seinen riesigen Hufen gegen die Stadt zu treten.

Kassandra schrie auf und spürte, wie ihr die Stimme in der Kehle erstarb. Sie schrie noch einmal gegen die Stille an, bis sie schließlich ihre Stimme hörte, die ihr die Kehle zu zerreißen schien.

»Oh, hütet euch! Der Gott zürnt, und SEIN Zorn wird die Stadt treffen!«

Hinter der Todesstille schien sie schrecklichen Lärm zu hören, als sei im Ringen um die Stadt zwischen Apollon und Poseidon die Entscheidung gefallen: Poseidon warf den Sonnengott nieder!

Kassandras Schreie waren nicht ungehört geblieben; spärlich bekleidete Frauen liefen aus den Häusern.

»Was ist geschehen? Was ist los?«

Kassandra nahm nur undeutlich wahr, was sie sagten. *Es ist Kassandra, die Tochter des Priamos. Hört nicht auf sie. Sie ist wahnsinnig. Nein, hört auf sie. Sie ist eine Prophetin. Sie sieht . . .*

»Was ist, Kassandra?« fragte Phyllida besänftigend. »Erzähle uns ruhig, was du gesehen hast?«

Kassandra stieß immer noch halb von Sinnen Worte hervor. Sie versuchte, sich selbst zu hören – sie war so verwirrt wie die Priesterinnen, die sich um sie scharten, und es kam ihr vor, als habe man ihr den Kopf mit einer Axt gespalten. Sie dachte: *An ihrer Stelle würde ich mich auch für verrückt halten.* Trotz der Verwirrung arbeite-

te ein Teil ihres Verstandes völlig normal, und sie versuchte verzweifelt, sich darauf zu konzentrieren und alles andere zurückzudrängen, was in ihr als Panik und Entsetzen tobte.
Sie hörte sich wieder schreien: »Der Gott zürnt! Apollon kann den Erderschütterer nicht besiegen! Die Mauern werden einstürzen! Poseidon vollbringt, wozu die Achaier in all den Jahren nicht in der Lage waren! Wir sind verloren! Wir sind zum Untergang verurteilt! Hört meine Worte und flieht!«
Aber was half die Warnung? Kassandra wußte, daß niemand fliehen konnte. Sie sah nur Tod und Verderben ... Sie nahm wahr, daß Phyllida mit aller Kraft versuchte, ihr die Hände festzuhalten und eine andere Priesterin bat: »Gib mir deinen Gürtel. Ich muß sie fesseln, damit sie sich nicht selbst verletzt. Sie hat sich bereits das Gesicht zerkratzt und blutet.« Phyllida band den Gürtel fest um ihre Hände.
Kassandra wehrte sich verzweifelt: »Du mußt mich nicht fesseln. Ich werde niemanden verletzen.«
»Ich fürchte, du wirst dir selbst etwas antun«, sagte Phyllida. »Lykura, bring mir Wein mit Mohnsirup. Das wird Kassandra beruhigen.«
»Nein«, rief Khryse und eilte mit großen Schritten herbei. Er schob Phyllida entschlossen beiseite und löste den Gürtel um Kassandras Hände. »Sie braucht keinen Beruhigungstrank. Nichts kann sie beruhigen. Sie hatte eine Vision. Was ist es, Kassandra?« Er legte ihr die Hände auf die Stirn und sagte mit klarer, strenger Stimme, wobei er ihr eindringlich in die Augen sah: »Sprich, was hat der Gott dir aufgegeben zu sagen? Ich schwöre bei Apollon, niemand wird dir etwas antun, solange ich lebe.«
Aber du bist jetzt ebenso machtlos wie dein Sonnengott, dachte sie verzweifelt.
»Hört also«, rief sie und preßte die Hände auf ihr wild pochendes Herz. »Poseidon, der Erderschütterer, hat Apollon, den Sonnengott, bezwungen, und ER wird auch unsere Stadt zu Fall bringen. Wir werden den Zorn Poseidons stärker zu spüren bekommen als je zuvor. Keine Mauer, kein Haus, kein Tor, auch nicht der Palast wird verschont bleiben.
Warnt die Menschen. Sie sollen fliehen, und sei es in die Arme der

Achaier. Löscht die Kochfeuer, sorgt dafür, daß in den Ölspeichern keine Fackeln brennen. Niemand soll in den Häusern bleiben, damit er nicht unter den fallenden Steinen begraben wird.«
Khryse sagte entschlossen zu den Frauen: »Vielleicht bleibt uns noch etwas Zeit. Laßt die Schlangen frei, die noch nicht geflohen sind. Zwei Priesterinnen laufen zum Palast und berichten dem König und der Königin von diesem schrecklichen Vorzeichen und fordern sie auf, ins Freie zu fliehen. Sie werden vielleicht nicht auf uns hören, aber wir müssen alles tun, was in unserer Macht steht.«
»Es wird nichts nützen«, rief Kassandra gegen ihren Willen. »Niemand kann dem Zorn Poseidons entfliehen. Die Frauen sollen Zuflucht im Tempel der Jungfrau suchen. Vielleicht hat SIE Erbarmen mit uns.«
»Ja, geht«, sagte Khryse den Frauen. »Nehmt alle Kinder mit und bleibt unter freiem Himmel, bis das Erdbeben vorbei ist. Vielleicht könnt ihr euch dort vor unseren Feinden verbergen, wenn sie in die Stadt eindringen. Es gibt viel zu plündern in Troia. Vielleicht werden sie nicht dort hinaufkommen.« Er stützte Kassandra, die langsam wieder zu sich kam. Ein stechender Schmerz durchbohrte ihren Kopf, sie hatte das Gefühl zu ertrinken und die Welt durch Wasser hindurch zu sehen. »Ich muß gehen, Kassandra, und versuchen, die Warnung in der Stadt zu verbreiten. Möchtest du einen Beruhigungstrank? Wirst du Schutz hier im Tempel suchen oder gehst du in die Stadt hinunter? Kann ich etwas für dich tun?«
Khryses Stimme schien aus dem fernen Reich der Toten zu kommen, aber ihre Stimme klang ganz ruhig, als sie antwortete:
»Ich danke dir, mein Bruder. Ich brauche nichts. Geh und tu, was getan werden muß. Ich will Biene in Sicherheit bringen.«
Khryse ging davon, und Kassandra eilte in ihr Zimmer. Biene schlief unter ihren Decken. Kassandra stellte fest, daß die Schlange verschwunden war – klüger als die Menschen, hatte sie an einem geheimen Ort Zuflucht gesucht, den nur Schlangen kannten. Kassandra beugte sich über Biene und rüttelte sie sanft wach. Biene streckte die Arme aus und wollte hochgenommen werden. Kassandra zog die Kleine schnell an. Irgendwie mußte sie das Kind sicher aus Troia herausbringen, ehe die Achaier in die Stadt eindrangen.

Sie sagte: »Komm, Liebling, wir müssen schnell gehen«, und nahm die Kleine an der Hand.
Biene sah sie verwirrt an, lief aber gehorsam neben ihr über den Hof. Kassandra eilte mit Biene zum Tempel der Jungfrau hinauf. Sie stolperte, und starke Hände umfingen sie.
»Kassandra«, sagte Aeneas, »es ist soweit. War es deine Warnung?«
»Ich glaubte, du hättest die Stadt verlassen«, erwiderte sie und versuchte, ruhig zu klingen.
»Aber du kannst doch jetzt nicht mehr bleiben. Komm mit mir. Nicht weit von der Stadt entfernt liegt ein Schiff, das nach Kreta fährt...«
»Nein«, sagte sie, »komm mit – schnell. Die Götter haben Troia verlassen.«
Sie eilten in den Tempel der Jungfrau. Zu dieser frühen Morgenstunde befanden sich dort nur wenige Priesterinnen. Kassandra rief ihnen zu: »Schnell, löscht alle Fackeln – ja, sogar die heilige Flamme. Die Götter haben uns verlassen!«
Sie überließ Biene Aeneas, griff nach der letzten Fackel, die vor der Statue der Jugfrau brannte, und löschte sie. Die Priesterinnen eilten davon. Kassandra zerriß den Vorhang des Schreins. »Aeneas, das ist das Allerheiligste von Troia. Nimm es.« Sie griff nach der alten Statue, dem Palladium, und hüllte sie in ihren Schleier. »Nimm das Palladium mit über das Meer, wohin du auch gehen magst. Baue der Göttin einen Altar und entzünde das heilige Feuer. Berichte die Wahrheit über Troia.« Er machte eine Bewegung, als wolle er den Schleier wegziehen, aber Kassandra hinderte ihn daran.
»Nein, kein Mann darf einen Blick darauf werfen«, wehrte sie ab. »Schwöre, daß du die Statue zu einem Tempel bringst und einer Priesterin der Mutter übergibst. Schwöre es!« wiederholte sie, und Aeneas sah sie an.
»Ich schwöre es«, sagte er. »Kassandra, du hast keinen Grund mehr hierzubleiben. Komm mit mir – eine Priesterin sollte die Statue über das Meer begleiten.«
Er schloß sie in die Arme, und sie küßte ihn leidenschaftlich. Dann löste sie sich von ihm.
»Das ist unmöglich«, sagte sie. »Mein Schicksal liegt hier. Und es

ist dein Schicksal, Troia unverletzt und lebend zu verlassen.« Plötzlich wußte sie mit aller Deutlichkeit, Biene, das Kind der Göttin, würde die Statue begleiten und behüten. »Geh auf der Stelle und nimm Biene mit. Alle unsere Hoffnungen und alle unsere Götter seien mit euch.«

»Du darfst nicht hierbleiben . . .«, begann er.

»Ich verspreche dir, ich werde Troia verlassen, noch ehe die Sonne wieder aufgeht«, sagte sie. »Mich erwartet nicht der Tod. Aber es ist mir nicht gegeben, dich zu begleiten. Die Götter haben es anders bestimmt.«

Sie drückte Biene an sich, küßte und segnete sie. Dann übergab Kassandra Aeneas die verhüllte Statue und das Kind.

»Ich schwöre bei meiner göttlichen Abstammung«, sagte er, »ich werde deinen und IHREN Willen erfüllen.«

Kassandra blickte den beiden durch einen Tränenschleier nach; dann drehte sie sich entschlossen um und eilte aus dem Tempel.

Kassandra hatte kaum den großen Hof des Sonnentempels überquert, als die Erde sich stöhnend aufbäumte und lautes Bersten und Krachen die Luft erfüllte. Der Boden unter ihren Füßen schwankte; sie stürzte und blieb regungslos liegen. Ihr Körper preßte sich an die Erde, die plötzlich unter ihr erzitterte. Kassandra empfand keine Angst, sondern nur ohnmächtige Wut.

Erdmutter, warum läßt DU DEINE *Söhne mit dem spielen, was* DU *geschaffen hast?*

Das Beben schien kein Ende zu nehmen. Plötzlich war alles still, und Kassandra sah, daß die Sonne in diesem Augenblick erst am Horizont erschien. Das Beben konnte nur sehr kurz gewesen sein. Kassandra richtete sich auf. Die Tempelmauern waren eingestürzt. Kaum ein Gebäude schien unversehrt zu sein. Das Schlafhaus der Priesterinnen war nur noch ein Trümmerhaufen. Sie hörte gedämpfte Schreie. Jemand war unter den Steinen begraben worden. Kassandra sah hilflos auf die Trümmer – von dort konnte niemand mehr gerettet werden. All ihre Kraft hätte nicht ausgereicht, um auch nur einen einzigen Steinquader zu bewegen – und bald verstummte das Geschrei.

Irgendwo im Garten begann ein Vogel zu zwitschern.

Heißt das, es ist vorbei?
Wie als Antwort begann die Erde wieder zu beben und zu schwanken. Plötzlich war alles still. Benommen wankte Kassandra zu dem Platz, von dem sie vor einigen Stunden über die Ebene geblickt hatte.
Das große Stadttor und die Mauer auf dieser Seite waren eingestürzt. Inmitten der Trümmer und des Gerölls lag das hölzerne Pferd. Ein Bein ragte eigenartig in die Luft, und es sah so aus, als habe das Pferd mit seinem Huf tatsächlich die Mauer zum Einsturz gebracht. Die Fackeln hatten das umliegende Holz in Brand gesteckt; die Flammen loderten hoch auf, aber das Pferd brannte nicht. Die Holzhäuser in der Unterstadt waren ein Feuermeer. Es war die Vision, die sie als Kind gehabt hatte, und diese Vision hatte niemand geglaubt: Troia stand in Flammen!
Scharen von Achaiern bahnten sich bereits über die Trümmer hinweg einen Weg in die Stadt. Nun konnte sie niemand mehr aufhalten. Bald würde das Plündern, Rauben und Morden beginnen. Wo konnte sie sich verbergen? Ein Gebäude des Tempels stand noch: der Schrein. Dort würde sie vielleicht etwas zu essen finden – Reste der Opfergaben vom Vortag. Zu ihrer Verblüffung stellte sie fest, daß sie quälenden Hunger hatte. Sie betrat den Schrein und blieb stehen. Sollte die Erde noch einmal beben, würden auch diese Mauern fallen. Dann sah sie die umgestürzte Statue des Sonnengottes und darunter einen Menschen. Voll Entsetzen trat sie näher und erkannte, daß es Khryse war.
Jetzt hat der Gott ihn tatsächlich geschlagen.
Sie kniete sich neben Khryse nieder und schloß ihm die weit offenen Augen. Dann erhob sie sich und eilte weiter.
Im Raum hinter der Statue wurden die Opfergaben aufbewahrt, und dort fand sie ein paar Laibe Brot. Es war trocken, aber sie aß gierig. Einen Laib steckte sie in ihr Gewand; sie würde ihn vielleicht brauchen. Dann überlegte sie: Die Achaier plünderten sicher bereits die Unterstadt. War der Palast eingestürzt? Waren alle tot? Waren alle unter den Trümmern begraben? Auch ihre Eltern, Andromache, Helena? Versuchten troianische Soldaten, den Plünderern Einhalt zu gebieten? Oder war sie die einzige Zeugin der Verwüstung? Kassandra lauschte auf ein Geräusch, das ihr Hinweis darauf ge-

geben hätte, daß außer ihr noch jemand im Tempel lebte. Aber um sie herum herrschte nur Schweigen. Vielleicht lebte im Palast unten noch jemand. Vielleicht hatten die Troianer ihre Warnung befolgt und waren rechtzeitig in die Höfe oder Gärten geflohen.
Kassandra trat in die warme Sonne hinaus. Aber sie zitterte und fror. Alle ihre Sachen lagen unter den Trümmern begraben.
Sie sollte zum Palast hinuntergehen. Sie fürchtete zwar die achaischen Soldaten, aber trotzdem wollte sie unbedingt wissen, ob ihre Mutter noch lebte. Entschlossen verließ sie den Tempel und eilte die Straße hinunter.
Geröll und Trümmer der teilweise oder völlig eingestürzten Häuser versperrten ihr den Weg. Sie begegnete nur sprachlosen und entsetzten, meist halbbekleideten, barfüßigen Frauen und ein paar Soldaten, die auf dem Weg zum Stadttor gewesen waren. Als die Leute sahen, daß sie zum Palast ging, folgten sie ihr.
Der Palast war nicht völlig eingestürzt. Die großen Tore und einige Friese lagen am Boden, aber die Mauern standen noch. Es schien auch nirgends zu brennen. Beim Weitergehen hörte sie lautes Klagegeschrei. Sie erkannte die Stimme ihrer Mutter und begann zu rennen. Umgeben von den aufgeworfenen Steinplatten im Hof lag Priamos – tot oder bewußtlos? Kassandra wußte es nicht. Hekabe kniete klagend an seiner Seite. Helena hatte sich in einen Umhang gehüllt und hielt Nikos an der Hand; neben ihr stand Andromache mit Astyanax in den Armen.
Andromache hob den Kopf und schrie Kassandra an: »Bist du nun zufrieden, Kassandra? Das Unheil, das du prophezeit hast, ist über uns gekommen.«
»Sei still«, sagte Helena, »sei nicht töricht, Andromache. Kassandra hat nur versucht, uns zu warnen, mehr nicht. Ich bin sicher, sie hätte lieber geschwiegen. Ich freue mich, daß du unverletzt bist.« Sie umarmte Kassandra, und Andromache folgte reumütig ihrem Beispiel.
»Was ist mit Vater?« fragte Kassandra. Sie beugte sich über ihre Mutter und zog sie sanft hoch. »Komm, Mutter, wir müssen in den Tempel der Jungfrau fliehen.«
»Nein, nein, ich bleibe bei meinem Gemahl und König«, erklärte Hekabe, und ihr Klagen verwandelte sich in Schluchzen.

Andromache legte den Arm um sie, und Astyanax drückte sich an Hekabe. »Weine nicht, Großmutter, wenn dem König, meinem Großvater, ein Leid geschehen ist, sorge ich für dich.«
Kassandra kniete neben ihrem Vater. Sie griff nach der kalten Hand und schob ein geschlossenen Augenlid hoch. Kein Funken Leben regte sich in ihm. Über den Augen lag bereits ein trüber Schleier. Sie wußte, sie sollte in Hekabes Klage einstimmen. Aber sie seufzte nur und ließ die Hand des Königs fallen.
»Tut mir leid, Mutter, aber er ist tot.«
Hekabe setzte ihr Klagegeschrei fort, aber Kassandra drängte: »Mutter, dazu ist keine Zeit. Die Achaier sind in der Stadt.«
»Aber wie ist das möglich?« fragte Hekabe.
»Die Stadtmauer ist bei dem Erdbeben eingestürzt«, berichtete Kassandra und fragte sich, ob sie denn alle den Verstand verloren und nichts gehört oder gesehen hatten. »Die Achaier ziehen bereits plündernd durch die Straßen. Es kann nicht mehr lange dauern, bis sie hier sind. Wo ist Deiphobos?«
»Tot«, sagte Helena. »Wir hörten Mutter schreien, Vater sei ohnmächtig geworden, liefen in sein Gemach, und Deiphobos trug ihn sofort in den Hof, als das schreckliche Beben begann. Deiphobos rannte zurück, um seine Mutter zu suchen. Der Boden unter ihm gab plötzlich nach. Ich glaube, auch das Dach ist teilweise eingestürzt. Dann kam Andromache mit Astyanax heraus.«
»Wir sechs leben also«, sagte Kassandra. »Aber wir müssen uns irgendwo verstecken, sonst fallen wir den Soldaten in die Hände. Ich weiß zwar nicht, was die Achaier mit ihren Gefangenen machen, aber ich möchte es auch nicht gerne erleben.«
»Oh, Helena hat nichts zu befürchten.« Andromache warf Helena einen bösen Blick zu. »Ich bin sicher, ihr Gemahl wird bald hier sein und sie zurückholen. Er wird sie mit allem Schmuck Troias überhäufen und im Triumph nach Hause führen. Welch ein Glück, daß Deiphobos rechtzeitig umgekommen ist – obwohl, ihr wäre es ohnehin gleichgültig.«
Kassandra fand diese Gehässigkeit abstoßend.
»Wir haben keine Zeit, uns zu streiten, Schwestern. Wir sollten uns freuen, daß eine von uns die Gefangenschaft nicht fürchten muß. Wollen wir uns in den Tempel der Jungfrau flüchten? Ich habe die

Priesterinnen des Sonnengottes hinaufgeschickt, und ich bin sicher, der Tempel ist unversehrt.« Sie legte den Arm um Hekabe: »Komm, gehen wir.«
»Nein, ich bleibe bei meinem Gemahl und König«, erklärte die alte Frau hartnäckig und kniete wieder neben die Leiche.
»Mutter, glaubst du wirklich, Vater möchte, daß du hierbleibst und von einem Achaier gefangengenommen wirst?« fragte Kassandra.
»Er war bis zu seinem Tod ein Krieger, und ich lasse ihn nicht im Stich, nachdem er gefallen ist«, erklärte Hekabe unbeeindruckt.
»Du bist eine junge Frau. Geh und suche irgendwo Schutz, wo sie dich nicht finden werden – wenn es in Troia noch einen solchen Platz gibt. Ich bleibe bei meinem König. Helena wird bei mir bleiben. Selbst die Achaier werden die Königin von Troia achten. Wir sind von einem Gott besiegt worden, nicht von ihnen.«
Kassandra wünschte, das auch nur teilweise glauben zu können. Von ferne hörten sie schon das Lärmen und Schreien der Soldaten. Astyanax versuchte, sich aus Andromaches Armen freizumachen. Aber seine Mutter ließ ihn nicht los.
»Verstecken wir uns in einem der Häuser der Armen. Dort werden sie nicht suchen, denn dort gibt es nichts zu plündern«, schlug Andromache vor. Kassandra schüttelte den Kopf.
»Ich gehe zum Tempel der Jungfrau. Wenn unsere Götter uns verlassen haben, wird vielleicht wenigstens die Göttin uns beschützen.«
»Wie du willst«, murmelte Andromache. »Ich glaube nicht mehr an die Unsterblichen. Leb wohl und viel Glück.«

Kassandra erreichte atemlos den Tempel der Jungfrau hoch über Troia. Die Statue im Vorhof war unbeschädigt. Aus dem Heiligtum hörte sie die Gesänge der Priesterinnen. Sie war erleichtert. Bestimmt würde kein Mann, noch nicht einmal ein Achaier, es wagen, eine Frau anzurühren, die bei der Göttin Schutz suchte.
Sie wollte gerade zu den anderen hineingehen, als jemand triumphierend in der barbarischen Sprache der Achaier rief: »Aha, da ist sie!« Zwei Krieger stürmten über den Hof.
»Ich habe mich schon gewundert, wohin die Frauen alle verschwunden sind«, rief der andere.

»Mit der da bin ich zufrieden. Es ist die Prinzessin, die Tochter des Priamos. Sie ist eine Seherin und eine Jungfrau des Apollon. Aber wenn Apollon SEINE Jungfrauen hätte schützen wollen, hätte ER es getan. Da drinnen sind bestimmt noch mehr.«
»Ja«, erwiderte der andere, »ich hoffe, es sind auch ein paar junge dabei. Wenn die meisten finden, sie sind groß genug, sind sie für meinen Geschmack schon zu alt.« Er lachte und verschwand im Heiligtum.
Kassandra war wie gelähmt und konnte sich nicht von der Stelle rühren. Der riesige Achaier kam mit einem breiten Grinsen auf sie zu. Er packte sie grob; Kassandra wehrte sich verzweifelt, biß und kratzte. Der Mann hob sie unbeeindruckt hoch, holte aus und schlug ihr brutal mit der Faust ins Gesicht. Er ließ sie fallen, und Kassandra sank halb bewußtlos zu Boden. Ihre Kräfte schwanden wie Sand, der aus einem zerrissenen Sack rinnt. Sie nahm noch wahr, daß der Mann ihr das Untergewand zerriß. Aber sie konnte sich nicht mehr bewegen, und die Stimme versagte ihr.
Göttin! Läßt DU *das in* DEINEM *Heiligtum und vor* DEINEN *Augen geschehen?*
Ein heftiger Schmerz durchzuckte Kassandra, als der Mann gewaltsam in sie eindrang, und es wurde ihr schwarz vor den Augen. Sie spürte, wie sie ihren gemarterten Körper verließ, und war sich dabei bewußt, daß der Mann ihren leblosen Körper mißbrauchte. Kassandra erhob sich, verließ diesen Ort des Grauens und erreichte die flache, graue Ebene der Zwischenwelt. Auch die Sonne schien hier grau. Kassandra lief durch die tote Stadt, die Troia war und *nicht* war, und erreichte das hölzerne Pferd, das die Mauern mit dem Tritt seiner Hufe zum Einsturz gebracht hatte.
Sie sah auch andere hier: achaische Soldaten, ein paar Troianer. Die Männer wirkten verwirrt und suchten einen Führer. Sie entdeckte Deiphobos, halb bekleidet, der immer noch seine Mutter auf den Armen trug. Gesicht und Hände waren verbrannt. Also waren die beiden zusammen gestorben, wie Helena vermutet hatte.
Er rief ihr etwas zu, aber sie wollte nicht mit ihm sprechen. Sie drehte sich um, eilte in die entgegengesetzte Richtung und fragte sich, was mit Andromache geschehen war.

Sie sah Astyanax mit blutendem Kopf und zerrissenen Kleidern. Er wirkte wie betäubt. Aber plötzlich hellte sich sein Gesicht auf, und mit einem Freudenschrei rannte er über die Ebene. Sie sah, wie Hektor ihn auf die Arme nahm und mit Küssen bedeckte. Also hatte Hektor seinen Sohn zu sich genommen. Es überraschte Kassandra nicht, daß die Achaier ihn nicht am Leben gelassen hatten. Andromache würde trauern. Sie wußte nicht, daß ihr Sohn bei dem Vater war, wie Hektor versprochen hatte. Kassandra hoffte, daß der Tod durch das Schwert dem Kind nicht zu großes Entsetzen eingeflößt hatte – oder hatten sie ihn von der Mauer gestürzt?
Sie entdeckte Priamos. Er stand groß und ehrfurchtgebietend vor ihr, so wie sie ihn aus der Kindheit in Erinnerung hatte. Er lächelte und sagte: »Die Stadt ist nicht mehr? Ich nehme an, wir sind alle tot.«
»Ja, ich glaube«, antwortete sie.
»Wo ist deine Mutter, Liebes? Ist sie noch nicht da? Nun ja, ich warte hier auf sie«, sagte er und sah sich um. »Ach! Da ist ja Hektor mit dem Jungen ...«
»Ja, Vater«, sagte sie und mußte schlucken. Er klang so glücklich.
»Ich gehe zu ihnen. Sag deiner Mutter, wo ich bin, wenn sie kommt.«
Aber der Tod kann doch nicht nur das sein. Es muß noch etwas anderes geben ...
Kassandra hob den Kopf, und vor ihr stand Penthesilea lächelnd, unverwundet und strahlend inmitten der Kriegerinnen, die an ihrem letzten Tag an ihrer Seite gekämpft hatten. Glücklich lachend warf Kassandra sich in die Arme der Amazone. Überrascht stellte sie fest, daß ihre Tante sich ebenso fest, stark und warm anfühlte wie an dem Tag, als sie sich umarmt hatten, ehe sie vor die Stadt zog und Achilleus sie tötete.
»Ich nehme an, dann muß auch Achilleus hier irgendwo sein ...«
»Das hatte ich auch geglaubt«, erwiderte Penthesilea, »aber er scheint dorthin gegangen zu sein, wo er hingehört – wo immer das auch sein mag.«
Die Ebene des Todes verschwamm hinter Penthesilea, und Kassandra sah nur noch blendendes Licht – es war noch sehr viel heller als das Strahlen des Sonnengottes bei ihrer ersten, überwältigenden

Vision. Im Licht erkannte sie die Umrisse eines großen Tempels, der größer war als der Tempel in Troia, ja sogar größer als der Tempel der Mutter in Kolchis und noch schöner.
Sie flüsterte voll Ehrfurcht: »Werde ich dorthin gehen?«
Aus dem Licht drang Musik: Harfen und andere Instrumente erfüllten die Luft mit Harmonie wie ein Dutzend – nein wie hundert reine, hohe Stimmen, die sich zu einem Lied vereinten und näherzukommen schienen. So hatte sie sich den Tempel des Sonnengottes immer vorgestellt. Khryse stand am Tor und winkte ihr. Unzufriedenheit und Gier, die sie in seinem Gesicht immer gesehen hatte, waren verschwunden. Jetzt war er der, für den sie ihn von Anfang gehalten hatte. Er breitete die Arme aus, und sie wollte auf ihn zueilen, wie Astyanax auf Hektor zugerannt war.
Aber Penthesilea hinderte sie daran – oder war es die Jungfräuliche Kriegerin in der Rüstung der Amazone?
»Nein«, sagte Penthesilea, »nein, Kassandra ... noch nicht.«
Kassandra suchte verzweifelt nach Worten. Diesen Tempel hatte sie in ihren Träumen gesehen. Sie hatte immer gewußt, daß sie dorthin gehörte. Nicht nur Khryse, sondern alle, die sie liebte, warteten dort auf sie – warteten darauf, daß ihre Stimme den fehlenden Platz in dem großen harmonischen Chor wieder einnahm.
»Nein.« Penthesileas Stimme klang traurig, aber unerbittlich. Sie hielt Kassandra zurück wie ein kleines Kind. »Du kannst noch nicht gehen. Du mußt unter den Lebenden noch etwas tun. Du konntest Aeneas nicht begleiten. Du kannst mich nicht begleiten. Du mußt zurück, Kassandra. Es ist noch nicht Zeit für dich.«
Das wunderschöne Gesicht unter dem schimmernden Helm begann, sich in Strahlen und Funkeln aufzulösen. Kassandra kämpfte darum, das Gesicht nicht aus den Augen zu verlieren. »Aber ich möchte gehen ... das Licht ... die Musik ...«, flüsterte sie.
Das Licht verblaßte, und Dunkelheit umgab sie. Sie nahm einen schrecklichen Geruch wahr – wie Tod, wie Erbrochenes. Sie lag auf dem Marmorboden im Tempelhof.
Ich bin also doch nicht tot!
Sie empfand nur bittere Enttäuschung. Sie bemühte sich krampfhaft, die Erinnerung an das Licht nicht zu verlieren, aber sie schwand bereits. Sie wurde sich der heftigen Schmerzen in ihrem

Körper bewußt. Sie blutete und roch das Blut auf dem Gesicht und ihrem Gewand. Der Mann, der sie vergewaltigt hatte, lag besinnungslos halb auf ihr. Er hatte sich übergeben. Das war es, was sie roch! Langsam, als tauche sie aus einer tiefen Trance auf, hörte sie eine bekannte Stimme und sah ein Gesicht: eine Hakennase, ein schwarzer Bart. Dieses Gesicht hatte sie jahrelang in ihren Alpträumen verfolgt.

Agamemnon zerrte den Mann von ihr herunter und schüttelte ihn wütend. »Ich habe dir gesagt, daß ich sie will!« brüllte er ihn an. »Sie atmet wieder. Wenn du sie umgebracht hättest, hätte ich dir bei lebendigem Leib die Haut abziehen lassen. Du hast gewußt, daß sie durch das Los mir gehört! Aber du wolltest mir zuvorkommen. Du warst schon immer bösartig, Ajax!«

Kassandra litt Folterqualen – Folterqualen und Verzweiflung.

Ich bin nicht tot. Die Jungfrau hat mich gerettet . . . dafür!

16

Kassandra lag bewegungslos auf der nackten Erde. Sie fühlte sich zu elend, um sich zu bewegen. Hatte sie wieder das Bewußtsein verloren? Sie konnte sich nicht erinnern.

»Biene?« flüsterte sie mühsam. Die Kehle schmerzte ihr. Keine Antwort. Ihr fiel mit Erleichterung ein, daß Biene Troia mit Aeneas verlassen hatte. Sie war in Sicherheit.

Ich will nicht mehr leben. Ich möchte zurück zu Penthesilea und Vater . . . und der Musik . . .

Aber sie spürte ihren Atem, das laute, aufdringliche Klopfen ihres Herzens. Sie würde leben. Was hatte Penthesilea gesagt? *Du mußt dort noch etwas tun . . .*

Wäre es darum gegangen, für Biene zu sorgen, hätte sie es noch einsehen können. Aber Biene war nicht mehr da. Ihr konnte sie jetzt nicht mehr helfen.

Weshalb bin ich hier, und alle, die ich liebe, sind dort?

Undeutlich nahm sie wahr, daß sie in einem großen Zelt lag. Überall standen Truhen mit Gold und Schmuck, lagen Bündel und stapelten sich Sachen: Seide und Stoffballen, kostbare Mäntel, Wandbehänge, Vasen und Geschirr, Säcke mit Getreide und Ölkrüge – der

ganze Reichtum der geplünderten Stadt. In der Nähe lag Andromache unter einer rauhen Decke. Kassandra konnte im Halbdunkel gerade noch ihr Gesicht erkennen. Andromaches Augen waren vom Weinen rot und geschwollen. Sie sah Kassandra an.
»Oh, du bist wach. Als sie dich brachten, haben sie gesagt, du seist tot. Aber Agamemnon wollte es nicht wahrhaben.«
»Ich habe nicht daran gezweifelt, tot zu sein«, erwiderte Kassandra, »ich wollte tot sein.«
»Ich auch«, sagte Andromache, »sie haben mir Astyanax genommen.«
»Ja, ich weiß. Ich habe ihn gesehen – er rannte in die Arme seines Vaters.«
Andromache dachte nach. Dann sagte sie: »Ja, ich nehme an, wenn jemand in das Reich des Todes sehen kann, dann du.«
»Glaub mir, er ist frei und glücklich bei seinem Vater«, beteuerte Kassandra. Ihre Stimme stockte bei der Erinnerung. »Ihnen geht es besser als uns. Ich wünschte, ich wäre dort, wo sie sind.«
Sie schwieg und fragte dann: »Warum sind wir hier? Was soll aus uns werden? Wo sind wir?«
»Ich bin nicht sicher. Ich glaube, wir sind am Strand, wo die Achaier ihre Schiffe beladen«, sagte Andromache.
»Hörst du«, flüsterte Kassandra und krümmte sich, »es kommt jemand.« Sie hörte schwere Schritte. Sie hatte die übernatürliche Fähigkeit, die Zwischenwelt zu sehen, verloren. Wieder gefangen in den normalen sterblichen Sinnen, kam sie sich stumpf und elend vor. Sie hatte einen schlechten Geschmack im Mund. »Gibt es hier Wasser?«
Andromache seufzte, drehte sich um und stand auf. Sie brachte Kassandra einen Krug Wasser, und Kassandra trank, bis der Durst gestillt war. Sie hatte sich zum Trinken aufgesetzt und glaubte, der Kopf würde bersten oder abfallen. Sie gab Andromache den Krug zurück und legte sich völlig erschöpft wieder hin.
Kassandra flüsterte: »Sie haben mich im Tempel der Jungfrau geschändet . . .« Die Stimme versagte ihr.
Andromache drückte ihr wortlos die Hand.
»Und du? Hat man dir etwas getan?« fragte Kassandra leise.
Andromache sah sie an. »Nein, sie haben mich nicht angerührt.

Ich nehme an, sie haben mich mitgenommen, weil es ihrem Stolz dient, Hektors Frau als Sklavin zu sehen«, antwortete sie. »Mein Sohn – wäre er der Sohn eines Geringeren gewesen, hätten sie ihn vielleicht am Leben gelassen . . .« Sie schwieg. »Wie geht es dir? Du bist verletzt . . .« Sie streckte die Hand aus, als wollte sie Kassandras blutige Stirn berühren, tat es aber nicht. »Hat man dich auch noch geschlagen und nicht nur . . .«
»Geschändet? Ja«, sagte sie, »ich dachte – ich hoffte, ich wäre tot. Aber aus irgendeinem Grund hat man mich zurückgeschickt.«
Sie dachte wehmütig an Penthesileas Worte: *Du mußt dort noch etwas tun.* Aber was? Man hätte sie nicht zurückgeschickt nur, um Andromache zu trösten und ihr zu sagen, daß ihr Sohn bei seinem Vater gut aufgehoben war. Was sonst? Konnte sie sich auf irgendeine Weise an Agamemnon rächen? Lächerlich! Die ganze troianische Streitmacht hatte ihn nicht überwinden können. Sie war nur eine verwundete, geschändete Frau.
Eine Gestalt im Zelteingang verdunkelte das Licht. Eine rauhe Stimme sagte: »Hier, da hinein zu den anderen!« Jemand wurde hereingestoßen, taumelte und fiel neben Kassandra auf den Boden: eine kleine, gebrechliche Frau. Sie stöhnte und hob mühsam den Kopf.
»Kassandra? Bist du es?«
»Mutter!« Kassandra setzte sich auf und umarmte Hekabe. »Ich glaubte, du seist tot . . .«
»Und ich habe gehört, Agamemnon hätte dich genommen . . .«
»Er beansprucht mich«, sagte Kassandra und versuchte, ihre Stimme fest klingen zu lassen, »aber die Schiffe sind noch nicht beladen. Also bleibt uns wenigstens die Zeit, um uns Lebwohl zu sagen.«
»Sie streiten sich immer noch wegen der Beute«, sagte Andromache bitter und umarmte Hekabe ebenfalls. »Dabei geht es auch um uns.«
»Ich weiß nicht, wohin ich komme«, sagte Hekabe, »und auch nicht, wozu ich in meinem Alter als Sklavin noch gut sein soll.«
»Zumindest, Mutter, mußt du nicht fürchten, zu einer Nebenfrau gemacht zu werden«, sagte Andromache.
Hekabe lachte bitter: »Ich hätte nie geglaubt, daß ich noch einmal

über etwas lachen könnte. Ihr beide seid jung. Selbst als Sklavinnen findet ihr vielleicht noch etwas Gutes am Leben.«
»Niemals!« widersprach Andromache, »aber wir wollen nicht anfangen, darüber zu streiten, wer am meisten gelitten und in Zukunft zu leiden hat.«
Kassandra erstarrte und flüsterte: »Es kommt jemand.«
Es war Odysseus. Die Wache am Eingang fragte ihn: »Was willst du, Herr?«
»Eine der Frauen da drinnen gehört mir. Ich habe beim Würfeln verloren. Vielleicht ist es aber nicht nur ein Verlust. Meine Frau Penelope wäre wütend auf mich, wenn ich mit einer jungen, hübschen Sklavin nach Hause käme.«
»Oh, welche Schmach«, flüsterte Hekabe und umklammerte Kassandras Hand, »er war so oft unser Gast. Ich kann diese Demütigung nicht ertragen!«
Odysseus kam herein und beugte sich zu Hekabe hinunter. Seine Stimme klang nicht unfreundlich, als er sagte:
»Nun, Hekabe, wie es aussieht, kommst du mit mir. Hab keine Angst, ich habe keinen Streit mit dir und Penelope noch weniger.«
Er reichte ihr die Hand und half ihr beim Aufstehen, was Hekabe sichtlich schwerfiel. Dann beugte er sich zu Kassandra hinunter und flüsterte: »Hab keine Angst um deine Mutter. Ich werde gut für sie sorgen. Solange ich lebe, wird sie immer ein Zuhause haben. Ich hätte dich auch mitgenommen, Kassandra. Aber Agamemnon war fest entschlossen, dich für sich zu haben. Also sieht es so aus, als würdest du die Geliebte eines Königs.«
»Wer bekommt Andromache?« fragte Kassandra.
»Sie geht in das Land von Achilleus und wird Eigentum seines Vaters.«
»Es könnte schlimmer sein«, sagte Andromache düster.
Hekabe fragte: »Und Polyxena?«
Odysseus blickte zu Boden. Er antwortete: »Sie begleitet Achilleus.«
»Was soll das heißen?« fragte Hekabe, aber Odysseus wich ihrem Blick aus.
Kassandra hatte es jedoch an seinen Augen gesehen und stieß hervor: »Sie ist tot! Geopfert! Man hat ihr die Kehle durchgeschnitten und sie wie ein Opfertier für Achilleus verbrannt ...«

Odysseus zuckte zusammen. Hekabe fragte ihn: »Ist das wahr?« Odysseus antwortete: »Ich hätte es dir erspart. Achilleus wollte sie heiraten, aber sie hat ihn abgewiesen. Deshalb mußte sie ihm in die Nachwelt folgen.«
Kassandra versuchte, ihre klagende Mutter zu besänftigen. »Du mußt nicht um sie trauern, Mutter. Es geht ihr besser als den meisten von uns, und du wirst bald bei ihr sein.«
Hekabe trocknete sich die Augen.
»Ja, ja, besser als uns allen«, flüsterte sie, »die Nachwelt kann nur besser sein als diese Welt. Ich werde bald bei meinem Herrn und König und dem Vater meiner Söhne sein. Geh voran, Odysseus.« Sie umarmte Kassandra. »Auf Wiedersehen, meine Tochter. Ich hoffe, das wird bald sein.«
»Für mich kann es nicht bald genug sein«, sagte Kassandra, und sie trennten sich. Kassandra legte sich wieder hin und versuchte, den schmerzenden Kopf auf einem Bündel Segeltuch etwas bequemer zu betten. Sie wußte, sie würde ihre Mutter in diesem Leben nicht mehr sehen.
Das Licht wanderte langsam über den Boden. Es mußte bereits Nachmittag sein. War die Stadt erst an diesem Morgen gefallen? Es schien vor Wochen – nein, vor Jahren gewesen zu sein.
Das Licht wurde schon schwächer, als sie die Stimme eines Achaiers hörte, die entschuldigend sagte: »Du mußt nicht da drinnen bei ihnen warten, Herrin.«
Eine schlanke Gestalt kam ins Zelt, und eine vertraute Stimme fragte leise: »Wer ist da?«
»Helena?!« Kassandra setzte sich auf. »Was tust du hier?«
»Ich bin lieber hier als auf dem Schiff von Menelaos, wo mich alle Seeleute anstarren«, erwiderte Helena, »er kommt und holt mich, wenn das Schiff auslaufbereit ist.«
Kassandra legte sich wieder hin. Sie wußte, sie sollte einen gewissen Groll auf diese Frau empfinden, aber Helena hatte nur wie auch sie dem Schicksal gehorcht. Helena starrte entsetzt auf Kassandras blutige Stirn.
»Wie schrecklich!«
»Es ist schon gut. Es ist keine große Wunde«, sagte Kassandra.
»Und du verdienst im Grund das Schlimmste, aber dich haben sie

nicht angerührt«, sagte Andromache bitter, »du bist sogar wie eine Königin gekleidet.« Sie blickte auf das frische rostrote Gewand und den Mantel mit den goldenen Spangen und dem kostbaren Gürtel. Helena lächelte kaum merklich. »Menelaos hat darauf bestanden. Er hat Nikos zu den Soldaten geschickt, da er behauptet, ich sei nicht dazu geeignet, ein Kind zu erziehen.«
»Dein Sohn lebt wenigstens«, murmelte Andromache.
»Aber ich habe ihn verloren«, sagte Helena, »und Menelaos hat geschworen, wenn dieses lebt –« Kassandra erinnerte sich, daß Helena ihnen anvertraut hatte, sie sei wieder schwanger, »wird er es aussetzen. Glaub mir, Andromache, ich würde lieber zu einem Fremden gehen. Selbst wenn die Männer um mich würfeln sollten. Menelaos wird mich mit Sicherheit für den Rest meines Lebens seine Wut spüren lassen. Ich wäre lieber friedlich hier an der Seite von Paris begraben, den ich liebe.«
»Das glaube ich nicht«, sagte Andromache düster, »ich bin sicher, ein neuer Mann, den du mit deiner Schönheit verführen könntest, wäre dir lieber.« Sie drehte Helena den Rücken zu und schwieg.
Kassandra streckte Helena die Hand entgegen, die sie ergriff und fest drückte. Sie fragte: »Ob alle Frauen Troias mir die Verantwortung geben . . .?«
»Ich nicht«, sagte Kassandra.
»Nein, du nicht. Ich habe Freunde in Troia gefunden«, sagte Helena, beugte sich zu Kassandra hinunter und küßte sie. »Wäre ich doch nie hierhergekommen, um euch alle zu vernichten . . .«
»Das hat Poseidon getan, nicht du«, widersprach Kassandra, und sie hielten sich schweigend die Hände wie junge Mädchen. Es dauerte nicht lange, bis sich Schritte näherten und Menelaos durch den Zelteingang trat. »Helena?« rief er.
»Ich bin hier«, antwortete Helena leise. Kassandra blickte in das strahlende Licht, das plötzlich das Zelt zu erfüllen schien. Helenas Haare schimmerten golden, und ein Strahlen umgab sie wie damals auf der Mauer. Die Göttin hatte sie wieder berührt.
Menelaos kniff die Augen zusammen, als sei er geblendet. Dann verbeugte er sich widerwillig und murmelte: »Meine Herrin und meine Königin.« Er bot ihr den Arm, als fürchte er, sich ihr zu nähern, und sie ging langsam auf ihn zu.

Menelaos folgte Helena aus dem Zelt, blieb aber ehrfürchtig einen Schritt hinter ihr.
Draußen wurde es dunkel, als Kassandra schließlich Agamemnon sah, der den Kopf durch den Eingang streckte.
»Tochter des Priamos«, rief er, »du kommst mit mir. Das Schiff ist zum Auslaufen bereit.«
Was soll ich tun? Mich unterwerfen? Kämpfen? Es hilft nichts. Es ist mein Schicksal.
Sie stand auf, und er nahm ihren Arm – nicht derb, aber mit einem gewissen Besitzerstolz. Er lächelte vorsichtig und sagte: »Von all der Beute habe ich nur dich verlangt. Glaub mir, ich werde dich nicht schlecht behandeln, Kassandra. Es ist nicht wenig, die Geliebte eines Königs von Mykenai zu sein.«
Das glaube ich.
Ihr kam der Gedanke, daß Priamos sie sehr gut mit diesem Mann hätte verheiraten können, wenn Agamemnon nicht bereits mit Helenas Schwester verheiratet gewesen wäre. Das Leben, das sie erwartete, unterschied sich nicht sehr davon – abgesehen von ein paar förmlichen Riten und dem Segen ihrer Familie. Die Frau eines Achaiers war nicht weniger eine Sklavin als jede Sklavin in Troia. Kassandra zitterte, und er fragte sie fürsorglich:
»Frierst du?« Von einem Kleiderberg nahm er einen blauen Mantel, den sie nicht kannte.
»Hier«, sagte er großzügig und legte den Mantel Kassandra um die Schultern. Er führte sie über den unebenen Boden zum Ufer und hielt ihre Hand, als sie über Planken das Schiff bestieg. Das Deck schwankte. Das Schiff war größer, als es von den Mauern der Stadt gewirkt hatte. Die Ruderer blickten neugierig zu ihr auf, während sie versuchte, beim Gehen nicht über den Mantel zu stolpern. Auf Deck stand ein kleines Zelt, das den Zelten der Achaier im Lager glich. Agamemnon hob die Zeltklappe, und sie trat ein. Im Innern lagen weiche Teppiche, und eine Lampe brannte.
»Hier wird dich niemand stören. Ich werde dir jetzt deine Dienerinnen schicken«, erklärte er feierlich, »wir laufen mit der Flut zwei Stunden vor Sonnenaufgang aus.« Er ging. Kassandra sank auf die Teppiche und spürte das sanfte Heben und Senken des Schiffs. Sie überlegte, ob sie verstohlen zur anderen Seite laufen und ins Was-

ser springen könne, damit sie ertrank. Aber nein, sie wurde bestimmt bewacht, und man würde sie daran hindern. Außerdem hatte Penthesilea ihr gesagt, sie werde nicht sterben. Also würde man sie doch wieder nur zurückschicken.
Kassandra blieb ruhig liegen und versuchte, sich damit abzufinden, daß Agamemnon früher oder später zu ihr kommen würde. Er konnte nicht schlimmer sein als Ajax. Und sie lebte noch. Das würde sie auch überleben.

17 Endlich mußte sie sich nicht mehr übergeben. Kassandra wankte aus dem Zelt auf das Deck hinaus und in die frische Luft. Den Gedanken an Essen konnte sie immer noch nicht ertragen. Schon bei der Vorstellung würgte es sie. Aber es gelang ihr, sich auf den Knien aufrecht zu halten. Bei dem schwankenden Schiff war es undenkbar zu stehen, ohne sofort wieder würdelos zu fallen. Sie betrachtete neugierig das Ufer und die kleinen felsigen Inseln, an denen sie vorüberfuhren.
Sie schienen schon eine Ewigkeit auf See zu sein. Am Abend zuvor hatte sie den dünnen, blassen neuen Mond gesehen und sich darüber gefreut, denn sie wußte, er ging im Südwesten auf, und das gab ihr ein Gefühl für die Richtung – nachdem sie inzwischen überhaupt wieder auf die Richtung achten konnte – auf dem weglosen, richtungslosen Meer. Kassandra glaubte, daß die Orientierungslosigkeit zu dem Kranksein beigetragen hatte. Es gab nichts außer einem kranken Körper, in dem sich alles drehte, inmitten eines kreisenden Strudels aus wogenden Wellen und einem schwankenden Deck. Anfangs war ihr so übel gewesen, daß ihr alles gleichgültig war – die Gerüche des Meeres, die Geräusche der Ruderer, Agamemnon, der ihren teilnahmslosen Körper benutzte, das Essen, das sie regelmäßig zurückwies. Zunächst hatte sie geglaubt, es seien im wesentlichen die Nachwirkungen des Schlags, den Ajax ihr versetzt hatte – Kopfverletzungen riefen oft Schwindelgefühle und Verwirrung hervor. Als es ihr nach einiger Zeit nicht besser ging, dachte sie, das schwankende Schiff sei daran schuld. Inzwischen fragte sie sich voll Angst und Abscheu, ob sie vielleicht

schwanger war – sie berechnete die vergangene Zeit nach dem Mond. Als sie das erste Mal mit Aeneas schlief, hatte sie kaum darüber nachgedacht. Man brachte den Priesterinnen bei, eine Schwangerschaft zu vermeiden, wenn sie das wollten; aber diese Mittel versagten oft. Auf dem Schiff war sie zu krank gewesen, um an solche Vorsichtsmaßnahmen zu denken. Sie hatte sich mit dem Gedanken abgefunden, daß sie früher oder später von Aeneas ein Kind bekommen würde. Aber es bestand kaum die Wahrscheinlichkeit, daß sie sein Kind im Leib trug. Seit dem Schlag auf den Kopf fiel es ihr schwer, sich genau daran zu erinnern, wann er das letzte Mal mit ihr zusammen gewesen war, oder wann der Körper ihr zuletzt den Beweis erbracht hatte, daß sie *nicht* schwanger war. Also war es vermutlich Agamemnons Kind oder, noch schlimmer, das Kind von Ajax, der sie vergewaltigt hatte. Kassandra hielt wenig von dem Gerede der Frauen, aber sie hatte oft gehört, daß es unwahrscheinlich sei, beim ersten Mal schwanger zu werden. Beweise für das Gegenteil hatte sie allerdings trotzdem gesehen ... Wenn schon, dann hoffte sie, es sei Agamemnons Kind. Ihn haßte sie, aber er hatte sie nicht mit Gewalt genommen. Natürlich gefiel es ihr nicht, seine Leibeigene und Kriegsbeute zu sein. *Mein ganzes Leben habe ich ihn gefürchtet*, dachte sie und erinnerte sich an die erste Begegnung im Palast, als er Hermione geraubt hatte. Aber wenigstens benahm er sich ihr gegenüber nicht schlimmer, als es in solchen Fällen Brauch war.

Ganz sicher war es ein übler Brauch, aber er hatte ihn nicht erfunden. Vernünftigerweise konnte man ihm kaum einen Vorwurf machen, wenn er der Tradition folgte. Hätten ihre Eltern sie diesem Mann als Gemahlin gegeben, hätte er sie vermutlich nicht schlimmer und vielleicht auch nicht besser behandelt.

Gewisserweise konnte man ihn nicht mehr tadeln als alle Achaier. In ihren Augen war er ein guter Mann. Sie wußte, ihre anhaltende Krankheit hatte ihm Sorgen gemacht. Anfangs versuchte er, ihr freundlich darüber hinwegzuhelfen, und versicherte ihr, am Anfang einer Schiffsreise sei das immer so, und sie werde sich bald an das Meer gewöhnen. Er riet ihr, viel an die frische Luft zu gehen. Als das nichts half, ließ er sie viel allein. Dafür war sie ihm dankbar. Manchmal hatte sie das Gefühl, er versuche, verständnisvoll zu ihr

zu sein. Einmal erbrach sie sich über ihn (ohne sich zu entschuldigen; sie hatte ihn nicht darum gebeten und ihm auch nicht erlaubt, sie auf diese Reise mitzunehmen), und er schlug sie nicht, wie sie beinahe erwartet hatte (sie hatte einmal gesehen, wie er seinen Diener verprügelte, der Rasierwasser verschüttete), sondern ließ frisches Wasser bringen, damit sie sich den Mund ausspülen konnte. Dann nahm er sie in die Arme, deckte sie mit einem sauberen Mantel zu und versuchte, sie in den Schlaf zu wiegen.
Das war am Anfang der Reise gewesen, als in ihr immer noch maßlose Verwirrung herrschte und rasender Haß tobte. Sie sah ihn nicht an, sprach kein Wort, und er hatte bald den Versuch aufgegeben, sich mit ihr über das Land zu unterhalten, an dem sie vorüberfuhren. Inzwischen wünschte Kassandra, sie hätte ihn zu solchen Gesprächen ermuntert. Das Wissen wäre vielleicht nützlich für eine Flucht gewesen. Nach Troia konnte sie nicht zurück – es gab nichts mehr, wozu sie hätte zurückkehren können. Aber sie konnte nach Kolchis, wo Königin Imandra oder die Priesterin im Haus der Schlangenmutter sie aufnehmen würden. Sie konnte auch nach Kreta fliehen; auf den Inseln dort gab es viele Tempel, in denen eine in Heilkünsten bewanderte Priesterin, die auch das Schlangenwissen besaß, Schutz finden würde.
Kassandra wurde nicht streng bewacht. Möglicherweise deshalb nicht, weil es anfangs offensichtlich war, daß sie mit der Kopfwunde und der Seekrankheit nicht einmal gehen, geschweige denn den Versuch wagen konnte, sich aufzulehnen oder zu fliehen.
Während sie jetzt auf dem sonnigen Deck vor dem Zelt lag, das sie mit Agamemnon teilte, und dem langsamen Trommelschlag lauschte, der den Ruderern das Tempo vorgab, dachte sie:
Es ist nicht nur das. Es käme ihnen nie in den Sinn, daß eine Frau an Flucht denken könnte.
Als die Männer vor einer Woche auf einer kleinen Insel an Land gegangen waren, um frisches Trinkwasser zu holen, hatte man sie unbewacht gelassen. Sie hatte nicht versucht zu fliehen – wohin auch? Sie sah, daß die Insel so klein war, daß sie sich unmöglich hätte verstecken oder einen Unterschlupf finden können. Für jemanden, der auf der Insel lebte, hätte ihre Bitte um Schutz bedeutet, daß sich Agamemnons Zorn auf einen harmlosen Bauern

entlud, der vielleicht Erbarmen mit ihr gehabt hätte. Nur in einem Tempel der Jungfrau – oder des Sonnengottes – hätte sie gewagt, um Schutz zu bitten.

Das konnte sie immer noch tun, wenn sie einen Tempel fand. Sie vermutete allerdings, daß Agamemnon sie rechtmäßig als Kriegsbeute beanspruchen durfte. Entflohenen Sklaven brachte man kaum Mitgefühl entgegen. Nach dem Untergang Troias konnte sie sich nicht länger darauf berufen, daß sie eine Prinzessin war. Jeder, der über sie sprach (sie mußte nur an die Worte der Diener und Soldaten auf dem Schiff denken), schien der Ansicht, sie habe keinen Grund, nicht für den Rest des Lebens mit ihm zufrieden zu sein.

Ihr wurde klar, daß sie ihre Gedanken abschweifen ließ, um nicht ernsthaft darüber nachzudenken, daß sie vermutlich Agamemnons Kind im Leib trug. Sollte sie es ihm sagen? Nicht sofort. Er würde sich zu sehr darüber freuen und möglicherweise glauben, sie erhebe Anspruch auf sein Mitgefühl oder auf seine Freundlichkeit.

Agamemnon stand am Heck neben dem Steuermann. Wie seine Männer trug er nur ein schlichtes Lendentuch aus grobgewebtem und gebleichtem Leinen, aber der goldene Halsring und sein Schmuck machten ebenso wie seine soldatische Haltung und sein herrisches Wesen deutlich, wer König und wer Diener war.

Agamemnon sah sie im Schatten des Segels sitzen und kam mit großen Schritten auf sie zu.

»Kassandra, ich freue mich, daß du wach bist«, sagte er, »das Meer ist ruhig, und die Sonne wird dir gut tun. Als wir heute morgen an Land gegangen sind, um frisches Trinkwasser zu holen (sie hatte geschlafen und nur undeutlich wahrgenommen, daß das Schiff ruhig lag), haben die Männer frische Trauben gepflückt. Möchtest du vielleicht etwas davon?« Ohne auf ihre Antwort zu warten, rief er den vier Dienerinnen zu (die meiste Zeit saßen sie am Heck und unterhielten sich): »Ihr da!« – Agamemnon redete die Frauen nie mit Namen an –, »bringt uns von den Trauben. Oder habt ihr sie schon alle gegessen, ihr verfressenen Dinger?«

»Oh, nein, mein König«, murmelte die größte der Frauen und stand auf. Sie nahm aus einem großen Korb vier oder fünf Trauben mit kleinen Beeren, legte sie auf ein Silbertablett (Kassandra kannte es aus dem Palast; auch Hekabe hatte es wegen der gehämmerten Ranken für Trauben benutzt) und kam damit über das Deck. Die Frau kniete vor Agamemnon nieder. Er bedeutete ihr mit einer Geste, die Trauben zuerst Kassandra anzubieten. Sie kam Kassandra irgendwie bekannt vor. Hatte sie die Frau schon einmal in den Straßen Troias gesehen?

»Prinzessin ...«, flüsterte die Frau mit demütig niedergeschlagenen Augen. Kassandra fragte sich, was beim Untergang der Stadt wohl aus Chryseis geworden war. Sie zupfte ein paar Beeren ab und steckte eine in den Mund. Die saftige Säure empfand sie als angenehm, und sie schluckte vorsichtig. Kassandra erwartete beinahe, ihr würde auf der Stelle wieder übel werden. Agamemnon hatte sich eine ganze Traube genommen und aß genußvoll. Er hatte große, starke, weiße Zähne – *Wie ein Pferd!* dachte Kassandra voll Abscheu. Sie mußte sich abwenden, um das krampfhafte Würgen zu unterdrücken. Aber es gelang ihr, ein paar Beeren zu schlucken, ohne sie sofort wieder erbrechen zu müssen.

»Es freut mich zu sehen, daß du wieder ißt«, bemerkte Agamemnon, »die Seekrankheit dauert selten so lange. Wenn du gesund bist, wirst du so schön sein wie damals, als ich dich zum ersten Mal gesehen und sofort begehrt habe.«

Kassandra begriff, daß er glaubte, ihr damit ein Kompliment zu machen: Er versuchte, freundlich zu sein. Nun ja, sie war vermutlich zumindest für einige Zeit an ihn gebunden. Bei einer Schwangerschaft mußte sie natürlich jeden Gedanken an Flucht aufgeben, bis das Kind geboren war. Es wäre töricht gewesen, ihn zu zwingen, in ihr eine Feindin zu sehen und sie strenger bewachen zu lassen. Das würde mit Sicherheit geschehen, wenn er glaubte, sie denke an Flucht.

Glaubt er wirklich, daß ich ihn lieben und ihm als meinem Gemahl gehorchen werde, nachdem er meine Brüder und meine Eltern getötet und meine Stadt zerstört hat?

Offenbar dachte er genau das.

»Möchtest du noch ein paar Trauben?« fragte er und nahm eine vom Tablett. Kassandra nickte und aß noch ein paar Beeren. Sie begann zu sprechen, aber da sie bis jetzt stumm geblieben war, versagte ihr die Stimme. Sie mußte sich zweimal räuspern, ehe sie ein Wort hervorbrachte.

»Wie lange werden wir noch auf dem Schiff sein?«

Er wirkte verblüfft, als habe er sich an ihr Schweigen gewöhnt und glaube beinahe, sie könne nicht sprechen. Aber er antwortete liebenswürdig: »Ich kann gut verstehen, daß du von dieser Fahrt genug hast. Man kann nie im voraus sagen, wie lange die Reise dauert. Bei guten Winden und schönem Wetter sind wir vielleicht am Ziel, ehe der Mond sich noch zweimal gefüllt hat. Bei schlechtem Wetter und Gegenwind kommen wir möglicherweise erst mitten im Winter an.«

Sie wünschte, sie hätte nicht gefragt. Der Gedanke an zwei weitere Monde auf dem Schiff ängstigte sie. Was würde mit ihr geschehen, wenn sie Mykenai erreichten?

Er mußte diesen Gedanken in ihrem Gesicht gelesen haben, denn er sagte beruhigend: »Fürchte dich nicht, meine Gemahlin Klytaimnestra ist eine gütige Königin. Sie würde eine ehemalige Prinzessin von Troia niemals schlecht behandeln. Sie glaubt nicht, ihre königliche Macht unter Beweis stellen zu müssen, indem sie andere die Unterlegenheit spüren läßt. Jeder in unserem Haus, sei er nun Diener oder Sklave, wird behandelt, wie es die Sitte fordert – nicht besser oder schlechter.«

Es wäre Kassandra nie in den Sinn gekommen, sich vor Klytaimnestra zu fürchten. Sie war Helenas Zwillingsschwester; Kassandra hatte Helena geliebt und in ihr eine Freundin gefunden. Plötzlich begriff sie, daß Agamemnon Angst vor seiner Frau hatte, und deshalb glaubte er, Kassandra fürchte sich vor ihr.

Hatte er Angst, weil sie die Königin des Landes war, und er nur als ihr Gefährte der König geworden war? Möglicherweise zürnte sie ihm immer noch wegen der üblen List, mit der Agamemnon ihre Tochter Iphigenie geopfert hatte. Schließlich war Iphigenie ihre älteste Tochter gewesen, und Klytaimnestra hatte sie als Thronfolgerin bestimmt.

Kassandra dachte an alte, derbe Witze über zänkische Frauen, die ihre betrunkenen oder liederlichen Ehemänner beim Nachhausekommen mit der Teigrolle oder dem Dreschflegel begrüßten. Fürchtete Agamemnon einen solchen Empfang?

Sie sah ihn an und erkannte, daß die Furcht tiefer saß und schwärzer war. Flüchtig kam es ihr vor, als sei sein Gesicht mit Blut verschmiert, das sich nicht mehr abwaschen ließ. Sie sagte sich, es sei nur das Licht der untergehenden Sonne. Und wenn sie tatsächlich Blut sah, war das ein Wunder? Agamemnon war ein blutrünstiger Mann, ein Krieger, der in seinem langen Leben zahllose Menschen erschlagen hatte.

Sie legte die Traube beiseite und verlagerte das Gewicht. Die schreckliche Übelkeit, die sie kurze Zeit verschont hatte, kam zurück. Seufzend schleppte sie sich zurück in das Zelt und war froh, wieder liegen zu können. Sie war schwanger – entweder von Agamemnon oder von Ajax, und früher oder später würde er es erfahren müssen.

In dieser Nacht änderte sich das Wetter. Ein Nordwind kam auf und beutelte das Schiff so sehr, daß die hohen Wellen das Zelt an Deck überfluteten, selbst nachdem das Segel eingeholt worden war. Agamemnon gab Befehl, alles festzubinden. Das Rollen und Schwanken des Schiffs machte Kassandra so krank, daß sie sich nicht einmal fürchtete. Sie klammerte sich an ein Seil, das Agamemnon um sie geschlungen hatte, übergab sich immer wieder und wünschte dann, das Schiff würde auf Klippen auflaufen, oder die Wogen würden das Zelt über Bord spülen, damit sie ertrank und endlich Frieden fand.

Der Sturm dauerte viele Tage, und selbst, als er nachließ, wollte sie nur an Deck liegen, als sei sie tot. Ihre einzige Hoffnung bestand darin, der Aufruhr der Gewalten würde eine Fehlgeburt bewirken. Aber das geschah nicht. Zorn wechselte mit Verzweiflung. Was sollte sie mit einem Kind in der Sklaverei – einen Sohn als Sklaven Agamemnons erziehen?

Schließlich kam der Tag, als Agamemnon sie prüfend ansah und sagte: »Du bist schwanger.«

Sie nickte mißmutig, ohne ihn anzusehen. Aber er lächelte und strich ihr über die Haare. Er sagte: »Meine Schöne, hast du mein Versprechen vergessen, daß du nicht meine Sklavin, sondern meine rechtmäßige Gefährtin bist?«

So etwas hatte er tatsächlich gesagt, aber sie hatte ebensowenig darauf geachtet wie auf alles andere, was er sagte, während sie sich

ständig übergeben mußte. »Du mußt um dein Kind nicht fürchten. Ich gebe dir mein Wort, daß es kein Sklave sein wird, sondern daß ich es anerkennen und daß es als mein Sohn aufwachsen wird. Ich traue Klytaimnestras Kindern nicht. Unser Sohn wird sehen, wie hoch ich seine Mutter schätze, die eine troianische Prinzessin war.«
Undeutlich fühlte sie, daß er versuchte, ihr zu gefallen, und daß er sich sehr großzügig und nachsichtig vorkam. Glaubte er wirklich, sie so weit zu bringen, daß sie ihm dankte, weil er sie als Mensch behandelte?
Vermutlich gab es Frauen, die ihm dankbar gewesen wären, weil er sie nicht schlimmer behandelt hatte, denn es lag in seiner unbeschränkten Macht. Sie hob den Kopf und sagte, ohne zu lächeln: »Das ist freundlich von dir, mein Gebieter.« Zum ersten Mal fürchtete sie sich vor dem, was er tun könnte, und sprach deshalb das Wort aus, das sie sich gelobt hatte, nie über die Lippen zu bringen. Wie vorausgesehen freute er sich. Männer ließen sich so leicht täuschen und schmeicheln. Er strahlte und küßte sie. Er ging zu einer der vielen großen Truhen, in denen er seinen Anteil der Beute aus Troia aufbewahrte, und nahm eine vierreihige goldene Halskette heraus, die aus vielen kleinen Gliedern und ziselierten Plättchen bestand.
Er beugte sich über Kassandra und legte sie ihr um.
»Sie ist deiner Schönheit würdig«, murmelte er, »und wenn dein Kind ein Sohn ist, bekommst du eine zweite, ebenso schöne.«
Kassandra hätte ihm die Kette am liebsten ins Gesicht geschleudert. Welch eine Anmaßung! Er schenkte einen winzigen Teil dessen, was er ihrer Familie gestohlen hatte! Dann dachte sie:
Wenn ich fliehe, wird die Kette mich nach Kolchis oder sogar nach Kreta bringen, denn ich kann die Glieder einzeln verkaufen. Kreusa ist in Kreta – Aeneas vielleicht auch.
Was wird er sagen, wenn er anstelle des Sohnes, den er sich wünscht, nur eine Tochter bekommt? Das würde mir beinahe gefallen, ihm etwas zu geben, was er nicht will. Aber dann fragte sie sich: *Wer würde willentlich ein Mädchen zur Welt bringen, das durch die Hand der Männer erleidet, was alle Frauen erleiden?*
Doch bei dem Gedanken an ein kleines Mädchen wie Biene – selbst

wenn sein Vater Agamemnon wäre –, wurde sie weich. Wenn dieses Kind ein Mädchen sein sollte, würde sie es nach Kolchis bringen, damit es an einem Ort aufwuchs, wo es nie die Sklavin eines Mannes sein würde.

Die Tage vergingen, und wie sie es an anderen Frauen beobachtet hatte, die den Lebenskräften unterworfen waren, wurde sie träge und schwerfällig. Sie stand nur noch widerwillig auf, obwohl Agamemnon sie nun noch rücksichtsvoller behandelte, seit er von der Schwangerschaft wußte. Wenn das Wetter es erlaubte, führte er sie täglich auf dem Deck hin und her. Er beharrte darauf, sie müsse frische Luft und Bewegung haben. Einmal sagte er, er hoffe, sie würden Mykenai erreichen, ehe das Kind zur Welt kam.

»Wir haben dort ausgezeichnete Hebammen. In ihren Händen wärst du sicher«, erklärte er, »ich weiß nicht, ob eine dieser Frauen auf dem Schiff von solchen Dingen etwas versteht.«

Sie wußte inzwischen, eine der vier war eine Kammerfrau im Palast und als Hebamme ausgebildet gewesen. Aber das sagte sie Agamemnon nicht. Es gelang ihr jedoch, unauffällig mit der Frau zu sprechen.

»Wie gut, Prinzessin«, sagte die Frau, »wenn du ihm einen Sohn schenkst, wird er dich um so mehr schätzen. Als Mutter des königlichen Sohnes bist du in Mykenai in Sicherheit.«

Insgeheim hatte Kassandra gehofft, die Frau würde ihre Verzweiflung teilen, und sie fragen wollen, ob sie ihr einen Kräutertrank mischen könne, der eine Fehlgeburt auslösen würde. Aber diese Antwort bestärkte sie in ihrem Glauben, daß die Frauen überall mit ihren Unterdrückern gemeinsame Sache machten.

Als Agamemnon einmal bei ihr saß und von ihrem Sohn sprach, fragte sie: »Aber hast du nicht einen Sohn von Klytaimnestra? Steht er in der Rangfolge nicht an erster Stelle?«

»O ja«, sagte Agamemnon mit einem bösen Lächeln, »aber für meine Königin gelten nur die Töchter. Sie ist offenbar der Ansicht, daß eine ihre Nachfolgerin auf dem Thron wird. Sie hat unseren Sohn sogar weit weg vom Palast aufziehen lassen, damit ich ihn nicht zum künftigen König erziehen lassen konnte.«

Das, dachte Kassandra, *ist das Beste, was ich über Klytaimnestra bisher gehört habe.* Sie hatte sich schon gefragt, wie Helenas Schwester es je über sich bringen konnte, einen Mann wie Agamemnon zu heiraten – und sei es auch nur aus Gründen politischer Zweckmäßigkeit. Aber vielleicht hatte das Volk ihr keine andere Wahl gelassen oder einen König gewollt, der Eisen besaß und die Truppen befehligte.

»Unser Sohn, Kassandra, wird vielleicht nach mir über die Stadt Mykenai herrschen«, sagte Agamemnon, »gefällt dir diese Vorstellung?«

Gefallen?

Sie lächelte ihn nur an. Sie hatte gelernt, daß er ihr Lächeln als Zustimmung deutete und zufriedener damit war, als wenn sie etwas sagte.

In dieser Jahreszeit gab es auf dem Meer kein gutes Wetter, sondern nur endlosen Regen und Sturm. Immer, wenn sie ihrem Ziel ein Stück nähergekommen waren, erhob sich der Wind und trieb sie zurück, so daß sie ständig in Gefahr waren, an den Klippen zu zerschellen.

Agamemnon mußte öfter auf das offene Meer hinausfahren, um nicht an Land getrieben zu werden, wo das Schiff mit Sicherheit gekentert wäre. Nach Tagen und Monaten auf dem Wasser schienen sie dem Ziel nicht nähergekommen zu sein. Nachdem ein schrecklicher Sturm sie tagelang weit von jeder Küste weggetrieben hatte, gerieten sie eines Morgens in eine Flaute. Ein Seemann berichtete Agamemnon, man habe grünes Wasser gesehen, das sich wie ein Strom durchs Meer zog. Agamemnon verließ fluchend das Zelt, und sie hörte, wie er seine Männer anschrie. Als er zurückkam, war er wütend. In seinem Gesicht spiegelte sich unbändiger Zorn.

»Was ist los?« fragte sie. Sie lag und versuchte verzweifelt, das wenige Brot und die Früchte bei sich zu behalten, die sie zum Frühstück gegessen hatte.

Er sah sie finster an und sagte: »Wir haben das Wasser des Nil gesichtet – der große Fluß im Land der Pharaonen. Poseidon ist der Erderschütterer und der Gott des Meeres, er hat uns an die Küste Ägyptens getrieben, und die Heimat ist ferner denn je.«

»Das scheint mir kein Unglück zu sein«, erklärte sie, »du hast gesagt, wir brauchen unbedingt Verpflegung und frisches Wasser. Kann man das hier nicht bekommen?«

»O doch! Aber die Nachricht vom Untergang Troias hat sich inzwischen über die ganze Welt verbreitet, und sie werden für Proviant viel Gold erwarten«, murmelte er, »außerdem hat jeder eine andere Geschichte erzählt...«
»Die Leute wissen nicht, daß Troia nicht durch Waffengewalt und militärisches Geschick zerstört wurde, sondern durch das Erdbeben. Du kannst ihnen erzählen, was du willst. Sie werden nicht so unhöflich sein, an deiner Geschichte zu zweifeln.«
Er sah sie finster an. Aber in diesem Augenblick rief jemand am Bug: »Land in Sicht!« Agamemnon lief hinaus, kam bald zurück und sagte, sie hätten tatsächlich Ägypten erreicht.
Einige Männer gingen an Land. Als sie schließlich zurückkamen, überbrachten sie die Einladung des Pharao. Kassandra hatte gehofft, allein im Zelt liegen zu können und sich einfach darüber zu freuen, daß das Schiff nicht mehr schaukelte. Aber es war ihr nicht gegönnt. Agamemnon holte aus den Truhen seidene Gewänder.
»Nimm das, das dir am besten gefällt, meine Liebe. Ich werde dir eine der Frauen schicken. Sie soll dich ankleiden, die Haare flechten und mit Juwelen schmücken. Du mußt schön sein..., ja so schön wie Helena, damit du mir am Hof des Pharao Ehre machst.«
Zum ersten Mal bat sie ihn um etwas. »O nein! Ich flehe dich an, ich bin krank. Verlang das nicht von mir. Ich habe dich noch nie um etwas gebeten, aber denk an dein Kind und erspar mir das. Es ist so einfach zu sagen, daß ich krank bin. Stelle mich nicht als Sklavin vor diesem fremden Herrscher zur Schau.«
»Ich habe dir immer und immer wieder gesagt«, erwiderte er, und seine Worte klangen weniger zornig als traurig, »du bist nicht meine Sklavin, sondern meine Gefährtin. Klytaimnestra hat mich immer enttäuscht, und wenn du mir einen Sohn schenkst, sollst du meine Königin sein.«
Kassandra weinte vor Verzweiflung. Er beschwor sie, schmeichelte ihr und stürmte schließlich aus dem Zelt, wobei er im Befehlston sagte: »Ich streite mich nicht länger mit dir! Kleide dich an, und ich schicke eine der Frauen herein!«
Kassandra lag hilflos schluchzend auf dem Lager und gewann ihre Fassung erst wieder, als die ehemalige Kammerfrau in das Zelt kam.

»Aber, aber, Prinzessin. Du darfst nicht so weinen. Das schadet dem Kind. Ich habe dir das gebracht.« Sie hielt Kassandra einen Becher mit einem duftenden Kräutertrank hin. »Trink das. Es beruhigt deinen Magen, und du wirst für das Mahl im Palast schön sein.«
»Verräterin!« fauchte Kassandra sie an, »warum soll immer alles nach Agamemnons Willen gehen? Warum bist du seine treueste Dienerin? Kannst du mir nicht etwas geben, das mich so krank macht, daß selbst er sieht, daß ich nicht gehen kann!«
Die Frau sah sie erschrocken an. »O nein, das kann ich nicht! Der König wäre sehr zornig«, antwortete sie, »den König darf man nicht erzürnen, Herrin!«
Kassandra wußte, ihr blieb keine andere Wahl, und sie ließ sich von der Frau ankleiden. Sie weigerte sich zu wählen, und die Frau half ihr in ein rotgold gestreiftes Seidengewand, das Hekabe bei Festen getragen hatte. Sie schluckte den Kräutertrank und fühlte sich danach besser. Vielleicht war es auch nur der Zorn. Sollte Agamemnon seine gefangene Prinzessin zur Schau stellen. Pharao hatte angeblich weit über hundert Frauen. Ihn würde Agamemnon damit nicht beeindrucken – und wenn, dann war ihm auch nicht zu helfen.

18 »In dieser Jahreszeit ist kein Verlaß auf den Wind«, sagte der kahlköpfige Mann, der sich Pharao nannte und den sein Hof als lebenden Gott verehrte. »Es würde uns freuen, wenn du als unser Gast hierbleiben würdest, bis man sich darauf verlassen kann, daß der Wind dich bis Mykenai bringt, oder wohin auch immer du segeln möchtest.«
»Der Herr der beiden Länder ist gnädig«, erwiderte Agamemnon zögernd, »aber ich hatte gehofft, bald zu Hause zu sein.«
»Der Pharao hat diesen Rat dem edlen Odysseus gegeben, als er unser Gast war, und Odysseus hat ihn mißachtet«, sagte einer der Höflinge, »inzwischen haben wir erfahren, daß Trümmer seines Schiffes bei den Felsen von Aeaea gesichtet worden sind. Man wird nie wieder von ihm hören.«
»Nun ja, ich nehme an, es ist besser, spät nach Hause zu kommen,

als schnell an der Küste des Todes zu landen«, sagte Agamemnon, »und ich nehme die großzügige Einladung für mich und meine Leute an.« Kassandra wußte, Agamemnon ärgerte sich. Es bedeutete, er würde seine Truhen plündern müssen, um würdige Gastgeschenke für den Pharao zu haben. Wenn sie zu lange blieben, würde er nichts von seiner Beute mit nach Hause bringen. Sie waren nicht die ersten aus Troia, die es an diese Küste verschlagen hatte. Im Palast des Pharao standen bereits unübersehbar Beutestücke aus der Stadt – auch eine Statue des Sonnengottes.
In den folgenden Tagen entdeckte Kassandra, daß einige Priester und Priesterinnen aus dem Apollontempel hier Zuflucht gefunden hatten, wenn auch keine ihrer engeren Freunde, die sie um Hilfe hätte anflehen können. Es hätte sie glücklich gemacht zu wissen, daß Phyllida oder selbst Chryseis noch lebten.
Ägypten war heiß und trocken. Die schneidenden Winde aus der Wüste konnten alles Leben vernichten, wenn die Menschen und Tiere nicht sofort Schutz suchten. Selbst in dem großen steinernen Palast des Pharao konnte man die Schäden sehen, die diese Stürme verursachten.
Doch Kassandra hatte wenigstens wieder festen Boden unter den Füßen. Das war besser, als täglich Wind und Meer ausgesetzt zu sein.
Kassandra freute sich über die Unterbrechung der Fahrt. Die Ägypter erzählten Klatschgeschichten über Agamemnon, und eine der Kammerfrauen berichtete ihr im Vertrauen, jeder in Ägypten wisse, daß Klytaimnestra nach Iphigenies Tod Rache geschworen und ganz offen einen Liebhaber genommen hatte – einen Vetter namens Aegisthos. Mit ihm lebe sie nun im Palast von Mykenai.
Kassandra erwiderte darauf nur: »Warum nicht? Agamemnon nützt ihr in Troia als Ehemann nichts.«
Aber die Ägypter verehrten ebenfalls männliche Götter und glaubten, eine Ehefrau müsse tun, was der Mann ihr befahl. Es gebe nichts Schlimmeres, als wenn eine Ehefrau mit einem anderen Mann schlief. Wenn das die Gemahlin eines Königs tat, brachte sie Schande über das ganze Land. Kassandra konnte nur hoffen, daß Agamemnon die Geschichte nicht hören und noch einen Grund haben würde, Klytaimnestra zu grollen. Er sprach oft davon,

Klytaimnestra zu verstoßen und Kassandra zu seiner rechtmäßigen Königin zu machen. Und das wollte Kassandra am allerwenigsten.
Sie hörte sogar, daß Klytaimnestra, die sich wieder jung fühlte, nachdem sie Aegisthos zu sich genommen hatte, ihre Tochter Elektra praktisch enterbt hatte, indem sie sie mit einem niedrig geborenen Mann verheiratete. Er war der Schweinehirte im Palast gewesen oder etwas Ähnliches. Bei Völkern, über die eine Königin herrschte, war es allgemein Brauch, daß eine Königin, die keine Kinder mehr bekommen konnte, zugunsten ihrer Tochter abdankte – dementsprechend war das Volk von Mykenai der Ansicht, Klytaimnestra hätte Elektra mit Aegisthos verheiraten und Platz für Elektra auf dem Thron machen sollen. Einigkeit herrschte darüber, daß niemand Elektras Mann als König anerkennen konnte.
Agamemnon hörte die Geschichte schließlich – allerdings nicht die Geschichte von Klytaimnestras Liebhaber, alle achteten sorgsam darauf, daß ihm nichts zu Ohren kam –, sondern über Elektras Heirat. Er glühte vor Zorn.
»Klytaimnestra hatte nicht das Recht dazu! Das sieht so aus, als habe sie mit meinem Tod gerechnet. Es ist meine Aufgabe, Elektra zu verheiraten, und zwar zum Wohl des Landes, um mir einen Verbündeten zu gewinnen. Odysseus hat davon gesprochen, seinen Sohn Telemachos mit ihr zu verheiraten. Nachdem sein Schiff gekentert ist, braucht Telemachos starke Verbündete, wenn er Ithaka halten will, denn es gibt sicher andere, die es ihm streitig machen«, fluchte er, »ich hätte sie auch mit dem Sohn des Achilleus verheiraten können. Achilleus hat seine Base Deidameia nicht in aller Form geheiratet. Er hat sie verführt, und als er in Troia kämpfte, bekam sie einen Sohn von ihm. Nun ja, wenn ich wieder zu Hause bin, wird Klytaimnestra lernen, daß ich in meinem Haus Ordnung schaffen werde und ihre Herrschaft ein Ende hat! Als Witwe ist Elektra noch immer eine wertvolle Braut. Sie kann nicht älter als fünfzehn sein. Und, das sage ich dir, unser Sohn und nicht Orest wird nach meinem Tod auf dem Löwenthron sitzen!«
Kassandra fiel immer wieder auf, daß die Achaier ständig von ihren Söhnen sprachen, die nach ihnen kamen. Auf diese Weise schienen sie sich mit dem Gedanken an den Tod abzufinden. Of-

fenbar hatten sie keine Vorstellung von einem Leben danach. Kein Wunder, daß sie so rohe Sitten hatten. Offenbar glaubten sie nicht, daß ihre Götter sie im nächsten Leben für all das zur Rechenschaft ziehen würden, was sie in diesem Leben taten.

Die Tage im ruhigen Ägypten glichen sich so sehr, daß Kassandra kaum wahrnahm, wie die Zeit verging. Nur das Wachsen des Kindes in ihrem Leib machte ihr bewußt, wie die Tage verflogen. Endlich war es soweit: Der Pharao erklärte, sie könnten unbesorgt in See stechen. Aber noch in derselben Nacht setzten bei Kassandra die Wehen ein, und bei Sonnenaufgang des nächsten Tages gebar sie einen Sohn.

»Mein Sohn«, sagte Agamemnon, nahm das Kind hoch und betrachtete es aufmerksam, »er ist sehr klein.«

»Aber er ist gesund und stark«, erklärte die Hebamme eifrig, »mein König, solche kleinen Kinder werden oft größer als Kinder, die bei Geburt sehr groß sind. Die Prinzessin ist schmal. Es wäre eine schwierige Geburt geworden, wenn der Kleine größer gewesen wäre.«

Agamemnon lächelte und küßte das Neugeborene. »Mein Sohn«, sagte er zu Kassandra, aber sie drehte den Kopf zur Seite und sagte: »Oder Ajax' Sohn . . .«

Er sah sie finster an. Es gefiel ihm nicht, an diese Möglichkeit erinnert zu werden. Er sagte: »Nein, ich glaube, er sieht mir ähnlich.«

Nun ja, ich hoffe, dieser Gedanke macht dir Freude, dachte sie, *das arme Kind wird davon nicht hübscher.*

»Sollen wir ihn Priamos nennen wie deinen Vater? Ein Priamos auf dem Löwenthron?!«

»Das entscheidest du.«

»Ich werde darüber nachdenken«, sagte Agamemnon, »du bist eine Seherin. Vielleicht kannst du dir einen Namen ausdenken, der ihm eine gute Zukunft verheißt.« Er neigte sich über sie und legte das Neugeborene wieder Kassandra an die Brust.

Für einen Sohn des Agamemnon gibt es keine gute Zukunft, dachte sie und erinnerte sich daran, daß auf Agamemnon Klytaimnestra mit ihrem neuen König in Mykenai warteten. Dieser Sohn würde ebensowenig wie Orest auf dem Löwenthron sitzen . . .

Kassandra spürte plötzlich ein vertrautes Dröhnen im Kopf. Die Sonne blendete sie. Sie spürte das Kind kaum noch in den Armen – oder hatte sie es losgelassen? Kassandra hatte geglaubt, die Sehergabe habe sie verlassen. Es war ihr nicht gelungen, Troia zu retten oder alle, die sie liebte. Sie hatte gehofft, endlich von dieser Last befreit zu sein.
Sie sah die große Doppelaxt, mit der man den Stieren in Kreta den Kopf abgeschlagen hatte. Agamemnon taumelte blutüberströmt über Stufen.
Sie bedeckte die Augen mit den Händen, um den Anblick zu vertreiben.
»Blut«, flüsterte sie, »wie einer der kretischen Stiere. Geh nicht zum Opfer . . .«
Er beugte sich über sie und strich ihr über die Haare.
»Was hast du gesagt? Ein Stier? Nun ja, für dieses große Geschenk sollte ich Zeus, dem Donnerer, wahrhaftig einen Stier opfern. Aber nicht hier in Ägypten. Wir warten damit, bis wir mein Land erreichen. Ich besitze dort viele Stiere und muß nicht den unverschämten Preis in Gold bezahlen, den die Priester hier für Opfertiere fordern. Ich glaube, Zeus kann auf das angemessene Opfer so lange warten. Aber wenn du wieder bei Kräften bist, kannst du ihrer Erdmutter zum Dank für diesen prachtvollen Sohn ein paar Tauben opfern.«
Vielleicht habe ich nur das gesehen, dachte sie, *ein Opfer, bei dem etwas mißlungen ist*. Aber ihr Groll auf Agamemnon schwand augenblicklich. Sie hatte ihn gehaßt und verachtet. Aber jetzt sah sie ihn bei den Toten und fragte sich, ob er nach dem Tod all denen begegnen mußte, die er im Kampf getötet hatte. Hektor hatte gesagt, ihn habe Patroklos begrüßt, als er durch die Pforten des Todes getreten sei. Aber für Agamemnon würde es anders sein, so wie es für Achilleus irgendwie anders gewesen war, wie sie wußte.
Kassandra blieb im Bett, denn sie zweifelte nicht daran, daß Agamemnon nach Mykenai aufbrechen würde, sobald sie wieder aufstehen konnte. Und auf der Herreise hatte sie sich Tag für Tag so krank gefühlt, daß ihr der Gedanke an das Meer inzwischen Angst und Schrecken einjagte.
Kassandra beschloß, ihren Sohn Agathon zu nennen. Vor seiner

Geburt hätte sie sich nicht vorstellen können, ein Kind zu lieben, das auf diese Weise empfangen worden war; sie vermutete inzwischen, ein Großteil ihrer Krankheit während der Schwangerschaft war nichts als Auflehnung gegen den Gedanken gewesen, daß die Frucht der Vergewaltigung sich wie ein Schmarotzer in ihr festgesetzt hatte und nicht mehr vertrieben werden konnte. Sie hätte es nur folgerichtig gefunden, wenn das Kind von ihrem Haß vergiftet, mit zwei Köpfen oder einem entstellten Gesicht geboren worden wäre.

Nun lag es winzig und unschuldig an ihrer Brust, und sie entdeckte nichts an ihm, was Agamemnon glich. Agathon war wie jedes Neugeborene; ja, er war sehr klein, aber vollkommen geformt bis hin zu den Händchen mit den schönen kleinen Fingernägeln und den winzigen Fußnägeln an jeder Zehe.

Wie seltsam, sich vorzustellen, daß dieses kleine weiche Wesen, das auf dem Schild seines Vaters liegen konnte und noch Platz für einen großen Hund gelassen hätte, vielleicht heranwuchs und eine mächtige Stadt zu Fall bringen würde. Doch im Augenblick war Agathon nur weich, duftete nach Milch, und wenn er an ihrer Brust trank, mußte sie an die hilflose kleine Biene in ihren Armen denken. Warum sollte dieses vollkommene kleine Wesen die Schuld für die Taten seines Vaters treffen?

Aber Kassandra wußte, sie würde Agathon ebenso in der Fremde aufziehen lassen, wie Klytaimnestra es mit ihrem Sohn getan hatte, damit Agamemnon aus ihm keinen König machen konnte. Sie fand keinen Gefallen an der Vorstellung, ihr Sohn würde eines Tages vielleicht auf dem Löwenthron sitzen. Sie wollte nicht, daß Agathon im Geist der Achaier erzogen wurde.

Vermutlich hatte Helena inzwischen Paris' letzten Sohn geboren, und Kassandra fragte sich, ob Menelaos seine Drohung wahrgemacht und das Kind ausgesetzt hatte. Das war ihm durchaus zuzutrauen; die Achaier wollten nur ihre eigenen Söhne, als könne ein Kind einem anderen gehören als der Mutter, die es geboren hatte. Agamemnon wußte nicht einmal mit Sicherheit, ob er oder Ajax der Vater des Kindes war – oder sogar Aeneas. Sie würde sich hüten, ihn noch einmal daran zu erinnern. Agathon war *ihr* Sohn; er gehörte keinem Mann. Aber sie würde schweigen und Agamemnon um der Sicherheit des Kindes willen in dem Glauben lassen, es sei sein Sohn.

Sie wickelte das Kind, hüllte es in ein Tuch und ging mit einer der Frauen aus dem Palast des Pharao, die am Tag zuvor ein Kind zur Welt gebracht hatte, durch die Straßen der Stadt. Im Tempel der Göttin – eine abstoßende Statue einer Frau mit riesigen Brüsten wie eine Kuh und dem Kopf eines Krokodils – opferte sie ein Paar junge Tauben, kniete vor der Statue nieder und versuchte zu beten.

Kassandra war eine Fremde in diesem Land, und auch diese Göttin war ihr fremd. Vermutlich bestand kein großer Unterschied zwischen der Göttin der Krokodile und der Göttin der Schlangen; aber sie brachte kein Gebet über die Lippen und konnte auch nicht in die Zukunft blicken, um herauszufinden, ob es Agathon gutgehen werde.

Sie hätte im Tempel des Sonnengottes opfern sollen; hier in Ägypten war der Sonnengott der höchste aller Götter, und man nannte IHN Re. Aber Kassandra hatte immer noch kein Vertrauen in den Gott, der nicht in der Lage oder nicht willens gewesen war, ihre Stadt zu retten, und wollte sich nicht an IHN wenden.

Wenn ER *uns nicht retten konnte, ist* ER *kein Gott. Und was für ein Gott ist* ER, *wenn* ER *uns hätte retten können und es nicht getan hat?*

Am nächsten Tag wurde das Schiff beladen. Agamemnon überreichte dem Pharao die letzten Gastgeschenke, und sie verließen Ägypten.

Kassandra fürchtete, die Seekrankheit würde wieder einsetzen. Aber diesmal wurde ihr in der ersten Nacht nach dem Auslaufen nur etwas schwindlig. Am nächsten Morgen ging es ihr gut. Sie aß mit großem Appetit das harte Schiffsbrot und die Früchte, saß an Deck und stillte Agathon. Die Krankheit war also doch eine Nebenwirkung der Kopfverletzung und danach der Schwangerschaft gewesen.

Sie verstand nichts vom Segeln und von Schiffen. Agamemnon schien mit dem starken Wind zufrieden zu sein, der sie Tag um Tag über das blaue Wasser trieb. Agathon erwies sich als ebenso guter Seemann wie sein Vater. Er trank gierig und schien mit jedem Tag zu wachsen. Die kleinen Hände formten sich ebenso wie Nase und Kinn. Wenn Kassandra sich sein Kinn betrachtete, hatte sie das

Gefühl, Agamemnon könne doch sein Vater sein. Agamemnon nahm Agathon oft auf die Arme, wiegte ihn und versuchte, ihn zum Lachen zu bringen. Das hätte sie am allerwenigsten erwartet. Auch Hektor und sogar Paris hatten gern mit ihren Kindern gespielt; so schwer es ihr auch fiel, Kassandra mußte sich eingestehen, daß die Achaier sich nicht sehr von anderen Männern unterschieden.

Eines Morgens, als es gerade hell wurde, ging Kassandra an Deck, um die Windeln des Kindes in einem Eimer Wasser auszuwaschen und zum Trocknen auszubreiten. Auf dem Schiff war alles still; der Steuermann stand am Heck, denn der Wind war stark genug, und man brauchte die Ruderer nur, wenn das Schiff in Küstennähe kam.

Kassandra blickte von Horizont zu Horizont. Das Meer war ruhig, und sie glitten zwischen zwei Küsten dahin. Auf der einen Seite ragte ein hoher Berg auf, dessen Schatten beinahe das Schiff erreichte. Auf der anderen Seite befand sich eine niedere, flache, lange und baumlose Landspitze. Plötzlich loderte auf dem Berg ein Feuer auf; die Flammen schienen sich wie Blüten zu entfalten. Der Steuermann stieß einen Jubelruf aus und rief seine Kameraden.

Agamemnon erschien an Deck und sagte zu der Mannschaft: »Wir sind da, meine tapferen Männer. Das ist das Leuchtfeuer auf unserem Festland. Nach all den vielen Jahren kehren wir endlich in die Heimat zurück. Ich werde Zeus, dem Donnerer, einen Stier opfern.«

Die ersten Sonnenstrahlen trafen seine Augen – *rot wie Blut* – dachte Kassandra. Ihre Augen schmerzten, und sie dachte daran, daß Agamemnon wohl kaum so überglücklich sein konnte. Was würde ihn in der Heimat erwarten?

Mit Agathon auf dem Arm trat sie neben ihn an die Reling.

»Was ist das?«

»Bei meiner Abfahrt gab ich Befehl, daß auf dem Berg ein großer Holzstoß errichtet und ein Wächter ständig nach meinem Schiff Ausschau halten soll. Man hat uns gesichtet. Der Palast wird von unserer Ankunft benachrichtigt werden, und uns erwarten eine feierliche Begrüßung und ein Festmahl.

Ich freue mich, wieder zu Hause zu sein. Ich werde dir mein Land und den Palast zeigen, wo du Königin sein sollst.« Er nahm das Kind auf den Arm, beugte sich über das kleine Gesicht und sagte: »Das ist dein Land, mein Sohn, mit dem Thron deines Vaters. Du schweigst, Kassandra?«
»Es ist nicht mein Land«, erwiderte sie, »und Klytaimnestra wird mich nicht mit offenen Armen aufnehmen, auch wenn sie sich freuen mag, dich wiederzusehen. Ich fürchte um mein Kind. Klytaimnestra . . .«
»Du hast nichts zu befürchten«, erklärte er selbstsicher. »Bei den Achaiern sind die Frauen gehorsam. Klytaimnestra wird nicht wagen, auch nur ein Wort gegen dich zu sagen. Während meiner Abwesenheit konnte sie frei herrschen. Sie wird bald erfahren, was ich von ihr erwarte, und sie wird tun, was man ihr sagt. Oder, glaub mir, sie wird es bereuen.«
»Es ist kalt«, sagte Kassandra. »Ich muß meinen Mantel holen.«
»Ich finde es warm und schön«, widersprach Agamemnon, »aber vielleicht nur deshalb, weil dort der Hafen meiner Stadt ist. Schau, jetzt kannst du den Palast auf den Hügeln sehen und die Mauern, die Titanen vor Jahrhunderten errichtet haben. Der Hafen heißt Nauplia.«
Kassandra holte sich einen Mantel und stellte sich neben Agamemnon an den Bug. Sie überließ das Kind der ehemaligen Kammerfrau.
Das Segel wurde eingeholt, und das Schiff glitt mit der Kraft der Ruderer sicher in das ruhige Wasser der Bucht.
Kassandra sah, daß an der Anlegestelle die Menschen zusammenliefen. Als das Schiff beidrehte, stieß ein Mann einen Jubelruf aus, und Agamemnons Männer, die sich an der dem Ufer zugewandten Seite drängten, riefen und winkten Leuten am Ufer zu, die sie offenbar kannten.
Aber die meisten Zuschauer beobachteten stumm, wie das Schiff anlegte. Kassandra fand das Schweigen unheilvoll. Sie zitterte, obwohl ihr prächtiger Mantel sie wärmte. Sie nahm der Frau das Kind wieder ab und drückte es fest an sich.
Der Bug stieß sanft gegen das Land. Agamemnon stand als erster am Ufer; er kniete nieder, küßte feierlich die Steine und rief laut:

»Ich danke dem Donnerer, der mich sicher in mein Land zurückgeführt hat!«
Ein großer, rothaariger Mann mit einem goldenen Halsreif trat zu ihm und verneigte sich. »König Agamemnon, ich bin Aegisthos, der Vetter deiner Königin. Sie schickt mich mit diesen Männern, um dich in allen Ehren zum Palast zu geleiten.«
Die Männer nahmen Agamemnon in ihre Mitte und marschierten davon. Auf Kassandra wirkte es, als sei Agamemnon weniger ein König mit einer Ehrengarde, sondern ein Gefangener mit einer Wache. Agamemnon blickte finster; sie sah, daß ihm das alles nicht gefiel. Trotzdem ging er widerspruchslos mit der Garde. Einer der Männer kam vom Ufer an Bord und trat zu Kassandra. »Bist du die Tochter des Priamos von Troia? Die Königin hat mir deine Ankunft angekündigt und befohlen, dich mit aller Achtung zu begrüßen. Für dich, dein Kind und deine Dienerinnen steht ein Wagen bereit.«
Er reichte ihr die Hand und half ihr an Land. Sie nahm auf dem Wagen Platz, legte Agathon auf ihre Knie, und die Dienerinnen setzten sich ihr zu Füßen.
Trotz dieser Annehmlichkeit – der Weg zum Palast war steil, und sie hatte dem Anstieg zu Fuß mit Besorgnis entgegengesehen – ließ sie eine gewisse Unruhe nicht los. Die Mauern des großen Palastes waren beinahe so mächtig wie die zerstörten Mauern Troias; sie lagen im tiefen Schatten und schienen finster auf sie herabzublikken. Schließlich fuhren sie durch ein großes Tor, auf dem sich zwei steinerne Löwinnen in leuchtenden Farben gegenüberstanden und Wache hielten. Der Wagen rollte durch das Löwentor, und Kassandra überlegte, ob die Statuen alte Götter darstellten oder das Wappen Agamemnons waren. Aber es waren Löwinnen, keine Löwen, und Agamemnon war als Gefährte der Königin nach Mykenai gekommen. Waren sie also Klytaimnestras Symbol?
Vor dem Wagen marschierte Agamemnon mit seiner Ehrengarde und Aegisthos. Hinter dem Löwentor lag eine Stadt am Hügel mit ähnlichen Terrassen wie in Troia: der Palast, Tempel und Gärten. Die Stadt war schön, und doch schien alles überschattet zu sein, und dort, wo Agamemnon inmitten der Soldaten stand, waren die Schatten am tiefsten.

Auf den Stufen des Palastes erschien eine große, ehrfurchtgebietende Frau. Die kunstvoll frisch in Löckchen gelegten und hoheitsvoll frisierten Haare schimmerten golden in der Morgensonne. Sie trug kostbare kretische Kleider: ein weit ausgeschnittenes geschnürtes Mieder, einen weiten gestuften Rock in vielen Farben. Kassandra sah sofort die Ähnlichkeit mit Helena; dies mußte ihre Schwester Klytaimnestra sein. Die Königin schritt durch die Reihen der Garde und verneigte sich tief vor Agamemnon. Sie sprach mit klarer, wohlklingender Stimme.
»Mein König, ich heiße dich mit großer Freude an diesem Gestade und in dem Palast willkommen, in dem du einst an meiner Seite geherrscht hast«, sagte sie. »Auf diesen Tag haben wir lange gewartet.«
Sie streckte ihm beide Hände entgegen, die er feierlich ergriff und küßte.
»Es ist eine Freude, in die Heimat zurückzukehren, Herrin.«
»Wir haben ein Fest und ein großes Opfer vorbereitet, das diesem Anlaß würdig ist«, sagte sie. *»Ich kann es kaum erwarten, dich zu töten.«*
Nein, dachte Kassandra entsetzt, *das kann sie nicht gesagt haben. Aber ich habe es gehört.*
In Wirklichkeit hatte Klytaimnestra gesagt: »Ich kann es kaum erwarten, daß du den Platz einnimmst, den wir für dich bereithalten.«
»Dein Bad und das Mahl warten auf dich«, sagte Klytaimnestra. *»Wir alle warten darauf, daß du tot unter den Opfertieren liegst.«* Wieder hatte Kassandra gehört, was Klytaimnestra dachte, nicht, was sie tatsächlich sagte. Die Sehergabe hatte sich ungewünscht wieder eingestellt.
Klytaimnestra wies auf die Stufen des Palastes.
»Alles ist bereit, mein König. Geh und walte beim Opfer deines Amtes.«
Agamemnon verneigte sich und stieg die Stufen hinauf. Klytaimnestra sah ihm mit einem Lächeln nach, das Kassandra erschauern ließ. *Hatte er denn keine Augen im Kopf?*
Aber der König ging ohne Zögern weiter. Als er das große Bronzetor am oberen Ende der Treppe erreichte, öffnete Aegisthos die

Torflügel und schob ihn über die Schwelle. Das Tor schloß sich wieder.
Klytaimnestra trat an den Wagen. Sie fragte: »Bist du die troianische Prinzessin, die Tochter des Priamos? Meine Schwester hat mich wissen lassen, daß du ihre einzige Freundin in Troia warst.«
Kassandra verneigte sich. Sie wußte nicht, ob Klytaimnestra ihr nicht als nächstes einen Dolch ins Herz stoßen würde.
»Ich bin Kassandra von Troia, und in Kolchis wurde ich zur Priesterin der Schlangenmutter geweiht«, erwiderte sie.
Klytaimnestra blickte auf Agathon an ihrer Brust und fragte: »Ist das Agamemnons Kind?«
»Nein«, antwortete Kassandra, ohne zu wissen, woher sie den Mut zu dieser Kühnheit nahm. »Er ist *mein* Sohn.«
»Gut«, sagte Klytaimnestra. »Wir wollen keine Söhne des Königs in diesem Land. Er kann am Leben bleiben.«
In diesem Augenblick ertönte ein schrecklicher Schrei hinter dem Bronzetor. Jemand stieß es von innen auf. Agamemnon lief zur Treppe; hinter ihm erschien Aegisthos mit der riesigen Doppelaxt. Er hob sie hoch über den Kopf, schwang sie und spaltete den Kopf des fliehenden Königs. Agamemnon wankte, stolperte über die Stufen, stürzte und rollte die Stufen hinunter vor Klytaimnestras Füße.
Sie rief mit lauter Stimme: »Volk dieser Stadt! Ich rufe dich zum Zeugen an. So rächt die Königin Iphigenie!«
Ein ohrenbetäubendes Triumphgeschrei erscholl; Aegisthos kam mit der blutigen Axt die Treppe herunter, kniete vor der Königin nieder und legte die Axt zu Boden. Einige von Agamemnons Männern schrien empört auf, aber Aegisthos' Wache tötete sie schnell.
Klytaimnestra fragte Kassandra: »Hast du etwas zu sagen, Prinzessin von Troia? Du hast vielleicht geglaubt, du würdest Königin hier werden?«
»Ich wünschte nur, ich hätte die Axt geschwungen«, sagte Kassandra, von Freude überwältigt. Sie verneigte sich vor Klytaimnestra und fügte hinzu: »Im Namen der Göttin, du hast das Unrecht gerächt, das IHR angetan wurde. Wer sich an einer Frau vergeht, vergeht sich auch an IHR.«
Klytaimnestra verneigte sich vor Kassandra und ergriff sie bei den

Händen. »Du bist eine Priesterin, und ich wußte, du würdest mich verstehen.« Sie blickte auf das schlafende Kind: »Ich trage dir nichts nach«, erklärte sie. »Wir werden in Mykenai wieder zu den alten Sitten zurückkehren. Helena ist in Sparta nicht dazu in der Lage, aber ich bin es. Willst du als Oberpriesterin hierbleiben? IHR Tempel steht dir offen.«

Kassandras Atem ging immer noch heftig, und ihr klopfte das Herz nach dieser plötzlichen Befreiung. Sie entdeckte in Klytaimnestras Augen noch immer die Gier nach Vernichtung. Diese Frau hatte die entehrte Göttin gerächt, aber Kassandra fürchtete sich vor ihr. Die Göttin nahm viele Gestalten an, und in dieser Gestalt liebte Kassandra SIE nicht. Noch nie zuvor war Kassandra einer so starken Frau begegnet, sei sie nun Königin oder Priesterin. Hier stand sie zum ersten Mal einer stärkeren Kraft gegenüber.

Oder sah sie in Klytaimnestra nur die uralte Kraft der Göttin, die geherrscht hatte, ehe die neuen Götter und Könige das Land eroberten? Kassandra jedenfalls konnte dieser Göttin nicht dienen.

»Das ist mir nicht möglich«, sagte sie so ruhig sie konnte. »Ich . . . das ist nicht mein Land, Königin.«

»Wirst du in dein Land zurückkehren?«

»Ich kann nicht nach Troia zurück«, erwiderte Kassandra. »Wenn du mich ziehen läßt, Königin, werde ich zu meiner Tante nach Kolchis gehen.«

»Du willst mit einem Säugling an der Brust eine solche Reise machen?« fragte Klytaimnestra erstaunt.

Dann ging in Klytaimnestras Gesicht eine seltsame Veränderung vor. Ein überirdischer Friede erfaßte sie, und sie schien von innen zu strahlen. Eine vertraute Stimme sagte zu Kassandra: *»Ja, ich rufe dich in die Heimat. Verlasse diesen Ort auf der Stelle, meine Tochter.«*

Kassandra verbeugte sich bis zur Erde. Die Göttin hatte gesprochen. Obwohl Kassandra nicht wußte, wie sie reisen oder was aus ihr werden würde, so stand sie doch wieder unter dem Schutz der Stimme, die sie gerufen hatte, als sie noch ein Kind gewesen war. Die alte Priesterin in Kolchis hatte gesagt: *Die Unsterblichen verstehen sich.*

»Ich bitte dich, erlaube mir, noch heute abzureisen«, sagte Kassandra.

Und Klytaimnestra erwiderte: »Wir dürfen den nicht zurückhalten, den ein Gott ruft. Aber möchtest du dich nicht ausruhen, umziehen und etwas essen?«
Kassandra schüttelte den Kopf. »Ich brauche nichts«, sagte sie und dachte an das Gold, das Agamemnon ihr geschenkt hatte. Von Klytaimnestra oder der Göttin hier wollte sie nichts annehmen.
Noch in derselben Stunde machte sie sich auf den Weg.
Sie ging mit dem Kind in ein Tuch gewickelt zum Hafen hinunter, wo sie ein Schiff fand, das sie und das Kind auf den ersten Abschnitt der langen, harten Reise um die halbe Welt mitnehmen sollte, an deren Ziel Kassandra die Eisentore von Kolchis und Königin Imandra wiedersah. Sie war nicht länger blind und der Sicht beraubt. Kassandra war wieder sie selbst, und nach all dem Leid wußte sie, die Göttin hatte sie nicht verlassen.
Am Hafen trat eine Frau in einem zerrissenen erdfarbenen Gewand auf sie zu. Ihr Gesicht war von einem zerlumpten Tuch verhüllt.
»Bist du die troianische Prinzessin?« fragte sie. »Ich bin auf dem Weg nach Kolchis, und ich habe gehört, du willst auch dorthin.«
»Ja, das stimmt, aber . . .«
»Mein Ziel ist Kolchis«, wiederholte die Frau. »Ein Gott hat mich dorthin gerufen. Darf ich mit dir reisen?«
»Wer bist du?«
»Ich heiße Zakynthia«, erwiderte die Frau.
Kassandra blickte sie prüfend an, sah aber nichts. Vielleicht hatte das Schicksal ihr die Frau geschickt. Die Götter schienen jedenfalls keine Einwände zu haben. Selbst Klytaimnestra hatte daran gezweifelt, daß sie die lange Reise mit einem Säugling überstehen würde. Kassandra seufzte erleichtert, knotete das Tuch auf, in dem sie ihren Sohn trug, und reichte ihn der Frau.
»Hier«, sagte sie, »du kannst ihn tragen, bis ich ihn wieder stillen muß.«

Epilog

Die Frau war zurückhaltend und gehorsam, ja sogar untertänig. Sie sorgte für den Säugling, wiegte und beruhigte ihn. Kassandra wurde wieder seekrank und konnte ihrem Kind und der Frau nur wenig Aufmerksamkeit widmen, obwohl sie Zakynthia einige Tage unauffällig beobachtete – schließlich wußte sie nichts über die Frau –, bis sie sicher war, daß sie ihr vertrauen konnte und daß sie Agathon nicht schlecht behandelte oder vernachlässigte, wenn niemand es sah. Zakynthia versorgte den Kleinen gewissenhaft, sang ihm Lieder vor und spielte mit ihm. Sie schien kleine Kinder wirklich gern zu haben. Kassandra fand bald, sie habe großes Glück gehabt, eine gute Dienerin für ihr Kind zu finden, und beobachtete Zakynthia nicht mehr so genau.

Trotzdem wurde sie den Eindruck nicht los, daß ihre Begleiterin nicht das war, was sie zu sein vorgab. Die Frau in dem zerschlissenen Gewand schien stark und gesund zu sein. Kassandra schätzte sie auf dreißig – vielleicht war sie auch älter. Im Umgang mit Kassandra war sie bescheiden; sie sprach jedoch mit einer rauhen, tiefen Stimme und benahm sich den Seeleuten und der Mannschaft gegenüber so ungezwungen wie eine Amazone. Eines Tages beobachtete Kassandra an Deck, als der Wind an Zakynthias Gewand zerrte, daß sie so gut wie keine Brüste und haarige, muskulöse Beine hatte. Das Gesicht wirkte, als habe es noch nie Schminke oder glättende Öle gesehen. Kassandra kam der Gedanke, Zakynthia sei vielleicht keine Frau, sondern ein Mann.

Aber warum hätte sich ihr ein Mann in Frauengewändern anschließen sollen? Wenn es ein Mann war, wollte er sie vielleicht verführen. Doch wenn sie ihr Spiegelbild zufällig im Wasser sah, konnte sie sich nicht vorstellen, daß ein Mann sie begehren würde. Sie war blaß, trug zerrissene Kleider, und ihr Körper war immer noch von der Geburt gezeichnet. Sie schlief mit Agathon im Arm, und wenn der Säugling an ihrer Brust einen Verführer nicht abzuhalten vermochte, dann konnte es vermutlich nur ein Dolch.

Eines Nachts wurde das Schiff in einem schweren Sturm zum Spielball der hohen Wellen. Zakynthia breitete ihre Decken neben Kassandra aus und bot an, Agathon zu sich zu nehmen. Die Wellen schoben die Decken in der kleinen Kabine erst in die eine Ecke und dann in die andere, bis die größere und kräftigere Zakynthia schließlich Kassandra in die Arme nahm. Kassandra fühlte sich so krank und benommen, daß sie den schützenden Körper nur als Wohltat in diesem schrecklichen Sturm empfand.

Danach schwand ihre Furcht vor Zakynthia etwas; kein Mann hätte sich eine solche Gelegenheit entgegen lassen, und sie erwog andere Möglichkeiten. Vielleicht war er ein Eunuch oder hatte als Heilpriester ein Keuschheitsgelübde abgelegt. Aber warum trug er Frauenkleider und gab sich als Frau aus? Schließlich dachte Kassandra, es sei nicht weiter wichtig, und stellte bald fest, daß es für sie nicht von Bedeutung war, ob eine Frau oder ein Mann sie begleitete. Er oder sie war ein Freund, dem sie vertraute und den sie liebte. Auch Agathon liebte Zakynthia und verließ bereitwillig den Arm der Mutter, um sich von ihr herumtragen und wiegen zu lassen.

Endlich lief das Schiff in einen Hafen ein, und sie gingen an Land. Kassandra wollte auf dem Markt Pferde kaufen.

»Aber Herrin«, sagte der Pferdehändler. »Du willst doch nicht mit einem kleinen Kind und einer Dienerin durch das Land der Kentauren reiten?«

»Ich weiß nicht einmal, ob noch Kentauren am Leben sind«, erwiderte sie. »Ich fürchte mich jedenfalls nicht vor ihnen.« Sie hoffte, auf dem Weg noch Überlebende des untergegangenen Volkes zu treffen. Gegen ein goldenes Kettenglied tauschte sie Pferde und Proviant für die Reise ein. Außerdem erstand sie einen Mantel, den sie als Schlafdecke oder sogar als Zelt benutzen konnte.

»Du solltest auch ein Gewand haben, Zakynthia«, sagte sie und

strich mit der Hand über ein Stück Wollstoff, der vielleicht ein Mäntelchen für Agathon abgeben würde. »Du siehst so zerlumpt wie eine Bettlerin aus. Ich dachte, ich schneide mir für die Weiterreise vielleicht die Haare kurz und werde Männerkleider tragen. Agathon kann bald entwöhnt werden, und hier gibt es sicher Ziegen. Vielleicht ist es etwas ungefährlicher, als Mann durch das wilde Land zu reisen. Was hältst du davon? Du bist größer und kräftiger als ich und würdest als Mann noch überzeugender wirken.«
Zakynthia hörte ganz ruhig zu, aber Kassandra entging nicht, wie sie erschrocken den Atem anhielt, ehe sie antwortete: »Du mußt tun, was du für richtig hältst, Herrin. Aber ich kann keine Männerkleider anziehen oder als Mann reisen.«
»Warum nicht?«
Zakynthia wich ihrem Blick aus.
»Es ist ein Eid. Mehr darf ich nicht sagen.«
Kassandra erwiderte achselzuckend: »Dann reiten wir als Frauen.«

Kassandra blickte zu den Toren von Kolchis auf und erinnerte sich daran, wie sie als junges Mädchen die Tore mit den Amazonen zum ersten Mal gesehen hatte. Sie hatte sich verändert, und die Welt hatte sich verändert, nur die großen Tore waren noch die alten.
»Kolchis«, sagte sie leise zu Zakynthia. »Die Götter haben uns endlich hierhergeführt.«
Sie setzte Agathon auf die Erde. Er begann inzwischen zu krabbeln. Wenn die Reise nicht so mühsam gewesen wäre, hätte er vielleicht schon laufen können. Aber sie waren gezwungen gewesen, ihn die meiste Zeit zu tragen, anstatt ihn krabbeln zu lassen oder ihm das Laufen beizubringen. Er war inzwischen beinahe zwei Jahre alt, und an dem kräftigen kleinen Kinn, den dunklen Augen und den schwarzen lockigen Haaren sah sie, daß Agamemnon tatsächlich sein Vater war.
Zumindest würde er nicht zu einem Mann von der Art eines Agamemnon heranwachsen.
Es war eine lange Reise gewesen, aber wie sie jetzt wußte, keine endlose, wie es manchmal den Anschein gehabt hatte. Sie waren meist nachts geritten und hatten tagsüber in Wäldern oder Gräben

Schutz gesucht. Kassandra hatte mehrere Paar Sandalen verbraucht, und ihre Kleider waren fadenscheinig, denn sie hatte keine Möglichkeit gehabt, sie zu ersetzen.
Unterwegs waren sie Soldaten begegnet; Überlebenden aus Troia. Aber von Kentauren hatte sie nichts gesehen oder gehört. Die meisten, die sie nach den Kentauren fragte, glaubten, sie seien nur eine Legende, oder erklärten, sie erzähle Märchen, und lächelten verstohlen, wenn Kassandra behauptete, in ihrer Jugend Kentauren gesehen zu haben.
Sie mußten vor Räuberbanden fliehen, sich freikaufen, all ihren Verstand und ihre Geschicklichkeit zu Hilfe nehmen, manchmal aber auch den Dolch, um einer Gefahr zu entrinnen. Sie hatten gefroren und gehungert – manchmal konnte man nicht einmal für Gold etwas zu essen kaufen –, und hin und wieder verdingten sie sich mehrmals einige Monde als Spinnerinnen oder hüteten die Herden der Bauern.
Ein Stück des Weges hatte sie ein Mann begleitet, der »tanzende« Schlangen zur Schau stellte. Einige Male hatten sie sich einzelnen Reisenden angeschlossen, und manchmal verirrten sie sich und machten große Umwege.
Hinter ihnen lagen so viele Abenteuer, daß Kassandra nie auch nur den Versuch machte, sie alle zu erzählen. Aber jetzt waren sie gesund und sicher in Kolchis angekommen.
Sie nahm Agathon wieder auf den Arm, und sie schritten durch das Tor. Kassandra wußte, sie sah wie eine Bettlerin aus. Sie trug immer noch den Mantel, den Agamemnon ihr auf dem Schiff umgelegt hatte – er war einmal leuchtendrot gewesen, inzwischen aber grau und ausgeblichen. Ihr Gewand war weit und aus ungefärbter Wolle; die Haare hatte sie lose mit einem Lederriemen zusammengebunden, der einmal an eine Sandale gehört hatte. Zakynthia sah noch schlimmer aus – weniger wie eine Bettlerin, sondern wie jemand, dem man nicht über den Weg traute. Ihre Sandalen waren durchgelaufen, und sie mußte in Kolchis ein Paar neue bekommen.
Aber es war ihnen gelungen, das Kind warm und gut gekleidet zu halten, auch wenn der Kleine inzwischen aus seiner Tunika herauswuchs – sie war aus einem guten Wollstoff gemacht, den sie vor

nicht allzu langer Zeit in einer Stadt erstanden hatte; gehalten wurde sie von einer Nadel, die sie aus dem letzten goldenen Kettenglied gemacht hatte. Auch seine Sandalen waren ordentlich und kräftig. Manchmal dachte Kassandra: *Er sieht weniger Agamemnon, sondern eher meinem Bruder Paris ähnlich.*

»Wir sind am Ziel unserer Reise«, sagte sie zu Zakynthia.

Kassandra fragte eine Frau nach dem Weg zum Palast und erkundigte sich, ob Königin Imandra immer noch über die Stadt herrschte.

Die Frau erwiderte: »Ja, aber sie wird alt. Es gab sogar Gerüchte, nach denen sie im Sterben liegt. Das glaube ich allerdings nicht.« Sie musterte Kassandras schäbigen Mantel und fragte: »Was will jemand wie du von unserer Königin?«

Kassandra dankte der Frau, gab ihr aber keine Antwort. Sie schlug den Weg zum Palast ein. Zakynthia nahm Agathon auf den Arm und folgte ihr.

Als sie die Treppe zum Palast hinaufstiegen, fuhr sich Kassandra verlegen mit den Fingern durch die Haare. Vielleicht hätte sie sich doch auf dem Markt ordentlich einkleiden und erst dann die Königin aufsuchen sollen.

Sie ging zu der Anführerin der Wache – Kassandra kannte die inzwischen alte Frau noch von ihrer Zeit in Kolchis.

»Ich bitte um eine Audienz bei Königin Imandra.«

»Das kann ich mir vorstellen«, erwiderte die Frau höhnisch. »Aber sie kann sich nicht mit allem Gesindel abgeben, das hier auftaucht und sie sehen will.«

Kassandra sprach die Frau mit ihrem Namen an. »Erkennst du mich nicht? Deine Schwester war eine meiner Novizinnen im Tempel der Schlangenmutter.«

»Prinzessin Kassandra!« rief die Frau. »Wir haben gehört, du seist tot . . . in Mykenai ums Leben gekommen . . . Klytaimnestra habe dich nach Agamemnons Tod ebenfalls ermordet.«

Kassandra lachte. »Wie du siehst, bin ich hier, und es geht mir gut. Aber ich bitte dich, bringe mich zur Königin.«

»Gewiß. Sie wird sich freuen, daß du den Untergang von Troia überlebt hast«, rief die Frau. »Sie hat um dich wie um ihre eigene Tochter getrauert.«

Die Frau wollte Kassandra in ein Gastgemach bringen, damit sie sich für die Audienz vorbereiten könne. Kassandra lehnte dankend ab. Sie bat Zakynthia, auf sie zu warten, aber sie schüttelte den Kopf.
»Auch mich hat die Göttin hierhergeführt«, erklärte Zakynthia, »und ich kann nur der Königin offenbaren, warum ich gekommen bin.«
Kassandra wollte unbedingt Zakynthias Geschichte erfahren und willigte ein, sie mitzunehmen. Kurz darauf lag sie in den Armen ihrer Tante.
»Ich glaubte, du seist tot wie Hekabe und die anderen«, sagte Imandra.
»Ich dachte, Odysseus habe Hekabe mitgenommen«, erwiderte Kassandra.
»Nein, eine ihrer Frauen ist hierhergeflohen und hat berichtet, Hekabe sei an gebrochenem Herzen gestorben, noch ehe das Schiff ausgelaufen war. Vielleicht war es ganz gut so, denn das Schiff des Odysseus ist gekentert, und niemand hat seitdem etwas von ihm gehört. Und das ist nun schon beinahe drei Jahre her. Einer der achäischen Könige hat Andromache mitgenommen. Ich kann mich an seinen barbarischen Namen nicht erinnern. Und wie ich gehört habe, ist sie am Leben. Und das ist dein Kind?« Imandra hob den kleinen Agathon hoch und küßte ihn. »Also hat all dein Leid auch zu etwas Gutem geführt?«
»Nun ja, ich lebe noch und habe mich bis hierher durchgeschlagen«, sagte Kassandra, und sie sprachen von anderen, die den Untergang Troias überlebt hatten. Helena und Menelaos herrschten offenbar noch in Sparta; Hermione, Helenas Tochter, war dem Sohn des Odysseus versprochen worden. Klytaimnestra war vor einem Jahr im Kindbett gestorben. Ihr Sohn Orest hatte Aegisthos getötet und saß nun auf dem Löwenthron.
»Hast du etwas von Aeneas gehört?« fragte Kassandra und erinnerte sich mit wehmutsvoller Trauer an die sternenklaren Nächte des letzten Sommers in dem dem Untergang geweihten Troia.
»Ja, man erzählt überall von seinen Abenteuern. Er war in Karthago und hat sich dort in die Königin verliebt. Man sagt, als die Götter ihn wegriefen, habe sie sich aus Verzweiflung das Leben ge-

nommen. Aber das glaube ich nicht. Wenn eine Königin so töricht ist, sich wegen eines Mannes umzubringen, dann ist das schlimm, und sie kann keine große Frau und erst recht keine große Königin gewesen sein. Die Götter riefen Aeneas in den Norden. Man erzählt, er habe für das Palladium aus Troia der Jungfrau einen Tempel errichtet und eine Stadt gegründet.«
»Ich bin froh, daß er in Sicherheit ist«, sagte Kassandra. Vielleicht hätte sie zu Aeneas in diese neue Stadt gehen sollen; aber kein Gott hatte sie dorthin gerufen. Das Schicksal von Aeneas war nicht ihr Schicksal. »Und was ist mit Kreusa?«
»Von ihr weiß ich nichts«, erwiderte Imandra. »Konnte sie aus Troia fliehen?«
Kassandra mußte an ihren Abschied von Kreusa denken. Aber das lag alles so weit zurück, und es erschien ihr wie ein Traum. Alles, was mit dem Untergang der Stadt zusammenhing, schien sie geträumt zu haben.
»Erinnerst du dich noch an Perle, meine Tochter?« fragte Imandra. »Komm her, mein Kind, und begrüße deine Tante.«
Das Kind trat auf Kassandra zu und begrüßte sie mit soviel Würde, daß Kassandra es nicht küßte, wie sie es bei jedem anderen Mädchen getan hätte. »Wie alt ist sie inzwischen?« fragte sie.
»Beinahe sieben«, erwiderte Imandra. »Sie wird nach mir auf dem Thron sitzen. Wir halten uns an die alten Sitten, und mit etwas Glück wird sich daran nie etwas ändern.«
»In dieser Welt gibt es nicht mehr soviel Glück«, sagte Kassandra. »Aber so schnell wird sich die Welt nicht ändern.«
»Du besitzt also noch die Sehergabe?«
»Nicht immer und nicht für alles«, antwortete Kassandra.
»Was möchtest du also von mir, Kassandra? Ich kann dir Gold, Kleidung und Schutz geben – du bist mit mir verwandt, und mir wäre es das liebste, du würdest als Tochter in meinem Haus leben. Und ich weiß, im Tempel der Schlangenmutter würde man dich als Oberpriesterin willkommen heißen.«
Auch Klytaimnestra hatte ihr ein solches Angebot gemacht. Trotzdem zögerte Kassandra.
»Wenn du möchtest«, fuhr Imandra fort, »werde ich tun, was dein Vater viel zu lange unterlassen hat, und dir einen Gemahl suchen.«

Kassandra erwiderte heftig: »Ich bin nach wie vor entschlossen, nie das Eigentum eines Mannes zu werden. Weniger als ein Jahr mit Agamemnon war mehr als genug.«
Plötzlich trat Zakynthia vor und warf sich vor Imandra zu Boden. »O Königin«, sagte sie mit ihrer tiefen Stimme, »die Göttin hat mir befohlen, in diese Stadt zu kommen und dich um Hilfe zu bitten. Nach dem Willen der Unsterblichen soll ich eine Stadt gründen, und ich kann es nicht allein tun. Zuerst glaubte ich, die Göttin habe mich hierhergeschickt, um herauszufinden, ob noch eine der Amazonen lebt. Denn in einer Vision hat sie mir gezeigt, daß nur eine Amazone mir bei dieser Aufgabe zur Seite stehen kann.«
»Und wer bist du?« fragte Imandra. »Ich heiße Zakynthos«, erwiderte der Mann, den Kassandra als Zakynthia kannte. »Gibt es keine Amazone mehr, die mir helfen könnte, eine Stadt zu gründen, in der die Göttin ohne Götter oder Könige verehrt wird? Ich möchte keine gewöhnliche Frau als Gemahlin, wie es Sitte der Achaier ist, sondern eine Frau, die Priesterin der Stadt sein kann. Aber ich habe von den Amazonen nichts mehr gehört.«
»Nein«, sagte Kassandra, »keine Amazone hat den letzten Kampf überlebt, in dem die Amazonenkönigin Penthesilea gefallen ist.«
»Das kann ich nicht glauben«, sagte Zakynthos und schlug den Schleier zurück, den er als Frau getragen hatte. »Ich habe meinen Schwur eingelöst, und wenn nötig, werde ich auf der ganzen Welt nach einer Amazone suchen.«
»Und was hast du geschworen?« fragte Imandra.
»Ich habe geschworen, als Frau zu leben, bis ich Kolchis erreiche, damit ich das Leben einer Frau kennenlerne«, erwiderte er. »Ich trug noch keine drei Tage Frauenkleider, als ich schon wußte, warum Frauen Angst haben müssen, und deshalb suchte ich Schutz bei der troianischen Prinzessin. Auf unserer langen Reise habe ich begriffen, warum Frauen von den Männern frei sein wollen. Sie brauchen den Schutz oder die Hilfe eines Mannes nicht...«
»Und doch hast du mich beschützt«, sagte Kassandra dankbar, »du hast alle Mühen und Gefahren der Reise mit mir geteilt...«
»Aber nicht als Mann«, erwiderte Zakynthos, »und wieder und wieder habe ich mir geschworen, mir eine Frau zu suchen, in der der Geist der Amazonen lebt.«

»Und du hast also eine gefunden«, sagte Imandra.
»Ja«, bestätigte er und wandte sich an Kassandra, »ja, und ich kenne sie inzwischen sehr gut.«
Kassandra lachte. »Ich habe schon seit einiger Zeit kein Verlangen mehr, wie eine Amazone zu kämpfen. Aber . . . wie willst du deine Stadt gründen?«
»Ich werde auf dem großen Meer weit in den Westen segeln und eine Stelle finden, wo eine Stadt gebaut werden kann«, erklärte er. »Fern von diesen verfluchten Inseln, wo Menschen die Götter des Eisens und der Unterdrückung verehren . . .«
Als Kassandra diese Worte hörte, mußte sie an Aeneas denken. Das war auch sein Wunsch gewesen. Sie hätte ihm gerne geholfen, diesen Wunsch zu verwirklichen, und Zakynthos schien von demselben Geist erfüllt zu sein.
»Ich suche eine Welt, in der die Erdmutter wie in alten Zeiten verehrt wird«, erklärte er voll Leidenschaft. »Sie hat mir diese Vision geschenkt. Es ist der Traum von einer Stadt, in der die Frauen keine Sklavinnen sind und in der Männer nicht ein Leben lang Krieg führen und kämpfen müssen. Es muß für Männer und Frauen ein besseres Leben ohne einen solchen großen Krieg geben, der meine ganze Kindheit überschattet und meinen Vater und alle meine Brüder das Leben gekostet hat . . .«
»Auch das Leben meiner Familie«, sagte Kassandra.
»Und auch das Leben deiner Familie.«
Zakynthos kniete wieder vor Imandra nieder. »Ich bitte dich als die Tante dieser Frau, erlaube mir, sie zu heiraten.«
»Aber die Ehe ist eines dieser Übel, die mit den neuen Sitten gekommen sind. Wer bin ich, daß ich sie dir geben kann, als sei sie eine Sklavin?«
Zakynthos seufzte. »Du hast recht. Kassandra, wir sind weit miteinander gereist. Du kennst mich gut. Willst du die Reise mit mir fortsetzen . . ., um eine bessere Welt als Troia zu bauen?«
Kassandra dachte noch einmal an den langen Weg, den sie gemeinsam zurückgelegt hatten, und sagte dann langsam: »Du wirst sicher wie andere Männer einen Sohn haben wollen . . .«
»Ich habe deinen Sohn mindestens den halben Weg hierher getragen. Und wenn ich für deinen Sohn eine Mutter war, zweifelst du

daran, daß ich ihm auch ein Vater sein kann? Ich glaube, ich könnte auf der ganzen Welt suchen, ohne eine Frau zu finden, die mir bei meiner Aufgabe besser helfen könnte als du. Und ich glaube, es käme auch deinen Absichten entgegen«, fügte er lächelnd hinzu. »Möchtest du hier an Imandras Hof sitzen und Wolle spinnen?«

»Wenn es dich nicht stört, daß Agamemnon mich gezwungen hat, als Nebenfrau mit ihm das Lager zu teilen, und daß ich ihm ein Kind geboren habe . . .«

»Das ist allgemein bekannt.« Er lächelte sie liebevoll an, und wieder mußte sie an Aeneas denken.

»Nur insoweit, als es dich bekümmert«, sagte er. »Und der Junge, er ist dein Sohn, und du weißt, wie sehr ich ihn liebe. Vielleicht werden wir noch andere Kinder haben, denen ich Vater und Mutter sein kann . . .« Zärtlich fügte er hinzu: »Ich hätte gerne eine Tochter, die so ist wie du.«

Kassandra war ihr Leben lang überzeugt gewesen, sie werde nie heiraten. Aber durch den Krieg hatte sie ihre Familie verloren und ihre Heimat. Die Amazonen waren tot, und Troia war zerstört.

In ihrer neuen Stadt würden Männer und Frauen vielleicht nicht mehr Feinde sein, und Götter nicht mehr die unversöhnlichen Feinde der Göttin . . .

Troia hatte untergehen müssen, und es gab keine Gewähr dafür, daß nicht auch die neue Stadt eines Tages untergehen würde. Aber wenn sie für den Rest ihres Lebens am Aufbau einer Stadt arbeiten konnte, in der Männer ihre Söhne nicht zu Kriegern machten, die grausamen Göttern in die Schlacht folgen mußten oder in der die Töchter nicht zum Spielzeug der Männer wurden, dann hatte sie nicht umsonst gelebt.

Kassandra erinnerte sich, wie sie als Mädchen im Tempel des Sonnengottes den Bittstellern die Weisheit des Gottes vermittelt hatte. Was hatte sie damals gesagt?

Ich geben ihnen Antworten, die sie sich selbst geben könnten, wenn sie den Verstand benutzen würden, den die Götter ihnen geschenkt haben. Aber sie hatte hinzugefügt: *Ehe ich antworte, schweige ich immer und warte, ob der Gott eine andere Antwort geben möchte.*

Kassandra lauschte in sich hinein, aber in ihrem Herzen war nur Schweigen und die Erinnerung an das strahlende Lächeln eines

Gottes. Würde ein Tag kommen, an dem sie wie jede pflichtbewußte Frau das Gesicht des Gottes in ihrem Gemahl sah? Kassandra sah Zakynthos prüfend an. Er war kein Sonnengott, aber er hatte ein ehrliches und freundliches Gesicht. Sie konnte sich kaum vorstellen, daß ein Gott durch ihn sprach. Aber zumindest wären seine Worte nie grausam oder selbstherrlich. Agamemnon war nicht schlimmer gewesen als Poseidon. Paris hatte Troia auf Geheiß einer Göttin in Flammen gesetzt, die grausamer und launenhafter war als jeder Mensch. Die schlimmsten Männer in ihrem Leben waren nicht schlimmer gewesen als die Götter, und ihre Übeltaten hatten sie auf Geheiß der Götter vollbracht, die sie nach IHREM Bild geschaffen hatten.

Kassandra schwieg. Aber kein Gott sprach zu ihr, und sie kannte in diesem Augenblick die Antwort. Ihr Herz stürmte bereits über das große Meer einer neuen Welt entgegen, die zumindest so viel besser sein sollte als die alte Welt, wie Männer und Frauen sie besser machen konnten.

»Gehen wir, Zakynthos, und suchen wir unsere Stadt. Vielleicht werden eines Tages die Menschen, die nach uns kommen, die Wahrheit über Troia und seinen Untergang erfahren«, sagte sie und ergriff seine Hand.

Irgendwo lächelte eine Göttin. Kassandra dachte:

Es ist nicht Aphrodite.

Nachwort

Die *Ilias* berichtet nichts über das Schicksal der Kassandra von Troia. Aischylos läßt sie in seinem *Agamemnon* ebenfalls durch Klytaimnestras Hand sterben. Man hielt es für völlig legitim, Gestalten aus der *Ilias* aufzugreifen, wenn ihr Schicksal nicht Teil des Epos geworden war. Bei Euripides ist Kassandra eine der gefangenen Troianerinnen. Interessanterweise denkt sie als einzige an Rache. Aber es wird auch deutlich, daß sie wahnsinnig ist. In einem anderen Drama führt Kassandra die Frauen von Troia in einen heldenhaften Massenselbstmord.
Im archäologischen Museum von Athen prägt die Tafel 803 folgende Inschrift:

> Zeus von Dodona, nimm dieses Geschenk in Gnaden an
> das ich dir von mir und meiner Familie überbringe –
> Agathon, Sohn des Ekhephylos
> Aus der Familie der Zakynther
> Konsuln der Molosser und ihrer Verbündeten
> seit 30 Generationen die Nachkommen
> der Kassandra von Troia

Danksagung

Ich möchte mich ganz besonders bei meinem Mann, Walter Breen, bedanken, der mir bei der Materialsammlung für dieses Buch geholfen hat. Seine Kenntnis des klassischen Griechenland, seiner Sprache und seiner Geschichte, waren von unschätzbarem Wert für das Entstehen dieses Romans – ganz besonders aber das Zitat aus dem Museum in Athen, mit dem das Buch endet, denn es lieferte die historische Grundlage für das Schicksal – und die historische Existenz – der Kassandra von Troia, aus deren Sicht die Geschichte erzählt wird.

Manche Leser werden wahrscheinlich einwenden: »So steht es nicht in der *Ilias*.« Natürlich nicht. Hätte ich mich mit dem Bericht in der *Ilias* zufriedengegeben, hätte ich keinen Grund gehabt, einen Roman zu schreiben. Außerdem bricht die Ilias am interessantesten Punkt ab und überläßt es dem Schriftsteller, auf Grund unterschiedlicher Sagen und Überlieferungen Mutmaßungen über das Ende anzustellen. Wenn die Verfasser der griechischen Dramen sich die dichterische Freiheit zugestanden haben, muß ich mich nicht dafür entschuldigen, wenn ich ihrem großartigen Beispiel folge.

Ich danke auch Elisabeth Waters, die oft, wenn ich »festsaß« und nicht wußte, »was als nächstes geschieht«, mir half, die beste Antwort zu finden. Ich danke auch allen meinen Mitbewohnern, die die Belagerung und den Untergang Troias mit mir durchlitten haben.

MARION ZIMMER BRADLEY

Namensverzeichnis

Achilleus: Sohn des Peleus und der Meeresgöttin Thetis. Ein tollwütiger Krieger, den der Tod seines Freundes Patroklos in eine rasende Bestie verwandelt.

Aegisthos: König von Mykene, Sohn des Thyestes und der Pelopeia. Er wurde von seinem Onkel Atreus erzogen, der ihn anstiftete, seinen Vater zu töten. Thyestes erkannte Aegisthos jedoch als seinen Sohn, und Aegisthos erschlug den Atreus. Während des Troianischen Krieges verführte Aegisthos Klytaimnestra, die Gattin des Agamemnon. Nach dessen Rückkehr erschlug Aegisthos den Oberbefehlshaber des siegreichen griechischen Heeres.

Aeneas: Sohn des Anchises und der Göttin Aphrodite. Er heiratete Kassandras Halbschwester Kreusa. Durch ihn lernte Kassandra die Liebe kennen und ihm vertraute sie das größte Heiligtum der Stadt, die Statue von Pallas Athene, der Schutzgöttin von Troia, an.

Agamemnon von Mykene: Sohn des Atreus und der Aerope, Bruder des Menelaos; er heiratete Klytaimnestra, die ihm u. a. Elektra, Iphigenie und Orest gebar. Im Troianischen Krieg Anführer der Griechen; sein Sieg treibt ihn in den Untergang, aber Kassandra wird seine Kriegsbeute.

Amazonen: kriegerisches, von einer Königin geleitetes Frauenvolk der griechischen Sage, angeblich aus dem Nordosten Kleinasiens, mit dem verschiedene Helden gekämpft haben sollen (unter anderem Herakles, Theseus und Achilleus). Die Amazonen verkehrten nur einmal im Jahr mit Männern, denen sie grundsätzlich feindlich gegenüberstanden, zogen aber lediglich die Mädchen auf. Wie die Sage von den Amazonen entstanden ist, läßt sich nicht mit Sicherheit ausmachen, es ist jedoch anzunehmen, daß hier Überlieferungen einer vorgriechischen mutterrechtlichen Kultur wirksam wurden, die die Griechen ausschmückten.

Anchises: König von Dardanos unweit Troias, Sohn des Kapys, Geliebter der Aphrodite, die ihm den Aeneas gebar. Aphrodite gab sich zunächst nicht als Gattin zu erkennen, und als sie ihrem sterblichen Gemahl schließlich doch ihren Namen nannte, verbot sie ihm, diesen Namen je auszusprechen. Anchises hielt sich nicht daran, und wurde von Zeus gelähmt oder geblendet. Sein Sohn Aeneas trug ihn auf seinen Schultern aus dem brennenden Troia und nahm ihn mit auf seiner Reise nach Italien.

Andromache von Kolchis: Tochter des Eetion und der Imandra. Gemahlin Hektors und Mutter des Astyanax. Eine schöne Frau der neuen Zeit, die das kriegerische Leben einer Amazone abstößt.

Aphrodite: Göttin der Liebe und Schönheit. Tochter des Zeus und der Dione, verheiratet mit Hephaistos, dem hinkenden Schmiedegott, der zwar selbst häßlich war, dessen Werke sich aber durch große Schönheit, die der Schönheit der Aphrodite angemessen war, auszeichneten. Neben ihrem Gatten besaß die Göttin zahlreiche Geliebte, darunter Ares und Adonis, aber auch den sterblichen Anchises, denen sie viele Kinder gebar, unter anderem Eros, Anteros, Harmonia, Daimos, Phobos und Aeneas.

Apollon: Sohn des Zeus und der Leto, Zwillingsschwester der Artemis; dem Mythos nach auf Delos geboren, wo seine Mutter Zuflucht vor der eifersüchtigen Zeusgattin Hera fand. Charakteristisch für Apollon ist die Zwiespältigkeit seiner Wesenszüge – sowohl übelabwehrend als auch unheilbringend. So überzog er das griechische Lager vor Troia mit der Pest und lenkte den tödlichen Pfeil der Kassandra auf die verletzliche Ferse des Achilleus.

Artemis: Tochter des Zeus und der Leto, Schwester des Apollon; jungfräuliche Jagdgöttin. Begleitet von den Nymphen, zog sie mit Pfeil und Bogen durch Wälder und Auen und galt als Patronin der Jäger und Herrin der Tiere. Wer sie beleidigte, wurde von ihr hart bestraft. Neben vielen anderen Beispielen ist besonders auf das des Agamemnon zu verweisen, der sie gekränkt hatte und von dem sie die Opferung seiner Tochter Iphigenie verlangte.

Athene: jungfräuliche Göttin des Kampfes und des Sieges, aber auch der Weisheit; Schirmherrin des staatlichen Lebens, Patronin der Künste und Wissenschaft sowie des Handwerks. Eine Tochter des Zeus, der seine schwangere Gemahlin Metis verschlang, weil er sich vor einem Enkel fürchtete, der ihm hätte gefährlich werden können. Bewaffnete Schutzgöttin der Burg und der Person des Burgherrn samt seines Herrschaftsbereichs. Schutzgöttin der Griechen, oft mit dem Namen Pallas (das Mädchen) belegt. Ihr Bild, das Palladion, galt als Unterpfand für den Bestand von Burgen und Städten, auch Troias. Erst seine Entwendung ermöglichte es seinen Gegnern, die Stadt einzunehmen.

Briseis: Tochter des Brises von Lyrnessos, die vor Troia gefangen genommen worden war und Achilleus als Sklavin und Geliebte diente. Als Agamemnon, der auf seine eigene Geliebte verzichten mußte, weil die Götter die Pest ins griechische Lager geschickt hatten, Briseis für sich begehrte, kam es zu einem schweren Streit zwischen ihm und Achilleus: Achilleus weigerte sich, weiter an den Kämpfen teilzunehmen, und brachte dadurch die Griechen in schwere Bedrängnis.

Chryseis: Tochter des Apollonpriesters Khryse; wurde von den Griechen vor Troia gefangen und zur Lieblingskonkubine des Agamemnon, dem sie den Sohn Chryses gebar. Da Agamemnon die Herausgabe seiner Sklavin auf Begehren ihres Vaters verweigerte, schickte Apollon den Griechen die Pest ins Lager und zwang auf diese Weise Agamemnon, Chryseis nach langer Weigerung frei zu geben.

Dardanos: Sohn des Zeus und der Elektra. Er erbaute am Fuße des Berges Ida eine Stadt Dardania, die später Troia hieß; Dardanos wurde zum Stammvater des troianischen Königsgeschlechts.

Epeios: Führer der Phoker in Troia, wo er sich mit dreißig Schiffen am Krieg beteiligte; gilt als der Erbauer des Hölzernen Pferdes.

Hekabe von Troia: Tochter des Königs Dymas von Phrygien, Gemahlin des Priamos, dem sie 17 Kinder gebar, darunter Paris, Hektor, Kassandra, Polyxena. War früher Amazone, ist aber als Frau und Mutter bereit, die Macht dem Mann, ihrem Gemahl und König, abzutreten.

Hektor von Troia: Der älteste Sohn des Priamos und der Hekabe. Gemahl der Andromache und Vater des Astyanax. Bedeutendster Gegner der Griechen. Inbegriff des Helden, Inkarnation einer neuen Generation, die von ihrer Aufgabe, zu kämpfen und zu siegen, überzeugt ist.

Helena von Sparta: Tochter des Zeus und der Leda. Halbschwester Klytaimnestras. Helenas Schönheit ließ zahlreiche Freier um sie werben. Sie gab Menelaos den Vorzug. Sie ist das Geschenk der Göttin Aphrodite für Paris, der sie nach Troia entführte. In Ihrer Rolle als Frau und Mutter leidet sie als Werkzeug der Göttin, denn sie ist die Verführerin, der keiner widerstehen kann, wodurch das Unheil seinen verhängnisvollen Lauf nimmt.

Hera: Tochter des Kronos und der Rheia, Schwester und zugleich Gemahlin des Zeus, Mutter von Ares, Hephaistos und Hebe. Hera galt als Schutzgöttin von Ehe und Geburt, aber auch des Frauenlebens in seinem gesamten Ablauf. Sie trug den Ehrennamen Teleia (die Göttin, die Erfüllung bringt).

Als Gattin des Zeus hatte sie unter dessen Treulosigkeit häufig zu leiden. Seine zahlreichen Liebschaften weckten ihren Zorn und ihre wilde Eifersucht. Auch sonst konnte ihr Haß unversöhnlich sein, so im Troianischen Krieg, in dem sie (wegen des Urteils des Paris) für die Griechen Partei ergriff und die Troianer mit ihrer Feindschaft überzog.

Hesione: Tochter des troianischen Königs Laomedon. Als Apollon und Poseidon eine Mauer um Troia gebaut hatten und der König sie um den vorher vereinbarten Lohn betrog, überzog Apollon die Stadt mit der Pest, und Poseidon schickte ein Meeresungeheuer, das Menschen und Vieh vernichtete. Um das Unheil von Troia abzuwenden, mußte Laomedon einem Orakelspruch zufolge seine Tochter Hesione dem Ungeheuer zum Fraße vorwerfen.

Hölzernes Pferd: das Mittel, mit dem sich die Griechen Einlaß in Troia verschafften; ein großes Pferd aus Holz, das Epeios auf Anraten des Odysseus baute und in dem sich zahlreiche bedeutende hellenische Krieger verbargen. Sinon, als Überläufer getarnt, überredete die Troier, es in ihre Stadt zu ziehen, wozu sich diese gegen den Rat des Priesters Laokoon entschlossen. Die im Bauch des Tieres verborgenen Helden öffneten die Stadttore und ließen ihre Gefährten ein.

Ida: Gebirge der südlichen Troas in Kleinnasien. Hier soll Paris sein Urteil im Schönheitswettstreit zwischen den Göttinnen Aphrodite, Athene und Hera gefällt haben.

Idaia: eine Tochter des Dardanos, die als Nymphe auf dem Berg Ida in Phrygien lebte. Durch Skamandros Mutter des Teukros und damit Vorfahrin der troianischen Könige.

Imandra von Kolchis: Königin in einem Frauenreich am Ostufer des Schwarzen Meeres. Herrscherin und Priesterin im Einklang mit den Kräften der Natur; Kolchis ist somit der Gegenpol zu Troia.

Iphigenie: Tochter des mykenischen Königs Agamemnon und der Klytaimnestra, Schwester von Orestes und Elektra. Vor der Ausfahrt der Griechen nach Troia in Aulis, wo die Flotte wegen absoluter Windstille zurückgehalten wurde, forderte die von Agamemnon gekränkte Göttin Arte-

Die Troianische Königsfamilie

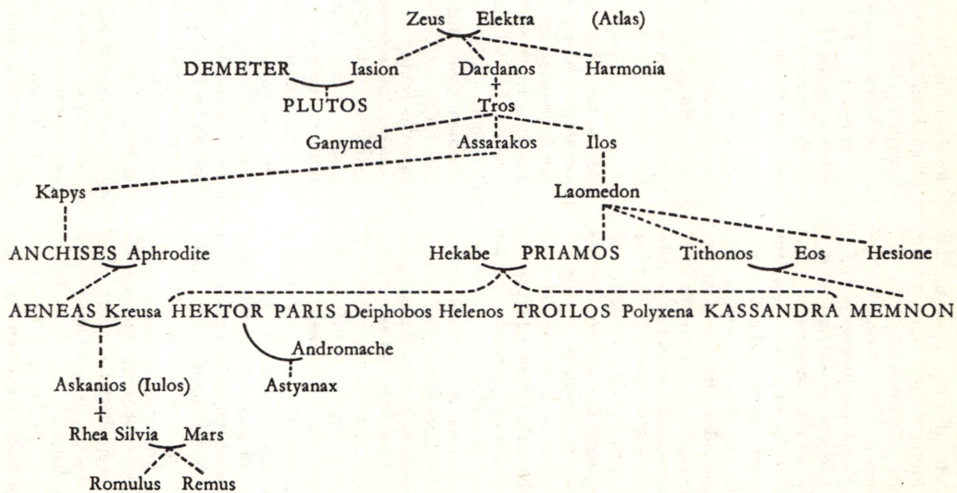

mis (er hatte entweder ein ihr heiliges Tier geschlachtet oder behauptet, ein ebenso vorzüglicher Jäger zu sein wie sie), als Sühne die Opferung der Iphigenie. Artemis entrückte sie aber im letzten Moment nach Tauris, wo sie als Priesterin zu leben hatte.

Kassandra von Troia: Priesterin und Prinzessin, Zwillingsschwester von Paris. Eine Seherin, in die Apollon sich verliebte. In der dramatischen Zeit des Umbruchs, in der die Gewalten aufeinanderprallen, sucht sie nach der Wahrheit, um einen Ausweg vor dem drohenden Untergang zu finden. Sie ist das Gewissen der Stadt und ihrer Menschen und steht zwischen den Kräften der alten und der neuen Ordnung, den Göttern, die den Weg in die Zukunft weisen müssen. Da sie Apollons Zuneigung nicht erwiderte, bewirkte der Gott aus Rache, daß man ihren Prophezeiungen niemals glaubte. So sagte sie vergeblich den Untergang Troias voraus und warnte vor dem Hölzernen Pferd. Als Troia von den Griechen eingenommen wurde, flüchtete sie schutzsuchend zum Bild der Athene, wurde aber gefangengenommen und geschändet. Bei der Aufteilung der Beute unter den Griechen fiel sie Agamemnon zu, der sie als Sklavin mit in seine Heimat nahm.

Kentauren: vor allem in Thessalien beheimatete Wesen, halb Mensch, halb Pferd; teils waren sie von freundlicher Wesensart und großer Bildung, teils wild und unbeherrscht.

Khryse: Priester des Sonnengottes Apollon; liebt vergeblich Kassandra. Er ist Diener des Gottes und Opfer seiner Leidenschaft.

Klytaimnestra: Tochter des Tyndareos und der Leda, Gemahlin des Agamemnon, den Aegistos tötet. Mutter von Elektra, Iphigenie und Orest.

Kolchis: antike Landschaft an der Süd-ost-Küste des Schwarzen Meeres; sagenhaftes Frauenreich der Königin Imandra.

Kreusa: Tochter des Priamos und der Hekabe, Gemahlin des Aenas, Mutter des Ascanius. Während des Troianischen Krieges wurde sie von den Griechen gefangengenommen, aber von Aphrodite und Kybele befreit.

Leda: Tochter von König Thestios von Aitolien und der Eurythemis, Gattin des Tyndareos; Mutter mehrerer Kinder, die teils von ihrem Gemahl, teils von Zeus stammten, der sich in Gestalt eines Schwanes näherte. Sie gebar unter anderem Helena.

Menelaos: König von Sparta; Sohn des Atreus und der Aerope; Bruder des Agamemnon. Menelaos heiratete Helena, eine Tochter des Zeus. Als Helena von Paris geraubt wurde, wandte sich ihr Gatte an seinen Bruder Agamemnon um Hilfe, der die früheren Freier der Helena zum Kriegszug gegen Troia versammelte.

Mykene: Burg und Siedlung in der nordöstlichen Argolis aus dem 2. Jahrtausend v. Chr.; von Perseus gegründet. Burg des Königs Agamemnon. Mykene besaß eine gewaltige Palastanlage und war vom 12.–16. Jahrhundert v. Chr. Herrschersitz; im 14. Jahrhundert wurde es von einem ungefähr 6 m starken Mauerring umgeben. Als Haupteingang diente das Löwentor.

Odysseus: König von Ithaka. Einer der Helden des Troianischen Krieges. Ein kluger Diplomat, der zwischen zwei Parteien steht und doch Partei ergreifen muß.

Oenone: Tochter des Flußgottes Kebren. Priesterin und erste Frau des Paris. Sie prophezeite, daß ihr Mann Helena entführen und den Troianischen Krieg auslösen werde. Ihr Fluch führt zur Entscheidung der Schlacht.

Otrere: eine Amazonenkönigin, Mutter von Antiope, Hippolyte und Penthesilea durch Ares.

Die Tantaliden (Mykene)

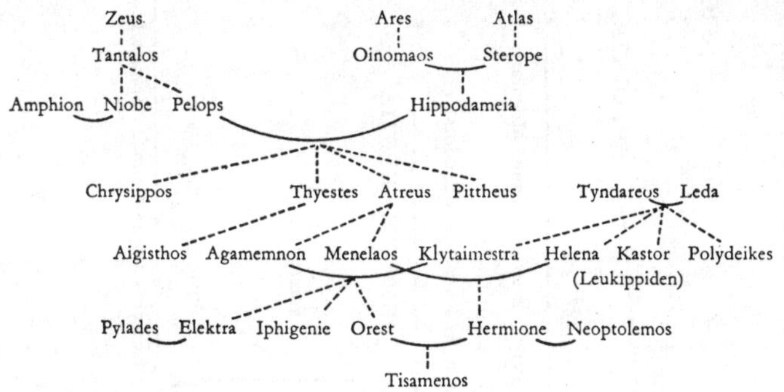

Paris von Troia: Bruder Hektors, den das Schicksal dazu ausersehen hat, das Unheil über Troia zu bringen. Paris entführte Helena, die Gemahlin des Menelaos, nach Troia und entfachte so den Troianischen Krieg.

Patroklos: Sohn des Menoitios und der Stenele; der beste Freund des Achilleus, mit dem zusammen er in den Troianischen Krieg zog. Als er, angetan mit der Rüstung des Achilleus, sich zu weit gegen die Feinde vorwagte, fiel er Hektor in die Hand und wurde von diesem getötet.

Penthesilea: Amazonenkönigin, Tochter des Ares und der Otrere. Begleitete Kassandra auf wichtigen Stationen ihres Weges. Sie besitzt das Wissen und die Weisheit im Umgang mit den Kräften der Natur. Mit ihrer mutigen Selbstaufopferung (nach dem Tode Hektors kam sie den Troianern zu Hilfe), nimmt die entscheidende Schlacht doch noch eine andere Wendung: Troia wird eingenommen. Aber ihr Tod (im Kampf gegen Achilleus) besiegelt auch das Ende einer Zeit.

Polyxena: jüngste Tochter des Priamos und der Hekabe, die ihren Vater begleitete, als dieser sich in das Lager der Griechen begab, um den Leichnam seines Sohnes Hektor auszulösen.

Poseidon: Gott des Meeres, Sohn des Kronos und der Rheia, einer der 12 großen Olympier; meist mit Dreizack dargestellt, mit dem er das Meer aufwühlte oder Felsbrocken spaltete. Baute zusammen mit Apollon für König Laomedon für einen verabredeten Lohn die Mauern von Troia. Schickte, um diesen Lohn betrogen, ein Ungeheuer aus dem Meer, dem Hesione, die Tochter des Königs, geopfert werden sollte. Hier lag einer der Gründe, warum er im Troianischen Krieg erbittert gegen die Troianer kämpfte und den Griechen beistand.

Stammbaum der Götter

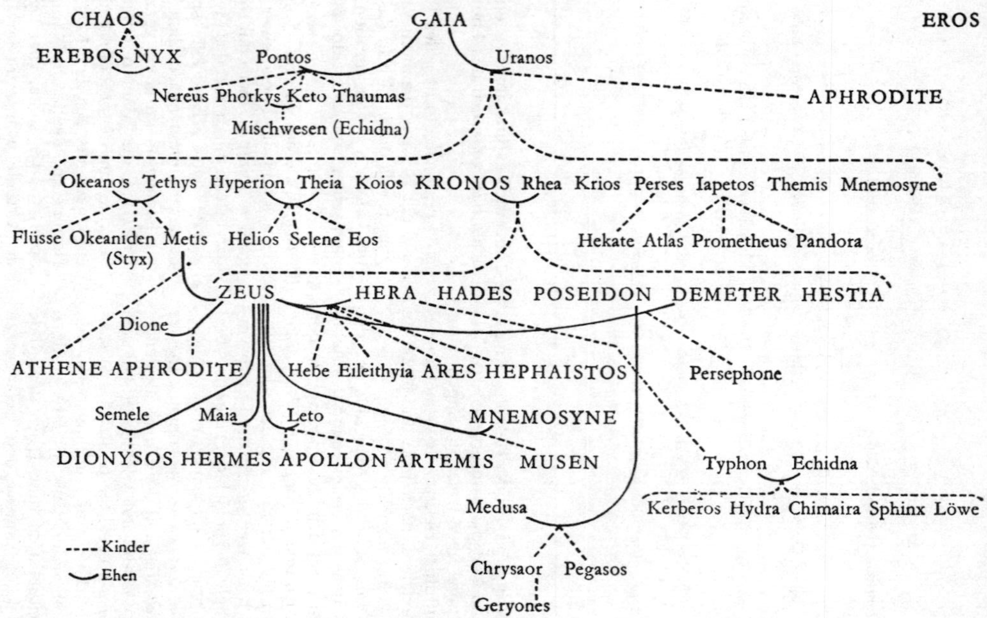

Priamos von Troia: Sohn des Laomedon und Gemahl der Hekabe. Ein guter und starker Herrscher, der seine Rolle als Vater und Schutzherr seines Reichs in dem neu erwachten Bewußtsein spielt; er glaubt fest daran, daß die Macht bei dem Stärkeren liegt. Und das ist ein Kampf, den die Männer allein untereinander ausfechten.

Skamandros: Im Idagebirge entspringender Fluß in der Troas mit gleichnamigem Flußgott, der in der Göttersprache Xanthos hieß. Sohn des Okeanos und der Tethys; er besaß mehrere Kinder, darunter wahrscheinlich Teukros, König von Troia. Skamander half den Troianern im Krieg gegen die Griechen, indem er das Wasser seines Flusses über die Ufer treten ließ und das umliegende Land überschwemmte.

Tenedos: kleine ägäische Insel, die dem Apollon heilig war; hinter ihr, an der von Troia abgewandten Küste, verbargen sich die griechischen Streitkräfte, nachdem sie das Hölzerne Pferd außerhalb der Stadtmauern von Troia zurückgelassen hatten.

Troia: prähistorische Burgstadt an der nordwestlichen kleinasiatischen Küste; in historischer Zeit mit dem Illios Homers gleichgesetzt, später Illion genannt; als das Troia der griechischen Sage gedeutet. Dem Mythos nach galt der Zeussohn Dardanos als Ahnherr des troischen Königsgeschlechts. Sein Enkel Tros gab der Stadt den Namen. Einer seiner Nachkommen war der kinderreiche Priamos, während dessen Regierungszeit der Troianische Krieg stattfand.

Troilos: der jüngste Sohn von Priamos und Hekabe. Ein Orakel besagte, Troia könnte nicht eingenommen werden, bevor Troilos zwanzig Jahre alt sei. Er wurde im Troianischen Krieg von Achilles erschlagen, bevor er dieses Alter erreicht hatte.

Tyndareos: König von Sparta; Sohn des Oibalos und der Bateia, er heiratete Leda. Tyndareos war der Vater der Klytaimnestra.

Der Abdruck der Stammbäume erfolgte mit freundlicher Genehmigung des Hirmer Verlages, München, aus dem Band „Frühgriechische Sagenbilder" von Karl Schefold.

Werbung des Menelaos um Helena.
Um 590/580 v. Chr. – Olympia.

Entführung der Helena durch Paris.
Um 600 v. Chr. – Olympia.

Achilleus tötet Troilos.
Um 580 v. Chr. – Olympia.

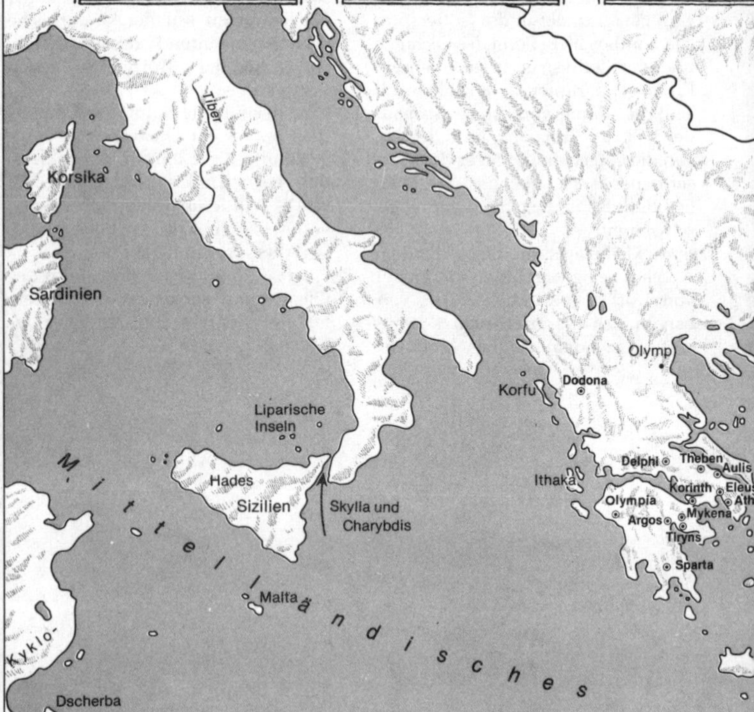

Tod des Priamos. Um 570/560 v. Chr. – Olympia.

Aias bedroht Kassandra. Um 590/580 v. Chr. – Olympia.

Klytaimestra und Aigisthos ermorden Agar
Um 570/560 v. Chr. – Olympia.

Penthesilea von Achill besiegt.
Um 600 v. Chr. – Olympia

Diese Göttin oder Priesterin aus dem Palast von Knossos ist aus bemaltem Elfenbein gefertigt.

Marion Zimmer Bradley

»Die ›Queen of Fantasy‹.« *New York Times*

Die Wälder von Albion
Roman
Aus dem Amerikanischen
von Manfred Ohl und
Hans Sartorius
Band 12748

Die Herrin von Avalon
Roman
Aus dem Amerikanischen
von Manfred Ohl und
Hans Sartorius
Band 14222

Die Priesterin von Avalon
Roman
Aus dem Amerikanischen
von Marion Balkenhol
Band 15304

Die Nebel von Avalon
Roman
Aus dem Amerikanischen
von Manfred Ohl und
Hans Sartorius
Band 28222

Die Feuer von Troia
Roman
Aus dem Amerikanischen
von Manfred Ohl und
Hans Sartorius
Band 10287

Luchsmond
Erzählungen
Aus dem Amerikanischen
von V. C. Harksen und
Lore Straßl
Band 11444

Lythande
Erzählungen
Aus dem Amerikanischen
von V. C. Harksen und
Lore Straßl
Band 10943

Der Zauber von Tschardain
Roman
Aus dem Amerikanischen
von Verena C. Harksen.
Band 14290

Fischer Taschenbuch Verlag

fi 555 013 / 2